BLT
Mit der Welt
auf Buchfühlung

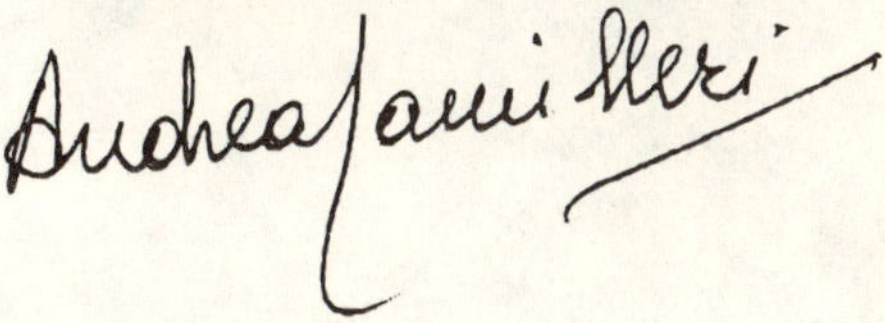

Andrea Camilleri, »der Superstar der italienischen Krimiszene« (BRIGITTE), hat mit seinen Werken Millionen Menschen zu begeisterten Sizilienfans gemacht. Ob er seine Leser mit den unkonventionellen Ermittlungen seines unwiderstehlichen Helden Salvo Montalbano in den Bann zieht, ihnen mit kulinarischen Köstlichkeiten den Mund wässrig macht oder ihnen unvergessliche Einblicke in die mediterrane Seele gewährt: Dem verführerischen Charme der Welt Camilleris vermag sich niemand zu entziehen.

Andrea Camilleri

# Das Paradies der kleinen Sünder

# Die Nacht des einsamen Träumers

Commissario Montalbano ermittelt

Aus dem Italienischen von
Christiane von Bechtolsheim

BLT

BLT
Band 92230

1. Auflage: Juni 2006

Vollständige Taschenbuchausgabe
der in BLT einzeln unter den Nummern 92100 und 92129
erschienenen Taschenbuchausgaben

BLT in der Verlagsgruppe Lübbe

Titel der italienischen Originalausgaben:
UN MESE CON MONTALBANO,
erschienen bei Arnoldo Mondadori Editore, Milano


und

GLI ARANCINI DI MONTALBANO,
erschienen bei Arnoldo Mondadori Editore, Milano

Umschlaggestaltung: Gisela Kullowatz
Titelbild: Artothek,
Guttuso, Renato »The rosy bird cage«
© VG Bild-Kunst, Bonn 2005
Autorenfoto: © by Basso Cannarsa
Satz: Kremerdruck GmbH, Lindlar
Druck und Verarbeitung: GGP Media GmbH, Pößneck
Printed in Germany
ISBN-13: 978-3-404-92230-7 (ab 01.01.2007)
ISBN-10: 3-404-92230-1

Sie finden uns im Internet unter
www.luebbe.de

Der Preis dieses Bandes versteht sich einschließlich
der gesetzlichen Mehrwertsteuer.

# Andrea Camilleri

# Das Paradies der kleinen Sünder

Aus dem Italienischen von
Christiane von Bechtolsheim

BLT

## *Der anonyme Brief*

ANNIBALE VERRUSO IST DAHINTER GEKOMMEN, DASS SEINE FRAU IHN BETRÜGT, UND WILL SIE UMBRINGEN LASSEN. WENN DAS PASSIERT, SIND SIE DAFÜR VERANTWORTLICH!

Der anonyme Brief, mit schwarzem Kugelschreiber in Blockbuchstaben geschrieben, war in Montelusa abgeschickt worden und ganz allgemein an das Commissariato di Pubblica Sicurezza di Vigàta adressiert. Ispettore Fazio, dafür zuständig, eingegangene Post weiterzuleiten, hatte ihn gelesen und sofort seinem Chef, Commissario Montalbano, gebracht. Und der war an diesem Morgen wegen des *libeccio*, des Südwestwindes, schlecht gelaunt, stinksauer war er auf sich und die gesamte Schöpfung.
»Und wer zum Teufel ist dieser Verruso?«
»*Non lo saccio*, weiß ich nicht, Dottore.«
»Versuch das rauszukriegen und erzähl's mir dann.«

Zwei Stunden später war Fazio wieder da und legte auf Montalbanos fragenden Blick hin gleich los.
»Verruso Annibale, Sohn von Verruso Carlo und Castelli Filomena, geboren in Montaperto am 3.6.1960, Angestellter beim Consorzio Agrario in Montelusa, aber wohnhaft in Vigàta, Via Alcide De Gasperi, Hausnummer 22 ...«
Das dicke Telefonbuch von Palermo und Umgebung, das

zufällig auf Montalbanos Tisch lag, erhob sich in die Luft, flog durch das ganze Zimmer, knallte an die gegenüberliegende Wand und riss dabei den von der Pasticceria Pantano & Torregrossa mit freundlichen Empfehlungen überreichten Kalender herunter. Fazio litt an etwas, das der Commissario »Einwohnermeldeamt-Komplex« nannte und ihn auch bei schönem Wetter in Rage brachte – und dann bei Südwestwind!

»*Mi scusasse*, entschuldigen Sie«, sagte Fazio und hob das Telefonbuch wieder auf. »Dann fragen Sie mich, und ich antworte.«

»Was für ein Typ ist er?«

»Unbescholten.«

Montalbano packte drohend das Telefonbuch.

»Fazio, ich hab's dir schon hundertmal gesagt. Unbescholten heißt überhaupt nichts. Ich wiederhole: Was für ein Typ ist er?«

»Mir hat man gesagt, dass er ein ruhiger, wortkarger Mann ist und nicht viele Freunde hat.«

»Spielt er? Trinkt er? Frauen?«

»Davon ist nichts bekannt.«

»Seit wann ist er verheiratet?«

»Seit fünf Jahren. Mit einer von hier, Serena Peritore. Sie ist zehn Jahre jünger als er. Sie sieht gut aus, hat man mir gesagt.«

»Betrügt sie ihn?«

»Keine Ahnung.«

»Ja oder nein?«

»Wenn sie ihn betrügt, ist sie schlau genug, es niemanden merken zu lassen. Manche Leute sagen ja, manche nein.«

»Haben sie Kinder?«

»*Nonsi*. Es heißt, dass sie keine will.«

Der Commissario sah ihn bewundernd an.
»Wie hast du denn solche intimen Sachen rausgekriegt?«
»Ich war beim Friseur«, sagte Fazio und fuhr sich mit der Hand über seinen frisch rasierten Nacken.
Der Friseursalon war in Vigàta also immer noch der große Treffpunkt – wie in alten Zeiten.
»Was machen wir jetzt?«, fragte Fazio.
»Wir warten darauf, dass er sie umbringt, und dann schauen wir weiter«, sagte Montalbano unfreundlich und entließ ihn.

Fazio gegenüber war er ekelhaft gewesen und hatte den Gleichgültigen gespielt, dabei machte ihm dieser anonyme Brief ziemlich zu schaffen.
Abgesehen davon, dass es, seit er in Vigàta war, noch nie ein so genanntes *delitto d'onore*, ein Verbrechen zur Rettung der Ehre, gegeben hatte, roch er, spürte er, dass an der Geschichte etwas faul war. Vorhin hatte er auf Fazios Frage hin geantwortet, man müsse darauf warten, dass Verruso seine Frau umbringt. Aber das war falsch gewesen. Denn in dem Brief stand, Verruso werde die Ehebrecherin umbringen *lassen*, er hatte also die Absicht, sich einer anderen Person zu bedienen, um seine Ehre wieder reinzuwaschen. Und das war ungewöhnlich. *In prìmisi*: Ein Ehemann, dem Gerüchte eines Seitensprungs seiner Frau zu Ohren kommen, legt sich auf die Lauer, verfolgt sie, spioniert ihr nach, erwischt und erschießt sie. Alles höchstpersönlich, er erschießt sie auch nicht erst am nächsten Tag und beauftragt schon gar nicht einen Dritten, um die Sache auszubügeln. Und wer könnte dieser Dritte sein? Ein Freund würde sich bestimmt nicht darauf einlassen. Ein bezahlter Killer? In Vigàta?! Soll das ein Witz sein? Natürlich gab es Killer in

Vigàta, aber sie waren für kleine Nebenjobs nicht zu haben, weil sie alle in Lohn und Brot standen und von ihren Arbeitgebern ein reguläres Gehalt bezogen. *In secùndis:* Wer hat den Brief geschrieben? Signora Serena, um ihm einen Strich durch die Rechnung zu machen? Wenn sie wirklich den Verdacht hatte, ihr Mann werde sie früher oder später umbringen lassen, hätte sie ihre Zeit sicher nicht damit verplempert, anonyme Briefe zu schreiben! Sie hätte ihren Vater, ihre Mutter, den Pfarrer, den Bischof, den Kardinal eingeschaltet oder mit ihrem Liebhaber das Weite gesucht und wäre auf Nimmerwiedersehen verschwunden.

Nein, wie man die Geschichte auch drehte und wendete, sie war nicht stimmig.

Doch da kam ihm eine Idee. Wenn nun der Ehemann im Consorzio die Bekanntschaft eines skrupellosen Kunden gemacht hatte, der zu dem kriminellen Plan zuerst ja gesagt, dies dann aber bereut und den anonymen Brief geschrieben hatte, um aus dem Schneider zu sein?

Er verlor keine Zeit und rief im Consorzio von Montelusa an, wobei er eine Taktik anwandte, die er bei öffentlichen Ämtern schon so manches Mal erfolgreich ausprobiert hatte.

»*Pronto?* Wer spricht da?«, fragte jemand in Montelusa.

»Geben Sie mir den Direktor.«

»Wer spricht denn da?«

»*Cristo!*«, heulte Montalbano, und da im Telefon ein ziemliches Echo ertönte, wurde er selbst ganz taub. »Ist das denn die Möglichkeit, dass Sie meine Stimme nie erkennen? Ich bin der Präsident! Haben Sie verstanden?«

»*Signorsì*«, sagte der andere verdattert.

Fünf Sekunden vergingen.

»Zu Ihren Diensten, Presidente«, sagte die unterwürfige

Stimme des Direttore, der sich nicht mal zu fragen traute, von welchem Amt der Mensch, der da mit ihm redete, Präsident war.

»Ich bin entsetzt über den Verzug, den Sie zu verantworten haben!«, legte Montalbano fast auf gut Glück los. Nur fast: Denn in einem Amt gab es bestimmt irgendwelche Akten, die vor sich hin staubten oder, bürokratisch gesagt, unerledigt waren.

»Presidente, verzeihen Sie, aber ich verstehe nicht ...«

»Sie verstehen nicht?! Ich spreche von den Personalbögen, *perdio*!«

Montalbano sah deutlich das irritierte Gesicht des Direttore mit Schweißperlen auf der Stirn vor sich.

»Von den Personalbögen, auf die ich seit über einen Monat warte!«, keifte der Presidente und fuhr ungerührt fort: »Alles will ich über die Leute wissen! Alter, Dienstgrad, Position, Gehaltsstufe, alles! Der Fall Sciarretta darf sich auf keinen Fall wiederholen!«

»Auf keinen Fall«, echote der Direttore überzeugt, der keine Ahnung hatte, wer Sciarretta war. Der war übrigens auch Montalbano nicht bekannt, der aufs Geratewohl einen Namen genannt hatte.

»Was haben Sie mir über Annibale Terruso zu sagen?«

»Verruso mit V, Signor Presidente.«

»Egal, den meine ich. Es hat Klagen gegeben, Beschwerden. Anscheinend verkehrt er mit ...«

»Verleumdungen! Alles infame Verleumdungen!«, unterbrach ihn der Direttore ungeahnt mutig. »Annibale Verruso ist ein mustergültiger Angestellter! Wenn alle so wären wie er! Er ist für die Betriebsbuchhaltung zuständig, er hat keinerlei Beziehung zu ...«

»Das genügt«, fiel ihm der Presidente gebieterisch ins

Wort. »Ich erwarte die Personalbögen innerhalb von vierundzwanzig Stunden.«
Er legte auf. Wenn der Direttore des Consorzio für seinen Angestellten Annibale Verruso die Hand ins Feuer legte, wie hatte sich dieser dann so leicht einen Killer besorgen können?
Er rief Fazio zu sich.
»Hör zu, ich geh essen. Gegen vier bin ich wieder im Büro. Und dann will ich von dir alles über die Familie Verruso wissen. Vom Urgroßvater bis in die siebte zukünftige Generation.«
»Und wie soll ich das bitte schön machen?«
»Geh halt zu einem anderen Friseur.«

Der Stammbaum der Familie Verruso wurzelte tief in einem Boden, der mit Achtbarkeit und häuslichen und bürgerlichen Tugenden gedüngt war: Ein Onkel war Colonnello der Benemerita, ein anderer ebenfalls Colonnello, aber bei der Guardia di Finanza, und mit einem Bruder des Urgroßvaters, einem Benediktinermönch, dessen Prozess der Seligsprechung gerade lief, war man schon ganz nah an der Heiligkeit. Im Blätterwerk dieses Baums war schwerlich ein versteckter Killer zu finden.
»Kennt einer von euch einen gewissen Annibale Verruso?«, fragte der Commissario seine Leute, die er eigens zu sich zitiert hatte.
»Den, der im Consorzio von Montelusa arbeitet?«, fragte Germanà, um eine Namensverwechslung auszuschließen.
»Ja.«
»Den kenne ich schon.«
»Ich will wissen, wie er aussieht.«
»Kein Problem, Commissario. Morgen ist Sonntag, und da

wird er wie immer mit seiner Frau in die Mittagsmesse gehen.«

»Da sind sie«, sagte Germanà Punkt fünf vor zwölf, als die Glocken schon zum letzten Mal zur Messe geläutet hatten. Eigentlich war Annibale Verruso siebenunddreißig Jahre alt, aber er sah aus wie ein Fünfzigjähriger, der sich gut gehalten hatte. Ein bisschen kleiner als der Durchschnitt, sichtbares Bäuchlein, eine Glatze, von der nur die Haare rund um den unteren Teil des Kopfes verschont geblieben waren, kleine Hände und Füße, Goldrandbrille, zerknirschte Miene.
Der zukünftige Seliggesprochene, der Benediktinermönch und Bruder des Urgroßvaters, hat bestimmt genauso ausgesehen, dachte Montalbano. Aber der Mann strahlte vor allem geduldige Dummheit aus. »Hüte dich vor dem geduldigen Hahnrei«, lautete das Sprichwort. Wenn aber der geduldige Hahnrei die Geduld verliert, dann wird er gefährlich und ist zum Schlimmsten bereit. Traf das auf Annibale Verruso zu? Nein. Denn wenn einer die Geduld verliert, verliert er sie augenblicklich, er plant nicht, sie erst später zu verlieren, wie in dem anonymen Brief angekündigt.
Doch bei seiner Frau, Signora Serena Verruso geborene Peritore, war sich der Commissario auf der Stelle sicher: Die setzte ihrem Mann Hörner auf, und zwar nicht zu knapp. Das sah man an der Art, wie sie ihren Hintern bewegte, an dem Schwung, mit dem sie ihr langes schwarzes Haar schüttelte, aber vor allem an dem raschen Blick, den sie Montalbano zuwarf, als sie sich beobachtet fühlte. Da verwandelten sich ihre grünen Augen in die Laufmündungen einer Lupara.
Sie war *mora, bella e traditora*, schwarz, schön und treulos, wie es in dem Lied hieß.

»Es heißt, sie betrügt ihn.«
»Manche sagen ja, andere sagen nein«, sagte Germanà vorsichtig.
»Und wissen die, die ja sagen, mit wem die Signora es treibt?«
»Mit Geometra Agrò, dem Vermessungsingenieur. Aber …«
»Was aber?«
»Wissen Sie, Commissario, sie betrügt ihren Mann nicht einfach so. Serena Peritore und Giacomino Agrò mochten sich schon, als sie noch Kinder waren und …«
»… und Doktor spielten.«
Germanà war merklich verstimmt. Wahrscheinlich fand er die Liebesgeschichte von Serena und Giacomino herzbewegend wie eine Seifenoper.
»Aber ihre Familie wollte, dass sie Annibale Verruso heiratet, weil der eine gute Partie war.«
»Und nach der Heirat haben sich Giacomino und Serena weiterhin getroffen.«
»Scheint so.«
»Aber dabei Sachen gemacht, die man normalerweise macht, wenn man schon ein bisschen größer ist«, schloss Montalbano, gemein wie er war.
Germanà erwiderte nichts.

Am nächsten Morgen wachte er früh mit einer Idee auf, die in seinem Hirn rumorte. Die Antwort lieferte ihm, eine halbe Stunde nachdem er ins Büro gekommen war, der Computer der Questura von Montelusa.
Fünf Tage bevor der anonyme Brief angekommen war, hatte sich Annibale Verruso eine Beretta 7,65 mit entsprechender Munition gekauft. Da er keinen Waffenschein besaß, hatte er bei der Anmeldung erklärt, er werde die Waffe in

seinem einsam gelegenen Ferienhäuschen in der Contrada Monterussello verwahren.
Jetzt wäre ein mit logischem Verstand begabter Mensch zu dem Schluss gekommen, dass Annibale Verruso, der unfähig war, einen Killer anzuheuern, beschlossen hatte, selbst für die Rettung seiner von der schönen Ehebrecherin beschmutzten Ehre zu sorgen.
Doch Salvo Montalbanos logischer Verstand setzte manchmal aus und befand sich dann im Leerlauf. Deshalb ließ er Fazio im Consorzio Agrario von Montelusa anrufen: Signor Annibale Verruso müsse in seiner Mittagspause unverzüglich im Kommissariat erscheinen.
»Was ist los? Was ist passiert?«, fragte Verruso höchst beunruhigt.
Fazio, von Montalbano entsprechend instruiert, redete wirres Zeug.
»Wir müssen klären, ob Sie nicht er sind und er nicht Sie ist. Alles klar?«
»Ehrlich gesagt ...«
»Vielleicht sind Sie er, und er ist Sie. Andernfalls nicht. Alles klar?«
Er legte auf, nicht wissend, dass er im Kopf des armen Angestellten des Consorzio Ängste wie bei Pirandello ausgelöst hatte.

»Signor Commissario, ich wurde angerufen, ich sollte schnell kommen, und ich bin los, sobald ich konnte«, sagte Verruso atemlos, als er vor Montalbanos Schreibtisch saß, »aber begriffen habe ich überhaupt nichts.«
Das war ein schwieriger Moment, jetzt wurde die Partie gespielt, es wurde gewürfelt. Der Commissario zögerte einen Augenblick, dann begann er mit seinem Bluff.

»Wissen Sie, dass der Bürger verpflichtet ist, ein Verbrechen anzuzeigen?«
»Ich glaube schon.«
»Es ist so, ob Sie es glauben oder nicht. Warum haben Sie den Einbruch in Ihr Landhaus in Monterussello nicht angezeigt?«
Annibale Verruso wurde knallrot und rutschte auf dem Stuhl herum, der ganz stachelig geworden war. Da schlugen in Montalbanos Kopf die Glocken an und läuteten zum Gloria. Er hatte richtig geraten, der Bluff war gelungen.
»Da der erlittene Schaden sehr gering war, hatte sich meine Frau überlegt …«
»Ihre Frau sollte nicht überlegen, sondern den Diebstahl anzeigen. Also los, sagen Sie mir, was passiert ist. Wir müssen ermitteln. In der Gegend hat es noch mehr Einbrüche gegeben.«
Bei dem barschen, trockenen Ton des Commissario war die Kehle von Annibale Verruso ganz trocken geworden, und er bekam einen Hustenanfall. Dann berichtete er, was passiert war.
»Vor vierzehn Tagen, am Samstag, sind meine Frau und ich zu unserem Haus in Monterussello gefahren, wo wir bis Sonntagabend bleiben wollten. Als wir ankamen, haben wir gleich gesehen, dass die Haustür aufgebrochen war. Der Fernseher war gestohlen, aber der war alt und schwarzweiß, und ein schönes tragbares Radio, das allerdings nagelneu war. Ich habe die Tür, so gut es ging, repariert, aber Serena, meine Frau, traute dem Frieden nicht, sie hatte Angst und wollte nach Vigàta zurück. Sie hat sogar gesagt, sie würde das Haus nie wieder betreten, wenn ich mir nicht irgendwas zu unserem Schutz einfallen ließe. Sie hat mich dazu gebracht, eine Pistole zu kaufen.«

Montalbano legte seine Stirn in Falten.
»Haben Sie sie angemeldet?«, fragte er sehr streng.
»Natürlich, das habe ich sofort gemacht«, sagte der andere mit dem Lächeln des pflichtbewussten Bürgers. Und er erlaubte sich einen kleinen Witz:
»Dabei weiß ich gar nicht, wie man sie benutzt.«
»Sie können gehen.«
Verruso rannte davon wie ein Hase, den der erste Schuss verfehlt hat.

Um halb acht am nächsten Morgen trat Annibale Verruso aus dem Haus Via De Gasperi 22, stieg eilig in sein Auto und fuhr los, vermutlich Richtung Consorzio Agrario in Montelusa.
Commissario Montalbano verließ seinen Wagen und sah auf das Schildchen an der Sprechanlage: Verruso, Wohnung Nr. 15. Er schätzte, dass die Wohnung im dritten Stock lag. Die Haustür schloss nicht gut, er musste nur ein bisschen drücken, um sie zu öffnen. Er ging hinein und nahm den Fahrstuhl. Montalbano hatte richtig geschätzt, die Verrusos wohnten im dritten Stock. Er klingelte.
»Was hast du denn jetzt schon wieder vergessen?«, fragte von innen die wütende Stimme einer Frau.
Die Tür ging auf. Als sie einen Fremden sah, fuhr sich Signora Serena mit der Hand an die Brust, um ihren Morgenrock zuzuhalten. Einen Augenblick später versuchte sie die Tür zu schließen, aber der Fuß des Commissario kam ihr zuvor.
»Wer sind Sie? Was wollen Sie?«
Sie war keineswegs erschrocken oder besorgt. Sie sah blendend aus mit ihren grünen Lupara-Augen und verströmte

einen solchen Duft von Weiblichkeit und Bett, dass es Montalbano leicht schwindlig wurde.
»Keine Angst, Signora.«
»Ich habe keine Angst, ich find's nur scheiße, wenn mich jemand so früh am Morgen nervt.«
Vielleicht war die Dame doch nicht so damenhaft.
»Ich bin Commissario Montalbano.«
Sie war ganz und gar nicht beeindruckt, nur etwas gereizt.
»*Bih, che grandissima camurrìa!* Das nervt vielleicht! Schon wieder?! Kommen Sie wegen diesem blöden Diebstahl?«
»Ja, Signora.«
»Gestern Abend hat mich mein Mann ganz verrückt gemacht mit dieser Geschichte, dass Sie ihn ins Kommissariat bestellt haben. Er hatte solche Angst, dass er sich fast in die Hosen geschissen hätte.«
Signora Serena war wirklich eine feine Dame.
»Kann ich hereinkommen?«
Die Signora verzog das Gesicht und trat beiseite, dann führte sie ihn in einen kleinen Salon mit haarsträubenden Rokoko-Stilmöbeln und bot ihm einen unbequemen, golden glitzernden Lehnstuhl an. Sie selbst setzte sich in den Stuhl gegenüber.
Da lächelte sie plötzlich, und ihre Augen changierten in jenem schwarzen Licht, in dem das Weiße violett leuchtet. Ihre Zähne waren ein verhaltener Blitz.
»Ich war unhöflich und ordinär, bitte entschuldigen Sie.«
Sie hatte offensichtlich beschlossen, ihre Strategie zu ändern. Auf dem Tischchen zwischen ihnen lagen eine Zigarettendose und ein überdimensionales Feuerzeug aus massivem Silber. Sie beugte sich vor, nahm die Zigarettendose, öffnete sie und hielt sie dem Commissario hin. Durch die genau kalkulierte Bewegung öffnete sich der obere Teil

des Morgenmantels und entblößte zwei kleine, aber sichtlich so feste Brüste, dass Montalbano überzeugt war, man könnte spielend Nüsse mit ihnen knacken.

»Was wollen Sie von mir?«, fragte sie leise, wobei sie ihm in die Augen sah und ihm weiterhin die geöffnete Zigarettendose hinhielt. Auch was sie nicht mit Worten sagte, war klar: Was auch immer du von mir willst, ich gebe es dir gern.

Montalbano lehnte mit einer Handbewegung ab, und er lehnte nicht nur die Zigarette ab. Sie schloss die Dose, stellte sie auf den Tisch zurück und sah den Commissario immer noch an, von unten nach oben, den Morgenrock offen.

»Woher wissen Sie, dass in unser Haus in Monterussello eingebrochen wurde?«

Sie war unerschrocken auf die Schwachstelle des Bluffs losgegangen, den Montalbano bei ihrem Mann angewandt hatte.

»Ich habe geraten«, antwortete der Commissario, »und Ihr Mann ist darauf reingefallen.«

»Ah«, sagte sie und richtete sich auf. Ihre Brüste verschwanden wie durch einen Zaubertrick. Einen Augenblick lang, nur einen Augenblick, dachte der Commissario an ihr Verschwinden. Vielleicht sollte er diese Wohnung lieber so schnell wie möglich verlassen.

»Muss ich Ihnen wirklich in allen Einzelheiten erzählen, wie ich darauf gekommen bin, dass Sie Ihren Mann umbringen wollten? Oder kann ich mir die Worte sparen?«

»Die können Sie sich sparen.«

»Sie wollten das richtig schön inszenieren, nicht wahr?«

»Es hätte funktionieren können.«

»Korrigieren Sie mich, wenn ich mich irre. Wenn Sie demnächst eine Nacht in Monterussello verbringen, wecken Sie ihren Mann, sagen ihm, Sie hätten draußen verdächtige Geräusche gehört, und überreden ihn, sich zu bewaffnen und hinauszugehen. Sobald er draußen ist, versetzen Sie ihm von hinten einen kräftigen Schlag auf den Kopf. Geometra Agrò spielt jetzt nicht mehr den falschen Einbrecher, sondern den echten Mörder. Mit der Pistole, die Ihr Mann auf Ihren Wunsch hin gekauft hat, erschießt er ihn und verschwindet. Und Sie erzählen dann, Ihr armer Mann sei von dem Dieb zusammengeschlagen, entwaffnet und erschossen worden. So etwa hätte die Sache laufen sollen, oder?«

»So ungefähr.«

»Ihnen ist doch klar, dass das, was ich sage, nur Gerede ist, aus der Luft gegriffen. Ich habe nichts Konkretes in der Hand, um Sie hinter Gitter zu bringen.«

»Natürlich ist mir das klar.«

»Ebenfalls klar ist Ihnen wohl, dass Sie, falls Annibale Verruso etwas zustößt, die Erste sind, die ins Gefängnis wandert, gefolgt von Ihrem Freundchen Giacomino. Beten Sie zu Ihrem Gott, dass er nicht das geringste Bauchweh kriegt, ich werde Sie nämlich beschuldigen, dass Sie ihn vergiften wollten.«

Montalbanos Warnung ging Signora Serena bei einem Ohr hinein und durch das andere wieder hinaus.

»Darf ich Sie was fragen, Commissario?«

»Natürlich.«

»Was habe ich eigentlich falsch gemacht?«

»Ihr Fehler war, dass Sie mir den anonymen Brief geschickt haben.«

»Ich?!« Sie schrie fast.

Montalbano wurde es unbehaglich.

»Von welchem anonymen Brief reden Sie da?«
Sie war völlig überrascht und aufrichtig erstaunt. Auch der Commissario war verblüfft: Wie, war das etwa nicht sie gewesen?!
Sie sahen sich bestürzt an.
»Von dem anonymen Brief, in dem stand, Ihr Mann wolle Sie umbringen lassen, weil er dahinter gekommen sei, dass Sie ihn betrügen«, brachte Montalbano mühsam heraus.
»Aber ich habe nie …«
Signora Serena verstummte plötzlich, sprang vom Stuhl auf, der Morgenmantel öffnete sich ganz, Montalbano erspähte liebliche Hügel, geheime kleine Täler, üppiges Grasland. Er schloss die Augen, musste sie aber bei dem Krach, mit dem der Dinosaurier-Aschenbecher gegen ein Bildchen mit verschneiten Bergen knallte, gleich wieder öffnen.
»Das war dieses Riesenarschloch Giacomino!«, brüllte die Signora, wenn man sie eine solche nennen wollte. »Dieser Scheißarsch hatte die Hosen voll!«
Das Zigarettenetui zerschlug eine Vase auf dem Bücherregal.
»Er hat einen Rückzieher gemacht, dieser dämliche Trottel, und sich die Geschichte mit dem anonymen Brief ausgedacht!«
Als das Tischchen die Scheiben der Balkontür zertrümmerte, war der Commissario schon draußen und machte die Wohnungstür der Verrusos hinter sich zu.

*Das zweite Gesicht*

In Vigàta war *la festa di Cannalivari*, der Karneval, noch nie von Belang gewesen. Das heißt für die Erwachsenen nicht, da sie keine Kostümfeste organisieren und keine Gelage veranstalten. Bei den Kindern aber ist das ganz anders, sie laufen den Corso hinauf und hinunter und zeigen sich stolz in ihren Kostümen, die längst dem Fernsehen abgeguckt sind. Heute ist weit und breit kein Pierrot- und kein Micky-Maus-Kostüm mehr zu entdecken, Zorro hat überlebt, aber wirklich Furore machen Batman und kühne Astronauten in glitzernden Raumanzügen.
Doch in diesem Jahr war der Karneval wenigstens für einen Erwachsenen von Belang: Preside Gaspare Tamburello, Rektor des örtlichen Federico-Fellini-Gymnasiums, das, wie an seinem Namen zu erkennen, erst kürzlich gegründet worden war.

»Gestern Nacht hat man versucht, mich umzubringen!«, verkündete der Preside, als er Montalbanos Büro betrat und sich gleich hinsetzte.
Der Commissario sah ihn verwirrt an. Nicht wegen der dramatischen Mitteilung, sondern wegen eines merkwürdigen Phänomens, das sich im Gesicht dieses Mannes abspielte: Es wechselte übergangslos von Totenblass zu Paprikarot.
Der kippt gleich um, dachte Montalbano und sagte: »Ganz

ruhig, Signor Preside, erzählen Sie mir alles. Möchten Sie ein Glas Wasser?«

»Gar nichts will ich!«, brüllte Gaspare Tamburello. Er wischte sich mit einem Taschentuch das Gesicht ab, und Montalbano wunderte sich, dass seine Hautfarbe nicht auf den Stoff abfärbte.

»Dieser Scheißkerl hat es gesagt und getan!«

»Preside, jetzt beruhigen Sie sich erst mal und erzählen Sie alles der Reihe nach. Sagen Sie mir genau, was passiert ist.«

Preside Tamburello nahm sich merklich zusammen, dann begann er.

»Sie wissen doch, Commissario, dass wir einen kommunistischen Kultusminister haben? Der will, dass in der Schule Gramsci durchgenommen wird. Aber ich frage mich: Warum Gramsci und Tommaseo nicht? Können Sie mir erklären, warum?«

»Nein«, sagte der Commissario barsch, der schon ziemlich genervt war. »Können wir jetzt mal zur Sache kommen?«

»Also, um die Schule, die zu leiten ich die Ehre und die Bürde habe, den neuen Ministerialverordnungen anzupassen, bin ich bis nach Mitternacht im Büro geblieben und habe gearbeitet.«

Man wusste in der Stadt, warum der Preside immer eine ganze Palette Ausreden bei der Hand hatte, um nicht nach Hause zu müssen: Dort erwartete ihn, wie eine Löwin in der Höhle, seine Frau Santina, in der Schule besser bekannt als Santippe. Santippe rastete beim geringsten Anlass aus. Und dann hörten die Nachbarn das Geschrei, die Beleidigungen, die Schmähungen, mit denen die schreckliche Frau ihren Mann bedachte. Gaspare Tamburello hoffte, sie schlafend vorzufinden und sich die übliche Szene zu ersparen, wenn er erst nach Mitternacht heimkam.

»Bitte sprechen Sie weiter.«
»Ich hatte gerade die Haustür aufgeschlossen, da krachte es wahnsinnig laut, und ich sah etwas aufflammen. Ich hörte auch deutlich, wie jemand höhnisch lachte.«
»Und was haben Sie dann gemacht?«
»Was sollte ich schon machen? Ich bin die Treppen raufgerannt, ich vergaß, den Aufzug zu nehmen, solches Herzklopfen hatte ich vor Angst.«
»Haben Sie es Ihrer Frau erzählt?«, fragte der Commissario, der ziemlich gemein sein konnte, wenn er es darauf anlegte.
»Nein. Warum auch? Sie schlief, die arme Frau!«
»Sie wollen also das Mündungsfeuer gesehen haben.«
»Natürlich habe ich es gesehen.«
Montalbano machte ein zweifelndes Gesicht, was dem Preside nicht entging.
»Was ist, glauben Sie mir nicht?«
»Ich glaube Ihnen. Aber es ist merkwürdig.«
»Warum?«
»Angenommen, jemand schießt von hinten auf Sie, dann hören Sie zwar den Knall, aber das Mündungsfeuer können Sie nicht sehen. Verstehen Sie?«
»Aber ich habe es gesehen, verstanden?«
Todesblässe und Paprikarot verschmolzen zu Olivgrün.
»Preside, Sie haben angedeutet, dass Sie die Person, die auf Sie geschossen haben soll, möglicherweise kennen.«
»Daran brauchen Sie nicht zu zweifeln, ich weiß ganz genau, wer es getan hat. Und ich bin hier, um formell Anzeige zu erstatten.«
»Warten Sie, nicht so schnell. Wer war es denn Ihrer Meinung nach?«
»Professor Antonio Cosentino.«

Kurz und bündig.
»Kennen Sie ihn?«
»Was für eine Frage! Er unterrichtet Französisch an der Schule!«
»Und warum hätte er es tun sollen?«
»Schon wieder dieser Zweifel! Weil er mich hasst. Er verträgt meine ständigen Rügen, meine negativen schriftlichen Beurteilungen nicht. Aber was soll ich denn machen? Für mich sind Ordnung und Disziplin kategorische Imperative! Aber Professor Cosentino schert das herzlich wenig. Er kommt zu spät in die Konferenz, kritisiert fast immer, was ich sage, spottet, gibt sich überlegen und hetzt seine Kollegen gegen mich auf.«
»Trauen Sie ihm denn einen Mord zu?«
»Haha! Wollen Sie mich zum Lachen bringen? Dem traue ich nicht nur einen Mord, sondern noch ganz andere Sachen zu!«
Was konnte denn schlimmer sein, als jemanden zu ermorden?, fragte sich der Commissario. Vielleicht die Leiche des Ermordeten zu zerstückeln und die eine Hälfte in Bouillon und die andere überbacken mit Pommes Frites zu essen.
»Und wissen Sie, was er getan hat?«, fuhr der Preside fort. »Ich habe mit eigenen Augen gesehen, wie er einer Schülerin zu rauchen anbot!«
»Gras?«
Gaspare Tamburello war verwirrt und sah ihn fragend an.
»Quatsch, Gras! Warum sollten sie denn Gras rauchen? Er wollte ihr eine Zigarette geben.«
Er lebte außerhalb von Zeit und Raum, der Herr Schuldirektor.
»Soviel ich verstanden habe, haben Sie vorhin behauptet, der Professore hätte Sie bedroht.«

»Eigentlich nicht. Es war keine richtige Drohung. Er hat es nur so gesagt, er hat getan, als mache er einen Scherz.«
»Der Reihe nach, bitte.«
»Also, vor etwa drei Wochen lud Professoressa Lopane alle Kollegen zur Taufe ihrer kleinen Nichte ein. Ich konnte mich dem nicht entziehen, verstehen Sie? Ich mag es eigentlich nicht, wenn Vorgesetzte und Untergebene sich verbrüdern, eine gewisse Distanz muss immer gewahrt bleiben.«
Montalbano bedauerte, dass der Schütze, wenn es ihn wirklich gab, nicht besser gezielt hatte.
»Wie es in solchen Fällen immer ist, saßen wir von der Schule später alle in einem Zimmer zusammen. Und da wollten die jüngeren Lehrer irgendein Spiel veranstalten. Plötzlich sagte Professor Cosentino, er habe das Zweite Gesicht. Er behauptete, er müsse nicht den Flug der Vögel beobachten oder irgendeinem Tier in die Eingeweide schauen. Er müsse eine Person nur eindringlich anblicken, um klar und deutlich ihr Schicksal zu sehen. Professoressa Angelica Fecarotta, so ein Dummerchen, eine Aushilfskraft, wollte ihre Zukunft wissen. Professor Cosentino sagte ihr eine große Veränderung in Liebesdingen voraus. Kunststück! Wir wussten alle, dass die Hilfslehrerin mit einem Zahnarzt liiert war, den sie mit dem Zahntechniker betrog, und dass der Zahnarzt früher oder später dahinter gekommen wäre! Zur allgemeinen Erheiterung ...«
Beim Wort »Erheiterung« hielt es Montalbano nicht mehr aus.
»*Eh, no*, Preside, so sitzen wir ja heute Nacht noch da! Ich will nur wissen, was der Professore zu Ihnen gesagt hat. Oder besser: Ihnen vorausgesagt hat.«

»Also, da wär der Prifissore Cosentintino. Der sagt, dass er mit Ihnen ganz persönlich sprechen will.«

»Lass ihn rein.«

Fazio ging hinaus, Cosentino kam herein.

Den Bruchteil einer Sekunde lang war der Commissario verunsichert. Er hatte einen Typ in T-Shirt, Jeans und klobigen Nike-Sportschuhen erwartet, doch der Professore trug einen grauen Anzug und Krawatte. Er hatte sogar etwas Schwermütiges an sich und hielt den Kopf leicht zur linken Schulter geneigt. Seine Augen aber blickten schlau und flackerten. Montalbano informierte ihn Wort für Wort, ohne Umschweife, über die Anschuldigung des Preside und wies ihn darauf hin, dass solche Dinge kein Spaß seien.

»Warum nicht?«

»Weil Sie geweissagt haben, dass der Preside am Dreizehnten Ziel einer Art Attentat werden würde, was auch pünktlich eingetreten ist.«

»Aber, Commissario, wenn es wahr ist, dass auf ihn geschossen wurde, wie können Sie dann denken, ich sei so blöd gewesen und hätte angekündigt, dass ich es tun würde, und das auch noch vor zwanzig Zeugen? Da hätte ich ja gleich schießen und direkt ins Gefängnis gehen können! Es handelt sich um einen unglücklichen Zufall.«

»Passen Sie auf, bei mir kommen Sie mit Ihren Argumenten nicht weit.«

»Warum nicht?«

»Weil Sie vielleicht nicht so blöd, sondern so schlau waren, es zu sagen, es zu tun und dann mir gegenüber zu behaupten, Sie hätten es ja gar nicht tun können, weil Sie es gesagt hatten.«

»Stimmt«, gab der Professore zu.

»Und, wie geht's jetzt weiter?«
»Glauben Sie im Ernst, ich hätte das Zweite Gesicht, ich könnte Dinge voraussagen? Dem Preside allerdings könnte ich etwas nachsagen, wenn man es so nennen will. Und das sind todsichere Aussagen.«
»Erklären Sie das genauer.«
»Wenn unser lieber Preside in der Zeit des Faschismus gelebt hätte, sehen Sie ihn da nicht förmlich als tüchtigen Verbandsführer vor sich? In der Uniform aus schwerem Stoff, mit Ledergamaschen und dem Vogel an der Mütze, durch Feuerringe springend? Das garantiere ich Ihnen.«
»Jetzt lassen Sie uns ernsthaft reden.«
»Commissario, Sie kennen vielleicht nicht den köstlichen Roman aus dem achtzehnten Jahrhundert mit dem Titel *Der verliebte Teufel* von ...«
»Cazotte«, sagte der Commissario. »Ich habe ihn gelesen.«
Der Professore erholte sich augenblicklich von einem leichten Erstaunen.
»Also, eines Abends saß Jacques Cazotte mit ein paar berühmten Freunden zusammen und sagte ihnen genau den Zeitpunkt ihres Todes voraus. Nun ...«
»Hören Sie, Professore, diese Geschichte kenne ich ebenfalls, ich habe sie bei Gérard de Nerval gelesen.«
Dem Professore blieb der Mund offen stehen.
»*Cristo santo!* Woher wissen Sie das alles?«
»Ich lese«, sagte der Commissario kurz angebunden. Und noch strenger fügte er hinzu:
»Diese Geschichte hat weder Hand noch Fuß. Ich weiß nicht mal, ob man auf den Preside geschossen hat oder ob es ein Kracher war.«
»Kracher, sehr witzig«, sagte der Professore und verzog abfällig das Gesicht.

»Aber ich verwarne Sie in aller Form. Wenn Preside Tamburello in den nächsten drei Monaten etwas zustößt, werde ich Sie persönlich dafür zur Verantwortung ziehen.«
»Auch wenn er eine Grippe bekommt?«, fragte Antonio Cosentino ganz und gar nicht beeindruckt.

Doch es kam, wie es kommen musste.
Preside Tamburello war sehr ungehalten darüber, dass der Commissario seine Anzeige nicht aufgenommen und den Mann, der seiner Meinung nach für den Vorfall verantwortlich war, nicht in Handschellen abgeführt hatte. Und er fing an, verschiedene falsche Schritte zu machen. Bei der ersten Lehrerkonferenz gab er sich streng und märtyrerhaft zugleich und teilte seiner bestürzten Zuhörerschaft mit, er sei einem Hinterhalt zum Opfer gefallen, dem er durch den Beistand (in dieser Reihenfolge) der Muttergottes und der sittlichen Pflicht, die er unermüdlich verteidige, wie durch ein Wunder entronnen sei. Unentwegt blickte er während seiner kurzen Ansprache vielsagend Professor Antonio Cosentino an, der frech grinste. Der zweite falsche Schritt bestand darin, dass er die Geschichte Pippo Ragonese erzählte, der Kommentator bei »Televigàta« war und es auf den Commissario abgesehen hatte. Ragonese erzählte den Vorfall auf seine Weise und behauptete, Montalbano leiste objektiv der Kriminalität Vorschub, wenn er nicht gegen den Mann vorgehe, der als Handlanger bei diesem Attentat genannt worden sei. Das Resultat war schlicht, dass Montalbano sich vor Lachen bog und ganz Vigàta erfuhr, dass man auf Preside Tamburello geschossen hatte.
So erfuhr es, als sie den Fernseher um zwölf Uhr dreißig einschaltete, um Nachrichten zu sehen, auch die Gattin

des Preside, die bis dahin keine Ahnung von alledem gehabt hatte. Der Preside, der nicht wusste, dass seine Frau mittlerweile im Bilde war, kam um dreizehn Uhr dreißig zum Essen. Sämtliche Nachbarn standen an den Fenstern und auf den Balkonen, um sich zu amüsieren. Santippe zog über ihren Mann her und warf ihm vor, er habe Geheimnisse vor ihr, nannte ihn einen Vollidioten, der wie ein x-beliebiger Schwachkopf auf sich schießen lässt, und beschimpfte den unbekannten Schützen, er sei – wörtlich – zu blöd zum Zielen. Nach einer Stunde dieses Trommelfeuers sahen die Nachbarn den Preside unten aus der Haustür sausen wie einen Hasen, den ein Frettchen aus seinem Bau jagt. Er fuhr in die Schule und ließ sich ein *panino* ins Büro bringen.

Gegen sechs Uhr nachmittags saßen wie immer die größten Denker der Stadt im Café Castiglione zusammen.
»Der Kerl ist wirklich fies, das muss man schon sagen«, fing der Apotheker Luparello an.
»Wer? Tamburello oder Cosentino?«, fragte der Buchhalter Prestìa.
»Tamburello. Er leitet die Schule nicht, sondern regiert sie, er ist eine Art absoluter Monarch. Wer sich seinem Willen nicht beugt, dem geht's an den Kragen. Letztes Jahr hat er doch die ganze 2c durchfallen lassen, weil die Kinder nicht sofort aufgestanden sind, als er die Klasse betrat.«
»Stimmt«, mischte sich Tano Pisciotta ein, der Fischgroßhändler, und fügte, seine Stimme zu einem Hauch dämpfend, hinzu: »Und vergesst nicht, dass unter den durchgefallenen Kindern der 2c auch der Sohn von Giosuè Marchica und die Tochter von Nenè Gangitano waren.«
Nachdenkliches und besorgtes Schweigen trat ein.

Marchica und Gangitano waren geachtete Leute, denen man nicht frech kommen durfte. Und wenn das keine Frechheit war, ihre Kinder durchfallen zu lassen!

»Der Preside und Professore Cosentino sind sich nicht einfach nur unsympathisch! Das ist schon ziemlich ernst!«, stellte Luparello abschließend fest.

In diesem Augenblick trat der Preside ein. Da er nicht wusste, was im Schwange war, nahm er sich einen Stuhl und setzte sich an den Tisch. Er bestellte einen Kaffee.

»Tut mir Leid, aber ich muss nach Hause«, sagte der Buchhalter Prestìa sofort. »Meine Frau hat leichtes Fieber.«

»Ich muss auch weg, ich erwarte einen Anruf im Büro«, sagte daraufhin Tano Pisciotta.

»Meine Frau hat auch Fieber«, behauptete der Apotheker Luparello, der nicht sonderlich fantasiebegabt war.

Im Nu saß der Preside allein am Tisch. Um Missverständnissen vorzubeugen, ließ man sich besser nicht mit ihm zusammen sehen. Marchica und Gangitano hätten sich womöglich ein falsches Bild von ihrer Freundschaft zu Preside Tamburello gemacht.

Eines Morgens, als Signora Tamburello auf dem Markt einkaufte, trat die Frau des Apothekers Luparello auf sie zu.

»Wie mutig Sie sind, meine Liebe! Ich an Ihrer Stelle wäre längst weg oder hätte meinen Mann rausgeschmissen, ohne eine Minute zu verlieren!«

»Warum denn?«

»Was heißt hier warum? Was ist, wenn der, der auf ihn geschossen und nicht getroffen hat, auf Nummer Sicher gehen will und Ihnen eine Bombe vor die Wohnungstür legt?«

Noch am selben Abend zog der Preside ins Hotel. Doch die

Vermutung von Signora Luparello hatte solchen Eindruck gemacht, dass auch die Familien Pappacena und Lococo, die in derselben Etage wohnten, auszogen.
Am Ende seiner physischen und geistigen Widerstandskraft bat Preside Tamburello um seine Versetzung, die ihm auch bewilligt wurde. Binnen drei Monaten weilte er nicht mehr unter ihnen, wie Professor Cosentino geweissagt hatte.

»Darf ich Sie was fragen? Der Knall, was war das?«, erkundigte sich Commissario Montalbano.
»Ein Kracher«, antwortete Cosentino ruhig.
»Und das Loch in der Tür?«
»Glauben Sie mir, wenn ich Ihnen sage, dass nicht ich es gemacht habe? Es muss ein Zufall gewesen sein, oder er hat es selbst gemacht, um seiner Anzeige gegen mich Glaubwürdigkeit zu verschaffen. Dieser Mann war dazu verurteilt, sich eigenhändig zu ruinieren. Ich weiß nicht, ob Sie diese Komödie kennen – ich erinnere mich nicht, ob es eine griechische oder eine römische ist – mit dem Titel *Der Selbstquäler*, in der ...«
»Ich weiß nur eins«, fiel Montalbano ihm ins Wort, »dass ich Sie niemals zum Feind haben will.«
Und das meinte er wirklich so.

## *Die Abkürzung*

Calòrio hieß nicht Calòrio, aber er war in ganz Vigàta unter diesem Namen bekannt. Er war, woher wusste man nicht, vor ungefähr zwanzig Jahren in die Stadt gekommen, seine Hose, mehr Löcher als Stoff, war mit einer Schnur um die Hüfte gebunden, sein Jackett ganz aus Flicken wie bei einem Harlekin, die Füße waren nackt, aber sehr gepflegt. Er lebte vom Betteln, doch das machte er diskret, er belästigte niemanden und erschreckte keine Frauen und Kinder. An Wein vertrug er einiges, wenn er sich mal eine Flasche kaufen konnte, sodass ihn nie jemand auch nur angeheitert erlebt hatte: Dabei hatte es schon so manches Fest gegeben, bei dem er literweise Wein getrunken hatte.

Vigàta hatte ihn bald adoptiert, Patre Cannata versorgte ihn mit gebrauchter Kleidung und Schuhen, auf dem Markt verweigerte ihm niemand ein wenig Fisch oder Gemüse, ein Arzt behandelte ihn kostenlos und schenkte ihm Medikamente, wenn er welche brauchte. Im Allgemeinen war er bei guter Gesundheit, obwohl er bestimmt schon über siebzig war. Nachts schlief er im Portikus des Rathauses; im Winter schützte er sich vor der Kälte mit zwei alten Decken, die ihm jemand geschenkt hatte. Doch vor fünf Jahren war er umgezogen. Am einsamen westlichen Strand, vis-à-vis dem Strand, an dem die Leute badeten, hatte man das Wrack eines Fischkutters an Land gezogen. Es war in kürzester Zeit ausgeplündert worden, und nur der Rumpf war übrig geblieben. Calòrio hatte ihn in Besitz genommen und sich im ehemaligen Motorraum häuslich eingerichtet. Tagsüber ließ er sich bei schönem Wetter an Deck nieder. Zum Lesen. Und daher kam es, dass ihn die Leute in der Stadt Calòrio nannten, denn Vigàtas Schutzheiliger, den alle, ob gläubig oder nicht, sehr verehrten, war ein schwarzhäutiger Mönch mit einem Buch in der Hand. Die Bücher lieh sich Calòrio in der Stadtbibliothek aus; Signorina Melluso, die Leiterin, versicherte, niemand wisse besser als Calòrio, wie man Bücher zu behandeln habe, und gebe sie so pünktlich zurück wie er. Er liest alles, erklärte Signorina Melluso: Pirandello und Manzoni, Dostojewskij und Maupassant …

Commissario Montalbano, der oft lange Spaziergänge machte, mal auf der Mole, mal am westlichen Strand, welcher den Vorteil hatte, dass er immer menschenleer war, war eines Tages stehen geblieben und hatte ihn angesprochen.

»Was lesen wir denn Schönes?«

Der Mann hob, sichtlich verärgert, den Blick nicht von seinem Buch.

»Den *Urfaust*«, lautete die verblüffende Antwort. Und weil dieser aufdringliche Mensch nicht nur nicht abzog, sondern auch kein Erstaunen zeigte, rang er sich schließlich dazu durch, ihn anzusehen.

»In der Übersetzung von Liliana Scalero«, fügte er höflich hinzu, »ein bisschen altmodisch, aber in der Bücherei gibt es keine andere. Ich muss mich damit zufrieden geben.«

»Ich habe das Buch in der Übersetzung von Manacorda«, sagte der Commissario. »Wenn Sie möchten, leihe ich es Ihnen.«

»Danke. Wollen Sie sich setzen?«, fragte der Mann und rückte auf dem Sack, auf dem er saß, zur Seite.
»Nein, ich muss noch arbeiten.«
»Wo denn?«
»Ich leite das hiesige Kriminalkommissariat, ich heiße Salvo Montalbano.«
Er reichte ihm die Hand. Der andere stand auf und streckte ihm ebenfalls die Hand hin.
»Ich heiße Livio Zanuttin.«
»So, wie Sie sprechen, klingen Sie wie ein Sizilianer.«
»Ich lebe seit über vierzig Jahren in Sizilien, bin aber in Venedig geboren.«
»Verzeihen Sie eine Frage. Wie kommt es, dass ein gebildeter, kultivierter Mann wie Sie so heruntergekommen ist?«
»Sie sind Polizist und deshalb von Natur aus und von Berufs wegen neugierig. Sagen Sie nicht ›heruntergekommen‹, es handelt sich um eine freie Entscheidung. Ich habe verzichtet. Auf alles verzichtet: Prestige, Ehre, Würde, Tugend, lauter Dinge, von denen die Tiere durch Gottes Gnade in ihrer glückseligen Unschuld nichts wissen. Befreit von …«
»Das gilt nicht«, unterbrach Montalbano ihn. »Sie antworten mit den Worten, die Pirandello dem Zauberer Cotrone in den Mund legt. Und übrigens lesen Tiere nicht.«
Sie lächelten sich an.
Das war der Anfang einer merkwürdigen Freundschaft. Montalbano besuchte ihn ab und zu und brachte ihm Geschenke: ein paar Bücher, ein Radio und, da Calòrio nicht nur las, sondern auch schrieb, einen Vorrat an Kugelschreibern und Heften. Wurde er beim Schreiben überrascht, steckte Calòrio das Heft sofort in eine voll gestopfte große Tasche. Als es einmal plötzlich zu regnen begann, lud er

Montalbano in seinen Motorraum ein und hängte die Luke mit einem Stück Wachstuch zu. Dort unten war alles ordentlich und sauber. An einer Schnur, die von Wand zu Wand gespannt war, hingen ein paar Bügel mit den armseligen Kleidungsstücken des Bettlers; sogar ein kleines Regal hatte er gezimmert, auf dem Bücher, Kerzen und eine Petroleumlampe standen. Zwei Säcke waren sein Bett. Das einzige Merkmal von Unordnung waren zwei Dutzend leere Weinflaschen, die sich in einem Winkel stapelten.

Und jetzt lag er da, Calòrio, mit dem Gesicht im Sand, direkt neben dem Wrack, mit einer klaffenden Wunde im Nacken, ermordet. Ein Nachtwächter der nahen Zementfabrik hatte ihn gefunden, als er frühmorgens nach Hause ging. Der Nachtwächter hatte mit seinem Handy im Kommissariat angerufen und sich nicht von der Stelle gerührt, bis die Polizei eingetroffen war.
Der Mörder hatte aus dem ehemaligen Motorraum, Calòrios Schlafzimmer, alles mitgenommen, die Kleidung, die große Tasche, die Bücher. Nur die leeren Flaschen lagen noch an ihrem Platz. Aber gab es denn in Vigàta, fragte sich der Commissario, Menschen, die so arme Schlucker waren, dass sie einem anderen armen Schlucker seine elende Habe klauten?
Tödlich verletzt hatte Calòrio es irgendwie noch geschafft, vom Rumpf des Fischkutters herunterzukommen, und als er auf den Boden gefallen war, hatte er versucht, mit dem Zeigefinger der rechten Hand drei beinah unleserliche Buchstaben in den Sand zu schreiben. Glücklicherweise hatte es in der Nacht zuvor genieselt, sodass der Sand fest war: Doch die drei Buchstaben konnte man trotzdem nicht gut entziffern.

Montalbano wandte sich an Jacomuzzi, den Chef der Spurensicherung, der ein fähiger Mann, aber auch ein hoffnungsloser Wichtigtuer war.
»Kannst du mir sagen, was genau der arme Kerl noch schreiben wollte, bevor er starb?«
»Klar.«

Der Gerichtsmediziner Dottor Pasquano, ein schwieriger Mensch, der sich aber ebenfalls auf sein Fach verstand, rief Montalbano gegen fünf Uhr nachmittags an. Er konnte nur bestätigen, was er am Morgen nach der ersten Leichenschau bereits erklärt hatte.
So wie er den Fall rekonstruierte, mussten das Opfer und der Mörder vergangene Nacht gegen Mitternacht heftig aneinander geraten sein. Calòrio, von einem Faustschlag mitten ins Gesicht getroffen, war nach hinten gestürzt und mit dem Kopf auf der verrosteten Winde aufgeschlagen, mit der früher das Fischernetz eingeholt worden war: Sie war blutverschmiert. Der Angreifer, der den Bettler für tot hielt, hatte alles zusammengerafft, was unter Deck zu finden gewesen war, und war abgehauen. Doch kurz darauf war Calòrio vorübergehend wieder zu sich gekommen und hatte versucht, von dem Fischkutter hinunterzuklettern, war aber, benommen und blutend, in den Sand gefallen. Er hatte noch vier oder fünf Minuten gelebt und sich in dieser Zeit bemüht, die drei Buchstaben zu schreiben. Pasquanos Meinung nach gab es keinen Zweifel: Das war kein vorsätzlicher Mord.

»Ich bin vollkommen sicher, dass ich mich nicht täusche«, behauptete Jacomuzzi kategorisch. »Bevor er starb, hat der arme Kerl noch versucht, eine Abkürzung zu schreiben. Es handelt sich um ein P, ein O und ein E. Eine Abkürzung, todsicher.«

Er machte eine Pause.

»Könnte das nicht *Partito Operaio Europeo*, Europäische Arbeiterpartei, heißen?«

»Und was zum Teufel soll das sein?«

»Was weiß ich, heute reden doch alle von Europa ... Vielleicht eine subversive europäische Partei ...«

»Jacomù, hat dir einer ins Hirn geschissen?«

Jacomuzzi hatte wirklich höchst originelle Ideen! Montalbano legte auf, ohne sich zu bedanken. Eine Abkürzung. Was hatte Calòrio sagen, worauf hatte er hinweisen wollen? Vielleicht auf etwas, das den Hafen betraf? *Punto Ormeggio Est*, Ankerplatz Ost? *Pontone Ormeggiato Esternamente*, außen vertäuter Ponton? Nein, dieses Ratespiel war sinnlos, die drei Buchstaben konnten alles und nichts bedeuten. Doch als er starb, war es für Calòrio das Allerwichtigste gewesen, diese Abkürzung in den Sand zu schreiben.

Gegen zwei Uhr nachts spürte Montalbano im Schlaf eine Art Fausthieb auf den Kopf. Es war schon manchmal passiert, dass er so aufwachte, und er war zu der Überzeugung gekommen, dass, während er schlief, ein Teil seines Gehirns wach blieb und über irgendein Problem nachdachte. Und dann holte es ihn plötzlich in die Wirklichkeit zurück. Er stand auf, lief zum Telefon und wählte Jacomuzzis Nummer.

»Waren da Punkte?«

»Wer ist denn dran?«, fragte Jacomuzzi völlig verwirrt.

»Montalbano. Waren da Punkte?«

»Es wird welche geben.«

»Was heißt das, es wird welche geben?«
»Das heißt, dass ich jetzt gleich zu dir komm und dich verprügel, dann hast du ein Dutzend Punkte am Kopf, von den Stichen, wenn sie dich nähen!«
»Jacomù, glaubst du, ich rufe dich mitten in der Nacht an, um mir deinen Schwachsinn anzuhören? Waren da Punkte, ja oder nein?«
»Was denn nur für Punkte, *santa Madonna*?«
»Zwischen dem P und dem O und dem O und dem E.«
»Ah! Du meinst das, was in den Sand geschrieben war? Nein, da waren keine Punkte.«
»Und warum zum Teufel hast du dann gesagt, dass es eine Abkürzung ist?«
»Was sollte es denn sonst sein? Und glaubst du, dass einer, der im Sterben liegt, seine Zeit mit den Punkten einer Abkürzung verschwendet?«
Fluchend knallte Montalbano den Hörer auf und rannte, in der Hoffnung, das gesuchte Buch an seinem Platz zu finden, ans Bücherregal. Das Buch war da: Edgar Allan Poe, *Erzählungen*. Was Calòrio in den Sand geschrieben hatte, war keine Abkürzung, es war der Name eines Schriftstellers, und die Botschaft war für ihn, Montalbano, bestimmt, den Einzigen, der sie würde verstehen können. Die erste Erzählung des Buches hieß *Das Manuskript in der Flasche*, und mehr brauchte der Commissario nicht.

Im Schein der Taschenlampe flüchteten die Mäuse erschrocken in alle Richtungen. Es wehte ein heftiger kalter Wind, und der Luftzug, der durch die aus den Fugen gegangenen Planken fuhr, verursachte hin und wieder einen Klagelaut, der fast wie eine menschliche Stimme klang. In der fünfzehnten Flasche sah Montalbano, was er suchte, eine in dunkelgrünes Papier eingeschlagene Rolle, der Farbe der Flasche vollkommen angepasst. Calòrio war ein intelligenter Mann gewesen. Der Commissario drehte die Flasche um, aber die Rolle fiel nicht heraus, sie war aufgegangen. Montalbano wollte diesen Ort möglichst schnell wieder verlassen, also kletterte er aus dem Motorraum an Deck und ließ sich in den Sand fallen, wie es auch der arme Calòrio, wenn auch unfreiwillig, gemacht hatte.

Zu Hause in Marinella stellte er die Flasche auf den Tisch und betrachtete sie eine ganze Weile, die Neugier wie ein einsames Laster auskostend. Als er es nicht mehr aushielt, holte er einen Hammer aus der Werkzeugkiste und schlug nur einmal zu, fest und gezielt. Die Flasche zerbrach in zwei Teile, fast ohne zu splittern. Die Rolle war in ein Stück gefaltetes grünes Papier eingewickelt, wie es in Gärtnereien verwendet wird, um Blumentöpfe zu kaschieren.

> Wenn diese Zeilen in die richtigen Hände gelangen, ist es gut; wenn nicht, sei's drum. Es wird die letzte meiner zahlreichen Niederlagen sein. Ich heiße Livio Zanuttin, zumindest ist das der Name, den man mir gegeben hat, da ich ein Findelkind bin. Im Standesamt bin ich registriert als in Venedig am 5. Januar 1923 geboren. Bis zu meinem zehnten Lebensjahr war ich in einem Waisenhaus in Mestre. Dann kam ich in ein Internat nach Padua, wo ich zur Schule ging. 1939, da war ich sechzehn, geschah etwas, was mein Leben erschütterte. Im Internat war ein gleichaltriger Junge, Carlo Z., der ganz und gar weiblich war und sich gern dafür hergab, unsere ersten jugendlichen Begierden zu befriedigen.

Diese Treffen fanden nachts statt, in einem Souterrain, zu dem man durch eine Falltür im Vorratsraum gelangte. Nur einem Jungen aus unserem Schlafsaal verwehrte Carlo hartnäckig seine Gefälligkeiten: Attilio C. war ihm unsympathisch.
Je mehr Carlo sich verweigerte, desto wütender wurde Attilio wegen der ihm unerklärlichen Ablehnung. Eines Nachmittags verabredete ich mich mit Carlo für halb eins in der Nacht im Souterrain (wir gingen um zehn Uhr ins Bett, die Lichter wurden eine Viertelstunde später gelöscht). Als ich hinunterkam, bot sich mir im Schein einer Kerze, die Carlo immer anzündete, ein entsetzlicher Anblick: Der Junge lag, Hose und Unterhose hinuntergezogen, in einer Blutlache auf dem Boden. Er war erstochen worden, nachdem man ihn vergewaltigt hatte. Von dem Grauen völlig verstört, drehte ich mich um, um wegzulaufen, da stand ich Attilio gegenüber, der sein Messer gegen mich erhob. Seine linke Hand blutete, er hatte sich verletzt, als er Carlo tötete.
»Wenn du redest«, sagte er, »wird es dir genauso ergehen.«
Und ich schwieg, aus Feigheit. Und das Traurige ist, dass man von dem armen Carlo nie mehr etwas gehört hat. Sicher hat jemand vom Internat die Leiche verschwinden lassen, nachdem er den Mord entdeckt hatte: möglicherweise irgendein Wächter, der verbotene Beziehungen zu Carlo gehabt hatte und aus Angst vor einem Skandal handelte. Wer weiß warum, aber als ich ein paar Tage später beobachtete, wie Attilio den blutigen Verband in den

Müll warf, holte ich ihn heraus. Ein kleines Stück habe ich unten auf die letzte Seite geklebt, vielleicht ist es ja noch zu irgendetwas nutze. 1941 wurde ich eingezogen, ich habe gekämpft, ich wurde 1943 von den Alliierten in Sizilien gefangen genommen. Nach drei Jahren kam ich aus der Gefangenschaft zurück, aber mein Leben war längst gezeichnet, und ich brauche es hier nicht zu erzählen. Eine einzige Verkettung von Fehlern: vielleicht, ich sage vielleicht, die Reue für jene weit zurückliegende Feigheit, die Verachtung gegen mich selbst, weil ich geschwiegen habe. Vor einer Woche habe ich, hier in Vigàta, ganz zufällig Attilio gesehen und sofort wiedererkannt. Es war Sonntag, er ging gerade in die Kirche. Ich habe ihn beobachtet, ich habe mich erkundigt, ich habe alles über ihn erfahren: Attilio C. ist bei seinem Sohn zu Besuch, dem Direktor der Zementfabrik. Er selbst, Attilio, ist im Ruhestand, aber er ist im Vorstand von Saminex, der größten Konservenfabrik Italiens. Vorgestern habe ich ihn wieder gesehen und bin vor ihm stehen geblieben.

»*Ciao*, Attilio«, habe ich gesagt, »kennst du mich noch?«

Er hat mich lange angesehen, dann hat er mich erkannt und einen Satz nach hinten gemacht. In seinen Augen war der gleiche Blick wie damals in der Nacht im Souterrain.

»Was willst du?«

»Dein Gewissen sein.«

Aber das hat er bestimmt nicht geglaubt, er denkt wohl, ich hätte vor, ihn zu erpressen. In den nächsten Tagen oder in einer der nächsten Nächte wird er sicher hier auftauchen.

Es war schon fünf Uhr morgens, ins Bett brauchte Montalbano jetzt nicht mehr zu gehen. Er duschte ausgiebig, rasierte sich, zog sich an, setzte sich auf die Bank in der Veranda und sah aufs Meer hinaus, die Wellen brachen sich träge wie ein ruhiger Atem. Er hatte sich eine *napoletana* für vier Tassen gemacht: Hin und wieder stand er auf, ging in die Küche, schenkte sich nach und setzte sich wieder hinaus. Er freute sich für seinen Freund Calòrio.
Die Adresse hatte er im Telefonbuch nachgesehen. Punkt acht klingelte er an der Sprechanlage bei Dottor Eugenio Comaschi. Eine Männerstimme antwortete.
»*Chi è?*«
»Zustelldienst.«
»Mein Sohn ist nicht da.«
»Das macht nichts, es muss nur jemand unterschreiben.«
»Dritter Stock.«
Als der Fahrstuhl hielt, erwartete ihn am Treppenabsatz ein gepflegter alter Mann im Pyjama. Als Attilio Comaschi den Commissario sah, wurde er misstrauisch, er wusste sofort, dass dieser Mann nichts mit Zustellung zu tun hatte, zumal er gar nichts in der Hand trug.
»Was wollen Sie?«, fragte der Alte.
»Ihnen das hier geben«, sagte Montalbano und zog das dunkelbraun verfärbte Gazestückchen aus der Tasche.
»Was soll dieser dreckige Fetzen sein?«
»Das ist ein kleines Stück des Verbands, mit dem Sie vor achtundfünfzig Jahren die Wunde versorgten, die Sie sich zufügten, als Sie Carlo töteten.«
Es heißt, dass bestimmte Kugeln, wenn sie einen Men-

schen treffen, ihn drei, vier Meter nach hinten schleudern. Der Alte schien von einem dieser Geschosse in die Brust getroffen, er knallte buchstäblich gegen die Wand. Dann erholte er sich langsam und ließ den Kopf auf die Brust sinken.

»Livio … ich wollte ihn nicht töten«, sagte Attilio Comaschi.

## *Gleichstand*

Als Montalbano als frischgebackener Commissario ins Kommissariat von Vigàta kam, teilte ihm sein Kollege bei der Übergabe unter anderem mit, dass das Territorium von Vigàta und Umgebung Gegenstand der Streitereien zwischen zwei Mafia-»Familien« sei, den Cuffaros und den Sinagras, die eifrig bemüht seien, dem jahrealten Zank nicht per Stempelpapier, sondern mit tödlichen Schüssen aus der Lupara ein Ende zu setzen.

»Lupara? Heute noch?!«, wunderte sich Montalbano, denn diese Methode kam ihm, wie soll man sagen, archaisch vor, in Zeiten, in denen man Maschinenpistolen und Kalaschnikows auf jedem kleinen Dorfmarkt bekam.

»Die beiden rivalisierenden *capocosca*, die Bosse der Mafia-Familien, sind Traditionalisten«, erklärte ihm sein Kollege. »Don Sisìno Cuffaro ist über achtzig, und Don Balduccio Sinagra hat schon seinen Fünfundachtzigsten gefeiert. Du musst das verstehen, sie klammern sich an ihre Jugenderinnerungen, und die Lupara gehört zu diesen lieb gewordenen Andenken. Don Lillino Cuffaro, der Sohn von Don Sisìno und schon über sechzig, und Don Masino Sinagra, der fünfzigjährige Sohn von Don Balduccio, haben die Nase voll, sie wollen die Nachfolge der Väter antreten und mit der Zeit gehen, aber sie fürchten sich vor ihren Vätern, die heute noch imstande sind, ihnen auf offener Straße eine runterzuhauen.«

»Du machst wohl Witze?«
»Ganz und gar nicht. Die beiden Alten, Don Sisìno und Don Balduccio, sind bedächtige Menschen, sie haben immer den Gleichstand im Auge. Wenn einer von der Familie Sinagra einen aus der Familie Cuffaro umbringt, kannst du Gift drauf nehmen, dass keine Woche später einer von den Cuffaros einen Sinagra erschießt. Einen, nur einen Einzigen, vergiss das nicht.«
»Und wie steht es momentan?«, erkundigte sich Montalbano sportlich.
»Sechs zu sechs«, sagte sein Kollege sehr ernst. »Mit dem nächsten Tor sind die Sinagras dran.«

Gegen Ende des zweiten Jahres, das der Commissario in Vigàta verbrachte, stockte das Spiel vorübergehend bei acht zu acht. Und da als Nächstes die Sinagras am Ball waren, wurde am fünfzehnten Dezember – nach dem Anruf von jemandem, der nicht sagen wollte, wer er war – in der Contrada Zingarella die Leiche von Titìllo Bonpensiero gefunden, der ungeachtet seines Nachnamens, der »guter Gedanke« bedeutete, auf den dummen Gedanken gekommen war, ganz allein einen Morgenspaziergang in diesem öden Landstrich voller Mohrenhirse, Steine und Felsabstürze zu machen. Ein idealer Ort, um umgebracht zu werden. Titìllo Bonpensiero – er und die Cuffaros waren dick befreundet – war dreißig Jahre alt gewesen, hatte offiziell von seiner Tätigkeit als Häusermakler gelebt und vor zwei Jahren Mariuccia Di Stefano geheiratet. Natürlich waren die Di Stefanos und die Cuffaros ein Herz und eine Seele, denn in Vigàta galt die Geschichte von Romeo und Julia als das, was sie war: schlicht und einfach eine Legende. Die Vermählung einer Cuffaro mit

einem Sinagra (und umgekehrt) war ein unvorstellbares Ereignis, praktisch Science-Fiction.
In seinem ersten Jahr im Kommissariat von Vigàta hatte sich Salvo Montalbano, der sich der Philosophie seines Vorgängers (»Misch dich nicht ein, lass sie sich gegenseitig umbringen, umso besser für uns und alle anständigen Leute«) nicht hatte anschließen wollen, mit Feuereifer an die Ermittlungen in diesen Mordfällen gemacht, aber er hatte sich geschlagen geben müssen.
Niemand hatte etwas gesehen, niemand hatte etwas gehört, niemand hatte einen Verdacht, niemand konnte sich etwas vorstellen, niemand kannte niemanden.
Kein Wunder, dass Odysseus ausgerechnet in Sizilien dem Zyklopen gesagt hat, er heiße Niemand, fantasierte der Commissario angesichts dieser dichten Nebelwand schließlich eines Tages vor sich hin.
So schickte er, als ihm berichtet wurde, in der Contrada Zingarella liege die Leiche eines Mitglieds der Familie Cuffaro, seinen Vice Mimì Augello hin.
Und die ganze Stadt wartete auf den unvermeidlichen nächsten Mord an einem Sinagra.

Und so begab sich am zweiundzwanzigsten Dezember, noch vor sieben Uhr morgens, Cosimo Zaccaria, der ein leidenschaftlicher Angler war, mit Angelrute und Würmern ans Ende der westlichen Mole. Eine halbe Stunde lang angelte er mit einem gewissen Erfolg, aber dann musste er sich furchtbar über ein lautes Motorboot geärgert haben, das vom offenen Meer her schnell Richtung Hafen fuhr. Das Motorboot steuerte aber nicht die Einfahrt zwischen den beiden Molen, sondern vielmehr das Ende der westlichen Mole an, offensichtlich entschlossen,

mit seinem Lärm die Fische zu verjagen, auf die Cosimo wartete. Etwa zehn Meter bevor es an den Wellenbrechern zerschellt wäre, drehte das Motorboot ab und fuhr wieder Richtung offenes Meer, aber da lag Cosimo Zaccaria schon mit verrenkten Gliedern und dem Gesicht nach unten zwischen zwei Felsen, denn die Lupara hatte ihm die Brust zerfetzt.
Als die Nachricht bekannt wurde, wunderte sich die ganze Stadt, und Commissario Montalbano wunderte sich auch. Was war denn das?! Gehörte Cosimo Zaccaria nicht zur Familie Cuffaro, wie Titìllo Bonpensiero zu ihr gehört hatte? Warum hatten die Sinagras zwei Cuffaros hintereinander umgebracht? Hatten sie vielleicht nicht richtig mitgezählt? Und wenn es kein Fehler war, wieso hatten die Sinagras dann beschlossen, von den Regeln abzuweichen?
Jetzt stand es zehn zu acht, und zweifellos würden die Cuffaros die Rechnung sehr bald begleichen. Ein kalter, regnerischer Januar mit zwei Sinagras stand bevor, die sich schon jetzt als mausetot betrachten konnten. Doch würde man erst nach den Feiertagen darauf zurückkommen, weil vom vierundzwanzigsten Dezember bis zum sechsten Januar von jeher das ungeschriebene Gesetz des Waffenstillstands galt. Nach *Pifanìa*, dem Dreikönigsfest, würde das Spiel weitergehen.

Der Pfiff des Schiedsrichters, den nicht die Vigatèsi, sondern nur die Mitglieder der beiden Mannschaften hörten, sollte am Abend des siebten Januar ertönen. In der Tat konnte tags darauf Michele Zummo, Betreiber eines Musterhühnerhofes in der Contrada Ciavolotta, mitten unter gut tausend Eiern, die sowohl durch die Streuung der Lupara als auch durch den Aufschlag von Zummos Körper

zu Bruch gegangen waren, in seiner Eigenschaft als Leiche nur mühsam identifiziert werden.
Mimì Augello berichtete seinem Chef, Blut, Hirnmasse, Dotter und Eiweiß seien so gut gemischt, dass man für dreihundert Personen Omelett zubereiten könne, ohne dass jemand zwischen Zummo und Eiern zu unterscheiden vermöchte.
Zehn zu neun: Die Dinge bewegten sich wieder in der richtigen Bahn, und die Stadt war beruhigt: Michele Zummo war ein Sinagra und traditionsgemäß durch die Lupara zu Tode gekommen.
Jetzt war noch einer von der Mannschaft der Sinagras dran, dann waren sie wieder quitt.

Als der Fischgroßhändler Pasqualino Fichèra am zweiten Februar, der für ihn kurz und bitter war, gegen ein Uhr nachts nach Hause ging, erwischte ihn ein Streifschuss aus einer Lupara. Er stürzte verletzt zu Boden und wäre noch mal davongekommen, wenn er, anstatt sich tot zu stellen, nicht geschrien hätte:
»Irrtum, Jungs! Ich bin noch nicht dran!«
Man hörte ihn in den umliegenden Häusern, aber niemand rührte sich. Von einem zweiten Schuss voll getroffen, ging Pasqualino Fichèra mit dem schrecklichen Verdacht, es handele sich um ein Missverständnis, in das ewige Leben ein, wie es so schön heißt. In der Tat gehörte er zu den Cuffaros, und Ordnung und Tradition geboten, dass für ein Unentschieden erst noch ein Sinagra hätte umgelegt werden müssen. Das war es, was er, verletzt, hatte sagen wollen. Jetzt hatten die Sinagras einen klaren Vorsprung: elf zu neun.
Die Stadt verlor den Kopf.

Doch bei Montalbano bewirkten dieser letzte Mord und Pasqualino Fichèras Worte, dass sein Kopf umso fester auf seinem Hals saß. Er begann nachzudenken, wobei er von einer freilich nur gefühlsmäßigen Überlegung ausging, nämlich dass weder die eine noch die andere Seite beim Auszählen einen Fehler gemacht hatte. Eines Morgens dachte er hin und her und kam zu der Überzeugung, dass ein Plauderstündchen mit dem Gerichtsmediziner Dottor Pasquano, der sein Büro in Montelusa hatte, unumgänglich sei. Der Dottore war alt, launisch und unfreundlich, aber er und Montalbano mochten sich: So konnte sich Pasquano noch am selben Nachmittag eine Stunde Zeit nehmen.

»Titìllo Bonpensiero, Cosimo Zaccaria, Michele Zummo, Pasqualino Fichèra«, zählte der Commissario auf.

»Na und?«

»Wussten Sie, dass drei von ihnen zur selben Familie gehören und nur einer zu der gegnerischen?«

»Nein, das wusste ich nicht. Und ich will Ihnen sagen, dass mir das auch scheißegal ist. Politische Überzeugungen, religiöser Glaube, Mitgliedschaften sind noch nicht Untersuchungsgegenstand einer Obduktion.«

»Wie meinen Sie das, ›noch nicht‹?«

»Weil ich überzeugt bin, dass es in ein paar Jahren so raffinierte Apparate geben wird, dass man mittels Obduktion sogar feststellen kann, wo einer politisch stand. Aber kommen Sie zur Sache. Was wollen Sie?«

»Haben Sie bei diesen vier Toten irgendeine Anomalie festgestellt, was weiß ich ...«

»Was glauben Sie eigentlich? Dass ich nur Ihre Toten im Kopf habe? Ich muss mich um die ganze Provinz Montelusa kümmern! Die hiesigen Sargschreiner haben inzwischen ihre Villen auf den Malediven, wussten Sie das?«

Er öffnete einen großen metallenen Karteikasten, entnahm ihm vier Karten, las sie aufmerksam, drei steckte er wieder hinein, die vierte reichte er Montalbano.
»Wissen Sie, eine exakte Kopie dieser Karteikarte habe ich zu gegebener Zeit an Ihr Büro in Vigàta geschickt.«
Das bedeutete: Warum liest du die Sachen nicht, die ich dir schicke, anstatt bis nach Montelusa zu fahren und mich zu nerven?
»Danke und entschuldigen Sie die Störung«, sagte der Commissario, nachdem er einen kurzen Blick auf den Bericht geworfen hatte.

Als Montalbano nach Vigàta zurückfuhr, schnaubte er vor Wut wie ein wild gewordener Stier, weil er sich beim Gerichtsmediziner so unmöglich gemacht hatte.
»Mimì Augello sofort zu mir!«, schrie er, als er das Kommissariat betrat.
»Was willst du?«, fragte Augello fünf Minuten später und ging gleich in Deckung, als er das Gesicht seines Chefs sah.
»Eine kleine Frage, Mimì. Was machst du mit den Berichten, die Dottor Pasquano dir schickt, wickelst du Meerbarben darin ein, oder wischst du dir den Hintern damit ab?«
»Warum?«
»Liest du sie denn wenigstens?«
»Natürlich.«
»Dann erklär mir mal, warum du mir nicht gesagt hast, was der Dottore über die Leiche von Titìllo Bonpensiero geschrieben hat.«
»Was hat er denn geschrieben?«, erkundigte sich Augello seelenruhig.
»Hör zu, wir machen Folgendes. Du gehst jetzt in dein Zimmer, nimmst den Bericht, liest ihn und kommst dann

wieder zu mir. Ich versuche mich inzwischen zu beruhigen, weil es zwischen uns sonst böse endet.«

Als Augello wieder zu seinem Chef ins Büro kam, machte er ein grimmiges Gesicht, während der Commissario schon ein bisschen fröhlicher aussah.
»Und?«, fragte Montalbano.
»Ich bin wirklich blöd«, gab Mimì zu.
»Darüber sind wir uns einig.«
Mimì Augello reagierte nicht.
»Weil an der Fundstelle kaum Blut war«, sagte Montalbano, »vermutet Pasquano stark, dass Bonpensiero irgendwo anders ermordet und in die öde Gegend in der Contrada Zingarella gebracht wurde, wo man auf ihn geschossen hat, als er schon seit ein paar Stunden tot war. Ein Schuss aus einer Lupara aus nächster Nähe zwischen Brust und Kinn. Im Grunde ein Theater, eine Inszenierung. Wozu? Ebenfalls laut Pasquano, weil Bonpensiero im Schlaf erdrosselt wurde, die Verletzung durch die Lupara hat nicht ausgereicht, die Spuren der Strangulierung auszulöschen, was eigentlich beabsichtigt war. Und, Mimì, was denkst du jetzt, wo du dich endlich dazu herabgelassen hast, einen Blick auf den Bericht zu werfen?«
»Dass dieser Mord, wenn das so ist, aus der Reihe fällt.«
Montalbano sah ihn bewundernd an und tat verblüfft.
»Mimì, du bist manchmal wirklich erschreckend intelligent! Ist das alles? Er fällt aus der Reihe, und damit hat sich's?«
»Vielleicht …«, wagte Augello zu sagen, verstummte aber augenblicklich. Mit offenem Mund, weil er als Erster auf einen so verblüffenden Gedanken gekommen war.
»Los, red schon, ich fress dich nicht.«

»Vielleicht haben die Sinagras mit dem Mord an Bonpensiero null zu tun!«
Montalbano stand auf, trat vor ihn hin, legte seine Hände an Mimìs Wangen und küsste ihn auf die Stirn.
»Siehst du, wenn man deinen Popo mit einem Sträußchen Petersilie kitzelt, klappt's doch ganz gut mit dem Aa machen!«

»Commissario, Sie haben mir ausrichten lassen, dass Sie mich in den nächsten Tagen sprechen wollten, aber ich bin sofort hergekommen. Nicht weil ich vor dem Gesetz auf der Hut sein müsste, sondern weil wir, mein Vater und ich, Ihnen gegenüber allergrößte Hochachtung empfinden.«
Don Lillino Cuffaro, untersetzt, glatzköpfig, ein Auge halb geschlossen, achtlos gekleidet, hatte trotz seines bescheidenen Erscheinungsbildes eine Art heimliches Charisma. Er war ein Mann des Befehls, der Macht, und das konnte er nicht gut verbergen.
Montalbano reagierte mit keinem Wort auf das Kompliment, als hätte er es nicht gehört.
»Signor Cuffaro, ich weiß, dass Sie viel zu tun haben, und will Sie auch gar nicht lange aufhalten. Wie geht es Signora Mariuccia?«
»Wem?!«
»Signora Mariuccia, der Tochter Ihres Freundes Di Stefano, der Witwe von Titìllo Bonpensiero.«
Don Lillino Cuffaro machte seinen Mund auf, als wollte er etwas sagen, dann machte er ihn wieder zu. Er war ziemlich irritiert, eine Attacke von dieser Seite hatte er nicht erwartet. Aber er erholte sich.
»Wie soll es ihr schon gehen, der armen Frau, noch keine

zwei Jahre verheiratet, und jetzt ist ihr Mann auf diese Art und Weise umgebracht worden …«

»Auf welche Art und Weise?«, fragte Montalbano und sah so unschuldig drein wie ein Osterlamm.

»Aber … aber ich habe gehört, er wurde erschossen«, sagte Don Lillino zögernd. Er begriff, dass er sich auf vermintem Terrain bewegte. Montalbano zeigte keine Regung.

»Nein?«, fragte Don Lillino Cuffaro.

Der Commissario hob seinen rechten Zeigefinger und bewegte ihn von links nach rechts und umgekehrt. Auch jetzt sagte er nichts.

»Wie denn dann?«

Diesmal ließ Montalbano sich zu einer Antwort herab.

»Erdrosselt.«

»Was sagen Sie da?«, protestierte Don Lillino.

Doch er war alles andere als ein guter Schauspieler.

»Wenn *ich* Ihnen das sage, müssen Sie mir glauben«, sagte der Commissario sehr ernst, obwohl er sich amüsierte.

Schweigen im Walde. Montalbano betrachtete den Kugelschreiber, den er in der Hand hielt, als wäre er ein rätselhafter Gegenstand, den er noch nie gesehen hatte.

»Aber Cosimo Zaccaria hat einen großen Fehler gemacht, einen ziemlich großen«, fuhr der Commissario nach einer Weile fort. Er verzichtete endgültig darauf, zu begreifen, was er da in der Hand hatte, und legte den Kugelschreiber auf den Schreibtisch zurück.

»Hat Cosimo Zaccaria selig denn damit zu tun?«

»Das hat er, und ob.«

Don Lillino rutschte auf seinem Stuhl herum.

»Nur nebenbei gefragt: Was hat er Ihrer Meinung nach falsch gemacht?«

»Nur nebenbei gesagt: Er hat den Mord, den er begangen

hat, den Sinagras in die Schuhe geschoben. Aber die Sinagras ließen die entsprechenden Leute wissen, dass sie mit dieser Geschichte nichts zu tun hatten. Da forscht die Gegenseite, überzeugt, dass die Sinagras nicht beteiligt waren, bei sich zu Hause näher nach. Und findet etwas heraus, was für sie, sollte es ans Licht kommen, eine große Schande wäre. Korrigieren Sie mich, wenn ich mich irre, Signor Cuffaro …«

»Ich wüsste nicht, wie ich Sie in einer Angelegenheit sollte korrigieren können, die …«

»Lassen Sie mich ausreden. Also, Mariuccia Di Stefano und Cosimo Zaccaria sind schon lange ein Liebespaar. Sie machen das so gut, dass niemand, weder in noch außerhalb der Familie, etwas von ihrer Beziehung ahnt. Dann – doch das kann ich nur vermuten – schwant Titìllo Bonpensiero etwas, er macht seine Augen auf und spitzt die Ohren. Das beunruhigt Mariuccia, und sie spricht mit ihrem Geliebten darüber. Gemeinsam hecken sie einen Plan aus, um sich Titìllos zu entledigen und die Schuld auf die Sinagras fallen zu lassen. Eines Nachts, als ihr Mann tief schläft, steht die Signora auf, öffnet die Tür, und Cosimo Zaccaria kommt herein …«

»Schluss jetzt«, sagte Don Lillino plötzlich und hob eine Hand. Es fiel ihm schwer, die Geschichte anzuhören.

Erstaunt sah Montalbano einen anderen, völlig veränderten Menschen vor sich. Die Schultern gerade, das gesunde Auge eine Messerklinge, das Gesicht hart und entschlossen: ein Capo.

»Was wollen Sie von uns?«

»Sie, die Familie Cuffaro, haben den Mord an Cosimo Zaccaria befohlen, um die Ordnung in der Familie wiederherzustellen.«

Don Lillino sagte keinen Ton.
»Gut, ich will, dass sich der Mörder von Cosimo Zaccaria stellt. Und ich will Mariuccia Di Stefano als Komplizin beim Mord an ihrem Mann.«
»Sie können selbstverständlich beweisen, was Sie gesagt haben.«
Es war ein letzter Schachzug der Verteidigung, den der Commissario rasch zunichte machte.
»Teils ja, teils nein.«
»Und wozu haben Sie mich dann herbestellt?«
»Nur um Ihnen zu sagen, dass ich Schlimmeres vorhabe, als Beweise zu erbringen.«
»Nämlich?«
»Gleich morgen leite ich Ermittlungen in den Mordfällen Bonpensiero und Zaccaria ein und haue dabei ordentlich auf die Pauke, ich sorge dafür, dass Fernsehsender und Presse Ihnen auf Schritt und Tritt folgen, jeden zweiten Tag halte ich eine Pressekonferenz ab. Ich bringe Sie in Verruf. Die Sinagras werden sich in die Hose machen vor Lachen, wenn Sie durch die Stadt gehen. Ich werde Sie dermaßen in Verruf bringen, dass Sie nicht mehr wissen, wo Sie sich vor lauter Scham verkriechen sollen. Ich brauche nur zu sagen, wie die Sache gelaufen ist, und kein Mensch wird mehr Respekt vor Ihnen haben. Denn ich werde sagen, dass es in Ihrer Familie keinen Gehorsam gibt, dass Anarchie herrscht, dass nach Lust und Laune rumgefickt wird, egal mit wem, verheirateten Frauen oder Mädchen, dass man ungeniert töten kann, wann, wie und wen man will …«
»Schluss jetzt«, sagte Don Lillino wieder. Er stand auf, verbeugte sich leicht vor dem Commissario und ging.

Drei Tage später stellte sich Vittorio Lopresti von der Familie Cuffaro und erklärte, er habe Cosimo Zaccaria umgebracht, weil der sich als sein Geschäftspartner nicht gut benommen habe.

Am folgenden Morgen verließ Mariuccia Di Stefano, ganz in Schwarz gekleidet, früh das Haus und ging mit schnellen Schritten bis ans Ende der westlichen Mole. Sie war allein, viele Leute sahen sie. Am Leuchtturm angekommen, schlug die Frau – wie der Augenzeuge Pippo Sutera erzählte – das Kreuzzeichen und stürzte sich ins Meer. Pippo Sutera sprang gleich hinterher, um sie zu retten, aber an diesem Tag war hoher Seegang.

Sie haben sie dazu gebracht, sich das Leben zu nehmen, weil es keinen anderen Weg für sie gab, dachte Montalbano.

Die ganze Stadt war überzeugt, dass Mariuccia Di Stefano sich umgebracht hatte, weil sie den Verlust ihres geliebten Mannes nicht länger ertrug.

*Liebe*

Als Tochter von Leuten, denen auf zwanzig *soldi* immer neunzehn fehlten – die Mutter putzte die Treppen im Rathaus, der Vater war Saisonarbeiter in der Landwirtschaft und hatte bei der Explosion einer Handgranate, einem Überbleibsel aus dem Krieg, sein Augenlicht verloren –, wuchs Michela Prestìa im Lauf der Jahre zu einer wirklichen Schönheit heran, ihre durchlöcherten Kleider, kaum mehr als Lumpen, aber immer sauber, vermochten das Gottesgeschenk darunter nicht zu verbergen. Sie hatte dunkles Haar, ihre Augen glitzerten trotz der Not immer vor Lebenslust, sie hatte allein Lesen und Schreiben gelernt. Sie träumte davon, in einem der großen Geschäfte, die sie faszinierten, Verkäuferin zu sein. Mit fünfzehn Jahren, als sie schon eine Frau war, lief sie von zu Hause fort und folgte einem Mann, der mit einem Lieferwagen über die ganze Insel fuhr und Dinge für die Küche verkaufte, Gläser, Teller, Besteck. Im Jahr darauf kehrte sie nach Hause zurück, und der Vater und die Mutter taten, als wäre nichts geschehen. Jetzt musste nur ein weiteres hungriges Maul gestopft werden. In den folgenden fünf Jahren gab es viele Männer, Junggesellen und Ehemänner, die sie sich nahmen und wieder verließen oder die verlassen wurden, doch nie kam es zu Tragödien oder Streitereien, Michela war so lebenslustig, dass jede Veränderung gerechtfertigt und ganz natürlich schien. Mit zweiundzwanzig Jahren zog sie zu dem alten Dottore Pisciotta, der sie zu seiner Mätresse machte und mit Geschenken und Geld überhäufte. Michelas schönes Leben währte nur drei Jahre: Nachdem der Dottore in ihren Armen gestorben war, schaltete die Witwe Anwälte ein, die ihr alles nahmen, was ihr der Arzt geschenkt hatte, und sie blieb verarmt und halb wahnsinnig zurück. Es verging kein halbes Jahr, da lernte Michela einen Buchhalter, Ragioniere Saverio Moscato, kennen. Zuerst schien ihre Geschichte zu sein wie alle anderen, doch war man in der Stadt bald überzeugt, dass die Dinge ganz anders lagen als sonst.

Saverio Moscato, Angestellter der Zementfabrik, war ein gut aussehender Mann Anfang dreißig, Sohn eines Ingenieurs und einer Lateinlehrerin. Er hing sehr an seinen Eltern, zögerte aber nicht, sie zu verlassen, als sie von der Angelegenheit erfuhren und ihm Vorhaltungen wegen seiner Beziehung zu einem Mädchen machten, das die Schande der Stadt war. Ohne ein Wort zu sagen, mietete Saverio eine Wohnung in der Nähe des Hafens und zog mit Michela dort ein. Es ging ihnen gut, der Ragioniere musste nicht allein von seinem Gehalt leben, ein Onkel hatte ihm Grundstücke und Geschäfte hinterlassen. Was die Leute aber am meisten erstaunte, war das Benehmen Michelas, die sich anderen gegenüber immer frei und ungebunden gegeben hatte. Jetzt hatte sie nur noch Augen für ihren Saverio, sie hing an seinen Lippen, tat immer, was er wollte, widersetzte sich nie. Und Saverio stand ihr in nichts nach, er erfüllte ihr jeden Wunsch, auch wenn sie diesen nicht aussprach, sondern nur mit einem Blick äußerte. Wenn sie das Haus verließen, um einen Spaziergang zu machen oder ins Kino zu gehen, gingen sie so eng umschlungen durch die Straßen, als nähmen sie zum

letzten Mal Abschied voneinander. Und sie küssten sich, wann immer sie konnten und auch wenn sie nicht konnten.
»Eins steht fest«, sagte Geometra Smecca, der Vermessungsingenieur, der kurze Zeit Michelas Geliebter gewesen war. »Sie sind verliebt. Und wenn ihr es unbedingt wissen wollt, ich freue mich darüber. Ich hoffe, das hält, Michela hat es verdient, sie ist ein gutes Mädchen.«

Saverio Moscato, der immer alles Menschenmögliche und Menschenunmögliche getan hatte, um in Vigàta zu bleiben und Michela nicht allein zu lassen, musste geschäftlich für etwa zehn Tage nach Mailand. Vor seiner Abreise ging er, wirklich verzweifelt, zu Pietro Sanfilippo, seinem einzigen Freund.
»Also erstens«, tröstete ihn der Freund, »sind zehn Tage keine Ewigkeit.«
»Für mich und Michela schon.«
»Warum nimmst du sie denn nicht mit?«
»Sie will nicht. Sie war noch nie fort aus Sizilien. Sie sagt, eine Großstadt wie Mailand macht ihr Angst, es sei denn, sie ist immer bei mir. Aber wie soll das gehen? Ich muss doch an Besprechungen teilnehmen und Leute treffen.«

Während der Zeit, die Saverio in Mailand verbrachte, ging Michela nicht aus dem Haus, man sah sie nicht in der Stadt. Aber das Merkwürdige war, dass die junge Frau auch nach der Rückkehr des Ragioniere nicht mehr an seiner Seite erschien. Möglicherweise war sie durch das Fernsein ihres Liebsten krank oder schwermütig geworden.
Einen Monat nachdem Saverio Moscato aus Mailand zurückgekehrt war, suchte Michelas Mutter Commissario

Montalbano auf. Nicht mütterliche Besorgnis hatte sie hergeführt.
»Meine Tochter Michela hat mir das Monatsgeld nicht gegeben, das ich immer von ihr gekriegt hab.«
»Sie hat Ihnen Geld gegeben?«
»Natürlich. Jeden Monat. Zwei- oder dreihunderttausend Lire, je nachdem. Sie war immer eine verständige Tochter.«
»Und was wollen Sie von mir?«
»Ich bin hingegangen, da war nur der Ragioniere. Er hat gesagt, dass Michela nicht mehr da ist und auch nicht da war, wie er aus Mailand zurückgekommen ist. Er hat mir sogar die Zimmer gezeigt. Da war nichts, kein Kleid von Michela, nicht mal eine Unterhose, wenn Sie erlauben.«
»Was hat der Ragioniere denn zu Ihnen gesagt? Wie erklärt er sich dieses Verschwinden?«
»Er kann es sich auch nicht erklären. Er hat gesagt, dass Michela halt so ist und vielleicht mit einem anderen Mann durchgebrannt ist. Aber das glaub ich nicht.«
»Warum nicht?«
»Weil sie in den Ragioniere verliebt war.«
»Und was soll ich jetzt machen?«
»Keine Ahnung ... Mit dem Ragioniere reden, Ihnen sagt er vielleicht, was wirklich passiert ist.«

Damit die Fragen, die er ihm stellen wollte, nicht so amtlich wirkten, wartete Montalbano auf eine zufällige Begegnung mit dem Ragioniere. Eines Nachmittags sah er ihn, wie er allein an einem Tischchen im Café Castiglione saß und eine *menta* trank.
»*Buongiorno.* Ich bin Commissario Montalbano.«
»Ich weiß.«

»Ich würde gern ein bisschen mit Ihnen plaudern.«
»Setzen Sie sich. Möchten Sie etwas?«
»Ich glaube, ich nehme ein *gelato di cassata.*«
Der Ragioniere bestellte das *cassata.*
»Nun, Commissario?«
»Mir ist das ein bisschen peinlich, glauben Sie mir, Signor Moscato. Vor ein paar Tagen kam die Mutter von Michela Prestìa zu mir, sie sagt, ihre Tochter sei verschwunden.«
»So ist es.«
»Würden Sie mir das genauer erklären?«
»Mit welchem Recht?«
»Sie leben beziehungsweise lebten doch mit dieser Michela Prestìa, oder etwa nicht?«
»Aber ich spreche nicht von mir! Ich frage Sie, mit welchem Recht Sie sich in die Geschichte einmischen.«
»Na ja, ihre Mutter war bei mir …«
»Aber Michela ist volljährig, wenn ich nicht irre. Sie kann tun und lassen, was ihr in den Sinn kommt. Sie ist weg, das ist alles.«
»Verzeihen Sie, aber ich wüsste gern mehr darüber.«
»Ich bin nach Mailand gereist, sie wollte nicht mitkommen. Sie meinte, eine Metropole wie Mailand würde ihr Angst machen, sie würde sich unwohl fühlen. Inzwischen glaube ich, dass das ein Vorwand war, um allein zu sein und ihre Flucht vorzubereiten. Wie auch immer, in den ersten sieben Tagen, die ich fort war, telefonierten wir morgens und abends. Am Morgen des achten Tages meldete sie sich schlecht gelaunt, sie sagte, sie … sie würde es ohne mich nicht mehr aushalten. Am Abend desselben Tages, als ich sie wieder anrief, ging sie nicht dran. Aber ich dachte mir nichts dabei, ich glaubte, sie hätte irgendein Schlafmittel genommen. Am nächsten Morgen war es wieder so, und

da machte ich mir Sorgen. Ich rief meinen Freund Sanfilippo an und bat ihn nachzusehen. Kurz darauf rief er mich zurück, er sagte, die Wohnung sei verschlossen, er habe lange geklingelt, aber ohne Erfolg. Ich war überzeugt, dass es ihr nicht gut ging, dass sie krank war. Ich rief also meinen Vater an, dem ich vor meiner Abreise einen Zweitschlüssel gegeben hatte. Er öffnete die Tür. Nichts, da war nicht nur keine Spur von Michela, es war auch alles weg, was ihr gehörte, alles. Sogar ihr Lippenstift.«

»Was haben Sie dann gemacht?«

»Wollen Sie das unbedingt wissen? Ich habe geweint.«

Warum waren dann, während er vom Verschwinden der geliebten Frau und seinem verzweifelten Weinen sprach, seine Augen tief innen nicht dumpf, sondern glitzerten sogar vor Zufriedenheit und Genugtuung? Natürlich versuchte er ein passendes Gesicht zu machen, aber das gelang ihm nicht wirklich: Aus der Asche, die er auf seinen Blick zu legen versuchte, züngelte verstohlen ein fröhliches Flämmchen hervor.

»Mein lieber Commissario«, sagte Pietro Sanfilippo, »was soll ich Ihnen sagen? Ich bin wie vor den Kopf geschlagen. Nur damit Sie sich einen Begriff machen können: Als Saverio aus Mailand zurückkam, nahm ich mir drei Tage frei. Sie können im Büro nachfragen, wenn Sie mir nicht glauben. Ich dachte, er sei verzweifelt, weil Michela weg war, ich wollte ihn nicht allein lassen, ich fürchtete, er würde eine Dummheit machen. Er war zu sehr verliebt. Ich war an den Bahnhof gekommen, und er stieg aus dem Zug, als ginge ihn das alles überhaupt nichts an. Ich hatte erwartet, dass er weinen und jammern würde, aber ...«

»Aber?«
»Auf der Fahrt von Montelusa nach Vigàta fing er leise an zu singen. Er hat die Oper immer geliebt und hat selbst eine schöne Stimme, er trällerte *Tu che a Dio spiegasti l'ali.* Ich war wie gelähmt und glaubte, das sei der Schock. Abends gingen wir zusammen essen, er aß in aller Ruhe und war fröhlich. Tags darauf war ich wieder im Büro.«
»Haben Sie über Michela gesprochen?«
»Ach was! Es war, als hätte diese Frau in seinem Leben nie existiert.«
»Wussten Sie von einem Streit zwischen den beiden, was weiß ich, von irgendeiner Auseinandersetzung?«
»Ach was! Sie waren immer ein Herz und eine Seele!«
»Waren sie aufeinander eifersüchtig?«
Diesmal hatte Pietro Sanfilippo keine Antwort parat, er musste erst ein bisschen nachdenken.
»Sie nicht. Er schon, aber auf seine ganz eigene Art.«
»Und das heißt?«
»Er war nicht auf Michelas Gegenwart, sondern auf ihre Vergangenheit eifersüchtig.«
»Das ist schlimm.«
»Allerdings. Das ist die schlimmste Eifersucht, gegen sie gibt es kein Heilmittel. Eines Abends, als er besonders schlechter Laune war, ging er mit folgenden Worten weg, an die ich mich noch genau erinnere: ›Alle hatten schon alles von Michela, es gibt nichts, was sie mir Neues, Jungfräuliches geben könnte.‹ Ich wollte schon sagen, dass er, wenn die Dinge so standen, sich wirklich die falsche Frau genommen habe, eine mit zu viel Vergangenheit. Aber dann fand ich es besser zu schweigen.«
»Sie, Signor Sanfilippo, waren schon mit Saverio befreundet, bevor er Michela begegnete, nicht wahr?«

»Natürlich, wir sind gleichaltrig, wir kennen uns seit der Grundschule.«

»Denken Sie gut nach. Wenn wir die Zeit mit Michela mal in Klammern setzen, können Sie dann bei Ihrem Freund einen Unterschied zwischen vorher und nachher feststellen?«

Pietro Sanfilippo dachte nach.

»Saverio war nie besonders offen, er hat nie dazu geneigt, seine Gefühle zu zeigen. Er ist wortkarg und oft schwermütig. Glücklich habe ich ihn nur erlebt, wenn er mit Michela zusammen war. Jetzt ist er noch verschlossener, sogar mir geht er aus dem Weg, die Wochenenden verbringt er auf dem Land.«

»Er hat ein Haus auf dem Land?«

»Ja, bei Belmonte, in der Provinz Trapani, er hat es von seinem Onkel geerbt. Früher haben ihn keine zehn Pferde da hingebracht. Darf ich Ihnen eine Frage stellen?«

»Bitte, wenn ich sie beantworten kann ...«

»Warum interessieren Sie sich so für Michelas Verschwinden?«

»Ihre Mutter hat mich darum gebeten.«

»Die?! Die kümmert das doch einen Dreck. Sie interessiert nur das Geld, das Michela ihr immer gab!«

»Finden Sie das nicht Grund genug?«

»Commissario, ich bin nicht dumm. Sie stellen mehr Fragen über Saverio als über Michela.«

»Soll ich ehrlich sein? Ich habe einen Verdacht.«

»Welchen?«

»Ich habe das merkwürdige Gefühl, dass Ihr Freund Saverio es nicht anders erwartet hat. Und vielleicht kennt er sogar den Mann, mit dem Michela durchgebrannt ist.«

Pietro Sanfilippo biss an. Montalbano beglückwünschte

sich zu der überzeugenden Antwort, die ihm spontan eingefallen war. Er konnte schließlich nicht sagen, dass ihn ein glitzerndes Flämmchen tief in einem Augenpaar beunruhigt und irritiert hatte.

Von seinen Leuten wollte Montalbano keinen beteiligen, er fürchtete, sich vor ihnen lächerlich zu machen. Deshalb nahm er die Mühe auf sich, die Mieter des Hauses, in dem der Ragioniere wohnte, selbst zu befragen. In diesen Ermittlungen, die gar keine Ermittlungen waren, war alles sehr vage, es war praktisch gar nichts vorhanden. Der Ausgangspunkt für seine Fragen war fein wie ein Spinnennetz. Wenn Saverio Moscato ihm die Wahrheit gesagt hatte, dann hatte sich Michela morgens am Telefon gemeldet, abends jedoch nicht. Wenn sie weggegangen war, dann war das also tagsüber gewesen. Vielleicht war jemandem etwas aufgefallen. Das Haus hatte sechs Stockwerke mit je vier Wohnungen. Gewissenhaft fing Montalbano in der obersten Etage an. Niemand hatte etwas gesehen, niemand hatte etwas gehört. Der Ragioniere wohnte im zweiten Stock, in der Wohnung Nummer acht. Schon entmutigt läutete der Commissario bei der Nummer fünf. Auf dem Schildchen stand: Maria Costanzo verw. Diliberto. Sie öffnete ihm selbst die Tür, eine kleine alte Frau, ordentlich gekleidet, mit lebhaften Augen und stechendem Blick.
»Was wollen Sie?«
»Ich bin Commissario Montalbano.«
»Hä?«
Sie war stocktaub.
»Ist sonst noch jemand da?«, brüllte Montalbano.
»Was schreien Sie denn so?«, fragte die Alte indigniert. »So taub bin ich auch wieder nicht!«

Angelockt von dem Geschrei, erschien ein etwa vierzigjähriger Mann an der Tür.
»Was gibt es denn? Ich bin der Sohn.«
»Kann ich hereinkommen?«
Der Mann bat ihn in ein kleines Wohnzimmer, die Alte setzte sich Montalbano gegenüber in einen Sessel.
»Ich wohne nicht hier, ich besuche *'a mamà* nur«, erklärte der Mann und streckte seine Hände nach vorn.
»Wie Sie bestimmt schon wissen, ist Signorina Michela Prestìa, die mit Ragioniere Saverio Moscato in der Nummer acht lebte, ohne jede Erklärung weggegangen, als sich der Ragioniere in Mailand aufhielt, und zwar vom siebten bis zum sechzehnten Mai.«
Die Alte wurde ungeduldig.
»Was sagt er, Pasqualì?«, fragte sie ihren Sohn.
»Warte«, sagte Pasquale Diliberto mit normaler Stimme. Offenbar war seine Mutter es gewohnt, die Worte von seinen Lippen abzulesen.
»Jetzt wüsste ich gern, ob Ihre Frau Mutter in dieser Zeit etwas gehört oder gesehen hat, was ...«
»Ich habe mit *'a mamà* schon darüber gesprochen. Sie weiß nichts über Michelas Verschwinden.«
»Doch, ich weiß schon was«, sagte die Alte. »Ich hab ihn gesehen. Das hab ich dir auch gesagt. Aber du sagst einfach nein.«
»Wen haben Sie gesehen, Signora?«
»Commissario, ich muss Sie warnen«, mischte sich der Sohn ein. »Meine Mutter ist nicht nur taub, sondern auch nicht ganz richtig im Kopf.«
»Ich bin nicht ganz richtig im Kopf?«, rief Signora Maria Costanzo verw. Diliberto und sprang auf. »Du Schwein, du ungeratener Sohn, du beleidigst mich vor fremden Leuten!«

Sie ging und schlug die Wohnzimmertür hinter sich zu.
»Dann sagen Sie es mir«, sagte Montalbano barsch.
»Am dreizehnten Mai hat *'a mamà* Geburtstag. Abends haben meine Frau und ich sie besucht, wir haben zusammen gegessen, eine Torte angeschnitten und ein paar Gläser Sekt getrunken. Um elf sind wir heimgefahren. Jetzt behauptet meine Mutter, dass sie nicht schlafen konnte, vielleicht weil sie es mit der Torte ein bisschen übertrieben hat, sie ist nämlich ziemlich naschhaft. Gegen drei Uhr nachts fiel ihr ein, dass sie den Müll nicht rausgetan hatte. Sie öffnete die Tür, die Birne hier auf dem Treppenabsatz war durchgebrannt. Sie hat gesagt, dass sie vor der Nummer acht, direkt gegenüber, einen Mann mit einem großen Koffer gesehen hat. Sie fand, er sah aus wie der Ragioniere. Aber ich habe zu ihr gesagt: Meine Güte, ist dir eigentlich klar, was du da sagst? Der Ragioniere ist doch erst drei Tage später zurückgekommen!«

»Signor Commissario«, sagte Angelo Liotta, der Direktor der Zementfabrik, »ich habe alles überprüft, worum Sie mich gebeten hatten. Der Ragioniere hat Tickets und Spesenbelege ordnungsgemäß vorgelegt. Also: Er ist Sonntagabend um achtzehn Uhr dreißig von Palermo aus direkt nach Mailand geflogen. Übernachtet hat er im Hotel Excelsior, wo er bis zum Morgen des siebzehnten Mai geblieben ist, als er mit dem Sieben-Uhr-dreißig-Flug aus Linate zurückkehrte. Aus den Unterlagen geht hervor, dass er an allen Besprechungen teilgenommen und alle Termine wahrgenommen hat, derentwegen er nach Mailand gereist war. Wenn Sie weitere Fragen haben, stehe ich Ihnen selbstverständlich zur Verfügung.«
»Das war eine umfassende Antwort, ich danke Ihnen.«

»Ich hoffe, dass Ragioniere Moscato, den ich als fleißigen Angestellten schätze, nicht in Unannehmlichkeiten verwickelt ist.«
»Das hoffe ich auch«, sagte Montalbano und entließ ihn.
Als der Direttore gegangen war, nahm der Commissario den Umschlag mit den gesammelten Reisebelegen, den er ihm dagelassen hatte, vom Schreibtisch und legte ihn ungeöffnet in eine Schublade.
Mit dieser Geste verabschiedete er auch sich selbst aus einer Ermittlung, die nie eine Ermittlung gewesen war.

Ein halbes Jahr später erhielt er einen Anruf, wobei er im ersten Augenblick gar nicht begriff, wer am anderen Ende der Leitung war.
»Wie war noch mal Ihr Name?«
»Angelo Liotta. Erinnern Sie sich? Ich bin der Direktor der Zementfabrik. Sie luden mich seinerzeit vor, weil Sie ...«
»Ach ja, natürlich erinnere ich mich. Was gibt es?«
»Wissen Sie, wir haben gerade Jahresabschluss, und dafür bräuchte ich die Quittungen, die ich Ihnen dagelassen hatte.«
Wovon redete er? Dann fiel Montalbano das Kuvert ein, das er nicht geöffnet hatte.
»Ich lasse sie Ihnen heute noch bringen.«
Er holte das Kuvert gleich heraus, er fürchtete, es sonst zu vergessen, legte es auf den Schreibtisch, betrachtete es und wusste selbst nicht, warum er es nun doch öffnete. Er prüfte jede einzelne Quittung und steckte sie wieder in das Kuvert. Er lehnte sich in seinem Stuhl zurück, schloss die Augen für ein paar Minuten und dachte nach. Dann holte er die Quittungen noch mal hervor und legte sie zeitlich geordnet auf den Schreibtisch, eine neben die an-

dere. Die erste links trug das Datum des vierten Mai und war eine Quittung für einmal Volltanken; der letzte Zettel rechts war eine Zugfahrkarte vom siebzehnten Mai für die Strecke Palermo-Montelusa. Das passte nicht zusammen. Demnach war Ragioniere Moscato mit dem Auto von Vigàta zum Flughafen gefahren; am Ende seiner Dienstreise war er dann mit dem Zug nach Vigàta zurückgekehrt. Außerdem hatte sein Freund Pietro Sanfilippo ausgesagt, dass er mit dem Zug gekommen war. Die sehr simple Frage lautete jetzt: Wer hatte den Wagen des Ragioniere nach Vigàta zurückgebracht, während er selbst in Mailand war?

»Signor Sanfilippo? Hier ist Montalbano. Ich brauche eine Auskunft von Ihnen. Als Ragioniere Moscato zum Flughafen fuhr, um die Maschine nach Mailand zu nehmen, ist er da mit Ihnen zusammen im Auto hingefahren?«

»Commissario, denken Sie immer noch an diese Geschichte? Wussten Sie, dass von Zeit zu Zeit jemand in die Stadt kommt und erzählt, er habe Michela in Mailand, in Paris, sogar in London gesehen? Wie auch immer, erstens habe ich ihn nicht begleitet, und zweitens glaube ich, dass Sie irren. Wenn er mit dem Zug zurückgekommen ist, warum hätte er dann mit dem Auto hinfahren sollen? Michela kann ihn auch nicht hingebracht haben, sie hatte keinen Führerschein.«

»Wie geht es Ihrem Freund?«

»Saverio? Ich habe ihn schon lang nicht mehr gesehen. Er hat in der Zementfabrik gekündigt und ist dann weggezogen.«

»Wissen Sie, wo er jetzt ist?«

»Natürlich. Er lebt auf dem Land, in seinem Haus in der Provinz Trapani, in Belmonte. Ich wollte ihn besuchen, aber er hat mir zu verstehen gegeben, dass …«

Aber der Commissario hörte schon gar nicht mehr zu. Belmonte, hatte Sanfilippo gerade gesagt. Und auf der Tankquittung stand oben links gedruckt: »Stazione di servizio Pagano-Belmonte (TR)«.

An ebendieser Tankstelle hielt er, um sich nach Ragioniere Moscatos Haus zu erkundigen. Man erklärte ihm den Weg. Es war ein bescheidenes, aber gepflegtes einstöckiges Häuschen, einsam gelegen. Der Mann, der Montalbano gegenüberstand, sah dem Saverio Moscato, den er vor Monaten kennen gelernt hatte, nur entfernt ähnlich. Er war schlecht gekleidet, richtig schlampig, und hatte sich lange nicht mehr rasiert; den Commissario erkannte er kaum. Und in seinen Augen, die Montalbano aufmerksam musterte, war das Flämmchen völlig erloschen, da war nur schwarze Asche. Moscato bat ihn in das sehr bescheidene Esszimmer.

»Ich war gerade in der Gegend«, fing Montalbano an.

Aber er sprach nicht weiter, der andere hatte ihn fast vergessen und betrachtete seine Hände. Durch das Fenster konnte der Commissario den hinteren Garten sehen: ein Garten mit Rosen, Blumen, Pflanzen, der einen merkwürdigen Gegensatz zu dem ansonsten sich selbst überlassenen Grundstück bildete. Er stand auf und ging in den Garten. Genau in der Mitte lag ein eingezäunter großer weißer Stein. Und darum herum unzählige Rosen. Montalbano beugte sich über den niedrigen Zaun und berührte den Stein mit der Hand. Der Ragioniere war ebenfalls herausgekommen, Montalbano hörte ihn hinter sich.

»Sie haben sie hier beerdigt, nicht wahr?«

Der Commissario hatte ganz ruhig gefragt, ohne die Stimme zu heben. Und ebenso ruhig kam die Antwort, die er erhofft und gefürchtet hatte.
»Ja.«

»Freitagnachmittag wollte Michela, dass wir hierher fahren, nach Belmonte.«
»War sie vorher schon mal da gewesen?«
»Einmal, es hatte ihr gefallen. Ich konnte ihr nie etwas abschlagen, was auch immer sie sich wünschte. Wir beschlossen, den ganzen Samstag hier zu verbringen, Sonntagmorgen wollte ich sie dann nach Vigàta zurückbringen und am Nachmittag mit dem Zug nach Palermo fahren. Der Samstag war ein wunderbarer Tag, wie wir bisher noch keinen hatten. Abends gingen wir nach dem Essen bald ins Bett, wir liebten uns ein erstes Mal. Dann redeten wir miteinander und rauchten eine Zigarette.«
»Worüber haben Sie geredet?«
»Das ist der Punkt, Commissario. Michela war es, die ein bestimmtes Thema zur Sprache brachte.«
»Welches?«
»Das ist schwer zu erklären. Ich machte ihr Vorwürfe … nein, Vorwürfe ist nicht das richtige Wort, ich war bekümmert, so war es, dass sie wegen des Lebens, das sie früher geführt hatte, nicht mehr in der Lage war, mir etwas zu geben, was sie vorher nicht auch schon anderen gegeben hatte.«
»Aber Sie brachten in Michelas Augen doch die gleichen Voraussetzungen mit!«
Saverio Moscato sah ihn einen Augenblick lang verwirrt an. Asche in seinen Augen.
»Ich?! Ich hatte vor Michela noch nie eine Frau.«

Merkwürdigerweise wurde der Commissario verlegen, den Grund dafür konnte er sich nicht erklären.

»Irgenwann ging sie ins Bad, blieb fünf Minuten dort und kam dann zurück. Sie lächelte und legte sich wieder neben mich. Sie umarmte mich ganz fest und sagte, sie würde mir etwas geben, was die anderen niemals bekommen hatten und die anderen auch niemals würden bekommen können. Ich fragte sie, was das sei, aber sie wollte wieder mit mir schlafen. Erst danach sagte sie, was sie mir gerade gab: ihren Tod. Sie hatte sich vergiftet.«

»Und was haben Sie dann gemacht?«

»Nichts, Commissario. Ich hielt ihre Hände in den meinen. Und sie wandte den Blick nicht mehr von mir ab. Es ging schnell. Ich glaube nicht, dass sie sehr gelitten hat.«

»Bilden Sie sich das nicht ein. Und schmälern Sie vor allem nicht, was Michela für Sie getan hat. Wenn man Gift genommen hat, leidet man, und wie!«

»Noch in derselben Nacht hob ich ein Grab aus und legte sie da hinein, wo sie jetzt ist. Ich flog nach Mailand. Ich fühlte mich verzweifelt und glücklich, verstehen Sie? An einem Tag war ich mit der Arbeit früh fertig, es war noch nicht mal fünf Uhr nachmittags. Ich flog nach Palermo und fuhr mit meinem Wagen, den ich auf dem Parkplatz in Punta Ràisi abgestellt hatte, nach Vigàta. Ich ließ mir Zeit, ich wollte erst tief in der Nacht in die Stadt kommen, ich konnte nicht riskieren, dass mich jemand sah. Ich packte einen Koffer mit ihren Kleidern und Sachen und nahm ihn mit hierher. Ich habe alles oben, im Schlafzimmer. Als ich nach Punta Ràisi fahren wollte, sprang mein Auto nicht an. Ich versteckte es hier im Gebüsch und ließ mich von einem Taxi aus Trapani zum Flughafen bringen, gerade noch rechtzeitig für den ersten Flug nach Mailand. Als meine Arbeit abgeschlossen war, fuhr ich mit dem Zug zurück. In den ersten Tagen war ich wie betäubt vor Glück über das, was Michela mir zu geben den Mut gehabt hatte. Ich bin eigens hergezogen, um mich ganz allein an ihr zu erfreuen. Aber dann …«

»Dann?«, drängte der Commissario ihn.

»Dann wachte ich eines Nachts plötzlich auf und spürte Michela nicht mehr neben mir. Dabei schien es mir, als ich die Augen geschlossen hatte, als hörte ich sie im Schlaf atmen. Ich rief nach ihr, ich suchte sie im ganzen Haus. Sie war nicht da. Da begriff ich, dass der Preis für ihr großes Geschenk hoch war, zu hoch.«

Er fing an zu weinen, ohne zu schluchzen, stille Tränen rannen ihm über das Gesicht.

Montalbano betrachtete eine Eidechse, die auf die Spitze des weißen Grabsteins geklettert war und reglos die Sonne genoss.

## *Die Riesin mit dem freundlichen Lächeln*

Dottor Saverio Landolina, ein seriöser und angesehener Gynäkologe aus Vigàta, war schon über fünfzig, als er sein Herz an die zwanzigjährige Mariuccia Coglitore verlor. Sie verliebten sich ineinander, als sie zum ersten Mal in seine Praxis kam. Bis dahin hatten Mariuccias Eltern als Arzt für ihre Tochter den neunzigjährigen Professor Gambardella gehabt, dessen hohes Alter eine sichere Garantie dafür war, dass die intimen Untersuchungen auf jeden Fall unter Beachtung der ärztlichen Pflicht stattfanden. Doch Professor Gambardella war auf dem Felde gestorben, hingerafft von einem Herzinfarkt: Der Tod hatte ihn sozusagen mit den Händen im Bauch einer entsetzten Patientin ereilt.

Dottor Landolina wurde bei einem Familienrat ausgewählt, der sich bis auf die Verwandtschaft zweiten Grades erstreckte. Die Coglitores bildeten mit ihren Cousins Gradasso, Panzeca und Tuttolomondo innerhalb von Vigàta eine Art fundamentalistisch-katholische Gemeinde, die ihren eigenen Gesetzen gehorchte, als da waren: Besuch der Frühmesse, Abendgebet mit Rosenkranz, Abschaffung von Radio, Tageszeitungen und Fernseher. Für untauglich erklärt wurden in dieser Versammlung Dottor Angelo La Licata aus Montelusa (»der betrügt seine Frau: Was ist, wenn er Mariuccia mit seinen unreinen Händen infiziert?«), sein Kollege Michele Severino, ebenfalls aus Montelusa (»soll das ein Witz sein? Der ist noch keine

vierzig«), Dottor Calogero Giarrizzo aus Fela (»er soll gesehen worden sein, wie er ein Pornoheft gekauft hat«); es blieb also nur noch Saverio Landolina, dessen einziger Schönheitsfehler darin bestand, dass er wie Mariuccia in Vigàta wohnte: Wenn das Mädchen ihm zufällig in der Stadt begegnete, verstörte sie das möglicherweise. Abgesehen davon war an Dottor Landolina, dem ehemaligen Ortsvorsitzenden der Democrazia Cristiana, nichts auszusetzen: Er war seit fünfundzwanzig Jahren treuer Ehegatte von Antonietta Palmisano, einer Art Riesin mit einem freundlichen Lächeln, aber der Herr hatte dem Paar die Gnade eines Kindes verwehrt. Noch nie hatte es über den Arzt ein böses Gerücht gegeben.
Bis zu dem Augenblick, als Mariuccia sich von dem Stuhl vor dem Schreibtisch erhob und hinter dem Paravent verschwand, um sich auszuziehen, geschah im Herzen des Gynäkologen nichts Außergewöhnliches. Das bebrillte Mädchen, das einsilbig und errötend seine Fragen beantwortete, war völlig nichtssagend. Aber als Mariuccia in einem züchtigen schwarzen Unterrock und ohne Brille (sie legte sie immer automatisch ab, wenn sie sich auszog) hinter dem Paravent hervorkam und sich, feuerrot vor Scham, auf dem Stuhl zurechtlegte, da explodierte im Herzen des fünfzigjährigen Landolina eine irre Symphonie, die kein mit Verstand begabter Komponist jemals zu komponieren gewagt hätte, den Wirbeln Hunderter und Aberhunderter galoppierender Trommeln folgte der Höhenflug einer einsamen Geige, dem Einfall von tausend Blechinstrumenten stellte sich das reine Spiel zweier Flügel entgegen. Dottor Landolina zitterte am ganzen Körper, nein, er bebte, als er eine Hand auf Mariuccia legte, und sogleich spürte er, während eine majestätische Orgel

ihr Solo anstimmte, dass der Körper des Mädchens im Einklang mit seinem Körper bebte, dem Rhythmus derselben Musik folgte.

Signora Concetta Coglitore, geborene Sicurella, die ihre Tochter begleitet und im Vorzimmer das Ende der Untersuchung abgewartet hatte, schrieb die feuerroten Wangen, das fiebrige Glitzern in ihren Augen der jungfräulichen Verlegenheit Mariuccias zu, die die Praxis als Mädchen betreten und eine Stunde später als Frau verlassen hatte.

Landolina und Mariuccia spielten ein ganzes Jahr lang Doktor: Nach jeder Untersuchung war Mariuccia zu immer größerer Schönheit erblüht, während die Sprechstundenhilfe Angela Lo Porto, die seit zwanzig Jahren heimlich in den Arzt verliebt war, Tag für Tag dünner, nervöser und schweigsamer wurde.

»Neuigkeiten?«, fragte Salvo Montalbano, als er um neun Uhr morgens ins Kommissariat kam; es war ein Montag, der letzte Tag im Mai, und schon so heiß wie Mitte August. Das machte dem Commissario besonders zu schaffen, denn er hatte das Wochenende im Haus seines Freundes Nicolò Zito auf dem Land verbracht und den angenehm frischen Wind sehr genossen.

»Das Auto von Dottor Landolina wurde gefunden«, antwortete Fazio.

»War es gestohlen worden?«

»*Nonsi*, Dottore. Gestern früh war Signora Landolina da, sie hat geweint und gesagt, dass ihr Mann in der Nacht nicht nach Hause gekommen ist. Wir haben Nachforschungen angestellt, aber ohne Erfolg. Einfach verschwunden. Heute bei Tagesanbruch hat ein Fischer ein Auto gesehen, das auf die Felsen von Capo Russello runtergestürzt ist.

Dottor Augello ist hingefahren, er hat vorhin angerufen. Es ist Landolinas Auto.«

»Ein Unfall?«

»Sieht mir nicht danach aus«, erklärte Mimì Augello, der gerade das Büro betrat. »Die Straße ist ziemlich weit von der Klippe von Capo Russello entfernt, man muss schon extra hinfahren, er kann nicht die Kontrolle über den Wagen verloren haben. Er ist eigens hingefahren, weil er sich runterstürzen wollte.«

»Glaubst du, es war Selbstmord?«

»Es gibt keine andere Erklärung.«

»In welchem Zustand ist die Leiche?«

»Welche Leiche?«

»Mimì, hast du nicht gerade gesagt, Landolina hätte sich umgebracht?«

»Schon, aber schau, bei dem Aufprall auf die Felsen haben sich die Türen geöffnet, die Leiche ist nicht da, sie muss ins Meer gefallen sein. Jemand aus der Gegend hat gesagt, dass sie durch die Strömung bestimmt zum Strand von Santo Stefano getrieben wird. In ein paar Tagen werden wir sie dort finden.«

»Gut. Kümmere du dich um die Geschichte.«

Am Abend erstattete Mimì Augello dem Commissario Bericht. Er hatte für den Selbstmord des Arztes keine Erklärung gefunden. Landolina erfreute sich guter Gesundheit, hatte keine Schulden (ganz im Gegenteil, er war reich, er hatte Eigentum in seinem Geburtsort Còmiso und seine Frau ebenfalls), keine geheimen Laster und war nicht erpressbar. Die Witwe ...«

»Sag nicht ›Witwe‹, solang wir noch keine Leiche haben«, unterbrach Montalbano.

»... die Signora ist halb verrückt geworden, sie konnte es gar nicht begreifen, sie klammerte sich an die Vorstellung, er sei aufgrund eines momentanen Schwächeanfalls verunglückt.«

»Ich habe mir auch seinen Terminkalender angeschaut. Nichts zu finden, er hat nichts Schriftliches hinterlassen. Morgen rede ich mit der Sprechstundenhilfe, als sie die Nachricht hörte, fühlte sie sich schlecht und ist nach Hause gegangen. Aber ich glaube nicht, dass sie mir irgendwas erzählen kann.«

Doch die Sprechstundenhilfe Angela Lo Porto hatte eine ganze Menge zu erzählen, und das tat sie am nächsten Morgen, als sie von sich aus ins Kommissariat kam.

»Alles Theater«, fing sie an.

»Was?«

»Alles. Das abgestürzte Auto, die Leiche, die nicht zu finden ist. Der Dottore hat sich nicht das Leben genommen, man hat ihn umgebracht.«

Montalbano sah sie an. Ringe unter den Augen, blassgelbes Gesicht, irrer Blick. Und doch spürte er, dass er es nicht mit einer Mythomanin zu tun hatte.

»Und wer soll ihn umgebracht haben?«

»Ignazio Coglitore«, antwortete Angela Lo Porto, ohne zu zögern. Montalbano spitzte die Ohren. Nicht weil Ignazio Coglitore und seine beiden Söhne von zweifelhafter Moral gewesen wären oder mit der Mafia zu tun hatten oder illegale Geschäfte betrieben, sondern einfach weil der religiöse Fanatismus dieser Familie stadtbekannt war. Dem Commissario waren Fanatiker von vornherein verdächtig, er traute ihnen einfach alles zu.

»Und was hatte er für ein Motiv?«

»Der Dottore hat seine Tochter Mariuccia geschwängert.«
Das glaubte der Commissario nicht, womöglich hatte er sich in der Sprechstundenhilfe getäuscht, sie war wohl doch eine, die sich irgendwas ausdachte.
»Wer hat Ihnen das gesagt?«
»Diese Augen«, sagte Angela Lo Porto und zeigte auf ihre Augen.
*Minchia.* Die sagte die Wahrheit, das waren keine Fantasien.
»Erzählen Sie alles, von Anfang an.«
»Vor einem Jahr machte ich für diese Mariuccia einen Termin aus, ihre Mutter rief mich an. Am nächsten Morgen kam ich zu spät in die Praxis, ich wohne in Montelusa, und der Autobus hatte eine Panne. Ich habe kein Auto und auch keinen Führerschein. Als ich reinkam, saß das Mädchen vor dem Schreibtisch des Dottore. Wissen Sie, wie die Praxis aussieht?«
»Nein.«
»Es gibt ein großes Vorzimmer und noch zwei kleine Nebenzimmer. Dann kommt das eigentliche Sprechzimmer, zu dem auch eine Toilette und ein kleines Zimmer gehören, in dem ich sitze. Wenn der Dottore untersucht, bin ich immer dabei. An diesem Tag ging ich in mein Zimmer, um mich umzukleiden und den Kittel anzuziehen. Aber an dem Morgen ging alles schief. Bei dem frischen Kittel ging eine Naht auf, und ich musste ihn schnell nähen. Als ich dann endlich ins Sprechzimmer kam …«
Sie verstummte, ihr Hals war bestimmt ganz trocken.
»Soll ich Ihnen ein Glas Wasser bringen lassen?«
Sie hing in Gedanken dem nach, was sie gesehen hatte, und hörte die Frage gar nicht.
»Als ich ins Sprechzimmer kam«, fuhr sie fort, »machten

sie es schon. Der Dottore hatte sich ausgezogen und die Kleider einfach achtlos auf den Boden geworfen.«

»Hatten Sie den Eindruck, dass er sie vergewaltigte?«

Die Frau machte ein seltsames Geräusch mit dem Mund, als schlage sie zwei Holzklötze gegeneinander. Montalbano begriff, dass die Sprechstundenhilfe lachte.

»Was sagen Sie da? Die hat sich doch an ihn geklammert!«

»Kannten sich die beiden schon vorher?«

»In der Praxis war sie noch nie gewesen, das war das erste Mal.«

»Und dann?«

»Was, und dann? Nichts, sie haben mich ja nicht gesehen. Ich war in diesem Augenblick Luft für sie. Ich zog mich in mein Zimmer zurück und weinte. Dann klopfte er an die Tür. Sie hatten sich wieder angezogen. Ich brachte Mariuccia zu ihrer Mutter und ging dann wieder zurück. Bevor ich die nächste Patientin reinbrachte, musste ich doch den Stuhl richtig sauber machen, verstehen Sie?«

»Nein.«

»Die Schlampe war noch Jungfrau.«

»Und zu Ihnen hat der Dottore nichts gesagt? Hat er nichts erklärt oder sich gerechtfertigt?«

»Kein Wort hat er zu mir gesagt, als wäre nichts passiert.«

»War das die einzige Begegnung?«

Wieder zwei gegeneinander schlagende Holzklötze.

»Sie sahen sich alle vierzehn Tage. Sie, diese Nutte, war gesund wie ein Fisch im Wasser, der Dottore hatte eine Krankheit erfunden, wegen der sie mindestens zweimal im Monat in die Praxis kommen musste.«

»Und was taten Sie, wenn ...«

»Was sollte ich schon tun. Ich ging in mein Zimmer und weinte.«

»Verzeihen Sie die Frage. Waren Sie in den Dottore verliebt?«

»Sieht man das denn nicht?«, fragte die Sprechstundenhilfe und hob Montalbano ihr verstörtes Gesicht entgegen.

»Und zwischen Ihnen beiden war nie etwas?«

»Wollte Gott, es wäre was gewesen! Dann würde der Dottore jetzt noch leben!«

Sie fing an zu wimmern und drückte sich ein Taschentuch auf den Mund. Aber sie erholte sich gleich wieder, sie war eine starke Frau.

»Mitte April«, fing Angela wieder an, »kam sie in die Praxis und sah aus, als hätte sie das große Los gezogen. Ich wollte gerade in mein Zimmer gehen, als ich sie sagen hörte: ›Du bist mir vielleicht ein Gynäkologe! Hast du immer noch nicht kapiert, dass ich schwanger bin?‹ Ich war wie gelähmt, Commissario. Ich drehte mich halb um. Der Dottore war zur Salzsäule erstarrt, ich glaube, erst da hat er begriffen, was für eine entsetzliche Dummheit er gemacht hatte. Ich schlüpfte in mein Zimmer, machte aber die Tür nicht zu. Wissen Sie, was diese gewissenlose blöde Kuh vorhatte? Alles ihrem Vater zu sagen, weil der Dottore dann gezwungen war, seine Frau zu verlassen und sie zu heiraten. Der Dottore hat das gut gemacht, er hat ihr gesagt, sie solle noch nicht mit ihrem Vater reden, er würde erst mit seiner Frau sprechen, um die Scheidung vorzubereiten. Danach haben sie miteinander geschlafen.«

»War es das letzte Mal, dass sie sich sahen?«

»Von wegen! Sie kam bis vor fünf Tagen. Erst vögelten sie, dann redeten sie. Der Dottore sagte jedes Mal, er mache Fortschritte mit der Signora, die sich verständnisvoll gezeigt habe. Aber ich bin überzeugt, dass das gar nicht gestimmt hat, er hat das nur gesagt, damit sie Ruhe gibt, er hat nach einer Lösung gesucht und war zerstreut und besorgt.«

»Halten Sie es für möglich, dass Selbstmord diese Lösung gewesen sein könnte?«

»Soll das ein Witz sein? Der Dottore hatte keinerlei Absicht, sich umzubringen, ich kannte ihn gut. Anscheinend hat diese blöde Schlampe es doch ihrem Vater erzählt. Und Ignazio Coglitore hat keine Zeit verloren.«

Als die Sprechstundenhilfe gegangen war, rief Montalbano Fazio zu sich.

»Fahr zu Ignazio Coglitore und bring ihn innerhalb von zehn Minuten her. Ich will keine Ausreden hören.«

Fazio kam nach einer halben Stunde und ohne Ignazio Coglitore zurück.

»*Madonna santa, Dottore, che bordello!*«

»Will er nicht?«

»Er kann nicht. Die Arma hat ihn in Montelusa festgenommen.«

»Wann?«

»Heut Früh um acht.«

»Und warum?«

»Ich erklär's Ihnen. Also, als sie hörte, Dottor Landolina hätte sich umgebracht, hatte die Tochter von Ignazio Coglitore anscheinend einen Schwächeanfall und ist ohnmächtig geworden. Die ganze Familie dachte, das sei deshalb, weil das Mädchen bei dem Dottore in Behandlung war. Aber sie kam gar nicht mehr zu sich. Da hat Ignazio Coglitore sie mit Hilfe seiner beiden Söhne ins Auto verfrachtet und nach Montelusa ins Krankenhaus gebracht, wo man sie gleich dabehalten hat. Gestern Abend sind Ignazio Coglitore und seine Frau ins Krankenhaus gefahren, um sie wieder abzuholen. Da hat ihnen so ein blöder junger Arzt gesagt, das Mädchen sollte lieber noch ein paar Tage drin bleiben, weil sonst Gefahr besteht, dass sie das Kind verliert. Ignazio Coglitore und seine Frau sind wie vom Blitz getroffen vor dem Arzt umgekippt, sie sahen aus wie tot. Als Ignazio Coglitore wieder zu sich gekommen war, hat er zu toben angefangen und ist auf die Ärzte und Krankenpfleger losgegangen. Schließlich haben sie es geschafft, ihn rauszuschmeißen. Heute Früh um sieben ist er wieder im Krankenhaus aufgekreuzt: Außer seinen beiden Söhnen hatte er auch noch die Männer aus den Familien Gradasso, Panzeca und Tuttolomondo dabei. Im Ganzen waren sie zu zwölft.«

»Was wollten sie?«

»Das Mädchen.«

»Warum denn?«

»Ignazio Coglitore hat dem Chefarzt erklärt, sie wollten sie zurückhaben, weil sie Mariuccia sofort Gott als Sühneopfer darbringen müssten. Der Chefarzt hat sich geweigert, und es gab einen Mordskrach. Prügel, Geschrei, zerbrochene Fensterscheiben, Kranke auf der Flucht. Als die *carrabinera* kamen, wurden die auch angegriffen. Und dann sind sie hinter Schloss und Riegel gekommen.«

»Sag mal, Fazio, wann hat der Arzt den Coglitores denn gesagt, dass ihre Tochter schwanger ist?«

»Gestern Abend, so um halb acht.«

Der Verdacht, besser gesagt, die Gewissheit der Sprechstundenhilfe Angela Lo Porto war damit hinfällig. Dass für Mariuccias Schwängerung Dottor Landolina verantwortlich war, hatten die Coglitores bestimmt begriffen. Doch auch wenn sie gewollt hätten, sie hätten sich nicht rächen können: Von der heimlichen Liebschaft und ihren Folgen hatten sie erst erfahren, nachdem der Dottore verschwunden war. Deshalb konnten nicht sie ihn umgebracht haben. Wenn man einen Selbstmord verwarf, gab es nur eine weitere Person, die ernsthafte Gründe zur Rache gehabt hätte.

»*Pronto?* Spreche ich mit Signora Landolina?«

»*Sì.*«

Weniger ein Wort als ein gequälter Hauch.

»Hier ist Commissario Montalbano.«

»Haben Sie seine Leiche gefunden?«

Warum klang in Signora Landolinas Stimme ein ängstlicher Ton mit? Aber war es wirklich Angst und nicht verständliche Erschütterung?

»Nein, Signora. Aber ich würde gern mit Ihnen sprechen, nur fünf Minuten, um noch einige Dinge zu klären.«

»Wann?«

»Jetzt gleich, wenn Sie wollen.«

»Entschuldigen Sie, Commissario, aber ich fühle mich heute Vormittag wirklich nicht danach, es zerreißt mir fast den Kopf vor Schmerzen. Ich habe eine solche Migräne, dass ich meine Augen gar nicht offen halten kann.«

»Das tut mir leid, Signora. Geht es heute Nachmittag um fünf?«

»Ja, bis später.«

Um drei Uhr erreichte ihn ein Anruf des Questore: Er müsse unter allen Umständen um halb sechs zu einer wichtigen Besprechung nach Montelusa kommen. Der Commissario wollte den Termin mit Signora Landolina nicht platzen lassen und beschloss, ihn vorzuverlegen, ohne ihr Bescheid zu geben.

»Wo wollen Sie hin?«, fragte der Portier unfreundlich, der ihn nicht kannte oder so tat, als kenne er ihn nicht.
»Zu Signora Landolina.«
»Sie ist nicht da. Sie ist weggefahren.«
»Wie, weggefahren?«, fragte Montalbano erstaunt.
»Mit dem Auto«, antwortete der Portier, der die Frage missverstanden hatte. »Sie hat ihr ganzes Gepäck in den Wagen geladen, ziemlich viel, und ich und Patre Vassallo haben ihr dabei geholfen.«
»Der Pfarrer war auch da?«
»Natürlich, Patre Vassallo hat die letzten zwei Tage die Wohnung der Landolinas nicht verlassen, um der Signora beizustehen. Er ist ein guter Mensch und außerdem mit der Signora befreundet.«
»Um wie viel Uhr ist sie denn abgefahren?«
»Gegen zwölf.«
Also kurz nachdem sie miteinander telefoniert hatten. So viele Koffer packt man nicht in so kurzer Zeit, die Abreise war ganz sicher schon vorbereitet gewesen, bevor Montalbano angerufen hatte. Indem sie den Besuch auf den Nachmittag verschoben hatte, hatte die Signora ihn schlicht und einfach ausgetrickst.
»Hat sie zufällig gesagt, wo sie hinfahren wollte?«
»Ja. Nach Còmiso. Sie hat gesagt, sie wäre spätestens in einer Woche wieder da.«

Was sollte er jetzt tun? Irgendeinen Kollegen in Còmiso anrufen und ihn bitten, Signora Landolina im Auge zu behalten? Mit welcher Begründung? Ein sehr vager, federleichter, hauchdünner Mordverdacht? Oder Vortäuschung einer Verabredung?
Da hatte er eine Eingebung. Er fuhr schnell ins Kommis-

sariat zurück und rief Antonino Gemmellaro an, den alten Schulkameraden und jetzigen Direktor der Filiale der Banca Agricola Siciliana in Còmiso.

»*Pronto*, Gemmellaro? Hier ist Montalbano.«

Warum redeten sich alte Schulkameraden nur mit Nachnamen an? War es die Erinnerung an das Klassenbuch?

»Oh, was für eine schöne Überraschung! Bist du in Còmiso?«

»Nein, ich rufe aus Vigàta an. Ich brauche eine Auskunft.«

»Nur zu.«

»Weißt du, dass Dottor Landolina seit Samstagabend verschwunden ist? Du kanntest ihn doch, oder?«

»Natürlich kannte ich ihn, er war Kunde bei uns.«

»Er hat sich entweder das Leben genommen, oder er wurde ermordet.«

Gemmellaro antwortete nicht sofort, offenbar dachte er über Montalbanos Worte nach.

»Er hat sich das Leben genommen, sagst du? Das glaube ich bestimmt nicht.«

»Warum nicht?«

»Weil jemand, der die Absicht hat, sich das Leben zu nehmen, sich nicht um den Verkauf seines gesamten Besitzes kümmert. Vor einem Monat hat der Dottore seine Häuser, Grundstücke, Geschäfte, eben alles, was er hier hatte, verkauft, manches auch verschleudert. Er hatte es eilig mit der Realisierung.«

»Wie viel?«

»Über den Daumen gepeilt etwa drei Milliarden.«

Montalbano pfiff.

»Für beide, ihn und seine Frau, musst du bedenken.«

»Die Signora hat auch verkauft?«

»Ja.«

»Hatte der Dottore eine Vollmacht seiner Frau?«
»Aber nein! Die Signora ist persönlich nach Còmiso gekommen.«
»Und wo ist dieses Geld jetzt?«
»Keine Ahnung. Bei uns hat er bis zur letzten Lira alles abgehoben.«
Montalbano dankte, legte auf, rief das einzige Maklerbüro in Vigàta an und stellte der Person, die am Apparat war, eine präzise Frage.
»Natürlich, Commissario, der arme Dottor Landolina hat uns beauftragt, Wohnung und Praxis zu verkaufen.«
»Und wie funktioniert das jetzt, wo er verschwunden ist?«
»Schauen Sie, der arme Dottore hat vor vierzehn Tagen ordnungsgemäß mittels notarieller Urkunde verfügt, dass der Erlös aus dem Verkauf an Patre Vassallo geht.«

Die Besprechung mit dem Questore dauerte nur kurz, sodass der Commissario noch Zeit hatte, Tenente Colorni, zu dem er ein gutes Verhältnis hatte, in der Dienststelle der Arma aufzusuchen.
»Welche Vorkehrungen habt ihr für Mariuccia Coglitore getroffen?«
»Sie wird im Krankenhaus streng bewacht. Du verstehst, bei diesen verrückten Verwandten …«
»Und später?«
»Wir schicken sie in ein Heim für ledige Mütter. Weit entfernt von hier, und niemand kriegt die Adresse. Das Heim hat uns der Beichtvater des Mädchens genannt.«
»Wer ist denn ihr Beichtvater?«
Die Antwort wusste er schon, aber er wollte sie hören.
»Patre Vassallo aus Vigàta.«

»Hören Sie, Patre, ich wollte Ihnen sagen, dass ich morgen Früh die Fragen von Presse und Fernsehen über das Verschwinden von Dottor Landolina beantworten muss.«
»Und Sie glauben, ich könnte Ihnen behilflich sein?«
»Bestimmt. Aber vorher noch eine Frage: Sündigt ein Priester, wenn er lügt?«
»Wenn er in guter Absicht lügt, wohl nicht.«
Er grinste und breitete die Arme aus: Das genügte Montalbano schon. Patre Vassallo war ein beleibter Mann um die fünfzig und hatte ein intelligentes, spöttisches Gesicht.
»Dann erlauben Sie mir, dass ich Ihnen eine Geschichte erzähle.«
»Wie Sie meinen, Commissario.«
»Ein seriöser verheirateter Arzt verliebt sich in ein junges Mädchen, sie wird schwanger. Da gerät er in Panik: Die Familie des Mädchens ist zu Reaktionen fähig, die in unvorstellbare Exzesse ausarten können. Er ist verzweifelt und sieht keinen anderen Ausweg, als seiner Frau alles zu beichten. Sie muss eine ungewöhnliche Frau sein …«
»Das ist sie, glauben Sie mir«, fiel ihm der Priester ins Wort.
»… und heckt einen perfekten Plan aus. Ohne dass die Sache durchsickert, verkaufen sie innerhalb eines Monats alles, was sie besitzen, und erzielen eine hohe Summe. Der Dottore täuscht seinen Selbstmord vor, reist aber in Wirklichkeit, möglicherweise mit der Hilfe eines befreundeten Geistlichen, an einen uns unbekannten Ort. Zwei Tage später folgt ihm seine Frau. Was sagen Sie dazu?«
»Könnte durchaus möglich sein«, sagte der Pfarrer ruhig.
»Also weiter. Der Arzt und seine Frau sind anständige Leute, sie wollen das arme schwangere Mädchen nicht in der Patsche sitzen lassen. Also beschließen sie, die Woh-

nung und die Praxis in Vigàta ebenfalls zu verkaufen, aber den Erlös lassen sie dem befreundeten Priester zukommen, damit er für den Lebensunterhalt der ledigen Mutter sorgen kann.«

Pause.

»Was werden Sie in der Pressekonferenz sagen?«

»Dass Dottor Landolina sich umgebracht hat. Und dass die Witwe in ihren Heimatort gezogen ist, zu ihren Verwandten.«

»Danke«, sagte, fast unhörbar, Patre Vassallo.

Dann fügte er hinzu:

»Ich hätte nie geglaubt, dass ein Engel die Gestalt der Signora annehmen könnte. Haben Sie sie kennen gelernt?«

»Nein.«

»Ein Mordsweib. Potthässlich, unter uns gesagt. Eine Art Riesin wie aus einem Märchen von Menschenfressern und Hexen. Aber ihr Lächeln …«

»… war ganz besonders freundlich«, führte der Commissario den Satz zu Ende.

## *Ein Tagebuch von 1943*

*La libbicciata*, der Südweststurm, war so heftig gewesen, dass das Meer den ganzen Strand verschlungen hatte und bis an die Veranda von Montalbanos Haus heranreichte. Folglich war die Laune des Commissario, der mit sich und der Schöpfung nur im Frieden war, wenn er in der Sonne braten konnte, schwarz wie Tinte. Als Montalbano ins Kommissariat kam, grüßte Fazio nur und verdrückte sich gleich, denn er kannte ihn gut. Doch Catarella, der vergessen hatte, welches Risiko er einging, obwohl er schon seit über einem Jahr im Kommissariat Dienst tat, stürzte in Montalbanos Zimmer.

»*Dottori! Stamatina tilifonò gente che addimandava di lei pirsonalmente di pirsona! I nomi ce lo scrissi in questo pizzino.* Dottori! Heut Früh haben lauter Leute angerufen, die Sie ganz persönlich selber sprechen wollten! Die Namen hab ich auf den Zettel da geschrieben.«

Er reichte ihm ein Blatt Papier, das schlampig aus einem karierten Heft herausgerissen war.

»Und hat deine Schwester auch angerufen?«, fragte Montalbano gefährlich freundlich.

Catarella war erst verdutzt, dann grinste er.

»*Dottori, vossia vuole babbiare? Me' soro spossibilitata a tilifonare è!* Dottori, machen Sie jetzt einen Witz? Meine Schwester kann doch nicht anrufen!«

»Ist sie behindert?«

»*Nonsi*, Dottori, sie ist nicht verhindert. Das Telefonieren fällt ihr gar nicht ein, weil es sie doch gar nicht gibt, ich bin doch das einzige Kind von meinem Vater und meiner Mutter und außerdem ein Mann!«

Der Commissario gab sich geschlagen. Er entließ Catarella und machte sich daran, die Namenliste zu entziffern. »Dottori Vanesio« konnte kein anderer sein als Dottor Sinesio, bei dem eingebrochen worden war, »sigor Guestore« war offensichtlich Signor Questore, »Scillicato« hingegen hieß wirklich Scillicato, und »presitte Purcio« war natürlich Preside Burgio, den er schon lange nicht mehr gesehen hatte.

Er mochte ihn, den über siebzigjährigen ehemaligen Schuldirektor; er hatte dem Commissario gemeinsam mit seiner Frau Angelina seinerzeit in einem Fall geholfen, bei dem sich die beiden ganz und gar von ihrer Erinnerung hatten leiten lassen und der später »Der Hund aus Terracotta« genannt wurde.

Er hatte überhaupt keine Lust, mit dem neuen Questore zu reden, der immer ein Haar in der Suppe fand. Dottor Sinesio würde nur wieder jammern, dass sie ihm sein geklautes Silberzeug immer noch nicht wiederbeschafft hatten. Scillicato hingegen hatten sie vor einem halben Jahr seinen BMW in Brand gesteckt, und er hatte sich einen Fiat Punto gekauft. Als auch der verbrannt war, hatte er sich einen gebrauchten Cinquecento zugelegt, der vierzehn Tage später ebenfalls in Flammen aufging.

»Commissario, was soll ich machen?«, hatte er Montalbano gefragt.

Der beste Rat wäre gewesen, kein Geld mehr zu Wucherzinsen zu verleihen; schon hieß es in der Stadt, Pepè Jacono habe sich wegen der Schulden, die er bei Scillicato hatte, aufgehängt. Montalbano, der an jenem Tag ziemlich ungeduldig war, hatte ihn schweigend angesehen und dann gesagt:

»Kaufen Sie sich einen Tretroller.«

Anscheinend hatten sie auch seinen Roller in Brand gesteckt. Der Commissario rief Preside Burgio an, der ihn noch für denselben Abend zum Essen einlud. Montalbano nahm die Einladung an; Signora Angelina kochte einfach, aber sie wusste, was sie tat.

Nach dem Essen setzten sie sich ins Wohnzimmer, und dort rückte der Preside mit dem eigentlichen Grund seiner Einladung heraus.

»Waren Sie in letzter Zeit am Hafen?«

»Ja, da komme ich auf meinem Spaziergang zum Leuchtturm immer vorbei.«

»Haben Sie gesehen, dass der alte Getreidespeicher abgerissen wurde?«

»Das ist auch gut so. Er war schon lange baufällig und bedeutete eine Gefahr für jeden, der in seine Nähe kam.«

»Als er 1932 gebaut wurde, war ich sieben Jahre alt«, sagte der Preside. »Mussolini hatte die so genannte *battaglia del grano*, die Getreideschlacht, ausgerufen, er war überzeugt, sie gewonnen zu haben, und hatte diesen großen Getreidespeicher bauen lassen.«

»Warum am Hafen und nicht in der Nähe des Bahnhofs?«, fragte der Commissario.

»Weil von hier aus die mit Weizen beladenen Schiffe dorthin fuhren, was der Duce *la quarta sponda*, die vierte Küste, nannte, Eritrea, Libyen, Sie wissen schon.«

Er schwieg eine Weile und hing seinen Jugenderinnerungen nach. Dann fuhr er fort.

»Geometra Cusumano, der Vermessungsingenieur, der den Abriss geleitet hat, hat in dem Gebäude alte Papiere gefunden und mir gebracht, er weiß, dass ich mich für Geschichten aus Vigàta interessiere. Es handelt sich um einen Briefwechsel zwischen der Zweigstelle in Vigàta und der Direktion des Consorzio Agrario in Palermo. Aber ganz woanders im Getreidespeicher hat er in einem kleinen Hohlraum alte Nummern des »Popolo d'Italia«, der Zeitung der faschistischen Partei, entdeckt, außerdem ein Buch, *Parlo con Bruno*, das Mussolini zum Tod seines Sohnes geschrieben hat, und ein Heft. Der Geometra hat die Zeitungen und das Buch behalten, das Heft hat er mir geschenkt. Ich habe einen Blick hineingeworfen und bin neugierig geworden. Schauen Sie doch auch mal rein, und wenn Sie wollen, reden wir dann darüber.«

Es war ein ganz gewöhnliches, etwas vergilbtes Heft, vorn zeigte der Umschlag Mussolini in Paradeuniform und stocksteif mit faschistischem Gruß, und darunter stand: »Der Begründer des Reiches«. Auf der Rückseite war das Reich selbst abgebildet, das heißt, sie war eine kleine Landkarte Abessiniens. Auf der ersten Seite, in der Mitte, vier Verse:

> Wer aus dem Heft hier was erfährt,
> umgürte sich mit einem Schwert,
> und will er meinen Namen wissen:
> Ich, Zanchi Carlo, lasse grüßen.

Doch sie waren mit einem großen X durchgestrichen, als hätte Zanchi Carlo sich dieser kindlichen Verse, die nach

Grundschule klangen, geschämt. Weiter unten stand in Großbuchstaben:

ZANCHI CARLO, AVANGUARDISTA ES LEBE DER DUCE ES LEBE DER KÖNIG

Und dann:

JAHR XXI DER FASCHISTISCHEN EPOCHE

Montalbano rechnete schnell nach und kam zu dem Ergebnis, dass das Heft von 1943 stammte, dem Jahr, das zumindest in Sizilien nur zur Hälfte in die faschistische Epoche gehörte, denn die Alliierten waren in der Nacht vom neunten auf den zehnten Juli auf der Insel gelandet.

Es war eine Art unregelmäßig geführtes Tagebuch, das sich darauf beschränkte, die in den Augen des Jungen besonders wichtigen Ereignisse auf Papier festzuhalten. Die erste Notiz trug das Datum des zweiten September:

> Es ist mir gelungen, vier Handgranaten, diese kleinen, rot-schwarzen, die Balilla, herzubringen und hier zu verstecken. Duce, ich werde sie zu gebrauchen wissen!

Nur ein paar Zeilen, aber sie genügten, dass der erst nur wenig neugierige Commissario aufmerksam wurde.

> 6. September. Heute habe ich eine schändliche Szene erlebt, Frauen boten sich den Negern an, den Invasoren. Mir sind die Tränen gekommen. Mein armes Vaterland!
> 10. September. Die Kanalratten kommen aus allen Löchern und tun mit Zustimmung der Invasoren jetzt ihre obszönen Absichten kund. Sie wollen die Parteien wieder auferstehen lassen, die der Faschis-

mus ausgerottet hatte. Wie kann man das verhindern?

15. September. Dieser menschliche Abschaum, der sich im Namen der so genannten Demokratie zusammengetan hat, hat einen gewissen Di Mora Salvatore zum Bürgermeister gewählt. Da ich nicht aus Vigàta bin, habe ich mich diskret informiert. Es handelt sich um einen bekannten Mafioso, den der Faschismus verbannt hatte! Was für eine Schande! Es muss unbedingt etwas geschehen, damit die Ehre unseres Vaterlandes gerettet wird.

Die folgende Notiz trug das Datum vom fünften Oktober.

Ich glaube, ich habe eine Lösung gefunden. Aber werde ich den Mut haben, sie in die Tat umzusetzen? Ich glaube schon. Der Duce wird mir die Kraft dazu geben. Und wenn es sein muss, werde ich mein Leben für das Vaterland opfern.

Und am neunten Oktober:

Morgen Früh werden fast sicher die Voraussetzungen dafür gegeben sein, dass ich meine Tat vollbringen kann. Es lebe Italien!

Der letzte Eintrag stammte vom folgenden Tag. Montalbano erkannte die Schrift kaum wieder, er glaubte zuerst, diese wenigen Worte stammten von einer anderen Hand:

10. Oktober. Ich habe es getan. Ich lebe. Es war furchtbar, ganz schrecklich. Ich dachte nicht, dass … Gott möge mir verzeihen!

Dann begriff Montalbano, dass die Schrift zwar dieselbe, aber aufgrund einer sehr starken Gefühlserregung fast nicht wiederzuerkennen war. Kein »Es lebe der Duce«, keine Beschwörungen Italiens mehr, diese Worte zeugten jetzt von Grauen und Erschütterung.

Aber was hatte dieser Junge getan? Und dann: Warum hatte das Heft im Schutt des abgerissenen großen Getreidespeichers gelegen?

Es war fast Mitternacht, als das Telefon klingelte.

»Hier ist Preside Burgio. Ich leide an Schlaflosigkeit und weiß, dass Sie spät zu Bett gehen, da habe ich mir erlaubt, um diese Uhrzeit noch anzurufen. Hatten Sie Gelegenheit, das Heft zu lesen?«

»Ja. Und es ist mir sehr nahe gegangen.«

»Hab ich's nicht gesagt? Kommen Sie morgen zum Mittagessen?«

Montalbano lächelte. Es sah so aus, als wollte ihn der Preside wieder mal in Ermittlungen verwickeln, bei denen man in der Vergangenheit herumstochern musste und die sie zugegebenermaßen beide liebend gern betrieben.

»In jener Zeit«, sagte der Preside, »wurde man von Geburt an in die faschistische Jugendorganisation eingebunden, die erst Opera Nazionale Balilla und dann Gioventù Italiana del Littorio hieß. Von drei bis sechs gehörte man zu den Figli della Lupa …«

»*Lupa* ist die Wölfin, die Romulus und Remus gesäugt hat«, erklärte Signora Angelina.

»… zwischen sechs und zehn war man Balilla, dann Avanguardista, und ab sechzehn Giovane Fascista. Der Junge, der das Tagebuch geschrieben hat, war also höchstens fünfzehn Jahre alt.«
»Er hat sehr gutes Italienisch geschrieben«, stellte Montalbano fest.
»*Già*. Das ist mir auch aufgefallen.«
»Ein Junge wie er, ein bisschen überspannt …«
»Wir alle«, unterbrach Signora Angelina den Commissario, »waren in diesem Alter und in dieser Zeit, wenn auch nicht so überspannt wie dieser hier, zumindest begeistert. Auch wenn die Älteren unter uns vom Faschismus enttäuscht waren, litten sie doch sehr darunter, dass wir fremde Truppen im Land hatten.«
»Ich wollte sagen«, fuhr der Commissario fort, »dass ein – zu Recht oder Unrecht – so tief gekränkter Junge, der über vier Handgranaten verfügt, eine echte Zeitbombe ist …«
»Die auf irgendeine Weise explodiert sein muss«, sagte der Preside.
»Zanchi ist kein Name aus unserer Gegend«, meinte Montalbano.
»Nein«, sagte der Preside, »aber es gibt eine Erklärung dafür. Unter den Papieren, die Cusumano mir gegeben hat und die ich noch nicht alle gelesen habe, ist auch ein Brief, der darüber vielleicht Aufschluss gibt.«
Er stand auf, ging in ein anderes Zimmer und kam mit einem zerknitterten Blatt Papier wieder, das er dem Commissario reichte.

AN DIE GENERALDIREKTION – PALERMO
10. Oktober 1944
Unter Bezugnahme auf unser Schreiben vom

30. Sept. d. J. Nr. 250 erlauben wir uns, Ihnen mitzuteilen, dass die in dem Getreidespeicher untergebrachten Flüchtlinge nach Montelusa verlegt wurden. Im Getreidespeicher befinden sich noch die Betten und einige andere Einrichtungsgegenstände (Tische, Stühle, Bänke usw.), die die kommunale Fürsorgestelle in einigen Tagen abholen lassen wird.

Danach werden wir umgehend für die Reinigung der Räume und eventuell erforderliche kleine Reparaturen sorgen.

Hochachtungsvoll.

»Wer weiß, woher diese Flüchtlinge kamen«, dachte der Commissario laut nach.

»Das kann ich Ihnen sagen«, meinte der Preside, »ich habe es einem anderen Brief entnommen. Der Verwalter des Getreidespeichers bat um eine große Menge Mäusegift. Er schrieb, die riesigen Mäuse – kein Wunder bei einem geleerten Kornspeicher – seien über die zehn Flüchtlingsfamilien aus Libyen hergefallen. Es müssen arme Leute gewesen sein, frühere Siedler, die alles verloren hatten. Die Staatsbeamten, die hohen Tiere, die aus Libyen geflohen waren, hatten bestimmt anderswo eine Bleibe gefunden.«

»Aber was kann dieser Zanchi mit seinen Handgranaten angestellt haben?«, überlegte Montalbano.

»Das ist die Frage«, sagte der Preside abschließend.

Montalbano nahm das Gespräch wieder auf: »Doch einen Anhaltspunkt haben wir.«

»Nämlich?«

»Das Datum. Was Zanchi Furchtbares getan hat – wie er selbst in seinem Tagebuch schreibt –, muss am zehnten

Oktober 1943 passiert sein. Gibt es hier in Vigàta denn niemanden, der …«

»Panarello«, mischte sich Signora Angelina ein. »Pepè Panarello, der Vater meiner Freundin Giulia, ist nie aus Vigàta fort gewesen, er hat im Einwohnermeldeamt gearbeitet. Er ist Jahrgang zehn.«

»*Gesù!*«, rief der Commissario. »Der ist ja schon siebenundachtzig! Er erinnert sich bestimmt an nichts mehr!«

»Da täuschen Sie sich«, sagte Signora Angelina. »Seine Tochter Giulia hat mir erst neulich erzählt, dass ihr Vater zwar nicht mehr weiß, was er tags zuvor gemacht hat, aber an alles, was vor fünfzig, sechzig Jahren war, erinnert er sich klar und deutlich.«

Montalbano und Preside Burgio tauschten einen Blick.

»Ruf Giulia doch gleich an«, sagte der Preside zu seiner Frau. »Frag, wie es ihrem Vater gesundheitlich geht, und mach einen Termin für mich und den Commissario aus.«

Doch anstatt sie bei sich zu Hause zu empfangen, wollte Pepè Panarello die beiden im Café Castiglione treffen.

»So kommt er zu seinem Gläschen Cognac, das er von mir nicht kriegt, und wenn er mich auf Knien darum bittet«, erklärte Tochter Giulia Signora Angelina.

Als sie ankamen, saß er an einem der kleinen Tische, die auf dem Bürgersteig standen. Er hatte natürlich ein Gläschen Cognac vor sich.

Ein spindeldürrer alter Mann, die Haut wie auf die Knochen gemalt, die linke Hand zittrig, aber, das merkte man sofort, hellwach im Kopf. Er ergriff gleich das Wort, seine Tochter hatte wohl angedeutet, da seien zwei Herren, die sein Gedächtnis bräuchten.

»Was wollen Sie wissen?«

»Wir sind einem Ereignis auf der Spur, von dem wir gar

nicht wissen, ob es überhaupt geschehen ist«, sagte der Preside.

»Einem Ereignis, das in den ersten zehn Tagen des Oktober 1943 hier in Vigàta passiert ist«, fügte der Commissario hinzu.

»Wenn da was passiert ist, weiß ich es bestimmt noch«, sagte der alte Mann. »Seit ich in Pension bin, verbringe ich meine Tage damit, mein Gedächtnis aufzupolieren.«

In aller Ruhe trank er seinen Cognac aus und wanderte dabei in seiner Erinnerung zurück. Dann schüttelte er den Kopf.

»Da war gar nichts«, lautete das Ergebnis seiner zehnminütigen Erforschung, während der Montalbano und der Preside sich kein Wort zu sagen trauten, um ihn nicht zu stören.

»Sind Sie sicher?«, fragte Montalbano enttäuscht.

»Vollkommen«, sagte der Alte entschieden und hob die Hand, um den Kellner zu rufen. Der Commissario glaubte, Panarello wolle zahlen.

»Darf ich Sie einladen?«, fragte er.

»Danke«, sagte Panarello, »dann krieg ich für das Geld von dem ersten noch einen zweiten.«

»Signor Panarello, meinen Sie nicht, dass Sie in Ihrem Alter …«

»Mein Alter, so ein Quatsch«, sagte der Alte. »Was glauben Sie, wie lange ich noch zu leben habe? Sechs Monate? Ein Jahr? Und da soll ich auf ein Gläschen Cognac verzichten?«

Genau in diesem Augenblick schlug die Uhr am Rathaus, direkt gegenüber dem Bürgersteig, auf dem die Tischchen des Cafés standen, die volle Stunde.

»Was, schon sechs?«, wunderte sich Panarello.

»Aber nein, die geht eine Stunde vor«, erklärte der Preside. »Diese Uhr zeigt die Stunden an, wie es ihr gerade passt.«

»*Gesù!*«, schrie der Alte fast. Und dann, leise:

»Wie konnte ich das nur vergessen? *Gesù!*«

Er war so erregt, dass seine linke Hand heftig zitterte, er musste sie mit der rechten festhalten.

»Wenn die Uhr nicht geschlagen hätte«, sagte er, »wäre ich nie darauf gekommen.«

Der Kellner hatte zusammen mit dem Cognac auch ein willkommenes Glas Wasser gebracht, das Panarello jetzt auf einen Zug leer trank.

Montalbano und Preside Burgio saßen mucksmäuschenstill auf ihren Stühlen. Dann war der Alte endlich so weit.

»Als die Alliierten ganz Sizilien einnahmen«, fing er an, »hatten sie das Problem mit der Beseitigung der ungeheuren Menge aller Arten von Sprengstoff, den die Italiener und die Deutschen dagelassen hatten. Es war erschütternd, glauben Sie mir. Die Kinder spielten mit Handgranaten, zwei Gruppen Vigatèsi schossen eines Tages aus Jux mit Kanonen aufeinander. Man beschloss, die Waffen im Meer zu versenken, und beauftragte die schwarzen Soldaten damit. Bis oben hin mit Munition und Sprengstoff beladene Lastwagen mit drei oder vier Schwarzen fuhren am Kai vor. Man hatte ein Dutzend Fischerboote samt Mannschaft beschlagnahmt. Von den Lastern aus warfen die Schwarzen die Munition den Leuten auf den Fischerbooten zu, die sie auffingen und an Deck stapelten. Wenn das Boot voll war, fuhr es aufs offene Meer hinaus, man warf das Zeug ins Wasser, kam zurück und machte sich dann von neuem auf den Weg. Wir im Dorf empfahlen unsere Seele dem *Signiruzzo*, unserem Herrgott, früher oder später musste ja was passieren. Und es passierte tatsächlich. Am Morgen des zehnten Oktober flog ein Lastwagen in die Luft. Dabei starben die vier Schwarzen, die auf dem Laster standen, vier Leute aus dem Dorf, die im Boot waren, drei Hafenarbeiter, die in der Nähe arbeiteten, und zwei Fischer, die gerade vorbeigingen. Dreizehn Tote und vierzig Verletzte. *Gesù!* Wie konnte ich das nur vergessen!«

»Ist Sabotage Ihrer Meinung nach auszuschließen?«, fragte der Commissario. Der Alte sah ihn verwirrt an.

»Ich verstehe nicht, entschuldigen Sie.«

»Ich meine: War das Ihrer Meinung nach ein Unfall?«

»Natürlich! Die waren doch alle verrückt, so zu arbeiten! Ohne Vorsichtsmaßnahmen! Im Gegenteil, es war ihnen scheißegal! Es war ein Unglück, was sollte es denn sonst gewesen sein?«

»Nichts«, sagte Montalbano.

»Entschuldigen Sie, wenn ich mich einmische«, sagte der Preside. »Wissen Sie noch, wo der Lastwagen stand, als er in die Luft flog?«

»Direkt vor dem Getreidespeicher, der gerade abgerissen wurde. Und drei von den Leuten, die damals noch dort wohnten, wurden verletzt.«

»Eine Frage noch«, sagte der Commissario. »Wie kommt es, dass die Rathausuhr Sie an die Explosion erinnert hat?«

Der Alte lächelte.

»Ach, wegen einer Geschichte, die man sich damals erzählte, ich weiß nicht, ob sie wirklich passiert ist. Wissen Sie, die Explosion war dermaßen stark, dass noch in zwei, drei Kilometer Entfernung die Fensterscheiben kaputtgingen. Ich war in meinem Büro, hier im Rathaus, das immerhin vier Straßen vom Hafen entfernt liegt, und da hat der Luftdruck noch die Tür aus den Angeln gehoben, die Fensterscheiben zertrümmert und mich von meinem Stuhl ge-

rissen. Und dabei ist das Glas der Rathausuhr zersprungen, die Uhr ist um zwölf nach zehn stehen geblieben. Auf dem Minutenzeiger war etwas Schwarzes, alle dachten, es sei eine Taube, die bei der Explosion gestorben ist. Aber dann wurde einer von außerhalb gerufen, der die Uhr reparieren und ein neues Glas einsetzen sollte, und der hat gesagt, dass auf dem Zeiger keine tote Taube, sondern die Hand eines Schwarzen war, die über die Dächer von vier Häuserzeilen bis hierher geflogen ist. Und von den vier Schwarzen auf dem Laster hat man auch nur kleine Stücke gefunden, höchstens einen Fuß oder einen Arm. Es war furchtbar, ganz schrecklich.«
Er hatte, ohne es zu wissen, dieselben Worte gebraucht wie Carlo Zanchi siebenundfünfzig Jahre zuvor.

Schweigend machten sie sich auf den Weg, einer nach Hause, der andere ins Büro. Erst als sie sich voneinander verabschiedeten, sprach der Preside.
»Und wenn es doch ein Zufall war?«
»Das glaube ich nicht«, sagte der Commissario. »Er hat abgewartet, bis der Sprengstoff direkt vor dem Getreidespeicher verladen wurde, und vom Dach aus eine Handgranate auf den Lastwagen geworfen. Dann geriet er angesichts der unschuldigen Toten in Panik.«
»Was machen wir jetzt mit unserem Geheimnis?«, fragte der Preside noch.
»Das behalten wir beide für uns. Das heißt, wir drei, denn Sie erzählen es bestimmt Signora Angelina.«

Doch es waren vier, die das Geheimnis kannten. Eines Abends, als der Commissario im Sessel saß und in »Retelibera« die Nachrichten ansah, interessierte ihn der Bericht über einen Vorfall ganz besonders. Der Redakteur Nicolò Zito sagte unter anderem, in der Gemeinde San Calogero, die gestrandete Existenzen aller Art aufnahm, habe es einen mit Sicherheit vorsätzlich gelegten Brand gegeben, bei dem zwei Baracken zerstört worden seien. Aller Wahrscheinlichkeit nach habe das Feuer jemand gelegt, der wegen schlechter Führung aus der Gemeinde ausgeschlossen worden sei. Nicht die Nachricht als solche ließ Montalbano aufhorchen, sondern der Name des Gründers dieser Gemeinde: Don Celestino Zanchi.

Sofort fiel ihm der Brief aus dem Jahr 1944 ein, demzufolge man alle in dem Getreidespeicher untergebrachten Flüchtlinge nach Montelusa umgesiedelt hatte. Und die Gemeinde war auf einem Gelände drei Kilometer vor Montelusa ansässig. Das mochte vielleicht wirklich ein Zufall sein, aber einen Versuch war es schon wert.

Er schlug die Nummer im Telefonbuch nach, notierte sie sich und ging schlafen.

Am folgenden Morgen rief er um acht Uhr an. Er bekam die Auskunft, der Pfarrer habe leichtes Fieber, empfange ihn aber trotzdem, wenn er gegen fünf Uhr nachmittags komme. Man fragte Montalbano nicht mal nach dem Grund seines Besuchs.

Don Celestino Zanchi empfing ihn aufrecht im Bett sitzend, er hatte achtunddreißig Grad Fieber.

»Eine ganz normale Grippe«, sagte er entschuldigend, »aber ziemlich lästig.«

Mager, sehr lebhafte Augen, ein drahtiger, resoluter Mann und schon sehr alt.

»Sie sind Kommissar?«

»Ja.«

»Sind Sie wegen des Brandes hier?«
»Nein.«
Der Pfarrer blickte ihn jetzt aufmerksam an, während sich der Commissario seinerseits in dem ärmlichen Zimmer umsah. Auf der Kommode standen nur zwei Fotografien, eine zeigte ein Paar, die andere einen etwa vierzehnjährigen Jungen. Der Pfarrer war Montalbanos Blick gefolgt.
»Die beiden sind Papà und Mamma in Libyen, 1938. Das andere ist mein Bruder Carlo, da war er noch keine fünfzehn.«
Damit hatte er schon alles gesagt, ohne es zu wissen, ohne es zu wollen. Was tat Montalbano hier in diesem Zimmer und quälte ohne Grund einen armen alten Pfarrer? Er konnte den Blick nicht von Carlos Bild lösen: das ehrliche Gesicht eines anständigen, lieben Jungen, ein offenes, freies Lachen.
»Sie haben etwas erfahren, was mit meinem armen Bruder zu tun hat, nicht wahr?«, fragte Don Celestino leise.
»Ja«, antwortete der Commissario, ohne sich umzudrehen.
»Wie sind Sie darauf gekommen?«
»In den Trümmern des Getreidespeichers von Vigàta wurde ein Heft gefunden. Eine Art Tagebuch, das Ihr Bruder geführt hat.«
»Und hat er darin geschrieben, dass ...«
»Nicht eindeutig. Wussten Sie es?«, fragte Montalbano und wandte sich endlich wieder dem Bett zu.
»Wissen Sie, ich war mit meiner Familie nicht im Getreidespeicher. Da ich schon in Libyen Seminarist war, wurde ich im Priesterseminar von Montelusa aufgenommen. Am Morgen des zehnten Oktober erfuhren wir von der Explosion. Gleich nach dem Mittagessen kam mein Bruder ins Seminar. Er war völlig durcheinander, er zitterte und stot-

terte. Ich glaubte, Papà und Mamma sei etwas zugestoßen. Aber dann gestand er mir weinend, was er Ungeheuerliches getan hatte. Ich wusste nicht, was ich tun sollte, er hatte auch noch Fieber bekommen, zeitweise schien er zu fantasieren. Ich lief zum Regens, der mich mochte, und erzählte ihm alles. Der Regens brachte ihn in einer leeren Zelle unter und rief einen Arzt. Etwa einen Monat lang weigerte Carlo sich zu essen, ich musste ihn mühsam dazu zwingen. Dann bat er den Regens eines Abends, ihm die Beichte abzunehmen. Am nächsten Morgen empfing er die Kommunion und verließ das Seminar. Man fand ihn zwei Wochen später in der Gegend von Sommatino. Er hatte sich erhängt.«

Montalbano wusste nicht, was er sagen sollte. Meine Güte, warum hatte er Don Celestino auch unbedingt aufsuchen müssen?

»Mir blieb eine Verpflichtung«, sagte der Pfarrer dann.

»Welche denn?«

»Wenigstens zum Teil wieder gutzumachen, was den unschuldigen Opfern angetan worden war. Mein Vater hatte ein Jahr vor seinem Tod von unserer Regierung eine Entschädigungssumme für den landwirtschaftlichen Betrieb bekommen, den er in Libyen verloren hatte. Es war ein großer Hof, der viel wert war. Sobald ich dieses Geld geerbt hatte, schickte ich alles anonym an die Witwen und Kinder dieser armen Toten. Und es vergeht kein Tag, an dem ich nicht für sie und meinen Bruder Carlo, der so verzweifelt gestorben ist, zu unserem Herrn bete.«

»Morgen schicke ich Ihnen das Heft«, sagte der Commissario schroff. »Machen Sie damit, was Sie wollen.«

Er verbeugte sich leicht vor dem Pfarrer und verfluchte sein Bullenblut, als er das Zimmer verließ.

Tags darauf schickte Montalbano den Polizeibeamten Gallo mit einem Umschlag zu Don Celestino. Darin waren das Heft und ein Scheck über fünfhunderttausend Lire, die er von seinen Ersparnissen abgehoben hatte und der Gemeinde zukommen lassen wollte.
Dann rief er Preside Burgio an und lud sich selbst zum Mittagessen ein. Er musste ihm doch erzählen, wie die Ermittlungen ausgegangen waren.

## *Der Geruch des Teufels*

Signora Clementina Vasile Cozzo war eine gelähmte alte Dame, eine ehemalige Lehrerin, die Commissario Montalbano schon so manches Mal geholfen hatte. Zwischen ihnen beiden war etwas gewachsen, das mehr war als Freundschaft: Der Commissario, der als Kind seine Mutter verloren hatte, fühlte sich ein wenig wie ihr Sohn. Oft blieb Montalbano, wenn er bei ihr zu Besuch war, zum Mittag- oder Abendessen, die Kochkunst der Haushälterin Pina versprach Gutes und hielt stets das Beste.

An jenem Tag waren sie fertig mit Essen und tranken gerade ihren Kaffee, als die Signora sagte:

»Wissen Sie eigentlich, dass meine Grundschullehrerin noch lebt und ganz rüstig ist?«

»Wirklich? Wie alt ist sie denn?«

»Fünfundneunzig, und heute hat sie Geburtstag. Aber Sie müssten sie sehen, Commissario! Sie ist völlig klar im Kopf, versorgt sich bestens allein und läuft wie ein junges Mädchen! Stellen Sie sich vor, sie besucht mich mindestens einmal im Monat, dabei wohnt sie beim alten Bahnhof.«

»Zu Fuß?!«, wunderte sich der Commissario.

Das war in der Tat ganz schön weit.

»Aber heute besuche ich sie, aus zwei Gründen. Mein Sohn bringt mich hin und holt mich später wieder ab. Es gibt hier in Vigàta noch ein Dutzend ihrer ehemaligen Schüler, und es ist inzwischen Tradition, dass wir uns alle bei Antonietta – sie heißt Antonietta Fiandaca – zusammenfinden und ihren Geburtstag feiern. Sie hatte nie heiraten wollen, sie hat immer allein gelebt. Aus eigener Entscheidung, wohlgemerkt.«

»Und der andere?«

»Wie, der andere? Ich verstehe nicht.«

»Signora Clementina, Sie sagten, Sie würden Ihre alte Lehrerin aus zwei Gründen besuchen. Der eine ist der Geburtstag. Und der andere?«

Signora Clementina machte ein den Umständen entsprechendes Gesicht, sie zögerte merklich.

»Also, es ist mir ein bisschen peinlich, darüber zu reden. Nun gut, Antonietta rief mich gestern an und sagte, sie habe wieder den Gestank des Teufels gerochen.«

Der Commissario begriff sofort, dass die Signora nicht in Metaphern sprach, sie meinte den leibhaftigen Teufel, den mit Hörnern, Bocksfuß und Schwanz. Dass ein Teufel dieser Sorte Gestank verströmte, wusste Montalbano aus Büchern und durch mündliche Überlieferung, nämlich von den Geschichten, die ihm seine Großmutter erzählt hatte. Doch Signora Vasile Cozzo machte ein so ernstes Gesicht, dass er lächeln musste.

»Vorsicht, Commissario, das ist ernst.«

Montalbano steckte den Tadel ein.

»Warum sagten Sie, Ihre alte Lehrerin habe ihn *wieder* gerochen? Ist das schon mal vorgekommen?«

»Ich glaube, ich erzähle lieber von vorn. Nun, Antonietta stammt aus einer ziemlich wohlhabenden Familie, sie wurde nicht Lehrerin, weil sie etwa arbeiten musste, sondern weil sie schon damals fortschrittliche Ideen hatte. Dann ging es mit dem Handel, den ihr Vater betrieb, bergab. Um es kurz zu machen, sie und ihre Schwester Giacomina teilten sich immerhin ein hübsches Erbe. Unter anderem bekam Antonietta zwei kleine Villen, eine auf dem Land, in der Contrada Pàssero und eine hier in Vigàta. Die hiesige Villa ist entzückend, haben Sie sie schon mal gesehen?«

»Meinen Sie die Villa im maurischen Stil zehn Meter vom alten Bahnhof entfernt?«

»Ja, genau. Sie ist vom Architekten Basile.«

Der Commissario hatte sie nicht nur gesehen, sondern war schon öfter stehen geblieben, um sie zu betrachten und ihre anmutige Leichtigkeit zu bewundern.

»Als Antonietta pensioniert war, lebte sie einen großen Teil des Jahres am liebsten in ihrem Landhaus, das sie blitzblank hielt und mit wertvollen Möbeln eingerichtet hatte. Der Garten sah aus wie ein englischer Garten. Sie verbrachte ihre Tage, indem sie den Nachbarskindern Nachhilfestunden gab. Wenn dann der richtige Winter kam, zog sie in die Stadt. Zwei Jahre bevor Sie, Commissario, nach Vigàta kamen, war damit Schluss.«

»Was war geschehen?«

»Eines Nachts wachte sie auf wegen eines Geräusches, das sie sich nicht erklären konnte. Natürlich dachte sie an Einbrecher. Auf dem Nachtkästchen hatte sie eine Art Sprechanlage, durch die sie mit dem Häuschen verbunden war, in dem der Hausmeister mit Frau und Kindern wohnte. Der Hausmeister war fünf Minuten später da, bewaffnet. Keine Tür war aufgebrochen, keine Fensterscheibe kaputt. Sie legten sich wieder schlafen. Kaum war Antonietta im Bett, roch sie den Gestank. Es war ein unerträglicher Gestank von verbranntem Schwefel, gemischt mit dem ekelhaften Gestank nach Kloake. Das schlug auf den Magen, ihr wurde speiübel. Antonietta zog sich wieder an und verbrachte, da sie den Hausmeister nicht noch mal wecken wollte, den Rest der Nacht in einer Art Pavillon im Garten.«

»Stank es immer noch, als sie am Morgen wieder ins Haus ging?«

»O ja. Auch die Frau des Hausmeisters merkte es, als sie zum Putzen kam. Der Geruch war schwach, aber immer noch da.«

»Ist das noch öfter vorgekommen?«

»Allerdings. Antonietta ließ die Sickergrube leeren, den Dachboden entrümpeln, den Keller aufräumen. Ohne Ergebnis. Der Gestank kam immer wieder. Dann geschah etwas anderes.«

»Was denn?«

»Eines Nachts, nachdem der Gestank sie wieder gezwungen hatte, im Pavillon Zuflucht zu suchen, hörte sie furchtbaren Lärm im Haus. Als sie hineinging, sah sie, dass alle Gläser, alle Teller zerschlagen waren, jemand hatte sie an die Wand geworfen. Und es kam noch schlimmer. Nachdem Antonietta zwei Monate so zugebracht hatte und zum Schlafen schon von vornherein in den Pavillon ging, hörte alles so plötzlich auf, wie es angefangen hatte. Antonietta verbrachte die Nächte wieder in ihrem Bett. Nach vierzehn Tagen, in denen alles wieder normal zu sein schien, passierte es dann.«

Der Commissario fragte nichts, er war äußerst gespannt.

»Antonietta schläft für gewöhnlich auf dem Rücken. Es war heiß, und sie hatte das Fenster sperrangelweit offen gelassen. Dann wachte sie von etwas auf, das schwer auf ihren Bauch geplumpst war. Sie öffnete die Augen und sah ihn.«

»Wen?«

»Den Teufel, Commissario. Den Teufel in der Gestalt, die er beschlossen hatte anzunehmen.«

»Und welche Gestalt hatte er?«

»Die eines Tieres. Mit vier Pfoten. Mit Hörnern. Phosphoreszierend, mit roten Augen, es schnaubte und verströmte einen entsetzlichen Gestank von Schwefel und Kloake. Antonietta stieß einen Schrei aus und wurde ohnmächtig. Sie hatte so laut geschrien, dass der Hausmeister und seine Frau angelaufen kamen, aber sie fanden keine Spur des widerlichen Tieres. Sie mussten den Arzt kommen lassen, Antonietta hatte hohes Fieber von dem Schock und fantasierte. Als sie sich erholt hatte, rief sie, verzweifelt und voller Entsetzen, Patre Fulconis an.«

»Und wer ist das?«

»Ihr Neffe, er ist Pfarrer in Fela. Ihre Schwester Giacomina hatte einen Arzt geheiratet, Dottor Fulconis, und zwei Söhne gehabt: den Priester, Emanuele, und Filippo, einen verkommenen Kerl, einen leidenschaftlichen Spieler. Seine Mutter ist vor Kummer gestorben, und er hat ihr Vermögen durchgebracht. Don Emanuele hat sich in Fela den Ruf eines Exorzisten erworben. Deshalb hat Antonietta ihn angerufen, in der Hoffnung, er werde ihr Haus befreien.«

»Und, ist es ihm gelungen?«

»Ach, woher. Kaum war er da, fiel er fast in Ohnmacht, er war totenbleich und sagte, er spüre ganz stark die Gegenwart des Bösen. Dann wollte er allein in der Villa sein und schickte sogar den Hausmeister und seine Familie fort. Nachdem er drei Tage lang nichts von sich hatte hören lassen, machte Antonietta sich Sorgen und rief die *carrabinera* an. Sie fanden Patre Fulconis hinkend vor, das Gesicht von Schlägen geschwollen, mehr tot als lebendig. Er berichtete, der Teufel sei ihm mehrmals erschienen, sie hätten gekämpft, aber er habe es nicht geschafft und sei ihm unterlegen. Kurz und gut, Antonietta zog nach Vigàta und erklärte ihre Absicht, die Villa zu verkaufen. Aber inzwischen wusste jeder, dass der Teufel darin wohnte, und niemand wollte sie kaufen. Schließlich meldete sich jemand aus Fela und kaufte sie für ein paar Lire, einen Spottpreis. Im Erdgeschoss richtete er ein Restaurant ein, aus den oberen Räumen machte er eine illegale Spielhölle. Die wurde dann von den *carrabinera* geschlossen. Was danach geschah, weiß ich nicht, es ist mir auch egal, die Villa gehört Antonietta ja nicht mehr. Wahrscheinlich ist sie wieder verkauft worden. Und wissen Sie was? Ich habe diese Geschichte mit dem Teufel erst nach vollendeten Tatsachen erfahren, als Antonietta das Haus schon verkauft hatte.«

»Was hätten Sie, Signora, denn gemacht, wenn Sie es beizeiten erfahren hätten?«

»Ach, wenn ich ganz nüchtern darüber nachdenke, ich hätte nicht gewusst, was ich tun, was ich ihr hätte raten sollen. Aber ich war so wütend! Und jetzt geht die Geschichte ganz genauso wieder los. Ich fürchte, dass die arme Antonietta, alt wie sie ist, nicht nur einen finanziellen Schaden davonträgt.«

»Wie meinen Sie das?«

»Ach, sie fängt an zu spinnen. Sie redet komisches Zeug, es ist wirklich besorgniserregend. ›Was will der Teufel denn nur von mir?‹, hat sie mich neulich gefragt.«

Es war spät geworden, der Commissario musste wieder ins Büro.

»Ich bitte Sie, halten Sie mich auf dem Laufenden«, sagte er zu Signora Clementina.

Als Signora Clementina erfuhr, dass ihre alte Lehrerin, weil die teuflische Erscheinung in Form von Schwefel und Gestank immer stärker wurde, zwei Nächte auf der Schwelle

vor der Haustür sitzend hatte verbringen müssen, schickte sie ihr Hausmädchen Pina mit einem kurzen Brief zu Antonietta; sie konnte sie dazu bewegen, bei ihr zu schlafen.
So kehrte Signorina Antonietta tagsüber in ihr Haus zurück, und wenn es dunkel wurde, zog sie wieder um.
Über diese Änderung in Antoniettas Tagesablauf unterrichtete Clementina Vasile Cozzo den Commissario telefonisch. Sie waren sich einig, dass dies die beste Lösung war, denn es lag auf der Hand, dass der Teufel das Tageslicht scheute und nachts nur in Gegenwart der ehemaligen Lehrerin stank.

Doch zwei Tage später rief Montalbano morgens Signora Clementina an.
»Ist Signorina Antonietta noch bei Ihnen?«
»Nein, sie ist schon nach Hause gegangen.«
»Gut. Kann ich im Lauf des Vormittags zu Ihnen kommen? Ich muss mit Ihnen reden.«
»Wann immer Sie wollen.«

Signorina Antonietta aß immer um halb acht zu Abend (wenn man das so nennen will, denn ein Spatz aß mehr als sie), dann legte sie ein paar Sachen für die Nacht zurecht, packte sie in eine große Tasche und machte sich auf den Weg zur Wohnung ihrer ehemaligen Schülerin.
An diesem Abend klingelte das Telefon, als sie gerade fertig gegessen hatte.
»*Pronto*, Antonietta? Wolltest du gerade zu mir kommen?«
»Ja.«
»Es tut mir furchtbar Leid, du weißt gar nicht, wie arg es mir ist, aber mein Neffe aus Australien ist plötzlich gekom-

men. Heute und morgen kannst du nicht bei mir schlafen.«
»*Oddio*, wo soll ich denn jetzt hin?«
»Bleib zu Haus. Wir hoffen halt, dass nichts passiert.«

In der ersten Nacht passierte tatsächlich nichts, aber Signorina Antonietta konnte trotzdem nicht schlafen, weil sie sich vor dem Gestank des Teufels so fürchtete.
Doch in der zweiten Nacht erschien der Teufel, und wer ihn als Erster sah, war der Commissario, der in der Nähe des Hintereingangs des Hauses zusammengekauert in seinem Auto saß. Der Böse öffnete vorsichtig die Tür, ging hinein, blieb keine Minute im Haus, kam wieder heraus, machte die Tür zu und steuerte auf seinen Wagen zu.
»Entschuldigen Sie einen Augenblick.«
Überrascht von der Stimme, die hinter ihm erklungen war, machte der Teufel einen Satz und ließ das Fläschchen fallen, das er in der Hand gehabt hatte. Es war nicht gut verstöpselt gewesen, und die Flüssigkeit ergoss sich auf den Boden.
»Sie sind bestimmt der Teufel«, sagte Montalbano. »Ich erkenne Sie an Ihrem Gestank.«
Und da er nicht recht wusste, wie man sich einer übernatürlichen Erscheinung gegenüber benimmt, versetzte er ihr vorsichtshalber einen kräftigen Schlag auf die Nase.

»Er hat mir gestanden, dass ihm seine Gläubiger im Nacken saßen, er spielte und verlor. So kam er auf die Idee, das zu wiederholen, was er vor Jahren mit dem Haus auf dem Land gemacht hatte. Die Leute, die es für ein Zehntel seines wirklichen Wertes gekauft hatten, steckten mit ihm unter einer Decke. Jetzt hat er sich mit anderen zusammengetan und wollte seine Tante dazu bringen, auch das Haus in Vigàta zu verkaufen.«

»Ich hab's doch gewusst«, sagte Signora Clementina, »dass dieser Neffe Filippo kriminell ist. Sie sagen, der Teufelsgestank sei eine chemische Verbindung, die er sich habe mischen lassen. Mag sein. Aber wie wollen Sie mir die Geschichte mit dem leuchtenden Teufelstier erklären, das der armen Antonietta auf dem Bauch saß? Und wieso hat sein Bruder Emanuele, der Pfarrer, gesagt, er sei böse mit dem Teufel zusammengestoßen?«

»Das Teufelstier war eine Katze, die mit einer phosphoreszierenden Paste eingeschmiert war und an deren Kopf Hörner aus Pappe befestigt waren. Und was den Pfarrer angeht, der ist nicht mit dem Teufel, sondern mit seinem Bruder Filippo zusammengestoßen. Er hatte alles durchschaut und wollte ihn von der Geschichte abbringen.«

»Und wurde sein Komplize? Ein Pfarrer?!«

»Ich entschuldige ihn nicht, aber ich verstehe ihn. Filippo war wegen seiner Schulden in Lebensgefahr.«

»Und was tun wir jetzt? Sollen wir Antonietta alles erzählen? Wenn sie erfährt, dass ihr Neffe die Sache ausgeheckt hat, dann stirbt sie vor Gram, wie ihre Schwester.«

Montalbano dachte darüber nach.

»Ich hätte da eine Idee.«

»Warten Sie, sagen Sie noch nichts. Woher wusste Filippo denn, wann Antonietta in ihrem Haus schlief?«

»Von einem Komplizen, der ihm sagte, wann sie umzog. Er hat mir seinen Namen genannt.«

»Jetzt sagen Sie mir Ihre Idee.«

Antonietta rief, auf dringenden Rat von Signora Clementina hin, Patre Emanuele Fulconis an, den Exorzisten, der sofort zu seiner Tante nach Vigàta eilte. Diesmal arbeitete er sehr gut, eine einzige Nacht genügte ihm. Am nächsten Morgen verkündete er triumphierend, er habe es endlich geschafft, der Teufel sei ein für alle Mal besiegt.

Als sie die *sarde a beccafico* aufgegessen hatten, fühlte sich der Commissario endlich imstande, eine Frage zu stellen, die ihn schon seit Tagen beschäftigte.

»Und Sie, Signora Clementina, glauben Sie an den Teufel?«

»Ich? Wo denken Sie hin! Hätte ich Ihnen sonst diese Geschichte erzählt? Wenn ich an ihn glauben würde, hätte ich sie dem Bischof erzählt, meinen Sie nicht?«

## *Der Reisegefährte*

Übel gelaunt kam Commissario Montalbano am Bahnhof von Palermo an. Sein Missmut rührte daher, dass er zu spät von einem doppelten Streik der Flugzeuge sowie der Schiffe erfahren und für seine Reise nach Rom nur ein Bett in einem Zweierabteil der zweiten Klasse bekommen hatte. Und das bedeutete schlicht und einfach, dass er eine ganze Nacht mit einem Unbekannten in einem so erstickend engen Raum verbringen musste, dass eine Isolationszelle bestimmt gemütlicher war. Außerdem hatte Montalbano im Zug noch nie schlafen können, auch wenn er sich bis an die Grenze zur Magenspülung mit Schlaftabletten voll stopfte. Um die Zeit totzuschlagen, vollzog er ein Ritual, das eigentlich nur unter der Bedingung möglich war, dass er ganz allein war. Es bestand hauptsächlich darin, dass er sich hinlegte, das Licht löschte, es keine halbe Stunde später wieder anschaltete, eine halbe Zigarette rauchte, eine Seite in dem Buch las, das er dabei hatte, die Zigarette ausdrückte, das Licht löschte und fünf Minuten später die ganze Prozedur bis zur Ankunft wiederholte. Wenn er nicht allein war, musste der Reisegefährte unbedingt starke Nerven oder einen guten Schlaf haben: Fehlten diese notwendigen Eigenschaften, konnte die Sache böse enden. Der Bahnhof war so mit Reisenden überfüllt, dass man hätte meinen können, es sei der erste August. Und das verschlechterte die Laune des Commis-

sario noch mehr, es gab keine Hoffnung, dass das andere Bett frei blieb.
Vor seinem Waggon stand ein Typ, der in einem schmutzigen Blaumann mit Dienstmarke an der Brust steckte. Montalbano hielt ihn für einen Gepäckträger, eine vom Aussterben bedrohte Spezies, denn jetzt gibt es Gepäckwagen, wobei es den Reisenden allerdings eine Stunde Zeit kostet, bis er einen gefunden hat, der auch funktioniert.
»Geben Sie mir Ihre Fahrkarte«, forderte ihn der Mann im Overall drohend auf.
»Warum denn?«, fragte der Commissario herausfordernd.
»Weil die Schaffner streiken und ich beauftragt bin, sie zu vertreten. Ich bin befugt, Ihr Bett herzurichten, aber ich weise Sie darauf hin, dass ich Ihnen morgen Früh weder einen Kaffee zubereiten noch die Zeitung bringen kann.«
Montalbano wurde noch grimmiger. Das mit der Zeitung konnte er verkraften, aber ohne Kaffee war er verloren. Schlimmer konnte es ja gar nicht anfangen.
Er ging in sein Abteil, sein Reisegefährte war noch nicht da, es war kein Gepäck zu sehen. Er hatte, bevor sich der Zug in Bewegung setzte, gerade noch Zeit, seinen Koffer auf die Ablage zu legen und den Krimi aufzuschlagen, den er vor allem deshalb ausgesucht hatte, weil das Buch so dick war. Hatte sich der andere etwa umentschlossen und die Reise doch nicht angetreten? Der Gedanke munterte ihn auf.
Sie waren schon eine Weile unterwegs, als der Mann im Overall mit zwei Flaschen Mineralwasser und zwei Pappbechern erschien.
»Wissen Sie, wo der andere Signore zusteigt?«
»Soviel ich weiß, hat er ab Messina reserviert.«
Das war ein Trost, so hatte Montalbano wenigstens für gut drei Stunden seine Ruhe, denn so lange brauchte der Zug

von Palermo nach Messina. Er schob die Tür zu und las weiter. Die Geschichte, die in dem Krimi erzählt wurde, fesselte ihn so sehr, dass er, als er irgendwann auf die Uhr sah, feststellte, dass sie bald in Messina sein mussten. Er rief den Mann im Overall und ließ sich sein Bett herrichten – das obere war für ihn bestimmt –, und sobald der Bedienstete fertig war, zog er sich aus, legte sich hin und las weiter. Als der Zug in den Bahnhof einfuhr, klappte er das Buch zu und löschte das Licht. Wenn der Reisegefährte ins Abteil kam, wollte er sich schlafend stellen, dann brauchten sie keine Höflichkeiten auszutauschen.

Auch als der Zug nach endlosen Rangiermanövern in die Fähre einfuhr, blieb die untere Bettstatt unerklärlicherweise leer. Die Fähre legte mit einem heftigen Ruck ab, und Montalbano begann gerade, sein Glück zu genießen, als kurz darauf die Abteiltür aufging und der Reisende seinen gefürchteten Einzug hielt. Einen Augenblick lang konnte der Commissario im matten Licht, das vom Gang hereinkam, undeutlich einen kleinen Mann sehen, mit Bürstenhaarschnitt, in einen langen, dicken Mantel gehüllt, Aktenkoffer in der Hand. Der Fahrgast roch nach Kälte, anscheinend war er zwar in Messina zugestiegen, hatte es aber vorgezogen, während der Überfahrt auf der Straße von Messina an Deck zu bleiben.

Der Neuankömmling setzte sich auf seine Liege und rührte sich nicht mehr, er machte nicht die geringste Bewegung, schaltete auch das kleine Lämpchen nicht an, das es einem erlaubt, etwas zu sehen, ohne die anderen zu stören. Über eine Stunde saß er so da, reglos. Wenn er nicht schwer geatmet hätte wie nach einem Dauerlauf, von dem man sich nur langsam erholt, hätte Montalbano meinen können, das untere Bett sei noch leer. Damit sich der Unbekannte wohlfühlen konnte, stellte sich der Commissario schlafend und fing leise an zu schnarchen, mit geschlossenen Augen, aber so wie eine Katze, die zu schlafen scheint, dabei aber alle Sterne am Himmel einzeln zählt.

Und mit einem Mal fiel er, ohne es zu merken, wirklich in einen tiefen Schlaf, wie er ihn noch nie erlebt hatte.

Er wachte auf, weil ihn fröstelte, der Zug stand in einem Bahnhof: Paola, informierte ihn eine hilfreiche Männerstimme aus dem Lautsprecher. Das Fenster war ganz heruntergelassen, die gelbe Bahnhofsbeleuchtung schickte mildes Licht ins Abteil.

Der Reisegefährte saß jetzt, immer noch in seinen Mantel gehüllt, am Fußende des Bettes, der Aktenkoffer lag auf dem Deckel des Waschbeckens. Er las einen Brief und bewegte dabei stumm die Lippen. Als er ihn fertig gelesen hatte, zerriss er ihn in winzige Stücke und legte die Schnipsel neben den kleinen Koffer. Der Commissario sah genauer hin und stellte fest, dass der weiße Haufen mit zerrissenen Briefen ziemlich hoch war. Das ging also schon eine ganze Weile so, er hatte zwei Stunden, vielleicht etwas weniger, geschlafen.

Der Zug setzte sich in Bewegung und wurde schneller, aber erst außerhalb des Bahnhofs erhob sich der Mann müde, formte seine Hände zu einer Schale, nahm die Hälfte des Haufens auf und ließ sie aus dem Fenster fliegen. Er tat dasselbe mit der verbliebenen Hälfte, dann packte er, nachdem er einen Augenblick gezögert hatte, den Aktenkoffer, in dem noch immer Briefe zum Lesen und zum Zerreißen waren, und warf ihn aus dem Fenster. An der Art, wie er die Nase hochzog, merkte Montalbano, dass der Mann weinte, und er fuhr sich tatsächlich kurz darauf mit dem Ärmel seines Mantels über das Gesicht, um seine Tränen abzuwischen. Dann knöpfte der Reisegefährte das schwere Kleidungsstück auf, zog einen schwarzen Gegenstand aus seiner Gesäßtasche und schleuderte ihn mit aller Kraft hinaus.

Der Commissario war sicher, dass sich der Mann einer Schusswaffe entledigt hatte.

Der Unbekannte knöpfte seinen Mantel zu, schloss das Fenster, zog die Gardinen zu und warf sich schwerfällig auf das Bett. Hemmungslos fing er wieder an zu schluchzen. Montalbano war ganz verlegen und stellte sein künstliches Schnarchen lauter. Ein schönes Konzert.

Allmählich ließ das Schluchzen nach; die Müdigkeit, oder was immer es war, gewann die Oberhand, der Mann auf dem unteren Bett fiel in einen unruhigen Schlaf.

Als der Commissario feststellte, dass sie bald in Neapel waren, kletterte er die Leiter hinunter, tastete nach dem Bügel, an dem seine Kleider hingen, und zog sich leise an: Der Reisegefährte, der immer noch eingemummt war, wandte ihm den Rücken zu. Aber Montalbano hörte ihn atmen und hatte den Eindruck, der andere sei wach, wolle es aber nicht zeigen, ein bisschen, wie er selbst es zu Beginn der Reise gemacht hatte.

Als er sich bückte, um seine Schuhe zuzubinden, sah Montalbano auf dem Boden eine weiße Karte liegen; er hob sie auf, öffnete die Tür, ging rasch auf den Flur hinaus und zog die Tür hinter sich zu. Was er da in der Hand hatte, war eine Postkarte mit einem roten Herz, das von einem Schwarm weißer Tauben vor blauem Himmel umgeben war. Sie war an Ragioniere Mario Urso, Via della Libertà 22, Patti (Prov. Messina), adressiert. Nur fünf Wörter: *ti penzo sempre con amore*, ich denk immer in Liebe an dich, und die Unterschrift: Anna.

Der Zug war unter dem Bahnsteigdach noch nicht zum Stehen gekommen, als der Commissario schon auf der verzweifelten Suche nach jemandem, der Kaffee verkaufte, den Bahnsteig entlanghastete. Er fand niemanden und war völlig außer Atem, gezwungen, bis in die Bahnhofshalle zu laufen, sich den Mund mit zwei Tässchen Espresso zu verbrennen, die er schnell hintereinander trank, und an den Kiosk zu stürzen, um die Zeitung zu kaufen.

Nun musste er rennen, denn der Zug setzte sich schon in Bewegung. Er blieb eine Weile im Gang stehen, um wieder zu Atem zu kommen, dann begann er, wie immer, mit den vermischten Nachrichten. Fast sofort fiel sein Blick auf eine Meldung aus Patti (Provinz Messina). Ein paar Zeilen nur, so viel die Nachricht eben verdiente.

Ein geachteter Buchhalter, Ragioniere Mario Urso, fünfzig Jahre alt, hatte seine junge Frau, Anna Foti, in unmissverständlicher Haltung mit R. M., dreißig Jahre alt und vorbestraft, überrascht und mit drei Pistolenschüssen getötet. R. M., der Liebhaber, der den betrogenen Ehemann zuvor mehrmals in der Öffentlichkeit verhöhnt hatte, war verschont geblieben, aber er hatte einen Schock erlitten und lag im Krankenhaus. Die Suche nach dem Mörder dauerte an, Polizei und Carabinieri waren eingeschaltet.

Der Commissario ging nicht in sein Abteil zurück, er blieb im Gang und rauchte eine Zigarette nach der anderen. Dann, als der Zug in Rom schon im Schneckentempo in den Bahnhof einfuhr, entschloss er sich, die Tür zu öffnen.

Der Mann, der immer noch in seinen Mantel gehüllt war, saß jetzt auf seinem Bett, die Arme eng um die Brust geschlungen, der Körper zitternd unter lang anhaltenden Schaudern. Er sah nichts, er hörte nichts.

Der Commissario fasste sich ein Herz und ging hinein in die zähe Angst, die fühlbare Trostlosigkeit, die sichtbare Verzweiflung, die sich in dem Abteil ballten und faulig gelb stanken. Er nahm seinen Koffer, dann legte er seinem Reisegefährten behutsam die Postkarte auf die Knie.
»Viel Glück, Ragioniere«, flüsterte er.
Und stellte sich in die Schlange der Reisenden, die sich anschickten auszusteigen.

## *Die Katzenfalle*

»Am Sonntagabend feiern wir unsere Silberhochzeit. Die Freunde und Kollegen kommen alle. Ich und meine Frau wären sehr geehrt«, sagte Fazio sein Sprüchlein auf.
»Natürlich komme ich«, sagte Montalbano.
Von allen Beamten des Kommissariats in Vigàta verstand er sich mit Fazio am besten, da genügte ein Blick. Danach kam Vicecommissario Augello: Auch bei ihm reichte ein kurzer Blick, doch durfte er in diesem Augenblick nicht gerade sein Herz an irgendeine Frau verloren haben.
»Fleisch oder Fisch?«, fragte Fazio, denn er wusste, wie heikel sein Chef war, wenn es ums Essen ging.
Montalbano überlegte hin und her, es war bekannt, dass Signora Fazio wusste, was sie in der Küche zu tun hatte. Aber sie war in einem winzigen Dorf im Inselinneren geboren und aufgewachsen, wo die Fische noch nie heimisch gewesen waren.
»Fleisch, Fleisch.«

Signora Fazio übertraf sich selbst, die *pasta 'ncasciata* war zum Fingerabschlecken, der *brusciuluni* (Rollbraten mit hartem Ei, Salami und Pecorino-Stückchen) verschwand restlos, dabei hätte er für zwanzig Personen gereicht. Der Commissario hatte eine Kiste mit zwölf Flaschen gutem Wein mitgebracht, den sein Vater gemacht hatte. Es war ein wunderbarer Abend Anfang Mai, und so beschlossen sie,

als sie fertig gegessen hatten und auch die zwölf Flaschen geleert waren, einen langen Spaziergang auf der Mole zu machen, bis zum Leuchtturm, um die Last, die jeder von ihnen mit sich herumschleppte, ein wenig zu mildern.
Und da sie alle Polizisten waren, fingen sie irgendwann natürlich ein Polizistengespräch an. Anlass war eine unschuldige Frage des Commissario an Fazio, der neben ihm ging.
»*Che le regalasti a to' mogliere?* Was hast du deiner Frau denn geschenkt?«
Sie gingen gerade die Via Roma entlang, Vigàtas Hauptstraße mit ihren vielen Geschäften, deren Schaufenster auch nachts hell erleuchtet waren.
»Kommen Sie, ich zeig's Ihnen«, antwortete Fazio.
Sie überquerten die Straße, und Fazio blieb vor dem Schaufenster eines Juweliers stehen.
»Eine kleine Armbanduhr wie die mit dem roten Riemchen, sehen Sie die?«
Die anderen kamen dazu.
»Das sind wertvolle Sachen«, stellte Mimì Augello fest, »das ist kein Modeschmuck. Hast du für deine Uhr viel bezahlt?«
»Ziemlich«, erwiderte Fazio kurz angebunden.
Zwischen den beiden herrschte keine Freundschaft.
»Ein Fremder, der hier entlanggeht und diese Straße sieht«, schaltete sich Galluzzo in das Gespräch ein, während sie weiter Richtung Hafen gingen, »macht sich falsche Vorstellungen von Vigàta. Er denkt, dass es bei uns keine Diebe gibt, denn die Schaufenster sind ja nicht mal aus Panzerglas.«
»Und während er das denkt, klauen sie ihm den Geldbeutel oder reißen ihm die Tasche weg«, sagte Tortorella.
»Tatsache ist«, meinte Fazio, »dass die Geschäftsleute in der Via Roma ganz beruhigt sein können, sie zahlen einen

Haufen Geld, um ihre Ruhe zu haben. Die *carrabinera*, die dafür zuständig sind, wissen alles, können aber nichts tun. Kein einziger Händler würde anzeigen, dass er gezwungen wird, *pizzo* zu zahlen, damit sein Geschäft keinen Schaden erleidet.«

»Das ist wie eine Versicherung, da gibt's viele, nur ist so eine sicherer, weil du zahlst, damit dir nichts passiert, und es passiert auch wirklich nichts, aber wenn einem was mit einer echten Versicherung passiert, kann es sein, dass die gar nicht zahlt«, lautete der wirre Kommentar von Gallo, der allein anderthalb Flaschen getrunken hatte.

»Wem zahlen die von der Via Roma denn *pizzo*?«, fragte Montalbano zerstreut.

»Der Familie Sinagra«, antwortete Fazio.

»Schicken die einen Geldeintreiber?«

»*Nonsi*, Dottore, diese Mühe machen sie sich gar nicht. Immer am Monatsende gehen die Geschäftsleute zu Pepè Rizzo, dem der letzte Laden rechts in der Via Roma gehört, kennen Sie den?«

»Da kaufe ich meine Schuhe.«

»Also, Rizzo ist von der Familie Sinagra. Er kassiert, nimmt sich seinen Anteil und liefert den Rest ab. Bequemer geht's ja wohl nicht!«

»Da kann man ganz schön wütend werden, wenn man weiß, dass einer kriminell ist, und man kann ihm kein Haar krümmen!«, platzte Gallo heraus.

»Und wenn du ihm ein Haar krümmst«, stellte Fazio fest, »dann hast du die ganze Familie Sinagra am Hals und damit einen Haufen Leute innerhalb und außerhalb des Gesetzes, die unter ihrem Kommando stehen.«

»Es ist nicht ganz so, wie ihr es dem Commissario erzählt«, mischte sich Tortorella ein, der den klarsten Kopf von allen

hatte, weil er wegen einer alten Verwundung am Bauch keinen Tropfen Wein trinken durfte.
»Ach nein? Und wie ist es dann?«, erwiderte Fazio, dem der Wein oft zu schaffen machte, polemisch.
»Pepè Rizzo ist kein Mafioso, er gehört nicht zur Familie Sinagra, und wenn er von seinen Kollegen Schutzgeld kassiert, behält er keine Lira für sich.«
»Und warum macht er es dann?«
»Weil die Sinagras ihn dazu gezwungen haben, und sie haben das Gerücht in die Welt gesetzt, er sei einer von ihnen.«
»Woher weißt du denn das alles?«
»Er hat's mir selber gesagt, ganz im Vertrauen. Er ist mein Cousin, wir sind zusammen aufgewachsen, ich kenne ihn in- und auswendig. Ihm glaube ich.«
Montalbano lachte.
»Eine Katzenfalle«, sagte er.
Die anderen sahen ihn verwirrt an.
»Einmal hat die noch nicht vierjährige Tochter einer Freundin von mir einen Vogel auf ein Blatt Papier gemalt. Zumindest fand sie, sie hätte einen Vogel gemalt, aber das konnte man nicht richtig erkennen. Also bat sie ihre Mutter, auf die Zeichnung ›Das ist ein Vogel‹ zu schreiben. Dann nahm sie das Blatt und versteckte es in ihrem kleinen Garten im Gras. ›Was hast du denn gemacht?‹, fragte die Mutter neugierig. Und die Kleine: ›Eine Falle für die Katzen.‹ Die Sinagras haben dasselbe getan, indem sie das Gerücht in die Welt setzten, dieser Rizzo sei einer ihrer Leute. Man müsste sie sauber linken und sie ihrerseits in eine Katzenfalle gehen lassen.«
Bei diesen letzten Worten beschloss er, sich am nächsten Tag ein Paar Schuhe zu kaufen.

Abends um halb acht, als der Verkäufer den Rollladen drei Viertel heruntergelassen hatte und gerade gegangen war, bückte sich der Commissario und fragte: »Kann ich reinkommen? Ist noch Zeit? Ich bin's, Montalbano.«
»Selbstverständlich, Commissario!«, rief Pepè Rizzo von drinnen. Montalbano krabbelte seitwärts wie eine Krabbe unter dem Rollladen durch und betrat den Laden.
»Womit kann ich Ihnen dienen?«
»Wie immer braune Mokassins zum Schnüren.«
Während Rizzo anfing, aus dem Regal Schuhschachteln herauszusuchen, nahm der Commissario Platz, zog den rechten Schuh aus und legte den Fuß auf den dafür bestimmten Schemel.
»Sagen Sie mal, wissen Sie eigentlich, wie viele Geschäfte es sonst noch in der Via Roma gibt?«
Die Frage mochte unschuldig klingen, aber Pepè Rizzo hatte ein schlechtes Gewissen und war auf der Hut.
»Keine Ahnung. Ich habe sie nie gezählt«, antwortete er und fuhr fort, die Schachteln zu untersuchen.
»Dann sage ich es Ihnen: dreiundsiebzig. Die Via Roma ist lang.«
*»Già.«*
Pepè Rizzo hockte sich dem Commissario zu Füßen und öffnete den ersten der vier Kartons, die er ausgewählt hatte.
»Die sind ein bisschen teurer. Aber fühlen Sie nur, wie weich sie sind!« Montalbano sah nicht hin, sein Blick wirkte gedankenverloren.
»Und wissen Sie was? Sie können nur auf dreiundsechzig Freunde zählen, auf die restlichen zehn nicht.«
»Warum denn nicht?«
»Weil diese zehn, deren Namen ich Ihnen nicht nennen

werde, heute Nachmittag ins Kommissariat gekommen sind und Sie angezeigt haben. Sie sagen, Sie würden im Auftrag der Familie Sinagra das Schutzgeld entgegennehmen.«

Pepè Rizzo setzte sich mit einem dumpfen Plumps hin, stieß die Luft, die er in den Lungen hatte, mit einer Art Klagelaut aus und fiel bewusstlos mit ausgestreckten Armen nach hinten.

Der Commissario erschrak. Humpelnd, weil er an einem Fuß keinen Schuh trug, lief er an die Tür, ließ den Rollladen ganz herunter, stürzte ins Hinterzimmer, kam mit einer halben Flasche Mineralwasser und einem Plastikbecher zurück, spritzte Rizzo ein bisschen Wasser ins Gesicht und reichte ihm, als er ansatzweise wieder zu sich kam, den vollen Becher. Rizzo trank zitternd, als hätte er Dreitagefieber, sagte aber kein Wort zu seiner Verteidigung: Sein Ohnmachtsanfall war schlimmer als ein Geständnis.

»Wissen Sie, die Anzeige ist noch das kleinere Übel«, sagte der Commissario mit halb engelsgleichem, halb teuflischem Gesicht.

»Und was ist das größere Übel?«, fragte der andere mit fadendünner Stimme.

»Das größere Übel wird die Reaktion der Sinagras auf die Anzeige sein. Die werden denken, Sie seien jemand, der sich keinen Respekt verschaffen kann und ihnen deshalb Schwierigkeiten macht. Und das wissen Sie doch besser als ich: Verglichen mit dem, wozu die fähig sind, wird Ihnen das Gefängnis wie das Paradies auf Erden vorkommen.«

Pepè Rizzo begann zu schwanken wie ein Baum im Wind, doch die satte Ohrfeige, die Montalbano ihm verpasste,

ließ seinen Kopf zwar eine Dreivierteldrehung machen, bewahrte ihn aber vor einer zweiten Ohnmacht.
»Versuchen Sie einen klaren Kopf zu behalten«, sagte der Commissario. »Wir beide haben noch was zu besprechen.«
Tortorella hatte Recht, Pepè Rizzo war ein Papiermafioso.

Als Pepè Rizzo erst einmal den Mund aufgemacht hatte, war er nicht mehr zu bremsen: Er erzählte dem Commissario, wie die Sinagras Kontakt mit ihm aufgenommen hatten, wie sie ihn unter Druck gesetzt hatten, damit er den Job des Geldeinnehmers übernahm, wie hoch die Summe war, die alle Geschäftsleute jeden Monat am Achtundzwanzigsten in bar entrichten mussten. Am Tag nach der Einnahme erschien einer mit einem Stoffbeutel, stopfte das Schutzgeld hinein, sagte auf Wiedersehen und ging wieder.
»Immer derselbe?«, fragte Montalbano.
Rizzo antwortete, im Lauf der fünf Jahre, die diese Geschichte jetzt schon dauere, seien mindestens sieben verschiedene Leute mit dem Stoffbeutel gekommen.
»Und woran haben Sie sie erkannt? Nur an dem Beutel?«
Rizzo sagte, jedem Wechsel des Beauftragten sei ein Telefonanruf vorausgegangen.
»Und Sie haben einer anonymen Stimme am Telefon getraut?«
»*Nossignore*, es gab eine Vereinbarung, eine Art Losungswort.
Der anonyme Anrufer sagte: ›Ich habe heute beschlossen, die Schuhe zu wechseln.‹«
Als Rizzo schießlich unbedingt die Namen derer erfahren wollte, die den Mut gehabt hatten, ihn anzuzeigen, gestand der Commissario ihm, das sei ein *saltafosso* gewesen.

»Hä?«, machte Rizzo irritiert.
»Das nennen wir bei der Polizei so. Es ist gar nicht wahr, ich habe Ihnen eine Falle gestellt, und Sie sind reingegangen.«
Pepè Rizzo zuckte mit den Schultern.
»Besser so.«
Sie redeten noch weiter, sie berieten sich, und es war schon hell, als Montalbano vorsichtig den Laden verließ. Er trug eine Schachtel unter dem Arm: Weil er schon mal da war, hatte er tatsächlich die braunen Mokassins zum Schnüren gekauft, aber er hatte lange mit Rizzo herumstreiten müssen, der sie ihm in einer Anwandlung von Dankbarkeit hatte schenken wollen.

Das Schutzgeld war nicht für alle dreiundsiebzig Geschäftsleute der Via Roma gleich hoch, großmütig und voller Verständnis für die jeweiligen Bedürfnisse hatten die Sinagras individuelle Tarife festgelegt, die zwischen einhundert- und dreihunderttausend Lire variierten. Am achtundzwanzigsten desselben Monats schloss Pepè Rizzo abends sein Geschäft und machte sich, wie immer mit dem kleinen Koffer, der mit hundertsiebzig Millionen in bar voll gestopft war, zu Fuß auf den Heimweg: Er beeilte sich nicht, er befürchtete keinen *scippo*, denn jeder in der Stadt wusste, dass ein eventueller Diebstahl ganz sicher tödliche Folgen für die leichtsinnigen Typen gehabt hätte, die so etwas wagten. Am folgenden Morgen verließ Pepè Rizzo mit dem Koffer, den er während der Nacht unter seinem Bett verwahrt hatte, um halb acht seine Wohnung und ging in die Bar Salomone, wo er eine *brioscia* und eine *granita di caffè* zu sich nahm; Punkt fünf vor acht stellte er dann den Koffer vor seinem Laden ab und schickte sich, wie jeden Tag außer sonntags und an den gesetzlichen Feiertagen, an, den Rollladen hochzuschieben. Die Arbeitszeit des Verkäufers begann um neun Uhr, aber vorher sollte noch der Beauftragte der Sinagras kommen, um das Geld in den Stoffsack umzufüllen, den er dabeihatte. Da Pepè Rizzo mit dem Öffnen seines Ladens beschäftigt war, konnte er das Auto mit den zwei Leuten, das am Bürgersteig gehalten hatte, nicht sehen. Als er den Rollladen halb hinaufgeschoben hatte, bückte sich Rizzo und langte nach dem kleinen Koffer: Genau im selben Augenblick stieß der Mann, der neben dem Fahrer saß, die Autotür auf, machte einen Satz, schlug Rizzo mit der linken Hand brutal auf den Rücken und stieß ihn in den Laden hinein, packte mit der rechten den Koffer, setzte sich wieder ins Auto und schrie zu dem Fahrer: »Los!« Da geschah, wie einige Passanten bezeugten, etwas Unglaubliches: Der Motor des Wagens starb ab, anstatt auf Touren zu kommen. Der Fahrer plagte sich vergebens mit der Zündung. Nichts zu machen. Pepè Rizzo kam aus seinem Laden und schrie wie ein Irrer, in der Hand einen Revolver, den er in der Schublade unter der Kasse verwahrte, man konnte ja nie wissen. Als er sah, dass der Wagen nicht startete, verlor Pepè Rizzo keine Zeit: Er schrie so laut, dass man ihn bis zum Leuchtturm hören konnte, drückte dem Mann, der neben dem Fahrer saß, die Waffe ins Gesicht, drohte, ihm eine Kugel in den Kopf zu jagen, und ließ sich den Koffer wieder aushändigen. Erst dann fuhr das Auto, als hätte ein Zauber sich gelöst, mit quietschenden Reifen los. Pepè Rizzo schoss zweimal, um die Flucht zu vereiteln, dann blieb ihm vor Aufregung die Luft weg, und er fiel, wie er das zu tun pflegte, mit ausgestreckten Armen in Ohnmacht. Tumult entstand, viele Leute glaubten, Pepè Rizzo sei von den flüchtenden Verbrechern getroffen worden. Glücklicherweise war Commissario Salvo Montalbano gerade in der Gegend, er schritt gebieterisch ein und sorgte wieder für Ordnung. Zum Kennzeichen des entkommenen Autos, das ihm ein paar ganz Eifrige mitteilten, sagte der Commissario, dass es gewiss nicht weiterhelfen werde, weil das Auto bestimmt gestohlen sei. Pepè Rizzo seinerseits sagte, als er wieder zu sich gekommen war, er habe es in diesem schrecklichen Augenblick vor lauter Angst nicht geschafft, sich die Gesichtszüge des Mannes einzuprägen, der ihm den Koffer zurückgegeben hatte. Der Revolver sei ordnungsgemäß angemeldet, erklärte er, als er ihn wieder einsteckte.

»Was ist in dem Koffer denn so Wichtiges?«, fragte der Commissario am Ende.

Inzwischen hatte sich eine große Menschenmenge am Ort des Geschehens angesammelt, und bei dieser Frage hielten alle den Atem an, denn sie wussten ganz genau, was darin war.

»Unterlagen von mir, völlig bedeutungslos«, sagte Pepè Rizzo ruhig und konnte schon wieder lächeln. »Weiß der Himmel, was die sich vorgestellt haben.«

Die Anwesenden – das merkte Montalbano ganz genau – beherrschten sich gerade noch, Beifall zu klatschen. Der Commissario sagte zu Rizzo, er solle, wann es ihm angenehm sei, wegen des Protokolls ins Kommissariat kommen, verabschiedete sich und ging.

Noch am selben Tag, an dem der Vorfall passiert war, versammelten sich, mit Ausnahme von Pepè Rizzo, abends um neun die dreiundsiebzig Geschäftsleute der Via Roma im Hinterzimmer von »Vini & Liquori«, dem Laden von Fonzio Alletto. Im ersten Punkt der nicht schriftlich fixierten Tagesordnung ging es um Anzahl, Form und Beschaffenheit von Pepè Rizzos Eiern. Giosuè Musumeci behauptete, sie seien quadratisch, Michele Sileci, er habe vier, Filippo Ingroia, er habe wie alle Männer zwei, aber sie seien aus Blei. Doch war man der einhelligen Meinung, dass Pepè Rizzo mit seinem Auftritt in ihrem gemeinsamen Interesse gehandelt hatte: Zweifellos hätten die Sinagras Entschädigung gefordert und sich das Schutzgeld noch mal zahlen lassen. Und da entbrannte die Diskussion. Waren die beiden gescheiterten Räuber zwei Dummköpfe, die nicht wussten, was der Koffer enthielt? Oder handelte es sich um zwei Mitglieder der mit den Sinagras verfeindeten Familie, die beschlossen hatte, einen Krieg um die Eroberung der Via Roma anzufangen? Letztere Hypothese war die beunruhigendere: Das Nachsehen würden auf jeden Fall sie, die Geschäftsleute, haben, weil sie zwischen zwei feindlichen Lagern säßen. Mit finsteren Mienen und besorgt gingen sie auseinander.

Der Dreißigste fiel auf einen Sonntag. Am Montag gingen Stefano Catalanotti und Turi Santonocito, beide Vertrauensleute der Sinagras, vormittags um halb zehn auf die Bank, der eine zur Banca Agraria, der andere zur Banca Cooperativa di Vigàta. Jeder hatte fünfundachtzig Millionen einzuzahlen. Sie füllten die Einzahlungsscheine aus und gaben sie, zusammen mit den Banknoten, den Kassierern. Als der Kassierer in der Banca Agraria halb fertig gezählt hatte, zögerte er, formte das Notenbündel neu und sah die erste Banknote lange an, sogar gegen das Licht.
»Stimmt was nicht?«, fragte Stefano Catalanotti.
»Ich weiß nicht«, antwortete der Kassierer, erhob sich und verschwand im Büro des Direktors.

Inzwischen spielte sich in der Banca Cooperativa di Vigàta in etwa die gleiche Situation ab.
Zwanzig Minuten nachdem sie die jeweiligen Banken betreten hatten, wurden Stefano Catalanotti und Turi Santonocito, die die Herkunft des Geldes nicht hatten preisgeben wollen, von den Beamten des Kommissariats von Vigàta Handschellen angelegt, weil sie versucht hatten, Falschgeld in Verkehr zu bringen.
Um fünf Uhr am Nachmittag desselben Tages geschah etwas, was jedes Vorstellungsvermögen übertraf. Ein Junge, der noch keine sechs Jahre alt war, brachte Pepè Rizzo ein Paket, er sagte, zwei Signori, die in einem Auto an ihm vorbeigefahren seien, hätten es ihm gegeben, mit zehntausend Lire Trinkgeld!, und ihm aufgetragen, es dem Besitzer des Schuhgeschäfts persönlich auszuhändigen.
Darin waren hundertsiebzig Millionen in Banknoten, und zwar echte, und ein Zettel, auf dem stand: »Den Eigentümern zurückgeben. Die Sinagras sind *quaquaraqua.*« Das heißt, an allerletzter Stelle der Werteskala der Menschen.
Am Abend versammelten sich im Hinterzimmer von »Vini & Liquori«, dem Laden von Fonzio Alletto, alle Geschäftsleute der Via Roma, diesmal von Pepè Rizzo einbestellt. Sie diskutierten lebhaft, kamen aber nur zu einem einzigen Schluss. Der ganze Raubüberfall war eine Finte gewesen, der Motor des Autos war gezielt abgewürgt worden, damit Rizzo genug Zeit hatte, den Koffer wieder an sich zu nehmen, der nicht seiner war, sondern nur genauso aussah und mit falschen Banknoten voll gestopft war. Mit dem Geld, das Rizzo, ganz und gar in gutem Glauben, dem Abgesandten der Sinagras ausgehändigt hatte. Obendrein wurde das echte Geld zurückerstattet, damit auch klar war, dass die ganze Geschichte ein teuflischer Streich auf

Kosten der Sinagras war. Der Erste, der aus dem Staunen wieder herauskam, war Giosuè Musumeci. Und er lachte. Nach einer Weile lachten alle, manche weinten, manche hielten sich den Bauch, manche kugelten sich sogar auf dem Boden. Und dieses Gelächter kündigte den beginnenden Niedergang der Familie Sinagra an.

Montalbano lachte ganz allein in seinem Haus in Marinella. Der Autor und Regisseur dieser genialen Tragödie oder besser gesagt Katzenfalle, der sie in Zusammenarbeit mit Pepè Rizzo (Hauptdarsteller), Santo Barreca und Pipo Lo Monaco, Beamten des Kommissariats von Mazàra del Vallo (als falsche Räuber), und der Questura von Montelusa (Lieferantin des Falschgeldes und der Platzpatronen für Pepè Rizzos Revolver) inszeniert hatte, mit einem Wort: Commissario Salvo Montalbano, wusste, dass er niemals die Bühne würde betreten können, um den wohlverdienten Applaus einzuheimsen. Aber das machte nichts, er amüsierte sich trotzdem.

## *Das Wunder von Triest*

Kann man zum Polizisten geboren sein, den Jagdinstinkt, wie Dashiell Hammet es nennt, im Blut haben und zugleich Wert auf gute, bisweilen erlesene Lektüre legen? Salvo Montalbano war so, und wenn ihm jemand erstaunt diese Frage stellte, gab er keine Antwort. Nur einmal, als er besonders schlecht gelaunt war, antwortete er seinem Gegenüber unwirsch:

»Machen Sie sich erst mal schlau, bevor Sie reden. Wissen Sie, wer Antonio Pizzuto war?«

»Nein.«

»Einer, der bei der Polizei Karriere gemacht hat, Polizeipräsident, Chef von Interpol. Heimlich übersetzte er deutsche Philosophen und griechische Klassiker. Mit über siebzig, als er pensioniert war, fing er an zu schreiben. Und wurde der größte Schriftsteller der Avantgarde, den wir je hatten. Er war Sizilianer.«

Der andere schwieg. Und Montalbano fuhr fort.

»Und wenn wir schon mal dabei sind, möchte ich Ihnen noch etwas sagen, wovon ich überzeugt bin. Wenn Leonardo Sciascia nicht Volksschullehrer geworden wäre, sondern sich bei der Polizei beworben hätte, wäre er besser gewesen als Maigret und Pepe Carvalho zusammen.«

Und weil Montalbano so war, klang, sobald er aus dem Schlafwagen gestiegen war, der ihn nach Triest gebracht hatte, ein Gedicht von Virgilio Giotti in ihm an, in Dialekt.

Doch er verscheuchte es sofort aus seinen Gedanken: Hier, an diesem Ort, an dem es entstanden war, hätte seine unangebrachte sizilianische Aussprache wie eine Beleidigung, wenn nicht gar wie ein Sakrileg geklungen.
Es war ein früher Morgen, freundlich und klar, und da Montalbano unter Stimmungsschwankungen litt, je nachdem wie sich der Tag entwickelte, beglückwünschte er sich, dass sein augenblicklicher Gemütszustand bis zum Abend anhalten würde, für jede Situation, jede Begegnung wohlwollend empfänglich.
Er lief den überfüllten Bahnsteig entlang, kam in die Halle und ging zum Kiosk, um sich »Il Piccolo« zu kaufen. Vergebens suchte er in seiner leeren Hosentasche nach Kleingeld, und in der Brieftasche fand er nur Scheine von fünfzig- und hunderttausend Lire. Wenig hoffnungsvoll reichte er dem Verkäufer einen Fünfzigtausender.
»*No gho da darghe spici.* Ich kann nicht rausgeben, ich hab kein Kleingeld«, sagte der Verkäufer auch prompt.
»Ich auch nicht«, sagte Montalbano und ging weiter.
Doch er machte sofort kehrt, er hatte die Lösung. Er legte noch zwei aufs Geratewohl herausgesuchte Krimis zu der Zeitung, und diesmal gab ihm der Zeitungsverkäufer fünfunddreißigtausend Lire zurück, die der Commissario in seine rechte Hosentasche steckte, weil er keine Lust hatte, seine Brieftasche herauszuholen. Auf dem Weg zum Taxistand erklang in seinem Kopf, diesmal unwiderstehlich, Saba mit dieser seiner Stimme, die er im Fernsehen gehört hatte:

Triest hat einen spröden
Charme. Nach Laune
gleicht's einem ungeschliffenen, hungrigen Lausbub,
mit blauen Augen und viel zu plumpen Händen …

Die Hände, die sich plötzlich auf Brusthöhe in sein Jackett krallten, waren nicht die Hände eines Lausbuben, sie gehörten einem fünfzigjährigen Mann mit Brille, der ganz und gar nicht ungeschliffen und hungrig wirkte und sorgfältig gekleidet war. Der Mann war gestolpert, und wenn er sich nicht spontan an Montalbano geklammert und der Commissario ihn nicht ebenso spontan fest gehalten hätte, wäre er der Länge nach hingeschlagen.
»Entschuldigen Sie vielmals, ich bin gestolpert«, sagte der Mann beschämt.
»Das macht doch nichts!«, entgegnete der Commissario.
Der Mann ging weiter, und Montalbano, der inzwischen den Bahnhof verlassen hatte, trat zu dem vordersten Taxi und wollte schon den Wagenschlag öffnen, als er überrascht feststellte, dass seine Brieftasche weg war.
Wie bitte?, fragte er sich empört. Hieß ihn eine Stadt, die er immer geliebt hatte, auf diese Weise willkommen?
»Steigen Sie jetzt ein oder nicht?«, fragte der Taxifahrer den Commissario, der die Tür geöffnet und wieder zugemacht hatte und jetzt noch mal öffnete.
»Tun Sie mir einen Gefallen. Bringen Sie diesen Koffer und die Bücher ins Jolly. Mein Name ist Montalbano, ich habe ein Zimmer reserviert. Ich habe noch etwas zu erledigen und komme später. Reichen zwanzigtausend?«
»Das reicht«, sagte der Taxifahrer und fuhr sofort los, denn zum Jolly waren es nur ein paar Schritte, aber das wusste Montalbano nicht.
Er sah dem Taxi nach, bis es aus seinem Blickfeld verschwunden war, und sogleich kam ihm ein schlimmer Gedanke:
Ich habe nicht auf das Kennzeichen geachtet.
Misstrauen hatte ihn gepackt, er war auf der Hut.

Der Mann, der ihm die Brieftasche gestohlen hatte, war bestimmt noch in der Nähe. Es kostete Montalbano eine halbe Stunde, immer wieder im Bahnhof nachzuschauen, und allmählich verlor er die Hoffnung. Doch die kehrte gleich zurück, als er auf die Piazza della Libertà hinausging und den Taschendieb sah, der auf einem Parkplatz zwischen den Autos zickzack lief. Gerade hatte er einem stattlichen Herrn mit wehendem weißem Haar sein Theater vorgespielt, der, nicht wissend, dass er erleichtert worden war, Richtung Galleria d'arte antica weiterging und dabei majestätisch auf alle anderen hinabblickte.
Der Taschendieb war wieder verschwunden. Kurz darauf glaubte Montalbano zu sehen, wie er auf den Corso Cavour zusteuerte.
Kann ein Kriminalkommissar hinter einem Mann herrennen und »Haltet den Dieb!« schreien? Nein, das kann er nicht. Es blieb ihm nichts anderes übrig, als seinen Schritt zu beschleunigen und zu versuchen, ihn einzuholen.
An einer roten Ampel musste Montalbano stehen bleiben. So konnte er, machtlos, einen weiteren Auftritt des Diebes beobachten: Diesmal war das Opfer ein etwa sechzigjähriger, sehr eleganter Mann, der aussah wie Charlie Chaplin in *Ein König in New York*. Der Commissario konnte nicht umhin, das meisterhafte Geschick des Diebes zu bewundern, der in seinem Metier wirklich ein Künstler war.
Aber wohin war er jetzt wieder verschwunden? Montalbano ging an seinem Hotel vorbei und kam bis zum Teatro Verdi, wo er resigniert aufgab. Es war sinnlos, noch weiter zu suchen. In welcher Richtung denn? Woher sollte er wissen, ob der Taschendieb nicht längst in irgendeine der vielen Straßen eingebogen war, die von der Piazza Duca degli

Abruzzi oder der Riva III Novembre abzweigten? Langsam ging er zurück.

Triest verstand es, aus dem Hinweg mit der Verfolgungsjagd einen langen, ruhigen Spaziergang auf dem Rückweg zu machen. In vollen Zügen genoss Montalbano den dichten, starken Geruch der Adria, der so anders war als der Geruch des Meeres um seine Insel.

Seinen Koffer hatte man bereits aufs Zimmer gebracht; Montalbano erklärte dem Portier, dass er seinen Ausweis später vorlegen würde.

Als Erstes rief er in der Questura an und ließ sich mit seinem alten Freund Commissario Protti verbinden.

»Hier ist Montalbano.«

»*Ciao*, wie geht's? Du bist zu früh, die Tagung fängt um fünfzehn Uhr an. Gehen wir zusammen mittagessen? Ich hole dich im Jolly ab, einverstanden?«

»Ja, danke. Hör mal, ich muss dir was sagen, aber ich schwör dir, wenn du lachst, dann komm ich und polier dir die Fresse.«

»Was ist denn passiert?«

»Ich wurde bestohlen. Meine Brieftasche. Am Bahnhof.«

Er musste fünf Minuten mit dem Hörer in der Hand warten, so lange brauchte Protti, bis er wieder aus dem vernichtenden Gelächter aufgetaucht war, an dem er beinah erstickt wäre.

»Entschuldige, aber ich konnte nicht anders. Brauchst du Geld?«

»Gib's mir nachher, wenn wir uns sehen. Versuch mir mit deinen Kollegen zu helfen, damit ich wenigstens meine Ausweise wiederbekomme, du weißt schon, Führerschein, Scheckkarte, Ausweis des Ministeriums ...«

Als Protti wieder anfing zu lachen, legte Montalbano auf,

zog sich aus, duschte, zog sich wieder an, telefonierte lange mit Mimì Augello, seinem Vice in Vigàta, und mit Livia, seiner Freundin in Boccadasse, Genua.

Als er in die Hotelhalle kam, rief der Portier ihn zu sich, und der Commissario wurde ganz grimmig. Der wollte bestimmt seinen Ausweis, hier konnte man nicht schlampen, die waren, was die Beachtung von Vorschriften betraf, in den Zeiten von Kaiser Franz Joseph stehen geblieben. Verdammt, was konnte er dem Portier erzählen, um Zeit zu gewinnen?

»Dottor Montalbano, dieser Umschlag wurde für Sie abgegeben.«

Es war ein großer wattierter Umschlag, auf dem in Druckbuchstaben sein Name stand. Jemand hatte ihn persönlich abgegeben, er trug keinen Absender. Montalbano öffnete ihn. Darin war die Brieftasche. Und in der Brieftasche war alles, was er hineingetan hatte, Führerschein, Scheckkarte, Ausweis, fünfhundertfünfzigtausend Lire, es fehlte kein Centesimo.

Was war das für ein Wunder? Was hatte das zu bedeuten? Woher wusste der reuige Taschendieb, in welchem Hotel er wohnte? Die einzig mögliche Erklärung war, dass sich der Dieb, als er merkte, dass er verfolgt wurde, versteckt hatte und seinerseits dem Beraubten bis zum Hotel hinterhergelaufen war.

Aber warum hatte er seine Tat bereut? Hatte er vielleicht, als er sich die Ausweise ansah, festgestellt, dass der Beraubte ein Polizist war, und Angst bekommen? Quatsch, so was Abwegiges!

Als Erstes sagte Protti zu Montalbano:

»Jetzt erzähl mal die Geschichte mit der Brieftasche!«

Der gemeine Kerl wollte sich anscheinend noch ein bisschen amüsieren und sich wieder schief lachen.
»Ach ja, entschuldige, ich hätte dich gleich anrufen sollen, aber es kam ein Anruf aus Vigàta, und da habe ich es vergessen. Meine Jacketttasche hatte ein Loch, und die Brieftasche ist ins Futter reingerutscht. Falscher Alarm.«
Protti sah ihn zweifelnd an, sagte aber nichts.
In dem Restaurant, in das sein Freund ihn führte, wurde nur Fisch serviert. Er aß einen Teller *tagliolini all'astice*, als zweiten Gang nahm er *guatti sfilettati*, die man sonst kaum bekam. Als Begleitung zu diesem Gottesgeschenk empfahl Protti ihm einen *Terrano del Carso*, der auf den Hügeln hinter Triest angebaut wurde.

An der Tagung nahmen etwa dreihundert Polizisten aus ganz Italien teil. Der Commissario, den man aufs Podium gebeten hatte, sah sich, auf der Suche nach einem bekannten Gesicht und auch um gegen die bleischwere Müdigkeit anzukämpfen, die ihn nach dem üppigen Essen plötzlich gepackt hatte, der Reihe nach die Anwesenden im Saal an, die alle ein Namensschildchen am Revers trugen.
Und er entdeckte es tatsächlich, ein Gesicht, das er nur ein paar Sekunden lang gesehen und das sich ihm trotzdem eingeprägt hatte. Montalbano spürte eine Art elektrischen Schlag entlang der Wirbelsäule: Es war der Taschendieb, da gab es keinen Zweifel. Es war der Taschendieb – ein Ganove, der sich einen Spaß daraus machte, mit einem gut sichtbaren, richtig schönen Namensschildchen (wem hatte er das wieder geklaut, *Madonna santa*?) Polizist zu spielen –, der seinen Blick erwiderte und ihn angrinste.
Kann ein Kommissar auf einer Polizistentagung vom Podium springen, jemanden packen, den alle für einen

Kollegen halten, und schreien, er sei ein Dieb? Nein, das kann er nicht.

Der Dieb, der immer noch grinste und Montalbano immer noch fest anblickte, nahm seine Brille ab und verzog das Gesicht zu einer komischen Grimasse.

Und da erkannte Montalbano ihn. Genuardi! Er konnte sich unmöglich täuschen, es war wirklich Totuccio Genuardi, sein Schulkamerad im Gymnasium, der Klassenclown, wie es immer einen gab. Schon damals war er mit seinen samtweichen Händen äußerst geschickt gewesen: Einmal hatte er dem Rektor das Portemonnaie aus der Tasche gezogen, und alle waren zum Essen in eine Taverne gegangen.

Was sollte er jetzt tun?

Als endlich Kaffeepause war, wollte Montalbano das Podium verlassen, aber er wurde von einem Kollegen aufgehalten, der ihm ein schwieriges gewerkschaftliches Problem darlegte. Er machte sich, sobald er konnte, von ihm los, doch Totuccio war verschwunden.

Er suchte und suchte, und schließlich sah er ihn. Er sah ihn und erstarrte. Totuccio hatte gerade mit Questore Di Salvo, dem Polizeipräsidenten, sein übliches Theater gespielt, und jetzt entschuldigte er sich und tat ganz verlegen. Der Questore, als Grandseigneur bekannt, schlug ihm ermunternd mit der Hand auf die Schulter und öffnete ihm selbst die Tür, um ihn hinauszulassen. Totuccio lächelte ihn an, verbeugte sich zum Dank leicht vor ihm, ging hinaus und verschwand zwischen den Passanten.

## *Ikarus*

Da in Vigàta das (ungenießbare) Wasser aus der Entsalzungsanlage zweimal die Woche für vier Stunden ausgegeben wurde, da die Zahl der Emigranten in Belgien und Deutschland auf zweitausendzweihundertdreizehn gestiegen war, da inzwischen über siebzig Prozent der Bevölkerung arbeitslos war, da in einer Untersuchung kürzlich festgestellt worden war, dass vier von zehn Jugendlichen Drogen nahmen, da der Hafen vor knapp zwei Monaten in eine niedrigere Kategorie herabgestuft worden war, aus diesen und anderen Gründen hatte der Bürgermeister anlässlich des hundertfünfzigsten Jahrestages der Proklamation Vigàtas (früher Sottoposto Molo di Montelusa genannt) zur selbstständigen Gemeinde ein rauschendes Fest angesetzt.

Zum Programm des Festes, das sich über eine Woche, vom fünfundzwanzigsten bis zum dreißigsten Juni, erstrecken sollte, gehörte auch der allabendliche Auftritt der »Famiglia Moreno«, von der mancher, der das Glück gehabt hatte, dieses besondere Spektakel in den Städten des Nordens erlebt zu haben, ausführlich schwärmte. Der Künstlername, den die Truppe gewählt hatte, eben »Famiglia Moreno«, klang nach harmlosem Spiel, das sich Großeltern mit ihren Enkeln anschauen konnten. Aber das täusche, sagten jene, die wirklich Bescheid wussten, und dafür sprach auch, dass quer über den Plakaten »Kein Zutritt unter 18 Jahren« geschrieben stand.

Ordnungsgemäß aufgeklärt von der Gattin eines Mannes, der die Show in Bergamo gesehen hatte, wetterte Dekan Patre Burruano gegen den Bürgermeister, welcher zum Erstaunen des Geistlichen einer Partei angehörte, deren Chef und Gründer eine Nonne zur Tante hatte, die er bei jeder Gelegenheit erwähnte. Doch der Bürgermeister war unbeugsam: Seine Partei, entgegnete er, wolle freie Menschen, er verwalte sein Amt nicht so, wie es in früheren Zeiten Leute ohne Gott, ohne Vaterland, ohne Freiheit getan hätten. Die Erwachsenen, die zu der Show gehen wollten, sollten also ruhig hingehen; wenn nicht, könnten sie zwischen zwei Darbietungen wählen, die zur selben Zeit wie der Auftritt der »Famiglia Moreno« stattfinden sollten: Sackhüpfen und ein *torneo di scopone scientifico*, ein Kartenspiel-Turnier.

Gerhardt und Annelise Boldt, Bruder und Schwester – sie zwei Jahre jünger –, waren in einem Zirkus geboren und aufgewachsen und von klein auf als Akrobaten aufgetreten. Mit achtzehn hatte sich Annelise, inzwischen eine blonde junge Frau, die jedes Titelmädchen in den Schatten stellte, in den Hubschrauberpiloten Hugo Rittner verliebt und ihn geheiratet. Es war Hugos Idee gewesen, zusammen mit seiner Frau und seinem Schwager die »Famiglia Moreno« zu gründen.

Drei Tage vor der Show wurde an dem dafür vorgesehenen Platz mit Eisenrohren ein nach oben offener, gewaltiger Rundbau errichtet, die Rohrkonstruktion verhängte man mit einem festen Stoff, der bemalt war und das Kolosseum darstellte.

In der Mitte der Konstruktion, die vierhundert um die innere Krümmung angeordnete Sitzplätze fasste, war eine große runde Fläche, die vollständig von einem Podest aus weißem Holz bedeckt war. Neben dem Bau wurden eine drehbare Scheinwerferanlage und ein hohes Gerüst installiert, das eine hölzerne Kabine mit Antenne trug. Die Show sollte laut Plakat Punkt einundzwanzig Uhr dreißig beginnen, doch in dem Saal drängten sich, obwohl der Eintrittspreis beachtlich war, bereits eine Stunde vorher Männer aus Vigàta, Junggesellen und Ehegatten. Frauen waren keine da: Der warnende Hinweis, der Kindern und Jugendlichen unter achtzehn Jahren den Besuch der Show untersagte, hatte sie fern gehalten. Zumindest an jenem ersten Abend. Teutonisch pünktlich wanderte zur angekündigten Uhrzeit der Lichtkegel des Scheinwerfers über den Himmel, während Musik wie aus einem Horrorfilm die Zuschauer betäubte. Das ganze Publikum reckte die Hälse zum schwarzen Himmel hin, und die Vigatèsi, die draußen geblieben waren, nahmen dieselbe Haltung ein. Dann erfasste der Scheinwerfer einen Hubschrauber und begleitete ihn, bis er, hoch oben, senkrecht über der Konstruktion zum Stehen kam, als ob er auf dem Holzpodest landen wollte. Doch da fiel ein langes Seil mit einem Ring am Ende aus dem Hubschrauber, und an dem schwingenden Seil ließ sich ein Mann herab, der in einen silbrigen Astronautenanzug eingemummt war. Er begann eine Reihe spektakulärer Kunststücke vorzuführen. In der Stadt ging es mittlerweile drunter und drüber: Alle standen auf den Balkonen oder an den Fenstern und sahen in den Himmel. Der *torneo di scopone* und das Sackhüpfen wurden unterbrochen. Am Schluss seiner Nummer wirbelte der Akrobat an einem Arm so blitzschnell um das Seil, dass die Vigatèsi den Atem anhielten.

Von dem Hubschrauber fiel ein zweites Seil herab, an dem

ein Trapez befestigt war, und auf der Stange saß eine Frau – das sah man an dem zu einem Knoten gebundenen blonden Haar –, die ebenfalls einen Anzug, aber keinen Helm trug. Als sie auf der Höhe des anderen Akrobaten angekommen war, führte die Frau in unglaublicher Geschwindigkeit mehrere Übungen vor, die sichtlich sehr schwierig waren. Dann begannen sie eine Reihe von Kunststücken zu zweit. Die Leute schrien »*bravi!*«, applaudierten, brüllten, aber die beiden waren zu weit oben und konnten es nicht hören. Am Ende dieses Luftballetts wurden die Seile bis auf zwei Meter über dem Podest herabgelassen, und die Akrobaten verschwanden aus dem Blickfeld der Vigatèsi, die keinen Eintritt gezahlt hatten. Der Scheinwerfer erlosch, der Hubschrauber holte die Seile ein und flog davon, und nur ein Spot flammte über der Bühne auf. Und es spielte – im wahrsten und im metaphorischen Sinne des Wortes – eine andere Musik und leitete jenen zweiten Teil der Show ein, über den Patre Burruano, der Dekan, sich so ereifert hatte.

Die Frau sprang vom Trapez, tat, als fiele sie böse hin, und blieb, mit ausgebreiteten Armen und gespreizten Beinen, bewusstlos liegen. Da entledigte sich ihr Partner seines Anzugs und trug jetzt nur noch ein Tigerfell und vor dem Gesicht eine Löwenmaske. Als die junge Frau wieder zu sich kam und das Tier sah, erschrak sie und wollte wegrennen. Ein erster Prankenhieb des Löwen riss ihr das Oberteil des Anzugs weg, sodass sie im Büstenhalter dastand. Noch ein Prankenhieb, und sie stand im Slip da. Jetzt begriff das Mädchen die Absichten des Löwen, bedeutete ihm zu warten und begann einen sehr langsamen, sinnlichen Striptease, an dessen Ende sie nur noch einen fast unsichtbaren Tanga trug. Und nun gab sie sich der Wollust

des Löwen hin, der das Kamasutra nicht nur auswendig zu kennen schien, sondern sogar eine revidierte und erweiterte Ausgabe desselben zu bieten wusste.
Es war etwas kühl geworden, als die Show in stürmischem Beifall zu Ende ging, aber den Männern war es ganz heiß, sie schwitzten, als hätten sie vor einem Backofen gesessen. Der Hubschrauber kam wieder senkrecht über dem Podest zum Stehen und ließ die Seile hinab, die beiden verbeugten sich noch mal und schickten sich an, wieder hinaufzuklettern, als das passierte, was passiert ist.

»Was passiert ist?«, sagte Mimì Augello am nächsten Morgen zu Salvo Montalbano. »Ich weiß nicht, ob ich es eine Farce oder ein Trauerspiel nennen soll. Das Mädchen hatte gerade das Seil gepackt, als eine verzweifelte Stimme zu hören war. So herzzerreißend, dass die Leute plötzlich ganz still waren. ›Nein, nein! Geh nicht weg! Flieg nicht fort!‹, schrie diese Stimme. Sie sprach aus, was alle fühlten. Mit einer Hand hielt die Kleine das Seil fest und sah überrascht drein, sie hatte ihr Haar gelöst, als sie sich verbeugte, es ging ihr bis unten an den Rücken, und diese irre langen Beine, und so kräftig, dass du dir vorstellen kannst, wenn du da dazwischen bist, dann zerquetschen sie dich, aber gleichzeitig so weiblich, und dann dieser kleine, hohe Hintern, der so knackig war, dass es mir im Genick geknackt hat, und dieser entblößte rosige Busen …«
Montalbano pfiff durch die Zähne, Mimì Augello zuckte zusammen und erwachte aus seinem Traum.
»Ich drehte mich um, weil ich wissen wollte, wer da so schrie, ich konnte ihn nicht gut sehen, es war ein junger Mann, den zwei, die neben ihm gesessen hatten, kaum festhalten konnten. Dann riss sich der Junge los und stürzte

auf das Podest. Die Frau erkannte die Gefahr und kletterte flink am Seil hinauf. Der Junge versuchte hinterherzuklettern, aber ein Kinnhaken des Akrobaten stieß ihn runter. Der Junge stürzte hin, die beiden Akrobaten kletterten die Seile rauf, und der Hubschrauber flog weg. Ich ging auf das Podest. Der junge Mann stand langsam auf, von dem Boxhieb tropfte ihm Blut aus dem Mund, aber er flüsterte: ›Ich will sie! Ich will sie!‹ Sein Blick war ganz verstört, wie bei einem Irren, und er zitterte am ganzen Körper. Ich habe ihn verwarnt, ich habe ihm gesagt, wenn er am nächsten Abend wieder aufkreuzt, dann lasse ich ihn festnehmen. Ich weiß nicht, ob er begriffen hat, was ich gesagt habe. Und weißt du, wer es war? Nenè Scòzzari!«

Als er diesen Namen hörte, staunte auch Montalbano. Wie bitte?! Nenè Scòzzari?! Er genoss höchstes Ansehen in ganz Vigàta, weil er so seriös, so anständig, so wohlerzogen war. Sohn eines Rechtsanwalts, der Nummer eins in der Stadt, betucht, Mitglied der Katholischen Aktion, mit dreiundzwanzig in Jura promoviert, seit einem halben Jahr verlobt mit Agatina Lo Vullo, der Oberin der Töchter Mariens. Und der machte öffentlich solche Sachen und verursachte einen Skandal?

»Ich versteh das nicht«, sagte Augello. »Wenn er die Akrobatin erwischt hätte, dann hätte er sie dort vor aller Augen gevögelt.«

Das alles passierte am fünfundzwanzigsten Juni, beim ersten Auftritt. Als sich die Kunde von Nenè Scòzzaris Show in der Show verbreitet hatte, standen am nächsten Abend so viele Leute an der Kasse an, dass die Polizei Ordnung in das Gerangel bringen musste. Auch ein Dutzend verheirateter Frauen erschien in Begleitung ihrer Männer.

Mimì Augello ging ebenfalls hin, er hatte Montalbano mit einem frechen Grinsen mitgeteilt, seine Anwesenheit sei unerlässlich, damit sich kein Zwischenfall wie tags zuvor ereigne. Doch am Ende gestand er seinem Chef, die Beine der deutschen Akrobatin hätten ihn um den Schlaf gebracht.

Die Show vom sechsundzwanzigsten Juni ging glatt, abgesehen von einem leichten Schwächeanfall, den der siebzigjährige Cavaliere Scibetta auf dem Höhepunkt des Kamasutra erlitt; sein Sohn und sein Enkel mussten ihn auf den Armen hinaustragen, denn von den anderen rührte sich niemand vom Fleck, um auch keine Sekunde von der Darbietung zu verpassen.

Nenè Scòzzari hatte die Verwarnung beherzigt und sich nicht blicken lassen. Und auch bei seinen Eltern, bei denen er lebte, war er seit der Nacht des Fünfundzwanzigsten nicht mehr aufgetaucht.

Am Morgen des siebenundzwanzigsten Juni erschien kurz vor elf Uhr Avvocato Giulio Scòzzari, Nenès Vater, im Büro des Commissario.

»Mein Sohn ist seit der Nacht des Fünfundzwanzigsten nicht mehr nach Hause gekommen, nachdem er sich so albern aufgeführt hat und wir vor Scham am liebsten im Boden versunken wären.«

»Ist er verschwunden?«

»Was heißt hier verschwunden!«, rief der Avvocato konsterniert. »Ich weiß genau, wo er ist!«

»Wo ist er denn?«

»An der Punta Speranza, wo diese verdammten Deutschen ihren Hubschrauber und ihre Wohnmobile haben.«

Punta Speranza, wo die Akrobaten ihr Lager aufgeschlagen

hatten, war ein einsames Fleckchen, eigentlich ein Felsvorsprung über dem Meer.
»Und was macht er da?«
»Nichts. Er sitzt in der Nähe in seinem Auto und wartet darauf, dass die Deutsche rauskommt, damit er sie anschauen kann, dieser Idiot.«
»Und was wollen Sie von mir?«
»Vielleicht könnten Sie hin und mit ihm reden, ihn dazu bringen, dass er sich nicht so närrisch benimmt ...«

Es war halb zwölf, er hatte keine Lust, mit dem jungen Mann zu verhandeln. Er beauftragte Mimì Augello damit, der sich das nicht zweimal sagen ließ und wie ein geölter Blitz davonsauste, es konnte ja sein, dass er die Deutsche von nahem zu sehen bekam. Zwei Stunden später kam er ganz verstört zurück.
»*Madonna santissima*, Salvo! Als ich an der Punta Speranza ankam, fand ich folgende Situation vor: Nenè Scòzzari lehnte an der Motorhaube seines Wagens, ungefähr zwanzig Meter von den beiden Wohnmobilen und dem Hubschrauber entfernt. Und die Deutsche lag splitterfasernackt auf einer Liege und sonnte sich. Nenè hatte einen kleinen Strauß frisch gepflückter Margeriten in der Hand, er ging zu der Frau, legte ihr die Blumen auf den Busen und kehrte an seinen Platz zurück. Da schaute sie zu ihm hin. *Madonna santa*, Salvo, aber wie sie geschaut hat! Ich sage dir, sobald sie kann, sobald Mann und Bruder sie einen Moment aus den Augen lassen, lässt sie Nenè auf einen Quickie ran. Garantiert!«
»Und die beiden Männer machen ihn zu Mus, diesmal ernsthaft.«
»Komm, Salvo, die sind Deutsche, die sind keine Sizilia-

ner. Einen Fick auf die Schnelle verzeihen die ihren Frauen doch!«
»Apropos, wo waren denn die Männer?«
»Beim Baden, hundert Meter weiter unterhalb.«
»Hast du mit Nenè geredet?«
»Ja. Aber glaub mir, ich bin sicher, dass er mich nicht gehört hat. Ich hatte den Eindruck, dass er mich nicht mal gesehen hat, ich war Luft für ihn. Er hat immer nur die Deutsche angeschaut, und sie hat ihn angeschaut. Was sollte ich denn machen? Ich bin wieder zurückgefahren. Ich muss gestehen, dass diese Deutsche mir ganz schön zusetzt.«
»Hast du denn noch nie eine nackte Frau gesehen?«
»So eine noch nie«, sagte Mimì aufrichtig, »und hier geht es nicht nur um Schönheit. Ich weiß jetzt wirklich, was die Amerikaner meinen, wenn sie von Sex-Appeal reden.«

Am Siebenundzwanzigsten und Achtundzwanzigsten lief die Show sehr gut, allerdings waren inzwischen doppelt so viele Frauen wie Männer da.
»Dafür gibt's eine Erklärung«, sagte Mimì, der keinen Abend verpasst hatte. »Wenn ich eine Frau wäre, würde ich mich sofort in ihn verlieben. Er ist genau wie seine Schwester, nur eben als Mann.«
Am Morgen des Neunundzwanzigsten kam Mimì Augello ein bisschen zu spät ins Büro, ein kleines Lächeln auf den Lippen.
»Ist dein Wecker kaputt?«
»Quatsch! Ich war auf dem Weg ins Büro, da habe ich vor dem Autoverleih die beiden Deutschen gesehen, den Piloten und den Akrobaten, sie sind gerade losgefahren.

Ich bin reingegangen und habe mich beim Chef erkundigt. Sie sind zu einem Besichtigungstermin nach Catania gefahren, sie treten dort auf.«

»Mimì, du bist geschwätziger als eine Hausmeisterin oder ein Dienstmädchen.«

»Und das ist längst noch nicht alles!«, fuhr Mimì fort, und seine Augen glitzerten. »Mir ist die Idee gekommen …«

»… zur Punta Speranza zu fahren«, sagte Montalbano.

Mimì Augello sah ihn bewundernd an.

»Stimmt! Als ich ankam, blieb ich in einiger Entfernung stehen, damit sie den Motor nicht hören. Nenè saß nicht in seinem Auto. Ich ging zu dem Wohnmobil von der Deutschen und ihrem Mann. Ich kann dir sagen, Salvo! Es war alles zu, aber sie war völlig irre, sie schrie ›Ja! Ja!‹, als würde jemand sie abstechen. Wenn Nenè kräftemäßig durchhält, kann er bis sechs Uhr abends reiten, vorher können die beiden Deutschen gar nicht zurück sein. Hab ich's dir nicht gesagt, Salvo, dass die sich Nenè schnappt, sobald sie Gelegenheit dazu hat?«

Am Dreißigsten morgens um halb sieben weckte den Commissario ein Anruf von Avvocato Giulio Scòzzari.

»Dottor Montalbano, verzeihen Sie, dass ich so früh anrufe, aber ich mache mir große Sorgen um meinen Sohn.«

»Was ist denn passiert?«

»Wie auch sonst in dieser Woche bin ich heute Nacht gegen eins zur Punta Speranza gefahren. Das Auto meines Sohnes war nicht da.«

»Waren der Hubschrauber und die Wohnmobile an ihrem Platz?«

»Ja, alle waren von der Show zurück. Ich habe noch eine Stunde gewartet, er war nirgends zu sehen, ich vermutete, er sei endlich nach Hause zurückgekehrt. Aber da war er nicht.«

Konnte er dem Vater sagen, dass sein Sohn, müde von dem langen Ritt, wie Mimì das nannte, vielleicht in irgendeinem Hotel abgestiegen war, um wieder zu Kräften zu kommen, ohne sich den Eltern erklären zu müssen?

»Nun ja, Avvocato, möglicherweise hat sich da was geändert.«

Der Avvocato verstand nicht.

»Nichts hat sich geändert! Ich bin vor einer Viertelstunde noch mal hingefahren, die Deutschen schlafen, und weder mein Sohn noch sein Auto sind da.«

»Avvocato, Ihr Sohn ist volljährig.«

»Was hat denn das damit zu tun?«

»Das hat allerdings was damit zu tun, wir können ihn ja nicht suchen wie ein vermisstes Kind. Wir warten noch ein bisschen, und wenn er nicht auftaucht, sehe ich zu, was ich tun kann.«

Aber irgendwie übertrug sich die Angst von Avvocato Scòzzari auf ihn. Um acht fuhr er nicht ins Büro, sondern beschloss, den Deutschen einen Besuch abzustatten. Keine Spur von Nenè Scòzzaris Wagen. Er war überzeugt, dass die Deutschen noch schliefen. Aber die beiden Männer waren schon auf, Hugo bastelte am Rotor herum, Gerhardt übte am Barren. Der Commissario trat zu ihm, er konnte kein Wort Deutsch, hoffte aber, sich trotzdem verständlich machen zu können.

»Weißt du, wo der Mann ist, der hier in einem Auto saß?«

Gerhardt, der vom Barren heruntergesprungen war, breitete die Arme aus und schüttelte den Kopf. Der Hubschrauberpilot hatte die Frage gehört und kam zu ihnen.

»*Italiano innamorato non più fisto.* Verliebter Italiener weg.«

Er lachte. Auch der Akrobat brach in ein hässliches, aufgesetztes Gelächter aus.

Man kann niemandem, vielleicht nicht einmal sich selbst, eingestehen, dass man Ermittlungen nur deshalb einleitet, weil man ein allzu hässliches Gelächter gehört hat, in dem Hohn, Verachtung, Triumph, Bosheit mitklangen.
Zurück im Büro, rief Montalbano gleich Fazio und Gallo zu sich.
»Du«, sagte er zu Letzterem, »fährst zur Punta Speranza, wo die deutschen Akrobaten ihr Lager aufgeschlagen haben, aber sie dürfen dich nicht sehen. Nimm ein Fernglas und das Handy mit. Ich will über jede Kleinigkeit informiert werden.«
»Und du«, wandte er sich an Fazio, »holst zusammen mit Mimì Augello, sobald er kommt, die Deutsche her. Weckt sie auf, wenn sie schläft, das ist mir scheißegal. Ich will sie hier haben, aber allein.«
Dann rief er Avvocato Scòzzari an.
»Haben Sie etwas von Ihrem Sohn gehört?«
»Nein, nichts, Commissario. Wir sind verzweifelt.«
Aber der Avvocato wurde sofort argwöhnisch.
»Warum rufen Sie an, Commissario? Haben Sie etwas erfahren? Warum wollten Sie mich sprechen?«
Montalbano wusste nicht, was er antworten sollte.
»Entschuldigen Sie, ich habe viel zu tun. Rufen Sie mich an, wenn es etwas Neues gibt.«
Er legte auf. In diesem Augenblick kam Mimì Augello herein.
»Warum bist du nicht mit Fazio mitgefahren?«
»Ich hab angerufen, dass ich später kommen würde, da ist Fazio mit Galluzzo los, um die Deutsche abzuholen.«

»Aber ich wollte, dass du hinfährst, vom vielen Touristinnenficken hast du ja wohl ein paar deutsche Wörter drauf!«

»Wenn es darum geht, dann ist Galluzzo genauso gut. Als er jung war, war er in Deutschland auf Arbeitssuche.«

»Mimì, ich will, dass du bei mir bist, wenn sie die Frau herbringen. Aber glotz nicht dauernd auf ihren Busen und ihre Beine.«

»Erklärst du mir vielleicht, was passiert ist?«

»Nenè Scòzzari ist mit seinem Wagen verschwunden.«

»Ist das alles? Nachdem er gestern den ganzen Nachmittag gevögelt hat ...«

»Ja, Mimì, daran habe ich auch schon gedacht. Aber es kommt mir spanisch vor.«

Mimì Augello schwieg. Wenn sein Chef sagte, dass etwas nicht stimmte, dann hieß das tatsächlich, dass etwas nicht stimmte, das wusste er aus Erfahrung.

Als Annelise – in knallengen Shorts und einem breiten Seidenschal um die Brust – ins Büro kam, verstand Montalbano Mimìs Qualen, als dieser sie nackt gesehen hatte. Sein Vice hatte Recht, sie war mehr als schön. Sie lächelte Augello an, den sie ja schon kannte, nickte dem Commissario zu, fragte etwas auf Deutsch.

»Sie fragt, ob es Probleme mit den Pässen gibt.«

»*Nein*«, sagte Montalbano spontan.

»*Nein*«, sagte Mimì gleichzeitig.

Sie sahen sich an.

»Entschuldige«, sagte der Commissario, »sag ihr, wir wollen wissen, wie sie den gestrigen Tag verbracht hat.«

Mimì fragte, und sie antwortete. Ausführlich. Und während sie sprach, wurde Augello immer verlegener.

»Was hat sie gesagt?«

»Na ja, Salvo, die redet nicht lang um den heißen Brei herum. Sie sagt, sie war gestern allein und hat deshalb die Gelegenheit genutzt, Sex zu haben – so hat sie es gesagt – mit diesem hübschen jungen Sizilianer, der ganz verrückt nach ihr ist. Sie haben nicht gegessen, sie waren bis vier Uhr nachmittags zusammen, da hat sie ihn weggeschickt, sie fürchtete, ihr Mann und ihr Bruder, die in Catania waren, könnten zurückkommen. Als der Junge draußen war, ist sie auf der Stelle eingeschlafen, sie war, so hat sie es gesagt, ein bisschen mitgenommen.«

»Respekt, Respekt, Nenè Scòzzari«, sagte Montalbano.

»Gegen sieben Uhr abends«, fuhr Mimì fort, »hat ihr Mann sie geweckt, und sie hat sich dann für ihren Auftritt fertig gemacht.«

»Frag sie, ob der Wagen des jungen Mannes noch da war, als sie rausging, um in den Hubschrauber zu steigen.«

»Sie sagt, sie weiß es nicht«, übersetzte Mimì, »es war schon stockdunkel. Sie hat gesagt, sie hätte sich vorhin, als unsere Leute sie abholten, gewundert, dass der Wagen nicht wie sonst an seinem Platz stand. Sie hat sich darüber geärgert und war froh.«

»Frag sie, warum sie sich geärgert hat, und lass dir dann erklären, warum sie froh war.«

Annelises Antwort dauerte ziemlich lange.

»Sie hat sich geärgert, weil ihrer Meinung nach alle Männer egoistische Schweine sind. Sobald sie gekriegt haben, was sie wollten, schlafen sie entweder ein oder gehen aufs Klo zum Pissen, so hat sie es gesagt, oder sie verschwinden. Froh war sie, weil sie Angst hatte, Gerhardt könnte böse reagieren, der ist nämlich nicht nur eifersüchtig, sondern auch gewalttätig.«

»Übersetzt du das richtig, Mimì? Gerhardt ist der Bruder, ihr Mann heißt Hugo.«
»Sie hat aber Gerhardt gesagt. Ich frag noch mal nach.«
Mimì fragte etwas, und die Antwort der Deutschen trieb ihm mit einem Mal die Schamröte ins Gesicht. Montalbano staunte: Dieses freche Gesicht seines Vice war imstande, rot zu werden?
»Und? Was hat sie gesagt?«
»Sie hat einfach gesagt, dass ihr Bruder, als sie vierzehn war, ihr erster Mann gewesen ist.«
»Weil sie es vorher mit den Elefanten getrieben hat«, meinte Montalbano nicht sehr galant.
»Sie hat auch gesagt, dass Gerhardt sehr gelitten hat, als sie Hugo heiraten wollte, aber ihr Mann hat sich zum Glück als sehr verständnisvoll erwiesen. Sie hat hinzugefügt, dass der arme Gerhardt, wenn sie in der Arena das Kamasutra machen, unter starker Anspannung leidet, weil er gezwungen ist, mimisch darzustellen, was er gern wirklich machen würde.«
Die Deutsche bückte sich, um ein Staubkörnchen von ihrem großen Zeh zu wischen, der aus der Sandale schaute. Die Reaktion der beiden Männer auf ihre Ausführungen war ihr scheißegal.
»Sag ihr, sie kann gehen«, sagte Montalbano. »Es ist klar, dass sie nichts von Nenè weiß. Sie mag eine Hure sein, aber ich glaube, sie ist ehrlich.«
»Das glaube ich auch«, pflichtete Mimì ihm bei.

Montalbano rief alle seine Leute zu sich, außer Gallo, der an der Punta Speranza war, um die Deutschen zu beobachten, und erklärte ihnen, was er vorhatte.
»Du, Germanà, fährst zu Avvocato Scòzzari und nimmst

die Vermisstenanzeige wegen seines Sohnes Nenè auf. Sie muss mindestens auf den Achtundzwanzigsten morgens zurückdatiert werden, sonst haben wir nicht die gesetzlich vorgeschriebenen vierundzwanzig Stunden, um die Ermittlungen einzuleiten. Die Anzeige gibst du Dottor Augello. Du, Mimì, legst die Anzeige dem Richter vor, erzähl ihm irgendeinen Scheiß, und lass dir einen Durchsuchungsbefehl für die Wohnmobile, den Laster, den Hubschrauber geben, eben für alles, was die Deutschen haben. Aber die Durchsuchung darf erst heute Nacht stattfinden, nicht vorher, sobald sie nach der Show mit dem Hubschrauber an der Punta Speranza landen. Tortorella, Galluzzo und Grasso fahren mit einem Streifenwagen in die Nähe der Punta Speranza, aber die Deutschen dürfen sie nicht sehen. Sucht das Auto des Jungen, Augello wird euch Marke und Farbe sagen. Du, Germanà, rufst Gallo auf dem Handy an, lässt dir erklären, wo er ist, und löst ihn in einer Stunde ab.«

»Und du?«, fragte Augello.

»Ich? Ich geh essen«, antwortete Montalbano.

Catarella platzte herein.

»Dottori, grad hat Gallo angerufen. Er hat gesagt, dass sich die deutschen Männer mit der deutschen Frau in die Wolle gekriegt haben, sie haben sie angeschrien, und ihr Bruder hat sie sogar umgeschmissen.«

»Ich habe schlechte Nachrichten«, sagte Mimì, als er gegen vier Uhr nachmittags ins Büro kam.

»Hat der Richter den Durchsuchungsbefehl nicht unterschrieben?«

»Doch, er hat keinen Ton gesagt, ich hab ihn in der Tasche. Aber mir ist eine Idee gekommen, und ich bin zu dem

Autovermieter gefahren. Ich hab ihn gefragt, um wie viel Uhr die Deutschen den Wagen wieder abgegeben hätten. Er hat gesagt, gegen halb sieben, Gerhardt hat ihn zurückgebracht. Um ins Lager zu kommen, hat er den Bus nach Montereale genommen, der hält nicht weit von der Punta Speranza.«

»Und das soll eine schlechte Nachricht sein?«

»Ich bin noch nicht fertig. Der Autovermieter hat auch gesagt, die Deutschen wären schon früher zurück gewesen.«

»Und woher weiß er das?«

»Er hat sie gesehen, wie sie gegen halb vier vorbeigefahren sind, sie sind Richtung Montereale gefahren, also zur Punta Speranza.«

»Es könnte also sein, dass die beiden Nenè aus Annelises Wohnmobil haben kommen sehen.«

»Genau. Und das macht mir Sorgen.«

Das Telefon klingelte, es war Germanà, der Gallo abgelöst hatte.

»Dottore? Hier ist alles ruhig. Die beiden Akrobaten üben am Trapez. Gerhardt und Annelise haben nach ihrem Krach, den Gallo beobachtet hat, wieder Frieden geschlossen. Sie haben sich umarmt und geküsst. Soll ich Ihnen was sagen, Dottore? So wie die sich geküsst haben – wenn die Bruder und Schwester sind, dann bin ich der Papst.«

»Nimm's nicht krumm, Germanà, das ist so bei den Deutschen, die regeln alles in der Familie, die sind schlimmer als wir.«

Um sieben verkündete Tortorella mit triumphierender Stimme, sie hätten Nenè Scòzzaris Auto drei Kilometer von der Punta Speranza entfernt gefunden. Es sei in der dichten Macchia verborgen und dazu noch mit abgeschnittenen Zweigen bedeckt gewesen. Der Wagen sei leer. Was sollten sie tun? Der Commissario antwortete, sie sollten alles so lassen, wie sie es vorgefunden hätten. Grasso solle zur Bewachung in der Nähe bleiben. Die anderen könnten zurückkommen.

Um acht Uhr erschien Gallo.

»Ich löse jetzt Germanà ab. Wissen Sie was, Commissario? Die Lautsprecher der Deutschen kündigen für heute Abend eine Sondernummer an. Ein Akrobat namens Ikarus wird sie machen.«

Wo haben sie sich denn den geangelt?, fragte sich der Commissario. Aber er fand gleich die Antwort darauf, bestimmt hatten sie ihn in Catania gefunden.

»Wenn du irgendwas Merkwürdiges siehst oder hörst«, sagte Montalbano, »dann ruf mich unbedingt an, ich nehm das Handy mit.«

»Ich glaube, ich gehe heute Abend auch hin«, sagte Montalbano. »Wie viel kostet der Eintritt?«

Mimì sah ihn erstaunt an.

»Aber wir brauchen keinen Eintritt zu zahlen!«

»Nein? Warum denn nicht?«

»Wir vertreten doch die Staatsgewalt.«

»Das wusste ich nicht«, sagte der Commissario aufrichtig.

»Ist doch klar! Für uns sind Plätze in der ersten Reihe reserviert.«

Um neun Uhr zwanzig wollten sie gerade das Kommissariat verlassen, als das Telefon klingelte. Es war Gallo.

»Commissario? Die junge Deutsche sitzt nicht mit im Hubschrauber. Ich sehe es genau, weil innen das Licht an ist. Die Frau ist nicht drin. Sie starten in diesem Augenblick.«

»Wie viele Personen sind im Hubschrauber?«

»Zwei, Commissario. Der Pilot und der Akrobat, er hat den Helm von seinem Raumanzug in der Hand, er ist gut zu erkennen.«
Und wo war Annelise? Und Ikarus, der neue Akrobat, den die Lautsprecher angekündigt hatten?
»Gallo, du machst Folgendes. Schau dir die Wohnmobile an. Wenn dir was spanisch vorkommt, dann unternimm was auf eigene Faust. Aber ruf mich an.«

Die Lautsprecher hatten eine neue Show angekündigt, und in der Tat begann sie, indem der Hubschrauber, der senkrecht über der Arena stand, das erste Seil, das mit dem Ring, herabließ, bis es das hölzerne Podest berührte. Ein paar Minuten vergingen, in denen nichts weiter geschah. Dann erschien ein Akrobat, angegurtet an dem zweiten Seil, von dem man das Trapez entfernt hatte. Die Bänder, die ihn am Seil festhielten, waren so ineinander verflochten, dass der Mann bäuchlings daran hing, er sah aus wie ein Frosch. Er war in Unterhosen, Unterhemd und Socken. Ansonsten trug er nur den Helm des Raumanzugs. Wirklich ein lächerliches Kostüm. Der Akrobat begann wirr mit Armen und Beinen zu fuchteln, und es war so komisch, dass die Leute lachen mussten. Da breitete der Mann am Seil die Arme aus, streckte die Beine von sich und hielt still, jetzt sah er aus wie eine Spinne. Das war zweifellos Ikarus, ein Clown.
»Er ist hervorragend«, sagte Mimì zum Commissario. Montalbano gab keine Antwort, er fragte sich, wie es möglich war, eine wahnsinnige, totale Angst so vorzutäuschen, dass sie echt wirkte. Als der Akrobat Ikarus nah bei sich das andere Seil sah, bewegte er sich plötzlich heftig, um es mit seinen ausgestreckten Händen zu erreichen, doch er

kippte um, Kopf nach unten, Füße in der Luft. Jetzt brach das Publikum in Gelächter aus und klatschte Beifall. Die Bewegungen des Clowns, der alle Gebärden der Angst mimisch darstellte, wurden immer hektischer.

In diesem Augenblick klingelte Montalbanos Handy.

»Commissario? Hier ist Gallo. Ich hab in einem der Wohnmobile jemanden wimmern gehört und die Tür aufgebrochen. Die Deutsche war drin, gefesselt und geknebelt. Sie ist völlig durchgedreht, Commissario, und ich versteh nicht, was sie schreit, sie will abhauen und hat mich total zerkratzt.«

»Halt sie dort fest!«, brüllte Montalbano ins Telefon, und dann brüllte er Augello zu: »Los, komm!«

Er rannte hinaus, Mimì hinterher.

»Hast du deine Pistole? Sobald wir oben sind, setzt du jeden, dem wir begegnen, außer Gefecht.«

Er stürzte hinter die Scheinwerferanlage und kletterte die schmale Eisenleiter an dem Gerüst hinauf; er schwitzte, seine Hände krallten sich um die Sprossen, und es war ihm ein bisschen schwindlig.

»Erklärst du mir vielleicht, was los ist?«, fragte Mimì, der hinter ihm herkletterte.

»Verdammt, halt den Mund, ich krieg keine Luft«, keuchte der Commissario.

Als er auf der Plattform mit der Kabine ankam, trat er zur Seite; Mimì Augello warf sich gegen die Tür, die nur angelehnt war, und stürzte sich mit einem Hechtsprung auf einen Mann, der vor einer Konsole saß und jetzt mitsamt seinem Stuhl zu Boden fiel.

Montalbano riss ihm den Kopfhörer von den Ohren, hörte, wie jemand auf Deutsch etwas fragte, und reichte ihn Mimì. Auf der Konsole waren zwei Mikrofone, der Commissario schaltete das ein, an dem der Mann nicht gesprochen hatte, als sie hereingekommen waren.

»Die im Hubschrauber fragen dauernd, was hier los ist«, sagte Mimì; dem Mann, der gerade benommen aufstehen wollte, versetzte er, einfach um freie Hand zu haben, mit dem Pistolenknauf einen Schlag in den Nacken.

»Vigatèsi!«, schrie Montalbano. Durch das kleine Fenster der Kabine sah man drei Viertel des Publikums und fast die ganze Bühne. Der Commissario stellte fest, dass die Leute ihn hörten, alle blickten zu den Lautsprechern in der Manege.

»Vigatèsi!«, wiederholte er. Und das böse Teufelchen der Ironie, das auch in den heikelsten Augenblicken in ihm steckte, hieß ihn »*fratelli, popol mio*« hinzufügen, wie Alberto da Giussano. Die Versuchung war einfach zu groß.

»Ich bin Commissario Montalbano. Der Mann, der da oben hängt, ist nicht Ikarus, er ist kein Clown. Es ist unser Mitbürger Nenè Scòzzari, den sich die Deutschen geschnappt haben und dessen Leben sie hier aufs Spiel setzen! Helft mir!«

»Die im Hubschrauber ahnen was. Wir müssen schnell machen«, sagte Mimì ganz aufgeregt mit dem Kopfhörer auf den Ohren. Schon, aber was sollten sie machen? Der Commissario sah wieder zu den Leuten hin. Da bot sich ihm eine so bewegende Szene, dass sich sein Herz zusammenzog. Zwei oder drei Jungen kletterten wie Affen am Seil hinauf, eine Menschentraube, an die dreißig Personen, hatte das Seil gepackt und hing mit ihrem ganzen Gewicht daran. Montalbano sah zu dem Hubschrauber hinauf, er hatte eindeutig Schwierigkeiten, hätte es aber trotzdem geschafft aufzusteigen.

»Red mit diesen beiden Vollidioten«, sagte Montalbano.

»Sag ihnen, wenn sie losfliegen, schleppen sie ein Dutzend Leute mit, die an einem Seil hängen. Das kann ein Blutbad geben. Sie sollen sich das gut überlegen.«

Aber er wusste schon, wie es ausgehen würde.

»Lasst den Hubschrauber!«, schrie er. »Setzt euch wieder auf eure Plätze!«

Und wirklich sank das Seil, an dem der bewusstlose Nenè Scòzzari wie eine Marionettenpuppe mit kaputten Fäden hing, langsam zu Boden.

Und so ging die Geschichte vor sich. Die Deutsche, dieses Vollblutweib, die meinem Vice Augello in ewiger Erinnerung bleiben wird, weil er sie nackt gesehen hat, nutzt die Abwesenheit von Ehemann und Liebhaber (der niemand anderes ist als ihr Bruder), um sich ein paar Stunden lang in ihrem Wohnmobil von Nenè Scòzzari richtig durchficken zu lassen, einem ehemals anständigen jungen Mann, der völlig verrückt nach ihr ist. Die beiden Deutschen, die früher als geplant zurückkommen, erwischen Scòzzari, als er das Wohnmobil verlässt. Sie kommen auf die Idee, ihm den Fick mit einem grausamen Scherz heimzuzahlen: Sie packen und fesseln ihn und verstecken ihn im Hubschrauber, sein Auto lassen sie verschwinden. Als die Traumfrau von ihrem Erholungsschlaf erwacht, kriegt sie für das, was sie getan hat, einen Anpfiff von ihrem Mann und ihrem Bruder, aber damit ist die Sache nur scheinbar erledigt. Sie schicken einen Komplizen durch die Stadt, der ankündigt, dass am selben Abend ein neuer Akrobat, Ikarus, an der Show teilnehmen wird. Kurz bevor sie ihr Lager verlassen, fesseln und knebeln die beiden Spaßvögel ihre Ehefrau respektive Schwester und Liebhaberin, die sich weigert, bei dem Scherz mitzumachen. Die beiden ziehen Scòzzari buchstäblich bis auf die Unterhosen aus, setzen ihm den Helm auf, damit man seine Schreie nicht hört, und lassen ihn am Seil herab. Schon ist der Clown und Akrobat Ikarus geboren. Mir war die Geschichte klar, als einer meiner Beamten mich anrief, er habe das gefesselte und geknebelte Mädchen gefunden.

Ich schlage Folgendes vor: Lebenslänglich für die beiden Vollidioten (die natürlich nicht die Absicht hatten, Scòzzari umzubringen, sie wollten ihm nur einen gehörigen Schreck einjagen); bedingte Freiheit für die kleine Deutsche (die Bedingtheit der Freiheit besteht darin, dass sie einen Monat lang meinem Vice Dottor Mimì Augello ausgeliefert wird).

Das schrieb Commissario Montalbano in seinem Bericht an den Richter. Allerdings drückte er sich anders aus und ließ die Vorschläge am Schluss weg.

## *Die Warnung*

»Ich verstehe das einfach nicht, Commissario.«

Carlo Memmi wirkte wie ein früh gealterter Dreißigjähriger, aber wenn man sein Geburtsdatum las, stellte man fest, dass er fünfzig war und für sein Alter ziemlich jung aussah. Antenore Memmi, sein Vater, hatte in Parma einen renommierten Friseursalon geführt, in dem alle faschistischen Parteibonzen Kunden waren. Wie war es dann zu erklären, dass er Ende fünfundvierzig in Vigàta auftauchte, wo er von der Mutter seiner aus Vigàta stammenden Frau Lia aufgenommen wurde? Die Leute in der Stadt waren schnell dahinter gekommen. Was macht ein Wolf? Er heult mit den Wölfen. Und so war das bei Antenore Memmi gewesen: Er hatte durch seinen Umgang mit den Faschisten in den Zeiten von Salò anscheinend die Untugend angenommen, an den Partisanen, die seine Freunde gefangen nahmen, kein gutes Haar zu lassen. Nach der Befreiung – der Verhaftung hatte er sich entzogen – war ihm klar, dass es unratsam war, weiter in Parma zu bleiben, früher oder später würde jemand aufkreuzen und ihm seine Gefälligkeiten heimzahlen. In Vigàta hatte er mit dem Geld seiner Schwiegermutter einen Salon eröffnet, und weil er, das musste man ihm wirklich lassen, in seinem Beruf tüchtig war, kamen die Kunden auch aus den umliegenden Ortschaften. 1950 wurde sein Sohn Carlo geboren, sein einziges Kind; er arbeitete sich ins Geschäft ein, erst als Gehilfe, später als Lehrling. Als Carlo zwanzig war, starb Signora Lia, seine Mutter. Sechs Monate später wollte Antenore Memmi unbedingt nach Parma, wo er seit fünfundzwanzig Jahren nicht mehr gewesen war. Sein Sohn riet ihm ab, Antenore ließ sich nicht hineinreden und machte sich auf die Reise, wobei er Carlo versicherte, der Besuch werde nicht lange dauern. Und so war es auch. Drei Tage nach seiner Ankunft wurde Antenore Memmi vom Auto eines Verkehrsrowdys, der nie identifiziert wurde, überfahren und getötet. In Vigàta waren die meisten Leute der Ansicht, dass jemand aus der Verwandtschaft eines jener Männer, an denen er kein gutes Haar gelassen hatte, mit der Bedienung unzufrieden gewesen war und ihn das, auch nach so langer Zeit noch, wissen lassen wollte. Nun war Carlo Waise; er verkaufte das väterliche Geschäft und kaufte einen großen Salon, den er in zwei Bereiche einteilte, einen für Herren und einen für Damen. Carlo hatte nämlich, als er zur Trauerfeier in Parma war, seine Cousine Anna kennen gelernt, die Damenfriseurin war. Es war Liebe auf den ersten Blick, die Vigàta unter anderem einen hocheleganten Salon bescherte, der sich mit dem Schild »Carlo & Anna« schmückte.

Das Geschäft lief hervorragend, und nach einiger Zeit hatte Carlo eine geniale Idee: Er holte, direkt aus Paris, Monsieur Dédé nach Vigàta, einen Damenfriseur Anfang vierzig, ein Paradeexemplar dieser Spezies; unter anderem war er, wie es sich gehörte, *garruso* (wie die alten Vigatèsi sagten), *frocio* (wie die ordinäreren Vigatèsi sagten), *gay* (wie die Damen sagten, die ihn anhimmelten). Monsieur Dédés Präsenz hatte zur Folge, dass Carlo in dreimal so große Räumlichkeiten umziehen und eine Sekretärin einstellen musste, die nur Termine vereinbarte. Doch Anfang der neunziger Jahre zogen sich Carlo und seine Frau Anna aus unerfindlichen Gründen zurück, den Salon überließen sie Monsieur Dédé, der mehrere Hundert Millionen dafür bezahlte. So konnte sich Carlo ganz und gar seinen beiden Leidenschaften, dem Jagen und Angeln, widmen. Er besaß ein Haus in Marinella, wo er sommers wie winters mit seiner Frau wohnte; das war praktisch fürs Angeln, wozu er in einem Schlauchboot mit Außenborder aufs Meer hinausfuhr. Das Jagen gestaltete sich etwas komplizierter. Carlo Memmi ging einmal im Jahr im Ausland auf die Jagd, erst in Jugoslawien und später in Tschechien, und war dann einen Monat lang fort. Er besaß einen Geländewagen mit allem Schnickschnack, der in einer Garage in Vigàta stand; für seine täglichen Fahrten benutzte er gewöhnlich einen Fiat Punto. Außerdem hatte er drei erstklassige Gewehre und einen englischen Rassejagdhund, der ihn ein Vermögen gekostet hatte. Den Hund hielt er im Garten des Hauses zusammen mit Bobo, einer Promenadenmischung, an dem Signora Anna sehr hing.

Commissario Montalbano war nie Kunde in Carlos Salon gewesen: Er hasste es, zum Friseur zu gehen und sich die Haare schneiden zu lassen, und das auch noch an einem Ort, an dem das unvermeidlich schwachsinnige Gesicht, das man bei dieser Gelegenheit aufsetzt, aus Dutzenden von Spiegeln heraussieht! Doch er kannte Carlo Memmi und wusste, dass er ein anständiger, ruhiger Mann war, der nie jemandem zu nahe getreten war. Warum also?

»Warum also?«, fragte Carlo Memmi, als hätte er Montalbanos Gedanken gelesen.

In der Nacht zuvor hatte es gegen ein Uhr, während Carlo draußen auf dem Meer beim Angeln war, in der Garage, in welcher der Geländewagen stand, eine gewaltige Explosion gegeben, woraufhin alles in Flammen aufgegangen war. Die Explosion hatte den Fußboden der Familie Currera beschädigt, die über der Garage wohnte, und die Feuerwehrleute hatten ihr geraten auszuziehen. Mimì Augello, an Ort und Stelle gerufen, berichtete dem Commissario, dass der Brand mit Sicherheit vorsätzlich gelegt worden sei. Signora Amalia Currera, die einen leichten Schlaf hatte, hatte ausgesagt, sie habe eine halbe Stunde nach Mitternacht gehört, wie der Rollladen der Garage hochgezogen worden sei. Sie sei wieder eingenickt, und dann habe sie der Knall geweckt:

»Ich bin so erschrocken! Das hat geklungen wie eine Bombe!«

In der Garage, sagte Augello abschließend, sei jetzt der Sachverständige der Versicherung zugange.

Um zehn Uhr vormittags hatte Carlo Memmi um ein Gespräch mit Montalbano gebeten. Und nun war er da, mit vor Müdigkeit und Sorge verquollenem Gesicht, und fragte sich, warum.

»Wenn sich herausstellt, dass Ihr Toyota vorsätzlich in Brand gesteckt wurde«, sagte Montalbano, »bedeutet das, dass man Ihnen eine Warnung erteilt hat.«

»Eine Warnung wovor denn?«

»Signor Memmi, eins muss klar sein. Eine Warnung in meiner Stadt, die auch Ihre ist, weil Sie hier geboren sind, hat immer eine doppelte Bedeutung.«

»Nämlich?«

»Mein Freund, du willst etwas Bestimmtes tun? Pass auf, lass es besser bleiben. Oder: Mein Freund, du willst etwas Bestimmtes nicht tun? Du tust es besser doch. Aber was Sie tun oder bleiben lassen sollen, das wissen nur Sie allein, es ist zwecklos, mich das zu fragen. Ich kann Ihnen nur unter einer Voraussetzung helfen: Wenn Sie mir ehrlich sagen, worum es geht und wie jemand dazu kommt, Ihren Toyota in Brand zu stecken.«

Unter dem Blick des Commissario schwieg Carlo Memmi mindestens zwei Minuten lang. Und in diesen zwei Minuten schien er eine Wandlung durchzumachen, er sah auf einmal tatsächlich aus wie fünfzig, sogar ein bisschen älter. Schließlich seufzte er tief auf, als resigniere er.

»Glauben Sie mir, Commissario, seit das passiert ist, denke ich darüber nach. Mir fällt einfach nichts ein, was ich tun oder nicht tun sollte. Dann ist mir heute Früh ein Gedanke gekommen …«

Er verstummte plötzlich.

»Weiter«, sagte Montalbano.

»Ich war im Friseursalon. Ich habe Dédé gefragt, ob er …«

Er verstummte wieder, es fiel ihm schwer weiterzusprechen. Der Commissario half nach.

»Ob er ordnungsgemäß Schutzgeld gezahlt hat?«

»Ja«, bestätigte Carlo und wurde rot.

»Und? Hat er?«

»Ja«, sagte der Mann noch mal und wurde feuerrot.

Dann stand er auf und reichte Montalbano die Hand.

»Entschuldigen Sie die Störung. Ich weiß, dass Sie Ihr Bestes tun, aber ich bin nicht imstande, Ihnen weiter zu helfen. Die können mich in die Luft jagen, und noch im Sterben werde ich mich fragen, warum.«

Vierzehn Tage später stand der Commissario morgens auf, aber es überkam ihn eine solche *lagnusìa*, eine derartige Faulheit, dass ihm bei der Vorstellung, sich anziehen zu müssen und ins Büro zu gehen, leicht übel wurde. Er sagte Fazio im Kommissariat Bescheid und ließ sich, mit der Badehose bekleidet, in der kleinen Veranda seines Hauses nieder. Es war der dritte Mai, aber es war wie am dritten September. Montalbano war früher ein treuer Leser von *Linus* gewesen und dadurch auf den Geschmack an alten Comics gekommen, von *Mandra* über *Geheimagent X-9* bis hin zu *Flash Gordon* und *Jungle Jim*. Einen Monat zuvor, als er Livia in Boccadasse, Genua, besuchte, hatte er an einem Bücherstand einen gut gebundenen halben Jahrgang des »Corriere dei piccoli« aus dem Jahr sechsunddreißig entdeckt. Er hatte ihn gekauft, aber nie Zeit gehabt, ihn zu lesen. Jetzt war der Augenblick gekommen. Dachte er zumindest.

»Commissario! Commissario!«

Das war Carlo Memmi, der über den Strand rannte und ihn rief. Montalbano ging ihm entgegen.

»Was ist denn los?«

»Sie haben Pippo getötet!«, erklärte Memmi und brach in verzweifeltes Weinen aus.

»Wer ist denn Pippo?«

»Mein Jagdhund!«, sagte der Mann schluchzend.

»Haben sie ihm die Kehle durchgeschnitten?«

»Nein, es war ein Giftköder.«

Carlo Memmi weinte haltlos. Montalbano war ganz verlegen und klopfte ihm zweimal auf die Schulter.

»Woran haben Sie gemerkt, dass er vergiftet wurde?«

»Der Tierarzt hat es mir gesagt.«

In übelster Laune kam der Commissario ins Büro und stauchte als Erstes Fazio zusammen, der ihm den Vormittag versaut hatte, weil er Carlo Memmi verraten hatte, dass er zu Hause war. Dann rief er Mimì Augello zu sich.

»Mimì, weißt du was Neues von dem ausgebrannten Wagen?«

»Von welchem Wagen?«
»Von dem Ochsenkarren natürlich!«
»Jetzt reg dich doch nicht gleich so auf, Salvo! Welchen Wagen meinst du denn?«
Montalbano schwante etwas.
»Entschuldige, Mimì, wie viele Autos wurden in den letzten vierzehn Tagen denn in Brand gesteckt?«
»Sieben.«
»Ah. Ich wollte was über den Toyota von Carlo Memmi wissen.«
»Die Garage wurde mit einem Nachschlüssel geöffnet, da waren keine Aufbruchsspuren, man hat den Tankdeckel abgeschraubt, einen Damenstrumpf reingesteckt, und los ging's.«
»Was hast du da gesagt?«
»Was hab ich denn gesagt?«
»Ein Damenstrumpf? Woher weißt du das?«
»Das hat mir der Sachverständige der Versicherung gesagt. Ein winziger Rest davon ist nicht verbrannt.«
»Gib mir den Namen und die Telefonnummer dieses Sachverständigen.«

Er rief den Sachverständigen an, und sie sprachen zehn Minuten miteinander. Als das Gespräch beendet war, verlor er keine Zeit und rief Fazio zu sich.
»In spätestens zwei Stunden will ich wissen, was man in der Stadt darüber redet, warum Carlo Memmi und seine Frau ihren Salon aufgegeben haben.«
»Das ist doch mindestens vier Jahre her, soviel ich weiß!«
»Das ist mir scheißegal! Dann machen wir statt zwei eben drei Stunden. Einverstanden?«
Aber Fazio war keine Stunde später wieder da.

»Etwas habe ich schon erfahren.«
»Von wem?«
»Von dem anderen Friseur, zu dem Sie gehen.«

»Sie erlauben doch?«, fragte Carlo Memmi von der Veranda aus.
»Ich komme gleich«, sagte Montalbano. »Möchten Sie einen Kaffee?«
»Gern.«
Sie setzten sich auf die Bank. Der Wind hatte ein paar Seiten des »Corriere dei piccoli« umgeblättert, der seit dem Morgen auf dem Tisch lag. Der Commissario lächelte.
»Signor Memmi, haben Sie eines dieser Hefte mal gelesen?«
Memmi warf einen zerstreuten Blick darauf.
»Nein, aber ich habe davon gehört.«
»Sehen Sie diese Seite, die der Wind für uns aufgeschlagen hat? Da ist eine Geschichte von *Arcibaldo e Petronilla* gezeichnet.«
»Ach ja? Und wer ist das?«
»Ich erzähl's Ihnen nachher. Wissen Sie, als ich vorhin vom Büro nach Hause fuhr, habe ich vor Ihrem Haus gehalten und bin ausgestiegen.«
»Und warum haben Sie nicht geklingelt? Dann hätten Sie bei uns Kaffee trinken können.«
»Ich wollte klingeln, aber im Garten war ein Hund, der mich angeknurrt hat.«
»Wer? Bobo? Annas Hund? Ich kann ihn nicht leiden. Warum haben die statt meinem Pippo nicht ihm den Giftköder gegeben?«
Montalbano befürchtete einen neuerlichen Weinkrampf und gab lieber gleich seinen Kommentar dazu ab.

»Das ist der springende Punkt«, sagte er.

Carlo Memmi sah ihn irritiert an.

»Korrigieren Sie mich, wenn ich mich irre«, fuhr der Commissario fort. »Letzte Nacht hat jemand, während Sie beim Angeln waren, einen Giftköder in Ihren Garten geworfen, in dem die beiden Hunde frei herumliefen. Richtig?«

»Richtig.«

»Und wie können Sie mir erklären, warum nur Ihr Hund den Köder gefressen hat und der Ihrer Frau nicht?«

»Das habe ich mir auch überlegt, wissen Sie«, sagte Memmi und fing an zu strahlen. »Es gibt eine Erklärung dafür. Pippo war viel flinker, er reagierte blitzschnell. Ich bitte Sie! Bevor Bobo auch nur einen Schritt gemacht hat, hatte Pippo die Frikadelle oder was auch immer es war, schon verschlungen.«

Er seufzte und fügte hinzu:

»Leider!«

»Ich muss Sie noch etwas fragen: Warum hat man nicht Ihren Wagen in Brand gesteckt, den Sie tagtäglich benutzen und, für jedermann zugänglich, vor Ihrem Haus parken, sondern sich die Mühe gemacht, die Garage zu öffnen und den Toyota zu verbrennen? Das war doch ein größeres Risiko, meinen Sie nicht?«

»Allerdings, wenn ich jetzt so darüber nachdenke!«, brach es aus Memmi heraus. »Und wie erklären Sie sich das?«

Montalbano gab keine Antwort, sondern fuhr fort, als denke er laut nach.

»Nachdem Ihr Toyota ausgebrannt war, hätte ich gewettet, dass als zweite Warnung Ihr Schlauchboot zerstört werden würde, das Sie, nur ein paar Meter vom Haus entfernt, am Strand liegen haben. Das wäre sehr einfach gewesen, wenige Sekunden hätten genügt. Und ich hätte die Wette gewonnen. Aber ich habe sie verloren, weil sie diesmal mehr riskiert haben, indem sie Ihren Hund töteten. Stellen Sie sich das vor: Die mussten am Gartentor warten, um sicherzugehen, dass Pippo und nicht Bobo das vergiftete Fleisch fraß. Und zwar auf die Gefahr hin, dass Ihre Frau sie erwischen würde, wenn sie von Bobos anhaltendem Gebell aufwachte, der so dumm sein mag, wie Sie wollen, sich aber bestimmt aufregen kann, wenn sich nur ein Blatt bewegt.«

»Worauf wollen Sie hinaus, Commissario?«

»Auf eine schlüssige Erklärung. Aber wir werden gemeinsam darauf kommen, seien Sie unbesorgt. Darf ich Ihnen noch ein paar Fragen stellen?«

»Meinetwegen.«

»Heute Morgen habe ich mit dem Sachverständigen von der Versicherung gesprochen, er hat mir erklärt, wie Ihr Wagen verbrannt ist. Er sagte, er hätte Sie gestern Früh informiert.«

»Ja, das stimmt. Er hat mich angerufen.«

»Sie waren bestimmt auch überrascht, nicht wahr, Signor Memmi? Hat man jemals gehört, dass ein Auto mit einem Damenstrumpf in Brand gesteckt wurde, der mit Aceton getränkt war, wie man es zum Entfernen von Nagellack benutzt?«

»Ja, ich ...«

Jetzt war Carlo Memmi sichtlich verlegen, er sah nicht den Commissario an, sondern eine Fliege, die in sein leeres Kaffeetässchen gefallen war.

»Noch fünf Minuten, dann sind wir fertig. Möchten Sie noch einen Kaffee?«

»Lieber nur ein Glas kaltes Wasser.«

Als Montalbano mit einer Flasche und zwei Gläsern zurückkam, stellte er fest, dass Carlo Memmi die Fliege aus der

Tasse gefischt hatte, die jetzt vergeblich auf dem Tisch zappelte, weil ihre Flügel vom Zucker verklebt waren und sie nicht wegfliegen konnte. Als Montalbano Memmis Glas gefüllt hatte, steckte dieser die Fingerspitze hinein und ließ einen Wassertropfen auf die Fliege fallen. Dann hob er den Kopf und sah den Commissario an.

»Hoffentlich löst das Wasser den Zucker auf. Ich kann nicht mal eine Fliege leiden sehen.«

Wie so viele Jäger hatte er enorme Achtung vor allen Geschöpfen dieser Erde.

»Sie haben bestimmt sehr gelitten, als Sie Ihren Pippo töten mussten«, sagte Montalbano leise, den Blick aufs Meer geheftet, das so glitzerte, dass es in den Augen wehtat.

Carlo Memmi reagierte nicht so, wie der Commissario erwartet hatte. Der Mann leugnete nicht, schrie nicht, fing nicht an zu weinen. Er ließ nur einen weiteren Tropfen Wasser auf die Fliege fallen.

»Wissen Sie, warum ich den Salon aufgeben musste?«

»Ja, ich habe es heute Morgen erfahren. Wegen der Eifersucht Ihrer Frau, die jeden Tag schlimmer wurde. Man hat mir gesagt, dass sie Ihnen manchmal in der Öffentlichkeit Szenen machte, sie warf Ihnen vor, Sie hätten Affären mit den weiblichen Angestellten, mit Kundinnen.«

»Wissen Sie, Commissario, ich habe sie nie betrogen, niemals. Ich gab den Salon in der Hoffnung auf, sie würde sich dann weniger quälen. Eine Weile lang ging alles ganz gut, dann hatte sie eine neue Zwangsvorstellung, nämlich dass ich sie betrog, wenn ich zur Jagd im Ausland war. Die Szenen gingen wieder los. Vor drei Wochen fand sie in der Tasche eines Jagdanzugs eine Ansichtskarte aus Tschechien. Sie hat mich nicht darauf angesprochen.«

»Entschuldigen Sie, war die Ansichtskarte von einer Frau?«

»Ach was! Auf der Karte stand nur ›bis bald‹, und unterschrieben war sie mit ›Tatra‹. Mein Freund Jan Tatra, mein Jagdgenosse. Meine Frau war felsenfest davon überzeugt, dass es der Name einer Frau war. Da ging sie eines Nachts mit dem Garagenschlüssel, den ich in meinem Schreibtisch aufbewahre, aus dem Haus, machte die Garage auf und steckte den Wagen in Brand, und zwar mit dem, was sie zur Hand hatte, mit Aceton und einem Seidenstrumpf.«

»Und Sie haben Ihre Frau nicht verdächtigt?«

»Nie! Nicht im Traum hätte ich daran gedacht! Ich hatte Angst, ich war in Panik, weil ich es für eine Warnung der Mafia hielt. Gestern Morgen rief mich dann der Sachverständige an. Da bin ich nachdenklich geworden. Der Geschichte war etwas vorausgegangen. Meine Frau hatte versucht, die Haare einer meiner Angestellten in Brand zu stecken, die sie für eine meiner vielen Geliebten hielt, sie schüttete ihr Aceton auf den Kopf und dann, mit dem Feuerzeug … Jedenfalls hatte ich nach diesem Vorfall die Entscheidung getroffen, alles aufzugeben. Das Schweigen der Angestellten hat mich einen Haufen Geld gekostet. Und gestern fragte ich meine Frau beim Essen, warum sie meinen Wagen angezündet hätte. Sie antwortete nicht, sie schrie und stürzte sich auf mich. Dann lief sie ins Schlafzimmer und kam mit der Ansichtskarte zurück. Ich versuchte ihr zu erklären, wie es wirklich war, aber da war nichts zu wollen. Ich hielt sie an den Handgelenken fest, und sie trat gegen meine Beine. Plötzlich verdrehte sie die Augen und rutschte, von Krämpfen geschüttelt, zu Boden. Ich rief den Arzt, sie wurde nach Montelusa ins Krankenhaus gebracht. Da habe ich noch in derselben Nacht Bobo ins Haus gesperrt und Pippo das Gift gegeben.«

»Warum?«

»Wie bitte? Sie haben alles verstanden, aber den Grund dafür haben Sie nicht verstanden? Wenn Anna in drei oder vier Tagen heimkommt, begreift sie, dass ich mit der Jägerei endgültig Schluss gemacht habe. Ich liebe meine Frau sehr.«

Dann stellte er die Frage, vor deren Antwort er sich fürchtete.

»Was werden Sie jetzt tun, Commissario?«

»Was werden *Sie* jetzt tun, Signor Memmi?«

»Ich? Ich werde heute noch mit Donato Currera sprechen, ich will ihm den Schaden ersetzen und den Schreck wieder gutmachen, den er und seine ganze Familie bekommen haben. Aber das mit Anna werde ich ihm nicht erzählen.«

»Einverstanden«, sagte Montalbano.

Carlo Memmi seufzte erleichtert auf und erhob sich.

»Danke. Ach ja, Sie wollten mir doch die Geschichte von … Wie hießen die beiden noch mal?«

»Arcibaldo und Petronilla. Ich erzähle sie Ihnen ein anderes Mal. Im Augenblick brauchen Sie nur zu wissen, dass Petronilla eine eifersüchtige Ehefrau ist.«

Sie lächelten sich an und schüttelten einander die Hand. Aufgescheucht durch die Bewegung, flog die Fliege davon.

*Being here …*

Als der Mann sein Büro betrat, glaubte Montalbano, er habe eine Halluzination: Der Besucher sah Harry Truman zum Verwechseln ähnlich, dem zweifelsohne verstorbenen früheren Präsidenten der Vereinigten Staaten, so wie der Commissario ihn auf Fotografien und in Berichten aus jener Zeit immer gesehen hatte. Der gleiche Nadelstreifen-Zweireiher, der gleiche helle Hut, die gleiche auffallende Krawatte, das gleiche Brillengestell. Aber wenn man genauer hinsah, gab es zwei Unterschiede. Erstens ging der Mann schon auf die achtzig zu, wenn er sie nicht schon überschritten hatte, sah aber für sein Alter sehr gut aus. Zweitens lachte der frühere Präsident immer, wahrscheinlich auch, als er den Befehl zum Abwurf der Atombombe auf Hiroshima gab, doch dieser Mann lächelte nicht und strahlte überdies eine verhaltene Melancholie aus.

»Verzeihen Sie, wenn ich Sie störe, Signore. Ich heiße Charles Zuck.« Er sprach ein makelloses Italienisch, ohne mundartlichen Akzent. Das heißt, einen Akzent hatte er schon, und zwar einen ziemlich ausgeprägten.

»Sie sind Amerikaner?«, fragte der Commissario und bot ihm den Stuhl vor seinem Schreibtisch an.

»Ich bin amerikanischer Bürger, ja.«

Eine subtile Nuance, die Montalbano ganz richtig so deutete: Ich bin nicht als Amerikaner geboren, ich bin es geworden.

»Sagen Sie mir, womit ich Ihnen helfen kann.«

Der Mann war ihm sympathisch. Er hatte nicht nur diese melancholische Ausstrahlung, sondern wirkte auch verloren, wie ein Fremder.

»Ich bin vor drei Tagen in Vigàta angekommen. Ich wollte einen ganz kurzen Besuch machen. Übermorgen geht mein Flug von Palermo zurück nach Chicago.«

Na und? Bei jemand anderem hätte er schon die Geduld verloren.

»Und wo liegt Ihr Problem?«

»Der Bürgermeister von Vigàta empfängt mich nicht.«

Und was hatte Montalbano damit zu schaffen?

»Nun, Sie sind Ausländer und können, obwohl Sie perfekt Italienisch sprechen, nicht wissen, dass die Polizei nicht dafür zuständig ist ...«

»Ich danke Ihnen für das Kompliment«, sagte Charles Zuck, »aber ich habe in den Vereinigten Staaten jahrzehntelang Italienisch unterrichtet. Ich weiß sehr wohl, dass Sie den Bürgermeister nicht zwingen können, mich zu empfangen. Aber Sie können versuchen, ihn dazu zu bringen.«

Warum hörte er ihm nur so geduldig zu, warum weckte dieser Mann seine Neugier?

»Das kann ich schon«, sagte der Commissario und fügte, weil er den ersten Bürger der Stadt gegenüber einem Fremden entschuldigen wollte, hinzu: »In drei Tagen sind Wahlen. Und unser Bürgermeister kandidiert wieder. Wie dem auch sei, er ist verpflichtet, Sie zu empfangen.«

»Zumal ich Vigatèse bin, vielmehr war.«

»Ah, Sie sind also hier geboren«, wunderte sich Montalbano, aber nicht allzu sehr. Der Mann war schätzungsweise um 1920 geboren, als der Hafenbetrieb noch auf Hochtouren lief und es in Vigàta Fremde wie Sand am Meer gab.

»Ja.«
Charles Zuck machte eine Pause, seine melancholische Ausstrahlung schien dichter und stärker zu werden, sein Blick sprang von einer Wand des Zimmers zur anderen.
»Und hier bin ich gestorben«, sagte er.

Die erste Reaktion des Commissario war nicht Erstaunen, sondern Wut: Wut auf sich selbst, weil er nicht gleich begriffen hatte, dass der Mann ein verrückter armer Kerl war, nicht ganz richtig im Kopf. Er beschloss, einen seiner Leute zu holen, um ihn aus dem Kommissariat zu werfen. Er stand auf.
»Entschuldigen Sie mich einen Augenblick.«
»Ich bin nicht verrückt«, sagte der Amerikaner.
Natürlich: Verrückte behaupteten, sie seien geistig gesund, Lebenslängliche schworen, sie seien unschuldig wie Jesus.
»Es ist nicht nötig, jemanden zu holen«, sagte Zuck und erhob sich ebenfalls. »Und bitte verzeihen Sie, dass ich Ihre Zeit so lange in Anspruch genommen habe. *Buongiorno.*«
Er ging an ihm vorbei Richtung Tür. Montalbano empfand Mitleid, jetzt war dem alten Mann jedes seiner achtzig Jahre anzusehen. Er konnte einen so alten Menschen nicht einfach gehen lassen, der vielleicht nicht verrückt, aber jedenfalls vertrottelt und ein Fremder war: Möglicherweise würde er die eine oder andere üble Begegnung haben.
»Setzen Sie sich wieder.«
Charles Zuck gehorchte.
»Haben Sie einen Ausweis dabei?«
Wortlos reichte er Montalbano seinen Pass.
Kein Zweifel: Er hieß so, wie er gesagt hatte, und war am sechsten September 1920 in Vigàta geboren. Der Commissario gab ihm den Pass zurück. Sie sahen sich an.

»Warum sagen Sie, Sie seien gestorben?«
»Nicht ich sage das. Es steht geschrieben.«
»Wo?«
»Auf dem Denkmal für die Gefallenen.«
Das Gefallenendenkmal, das an der Hauptstraße Vigàtas auf einer Piazza stand, stellte einen Soldaten dar, der mit erhobenem Dolch eine Frau mit einem Kind auf dem Arm verteidigte. Der Commissario war schon manchmal stehen geblieben, um es anzusehen, weil es seiner Meinung nach eine gute Skulptur war. Sie stand auf einem rechteckigen Sockel, und an dessen Vorderseite war eine Gedenktafel mit den Namen der Toten des Krieges von 1914 – 18 eingelassen, denen das Denkmal ursprünglich gewidmet war. 1938 war dann auf der rechten Seite eine zweite Gedenktafel mit der Namenliste derer erschienen, die in den Kriegen in Abessinien und Spanien ihr Leben gelassen hatten. Sechsundvierzig war auf der linken Seite eine dritte Gedenktafel mit der Liste der Toten des Krieges von 1940 – 45 hinzugekommen. Die vierte und letzte Seite war momentan leer.
Montalbano strengte sein Gedächtnis an.
»Ich kann mich nicht erinnern, Ihren Namen gelesen zu haben«, sagte er schließlich.
»Charles Zuck steht in der Tat nicht darauf. Aber Carlo Zuccotti, und das bin ich.«

Der alte Mann verstand die Dinge in Kürze, klar und der Reihe nach zu erzählen. Er brauchte für die Zusammenfassung seiner siebenundsiebzig Lebensjahre knapp zehn Minuten. Sein Vater Evaristo, so berichtete er, stammte aus Mailand und hatte, noch sehr jung, ein Mädchen aus Lecco, Annarita Vismara, geheiratet. Kurz nach der Hochzeit wurde Evaristo, der Eisenbahner war, nach Vigàta versetzt, das damals immerhin drei Bahnhöfe hatte, von denen sich einer, der dem Warenverkehr vorbehalten war, direkt an einem der Tore in der Hafenmauer befand. So kam es, dass Carlo, einziges Kind der Eheleute, in Vigàta geboren wurde. In Vigàta verbrachte Carlo zwölf Jahre seines Lebens; er besuchte zuerst die dortige Grundschule und später das Gymnasium in Montelusa, das er mit dem Bus erreichte. Dann wurde sein Vater befördert und nach Orte versetzt. Als Carlo dort das Gymnasium abgeschlossen hatte, schrieb er sich in Florenz, wohin sein Vater inzwischen versetzt worden war, an der Universität ein. Ein Jahr vor seiner Promotion starb seine Mutter, Signora Annarita.

»Was haben Sie denn studiert?«, fragte Montalbano. Was ihm der Mann erzählte, genügte ihm nicht, er wollte mehr von ihm wissen.

»Italienisch. Ich habe bei Giuseppe De Robertis studiert, promoviert habe ich über *Le Grazie* von Foscolo.«

Hut ab, dachte der Commissario, der ein großer Freund der Literatur war.

Mittlerweile war der Krieg ausgebrochen. Carlo wurde einberufen und nach Nordafrika in den Kampf geschickt. Nach sechs Monaten an der Front erfuhr er aus einem Brief des Eisenbahnbezirks Florenz, dass sein Vater in einem Maschinengewehrfeuer umgekommen war. Jetzt war er wirklich allein auf der Welt, von den Verwandten seiner Eltern wusste er nicht einmal die Namen. Die Amerikaner nahmen ihn gefangen, und er kam in ein Lager nach Texas. Er sprach gut Englisch, und das half ihm sehr, so sehr, dass er eine Art Dolmetscher wurde. Auf diese Weise lernte er Evelyn kennen, die Tochter des Lagerverwalters. Als er nach Kriegsende freigelassen wurde, heiratete er sie. 1947 ließ er sich aus Florenz die Bescheinigung für seine Promotion schicken. In den Vereinigten Staaten wurde sie nicht anerkannt, doch er begann ein neues Studium und qualifizierte sich für den Lehrberuf. Er erhielt die amerikanische Staatsbürgerschaft und änderte seinen Namen von Zuccotti in Zuck um, wie ihn die Amerikaner sowieso kurzweg nannten.

»Warum wollten Sie herkommen?«

»Das ist schwer zu beantworten«, sagte der alte Mann.

Einen Augenblick schien es, als habe er sich im Labyrinth seiner Erinnerungen verirrt. Der Commissario schwieg und wartete.

»Das Leben von alten Menschen wie mir, Commissario, besteht irgendwann nur noch aus einer Liste: der Liste der Toten. Es werden mit der Zeit so viele, dass man glaubt, man sei allein in einer Wüste. Also versucht man verzweifelt, sich zurechtzufinden, aber das gelingt einem nicht immer.«

»Lebt Signora Evelyn denn nicht mehr?«

»Wir hatten ein Kind, James. Ein einziges. Anscheinend ist meine Familie eine Familie der Einzelkinder. Er ist in Vietnam gefallen. Meine Frau ist nie darüber hinweggekommen. Sie ist unserem Sohn vor acht Jahren gefolgt.«

Auch diesmal sagte Montalbano nichts.

Da lächelte der alte Lehrer. Ein Lächeln, dass es Montalbano vorkam, als habe sich der Himmel verdunkelt und eine Hand sein Herz gepackt.

»Was für eine schlimme Geschichte, Commissario. Ich meine schlimm im literarischen Sinne, halbwegs zwischen dem pathetischen Drama à la Giacometti, dem vom bürgerlichen Tod, und gewissen Situationen bei Pirandello. Sie fragen, warum ich herkommen wollte. Ich musste einfach.

Alles in allem habe ich hier die beste Zeit meines Lebens verbracht, die beste Zeit, ja, und nur weil ich den Schmerz noch nicht kannte. Das ist nicht wenig, wissen Sie. In Chicago war ich so einsam, dass Vigàta wie ein Stern zu leuchten begann. Doch sobald ich die Stadt betrat, verflog die Illusion. Sie war eine Fata Morgana. Von meinen alten Schulkameraden ist keiner mehr da, nicht einmal das Haus, in dem ich lebte, existiert noch, da steht jetzt ein zehnstöckiges Hochhaus. Und von den drei Bahnhöfen ist nur einer übrig geblieben, und der ist praktisch ohne Verkehr. Dann habe ich entdeckt, dass ich auf der Gedenktafel für die Gefallenen stehe. Ich bin ins Einwohnermeldeamt gegangen. Die Kommandantur hatte eindeutig einen Fehler gemacht. Man hat mich für tot erklärt.«

»Entschuldigen Sie die Frage, aber was haben Sie empfunden, als Sie Ihren Namen lasen?«

Der alte Mann dachte eine Weile nach.

»Schmerzliches Bedauern«, sagte er dann leise.

»Warum?«

»Weil es nicht so gekommen ist, wie es auf der Gedenktafel steht. Ich musste leben.«

»Professore, ich kümmere mich darum, dass Sie spätestens morgen mit dem Bürgermeister sprechen können. Wo wohnen Sie?«

»Im Hotel dei Tre Pini. Es liegt außerhalb von Vigàta, ich muss immer ein Taxi nehmen, um in die Stadt und zurück zu kommen. Wo wir schon dabei sind, würden Sie mir eines rufen?«

Am Nachmittag gelang es dem Commissario nicht mehr, mit dem Bürgermeister zu sprechen, der erst an einer Versammlung teilnehmen musste und dann mit einem Rund-

gang von Haus zu Haus beschäftigt war. Montalbano wurde erst am nächsten Morgen empfangen. Er erzählte dem Bürgermeister die Geschichte von Carlo Zuccotti, dem lebenden Toten. Als er fertig war, brach der Bürgermeister in ein solches Gelächter aus, dass ihm die Tränen kamen.
»Sehen Sie, Commissario, unser Beinahe-Mitbürger Pirandello brauchte gar nicht viel Fantasie, um sich was einfallen zu lassen! Er musste bloß niederschreiben, was hier bei uns wirklich passiert!«
Da Montalbano ihm schlecht eine knallen konnte, beschloss er, ihm seine Stimme nicht zu geben.
»Und Sie, Commissario, haben Sie eine Ahnung, was er von mir will?«
»Na ja, wahrscheinlich die Gedenktafel abändern lassen.«
»*O Cristo!*«, rief der Bürgermeister unmutig aus, »das käme ganz schön teuer!«

»Professore? Hier ist Commissario Montalbano. Der Bürgermeister empfängt Sie heute Nachmittag um siebzehn Uhr im Rathaus. Passt Ihnen das? Dann können Sie morgen nach Chicago fliegen.«
Tiefes Schweigen am anderen Ende der Leitung.
»Professore, haben Sie mich gehört?«
»Ja. Aber letzte Nacht ...«
»Letzte Nacht?«
»Ich war die ganze Zeit wach und musste immerzu an diese Tafel denken. Sie sind sehr liebenswürdig, und ich danke Ihnen, aber ich habe eine Entscheidung getroffen. Ich glaube, es ist das Beste.«
»Was denn?«
»*Being here ...*«
Er legte auf, ohne sich zu verabschieden.

*Being here:* Wo ich schon mal hier bin.
Montalbano sprang von seinem Stuhl auf, lief im Flur Catarella über den Weg, stieß ihn rabiat weg, stieg hastig in sein Auto, die zwei Kilometer, die zwischen Vigàta und dem Hotel lagen, kamen ihm vor wie hundert, und stürmte in die Hotelhalle.
»Professore Zuccotti?«
»Hier gibt es keinen Zuccotti.«
»Charles Zuck, du Arsch.«
»Hundertfünfzehn, erste Etage«, stammelte der Portier irritiert.
Der Fahrstuhl war besetzt, Montalbano nahm immer zwei Stufen auf einmal. Atemlos kam er an und klopfte.
»Professore? Machen Sie auf! Ich bin Commissario Montalbano.«
»Einen Augenblick«, sagte die ruhige Stimme des Alten.
Dann krachte innen ein gewaltiger, ohrenbetäubender Schuss.
Und Salvo Montalbano wusste, dass der Bürgermeister von Vigàta sich mit den Kosten für die Korrektur der Gedenktafel nicht würde belasten müssen.

## *Der Vertrag*

Ganz in Schwarz, mit hohen Absätzen, einem altmodischen Hütchen, Handtäschchen aus Glanzleder am rechten Arm, ging die Dame (denn man sah gleich, dass sie eine Dame war, eine Dame alten Stils) mit kleinen, aber entschlossenen Schritten am Straßenrand entlang, den Blick auf den Boden gerichtet, unbekümmert um die wenigen Autos, die sie fast streiften.

Selbst am Tage hätte diese Frau wegen ihrer Vornehmheit und Eleganz wie aus anderen Zeiten die Aufmerksamkeit von Commissario Montalbano auf sich gezogen: und dann erst nachts um halb drei auf einer Straße außerhalb der Stadt! Montalbano war nach einem langen Arbeitstag im Kommissariat auf dem Heimweg nach Marinella, er war müde, aber er fuhr langsam, durch die offenen Fenster wehten die Gerüche einer Nacht im Mai herein, Wolken von Jasminduft aus den Gärten der Villen rechter Hand, in Schwaden der Salzgeruch vom Meer auf der Linken. Er fuhr eine Weile hinter der Signora her, dann hielt er auf ihrer Höhe, beugte sich über den Beifahrersitz und fragte:

»Kann ich etwas für Sie tun, Signora?«

Die Frau hob nicht mal den Kopf, sie zeigte nicht die geringste Regung und ging weiter.

Der Commissario schaltete das Fernlicht an, parkte den Wagen, stieg aus und stellte sich ihr in den Weg. Erst da entschied sich die Signora, die gar keine Angst hatte, ihn anzuschauen. Im Licht der Scheinwerfer sah Montalbano, dass sie sehr alt war, aber ihre Augen waren von einem tiefen, fast phosphoreszierenden Blau, sie hatten ihre Jugendlichkeit bewahrt und passten nicht zu ihrem übrigen Gesicht. Sie trug kostbare Ohrringe und um den Hals eine wunderschöne Perlenkette.

»Ich bin Commissario Montalbano«, sagte er, um sie zu beruhigen, obwohl die Frau nicht das geringste Anzeichen von Nervosität zeigte.

»Angenehm. Ich bin Signorina Angela Clemenza. Sie wünschen?« Mit Nachdruck hatte sie *Signorina* gesagt. Da platzte der Commissario.

»Ich wünsche gar nichts. Finden Sie es normal, so behängt mitten in der Nacht allein durch die Gegend zu laufen? Sie haben Glück, dass man Sie noch nicht ausgeraubt und in den Straßengraben geworfen hat. Steigen Sie ein, ich bringe Sie nach Hause.«

»Ich habe keine Angst. Und ich bin nicht müde.«

Das stimmte, ihr Atem ging regelmäßig, auf ihrem Gesicht war keine Spur von Schweiß; nur den Schuhen, die weiß waren vom Staub, war es anzusehen, dass die Signorina schon eine weite Strecke zu Fuß zurückgelegt hatte.

Montalbano nahm sie behutsam mit zwei Fingern am Arm und schob sie Richtung Auto.

Angela Clemenza sah ihn noch mal kurz an, das Blau ihrer Augen war mit Violett gemischt, sie war sichtlich wütend, sagte aber nichts und stieg ein.

Als sie im Wagen saß, legte sie ihre Handtasche auf die Knie und massierte sich leicht den rechten Unterarm. Der Commissario sah, dass die Handtasche ziemlich dick war, sie war sicher schwer.

»Wo soll ich Sie hinbringen?«

»Contrada Gelso. Ich sage Ihnen, wie Sie fahren müssen.«
Der Commissario seufzte erleichtert, Contrada Gelso war nicht weit, inseleinwärts, wenige Kilometer von Marinella entfernt. Er hätte die Signorina gern gefragt, wie sie dazu kam, nachts allein zu Fuß nach Hause zu gehen, aber ihre Zurückhaltung und Gesetztheit schüchterten ihn ein.
Signorina Clemenza ihrerseits sprach kein Wort, außer wenn sie ihn knapp anwies, welchen Weg sie einzuschlagen hatten. Nachdem sie ein großes schmiedeeisernes Tor passiert hatten und eine perfekt in Ordnung gehaltene Auffahrt entlanggefahren waren, hielt Montalbano auf dem Platz vor einer frisch verputzten, schmucken dreistöckigen Villa aus dem neunzehnten Jahrhundert, Tür und Fensterläden schienen erst kürzlich grün gestrichen worden zu sein. Sie stiegen aus.
»Sie sind sehr liebenswürdig. Danke«, sagte die Signorina und reichte ihm die Hand. Montalbano beugte sich zu seiner eigenen Überraschung hinunter und küsste ihr die Hand. Signorina Clemenza kehrte ihm den Rücken zu, kramte in ihrer Handtasche, zog einen Schlüssel heraus, schloss die Tür auf, trat ein und machte hinter sich zu.

Es war noch nicht sieben Uhr morgens, als Montalbano von einem Anruf seines Vice Mimì Augello geweckt wurde.
»Entschuldige, Salvo, wenn ich so früh anrufe, aber es ist ein Mord passiert. Ich bin schon an Ort und Stelle. Ich hab dir einen Wagen geschickt.«
Er hatte gerade noch Zeit, sich zu rasieren, als der Wagen auch schon kam.
»Weißt du denn, wer umgebracht wurde?«
»Ein pensionierter Professor, er heißt Corrado Militello«, sagte der Fahrer. »Er wohnt jenseits vom alten Bahnhof.«

Das Haus des verstorbenen Professore Militello stand zwar jenseits des alten Bahnhofs, aber schon weit draußen auf dem Land. Noch bevor Montalbano über die Schwelle trat, wurde er von Mimì Augello informiert, der an diesem Morgen anscheinend unbedingt Klassenprimus sein wollte.
»Der Professore war schon über achtzig. Er lebte allein, er hat nie geheiratet. Seit etwa zehn Jahren hat er das Haus nicht mehr verlassen. Jeden Morgen kam eine Haushälterin, seit dreißig Jahren dieselbe, sie war es, die ihn tot gefunden und uns angerufen hat. Das Haus sieht so aus: Im oberen Stock sind zwei große Schlafzimmer, zwei Bäder und ein kleines Zimmer. Im Erdgeschoss ein Salon, ein kleines Esszimmer, eine Toilette und ein Arbeitszimmer. Und dort wurde er umgebracht. Pasquano ist schon am Werk.«
In der Diele saß die Haushälterin auf einer Stuhlkante, weinte still und bewegte dabei ihren Oberkörper vor und zurück. Professor Corrado Militellos Leiche lag rücklings auf dem Schreibtisch im Arbeitszimmer. Dottor Pasquano, der Gerichtsmediziner, untersuchte sie gerade.
»Der Mörder«, sagte Mimì Augello, »wollte den Professore sadistisch erschrecken, bevor er ihn umbrachte. Da, schau: Er hat auf den Kronleuchter geschossen, auf das Bücherregal, auf dieses Bild, ich glaube, das ist eine Reproduktion von Velásquez' *Kuss* …«
»Hayez«, korrigierte Montalbano müde.
»… auf das Fenster, und den letzten Schuss hat er für ihn aufgespart. Ein Revolver, es sind keine Hülsen da.«
»Jetzt lassen Sie doch das Schüssezählen«, mischte sich Dottor Pasquano ein. »Es waren fünf, in Ordnung, aber er hat auch auf die bronzene Wagner-Büste geschossen, die Kugel ist abgeprallt und hat den Professore mitten in die Stirn getroffen und damit getötet.«

Augello entgegnete nichts.
Im Kamin lag ein Berg von Papierasche. Montalbano wurde neugierig und warf seinem Vice einen fragenden Blick zu.
»Die Haushälterin hat gesagt, er hätte seit zwei Tagen Briefe und Fotos verbrannt«, antwortete Augello. »Er hatte sie in dieser Truhe aufbewahrt, die ist jetzt leer.«
Offenbar hatte Mimì Augello einen jener Tage, an denen er, wenn er einmal angefangen hatte zu reden, durch nichts mehr zu bremsen war.
»Das Opfer hat seinem Mörder die Tür geöffnet, es gibt keine Aufbruchspuren. Es kannte ihn mit Sicherheit, es vertraute ihm. Jemand, der hier ein und aus ging. Weißt du was, Salvo? Irgendwo kommt bestimmt ein kleiner Neffe zum Vorschein, der zu lang auf die Erbschaft warten musste und die Geduld verloren hat, er war einfach genervt. Der Alte war reich, Häuser, Baugrund …«
Montalbano hörte gar nicht zu, er hing Erinnerungen an englische Kriminalfilme nach. So kam es, dass er etwas machte, was er in einem dieser Filme mal gesehen hatte: Er beugte sich zum Kamin hinunter, langte mit der Hand in die Asche und tastete darin herum. Er hatte Glück, er bekam ein kleines Viereck aus festem, steifem Papier in die Finger. Es war der briefmarkengroße Schnipsel einer Fotografie. Er sah ihn an und war wie elektrisiert. Ein halbes Frauengesicht, aber wie sollten diese Augen nicht wiederzuerkennen sein?
»Hast du was gefunden?«, fragte Augello.
»Nein«, sagte Montalbano. »Mimì, kümmere du dich um alles, ich habe zu tun. Einen schönen Gruß an den Richter, wenn er kommt.«

»Bitte, setzen Sie sich«, sagte Signorina Angela Clemenza, die sich wirklich freute, ihn wiederzusehen. »Kommen Sie, wir gehen rüber, seit dem Tod meines Bruders, des Generals, ist das Haus zu groß für mich. Ich habe nur diese drei Zimmer im Erdgeschoss für mich behalten, so spare ich mir das Treppensteigen.«

Es war halb zehn Uhr morgens, aber die Signorina war wie aus dem Ei gepellt, im Vergleich zu ihr kam sich der Commissario schmutzig und ungepflegt vor.

»Möchten Sie einen Kaffee?«

»Machen Sie sich keine Umstände. Ich muss Ihnen nur ein paar Fragen stellen. Kennen Sie Professor Corrado Militello?«

»Seit 1935, Commissario. Ich war damals siebzehn, er ein Jahr älter.«

Montalbano musterte sie: nichts, keine Gefühlsregung, die Augen ein spiegelglatter Gebirgssee.

»Es tut mir sehr Leid, glauben Sie mir, aber ich muss Ihnen eine traurige Mitteilung machen.«

»Aber ich weiß es schon, Commissario! Ich habe ihn ja erschossen!«

Montalbano verlor den Boden unter den Füßen, genauso hatte er sich beim Erdbeben von Belice gefühlt. Er plumpste auf einen Stuhl, der glücklicherweise hinter ihm stand. Auch Signorina Clemenza setzte sich, sehr gefasst.

»Warum?«, brachte der Commissario heraus.

»Das ist eine uralte Geschichte, sie wird Sie langweilen.«

»Garantiert nicht.«

»Nun, in der zweiten Hälfte des neunzehnten Jahrhunderts begannen aus Gründen, die ich nicht weiß und auch nie wissen wollte, meine Familie und Corrados Familie, sich zu hassen. Es gab Tote, Duelle, Verletzte. Capulet und Montague, erinnern Sie sich? Und wir beide verliebten uns ineinander, anstatt uns zu hassen. Eben Romeo und Julia. Unsere Familien, seine und meine diesmal vereint, trennten uns, mich steckten sie ins Kloster, er kam ins Internat. Meine Mutter ließ mich auf dem Sterbebett schwören, dass ich Corrado niemals heiraten würde. Ich aber sagte mir: ihn oder keinen. Corrado tat dasselbe. Jahrelang schrieben wir uns, wir telefonierten, richteten es ein, dass wir uns treffen konnten. Als von unseren Familien nur noch wir beide übrig waren, war ich bereits zweiundsechzig und er dreiundsechzig. Wir waren uns einig, dass eine Heirat in diesem Alter lächerlich gewesen wäre.«

»Ja, schon, aber warum …?«

»Vor einem halben Jahr rief er mich an, wir sprachen sehr lange. Er sagte, er schaffe es nicht mehr, allein zu leben. Er wolle eine Witwe heiraten, eine entfernte Verwandte. Wie bitte, fragte ich, mit sechzig findest du das lächerlich und mit achtzig nicht?«

»Ich verstehe. Deshalb haben Sie also …«

»Sie scherzen! Von mir aus hätte er hundertmal heiraten können! Aber er hat mich am nächsten Tag noch mal angerufen. Er sagte, er habe kein Auge zugetan. Er gestand mir, er habe mich angelogen, er wolle nicht aus Angst vor der Einsamkeit heiraten, sondern weil er sich in diese Frau wirklich verliebt habe. Sie werden verstehen, das war natürlich etwas anderes.«

»Aber warum?!«

»Weil wir eine Verpflichtung eingegangen waren, einen Vertrag geschlossen hatten.«

Sie stand auf, öffnete die Handtasche, die sie auch am vorigen Abend dabeigehabt hatte und die auf einem kleinen Tisch lag, zog einen vergilbten Zettel heraus und reichte ihn dem Commissario.

Wir, Angela Clemenza und Corrado Militello, schwören vor Gott wie folgt: Wer von uns beiden sich in eine dritte Person verliebt, bezahlt die Untreue mit dem Leben. Gelesen und unterschrieben:
Angela Clemenza und Corrado Militello
Vigàta, am 10. Januar 1936

»Haben Sie gelesen? Alles ordnungsgemäß, nicht wahr?«
»Das hatte er bestimmt vergessen!«, rief Montalbano. Er schrie fast.
»Ich aber nicht«, sagte die Signorina, und die Farbe ihrer Augen changierte zu einem gefährlichen Violett. »Und gestern Früh rief ich ihn an, um sicherzugehen. ›Was machst du?‹, fragte ich ihn. ›Ich verbrenne deine Briefe‹, antwortete er. Da habe ich den Vertrag noch mal gelesen.«
Montalbano spürte, wie ein eiserner Ring sich immer fester um seine Stirn zuzog, er schwitzte.
»Haben Sie die Waffe weggeworfen?«
»Nein.«
Sie machte ihre Handtasche auf und holte eine riesige Smith & Wesson heraus, die bestimmt hundert Jahre alt war. Sie reichte sie Montalbano.
»Es war ganz schön schwer, ihn zu treffen, wissen Sie. Ich hatte nie zuvor geschossen. Armer Corrado, er ist so erschrocken!«
Was sollte er jetzt tun? Aufstehen und sie für verhaftet erklären?
Unentschlossen betrachtete er den Revolver.
»Gefällt er Ihnen?«, fragte Signorina Angela Clemenza lächelnd. »Ich schenke ihn Ihnen. Ich brauche ihn ja nicht mehr.«

## *Die Geschichte von Aulus Gellius*

Die Heizung von Montalbanos Auto hatte spontan beschlossen, in Streik zu treten, und dabei niederträchtigerweise die Tatsache ausgenutzt, dass ein Nordwind aus Skandinavien wehte. Der kalte Wind zog durch sämtliche Ritzen herein, und dem Commissario wurde es eiskalt, trotz der Wärme des Motors und der verhassten Lederjacke, die er angezogen hatte. Er kam soeben von einer nicht gerade herzlichen Unterredung mit dem neuen Questore von Montelusa, seine Nerven waren angesichts des Wetters sehr geschwächt, und so hatte er, im Versuch, seine Laune zu heben, beschlossen, eine Osteria an der Straße nach Fiacca auszuprobieren, die ihm ein Freund ein paar Tage zuvor empfohlen hatte. Der Freund hatte auch gesagt, es gebe nach etwa fünfzehn Kilometern ein Hinweisschild; als Montalbano nach siebzehn Kilometern immer noch nichts gesehen hatte, verging ihm plötzlich die Lust, es auf gut Glück weiterzuversuchen. Und falls zu der Unterredung mit dem Questore zu einem solchen Abend noch ein schlechtes Essen hinzukäme? Wie würde er die Nacht verbringen? Sich im Bett wälzen, ohne ein Auge zutun zu können, von Missmut gequält? Er setzte gerade zu einer Kehrtwendung an, als er im schwachen Scheinwerferlicht (»wenn an diesem Scheißauto auch nur irgendwas funktionieren würde!«) das Hinweisschild sah. Es bestand aus einem Brett, das schief an einen Pfosten genagelt war und auf dem von Hand hingepinselt stand: *Da Filippo che si mancia bene* – bei Filippo isst man gut. Er bog in den Feldweg ein, der nach etwa hundert Metern an einem freien Platz vor einem abgeschiedenen einstöckigen Häuschen endete. Kein Licht drang durch die Tür und die verriegelten Fenster. Wahrscheinlich war Ruhetag, und die Fahrerei war ganz umsonst gewesen. Er öffnete die Autotür, und sofort packte ihn der Wind und zugleich das Tosen des stürmischen Meeres, das nur etwa dreißig Meter unterhalb des Platzes lag. Er stieg aus, rannte zum Haus, drehte den Türknauf, und die Tür öffnete sich. Montalbano trat ein und machte hinter sich gleich wieder zu. Ein Raum mit fünf kleinen Tischen, kein Gast. Filippo – denn das war er wohl – saß an einem Tisch und sah fern.

»Gibt es etwas zu essen?«, fragte der Commissario unsicher.

Filippo rührte sich nicht, er wandte den Blick nicht vom Fernseher und brummte nur:

»Setzen Sie sich, wohin Sie wollen.«

Montalbano zog seine Jacke aus und entschied sich für den Tisch, der dem kleinen Holzofen am nächsten stand. Der Mann war von dem Film ganz gebannt, und so stand der Commissario nach fünf Minuten auf, ging an die Kredenz, nahm sich einen Brotkorb und eine Flasche Wein und kehrte an seinen Platz zurück. Schließlich erschienen nach weiteren zehn Minuten die Worte »Ende des ersten Teils«, und Filippo verwandelte sich von einer Statue wieder in ein lebendiges Wesen. Er trat an den Tisch und fragte:

»*Che voli mangiari?* Was wollen Sie essen?«

»Ich habe gehört, dass Ihre *polipi alla napoletana* ausgezeichnet sind.«

»Ganz recht.«

»Ich möchte sie probieren.«
»Probieren oder essen?«
»Essen. Tun Sie *passuluna di Gaeta* rein?«
Schwarze Oliven aus Gaeta sind für *polipi alla napoletana* unentbehrlich.
Filippo sah ihn auf diese Frage hin verächtlich an.
»Natürlich. Und *chiapparina* kommen auch rein.«
Oje! Das war allerdings eine Neuheit, die sich als schädlich erweisen konnte: Noch nie hatte er von Kapern in *polipi alla napoletana* gehört.
»*Chiapparina di Pantelleria*«, präzisierte Filippo.
Montalbanos Zweifel lösten sich halb auf: Kapern aus Pantelleria, säuerlich und sehr schmackhaft, passten vielleicht wirklich dazu oder würden schlimmstenfalls keinen Schaden anrichten.
Bevor er sich in die Küche aufmachte, sah Filippo dem Commissario in die Augen, und dieser nahm den Fehdehandschuh auf. Zwischen ihm und Filippo, das war klar, hatte ein Duell begonnen. Jemand, der vom Kochen nichts versteht, wundert sich vielleicht: Was braucht man denn, um zwei *polipi alla napoletana* zuzubereiten? Knoblauch, Öl, Tomaten, Salz, Pfeffer, Pinienkerne, schwarze Oliven aus Gaeta, Sultaninen, Petersilie und geröstete Brotscheiben: So einfach ist das. Schon, aber das Mengenverhältnis? Und das Gefühl, das einen leiten muss, damit eine bestimmte Menge Salz mit der exakten Dosis Knoblauch übereinstimmt?
Der polemische Disput in der Fantasie des Commissario wurde gewaltsam unterbrochen, weil die Tür aufgerissen wurde und an die Wand krachte.
Der Wind, dachte Montalbano, aber er kam nicht dazu, aufzustehen und sie wieder zu schließen.

Zwei Männer traten ein, die Gesichter unter Mützen mit Augenschlitzen verborgen, Pistolen in der Hand.
»Was ist los?«, fragte Filippo, der mit einem Nudelholz aus der Küche kam.
»Keiner rührt sich!«, rief einer der beiden, ein kleiner, zierlicher Mann. Sein Kumpan hingegen war ein Koloss.
Zwei arme Schlucker auf der Suche nach ein paar Tausend Lire, dachte Montalbano.
Aber so einfach war die Sache vielleicht doch nicht, denn der kleine Mann sah den Commissario an und sagte:
»Dich hab ich gesucht, jetzt hab ich dich endlich.«
Anscheinend waren sie ihm gefolgt, und sie hatten begriffen, dass dies der ideale Ort war, um zu tun, was sie vorhatten zu tun. Und was sie vorhatten, bedeutete aller Wahrscheinlichkeit nach Montalbanos Ende. Es heißt, kurz vor dem Tod sehe man sein vergangenes Leben schnell an sich vorüberziehen und habe den einen oder anderen Gedanken nicht irdischer Natur. Alles, was Montalbano in den Sinn kam, war:
Die bringen mich jetzt um, adieu *polipetti*.
Während der kleine Mann langsam auf ihn zuging, er hatte ja alle Zeit der Welt, starrte sein Freund, der Koloss, Montalbano unentwegt an: Dem Commissario war dieser Blick unangenehmer als die Mündung der Pistole, die auf ihn gerichtet war. Der kleine Mann war an Montalbanos Tisch angekommen.
»Wenn du beten willst, dann tu das«, sagte er.
Und da geschah das Unglaubliche. Mit raschen, lautlosen Bewegungen legte der Koloss seine Pistole von der rechten in die linke Hand, nahm dem versteinerten Filippo das Nudelholz weg, trat hinter seinen Freund, der den Commissario gerade erschießen wollte, und zog ihm mit aller Kraft

das Nudelholz über den Kopf. Der Mann ließ die Waffe fallen und brach bewusstlos zusammen.
Dann sagte der Koloss zu Montalbano:
»Halten Sie still, damit ich das nicht verpatze.«
Er zielte sorgfältig und schoss. Die Kugel blieb, wenige Zentimeter vom Kopf des Commissario entfernt, in der Wand stecken. Filippo schrie auf. Der Koloss schien ihn nicht gehört zu haben, er drehte sich um und feuerte noch einen Schuss auf die Wand hinter sich ab.
Filippo fiel auf die Knie und begann, von Krämpfen geschüttelt, laut zu beten.
»Alles klar?«, fragte der Koloss Montalbano.
Er hatte eine Schießerei inszeniert.
»Vollkommen.«
Da hob der Koloss die Pistole vom Boden auf, steckte sie in die Hosentasche, packte seinen ohnmächtigen Freund am Kragen, schleifte ihn hinter sich her, öffnete die Tür und ging hinaus.
Montalbano sprang vom Stuhl auf, rannte zu Filippo, der wie ein Irrer die Augen verdrehte, und gab ihm eine Ohrfeige.
»Los, die *polipetti* brennen an!«

Filippo kochte, obwohl er so erschrocken gewesen war, einfach göttlich, und Montalbano schleckte sich die Finger ab. Er zahlte – die Rechnung war ein Witz (er musste darauf bestehen, sie zu bezahlen, denn Filippo wollte überhaupt kein Geld, der Gast sollte nur so schnell wie möglich verschwinden) –, stieg ins Auto und machte sich auf den Weg nach Hause, nach Marinella. Während der Fahrt dachte er über das Geschehene nach. Es war klar, dass ihm der Koloss das Leben hatte retten wollen; nachdem er von seinem ursprünglichen Vorhaben abgekommen war, hatte er seinen Komplizen niedergeschlagen und sich einen Plan zurechtgebastelt, um selbst aus dem Schneider zu sein. Er würde sagen, Filippo habe seinem Kumpel einen Schlag auf den Kopf versetzt, er selbst habe daraufhin auf Montalbano geschossen, dieser habe ebenfalls gefeuert, und dann habe er fliehen können, den ohnmächtigen Freund mutig im Schlepptau. Doch die wichtigste Frage war und blieb: Warum hatte er beschlossen, den Commissario zu retten und damit sein eigenes Leben aufs Spiel zu setzen, wenn seine *capi*, die ihn geschickt hatten, ihm seine Version der Geschichte nicht glaubten?

Der Commissario kaufte sich jeden Sonntag eine Wirtschaftszeitung, die er gleich in den Müll warf, weil er von diesen Dingen nichts verstand. Doch er behielt die Kulturbeilage, die gut gemacht war und die er vor dem Einschlafen im Bett zu lesen pflegte.

An diesem Abend, als seine Augen vor Müdigkeit schon ganz schwer waren und er überlegte, ob er das Licht löschen und gemütlich schlafen sollte, fiel sein Blick auf einen langen, mühsam zu lesenden Artikel über Aulus Gellius; kürzlich war eine Auswahl von Texten aus dessen *Noctes atticae* erschienen. Der Autor schrieb, Aulus Gellius, der im zweiten Jahrhundert nach Christus gelebt hatte, habe dieses umfangreiche Werk verfasst, um sich in langen Winternächten in seinem Landhaus in Attika die Zeit zu vertreiben, und schloss den Artikel mit folgendem Urteil: Aulus Gellius schreibe elegant über völlig überflüssige Dinge. Er sei den Menschen nur wegen einer kleinen Geschichte, die er erzählt habe, in Erinnerung geblieben, der Geschichte von Androclus und dem Löwen.

Da machte der Commissario seine Augen nicht zu, sondern auf, und zwar sperrangelweit. Androclus und der Löwe! Konnte es nicht sein, dass die Erklärung für den Vorfall, der sich vier Tage zuvor in Filippos Osteria ereignet hatte, eine moderne und wahre Version der von Aulus Gellius beschriebenen Legende war? Da erzählt der römische Schriftsteller, dass Androclus, ein römischer Sklave aus Afrika, seinem Herrn, der ihn peinigte, weglief und sich in einer Höhle versteckte, in der ein kranker Löwe war. Anstatt ihn nicht weiter zu stören und sich eine wohnlichere Höhle zu suchen, blieb Androclus da und pflegte den Löwen, der sich einen großen Dorn in eine Pranke getreten hatte und an einer Infektion litt. Als der Löwe wieder gesund war, lief er fort. Androclus konvertierte, nachdem er viel erlebt hatte, zum christlichen Glauben und kam nach Rom. Als er, weil er Christ war, verhaftet und dazu verurteilt wurde, von Löwen zerfleischt zu werden, schlug Androclus ein Kreuz und betrat die Arena. Sofort sprang ein Löwe, der größer war als die anderen, mit aufgerissenem Maul auf ihn zu, doch dann kauerte er sich zum großen Erstaunen der Zuschauer hin und leckte dem Christen die Hände. Es war der Löwe, den Androclus in Afrika gepflegt hatte. Natürlich wurde der ehemalige Sklave begnadigt. Genauso wie der Commissario begnadigt worden war. Aber wer war der Löwe?

Montalbanos Müdigkeit war auf einmal verflogen. Er stand auf, ging in die Küche, machte sich einen Kaffee, trank ihn, ging ins Bad, wusch sich das Gesicht, zog sich ordentlich an, schlüpfte in die Jacke, die er nicht mochte, und ging am Ufer spazieren. Der Nordwind hatte sich etwas gelegt, aber das Meer hatte weite Teile des Strandes überflutet.

Er lief zwei Stunden lang vor sich hin, rauchte und erinnerte sich.

Wie man weiß, sind Erinnerungen wie Kirschen, eine zieht die andere nach sich, aber hin und wieder schleichen sich ungebeten weniger liebsame Erinnerungen ein, die einen von der Hauptstraße in dunkle, schmutzige Gassen abdrängen, wo mindestens die Schuhe dreckig werden. Jedenfalls hatte er gegen vier Uhr morgens die Gewissheit, dass er am Ziel angekommen war, dass er den Löwen im Sucher erfasst hatte.

An einem ruhigen Nachmittag gegen vier Uhr ist Vicecommissario Montalbano, Anfang dreißig, auf dem Weg in ein abgelegenes kleines Dorf in den Madonie, wo er dienstlich zu tun hat. Die Straße führt an einem etwa zwanzig Meter tiefen Abgrund entlang, nur sehr wenige Autos kommen ihm entgegen. Montalbano überlegt, den Wagen vor ihm, der ihm zu langsam ist, vielleicht doch zu überholen, als er sieht, wie dieser rechts von der Straße abkommt, ohne den geringsten Bremsversuch über die Kante des Abgrunds rollt und hinunterstürzt. Er hält an, steigt schnell aus und sieht gerade noch, wie der Wagen von einem Felsen abprallt und in einer Spalte zerschellt. Ohne einen Augenblick zu überlegen, macht sich der Vicecommissario an den entsetzlichen Abstieg, wobei er sich hier an einem Stein, dort an einem Büschel Mohrenhirse festkrallt, sich die Hose zerreißt und sogar einen Schuh verliert. Er weiß selbst nicht, wie er es schafft, bis zu dem Auto zu gelangen, das auf die Seite gekippt ist. Er sieht mit einem Blick, dass der Mann am Steuer tot ist, sein Kopf ist zertrümmert. Neben ihm ein vielleicht fünfzehnjähriger Junge, leise wimmernd, die Augen geschlossen, die Stirn blutüberströmt. Mit einer Kraftanstrengung, die ihn fast zerreißt, auch weil der Junge ein wahrer Koloss ist, gelingt es

Montalbano, ihn herauszuziehen. Als er im Gras liegt, öffnet der Verletzte plötzlich die Augen, schaut Montalbano an und sagt:
»Hilf mir, lass mich nicht allein.«
»Ich lass dich nicht allein«, sagt Vicecommissario Montalbano und zieht seinen Gürtel aus, um das linke Bein des Jungen abzubinden, der wegen einer klaffenden Wunde an der Wade viel Blut verliert.
»Lass mich nicht allein.«
Und immerzu schauen ihn diese verängstigten und gequälten Augen an.
Dann hebt der Vicecommissario den Blick und sieht, dass hinter seinem Auto, am Rand des Abgrunds, ein Wagen steht, ein Mann ist ausgestiegen und schaut herunter.
Da richtet sich Montalbano auf, fuchtelt mit erhobenen Armen, schreit verzweifelt um Hilfe und zeigt auf den verletzten Jungen. In den Mann oben am Rand des Abgrunds kommt plötzlich Bewegung, er steigt wieder in seinen Wagen und fährt los.
»Lass mich um Gottes willen nicht allein …«
»Ganz ruhig, ich lass dich nicht allein.«
Dann verlor der Junge das Bewusstsein. Eine Viertelstunde später kam der Rettungsdienst.

Sechs Monate später war Vicecommissario Montalbano versetzt worden und hatte den Jungen, der vollkommen genesen war, aus den Augen verloren.
Salvatore Niscemi war der Name des dankbaren Löwen.
Was sollte Montalbano jetzt tun? Einen Haftbefehl erlassen? Aber gestützt worauf? Auf eine Geschichte, die ein Schriftsteller namens Aulus Gellius im zweiten Jahrhundert nach Christus geschrieben hat? Soll das ein Witz sein?

## *Der alte Einbrecher*

Orazio Genco war fünfundsechzig Jahre alt und Einbrecher. Romildo Bufardeci war fünfundsechzig Jahre alt und ehemaliger Wachmann. Orazio war genau eine Woche jünger als Romildo. Orazio Genco war in ganz Vigàta und Provincia aus zweierlei Gründen bekannt: erstens weil er, wie gesagt, in vorübergehend leer stehende Wohnungen einbrach; zweitens weil er freundlich und gutmütig war und keiner Fliege etwas zuleide tat. Romildo Bufardeci wurde, als er noch im Dienst war, der »eiserne Feldwebel« genannt, weil er mit aller Härte und unnachgiebig gegen jeden vorging, der seiner Meinung nach *la liggi*, das Gesetz, verletzt hatte. Orazio Genco war von Anfang Oktober bis Ende April des darauf folgenden Jahres tätig: Das war die Zeit, während der sich die Urlauber und die Besitzer der an der Küste gelegenen Häuser nicht in ihren Sommerdomizilen aufhielten. Sie entsprach in etwa der Zeit, in der Romildo Bufardecis Wachdienste verstärkt in Anspruch genommen wurden. Orazio Gencos Tätigkeitsbereich erstreckte sich von Marinella bis zur Scala dei Turchi: Genau das war auch das Gebiet von Romildo Bufardeci. Als Orazio Genco zum ersten Mal wegen Einbruchdiebstahls festgenommen wurde, war er neunzehn Jahre alt (hatte aber seine Karriere mit fünfzehn begonnen). Den Carabinieri übergeben hatte ihn Romildo Bufardeci, für den es, in seiner Eigenschaft als Hüter von *la liggi*, die erste Festnahme gewesen war. Sie

waren beide so aufgeregt, dass der Maresciallo der Carabinieri ihnen zur Stärkung *acqua e zammù*, Wasser und Anisschnaps, anbot.
In den folgenden Jahren nahm Romildo Orazio noch dreimal fest. Als Bufardeci dann pensioniert wurde, weil so ein blöder Kerl von Autodieb mit dem Revolver auf ihn geschossen und ihn an der Seite getroffen hatte (Orazio hatte ihn im Krankenhaus besucht), hatte Genco es leichter, denn Romildos Nachfolger hatte nicht so eine heilige Ehrfurcht vor *la liggi*, er machte halt seinen Job, ihm fehlte die Ausdauer eines Bluthundes. Die langen Jahre des Wachseins, während andere Menschen behaglich schliefen, hatten Romildo Bufardeci gewissermaßen berufsbedingt verkorkst, denn er konnte erst einschlafen, wenn die Morgendämmerung anbrach. Die Nächte verbrachte er mit Legen von Patiencen, die nie aufgingen, selbst wenn er mogelte, oder mit Fernsehen.
Doch in manchen schönen Nächten setzte er sich auf sein Fahrrad und fuhr durch die Gegend, deren Bewachung ihm einst anvertraut gewesen war: von Marinella bis zur Scala dei Turchi.

Es war Mitte Oktober, und diese außergewöhnliche Nacht war so sommerlich warm und voller Sterne, dass Romildo einen amerikanischen Film, der ihn furchtbar ärgerte, weil die Polizei, *la liggi*, immer im Unrecht und die Verbrecher immer im Recht waren, nicht länger ansehen konnte. Er schaltete den Fernseher aus, vergewisserte sich, dass seine Frau schlief, ging aus dem Haus, stieg auf sein Fahrrad und radelte von Vigàta in Richtung Marinella.
Der Abschnitt der Küstenstraße, der zur Scala dei Turchi führte, war wie ausgestorben, nicht nur weil keine Saison

war und keine Autos der Urlauber vorbeifuhren: Es lag vor allem an den Kähnen und Motorbooten, die, auf den Strand gezogen und mit wasserdichten Planen zugedeckt, wie Gräber auf einem Friedhof wirkten.

Nach drei Stunden Hin- und Rückfahrt riss der Himmel langsam auf, im Osten entstand eine Art Wunde, die immer breiter wurde und eine halbe Stunde später allmählich alles violett färbte.

Und in diesem besonderen Licht sah Romildo Bufardeci einen Schatten aus dem Gartentor einer Villa treten, die drei Jahre zuvor gebaut worden war. Der Schatten bewegte sich ruhig, er schloss sogar das Gartentörchen, allerdings nicht mit einem Schlüssel, und wirkte ganz und gar wie jemand, der sein Haus verlässt, um zur Arbeit zu gehen. Er schien Romildo Bufardeci nicht bemerkt zu haben, der einen Fuß auf den Boden gestellt hatte, um sich im Gleichgewicht zu halten, und ihn aufmerksam beobachtete. Oder er machte sich, falls er den ehemaligen Wachmann doch gesehen hatte, keine Gedanken darüber.

Der Schatten wandte sich Richtung Vigàta, er setzte einen Fuß vor den anderen, als hätte er alle Zeit der Welt. Aber Bufardeci war zu erfahren, als dass er sich von der scheinbaren Ruhe des anderen hinters Licht hätte führen lassen, und tatsächlich radelte er auf einmal ganz schnell los.

Er hatte den Schatten ohne den geringsten Zweifel erkannt.

»Orazio Genco!«, rief er.

Der Angesprochene blieb kurz stehen, er drehte sich nicht um, dann tat er einen Satz und fing an zu rennen. Es war offensichtlich, dass er flüchtete. Bufardeci wunderte sich, Flucht gehörte nicht zu Orazios Modus Operandi. Er war zu klug, um nicht zu wissen, wann er eine Partie verloren hatte. War das vielleicht doch nicht Orazio, sondern der

Besitzer der Villa, der vor dieser herrischen und unerwarteten Stimme erschrocken war? Nein, es war sicher Orazio. Und Romildo nahm die Verfolgung mit wachsender Lust wieder auf.

Trotz seiner fünfundsechzig Jahre hatte Genco den Schritt eines jungen Mannes, er sprang über Hindernisse und Gräben, um die Romildo mit seinem Fahrrad herumfahren musste. Orazio behielt sein schnelles Tempo die ganze Zeit über bei, er lief über den Ponte di Ferro und bis nach Cannelle, wo die ersten Häuser von Vigàta standen. Dort konnte er nicht mehr und brach auf der Einfassung eines trockenen Straßenbrunnens zusammen. Er atmete schwer und musste eine Hand auf sein Herz legen, um es zu beruhigen.

»Was rennst du denn so?«, fragte Romildo, als er bei ihm angekommen war.

Orazio Genco gab keine Antwort.

»Ruh dich ein bisschen aus«, sagte Bufardeci, »dann gehen wir.«

»*Unni?*«, fragte Orazio.

»*Come unni?* Ins Kommissariat natürlich.«

»Was machen wir da?«

»Ich liefere dich dort ab, du bist verhaftet.«

»Wer hat mich denn verhaftet?«

»Ich hab dich verhaftet.«

»Das kannst du nicht mehr, du bist pensioniert.«

»Na und? *Qualisisiasi citatino*, jeder Bürger hat seine ausdrückliche Pflicht, wenn er jemand auf frischer Tat ertappt.«

»Was redest du da für einen Scheiß, Romì? Bei welcher Tat denn?«

»Einbruchdiebstahl. Willst du etwa leugnen, dass du aus dem Garten einer unbewohnten Villa gekommen bist?«

»Hab ich das denn geleugnet?«
»Du siehst also ...«
»Romì, du hast mich gesehen, wie ich nicht aus der Tür der Villa, sondern durch das Gartentor gekommen bin.«
»Ist das ein Unterschied?«
»Allerdings, und zwar ein himmelweiter.«
»Nämlich?«
»Ich bin nie in der Villa gewesen. Ich bin nur in den Garten gegangen, weil ich mal musste, und das Gartentor war halb offen.«
»Wir gehen trotzdem ins Kommissariat. Sie werden die Wahrheit schon aus dir rauskriegen.«
»*Talé*, Romì, schau, wenn ich nicht einsehe, dass ich mitkommen muss, dann kannst du mich in Ketten legen, ich geh nicht mit. Aber diesmal sage ich dir: gehen wir. Dann stehst du vor den Bullen schön blöd da.«

Im Kommissariat hatte der Beamte Catarella Dienst, den Commissario Montalbano, um Komplikationen zu vermeiden, Wache schieben oder das Telefon hüten ließ. Catarella nahm gewissenhaft das Protokoll auf.

Heut Früh so gegen fünf hat der Signor Buffoardeci Romilto, der mal Wachmann war, weil er an einer unbewonten Villa in der Contrata ganz nah bei der Scala, die Scala dei Turchi heißt, vorbeigefaren ist, einen vorbestraften Dieb auf einer krummen Tour da rausgehen sehen, der geflohen ist, wie er den Wachmann gesehen hat, unmissverständliches Zeichen, das er was auf dem Kerbholz hat, das heist ein schlechtes Gewissen ...

Und so weiter und so fort.

»Dottore, so ein Theater!«, sagte Fazio, als gegen acht Uhr morgens Salvo Montalbano ins Büro kam. Er erzählte ihm die Geschichte von Orazio Genco und Romildo Bufardeci. »Catarella hat ihn durchsucht. Keine Diebesbeute. In der Hosentasche hatte er nur seinen Ausweis, zehntausend Lire, seinen Hausschlüssel und diesen anderen Schlüssel, einen nagelneuen, der mir wie ein gut gemachtes Duplikat ausschaut.«

Er gab ihn seinem Chef. Es war einer jener Schlüssel, für die überall geworben wurde, weil es angeblich unmöglich ist, sie nachzumachen. Aber für Orazio Genco mit seiner großen Erfahrung war die Sache bestimmt nur ein bisschen aufwendiger als sonst gewesen. Schließlich hatte er alle Zeit der Welt gehabt, um von dem Schloss immer wieder einen neuen Abdruck zu nehmen.

»Hat Orazio gegen die Durchsuchung protestiert?«

»Wer? Genco? Dottore, der ist ein komischer Typ. Der lügt. Ich glaube, er amüsiert sich, er macht sich einen Spaß daraus.«

»Was macht er denn?«

»Ab und zu schaut er Bufardeci an und grinst frech.«

»Ist Bufardeci noch da?«

»Klar. Er hängt wie ein Blutegel an Orazio. Er lässt ihn nicht los. Er sagt, er will mit eigenen Augen sehen, wie Genco Handschellen angelegt kriegt und in den Knast wandert.«

»Weißt du inzwischen, wem die Villa gehört?«

»Ja. Avvocato Francesco Caruana aus San Biagio Platani. Ich hab auch seine Telefonnummer.«

»Ruf ihn an. Sag ihm, wir haben Grund zur Annahme, dass in seine Villa am Meer eingebrochen wurde. Er soll um zwölf Uhr dort sein. Aber wir beide fahren schon eine halbe Stunde eher hin und schauen sie uns mal an.«

Auf der Fahrt Richtung Scala dei Turchi, einem weißen Mergelhügel hoch über dem Meer, berichtete Fazio dem Commissario, Signora Caruana sei ans Telefon gegangen. Sie würde selbst zum Treffpunkt kommen, weil ihr Mann geschäftlich in Mailand sei.

»Wissen Sie was, Dottore? Die muss eine kaltherzige Frau sein.«

»Wie kommst du darauf?«

»Als ich ihr erzählte, dass möglicherweise eingebrochen wurde, hat sie keinen Mucks gemacht.«

Wie Montalbano und Fazio vorausgesehen hatten, ließ sich die Tür mit dem Schlüssel, den Orazio Genco in der Hosentasche gehabt hatte, problemlos öffnen. Die beiden hatten schon viele Wohnungen gesehen, die von Einbrechern auf den Kopf gestellt worden waren, aber hier war alles tipptopp, keine geöffneten Schubladen, nichts hastig auf den Fußboden geworfen. Im oberen Stock gab es zwei Schlafzimmer und zwei Bäder. Der Schrank im Schlafzimmer der Hausbesitzer war mit sommerlicher Herren- und Damenkleidung voll gestopft. Montalbano atmete tief ein.

»Ich riech's auch«, sagte Fazio.

»Was riechst du?«

»Was Sie riechen, Zigarrenrauch.«

Im Schlafzimmer war der Zigarrengeruch so stark, dass er bestimmt nicht vom vergangenen Sommer stammte. Aber in den beiden Aschenbechern auf den Nachtkästchen war keine Spur von Kippen oder Asche von Zigarren oder Zigaretten. Sie waren sorgfältig gesäubert worden. In einem der beiden Bäder sah der Commissario ein großes Frotteehandtuch, das ausgebreitet über einer Metallstange neben der Badewanne hing. Er nahm es und legte es an seine

Wange, fühlte einen Rest Feuchtigkeit und hängte es wieder ordentlich hin.
Jemand war, vielleicht auch tags zuvor, in der Villa gewesen.
»Komm, wir warten draußen auf die Signora, sperr die Tür ab. Sag ihr ja nicht, dass wir schon drin waren, Fazio.«
Fazio war beleidigt.
»Ich bin doch kein Kind mehr!«

Sie warteten vor dem Gartentor. Der Wagen mit Signora Caruana kam mit ein paar Minuten Verspätung. Am Steuer saß ein gut aussehender Mann um die vierzig, hoch gewachsen, schlank, elegant, blaue Augen, er sah aus wie ein amerikanischer Schauspieler. Als perfekter Kavalier stürzte er an die Beifahrertür, um sie zu öffnen. Betty Boop stieg aus, eine Frau, die der berühmten Figur der alten Comics zum Verwechseln ähnlich sah. Sie trug sogar das Haar so geschnitten und gekämmt.
»Ich bin Ingegnere Alberto Caruana. Meine Schwägerin wollte unbedingt, dass ich sie begleite.«
»Ich war so aufgeregt!«, zwitscherte Betty Boop und klimperte mit den Wimpern.
»Seit wann waren Sie nicht mehr in der Villa?«, fragte Montalbano.
»Wir haben sie am dreißigsten August zugemacht.«
»Und seitdem waren Sie nicht mehr hier?«
»Wozu denn?«
Sie setzten sich in Bewegung, gingen durch das Tor, durchquerten den Garten und blieben vor der Haustür stehen.
»Geh du voraus, Alberto«, sagte Signora Caruana zu ihrem Schwager. »Ich habe Angst.«
Sie gab ihm einen Schlüssel.

Mit einem Lächeln à la Indiana Jones öffnete der Ingegnere die Tür und wandte sich an den Commissario.
»Sie wurde nicht aufgebrochen!«
»Sieht so aus«, sagte Montalbano einsilbig.
Sie gingen hinein. Die Signora schaltete das Licht an und sah sich um.
»Aber hier hat niemand was angerührt!«
»Schauen Sie genau hin.«
Nervös öffnete die Signora Vitrinchen, Möbelchen, Schubladchen und Schächtelchen.
»Alles da.«
»Dann gehen wir hinauf.«
Nach Erkundung der oberen Räume machte Betty Boop ihr Herzmündchen auf.
»Sind Sie denn sicher, dass Einbrecher hier waren?«
»Wir wurden angerufen. War anscheinend ein Irrtum. Ist doch besser so, oder?«
Es war nur ein kurzer Moment: Blitzschnell wechselten Betty Boop und die amerikanische Schauspielerattrappe einen erleichterten Blick.
Montalbano erging sich in Entschuldigungen, dass er ihnen so viel Zeit gestohlen habe, Signora Caruana und ihr Schwager Alberto nahmen sie herablassend entgegen.
Als der Ingegnere im Wagen saß, steckte er sich, bevor er den Gang einlegte, eine dicke Zigarre an, als wolle er auch das letzte Restchen von Fazios und Montalbanos Zweifeln zerstreuen.

»Schick Bufardeci weg. Sei unfreundlich, sag ihm, dass ich seinetwegen den ganzen Vormittag verloren habe und er mich nicht länger nerven soll.«
»Soll ich Orazio Genco auch freilassen?«

»Nein. Schick ihn zu mir ins Büro. Ich will mit ihm reden.«

Als Orazio das Büro des Commissario betrat, leuchteten seine Augen vor Zufriedenheit, weil Bufardeci, wie er ihm versprochen hatte, schön blöd dagestanden hatte.
»Was wollten Sie mir sagen, Commissario?«
»Dass du ein ganz ausgekochter Hund bist.«
Er zog den Nachschlüssel aus der Tasche und zeigte ihn dem alten Dieb.
»Mit dem geht die Tür der Villa problemlos auf. Bufardeci hatte Recht. Du bist in das Haus reingegangen, aber es war nicht unbewohnt, wie du dachtest. Jetzt hör gut zu, ich muss dir was sagen. Ich hätte gute Lust, dich unter irgendeinem Vorwand auf der Stelle einzulochen.«
Orazio Genco schien unbeeindruckt.
»Was kann ich denn tun, damit sie Ihnen wieder vergeht, die Lust?«
»Erzähl mir, was los war.«
Sie grinsten sich an, sie hatten sich schon immer gemocht.
»Fahren Sie mit mir zur Villa, Commissario?«

»Ich war sicher, völlig sicher, dass niemand in der Villa war. Als ich hinkam, waren weder vor dem Gartentor noch in der Nähe Autos geparkt. Ich legte mich auf die Lauer und wartete mindestens eine Stunde, bevor ich mich dranmachte. Alles war wie ausgestorben, kein Blatt bewegte sich. Die Tür ging sofort auf. Mit der Taschenlampe sah ich in der Vitrine kleine Statuen, die schon was wert, aber schwer zu verkaufen sind. Aber ich ging doch in die Küche und holte ein großes Tischtuch, um das ganze Zeug einzupacken. Als ich die Vitrine aufmachte, hörte ich eine

Frau schreien: ›Nein! Nein! *Dio mio!* Ich sterbe!‹ Ich war einen Augenblick lang wie erstarrt. Dann rannte ich, ohne zu überlegen, in den oberen Stock, um der Ärmsten zu helfen. Ah, *commissario mio*, was ich da im Schlafzimmer gesehen hab! Eine Frau und einen Mann, nackt, beim Ficken! Ich bin wie angewurzelt stehen geblieben, aber der Mann hat mich gesehen.«

»Wie denn? Er hat doch …«

»Wissen Sie, Commissario«, sagte Orazio und wurde rot, denn er war ein schamhafter Mensch, »er war unten und sie oben, sie ist auf ihm geritten. Als der Mann mich gesehen hat, hat er sie auf der Stelle abgeworfen, ist aufgestanden und hat mich an der Gurgel gepackt. ›Ich bring dich um! Ich bring dich um!‹ Vielleicht war er sauer, weil ich ihn im schönsten Moment gestört hab. Die Frau hat sich von der Überraschung gleich wieder erholt und ihrem Liebhaber befohlen, mich loszulassen. Dass er der Liebhaber und nicht ihr Ehemann war, hab ich mir gedacht, als sie sagte: ›Alberto, um Himmels willen, denk an den Skandal!‹ Da hat er mich losgelassen.«

»Und ihr habt euch geeinigt.«

»Die beiden haben sich angezogen, der Mann hat sich eine Zigarre angezündet, und wir haben uns unterhalten. Als wir fertig waren, hab ich sie gewarnt, ich hab gesagt, dass der ehemalige Wachmann Bufardeci vorbeigekommen ist, als ich auf der Lauer lag. Der macht doch immer Ärger, und wenn er gesehen hätte, wie sie aus der Villa kommen, hätte er sie bestimmt festgehalten, und dann hätte es sowieso einen Skandal gegeben.«

»Moment mal, erklär mir das, Orazio. Du hast Bufardeci gesehen und trotzdem versucht, was zu klauen?«

»Commissario, ich wusste ja nicht, dass Bufardeci wirklich da war! Ich hab das einfach so gesagt, um den Preis zu erhöhen! Sie legten noch ein bisschen was drauf, und dafür sollte ich Bufardeci dazu bringen, mich zu verfolgen, damit sie zu ihrem Auto gehen konnten, das sie ziemlich weit weg geparkt hatten. Aber dann musste ich wirklich rennen, weil Bufardeci tatsächlich da war.«

Sie waren an der Villa angekommen. Montalbano parkte, Orazio stieg aus.

»Warten Sie einen Augenblick?«

Orazio trat durch das Gartentor und kam fast sofort zurück, in der Hand hatte er ein Bündel Banknoten. Er setzte sich wieder ins Auto.

»Das hatte ich im Gras versteckt. Aber ich wollte es lieber doch nicht da liegen lassen. Zwei Millionen hab ich gekriegt.«

»Kann ich dich nach Vigàta mitnehmen?«, fragte Montalbano.

»Wenn es Ihnen nichts ausmacht«, sagte Orazio und lehnte sich zurück, zufrieden mit sich und der Welt.

*Die Hellseherin*

In Carlòsimo verbrachte Salvo Montalbano einen der bittersten Winter seines jungen Lebens. Er war damals zweiunddreißig, und man setzte ihn wie eine Art Handelsreisenden ein: Zu jedem Wechsel der Jahreszeiten wurde er von einem Ort in den nächsten geschickt, mal zu einer Vertretung, mal um ein Loch zu stopfen, mal um in einer Notlage auszuhelfen. Aber die vier Monate in Carlòsimo waren die schlimmsten. Es war ein Marktflecken in den Hügeln, wo es eigentlich nicht so kalt hätte sein dürfen, wie es immer war, aber eine rätselhafte Überschneidung und Kombination meteorologischer Vorgänge brachte es mit sich, dass man in Carlòsimo seinen dicken Mantel und den Schal nie ablegte, es fehlte wenig, und man wäre sogar damit schlafen gegangen. Die Einwohner, ungefähr siebentausend, waren keine schlechten Menschen, ganz im Gegenteil; nur wurde man nicht richtig warm mit ihnen, sie grüßten kaum und waren wortkarg. Der Einzige im Dorf, der völlig anders war als die anderen, war der Apotheker Rizzitano, er lachte gern, war nie um eine freche Bemerkung verlegen, schlug einem mit der Hand auf die Schulter. »Lachhyäne« taufte Montalbano ihn eingedenk eines alten Witzes: Zwei Freunde gehen in den Zoo, und einer liest das Schild vor dem Käfig der Hyäne: »Hyaena ridens, Lachende Hyäne. Lebt in der Wüste, geht nur nachts hinaus, ernährt sich von Aas, paart sich einmal

im Jahr.« Verwundert wendet er sich seinem Freund zu und fragt:
»Was hat die denn zu lachen?«
Um acht Uhr abends waren alle in ihren Häusern, die Straßen leer gefegt, der Wind rollte leere Dosen vor sich her und wirbelte Papiergespenster in die Luft. Es gab kein Kino, in der Buch- und Schreibwarenhandlung wurden nur Hefte verkauft. Obendrein sendeten aufgrund ebenjenes meteorologischen Kompotts (oder besser gesagt Komplotts) die beiden Fernsehsender, die es damals gab, nur verschwommene Bilder.
Für den Vicecommissario Montalbano, der für die öffentliche Ordnung zuständig war, ein Paradies; für den Menschen Montalbano eine laue Ruhe wie im ersten Höllenkreis, eine fortwährende Anstiftung zum Selbstmord oder zum Kartenspiel. Aber im örtlichen Klub verspielten die »gesitteten Leute« des Dorfes nicht nur ihr letztes Hemd, sondern verkauften auch ihre Seele, und deshalb hielt sich Montalbano, der sowieso nicht gern Karten spielte, von ihnen fern. Der einzige Lichtblick war das Lesen: In jenem Winter las er Proust, Musil und Melville. Wenigstens das hatte er davon.

Am Morgen des dritten Februar sah Montalbano auf dem Weg ins Büro, wie ein Plakatkleber versuchte, neben der Eingangstür des Gran Caffè Italia ein buntes Plakat an die eiskalte Mauer zu kleben, das für denselben Abend die erste Vorstellung des »Circo familiare Passerini« auf der Piazza Libertà ankündigte.
Als Montalbano abends in das einzige Hotel am Ort zurückkehrte, ging er über die Piazza Libertà. Das Zirkuszelt war schon aufgebaut: klein und so armselig, dass es fast eine Schande war. Die schwach beleuchtete Kasse war geöffnet,

zwei oder drei Leute aus dem Dorf kauften sich gerade eine Eintrittskarte.
Eine Welle der Melancholie, hoch wie die Wellen des Pazifiks, packte den Vicecommissario. Sogar sein Appetit, der sonst immer gesegnet war, verging ihm; er schloss sich in sein Zimmer ein, wo er seinen Erfrierungstod mit einem elektrischen Öfchen verhinderte, das er unter Lebensgefahr die ganze Nacht eingeschaltet ließ, und las zum sechsten Mal *Benito Cereno* von Melville, von dem er sich gar nicht trennen konnte, so gefesselt war er.
Am folgenden Morgen hörte er, als er in sein Büro kam, wütende Stimmen aus dem Nebenzimmer. Er ging hinüber: Palmisano und Ingarrìga, zwei seiner Beamten, rot im Gesicht und erregt, waren kurz davor, sich zu verprügeln. Von einer unbezwingbaren, hemmungslosen Wut gepackt – nicht so sehr wegen dieser Szene, sondern mehr aus der Traurigkeit heraus, die sich am Abend zuvor angestaut hatte –, knöpfte Montalbano sich die beiden grunzenden Schweine vor, dass sie sich schämten.
Dann ging er in sein Zimmer zurück und schlug die Tür so heftig zu, dass ein Stück Putz abbröckelte.
Keine fünf Minuten später erschienen Palmisano und Ingarrìga und baten um Entschuldigung. Und erklärten ungefragt den Grund für ihren Streit.
Es ging um den Zirkus.
Die beiden erzählten dem Commissario, dass der Clown niemanden zum Lachen brachte, dass die Seiltänzerin vom Seil gefallen war und sich am Knöchel verletzt hatte und dass dem Taschenspieler ein Kartentrick nicht gelungen war. Eben ein totaler Reinfall. Palmisano und Ingarrìga hatten schon gehen wollen, zumal die Vorstellung beendet schien, als sie eintrat.

»Wer sie?«, fragte der Vicecommissario grob.
»*La vigente!*«, sagte Ingarrìga ehrfurchtsvoll; er hatte etwas Mühe mit dem Italienischen.
Palmisano hingegen setzte ein überlegenes Gesicht auf.
»Und was macht diese *veggente*, diese Hellseherin?«
»*Ah, Dottore mio!* Wenn man das nicht selber sieht, dann glaubt man's nicht! Sie errät alles! Einfach alles!«
»Mit faulen Tricks«, sagte Palmisano ruhig.
»Von wegen faule Tricks! Die ist eine echte Hellseherin!« Ingarrìga explodierte fast und wollte schon wieder auf den anderen losgehen.

Das Gerücht, im Zirkus trete eine außergewöhnliche Hellseherin auf, die sich nie täusche, ging wie ein Lauffeuer durchs Dorf, und am folgenden Samstag standen die Leute an der Kasse Schlange. Aus Neugier, aber mehr noch aus Langeweile stellte Montalbano sich dazu, *Benito Cereno* hatte er allein im Hotelzimmer zurückgelassen.
Vielleicht weil alle Zirkusbänke besetzt waren, machte sich die Truppe, vom Publikum beflügelt, an diesem Abend richtig gut: Der Clown entlockte den Zuschauern manches Gelächter, die Seiltänzerin schaffte es, nicht vom Seil zu fallen, obwohl sie mehrmals kurz davor war, der Taschenspieler führte einen Trick mit dem Zylinder vor, über den sogar Montalbano staunte. Und die Kunstreiterin zeigte, dass sie in Hochform war. Dann gingen die Lichter über der kleinen Manege plötzlich aus. Zwei Trommeln wirbelten im Dunkeln. Als ein Scheinwerfer wieder anging, strahlte er eine Frau an, die allein in der Mitte der Manege auf einem strohgeflochtenen Stuhl saß.
Sie mochte vielleicht siebzig sein, sie sah auch so aus und tat nichts, um ihr Alter zu verbergen. Klein, bescheiden

gekleidet, das graue Haar zu einem Knoten gebunden. Sie saß regungslos da und blickte auf den Boden. Schweigen senkte sich auf den Zirkus herab, so dicht, dass man es mit dem Messer hätte schneiden können. Ein Mann um die fünfzig, angetan mit einem Frack, trat in den Lichtkegel des Scheinwerfers. Er nahm seinen Zylinder ab, verbeugte sich tief und sagte:

»Verehrtes Publikum, Eva Richter.«

Ohne Pathos, leise, fast respektvoll. Die Frau auf dem Stuhl rührte sich nicht. Montalbano spürte, dass in diesem elenden Zirkus plötzlich etwas anders geworden war, es war, als ob in der Mitte der Manege jetzt kein Spiel, keine Illusionen mehr stattfinden müssten, sondern ein schrecklicher Augenblick der Wahrheit.

Der Mann im Frack wandte sich wieder an die Zuschauer.

»Signora Eva Richter beantwortet keine Fragen, weder von mir noch aus dem Publikum. Wenn einer der Anwesenden mir einen persönlichen Gegenstand reichen möchte, wird die Signora diesen kurz in ihren Händen halten und dann zurückgeben. Erst dann wird sie dem Besitzer des Gegenstands etwas sagen, das mit ihm zu tun hat. Ich muss darauf hinweisen, dass die Antwort laut ausgesprochen wird, wer also nicht will, dass etwas Privates zur allgemeinen Kenntnis kommt, sollte nicht teilnehmen.«

Er machte eine Pause und sah das Publikum an, das im Dunkeln saß.

»Bitte, einen Gegenstand.«

Verlegenes Kichern, aufmunternde Rufe, leise Kommentare. Dann kam von einer Bank in der obersten Reihe, von Hand zu Hand weitergereicht, eine Krawatte zu dem Mann im Frack. Gelächter brach aus, dem der Mann mit einer strengen Geste Einhalt gebot.

Eva Richter nahm, ohne nur einmal den Kopf zu heben, die Krawatte, die ihr der Mann reichte, knüllte sie zusammen, hielt sie in ihren zur Schale geformten Händen, gab sie zurück. Die Krawatte nahm denselben Weg retour.

Der Mann im Frack fragte:

»Ist die Krawatte wieder bei ihrem Besitzer angelangt?«

»Ja«, antwortete eine namenlose Stimme.

Da wandte sich der Mann im Frack um und sah die Frau an, die in der Mitte der Manege saß.

Eva Richter sprach sehr leise, sie murmelte die Worte fast. Sie hatte einen deutlichen ausländischen Akzent.

»Der Signore, der mir die Krawatte gegeben hat, ist sehr jung. Das ist seine erste Krawatte, seine Schwester hat sie ihm geschenkt.«

In der obersten Reihe ging ein Applaus los, der das ganze Publikum ansteckte. Der Mann im Frack hob eine Hand, es wurde wieder still.

»Letztes Jahr ist der Signore, dem die Krawatte gehört, mit dem Motorroller gestürzt. Er hat sich den linken Knöchel gebrochen.«

Die Zuschauer in der obersten Reihe standen auf und klatschten Beifall, der junge Besitzer der Krawatte schrie verblüfft:

»Das stimmt! Ich schwör's! Das stimmt alles!«

Als der Applaus vorbei war, ergriff wieder der Mann im Frack das Wort.

»Die Signora ist heute Abend müde. Sie wird nur noch zweimal wahrsagen. Noch jemand, bitte!«

Auf seine Handbewegung hin gingen die schwachen Lichter unter der Zeltplane an, jetzt gab auch das Publikum seine Vorstellung.

»Wer möchte gern?«

»Ich.«
Alle wandten sich Signora Elvira Testa zu, die gesprochen hatte, und sahen sie an. Auch Montalbano folgte dem Blick der anderen, er musste einfach. Bildschön war sie, die dreißigjährige Elvira Testa, verheiratet mit dem reichsten Mann des Dorfes, dem Händler, aber vor allem Wucherer Filippo Mancuso, einem untersetzten Glatzkopf, der schon über fünfzig war.
Wieder von Hand zu Hand ging ein Goldkettchen, bis es bei Eva Richter angelangt war, und kehrte dann zu seiner Besitzerin zurück.
»Die Person, die mir den Gegenstand gegeben hat, ist gerade aus New York zurückgekommen. Sie hat bei einer Freundin gewohnt.«
In Elvira Testas Beifall fiel der tosende Applaus aller Zuschauer ein.
Doch Eva Richter fuhr fort:
»Die Person, die mir den Gegenstand gegeben hat, hatte kürzlich einen Trauerfall. Das hat sie mit großem Schmerz erfüllt.«
Kein Kommentar, kein Applaus. Tödliches Schweigen senkte sich herab. Der Mann im Frack zeigte sich erstaunt und besorgt. Sogar Eva Richter hob kurz den Kopf.
»Falsch! Falsch!«, schrie, ganz fahl im Gesicht, Filippo Mancuso und sprang auf. Die schöne Elvira Testa neben ihm war feuerrot. Alle im Dorf, einschließlich Montalbano, wussten, dass der innigst geliebte Liebste von Elvira Testa zwei Monate zuvor bei einem Autounfall ums Leben gekommen war.
Der Mann im Frack begriff sofort, dass irgendetwas nicht stimmte, und spornte die Zuschauer an.
»Noch jemand, schnell, noch jemand!«

»Ich! Ich! Ich!«
In der ersten Reihe wedelte der Apotheker Rizzitano, der zwischen Dottor Spalic aus Triest – seit vierzig Jahren Arzt in Carlòsimo – und dem Bürgermeister Di Rosa saß, mit einem Taschentuch. Vielleicht um die Atmosphäre zu entspannen, die eben noch geherrscht hatte, lachte und winkte er und rutschte auf seinem Platz herum.
Der Mann im Frack trat zu ihm, nahm das Taschentuch und reichte es der Hellseherin. Sie zerknüllte das Taschentuch und hielt es in den Händen. Aber Eva Richter gab es nicht dem Mann im Frack zurück, sondern behielt es noch. Der Mann im Frack ließ seine Hand ausgestreckt, sein Gesicht blickte erwartungsvoll. Und dann geschah etwas, was niemand erwartet hätte.
Eva Richter stieß einen Schrei aus und schleuderte das Taschentuch auf den Boden, als ob von dem Stück Stoff ein loderndes Feuer auf sie übergegriffen hätte. Sie stand totenblass auf und begann Richtung Vorhang zurückzuweichen, die linke Hand auf den geöffneten Mund gepresst, damit nicht noch ein Schrei aus ihr hervorbrach. Als sie den Vorhang in ihrem Rücken spürte, hob sie den rechten Arm und zeigte auf den Apotheker:
»Mörder! Du bist der Mörder!«
Sie hatte die Worte noch leiser als vorhin gemurmelt, aber jeder hörte sie, weil es so still war, dass man meinen konnte, im Zirkus würde niemand atmen. Dann stürzte sie hinaus. Tumult brach los. Ein paar Frauen fingen an zu kreischen, als brächte der Apotheker vor ihren Augen wieder jemanden um; Signora Elvira Testa, die an diesem Abend schon Schlimmes durchgemacht hatte, ließ sich in Ohnmacht fallen und wurde von ihrem Gatten, dem Händler, Halsabschneider und jetzt auch noch offiziell Gehörnten,

liebevoll hinausgetragen. Der Apotheker wunderte sich zwar, konnte aber trotzdem nicht aufhören zu grinsen: »Spinnt die?«, fragte er in die Runde.

Der Bürgermeister rief Montalbano zu sich, während die Zuschauer das Zelt verließen.

»Dottore, da muss was geschehen!«

»Was denn?«, fragte der Vicecommissario ruhig.

»Na ja, ich weiß nicht ... Diese Frau hat alle in Aufruhr versetzt ... Das kann sie doch nicht einfach machen ...«

»Ich sehe zu, was ich tun kann«, sagte Montalbano.

Am folgenden Morgen war der Zirkus nicht mehr auf der Piazza Libertà. Und weder in Carlòsimo noch sonst irgendwo auf der Welt war Dottor Spalic, der gegen drei Uhr, nachdem er eine schlaflose Nacht verbracht hatte und in der Wohnung herumgewandert war, wie Signor Lauricella aussagte, der im Stockwerk darunter wohnte, einen Strick nahm und sich an einem Balken im Dachboden erhängte.

Auf seinem Schreibtisch fand Montalbano einen mit Bleistift geschriebenen Zettel. Da stand nur: »Ich war zu jung, ich verstand nicht, was ich Schlimmes getan habe. Verzeiht mir.«

»Aber wenn die Hellseherin gesagt hat, dass der Apotheker Rizzitano der Mörder ist, warum hat sich dann Dottor Spalic umgebracht?«, fragte sich das Dorf verwundert.

Rizzitanos Apotheke war sonntags nur am Vormittag geöffnet. Montalbano ging gegen elf Uhr hin, als kaum noch Kunden kamen, die hauptsächlich Medikamente gegen Erkältung und Grippe verlangten. Als gerade niemand da war, nutzte Rizzitano die Gelegenheit und schloss die gläserne Innentür ab.

»Ich habe gesehen, was Sie gestern Abend gemacht haben«, sagte Montalbano. Der Apotheker lächelte nicht, eine Falte lief quer über seine Stirn.
»Was haben Sie gesehen?«
»Ich habe gesehen, wie Sie Dottor Spalic in die linke Manteltasche gegriffen und sein Taschentuch rausgeholt haben, das er gewöhnlich da stecken hat. Es war nicht Ihr Taschentuch. Sie wollten ihm einen Streich spielen.«
»Stimmt«, sagte Rizzitano bitter.
»Und Eva Richter hat nicht auf Sie gezeigt, sie hat auf den Dottore gezeigt. Aber nach der Geschichte mit dem Taschentuch glaubten alle, sie hätte Sie gemeint.«
»Stimmt«, sagte Rizzitano wieder.
»Und mir ist noch etwas aufgefallen«, fuhr der Vicecommissario fort.
»Was denn?«
»Dass Eva Richter gesagt hat: ›Du bist der Mörder.‹ Verstehen Sie, was ich meine? Nicht ein Mörder allgemein.«
»Das ist richtig.«
»Und jetzt beantworten Sie meine Frage: Was wissen Sie über den Arzt?«
Der Apotheker rückte seine Brille auf der Nase zurecht und betrachtete ein Rezept, das auf dem Ladentisch lag. Die Leute klopften an die Innentür, aber weder Rizzitano noch der Commissario reagierten darauf.
»Sehen Sie«, sagte der Apotheker schließlich, »wenn der arme Dottore noch am Leben wäre, würden Sie von mir bestimmt nicht hören, was ich Ihnen jetzt sagen werde, auch wenn Sie mir Daumenschrauben anlegen, Sie würden es nicht aus mir rauskriegen. Dottor Spalic, Vinko hieß er mit Vornamen, kam 1952 nach Carlòsimo, vielleicht auch ein Jahr später, das weiß ich nicht mehr genau. Er hatte in Nea-

pel promoviert. Aber geboren ist er in Triest, wo er auch aufgewachsen ist. Er sprach nie über sich, er bekam nie Post aus seiner Heimat, als hätte er weder Freunde noch Verwandte zurückgelassen. Anfangs waren die Leute ein bisschen neugierig, aber dann wurde er einer von uns. Er war ein guter Arzt, die Leute gingen zu ihm.«

Er machte eine Pause, ging ins Hinterzimmer, trank ein Glas Wasser und kam wieder zurück.

»Vinko«, fuhr der Apotheker fort, »trank keinen Alkohol. Eines Abends, als er mir besonders traurig vorkam, lud ich ihn zu mir zum Essen ein und überredete ihn, ein halbes Glas Wein zu trinken. Damit war er schon völlig betrunken, ich musste ihn sogar heimbringen. Unterwegs weinte er die ganze Zeit, aber ich merkte, dass daran nicht nur der Wein schuld war. Ich ging mit ihm in seine Wohnung, denn ich wollte sehen, dass er sich wirklich ins Bett legt, ich traute mich nicht, ihn allein zu lassen. Ich brachte ihn dazu, ins Bad zu gehen und sich das Gesicht zu waschen. Und dort sagte er einen ganz klaren Satz: ›Heute ist ein Jahrestag.‹ Ich fragte ihn, was für einer, und er sagte: ›Der eines Mordes. Vor einundvierzig Jahren habe ich einen jungen Mann getötet, in Triest. Ich war bei der SS.‹ Das sagte er und fing wieder an zu weinen. Sie wissen doch, dass Triest 1944 eine Art deutsches Protektorat war?«

»Ja«, sagte Montalbano. »Kam er später noch mal darauf zurück?«

»Wir haben nie wieder darüber gesprochen.«

Montalbano stand auf und dankte dem Apotheker; der schloss ihm die Tür auf, und sofort stürzten zwei Kunden herein. Kurz bevor Montalbano hinausging, fragte Rizzitano ihn leise:

»Aber wer ist Eva Richter wirklich?«

Arturo Passerini, Eigentümer und Direktor des Zirkus, wurde ausfindig gemacht, als er mit drei Wagen auf dem Weg in ein nahe gelegenes Dorf war; er sagte, Eva Richter habe sich zwei Monate zuvor, während einer Rast in einem Dorf bei Messina, im Zirkus vorgestellt. Sie habe eine glänzende Kostprobe ihrer Fähigkeiten geboten und zu einem geringen Lohn engagiert werden wollen. Nur ein Gedanke habe sie getrieben: so schnell wie möglich nach Carlòsimo zu kommen. An dem Morgen, als sie im Zirkus erfahren hätten, dass sich der Zuschauer vom vorherigen Abend erhängt hatte, hätten sie das Zelt im Morgengrauen abgebaut und seien weitergefahren. Erst als sie in ihre Wagen gestiegen seien, hätten sie gemerkt, dass die Richter verschwunden war und ihren Koffer zurückgelassen hatte.
Montalbano öffnete ihn. Ein Kleid, Unterwäsche und eine vergilbte Zeitung vom November 1945 lagen darin. In einem kurzen Artikel stand, dem Naziverbrecher Vinko Spalic, unter anderem des kaltblütigen Mordes an dem jungen Giani Richter schuldig, sei es wieder gelungen, sich der Verhaftung zu entziehen. Auch ein großer geladener Revolver, in ein Tuch gewickelt, lag darin.
Eva Richter, die über vierzig Jahre damit zugebracht hatte, den Mörder ihres Bruders zu finden, hatte ihn nicht gebraucht.

## *Räuber und Gendarm*

Taninè, die Frau des Fernsehjournalisten Nicolò Zito, eines der wenigen Freunde von Commissario Montalbano, war eine sehr eigenwillige Köchin, das heißt, die Gerichte, die sie auf ihrem Herd zubereitete, folgten nicht bestimmten Regeln der Kochkunst, sondern waren das höchst improvisierte Ergebnis ihres launischen Charakters.

»Ich würde dich heute wirklich gern zum Abendessen einladen«, hatte Nicolò schon manchmal zu Montalbano gesagt, »aber ich glaube, das machen wir lieber ein andermal.«

Das hieß mit anderen Worten, dass Taninè eine Laus über die Leber gelaufen war, und dann war die Pasta zerkocht (oder hart), das Fleisch war fad (oder so versalzen, dass es bitter war), dem Sugo waren drei Jahre Knast, eins davon in Isolationshaft, vorzuziehen. Aber wenn sie Lust hatte, wenn alles nach ihren Wünschen ging – was war das für ein himmlisches Leuchten!

Sie war eine schöne Frau Anfang dreißig, ihr Körper war fest und voll und weckte in den Männern ordinär irdische Gedanken: Nun hatte Taninè Montalbano eines Tages eingeladen, ihr in der Küche, die kein Fremder jemals betreten durfte, Gesellschaft zu leisten, und er hatte erstaunt zugesehen, wie die Frau die Zutaten für *pasta 'ncasciata* kochte und dabei Gewicht verlor, sich in eine Art Tänzerin verwandelte, die mit federleichten Bewegungen selbstvergessen um den Herd herumschwebte. Zum ersten und letzten Mal hatte Montalbano, als er sie beobachtete, an Engel gedacht.

Hoffentlich verdirbt Taninè mir diesen Tag nicht, dachte Montalbano auf dem Weg nach Cannatello. Denn in Sachen Launenhaftigkeit war auch er kein Waisenknabe. Wenn er morgens aufstand, trat er als Erstes ans Fenster und sah sich den Himmel und das Meer an, das nur einen Steinwurf von seinem Haus entfernt war: Waren die Farben lebhaft und klar, dann war seine Verfassung an dem Tag genauso; andernfalls sah es für ihn und alle, die ihm in die Quere kamen, schlecht aus.

Am zweiten Sonntag im April eröffneten Nicolò, Taninè und ihr siebenjähriger Sohn Francesco jedes Jahr die Saison in ihrem Landhaus in Cannatello, das sie von Nicolòs Vater geerbt hatten. Und es war Tradition geworden, dass Salvo Montalbano der erste Gast war.

Um dorthin zu gelangen, mühte sich der Commissario über Viehsteige, Feldwege und staubige Landsträßchen, wo sein Auto mit einer weißen Schicht überzogen wurde, anstatt die bequeme Schnellstraße zu nehmen, die ihn bis auf zwei Kilometer an Cannatello herangeführt hätte. Es war für ihn eine Gelegenheit, ein Sizilien zu erleben, das es eigentlich nicht mehr gab, das hart und rau war, eine ausgedörrte Weite, strohgelb und hin und wieder von den weißen Würfeln der kleinen Bauernhäuser unterbrochen. Der Boden in Cannatello war miserabel, hier gedieh nichts, was man auch säte oder pflanzte, nur die grünen Flecken von Mohrenhirse, winzigen Eselsgurken und Kapern waren ein kleiner Trost. Allerdings war es ein Jagdgebiet, und manchmal schoss hinter einem Büschel Mohrenhirse blitzschnell ein Hase hervor. Als der Commissario ankam, war schon fast Essenszeit, und das ganze Auto war so erfüllt vom Duft der zwölf riesigen *cannoli*, die er gekauft hatte, dass ihm der Magen knurrte vor Hunger.

Sie erwarteten ihn vollzählig an der Tür: Nicolò grinsend, Francesco ungeduldig und Taninè mit vor Zufriedenheit leuchtenden Augen. Montalbano war getröstet, vielleicht war der Tag, so wie er begonnen hatte, es ja doch wert, gelebt zu werden.

Francesco ließ ihm nicht mal Zeit, aus dem Auto auszusteigen, und hüpfte um ihn herum:

»Spielen wir Räuber und Gendarm?«

Sein Vater schimpfte.

»Jetzt lass ihn doch in Ruhe! Du kannst nach dem Essen spielen!«

An diesem Tag wartete Taninè mit einem großartigen Gericht auf, das, wer weiß warum, *malalìa d'amuri* hieß. Wer weiß warum: In der Tat hatte diese Suppe aus Schweinefleisch (Lunge, Leber, Milz und mageres Fleisch), zu der man geröstetes Brot aß, nicht das Geringste mit *mal d'amore*, Liebeskummer, zu tun, höchstens mit Bauchweh.

Sie genossen das Mahl in vollkommenem Schweigen; sogar Francesco, der ein unruhiges Naturell hatte, saß ganz still da, versunken in dieses Paradies der Gaumenfreuden, das seine Mutter komponiert hatte.

»Spielen wir Räuber und Gendarm?«

Die Frage kam, unvermeidlich und drängend, sobald die drei Großen ihren Kaffee getrunken hatten.

Montalbano sah hilfesuchend seinen Freund Nicolò an, er würde es jetzt nie schaffen, hinter dem Kind herzurennen.

»Zio Salvo macht jetzt ein Nickerchen. Danach könnt ihr spielen.«

»Hör zu«, sagte Montalbano, als der Kleine schmollte, »wir machen es so: In genau einer Stunde weckst du mich, und dann haben wir ganz viel Zeit zum Spielen.«
Nicolò Zito wurde angerufen und musste wegen eines dringenden Berichts für das Fernsehen nach Montelusa; bevor Montalbano sich ins Gästezimmer zurückzog, versprach er ihm, Taninè und das Kind später in die Stadt mitzunehmen.
Er schaffte es gerade noch, sich auszuziehen, wobei ihm die Augen vor Müdigkeit schon halb zufielen, und sich aufs Bett zu legen, als er auch schon in tiefen Schlaf sank. Er hatte das Gefühl, er hätte gerade erst die Augen geschlossen, als Francesco ihn weckte; er schüttelte ihn am Arm und sagte:
»Zio Salvo, jetzt ist genau eine Stunde vorbei. Ich hab dir einen Kaffee gebracht.«
Nicolò war schon fort, Taninè hatte aufgeräumt, jetzt saß sie in einem Schaukelstuhl und las eine Zeitschrift. Francesco war verschwunden, er hatte sich längst irgendwo draußen versteckt.
Montalbano öffnete die Autotür, holte einen alten Regenmantel heraus, den er für alle Fälle immer im Kofferraum hatte, zog den Gürtel zu und schlug den Kragen hoch, um möglichst wie ein Inspektor in einem amerikanischen Film auszusehen, und machte sich auf die Suche nach dem Jungen. Francesco, der sich immer sehr geschickt versteckte, genoss es, so zu tun, als sei er ein von einem »echten« Commissario gesuchter Dieb.
Nicolòs Haus war von zwei Hektar unbestelltem Land umgeben, das Montalbano melancholisch stimmte, auch weil an der Grenze des Grundstücks ein baufälliges Häuschen mit halb eingestürztem Dach stand, das die Verlassenheit

der Gegend noch unterstrich. Offenbar sträubte sich die ferne bäuerliche Herkunft des Commissario gegen eine solche Verwahrlosung.

Montalbano suchte Francesco eine halbe Stunde lang, dann wurde er allmählich müde, die Schweinssuppe und zwei riesige *cannoli* hatten ihre Spuren hinterlassen, er war sicher, dass der Junge bäuchlings hinter einem Büschel Mohrenhirse lag und ihn aufgeregt und aufmerksam beobachtete. Der Kleine war so verteufelt gut im Verstecken, dass die Suche bis zum Abend dauern konnte.

Er beschloss, sich geschlagen zu geben, und schrie das laut hinaus. Francesco würde irgendwo zum Vorschein kommen und die sofortige Entrichtung des Pfandes einfordern, das in der gehörig aufgebauschten Erzählung eines von Montalbanos Fällen bestand. Der Commissario hatte festgestellt, dass frei erfundene Fälle mit Toten, Verletzten und Schießereien dem Jungen am allerbesten gefielen.

Noch während er sich für geschlagen erklärte, kam ihm plötzlich eine Idee: Hatte sich der Kleine vielleicht in dem baufälligen Häuschen versteckt, obwohl Taninè und Nicolò ihm strengstens verboten hatten, allein hineinzugehen?

Er rannte los und kam keuchend bei dem kleinen Haus an, die klapprige schmale Tür war nur angelehnt. Der Commissario stieß sie mit einem Fußtritt sperrangelweit auf, machte einen Satz nach hinten, steckte seine rechte Hand in die Manteltasche, den Zeigefinger gefährlich ausgestreckt, und sagte mit tiefer, heiserer und furchterregend drohender Stimme (diese Stimme ließ Francesco immer vor Freude wiehern):

»Ich bin Commissario Montalbano. Ich zähle bis drei. Wenn du nicht rauskommst, schieße ich. Eins …«

Ein Schatten bewegte sich in dem Häuschen, und Montalbano riss die Augen auf, als ein Mann mit erhobenen Armen herauskam.

»Nicht schießen, Inspektor.«

»Bist du bewaffnet?«, fragte Montalbano, seine Überraschung bezwingend.

»Ja«, antwortete der Mann und ließ einen Arm sinken, um die Waffe aus seiner rechten Jackentasche zu holen. Der Commissario stellte fest, dass diese gefährlich ausgebeult war.

»Keine Bewegung, sonst knall ich dich nieder«, befahl Montalbano mit drohend ausgestrecktem Zeigefinger. Der Mann hob den Arm wieder.

Er blickte drein wie ein tollwütiger Hund und strahlte eine zu allem fähige Verzweiflung aus, er war unrasiert, die Kleidung zerknittert und schmutzig. Bestimmt ein gefährlicher Typ, aber wer zum Teufel war das?

»Los, vorwärts, zu dem Haus da!«

Der Mann setzte sich in Bewegung, Montalbano folgte ihm. Als sie auf dem freien Platz angekommen waren, wo sein Auto geparkt war, sah der Commissario Francesco, der in heller Aufregung die Szene beobachtete, hinter dem Wagen hervorkommen.

»Mamà! Mamà!«, schrie er.

Taninè erschien in der Tür, erschrocken über die völlig veränderte Stimme ihres Sohnes, und verständigte sich mit einem einzigen Blick mit dem Commissario. Sie ging ins Haus, kam gleich darauf wieder zurück und zielte mit einem Jagdgewehr auf den Unbekannten. Es war eine Doppelflinte noch von Nicolòs Vater, die der Journalist neben dem Eingang an die Wand gehängt hatte und die nicht geladen war; noch nie hatte Nicolò bewusst ein Lebewesen getötet, seine Frau sagte immer, er behandele nicht mal eine Grippe, um die Bazillen nicht umzubringen.

Schweißgebadet öffnete der Commissario die Autotür und holte Handschellen und Pistole aus dem Handschuhfach. Er atmete tief durch und sah sich die Szene an. Der Mann rührte sich nicht, denn Taninè hatte ihn entschlossen im Visier; brünett, schön, mit wehendem Haar sah sie ganz genau aus wie die Heldin in einem Western.

## *Von der Hand des Künstlers*

Das Klingeln des Telefons war nicht das Klingeln des Telefons, sondern der schrille Bohrer eines verrückt gewordenen Zahnarztes, der beschlossen hatte, ihm ein Loch ins Gehirn zu bohren. Mühsam machte Montalbano die Augen auf und sah auf den Wecker auf dem Nachtkästchen, es war halb sechs Uhr morgens. Bestimmt wollte ihn einer seiner Leute vom Kommissariat sprechen, um ihm etwas Wichtiges mitzuteilen; um diese Uhrzeit konnte es gar nichts anderes sein. Fluchend stand er auf, ging ins Esszimmer und hob ab.

»Salvo, kennst du Potocki?«

Er erkannte die Stimme seines Freundes Nicolò Zito, des Journalisten von »Retelibera«, einem der beiden privaten Fernsehsender in Montelusa, die man in Vigàta empfangen konnte. Nicolò war nicht der Typ, der sich einen blöden Scherz erlaubte, Montalbano wurde also nicht wütend.

»Wen soll ich kennen?«

»Potocki, Jan Potocki.«

»Ist er Pole?«

»Ja, der Name klingt so. Er müsste der Autor eines Buches sein, aber wen ich auch danach gefragt habe, niemand konnte mir etwas sagen. Wenn nicht mal du es weißt, dann können mich alle mal.«

Es werde Licht. Vielleicht konnte er die ungewöhnliche Frage seines Freundes doch beantworten.

»Weißt du zufällig, ob das Buch *Die Handschrift von Saragossa* heißt?«
»Ja, genau! Mensch, Salvo, du bist klasse! Hast du das Buch auch gelesen?«
»Ja, vor vielen Jahren.«
»Kannst du mir sagen, wovon es handelt?«
»Warum interessiert es dich denn so?«
»Alberto Larussa, den du ja gut gekannt hast, hat sich das Leben genommen. Seine Leiche wurde gegen vier Uhr morgens gefunden, und man hat mich aus dem Bett geholt.«
Die Nachricht traf Commissario Montalbano schwer. Er war mit Alberto Larussa nicht eng befreundet gewesen, aber Larussa hatte ihn manchmal zu sich nach Ragòna eingeladen, und nie hatte Montalbano es versäumt, sich ein paar Bücher aus seiner umfangreichen Bibliothek zu leihen.
»Hat er sich erschossen?«
»Wer? Alberto Larussa? Also hör mal, der bringt sich doch nicht auf so banale Weise um!«
»Wie denn dann?«
»Er hat seinen Rollstuhl in einen elektrischen Stuhl umfunktioniert. Er hat sich gewissermaßen selbst hingerichtet.«
»Und was hat das Buch damit zu tun?«
»Es lag neben dem elektrischen Stuhl auf einem Hocker. Vielleicht ist es das letzte, das er gelesen hat.«
»Ja, wir hatten davon gesprochen. Es hat ihm sehr gefallen.«
»Also, wer war dieser Potocki?«
»Er wurde in der zweiten Hälfte des achtzehnten Jahrhunderts geboren und stammte aus einer Soldatenfamilie. Er war Forscher, Reisender, stell dir vor, er ist von Marokko

bis in die Mongolei gereist. Der Zar machte ihn zu seinem Berater. Er hat ethnografische Bücher veröffentlicht. Eine Inselgruppe, wo, weiß ich nicht mehr, wurde nach ihm benannt. Den Roman, nach dem du mich gefragt hast, hat er auf Französisch geschrieben. Das ist alles.«

»Aber warum war Larussa dieses Buch so wichtig?«

»Nicolò, das hab ich doch schon gesagt: Er mochte es, er las es immer wieder. Ich glaube, er betrachtete Potocki als Zwillingsseele.«

»Aber er hat doch nie sein Haus verlassen!«

»Zwillingsseele, was das Außergewöhnliche, die Originalität angeht. Übrigens hat Potocki sich auch umgebracht.«

»Wie denn?«

»Er hat sich erschossen.«

»Das finde ich aber nicht sehr originell. Larussa hat sich da was Besseres einfallen lassen.«

Alberto Larussa war so bekannt gewesen, dass Nicolò Zito am Morgen selbst die Acht-Uhr-Nachrichten moderierte; sonst behielt er sich die Abendnachrichten vor, die mehr Zuschauer hatten. Im ersten Teil des Berichts sprach Nicolò von den Umständen, unter denen die Leiche gefunden worden war, und von der Art und Weise des Selbstmords. Ein Jäger, Martino Zìcari, war gegen halb vier Uhr nachts an Larussas Haus vorbeigekommen und hatte aus einem Fenster im Kellergeschoss Rauch aufsteigen sehen. Da sich dort, wie man wusste, Alberto Larussas Werkstatt befand, war Zìcari zuerst nicht beunruhigt gewesen. Doch dann trug ihm ein leichter Wind den Geruch dieses Rauchs zu, und da war er allerdings beunruhigt. Er rief die Carabinieri, und die brachen, nachdem sie vergebens geklopft hatten, die Tür auf. Im Keller fanden sie die halb verkohlte Leiche von Alberto Larussa, der seinen Rollstuhl kunstgerecht in einen perfekten elektrischen Stuhl umfunktioniert hatte. In der Folge war es zu einem Kurzschluss gekommen, und ein Brand hatte den Raum teilweise verwüstet. Unversehrt geblieben war ein Hocker neben dem Toten, auf dem der Roman von Jan Potocki lag. Und an dieser Stelle seines Berichts griff Nicolò Zito auf das zurück, was Montalbano ihm gesagt hatte. Dann entschuldigte er sich bei den Zuschauern, dass er von dem Haus, in dem Larussa gelebt hatte, nur Außenaufnahmen zeigen könne: Der Maresciallo der Carabinieri habe verboten, innen zu drehen. Der zweite Teil des Berichts befasste sich mit der Person des Selbstmörders. Larussa war fünfzig Jahre alt gewesen, sehr reich, nach einem Sturz vom Pferd seit dreißig Jahren gelähmt und nie aus seiner Geburtsstadt Ragòna herausgekommen. Er hatte nie geheiratet, sein jüngerer Bruder lebte in Palermo. Er war ein leidenschaftlicher Leser und besaß eine Bibliothek von über zehntausend Bänden. Nach dem Sturz vom Pferd hatte er seine wahre Berufung entdeckt: die Goldschmiedekunst. Aber er war ein ganz besonderer Goldschmied. Er verwendete nur schlichte Materialien, Eisen- und Kupferdraht, kleine Glassteine in verschiedenen Farben. Doch immer war die erfindungsreiche Gestaltung dieser Schmuckstücke außergewöhnlich geschmackvoll und machte sie zu wirklichen Kunstobjekten. Larussa verkaufte sie nicht, er schenkte sie Freunden oder Leuten, die ihm sympathisch waren. Um besser arbeiten zu können, hatte er seinen Keller in eine perfekt eingerichtete Werkstatt verwandelt. Und dort hatte er sich umgebracht, ohne irgendeine Erklärung zu hinterlassen.

Montalbano schaltete den Fernseher aus und rief Livia an,

in der Hoffnung, sie noch zu Hause in Boccadasse, Genua, zu erreichen. Sie war da. Er sagte ihr, was passiert war. Livia hatte Larussa gekannt, sie hatten sich gemocht. Jedes Jahr zu Weihnachten hatte er Livia eine seiner Kreationen geschickt. Livia weinte nicht so leicht, aber jetzt hörte der Commissario, wie ihre Stimme brüchig wurde.
»Warum hat er das getan? Er hat auf mich nie wie ein Mensch gewirkt, der zu so etwas fähig wäre.«

Gegen drei Uhr am Nachmittag rief der Commissario Nicolò an.
»Gibt's was Neues?«
»Allerdings, einiges. Weißt du, Larussa hatte in der Werkstatt einen Starkstromanschluss mit dreihundertachtzig Volt. Er hat sich nackt ausgezogen und sich Armreifen um Handgelenke und Knöchel gelegt, ein breites metallenes Band um die Brust und eine Art Kopfhörer an die Schläfen. Um die Wirkung des Stroms zu verstärken, hat er seine Füße in eine Schüssel mit Wasser gestellt. Er wollte auf Nummer Sicher gehen. Natürlich hat er sich die ganzen Dinger in aller Ruhe selber gebastelt.«
»Weißt du denn, wie er den Stromschalter betätigt hat? Er war doch festgebunden, oder?«
»Der Feuerwehrhauptmann hat gesagt, dass er einen Timer hatte. Genial, nicht wahr? Ach ja, er hatte noch eine Flasche Whisky getrunken.«
»Er trank keinen Alkohol, wusstest du das?«
»Nein.«
»Mir ist was eingefallen, während du von den Dingern sprachst, die er sich selber gebastelt hat, damit der Strom durchfließt. Es gibt eine Erklärung, warum er den Roman von Potocki neben sich gelegt hat.«

»Sagst du mir jetzt endlich, was in diesem verdammten Buch drinsteht?«

»Nein, weil in unserem Fall nicht der Roman interessiert, sondern der Autor.«

»Inwiefern?«

»Mir ist wieder eingefallen, wie Potocki sich umgebracht hat.«

»Aber das hast du mir doch schon gesagt! Er hat sich erschossen!«

»Ja, aber damals gab es Vorderladerpistolen, mit einer einzigen Kugel.«

»Na und?«

»Drei Jahre bevor er sich das Leben nahm, schraubte Potocki die Kugel vom Deckel seiner silbernen Teekanne ab. Jeden Tag feilte er ein paar Stunden lang daran herum. Er brauchte drei Jahre, bis sie den richtigen Umfang hatte. Dann ließ er sie segnen, steckte sie in den Lauf seiner Pistole und tötete sich.«

»*O Cristo!* Ich dachte heute Morgen, Larussa sei Potocki an Originalität überlegen gewesen, aber jetzt glaube ich, dass sich die beiden ebenbürtig waren. Demnach wäre dieses Buch eigentlich eine Art Botschaft: Ich habe mich auf extravagante Art und Weise umgebracht, genau wie mein Meister Potocki.«

»Sagen wir mal, das könnte Sinn ergeben.«

»Warum sagst du ›könnte‹?«

»Tja, das weiß ich ehrlich gesagt auch nicht.«

Am nächsten Morgen war es Nicolò, der den Commissario anrief. Er wollte ihm im Zusammenhang mit Larussas Selbstmord, der ihm keine Ruhe ließ, weil er so einfallsreich vollzogen worden war, etwas Interessantes zeigen.

Montalbano fuhr also zum Sendehaus von »Retelibera«. Nicolò hatte Giuseppe Zaccaria, Larussas Vermögensverwalter, und den Tenente der Carabinieri Olcese interviewt, der die Ermittlungen geleitet hatte. Zaccaria war ein unfreundlicher, finster blickender Geschäftsmann aus Palermo.
»Ich bin nicht verpflichtet, Ihre Fragen zu beantworten.«
»Natürlich sind Sie nicht verpflichtet, ich habe Sie ja nur gebeten, so freundlich zu sein ...«
»Sie und das Fernsehen können mich mal kreuzweise!«
Zaccaria drehte sich um und wollte gehen.
»Stimmt es, dass Larussas Vermögen auf fünfzig Milliarden geschätzt wird?«
Zito hatte eindeutig geblufft, aber Zaccaria fiel darauf herein. Wütend drehte er sich rasch um.
»Von wem haben Sie denn diesen Quatsch?«
»Aus meinen Informationen geht ...«
»Jetzt hören Sie mal zu. Der selige Larussa war reich, aber nicht in diesem Ausmaß. Er besaß Aktien, verschiedene Wertpapiere, aber, ich wiederhole, nicht in dem Maß, von dem Sie da reden.«
»An wen geht das Erbe?«
»Wissen Sie nicht, dass er einen jüngeren Bruder hat?«
Tenente Olcese war eine Bohnenstange von eins neunundneunzig. Höflich, aber ein Eisbrocken.
»Die wenigen Erkenntnisse, die wir gewonnen haben, weisen alle, ich sage: alle, auf Selbstmord hin. Reichlich überspannt, das stimmt, aber Selbstmord. Auch sein Bruder ...«
Tenente Olcese unterbrach sich plötzlich.
»Das ist alles, *buongiorno*.«
»Sie sagten gerade, sein Bruder ...«
»*Buongiorno*.«

Montalbano sah seinen Freund Nicolò an.

»Warum hast du mich denn hergerufen? Die beiden Interviews scheinen mir nicht sehr aussagekräftig.«

»Ich habe beschlossen, dich immer auf dem Laufenden zu halten. Irgendwas ist doch nicht in Ordnung, Salvo. Dieser Selbstmord gefällt dir nicht, stimmt's?«

»Nicht, dass er mir nicht gefällt, er bereitet mir eher Unbehagen.«

»Willst du darüber sprechen?«

»Von mir aus, ich habe mit dem Fall ja nichts zu tun. Aber du musst mir schwören, dass du es nicht in deinen Nachrichten verwertest.«

»Versprochen.«

»Livia hat mir am Telefon gesagt, dass Larussa ihrer Meinung nach nicht der Typ für einen Selbstmord ist. Ich glaube an Livias Sensibilität.«

»*Oddio*, Salvo! Schau, der ganze ausgeklügelte Mechanismus des elektrischen Stuhls trägt doch die Handschrift eines Originals wie Larussa! Er ist sozusagen sein Label!«

»Das ist es ja, was mir Unbehagen bereitet. Als seine künstlerische Tätigkeit bekannt wurde, hat er den Modezeitschriften, die ihn bedrängten, nie ein Interview gewährt. Wusstest du das?«

»Mir wollte er auch keines geben, als ich ihn einmal darum bat. Er war ein Eigenbrötler.«

»Er war ein Eigenbrötler, stimmt. Und als der Bürgermeister von Ragòna für einen wohltätigen Zweck eine Ausstellung mit seinen Arbeiten machen wollte, was hat er da gemacht? Er hat den Vorschlag abgelehnt, aber dem Bürgermeister einen Scheck über zwanzig Millionen geschickt.«

»Ja, ich weiß.«

»Und dann haben wir noch Potockis Roman, der so auffällig neben ihm lag. Das hat auch was von Effekthascherei. Nein, das passt alles nicht zu seiner Art.«
Sie sahen sich schweigend an.
»Du müsstest versuchen, diesen jüngeren Bruder zu interviewen«, schlug der Commissario dann vor.

In den Acht-Uhr-Nachrichten brachte Nicolò Zito die beiden Interviews, die er Montalbano schon vorab gezeigt hatte. Nach den Nachrichten von »Retelibera« schaltete der Commissario zu »Televigàta« um, dem anderen Privatsender, dessen Nachrichten um halb neun begannen. Natürlich machte Larussas Selbstmord den Anfang. Der Journalist Simone Prestìa, der Schwager des Polizeibeamten Galluzzo, interviewte Tenente Olcese.
»Die wenigen Erkenntnisse, die wir gewonnen haben«, erklärte der Tenente und gebrauchte dieselben Worte wie bei Nicolò Zito, »weisen alle, ich sage: alle, auf Selbstmord hin. Überspannt, das stimmt, aber Selbstmord.«
*Mizzica*, ist dieser Tenente fantasievoll!, dachte der Commissario, doch der fuhr fort:
»Auch sein Bruder …«
Tenente Olcese unterbrach sich plötzlich.
»Das ist alles, *buongiorno*.«
»Sie sagten gerade, auch sein Bruder …«
*»Buongiorno«*, sagte Tenente Olcese und entfernte sich steif. Montalbano blieb der Mund offen stehen. Dann kam ihm, weil in dem Bildausschnitt der Tenente immer zu sehen gewesen war und man Prestìas Stimme nur aus dem Off gehört hatte, der Verdacht, dass Zito den Bericht Prestìa hatte zukommen lassen, Journalisten taten sich manchmal solche Gefallen.

»Hat Prestìa das Interview mit Olcese von dir bekommen?«
»Also hör mal!«
Nachdenklich legte Montalbano auf. Was hatte dieses Theater zu bedeuten? Vielleicht war Tenente Olcese mit seinen zwei Metern Länge gar nicht so blöd, wie es den Anschein hatte.
Und was konnte der Zweck dieses Theaters sein?
Da kam nur einer infrage: die Journalisten scharfzumachen, sie gegen den Bruder des Selbstmörders aufzuhetzen. Und was sollte damit erreicht werden? Eines war jedenfalls sicher: nämlich dass nach Ansicht des Tenente die Geschichte mit dem Selbstmord ganz gewaltig stank, das musste man wirklich sagen.

Drei Tage lang waren Nicolò, Prestìa und andere Journalisten Larussas Bruder Giacomo in Palermo auf der Spur, erwischten ihn aber nie. Sie postierten sich vor seinem Haus und vor dem Gymnasium, in dem er Latein unterrichtete: ohne Erfolg, er war wie vom Erdboden verschluckt. Dann entschied sich der belagerte Schuldirektor mitzuteilen, dass Professore Larussa zehn Tage Urlaub genommen habe. Er ließ sich auch auf der Trauerfeier für den Selbstmörder nicht blicken (die in der Kirche stattfand, denn Reiche, die sich umbringen, gelten als verrückt, weshalb ihnen die Absolution von der törichten Tat erteilt wird). Es war eine Beerdigung wie viele andere, und das löste bei Montalbano eine verschwommene Erinnerung aus. Er rief Livia an.
»Als wir Alberto Larussa mal besuchten, hat er da nicht mit dir über die Beerdigung gesprochen, die er einmal haben wollte?«

»Natürlich! Er scherzte, aber es war ihm schon auch ernst. Er führte mich in seine Werkstatt und zeigte mir die Entwürfe.«

»Wovon?«

»Von seiner Beerdigung. Du machst dir ja keine Vorstellung von dem Leichenwagen, mit zwei Meter großen weinenden Engeln, Putti und so weiter. Alles aus Gold und Mahagoni. Er sagte, er würde ihn sich eigens bauen lassen, wenn es so weit sei. Sogar die Uniform der Kranzträger hatte er entworfen. Und der Sarg erst! Höchstens die Pharaonen hatten solche Särge.«

»Wie merkwürdig.«

»Was?«

»Dass jemand, der so zurückgezogen lebt, so ein Eigenbrötler, davon träumt, protzig wie ein Pharao bestattet zu werden, wie du sagst.«

»Stimmt, das hat mich auch gewundert. Aber er sagte, der Tod sei eine solche Veränderung, dass man sich als Toter ruhig völlig anders geben könne als zu Lebzeiten.«

Eine Woche später landete Nicolò Zito einen echten Knüller. Es war ihm gelungen, die Gegenstände zu filmen, die Alberto Larussa in der Werkstatt für seinen Selbstmord hergestellt hatte: vier Armreifen, zwei für die Knöchel und zwei für die Handgelenke; das mindestens fünf Finger breite Kupferband, das er sich um den Brustkorb geschnallt hatte; eine Art Kopfhörer, bei dem anstelle der Ohrstöpsel rechteckige Metallplättchen angebracht waren, die er sich an die Schläfen gelegt hatte. Montalbano sah die Utensilien in den Spätnachrichten. Er rief Nicolò gleich an, er wollte eine Kopie. Zito versprach sie ihm für den folgenden Morgen.

»Was findest du daran so interessant?«
»Nicolò, hast du dir die Sachen genau angesehen? Die könnten auch wir machen, du und ich, aber wir würden sogar daran scheitern. Die Dinger sind so grob gearbeitet, dass nicht mal die *vo' cumpra'*, die fliegenden Händler, sich trauen würden, sie am Strand zu verkaufen. Ein Künstler wie Alberto Larussa hätte sie niemals verwendet, er hätte sich geschämt, mit einem solchen Schrott gefunden zu werden.«
»Und was heißt das deiner Meinung nach?«
»Das heißt meiner Meinung nach, dass Alberto Larussa sich nicht das Leben genommen hat. Er wurde ermordet, und der Mörder hat dafür gesorgt, dass die Umstände des Selbstmords zu Larussas Originalität passen.«
»Man sollte vielleicht Tenente Olcese verständigen.«
»Soll ich dir was sagen?«
»Was denn?«
»Tenente Olcese ist viel schlauer als du und ich zusammen.«

Tenente Olcese war so schlau, dass er exakt zwanzig Tage nach Alberto Larussas Tod dessen Bruder Giacomo festnahm. Am selben Abend trat bei »Retelibera« Staatsanwalt Giampaolo Boscarino auf, der Wert auf eine gute Erscheinung legte, wenn er auf dem Bildschirm zu sehen war.
»Dottor Boscarino, was wird Professor Larussa vorgeworfen?«, fragte Nicolò Zito, der sofort nach Palermo gefahren war.
Bevor er antwortete, strich Boscarino seinen fahlblonden Schnauzbart glatt, fasste an seinen Krawattenknoten, fuhr sich mit der Hand über das Revers.
»Der grausame Mord an seinem Bruder Alberto. Es sollte

wie ein Selbstmord aussehen, den er makaber inszeniert hat.«

»Wie sind Sie zu diesem Schluss gekommen?«

»Tut mir Leid, es gibt die Schweigepflicht.«

»Können Sie uns denn gar nichts sagen?«

Er fuhr sich mit der Hand über das Revers, fasste an seinen Krawattenknoten, strich seinen fahlblonden Schnauzbart glatt.

»Giacomo Larussa hat sich in offenkundige Widersprüche verwickelt. Die von Tenente Olcese brillant geführten Ermittlungen haben darüber hinaus Fakten ans Licht gebracht, die den Professore zusätzlich belasten.«

Er strich seinen fahlblonden Schnauzbart glatt, fasste an seinen Krawattenknoten, und das Bild wechselte, Nicolò Zitos Gesicht erschien.

»Wir konnten Signor Filippo Alaimo aus Ragòna interviewen, er ist Rentner und fünfundsiebzig Jahre alt. Die Anklage hält seine Zeugenaussage für äußerst wichtig.«

In Ganzaufnahme erschien ein hagerer Bauer, zu dessen Füßen ein großer Hund kauerte.

»Alaimo Filippo heiß ich. Sie müssen nämlich wissen, Herr Journalist, dass ich an Schlaflosigkeit leide, und dann kann ich immer nicht einschlafen. Alaimo Filippo heiß ich ...«

»Das sagten Sie bereits«, hörte man Zito aus dem Off.

»Verdammt, was wollte ich jetzt sagen? Ach ja. Also, wenn es mir langweilig wird, weck ich den Hund auf, auch mitten in der Nacht, und geh mit ihm spazieren. Und wenn ich Pirì, so heißt der Hund, vom Schlafen aufgeweckt hab, dann ist er sauer, wenn er raus muss.«

»Was macht der Hund dann?«, fragte Nicolò, wieder aus dem Off.

»Ich möchte Sie mal sehen, Herr Journalist, wenn Sie mitten in der Nacht geweckt werden und dann zwei Stunden draußen rumlaufen müssen! Sind Sie da vielleicht nicht sauer? Der Hund auch. Und wenn Pirì dann was sieht, was sich bewegt, ein Mensch, ein Tier oder ein Auto, dann stürzt er sich drauf.«

»Und so war es auch in der Nacht vom Dreizehnten auf den Vierzehnten, nicht wahr?« Nicolò hatte beschlossen einzugreifen, er fürchtete, dass die Zuschauer sonst irgendwann gar nichts mehr verstanden. »Sie waren in der Nähe von Signor Larussas Haus, als Sie ein Auto sahen, das schnell durch das Tor auf die Straße fuhr …«

»*Sissignore.* Genau so war's. Das Auto ist rausgefahren, Pirì hat sich draufgestürzt, und dieses Arschloch am Steuer hat meinen Hund überfahren. *Taliàsse ccà*, da, sehen Sie, Herr Journalist.«

Filippo Alaimo bückte sich, packte den Hund am Halsband und hob ihn hoch, die Hinterbeine des Tieres waren verbunden.

»Um welche Uhrzeit war das, Signor Alaimo?«

»Vielleicht so halb drei, drei Uhr morgens.«

»Und was haben Sie dann gemacht?«

»Ich hab hinter dem Auto hergeschrien, dass er ein Riesenarschloch ist. Und dann hab ich das Kennzeichen aufgeschrieben.«

Nicolò Zitos Gesicht erschien wieder.

»Glaubwürdigen Aussagen zufolge soll das von Signor Alaimo notierte Kennzeichen mit dem von Professor Giacomo Larussas Wagen übereinstimmen. Jetzt lautet die Frage folgendermaßen: Was machte Giacomo Larussa mitten in der Nacht im Haus seines Bruders, wo doch bekannt ist, dass zwischen den beiden kein gutes Einvernehmen herrschte? Wir wenden uns mit der Frage an Avvocato

Gaspare Palillo, der die Verteidigung des Verdächtigen übernommen hat.«

Avvocato Palillo war dick und rosig und sah genauso aus wie eines der drei kleinen Schweinchen.

»Bevor ich Ihre Frage beantworte, möchte ich Ihnen selbst eine stellen. Darf ich?«

»Bitte.«

»Wer hat dem so genannten Zeugen denn geraten, seine Brille nicht zu tragen, die er normalerweise trägt? Dieser Rentner ist fünfundsiebzig Jahre alt und hat minus acht Dioptrien auf jedem Auge, seine Sehkraft ist also stark vermindert. Um halb drei Uhr nachts will er im schwachen Licht einer Straßenlaterne das Nummernschild eines schnell wegfahrenden Autos gelesen haben? Ich bitte Sie! Jetzt zu Ihrer Frage. Es muss festgehalten werden, dass die Beziehung zwischen den beiden Brüdern im vergangenen Monat besser geworden war, so viel besser, dass mein Schützling in diesem Monat immerhin dreimal im Haus seines Bruders in Ragòna war. Ich betone, dass die Initiative zu dieser Annäherung von dem Selbstmörder ausging, der meinem Schützling gegenüber mehrmals äußerte, er ertrage die Einsamkeit nicht mehr, sei sehr depressiv und brauche den Zuspruch des Bruders. Es stimmt, am Dreizehnten ist mein Schützling nach Ragòna gefahren, er hat mehrere Stunden mit seinem Bruder gesprochen, der ihm noch deprimierter erschien als sonst, und ist vor dem Abendessen, gegen zwanzig Uhr, nach Palermo zurückgefahren. Von dem Selbstmord hat er am nächsten Morgen in einem lokalen Radiosender gehört.«

In den nächsten Tagen geschah das, was in solchen Fällen normalerweise geschieht.

Michele Ruoppolo aus Palermo, der am Vierzehnten um vier Uhr morgens nach Hause kam, erklärte, er habe um diese Zeit den Wagen von Professor Giacomo Larussa ankommen sehen. Von Ragòna nach Palermo braucht man allerhöchstens zwei Stunden. Wenn der Professore um zwanzig Uhr das Haus seines Bruders verlassen hatte, warum hatte er dann für die Strecke acht Stunden gebraucht?

Avvocato Palillo entgegnete, der Professore sei um zweiundzwanzig Uhr nach Hause gekommen, habe aber aus Sorge um den Zustand seines Bruders nicht schlafen können. Gegen drei Uhr morgens habe er das Haus verlassen, sich ins Auto gesetzt und sei die Küstenstraße entlanggefahren.

Arcangelo Bonocore schwor hoch und heilig, er sei am Dreizehnten gegen sechs Uhr abends in der Nähe des Hauses von Alberto Larussa gewesen und habe innen Stimmen und Geräusche eines heftigen Streits gehört.

Avvocato Palillo sagte, sein Schützling erinnere sich sehr gut an diese Episode. Es habe keinen Streit gegeben. Irgendwann habe Alberto Larussa den Fernseher eingeschaltet, weil er eine Serie namens »Marshall« habe sehen wollen. In dieser Folge habe es eine brutale Schlägerei zwischen zwei Leuten gegeben. Er, Avvocato Palillo, könne ein Video mit der Aufzeichnung der Episode aus dem Film vorlegen. Signor Boncore sei einem Missverständnis aufgesessen.

So ging das eine Woche lang, bis Tenente Olcese den Trumpf aus dem Ärmel zog, den Staatsanwalt Boscarino schon angedeutet hatte. Unmittelbar nach der Entdeckung der Leiche, berichtete der Tenente, habe er Anweisung gegeben, einen Brief oder sonst irgendetwas Schriftliches zu

suchen, das die Beweggründe zu dieser entsetzlichen Tat klären könnte. Sie hätten nichts gefunden, weil Alberto Larussa nichts zu erklären gehabt habe, denn er habe nie und nimmer an Selbstmord gedacht. Dafür hätten sie in der obersten Schublade links im Schreibtisch – die nicht abgeschlossen gewesen sei, wie Olcese betonte – ein Kuvert gefunden, auf dem »nach meinem Tod zu öffnen« gestanden habe. Da Signor Larussa gestorben sei, hob der Tenente mit zwingender Logik hervor, hätten sie es geöffnet. Wenige Zeilen: »Ich hinterlasse alles, was ich an Wertpapieren, Aktien, Grundstücken, Häusern und weiterem Eigentum besitze, meinem geliebten jüngeren Bruder Giacomo.« Darunter die Unterschrift. Kein Datum. Eben das Fehlen dieses Datums habe den Tenente argwöhnisch gemacht, und er habe das Testament zweifach untersuchen lassen, chemisch und grafologisch. Die chemische Untersuchung habe erwiesen, dass das Schreiben höchstens einen Monat zuvor verfasst worden sei, wie sich aus der speziellen Sorte Tinte ergeben habe, die Alberto Larussa übrigens auch sonst benutzt habe. Die grafologische Untersuchung, mit welcher der Gutachter des Gerichts von Palermo beauftragt worden sei, habe zu einem unmissverständlichen Ergebnis geführt: Alberto Larussas Schrift war geschickt nachgeahmt worden.
Die Geschichte mit dem gefälschten Testament schluckte Avvocato Palillo nicht.
»Ich weiß schon, welches Bild sich die Ermittler da zurechtgebastelt haben. Mein Schützling besucht seinen Bruder, macht ihn irgendwie bewusstlos, schreibt das Testament, holt aus dem Auto die Gegenstände für die Exekution, die er sich von irgendjemandem in Palermo hatte machen lassen, befördert seinen ohnmächtigen Bruder in die Werk-

statt (die er sehr gut kennt, das hat er eingeräumt, weil Alberto ihn oft dort empfangen hat) und macht sich an die makabre Inszenierung. Doch ich frage mich: Wozu musste er dieses falsche Testament schreiben, wenn es eines gibt, das ordnungsgemäß aufgenommen wurde und in dem dasselbe steht? Lassen Sie mich das erklären. Das Testament von Angelo Larussa, dem Vater von Alberto und Giacomo, lautete folgendermaßen: Ich hinterlasse meine beweglichen und unbeweglichen Güter meinem erstgeborenen Sohn Alberto. Bei seinem Tod geht der gesamte Besitz an meinen jüngeren Sohn Giacomo über. Ich frage mich also: *Cui bono?* Wem nützt dieses überflüssige zweite Testament?«

Was Olcese und Avvocato Palillo zu sagen hatten, hörte Montalbano in den Spätnachrichten, als er schon in Unterhose und auf dem Weg ins Bett war. Es beunruhigte ihn, und er hatte auf einmal gar keine Lust mehr, schlafen zu gehen. Die Nacht war besonders mild, und so ging er – wie er war, in Unterhosen – am Meer spazieren. Das zweite Testament passte nicht. Obwohl er den Angeklagten für schuldig hielt, empfand der Commissario die Niederlegung dieses Schriftstücks irgendwie als übertrieben. Andererseits war an dieser Geschichte alles übertrieben gewesen. Doch das falsche Testament war wie ein Pinselstrich zu viel auf einem Bild, wie eine Schattierung. *Cui bono?*, hatte Avvocato Palillo gefragt. Und die Antwort kam dem Commissario ganz selbstverständlich und unaufhaltsam über die Lippen, es war ihm, als würde er geblendet, als hätte ein Fotograf den Blitz explodieren lassen, er fühlte, wie seine Beine plötzlich weich wie Ricotta wurden, und musste sich in den nassen Sand setzen.

»Nicolò? Ich bin's, Montalbano. Was machst du gerade?«

»Ich war auf dem Weg ins Bett, falls du nichts dagegen hast, es ist ja schon ziemlich spät. Hast du Olcese gehört? Du hast schon Recht gehabt: Giacomo Larussa ist nicht nur ein Mörder aus Habgier, sondern auch ein Monster!«

»Kannst du dir ein paar Notizen machen?«

»Warte, ich hole Papier und Stift. So, jetzt. Also?«

»Ich muss vorausschicken, Nicolò, dass es um eine heikle Sache geht, die ich meine Leute nicht machen lassen kann, denn wenn die *carrabinera* das mitkriegen, gibt es einen Riesenkrach. Folglich habe auch ich nichts damit zu tun. Alles klar?«

»Alles klar. Ich handle aus eigener Initiative.«

»Gut. Erstens will ich wissen, aus welchem Grund Alberto Larussa seinen Bruder jahrelang nicht hat sehen wollen.«

»Ich werd's versuchen.«

»Zweitens musst du gleich morgen nach Palermo und mit dem Grafologen reden, den Olcese eingeschaltet hat. Du musst ihn nur Folgendes fragen, schreib's dir genau auf: Ist es möglich, so zu schreiben, dass man glaubt, die Schrift sei nachgeahmt? Das ist für den Augenblick alles.«

Nicolò Zito war intelligent, er brauchte nur zehn Sekunden, bis er den Sinn der Frage, die er dem Gutachter stellen sollte, begriffen hatte.

»*Minchia!* Ach du Scheiße!«, rief er.

Der Schuldige wurde in den Schlagzeilen an den Pranger gestellt. Die meisten Zeitungen ließen sich, da der Fall landesweit Interesse weckte, über die Persönlichkeit von Professor Giacomo Larussa aus, den untadeligen Lehrer nach Meinung des Rektors, der Kollegen und Schüler, und den erbarmungslosen Mörder, der sich wie eine Schlange im momentanen Schwächezustand des Bruders eingenistet hatte, um sich sein Vertrauen zu erschleichen und ihn dann, von schändlichster Gewinnsucht getrieben, grausam zu ermorden. Das Urteil hatten die Medien schon gesprochen, der Prozess war jetzt eigentlich ein überflüssiges Ritual.

Den Commissario wurmten diese Artikel, die einem unwiderruflichen Urteil gleichkamen, ganz gewaltig, doch er hatte noch nichts in der Hand, um die unglaubliche Wahrheit offen zu legen, die er in der vergangenen Nacht intuitiv erkannt hatte.

Spätabends rief endlich Nicolò Zito an.

»Ich bin gerade erst zurückgekommen. Aber ich habe einiges für dich.«

»Was denn?«

»Der Reihe nach. Avvocato Palillo kennt den Grund für den Hass, denn um einen solchen handelte es sich, zwischen den beiden Brüdern. Sein Schützling, wie er ihn zu nennen pflegt, hat es ihm erzählt. Also: Alberto Larussa ist vor einunddreißig Jahren gar nicht vom Pferd gefallen, wie es damals in der Stadt hieß. Dieses Gerücht hatte der Vater Angelo in die Welt gesetzt, um die Wahrheit zu vertuschen. Bei einem heftigen Streit wurden die beiden Brüder handgreiflich, Alberto stürzte die Treppe hinunter und verletzte sich an der Wirbelsäule. Er sagte, Giacomo habe ihn gestoßen. Doch der versicherte, Alberto sei gestolpert. Angelo, der Vater, schob den Sturz vom Pferd vor und versuchte die Sache damit zu vertuschen, bestrafte aber Giacomo in seinem Testament, indem er ihn Alberto gewissermaßen unterordnete. Die Sache riecht mir sehr nach Wahrheit.«

»Mir auch. Und der Gutachter?«

»Der Gutachter, an den ich kaum drangekommen bin, war auf meine Frage hin ganz betreten und durcheinander, er war offensichtlich überrascht. Er hat angefangen zu stottern. Um es kurz zu machen, er hat gesagt, dass man diese Frage positiv beantworten könne. Und er hat etwas sehr Interessantes hinzugefügt: Jemand kann sich noch so viel Mühe geben, seine eigene Schrift nachzuahmen, bei einer sehr genauen Prüfung käme am Ende doch der Betrug heraus. Da habe ich ihn gefragt, ob er diese sehr genaue Prüfung vorgenommen hätte. Er hat offen und ehrlich ›nein‹ gesagt. Und weißt du, warum? Weil die Frage des Staatsanwalts an ihn gelautet hatte, ob Alberto Larussas Schrift gefälscht wurde, und nicht, ob Alberto Larussa seine eigene Schrift gefälscht hat. Verstehst du den feinen Unterschied?«

Montalbano antwortete nicht, er dachte über einen weiteren Auftrag für seinen Freund nach.

»Hör zu, du müsstest unbedingt rauskriegen, an welchem Tag Alberto den Unfall mit dem Sturz hatte.«

»Wozu, ist das wichtig?«

»Ja, ich glaube schon.«

»Das weiß ich bereits. Es war der dreizehnte April …«

Er unterbrach sich plötzlich, Montalbano merkte, wie Nicolò schwer atmete.

»*O Cristo!*«, hörte er ihn flüstern.

»Na, hast du nachgerechnet?«, fragte Montalbano. »Der Unfall passiert am dreizehnten April vor einunddreißig Jahren. Alberto Larussa stirbt, durch Mord oder Selbstmord, am dreizehnten April einunddreißig Jahre später. Und die Einunddreißig ist nichts anderes als eine umgekehrte Dreizehn.«

»Das Buch von Potocki hatte Larussa als Aufforderung neben den elektrischen Stuhl gelegt, als Aufforderung, zu begreifen«, sagte Montalbano.
Er saß mit Nicolò in der Trattoria San Calogero und führte sich frische *triglie col sughetto* zu Gemüte.
»Was zu begreifen?«, fragte Nicolò.
»Sieh mal, als Potocki anfing, an der Kugel der Teekanne herumzufeilen, stellte er eine zeitliche Berechnung an: Ich lebe noch so lange, bis die Kugel in den Pistolenlauf passt. Alberto Larussa musste genau einunddreißig Jahre später und genau am Jahrestag, am dreizehnten April, Rache nehmen. Eine zeitliche Berechnung wie die von Potocki, ein festgesetzter Zeitpunkt. Du guckst so zweifelnd. Was ist?«
»Dagegen hätte ich Folgendes einzuwenden«, sagte Nicolò. »Warum hat sich Alberto Larussa nicht dreizehn Jahre nach dem Sturz gerächt?«
»Das habe ich mich auch gefragt. Vielleicht war es ihm aus irgendeinem Grund nicht möglich, vielleicht lebte sein Vater noch und hätte es durchschaut; wenn du willst, überprüfen wir das. Aber Tatsache ist, dass er all diese Jahre warten musste.«
»Und wie verhalten wir uns jetzt?«
»Inwiefern?«
»Wie, inwiefern? Sollen wir diese ganzen schönen Geschichten nur uns selbst erzählen, und Giacomo Larussa lassen wir im Gefängnis schmoren?«
»Was willst du denn machen?«
»Keine Ahnung … Zu Tenente Olcese gehen und ihm alles sagen. Ich glaube, er ist ganz in Ordnung.«
»Der lacht dich doch aus.«
»Warum?«

»Weil unsere Überlegungen nur Worte sind, Seifenblasen, Schall und Rauch. Wir brauchen Beweise, die man bei Gericht vorlegen kann, und die haben wir nicht, darüber musst du dir im Klaren sein.«
»Was machen wir dann?«
»Ich denke heute Nacht darüber nach.«

In seinem üblichen Aufzug als Fernsehzuschauer, sprich in Unterhemd, Unterhose und barfuß, schob Montalbano die Kassette, die Nicolò ihm ein paar Tage zuvor gegeben hatte, in den Videorecorder, steckte sich eine Zigarette an, machte es sich im Sessel bequem und ließ das Band laufen. Am Ende spulte er es zurück und sah es sich noch mal von vorn an. Er ließ es noch dreimal durchlaufen, wobei er sich die Dinge, mit denen der Rollstuhl in einen elektrischen Stuhl verwandelt worden war, ganz genau ansah. Vor Müdigkeit hatte er schon Schatten vor den Augen. Er schaltete das Gerät aus, stand auf, ging ins Schlafzimmer, zog die oberste Schublade der Kommode auf, nahm eine kleine Schachtel heraus, ging wieder hinüber und setzte sich in den Sessel. In dem Schächtelchen lag eine wunderschöne Krawattennadel, die ihm der selige Alberto Larussa geschenkt hatte. Er betrachtete sie lange und sah sich dann noch mal die Kassette an, wobei er die Krawattennadel in der Hand behielt. Plötzlich schaltete er das Videogerät aus, legte das Schächtelchen wieder in die Kommode und sah auf die Uhr. Es war drei Uhr morgens. Zwanzig Sekunden genügten, um seine Bedenken beiseite zu schieben. Er nahm den Telefonhörer ab und wählte.
»Liebling? Ich bin's, Salvo.«
»*Oddio*, Salvo, was ist denn passiert?«, fragte Livia besorgt und mit schlaftrunkener Stimme.

»Du musst mir einen Gefallen tun. Entschuldige, aber es ist zu wichtig für mich. Was hast du alles von Alberto Larussa?«
»Einen Ring, zwei Broschen, einen Armreif, zwei Paar Ohrringe. Sie sind wunderschön. Ich habe sie neulich erst rausgeholt, als ich erfahren hatte, dass er tot ist. *Dio mio*, wie schrecklich! Auf so grauenvolle Weise vom eigenen Bruder umgebracht zu werden!«
»Vielleicht stimmt gar nicht, was alle sagen, Livia.«
»Was sagst du da?!«
»Ich erklär's dir später. Hör zu, du müsstest mir die Sachen, die du von ihm hast, beschreiben, weniger die Form als vielmehr das Material, das er verwendet hat, verstehst du?«
»Nein.«
»*Oddio*, Livia, das ist doch klar! Wie dick sind zum Beispiel die Drähte aus Eisen oder Kupfer oder aus was sie sonst sind?«

Noch vor sieben Uhr morgens klingelte Montalbanos Telefon.
»Und, Salvo, was hast du jetzt vor?«
»Sieh, Nicolò, wir können uns nur in einer Richtung bewegen, aber es ist ein Drahtseilakt.«
»Wir sitzen also in der Scheiße.«
»Ja, aber erst bis zum Hals. Bevor wir ganz darin versinken, bleibt uns zumindest noch ein Schachzug. Der Einzige, der uns zu unserem Verdacht etwas Neues sagen kann, ist Giacomo Larussa. Du musst seinen Anwalt anrufen, er soll sich haargenau erzählen lassen, was während der drei Besuche, die er Alberto abgestattet hat, passiert ist. Wirklich alles. Auch ob eine Mücke rumgeflogen ist. In welchen

Räumen sie waren, was sie gegessen, worüber sie geredet haben. Auch Nichtigkeiten, auch das, was ihm überflüssig erscheint. Unbedingt. Er soll sich sein Hirn zermartern.«

»Sehr geehrter Dottor Zito«, begann der Brief von Avvocato Palillo an Nicolò, »anbei sende ich Ihnen die wortgetreue Transkription des Berichts über die drei Besuche meines Schützlings bei seinem Bruder am 2., 8. und 13. April dieses Jahres.«

Der Avvocato war, obwohl er wie eines der drei Disney-Schweinchen aussah, ein ordentlicher und genauer Mensch.

Beim ersten Besuch, am zweiten April, entschuldigte Alberto sich die ganze Zeit über nur voller Bedauern dafür, dass er darauf bestanden hatte, keine Verbindung mehr zu seinem Bruder zu haben. Es gehe jetzt nicht mehr darum, den Unfall noch mal aufzurollen, es sei sinnlos, in aller Ruhe festzustellen, ob er gestolpert sei oder ob Giacomo ihn gestoßen habe. Schwamm drüber, hatte er gesagt. Auch weil er, sagte er, sich einsam wie ein Hund fühle und diese Situation allmählich satt habe. Außerdem gab es, was früher nie vorgekommen war, Tage mit Depressionen, dann saß er in seinem Rollstuhl und tat gar nichts. Manchmal schloss er die Fensterläden und dachte nach. Worüber?, fragte Giacomo. Und Alberto: Über mein gescheitertes Leben. Dann führte er ihn in die Werkstatt, zeigte ihm die Objekte, an denen er gerade arbeitete, und schenkte ihm eine wunderbare Uhrkette. Der Besuch dauerte drei Stunden, von fünfzehn bis achtzehn Uhr.

Die zweite Begegnung, am achten April, spielte sich haargenau wie der vorhergehende Besuch ab. Diesmal war das Geschenk eine Krawattennadel. Doch Albertos Depression hatte sich merklich verschlimmert, Giacomo hatte einmal den Eindruck, dass Alberto nur mit Mühe die Tränen zurückhielt. Dauer der Begegnung: zweieinhalb Stunden, von sechzehn Uhr bis achtzehn Uhr dreißig. Beim Abschied vereinbarten sie, dass Giacomo am Dreizehnten zur Mittagessenszeit kommen und mindestens bis zwanzig Uhr bleiben sollte.

Der Bericht über den letzten Besuch, den vom dreizehnten April, unterschied sich in einigen Punkten von den anderen. Giacomo war etwas zu früh gekommen und hatte seinen Bruder in miserabler Laune und äußerst nervös angetroffen. Alberto hatte sich über die Haushälterin geärgert und in der Küche sogar eine Pfanne auf den Boden geworfen, um seiner Wut Luft zu machen. Er grummelte vor sich hin und redete kaum mit Giacomo. Kurz vor zwölf klopfte es an der Haustür, Alberto beschimpfte die Haushälterin, die nicht aufmachte. Giacomo ging an die Tür: Es war ein Mopedkurier mit einem großen Paket. Giacomo unterschrieb im Namen seines Bruders und konnte gerade noch den Absender lesen, der auf ein aufgeklebtes Etikett gedruckt war. Alberto riss ihm das Paket fast aus der Hand und drückte es an sich wie ein geliebtes Wesen. Giacomo fragte ihn, was denn so Wichtiges darin sei, aber Alberto gab keine Antwort und sagte nur, er habe keine Hoffnung mehr gehabt, dass es noch rechtzeitig ankäme. Rechtzeitig wofür? Für etwas, was ich im Lauf des Tages noch machen muss, lautete die Antwort. Dann fuhr er in die Werkstatt hinunter, um das Paket dort abzustellen, forderte aber seinen Bruder nicht auf, ihm zu folgen. Giacomo hat betont, dass er diesmal die Werkstatt nicht betreten habe. Seit das Paket angekommen war, war Alberto wie verwandelt. Seine Laune war wieder normal, er entschuldigte sich wortreich bei seinem Bruder und sogar bei der Haushälterin, die, nachdem sie bei Tisch serviert hatte, abgedeckt und die Küche aufgeräumt hatte und gegen fünfzehn Uhr gegangen war. Zum Essen hatten sie keinen Tropfen Wein getrunken, auch das hat Giacomo ausdrücklich betont, sie tranken beide keinen Alkohol. Alberto forderte seinen Bruder auf, sich doch ein Stündchen hinzulegen, er hatte ihm im Gästezimmer das Bett zurechtmachen lassen. Er wollte dasselbe tun. Giacomo stand gegen sechzehn Uhr dreißig auf und ging in die Küche, wo er Alberto antraf, der Kaffee für ihn gemacht hatte. Giacomo fand ihn sehr liebevoll, aber gedankenverloren, fast melancholisch. Mit keinem Wort erwähnte er, was Giacomo eigentlich befürchtet hatte, das Unglück vor einunddreißig Jahren. Sie verbrachten einen schönen Nachmittag miteinander, sprachen über die Vergangenheit, die Eltern, die Verwandten. Während Alberto alle Verbindungen abgebrochen hatte, hielt Giacomo immer noch Kontakt, vor allem zur uralten Schwester der Mutter, Zia Ernestina. Alberto interessierte sich sehr für diese Tante, die er buchstäblich vergessen hatte, er fragte, wie sie lebe und wie es ihr gesundheitlich gehe, und ging sogar so weit, dass er vorschlug, ihr durch Giacomo eine großzügige finanzielle Unterstützung zukommen zu lassen. So ging es weiter bis fast zwanzig Uhr, als Giacomo sich ins Auto setzte, um nach Palermo zurückzufahren. Beim Abschied vereinbarten sie, sich am Fünfundzwanzigsten desselben Monats wiederzusehen. Giacomo hat sich sehr bemüht, sich an den Absender des Pakets genau zu erinnern, aber es ist ihm nicht gelungen. Es könnte Roberti (oder vielleicht Goberti oder vielleicht Foberti oder vielleicht Romerti oder vielleicht Roserti)

SpA – Seveso gewesen sein. Dass das Paket aus Seveso stammte, dessen war sich Giacomo völlig sicher: Er hatte zu Beginn seiner Lehrtätigkeit eine kurze Beziehung zu einer Kollegin gehabt, die aus Seveso kam.

Montalbano fürchtete, die Nachricht von seinen parallel laufenden Ermittlungen könnte durchsickern, und so fuhr er selbst zum Postamt, das als öffentliche Fernsprechstelle über alle Telefonbücher verfügte. Roberti Fausto war Zahnarzt, Roberti Giovanni Dermatologe, Ruberti jedoch eine AG. Er versuchte es. Es meldete sich eine weibliche Singsangstimme.

»Ruberti. Sie wünschen?«

»Hier ist Commissario Montalbano, ich rufe aus Vigàta an. Ich brauche eine Auskunft. Was ist die Ruberti SpA?«

Kurzes Zögern am anderen Ende der Leitung.

»Sie meinen, was sie produziert?«

»Ja, genau.«

»Elektrische Leiter.«

Montalbano spitzte die Ohren, vielleicht lag er ja richtig.

»Könnten Sie mir den Direktor der Verkaufsabteilung geben?«

»Ruberti ist eine kleine Firma, Commissario. Ich gebe Ihnen Ingegnere Tani, der auch für den Verkauf zuständig ist.«

»*Pronto*, Commissario? Hier spricht Tani, Sie wünschen?«

»Ich wüsste gern, ob Sie eine Materialbestellung von einem gewissen Signor …«

»Moment«, unterbrach ihn der Ingegnere, »sprechen Sie von einer Privatperson?«

»Ja.«

»Commissario, wir verkaufen nicht an Privatpersonen. Unsere Produkte gehen nicht an Elektrogeschäfte, weil sie nicht für den Haushalt bestimmt sind. Wie, sagten Sie, heißt dieser Signore?«

»Larussa. Alberto Larussa aus Ragòna.«

»Oh!«, sagte Ingegnere Tani.

Montalbano stellte keine Fragen, sondern wartete, bis sich der andere von seiner Überraschung erholt hatte.

»Ich weiß es aus der Presse und dem Fernsehen«, sagte der Ingegnere. »Was für ein wahnsinniges und schreckliches Ende! Ja, Signor Larussa rief uns an, er wollte Xeron 50 kaufen, von dem er in einer Zeitschrift gelesen hatte.«

»Entschuldigen Sie, aber ich verstehe nichts davon. Was ist Xeron 50?«

»Das ist ein Supraleiter, auf den wir ein Patent haben. Es ist kurz gesagt eine Art Energiemultiplikator. Sehr teuer. Er hat nicht lockergelassen, er war Künstler, ich schickte ihm die fünfzig Meter, die er verlangt hatte, Sie verstehen, eine lächerliche Menge. Aber sie kamen nicht an.«

Montalbano zuckte zusammen.

»Sie kamen nicht an?«

»Nein, beim ersten Mal nicht. Er rief mehrmals an und bat noch mal darum. Denken Sie nur, er hat mir sogar wundervolle Ohrringe für meine Frau gesandt. Ich habe ihm per Kurier noch mal fünfzig Meter geschickt. Und die sind anscheinend beim Empfänger angekommen, leider.«

»Was macht Sie da so sicher?«

»Ich habe im Fernsehen die makabren Bilder von all den Dingen gesehen, die er sich für die Konstruktion des elektrischen Stuhls zurechtgebastelt hatte. Ich meine die Fesselringe, die Armbänder, den Brustriemen. Ein Blick hat mir genügt. Er hat unser Xeron 50 verwendet.«

Montalbano fuhr ins Büro, ließ sich von seinem Vice Mimì Augello vertreten, fuhr heim nach Marinella, zog sich aus, legte seine Fernsehuniform an, schob die Kassette ein, die er sich schon so oft angesehen hatte, setzte sich, ausgestattet mit Kugelschreiber und ein paar Blatt kariertem Papier, in den Sessel und schaltete das Videogerät ein. Er brauchte zwei Stunden, bis er seine Aufgaben erledigt hatte, einmal, weil das Ausrechnen objektiv schwierig war, und dann, weil er mit Zahlen seit jeher auf Kriegsfuß stand. Er bekam tatsächlich heraus, wie viele Rollen Xeron 50 Larussa gebraucht hatte, um die Fesselriemen, die Armbänder, den Brustgürtel und die Kopfapparatur herzustellen. Er fluchte, stand auf, strich durch, rechnete von vorn, schrieb noch mal und war am Ende überzeugt, dass Alberto Larussa etwa dreißig Meter Xeron 50 verwendet hatte. Dann stand er auf und bestellte Nicolò Zito zu sich.

»Schau, Nicolò, er brauchte diesen Spezialdraht aus zwei Gründen unbedingt. Erstens weil das Material von der Stärke her sehr grob ist, denn er verwendete für seine Kunstobjekte Drähte wie Spinnwebfäden, jeder, der ihn kannte, hätte also gesagt, dass der elektrische Stuhl nicht von Alberto stammen könne, weil er zu grob gestaltet und das Material zu dick war. Ich bin auch drauf reingefallen. Zweitens wollte Alberto hundertprozentig sichergehen, dass ihn der elektrische Stuhl tötete und er nicht nur Verbrennungen davontrug. Er musste jedes Risiko ausschalten: Das Xeron 50 war genau das, was er brauchte. Deshalb war er ja auch so nervös, als Giacomo am Dreizehnten morgens zu ihm kam: Das Paket war noch nicht angekommen. Und ohne Xeron 50 wollte er sich nicht auf den elektrischen Stuhl setzen. Als Giacomo gegen acht Uhr abends wegging, fing Alberto wie verrückt an zu arbeiten, um die Inszenierung vorzubereiten. Und ich bin überzeugt, dass er es geschafft hat, sich noch vor Mitternacht umzubringen.«

»Was soll ich jetzt machen? Soll ich zu Olcese gehen und ihm alles erzählen?«

»Ja, jetzt ist es so weit. Sag ihm alles. Und sag ihm auch, dass Alberto Larussa aufgrund deiner – vergiss das nicht: deiner – Berechnungen etwa dreißig Meter Xeron 50 verwendet haben muss. In der Werkstatt müssten demnach noch etwa zwanzig Meter von diesem Draht sein, der bei dem Brand vielleicht auch verschmort ist. Ich sag's dir: Mein Name darf nicht erwähnt werden, ich habe nichts damit zu tun, ich existiere gar nicht.«

»Salvo? Ich bin's, Nicolò. Wir haben es geschafft. Nachdem ich bei dir war, habe ich sofort in Ragòna angerufen. Olcese sagte, er hätte Journalisten nichts mitzuteilen. Ich antwortete, dass ich ihn als Privatperson sehen wollte. Er hat eingewilligt. Eine Stunde später war ich in Ragòna. Ich sage dir gleich, dass ein Gespräch mit einem Eisberg gemütlicher ist. Ich habe ihm alles erzählt, ich habe ihm gesagt, er soll in der Werkstatt nachsehen, ob dort noch zwanzig Meter Xeron 50 liegen. Er antwortete, er würde das überprüfen. Ich habe dir nichts von dieser ersten Unterredung gesagt, damit du nicht sauer bist.«

»Hast du meinen Namen genannt?«

»Spinnst du? Ich bin doch nicht von gestern. Gut, heute Nachmittag bestellt er mich gegen vier nach Ragòna. Er sagt mir als Allererstes, und zwar ohne im Geringsten pikiert zu sein, denn was er mir mitzuteilen hat, bedeutet, dass seine Ermittlungen völlig falsch gelaufen sind, er sagt mir also als Allerersten, dass in Alberto Larussas Werkstatt tatsächlich zwanzig Meter Xeron 50 waren. Kein Wort mehr, kein Wort weniger. Er dankt mir so warmherzig, als hätte ich ihm gesagt, wie spät es ist, und gibt mir die Hand. Und beim Abschied fragt er mich: ›Haben Sie nie versucht, bei der Polizei unterzukommen?‹ Ich bin einen Moment lang irritiert und sage: ›Nein, warum?‹ Weißt du, was er geantwortet hat? ›Weil ich glaube, dass Ihr Freund, Commissario Montalbano, sich sehr darüber freuen würde.‹ Dieser verfluchte Hund!«

Giacomo Larussa wurde freigesprochen, Tenente Olcese strich die Lorbeeren ein, Nicolò Zito landete einen denkwürdigen Knüller, und Salvo Montalbano feierte mit einem solchen Gelage, dass ihm noch zwei Tage lang schlecht war.

## *Das letzte Geleit*

Ein Ankertau, das während einer Sturmflut plötzlich zerriss, hatte Cocò Alletto das linke Bein glatt abgetrennt, und deshalb konnte er seinem Beruf als Cheftrimmer nicht mehr nachgehen, denn die Beinprothese machte es ihm unmöglich, in Gangways und auf Schiffsplanken seine Arbeit zu verrichten.

Als *omo singolo*, was bei uns bedeutet, dass er sowohl von hagerer Gestalt als auch ohne Sorge für Frau und Kinder war, erlaubte ihm die Rente, die ihm der Staat zahlte, eine Armut in Würde, und sein Bruder Jacopo, dem es ein bisschen besser ging als ihm, schenkte ihm ein Paar Schuhe oder einen neuen Anzug, wenn sich das als notwendig erwies. Cocò war noch keine vierzig, als der Unfall passierte. Als er sich dann wieder aufrecht halten konnte, hatte er es sich zur Gewohnheit gemacht, den lieben langen Tag auf einem Poller zu sitzen und den Verkehr im Hafen zu beobachten. So hatte er zuschauen können, wie Jahr für Jahr weniger Schiffe einliefen und zum Beladen und Entladen festmachten, bis schließlich nur noch das Postschiff nach Lampedusa glaubte, der Hafen liege nicht im irreversiblen Koma. Die großen Containerschiffe, die gigantischen Öltanker fuhren längst auf hoher See vorbei, sie zogen am Horizont entlang.

Da verabschiedete sich Cocò für immer vom Hafen und zog auf einen Prellstein vor dem Rathaus an der Hauptstraße von Vigàta um. Eines Tages kam ein feierlicher Trauerzug bei ihm vorbei, vorn mit einer Kapelle und mit bestimmt fünfzig Kränzen; Cocò hatte selbst nie gewusst, warum ihn plötzlich der unwiderstehliche Drang packte, sich dem Zug mit seinem tänzelnden Schritt anzuschließen: Er folgte dem Leichenwagen bis auf den Hügel hinauf, wo sich der Friedhof befand.

Das wurde ihm zur Gewohnheit, er versäumte nun keine Beerdigung mehr, ob es in Strömen regnete oder windig war. Männer und Frauen, Alte und Kinder, da machte er keinen Unterschied.

Als der Herrgott Totuccio Sferra zu sich gerufen hatte (»anscheinend will der liebe Gott *tressette e briscola* spielen«, war der einhellige Kommentar, denn Totuccio hatte sein Leben lang nie etwas anderes getan als *tressette e briscola* zu spielen), merkten viele Leute, dass Cocò sich dem Trauerzug nicht angeschlossen hatte, und fragten einander nach einer Erklärung. Simone Sferra, der Bruder des Toten und ein geachteter Mann, fasste die Angelegenheit als Affront, als persönliche Beleidigung auf. Er verließ mittendrin den Trauerzug und klopfte an Cocòs Haustür, um ihn zur Rede zu stellen, aber niemand antwortete. Er wollte schon wieder gehen, als er glaubte, im Haus jemanden wimmern zu hören: Entschlussfreudig wie er war, trat er die Tür ein und fand Cocò in einem Meer von Blut vor, er war gestürzt und hatte sich böse den Kopf aufgeschlagen. Danach behauptete man, Cocò sei von all den Toten, die er begleitet hatte, aus Dankbarkeit gerettet worden.

Wenn es an Beerdigungen mangelte und Cocò auf seinem Prellstein allmählich unruhig wurde, kam manche mitleidige Seele zu ihm und brachte ihm tröstliche Nachricht:

»Ich glaube, der Pfarrer gibt Ciccio Butera gerade die Letzte Ölung. Eine Frage von Stunden.«

»Ich glaube, der Sohn von Don Cosimo Laurentano, der mit dem Ferrari verunglückt ist, schafft es nicht.«

Cocò stand morgens immer schon auf, wenn es noch dunkel war, und sobald das Café Castiglione öffnete, ging er hinein, setzte sich an einen Tisch und wartete auf die *briosce*, die frisch aus dem Ofen kamen. Er aß zwei, die er in ein großes Glas *granita di limone* tunkte, und dann verließ er das Café, um den Plakatklebern bei der Arbeit zuzuschauen. Es verging kein Tag, an dem zwischen öffentlichen Bekanntmachungen und Werbeplakaten nicht auch eine schwarz umrandete Todesanzeige hervorlugte. An manchen glücklichen Tagen gab es sogar zwei oder drei Todesanzeigen, und Cocò musste sich die Uhrzeiten und vor allem die Kirchen – es gab viele in Vigàta – aufschreiben, in denen die Trauerfeiern stattfanden. Als die Influenza grassierte, die Alte und Kinder dahinraffte, geriet Cocò an den Rand der Erschöpfung, weil er von morgens bis abends von einem Ende der Stadt zum anderen laufen musste, aber er schaffte es und versäumte keine einzige Beerdigung.

Commissario Montalbano, der Cocò kannte, seit er seinen Dienst in Vigàta angetreten hatte, glaubte zuerst, er habe nicht richtig verstanden.

»Hä?«, machte er.

»Jemand hat auf Cocò Alletto geschossen«, wiederholte Mimì Augello, sein Vice.

»Ist er tot?«

»Ja, ein einziger Schuss, ins Gesicht. Er saß auf seinem Prellstein, es war früh am Morgen, er wartete darauf, dass das Café aufmachte.«

»Gibt es Zeugen?«

»Sehr witzig«, antwortete Mimì Augello lapidar.
»Berichte mir«, schloss der Commissario das Gespräch.
Damit hatte er die Ermittlungen mit viel Zartgefühl Augello aufgehalst.

Vier Tage später, als Cocò Alletto beerdigt wurde, war die ganze Stadt auf den Beinen, keine Menschenseele wollte fehlen, hochschwangere Frauen, die mitten im Leichenzug niederzukommen drohten, Alte, die mit Müh und Not von Kindern und Enkeln aufrecht gehalten wurden, der gesamte Stadtrat. Hinter dem Sarg ging auch ein Todgeweihter her: Gegè Nicotra war unheilbar krank, er war am Ende und noch keine fünfzig Jahre alt. Seine Anwesenheit im Trauerzug ging den Leuten nahe, und sie wussten nicht, mit wem sie größeres Mitleid haben sollten, mit dem Toten oder mit dem noch lebenden, aber bereits hoffnungslos Gezeichneten.

Im Kommissariat war allen sofort klar, dass die Ermittlungen zu nichts führen würden. Sicher war nur, dass jemand, der stand oder in einem Auto saß, aus ein oder zwei Meter Entfernung Cocò ins Gesicht geschossen hatte (fast als hätte dieser Jemand seine Gesichtszüge auslöschen wollen). Aber wer und warum? Cocò hatte bestimmt niemals einem Menschen etwas zuleide getan und hatte deshalb keine Feinde, ganz im Gegenteil. Was war es dann? Hatte er vielleicht, als er einmal hinter einem Trauerzug herging, etwas gesehen, was er nicht hätte sehen sollen? Aber Cocò mit seinem Krüppelgang hielt doch immer den Kopf gesenkt, als fürchte er, einen falschen Schritt zu machen. Und wenn er etwas gesehen hätte, wem hätte er es erzählt? Ein Wasserfall, wenn er im Lauf eines Tages drei Worte

über die Lippen brachte. Er war mehr als schweigsam, er war wie ein Grab.
Noch nie hat ein Wort so gut gepasst, dachte Montalbano.

Die erste Beerdigung, an der Cocò nicht teilnehmen konnte, weil er seit drei Tagen tot war, war die des armen Gegè Nicotra, der Cocò noch auf den Friedhof begleitet hatte, dann nach Hause gegangen war und, den Umstand ausnutzend, dass seine Frau beim Einkaufen war, zwei Zeilen geschrieben und sich ins Herz geschossen hatte.
Auf dem Zettel stand nur: Ich bitte um Verzeihung, ich bin verzweifelt, ich ertrage die Krankheit nicht mehr.

Wenn Montalbano richtig über ein Problem nachdenken oder einfach nur ein bisschen frische Luft schnappen wollte, pflegte er sich eine Tüte *càlia e simenza* zu kaufen, geröstete Kichererbsen und Kürbiskerne, und einen langen Spaziergang bis zum Leuchtturm ganz vorn an der östlichen Mole zu machen. Einen Verdauungsspaziergang für den Magen wie für das Gehirn.
Auf einem solchen Spaziergang musste er zwei Fischer trennen, die heftig miteinander stritten. Den Beschimpfungen, Flüchen und Kraftausdrücken war zu entnehmen, dass sie ernsthaft die Absicht hatten, sich zu prügeln. Der Commissario hatte zwar keine Lust, aber er tat seine Pflicht: Er wies sich aus, trat zwischen sie, packte einen am Arm und befahl dem anderen zu verschwinden. Letzterer blieb jedoch nach ein paar Schritten stehen, wandte sich um und schrie seinen Gegner an:
»Mir gehst du nicht hinterher!«
Es war, als hätte den Mann, den Montalbano am Arm festhielt, ein elektrischer Schlag getroffen, er biss sich auf

die Lippen und sagte kein Wort. Als der andere schon ziemlich weit weg war, ließ der Commissario den Arm seines Gefangenen los und verwarnte ihn: Er solle sich unterstehen, auf dumme Ideen zu kommen, der Streit sei hiermit beendet.

Am Leuchtturm angekommen, setzte er sich auf einen Felsen und begann, seine *càlia e simenza* zu essen.

»Mir gehst du nicht hinterher!«

Der Satz, den er eben gehört hatte, meldete sich in seinem Kopf wieder.

»Mir gehst du nicht hinterher!«

Jemand, der nicht aus Sizilien war, hätte mit diesen Worten kaum etwas anfangen können, aber Montalbano waren sie sonnenklar. Sie bedeuteten: Du gehst nicht auf meine Beerdigung, ich gehe auf deine, weil ich dich vorher umbringe.

Der Commissario war wie gelähmt, dann stand er plötzlich auf und machte sich schnell auf den Weg in die Stadt, während sich in seinem Kopf eine so klare und deutliche Szene abspielte, dass er glaubte, er säße im Kino.

Ein Mann, der weiß, dass er von seiner Krankheit zum Tode verurteilt ist und dass ihm, wenn man großzügig sein will, nur noch ein paar Wochen zu leben bleiben, wälzt sich im Bett herum und kann nicht einschlafen. Aber seine Frau neben ihm schläft, sie hat sich absichtlich mit Schlaftabletten und Beruhigungsmitteln betäubt, um der Wüste der Angst, die sie tagtäglich durchqueren muss, eine kleine Oase des Vergessens abzuringen. Der Mann schaltet das Licht ein und starrt den Wecker auf dem Nachtkästchen an: Mit jeder Sekunde, die vorbeigeht, hört er den Schritt des Todes näher kommen. Im ersten Morgengrauen, immer eine kritische Zeit für jemanden mit schlimmen Absichten, weiß der Mann, dass seine ganze Kraft erschöpft ist, sich den wenigen ihm noch verbleibenden Tagen zu stellen – nicht nur dem Tod, sondern dem Wissen, dass er sterben muss und nur noch ganz wenig Sand in der oberen Hälfte der Sanduhr ist. Er steht leise auf, um den Schlaf seiner Frau nicht zu stören, zieht sich an, steckt den Revolver in die Hosentasche und verlässt das Haus, um sich woanders das Leben zu nehmen, denn er will seiner Frau, die von dem Schuss aufwachen würde, die Qual ersparen, ihn röchelnd in den blutgetränkten Laken zu sehen.

Auf dem Corso sieht der Mann Cocò Alletto wie eine Eule auf dem Prellstein sitzen. Er sitzt einfach da, reglos. Er wartet.

Er wartet darauf, dass er auf meine Beerdigung gehen kann, denkt der Mann.

Da stellt er sich vor Cocò hin, der ihn fragend anschaut, zieht, ohne zu zögern, den Revolver und schießt. Ins Gesicht, um den Blick des Todes auszulöschen, der ihm in die Augen sieht. Und sogleich begreift er, dass der Tod nicht durch einen Revolverschuss sterben kann. Die Nutzlosigkeit, die Sinnlosigkeit seiner Tat wird ihm bewusst: Und nicht nur das, nach diesem Mord für nichts und wieder nichts spürt er eine innere Leere, jetzt reicht seine Kraft nur noch dazu, nach Hause zu gehen und sich neben seine ahnungslose Frau zu legen.

Im Büro rief der Commissario gleich Jacomuzzi an, den Chef der Spurensicherung in der Questura von Montelusa. Man antwortete ihm, der Dottore sei in einer Besprechung, man werde es ihm ausrichten und er werde zurückrufen, sobald er frei sei.

Die Spurensicherung hatte sowohl die Kugel, die Cocò Alletto getötet hatte, als auch die Kugel, die man aus dem Herzen von Gegè Nicotra geholt hatte. Und seinen Revolver. Falls sich herausstellte, dass die beiden Projektile aus derselben Waffe stammten, wäre seine Vermutung zweifelsfrei bestätigt, als hätte Gegè seine Unterschrift unter das Verbrechen gesetzt.

Zufrieden lächelte Montalbano.

Und jetzt?

Unvermittelt kreuzte diese Frage seine Gedanken. Der Übermut, den er empfand, begann dahinzuschmelzen. Und jetzt?

Sollte er einen Toten, der nur ein paar Schritte vom Grab seines Opfers entfernt ruhte, des Mordes für schuldig erklären? Was zum Teufel sollte das für einen Sinn haben? Warum sollte die Witwe in einem Meer von neuem, ganz anderem Schmerz ertrinken, nur damit er sich persönliche Genugtuung verschaffen konnte?

Das Telefon klingelte.

»Was wolltest du?«, fragte Jacomuzzi.

»Nichts«, antwortete Commissario Montalbano.

## *Eine heikle Angelegenheit*

Professor Pasquale Loreto, Direktor der städtischen Vorschule »Luigi Pirandello« (in Montelusa und Umgebung berief sich alles auf den berühmten Mitbürger, von den Hotels über die Badeanstalten bis hin zu den Konditoreien), war fünfzig Jahre alt, kahlköpfig und gepflegt und fasste sich gern kurz. Letzteres war eine Gabe, die Montalbano immer schätzte, allerdings verwandelte die sichtbare Verlegenheit, mit der sich der Direktor quälte, die natürliche Kürze seiner Rede hin und wieder in ein unzusammenhängendes Stottern, das die Geduld des Commissario inzwischen erschöpft hatte. Ihm war klar geworden, dass sie, wenn er die Sache nicht in die Hand nahm, nachts noch dasitzen würden. Und es war erst zehn Uhr morgens.

»Wenn ich das richtig verstanden habe, hegen Sie, Direttore, den Verdacht, dass einer Ihrer Lehrer einem fünfjährigen Mädchen an Ihrer Schule besondere Aufmerksamkeit entgegenbringt, wenn wir es mal so nennen wollen. Ist das richtig?«

»Ja und nein«, sagte Pasquale Loreto schweißgebadet und verrenkte seine Finger ineinander.

»Dann erklären Sie es mir genauer.«

»Also, um eins klarzustellen: Den Verdacht hatte nicht ich, sondern die Mutter des Mädchens, die mich darauf angesprochen hat.«

»Gut, die Mutter des Mädchens wollte Ihnen in Ihrer Eigenschaft als Schuldirektor die Angelegenheit anzeigen.«
»Ja und nein«, sagte der Schuldirektor und verrenkte seine Finger dermaßen, dass er sie einen Moment lang gar nicht mehr auseinander bekam.
»Dann erklären Sie es mir genauer«, wiederholte Montalbano seinen Einsatz von vorher. Er kam sich vor wie bei der Probe zu einer Komödie. Nur war diese Geschichte keineswegs komisch.
»Die Mutter des Mädchens ist nicht gekommen, um eine richtige, umfassende Anzeige zu erstatten, sonst hätte ich mich anders verhalten müssen, finden Sie nicht?«
»Ja und nein«, sagte Montalbano, gemein wie er war, dem anderen den Text stehlend.
Pasquale Loreto war irritiert, dann ließ er sich zu einer Textimprovisation hinreißen.
»Entschuldigung, wie meinen Sie das?«
»Ich meine das so, dass Sie, bevor Sie Ihrerseits den Lehrer bei der zuständigen Behörde anzeigten, weitere ihn belastende Fakten hätten sammeln müssen. Sie hätten sozusagen auf eigene Faust innerhalb der Schule ermitteln müssen.«
»Das hätte ich nie getan.«
»Warum denn nicht?«
»Ich bitte Sie! Spätestens nach einer Stunde hätte die ganze Schule gewusst, dass ich mich über den Lehrer Nicotra erkundige! Es wird schon genug gedankenlos geredet und geklatscht, was meinen Sie, was da los ist, wenn ich den geringsten Vorwand dazu liefere. Ich kann nur etwas unternehmen, wenn alles hieb- und stichfest ist.«
»Und ich kann nichts unternehmen, wenn nicht Anzeige erstattet wird!«

»Aber schauen Sie, Co... Co... Commissario, die M... M... Mutter h... h... hat Be... Be... Bedenken ...«

»Wir machen Folgendes«, schnitt Montalbano ihm das Wort ab, als der andere wieder in sein Stottern verfiel. »Kennen Sie Signora Clementina Vasile Cozzo?«

»Natürlich!«, rief Direttore Loreto und strahlte. »Sie war meine Lehrerin! Aber was hat sie damit zu tun?«

»Es könnte eine Lösung sein. Wenn ich mich mit der Mutter des Mädchens bei Signora Clementina Vasile Cozzo zu einer inoffiziellen Unterhaltung treffe, wecken wir keine Neugier und bieten keinen Anlass für Gerede. Anders wäre es, wenn ich in die Schule käme oder die Signora hier erschiene.«

»Ausgezeichnet. Soll sie das Mädchen mitbringen?«

»Vorläufig ist das nicht nötig, glaube ich.«

»Sie heißt Laura Tripòdi.«

»Die Mutter oder die Tochter?«

»Die Mutter. Das Mädchen heißt Anna.«

»Spätestens in einer Stunde rufe ich Sie in der Schule an. Ich muss erst Signora Clementina fragen, wann es bei ihr geht.«

»Aber Commissario, was für eine Frage! Sie können immer zu mir kommen, wann und mit wem Sie wollen!«

»Würde es Ihnen dann morgen Vormittag um zehn passen? So kann Signora Tripòdi ihre Tochter noch in die Schule bringen und anschließend zu Ihnen kommen. Ich hoffe, ich störe Sie nicht allzu lange.«

»Sie müssen mich bis einschließlich nach dem Mittagessen stören. Ich lasse Ihnen etwas kochen, was Sie gern mögen.«

»Sie sind ein Engel, Signora.«

Montalbano legte auf und rief Fazio zu sich.
»Kennst du jemanden in der Pirandello-Schule?«
»Nein, Dottore. Aber ich kann mich informieren, Tanino, der Sohn meiner Nichte Zina, geht da hin. Was wollen Sie wissen?«

Signora Clementina servierte, gewandt mit ihrem Rollstuhl hin und her fahrend, den Kaffee und verließ dann taktvoll das Wohnzimmer. Sie schloss sogar die Tür. Laura Tripòdi war ganz anders, als der Commissario sie sich vorgestellt hatte. Sie war vielleicht Anfang dreißig und, was ihre Erscheinung betraf, eine höchst bemerkenswerte Frau. Nichts Auffälliges, ganz im Gegenteil, das schlichte Kostüm, das sie trug, war ihrer Figur eher abträglich: Doch die zurückhaltende Sinnlichkeit der Frau war etwas fast Greifbares, das sich in ihrem Blick äußerte, in ihren Gesten, in der Art und Weise, wie sie die Beine übereinander schlug.
»Die Angelegenheit, von der Direttore Loreto mir berichtet hat, ist sehr heikel«, fing Montalbano an, »und ich muss mir, um etwas unternehmen zu können, ein klares Bild von der Situation machen.«
»Dazu bin ich hier«, sagte Laura Tripòdi.
»Hat Anna, so heißt sie doch?, Ihnen selbst erzählt, dass der Lehrer ihr gegenüber besonders aufmerksam ist?«
»Ja.«
»Was genau hat sie denn gesagt?«
»Dass der Lehrer sie lieber mag als die anderen Schülerinnen, dass er ihr immer gern hilft, ihren Mantel an- oder auszuziehen, dass er ihr heimlich Bonbons zusteckt …«
»Na ja, ich finde nicht, dass …«
»Das dachte ich anfangs auch. Natürlich störte es mich,

dass sich das Mädchen bevorzugt fühlte, ich hatte schon vor, mal mit dem Lehrer Nicotra zu reden. Aber dann ist etwas passiert ...«

Sie hielt inne und wurde rot.

»Signora, ich verstehe, dass es Ihnen schwer fällt, über ein so unangenehmes Thema zu sprechen, aber geben Sie sich doch einen Ruck.«

»Ich wollte sie abholen, was ich übrigens immer tue, und wenn ich nicht kann, dann macht es meine Schwiegermutter, und da sah ich sie ... wie soll ich sagen ... ganz erhitzt aus der Schule kommen. Ich fragte sie, ob sie gerannt sei. Sie antwortete, nein, und sagte, sie freue sich, weil der Lehrer sie geküsst habe.«

»Wohin?«

»Auf den Mund.«

Wenn er der Frau ein Streichholz ans Gesicht gehalten hätte, wäre es entflammt, da war Montalbano sicher.

»Wo waren die beiden, als der Lehrer sie küsste?«

»Im Flur. Er half ihr, den Regenmantel anzuziehen, weil es regnete.«

»Waren sie allein?«

»Ich glaube nicht, um diese Zeit kommen alle aus den Klassenzimmern.«

Der Commissario überlegte, wie oft er schon kleine Kinder geküsst hatte, ohne dass die Mütter böse Absichten dahinter vermuteten. Doch dann hatte es, national und international, diese Geschichten mit den Pädophilen gegeben.

»Ist sonst noch etwas passiert?«

»Ja. Er hat sie lange gestreichelt.«

»Wie hat er sie gestreichelt?«

»Ich hatte nicht den Mut, Anna danach zu fragen.«

»Wo ist das geschehen?«

»In der Toilette.«
Oje. Das Klo ist nicht der Flur.
»Was hat der Lehrer denn zu ihr gesagt, damit sie in die Toilette mitgeht?«
»Nein, Commissario, so war es nicht. Anna hatte sich in den Finger geschnitten, sie hat geweint, und da hat der Lehrer …«
»Ich verstehe«, sagte Montalbano.
In Wirklichkeit hatte er nicht viel verstanden.
»Signora, wenn die Aufmerksamkeiten des Lehrers nicht über …«
»Das weiß ich selbst, Commissario. Das können auch nur liebenswürdige Gesten ohne jeden Hintergedanken sein. Aber wenn sie es nicht sind? Und wenn er sich eines Tages etwas einfallen lässt, das nicht wieder gutzumachen ist? Und mein Mutterherz …«
Sie glitt ins Melodramatische ab, sie hatte sich eine Hand aufs Herz gelegt und atmete schwer. Montalbano sah dahin, wo die Hand lag, und dachte nicht an das Herz von Laura Tripòdi, sondern an das weiche Fleisch, von dem es bedeckt war.
»… sagt mir, dass dieser Mann keine ehrlichen Absichten hat. Was soll ich tun? Anzeigen will ich ihn nicht, ich würde ihn vielleicht wegen eines Missverständnisses ruinieren. Deshalb habe ich ja mit dem Direktor gesprochen: Man könnte ihn diskret aus der Schule entfernen.«
Diskret? Das wäre schlimmer gewesen als eine Verurteilung: Vor Gericht hätte er sich verteidigen können, aber wenn man sich seiner klammheimlich entledigte und ihn der Gerüchteküche auslieferte, konnte er sich nur noch die Kugel geben. Vielleicht bestand für das Mädchen tatsächlich eine gewisse Gefahr, doch wer sich zu diesem Zeit-

punkt mit Sicherheit in einer ziemlich scheußlichen Lage befand, war der Lehrer Nicotra.

»Haben Sie mit Ihrem Mann darüber gesprochen?«

Laura Tripòdi lachte kehlig, es klang wie das Gurren einer Taube. Diese Frau konnte auch gar nichts tun, ohne dass Montalbano vor seinem inneren Auge zerwühlte Betten und nackte Leiber sah.

»Mein Mann? Ich bin praktisch Witwe, Commissario.«

»Was heißt ›praktisch‹?«

»Mein Mann ist Techniker beim ENI. Er arbeitet in Saudi-Arabien. Früher wohnten wir in Fela, dann sind wir nach Vigàta gezogen, weil seine Mutter hier lebt und mir mit dem Kind ein bisschen helfen kann. Mein Mann kommt zweimal im Jahr für vierzehn Tage nach Vigàta. Aber er verdient gut, ich muss mich eben damit zufrieden geben.«

Dieses »Zufriedengeben« riss plötzlich einen Abgrund von Unausgesprochenem auf, an dessen Rand die Gedanken des Commissario erschrocken innehielten.

»Sie leben mit dem Kind also allein.«

»Nicht ganz. Ich habe keinen großen Freundeskreis, aber zwei- oder dreimal in der Woche schlafen meine Tochter und ich bei meiner Schwiegermutter, sie ist verwitwet und schon ziemlich alt. Wir leisten uns gegenseitig Gesellschaft. Meine Schwiegermutter hätte sogar gern, dass wir ganz zu ihr ziehen. Vielleicht werde ich das wirklich tun.«

»Nicotra Leonardo, geboren am 7. 5. 1965 in Minichillo, Provinz Ragusa, Sohn des verstorbenen Giacomo und der verstorbenen Colangelo Anita, vom Militärdienst befreit.«

Das war ja ganz was Neues! Vom Militärdienst befreit! Montalbano ärgerte sich über Fazios Einwohnermeldeamt-Pedanterie, er verstand nicht, warum der es einfach nicht lassen konnte, ihm überflüssige Details zu erzählen. Unvermittelt sah er von seinen Papieren auf und starrte Fazio an. Ihre Blicke kreuzten sich, und da begriff der Commissario, dass Fazio das absichtlich getan hatte, um ihn zu provozieren. Er beschloss, ihm keine Chance zu geben.

»Weiter.«

Leicht enttäuscht fuhr Fazio fort.

»Seit zwei Jahren lebt er in Vigàta, Via Edison, Hausnummer 25. Er ist Aushilfslehrer in der Pirandello-Schule. Über Laster oder Frauengeschichten ist nichts bekannt. Er beschäftigt sich nicht mit Politik.«

Fazio faltete das Blatt mit den Notizen wieder zusammen, steckte es ein und sah seinen Chef an.

»Und? Bist du fertig? Was ist?«

»Sie hätten es mir sagen müssen …«, sagte Fazio beleidigt.

»Was hätte ich dir sagen müssen?«

»Dass es Gerüchte über den Lehrer Nicotra gibt.«

Der Commissario gefror zu Eis. Hatte es etwa weitere Vorfälle gegeben? Handelte es sich doch nicht um die Fantasie einer Frau, deren Ehemann zu lange weg war?

»Was hast du erfahren?«

»Zina, meine Nichte, hat erzählt, dass seit einer Woche dieses Gerücht umgeht, dass der Lehrer Nicotra die kleinen Mädchen so an sich drückt. Vorher wurde er über den grünen Klee gelobt, alle haben gesagt, wie nett und wie tüchtig er ist. Und jetzt denken manche Mütter daran, ihre Töchter aus der Klasse zu nehmen.«

»Gab es denn was Konkretes?«

»Nein, nichts Konkretes. Nur Gerüchte. Ach ja, das hätte ich fast vergessen: Meine Nichte sagt, dass ihm seine Freundin Unglück gebracht hat.«

»Das versteh ich nicht.«

»Der Lehrer ist jetzt mit einem Mädchen aus Vigàta liiert, und ein paar Tage nachdem das angefangen hat, haben auch die Gerüchte angefangen.«

»Direttore Loreto? Hier ist Commissario Montalbano. Die Lage scheint sich zuzuspitzen.«

»Das ha... ha... habe ich sch... sch... schon g... g... gehört.«

»Hören Sie zu. Morgen Vormittag um halb elf komme ich zu Ihnen in die Schule. Sorgen Sie dafür, dass ich die kleine Anna treffen kann. Gibt es einen Hintereingang? Ich möchte nicht, dass man mich sieht. Und sagen Sie der Mutter nichts, ich will nicht, dass sie mir in die Quere kommt, ihre Anwesenheit könnte das Mädchen beeinflussen.«

Während Montalbano im Büro weiter arbeitete, ging ihm ab und zu ein ärgerlicher Gedanke durch den Kopf, nämlich dass er ohne eine Anzeige der Mutter oder auch des Direktors nicht befugt war, etwas zu unternehmen. Er neigte von Natur aus dazu, sich einen Scheißdreck um Befugnisse zu kümmern, aber hier ging es um ein kleines Mädchen, und schon bei dem Gedanken, dass er, um ihre unschuldige Seele nicht zu verletzen, behutsam und vorsichtig mit ihr würde reden müssen, brach ihm der kalte Schweiß aus. Nein, es musste unbedingt eine Anzeige von Signora Tripòdi her. Er hatte ihre Telefonnummer, die Signora hatte sie ihm am Morgen selbst gegeben. Der Anrufbeantworter meldete sich.

»Ich bin gerade nicht da, hinterlassen Sie eine Nachricht, oder rufen Sie 53 52 67 an.«

Das musste die Telefonnummer der Schwiegermutter sein.

Er wollte schon wählen, tat es dann aber doch nicht. Vielleicht war es besser, Laura Tripòdi zu überraschen. Er würde sie aufsuchen, ohne sich anzumelden.
»Fazio!«
»Sie wünschen?«
»Gib mir die Adresse zu der Telefonnummer 53 52 67.«
Keine Minute später war Fazio wieder da.
»Barbagallo Teresa, Via Edison 25.«
»Hör zu, wir sehen uns morgen Früh. Ich fahre jetzt zu dieser Signora und dann nach Hause, nach Marinella. *Buonanotte.*«
Er verließ das Kommissariat, ging ein paar Schritte, blieb unvermittelt stehen und lehnte sich an die Hauswand: Er war ganz geblendet von dem Blitz, der gerade in seinem Kopf explodiert war.
»Fühlen Sie sich nicht gut, Commissario?«, fragte ein Passant, der ihn kannte.
Er gab keine Antwort und rannte zurück ins Kommissariat.
»Fazio!«
»Was ist los, Dottore?«
»Wo ist der Zettel?«
»Welcher Zettel?«
»Der mit der Notiz über den Lehrer, die du mir vorgelesen hast.«
Fazio griff in seine Hosentasche, fischte den Zettel heraus und gab ihn dem Commissario.
»Lies vor. Wo wohnt der Lehrer noch mal?«
»Via Edison 25. Na so was! Komisch! Wo Sie gerade hingehen wollten!«
»Ich geh doch nicht hin, ich hab's mir anders überlegt. Ich fahr gleich nach Hause. In die Via Edison gehst du.«

»Was soll ich da machen?«
»Schau dir das Haus an, schau, in welchem Stock Signora Barbagallo und in welchem der Lehrer Nicotra wohnt. Dann rufst du mich an. Ach ja, noch was: Erkundige dich, ob Signora Barbagallo die Schwiegermutter einer jungen Frau ist, die Tripòdi heißt und eine kleine Tochter hat. Aber mach kein Aufhebens darum, versuch diskret zu sein.«
»Keine Sorge, ich werde schon nicht die Stadtkapelle mitnehmen!«, sagte Fazio, der an diesem Tag schnell beleidigt war.

Fazios Anruf kam, sehr gelegen, am Ende des Krimis, für den sich Montalbano immer noch begeisterte, obwohl er ihn schon mindestens fünfmal gesehen hatte: *Bei Anruf Mord* von Hitchcock. *Sissignore*, Teresa Barbagallo war die Schwiegermutter von Laura Tripòdi, ihre Wohnung lag im zweiten Stock des Hauses, im dritten und letzten wohnte der Lehrer Nicotra. Es gab in dem Haus in jedem Stockwerk nur eine Wohnung. Signora Tripòdi schlief mit ihrer Tochter oft bei der Schwiegermutter. Im ersten Stock wohnt ein gewisser … Interessiert Sie der erste Stock nicht? *Va bene*, gute Nacht.
Für den Commissario war die Nacht nicht gut, sondern exzellent: Er schlief tief und fest sechs Stunden lang. Jetzt, wo er wusste, was er zu tun hatte, fühlte er sich bei der Vorstellung, das Mädchen befragen zu müssen, nicht mehr unwohl.

Kleine Tintenflecken an ihren Fingern bestätigten, dass sie echt war, sonst hätte sie mit dem duftigen rosa Kleidchen, der Schleife in den blonden Locken, den großen blauen Augen, dem hübschen Mündchen, dem kleinen Stupsnäschen künstlich gewirkt, wie eine Puppe in Lebensgröße. Während der Commissario sich das Hirn zermarterte, wie er das Gespräch beginnen sollte, fing Anna an.

»Wer bist du?«

Montalbano erschrak, er fürchtete einen Moment lang, er habe einen Anfall von Dysmorphophobie, was, wie ihm ein befreundeter Psychologe erklärt hatte, die Angst sein soll, sich im Spiegel nicht mehr erkennen zu können. Das Mädchen war zwar kein Spiegel, aber es verlangte von ihm eine Definition seiner Identität, an der er ernsthafte Zweifel hegte.

»Ich bin ein Freund von Papà«, hörte er seine Stimme sagen: Etwas in ihm hatte ein Machtwort gesprochen.

»Papà kommt in vier Wochen wieder«, sagte das Mädchen. »Er bringt mir immer ganz viele Geschenke mit.«

»Das hier hat er mir schon mal für dich mitgegeben.«

Er gab Anna ein Päckchen, das sie gleich auswickelte. Es war eine grellbunte Plastikschachtel in Herzform, in der, wenn man sie öffnete, eine winzige eingerichtete Wohnung zu sehen war.

»Danke.«

»Magst du ein Schokolädchen?«, fragte der Commissario und öffnete die kleine Tüte, die er gekauft hatte.

»Ja, aber nicht der Mamma sagen. Sie will das nicht, sie sagt, dass mir dann das Bäuchlein wehtut.«

»Gibt dir dein Lehrer Schokolade, wenn du lieb zu ihm bist?«

Da haben wir ihn, den Wurm Montalbano, wie er sich daran macht, den Apfel im Garten der Unschuld auszuhöhlen.

»Nein, er hat mir Bonbons gegeben.«

»Gegeben? Gibt er dir denn jetzt keine mehr?«

»Nein, ich will keine mehr. Jetzt ist er nämlich böse.«

»Wie bitte? Deine Mamma hat mir erzählt, dass er dich ganz lieb hat, dass er dich streichelt, dass er dich küsst ...«

Und schon ist der Wurm drin im Apfel, der bereits zu verfaulen beginnt.

»Schon, aber ich will nicht mehr.«

»Warum nicht?«

»Weil er jetzt böse ist.«

Jäh klingelte das Telefon im Zimmer, es klang wie die Garbe aus einer Maschinenpistole. Montalbano fluchte in sich hinein, sprang auf, nahm den Hörer ab, knurrte: »Wir sind alle tot«, legte auf, nahm den Hörer wieder ab und legte ihn neben das Telefon.

Das Mädchen lachte.

»Du bist komisch.«

»Magst du noch ein Schokolädchen?«

»Ja.«

Stopf dich nur voll, das bisschen Wehweh im Bäuchlein wird schon wieder vorbeigehen.

»Sag, hast du mit dem Lehrer gestritten?«

»Ich? Nein.«

»Hat er mit dir geschimpft?«

»Nein.«

»Hast du was tun sollen, was du nicht wolltest?«

»Ja.«

Montalbano war bitter enttäuscht. Er war auf dem Holzweg gewesen, nun war es doch so, wie die Mutter des Mädchens erzählt hatte.

»Was denn?«

»Er wollte mir in den Mantel helfen, aber da hab ich ihn getreten.«

»Na ja, dann bist du doch böse.«

»Nein. Er.«
Der Commissario holte tief Luft, als wollte er den Atem anhalten, und sprang.
»Wetten, ich weiß, warum du sagst, dass der Lehrer jetzt böse ist?«
»Nein, das weißt du nicht, das ist ein Geheimnis ganz von mir allein.«
»Und ich bin ein Zauberer. Weil er deine Mamma nämlich wütend gemacht hat.«
Das Mädchen riss gleichzeitig die großen Augen und das Mündchen auf.
»Du bist ja wirklich ein Zauberer! Ja, deswegen, er hat gemacht, dass die Mamma weint. Er hat sie nicht mehr lieb. Er hat gesagt, dass die Mamma nicht mehr zu ihm raufgehen darf, wenn alle schlafen. Da hat die Mamma geweint. Ich war wach und hab alles gehört. Die Oma hat nichts gehört, die hört nie was, sie nimmt Schlaftabletten, außerdem ist sie ein bisschen schwerhörig.«
»Hast du der Mamma gesagt, dass du das gehört hast?«
»Nein. Das ist mein Geheimnis. Aber wenn Papà kommt, dann sag ich ihm, dass die Mamma wegen dem Lehrer geweint hat, dann haut er ihn. Krieg ich noch ein Schokolädchen?«
»Klar. Du bist wirklich ein liebes Mädchen, Anna. Hör zu, sag Papà nichts, wenn er zurückkommt. Die Mamma sorgt jetzt schon dafür, dass der Lehrer Nicotra weinen muss.«

## *Der Yak*

In der ersten Klasse Gymnasium verzauberte die Biologielehrerin Professoressa Ersilia Castagnola buchstäblich ihre Schüler, wenn sie von Tieren sprach, vor allem wenn sie in einer Klasse von Kindern, deren Eltern fast alle aus irgendeinem Grund nur mit dem Meer zu tun hatten, von Tieren aus dem Hochgebirge erzählte. Professoressa Castagnola war, wie man heute sagen würde, eine großartige Geschichtenerzählerin, und so wurde die Fantasie der Kinder entfesselt, wenn sie ihre Geschichten gehört hatten. Salvo Montalbano, vielmehr Montalbano Salvo laut Klassenbuch, und seine Klassenkameraden veranstalteten dann im Schulhof abenteuerliche Jagden mal auf den Markhor, eine Art große Wildziege in Belutschistan, mal auf das Argali, das zum ersten Mal kein Geringerer als Marco Polo erwähnt hatte.

Doch das Tier, das sie am allermeisten faszinierte, war der Yak, der schon von seinem Namen her sympathisch war.

»Der Yak«, erklärte Professoressa Ersilia Castagnola an jenem Tag, »wird auch Grunzochse genannt. Er lebt in den kältesten Gegenden Tibets und darf unter keinen Umständen aus seiner Heimat weggebracht werden. Es ist unmöglich, ihn in Gefangenschaft zu halten, in Gegenden mit gemäßigtem Klima verkümmert er unweigerlich, er wird schwer krank und verliert seine ganze Kraft.«

Die erste Reaktion auf Professoressa Castagnolas Worte

war, dass sich vierundzwanzig Köpfe, die alle dasselbe dachten, ausnahmslos zur letzten Bank umdrehten, in der Totò Aguglia, der fünfundzwanzigste Mitschüler, vor sich hin döste. Totò – plump, behaart, mit zu langen Armen und einem lockigen Haaransatz direkt über den Augen – brummte oder grunzte höchstens, nur selten kam ihm ein einsilbiges Wort über die Lippen, das als solches erkennbar war. Für die halbe Klasse gab es keinen Zweifel, Totò war eindeutig ein Yak. Die andere Hälfte der Klasse stimmte in der Pause der Geisteshaltung von Tano Cumella zu.

»Vorsicht, ihr dürft nicht dem gefährlichen Irrtum einer Klassifizierung erliegen«, warnte Tano. »Totò Aguglia ist auf der Welt das einzige Exemplar eines lebenden Homo sapiens (wenn man so sagen will) neanderthalensis. Außerdem liebt er ein heißes Klima, ihr wisst doch, dass er bei jedem Streit sofort dabei ist und immer gleich Ohrfeigen, Fußtritte und Fausthiebe austeilt.«

»O nein!«, mischte sich Nenè Locicero ein, der ein Poet war. »Ihr habt ihn nicht gesehen, als die Professoressa ›Yak‹ gesagt hat. Für einen Moment waren seine Augen, die sonst kohlrabenschwarz sind, so blassblau, dass sie fast weiß schienen.«

»Und was soll das heißen?«, fragte Tano Cumella kämpferisch.

»Das heißt, dass er in diesem Moment die unendlichen eisigen Weiten Tibets, seiner Heimat, vor sich gesehen hat.«

»Und wie ist das mit der Tatsache zu vereinbaren, dass er ein heißes Klima mag?«

»Das ist damit zu vereinbaren, dass du eine Metapher falsch verwendest, indem du Aggressivität mit Klima verwechselst. Was tun Eisbären deiner Meinung nach, wenn

sie einen Menschen sehen, umarmen und küssen sie ihn dann?«
Letzteres erwies sich als das überzeugendste Argument. Von diesem Zeitpunkt an trug Totò Aguglia den Spitznamen »der Yak«; er erfuhr es und grunzte zufrieden.

Die zweite Klasse Gymnasium besuchte der Yak nicht mehr, anscheinend war sein Vater, Maresciallo des Hafenamtes, nach Augusta versetzt worden. Von dem Grunzochsen hörte Salvo Montalbano nichts mehr.
1968 war der zukünftige Commissario achtzehn Jahre alt und tat gewissenhaft all das, was es für einen Jungen in seinem Alter zu tun gab: Er demonstrierte, besetzte, proklamierte, vögelte, rauchte Joints und prügelte sich. Mit der Polizei natürlich. Während eines besonders schweren Zusammenstoßes stand er plötzlich neben einem vermummten Genossen, der gerade einen Molotow-Cocktail zünden wollte und dabei höhnisch lachte und grunzte. Er kam ihm irgendwie vertraut vor.
»Yak«, sagte er zögernd.
Der Genosse hielt einen Augenblick inne, den Cocktail in der linken, das Feuerzeug in der rechten Hand, dann zündete er den Docht an, schleuderte den Cocktail weg, umarmte Salvo, grunzte so etwas wie »glücklich« und verschwand.
War er nun glücklich, weil er in diesem Riesenchaos mitmischte oder weil er seinen alten Schulkameraden wiedergesehen hatte? Vielleicht war es beides.

Zwanzig Jahre später, wie in den Romanen von Dumas, traf Montalbano in Palermo zufällig Nenè Locicero, der kein Poet mehr, sondern mittlerweile ein großer Bauunternehmer war und momentan, angeklagt wegen Bestechung, Hehlerei und Geschäften mit der Mafia, im Ucciardone-Gefängnis saß.

Sie umarmten sich in einer Anwandlung brüderlicher Zuneigung.

»Salvù!«

»Nenè!«

Nobel tat der Commissario, als wundere er sich nicht, Nenè im Ucciardone zu begegnen. Und Nenè erwähnte, ebenso nobel, mit keinem Wort die Missgeschicke, die ihm in letzter Zeit widerfahren waren.

»Wie geht's dir?«

»Ich kann mich nicht beklagen, Salvù.«

»Schreibst du noch?«

Ein melancholischer Schleier legte sich über die Augen des einstigen Poeten.

»Nein, das schaffe ich nicht mehr. Aber weißt du, ich lese viel. Ich habe zwei fast vergessene Dichter wiederentdeckt, Gatto und Sinisgalli. *Minchia!* Verglichen mit ihnen sind die heutigen Dichter lächerlich!«

Dann sprachen sie über ihre alten Schulkameraden, über Alongi, der Pfarrer, und Alaimo, der Staatssekretär geworden war …

»Und was ist aus Totò Aguglia geworden?«, fragte der Commissario.

Der andere sah ihn verblüfft an.

»Weißt du das gar nicht?«

»Nein, ehrlich nicht.«

»Also hör mal! Es stand doch in allen Zeitungen! Sogar Zeitschriften haben über ihn berichtet!«

So erfuhr Montalbano zu seinem Erstaunen, dass in Afrika, sobald eine Guerilla welcher politischen Couleur auch

immer entstand, ein legendärer Söldner, der überall unter dem Spitznamen »der Yak« bekannt war, als Führer einer Hundertschaft skrupelloser wilder Männer angeheuert wurde. Ein besonders mutiger Journalist war in einem tiefen Urwald am Äquator bis zu ihm vorgedrungen und hatte ihn interviewt. Yak habe erklärt, er heiße Salvatore Aguglia und sei Sizilianer, und dann habe er einen rätselhaften Satz gesagt, den der Journalist wortgetreu wiedergebe: »Und viele Grüße an Professoressa Ersilia Castagnola, falls sie noch lebt.«
Der Journalist fügte fairerweise hinzu, dass der Satz so oder auch anders gelautet haben könne, die Interpretation sei nicht eindeutig, durch die langen in Afrika verbrachten Jahre sei Salvatore Aguglias Aussprache, zumindest vermutete das der Journalist, stark verfärbt durch die gutturale Sprechweise, die typisch sei für einige Stämme in Burundi oder Burkina Faso.

Einen Monat nachdem Montalbano in Vigàta seinen Dienst als Commissario angetreten hatte, lud ihn sein Freund Vicequestore Valente ein, einen Tag in Mazàra del Vallo zu verbringen. Montalbano wollte sich herauswinden, indem er erhebliche Zweifel hinsichtlich der Möglichkeit äußerte, einen Tag freinehmen zu können: Denn was Valentes Frau an Essen zubereitete, kam auf der ganzen Linie einem vorsätzlichen Mord gleich.
»Ich bin allein«, fügte Valente hinzu. »Meine Frau ist für ein paar Tage zu Besuch bei ihren Eltern. Wir könnten in diese Trattoria gehen, in der du schon mal warst ...«
»Ich bin morgen spätestens um zwölf bei dir«, fiel ihm der Commissario sogleich ins Wort.

Als Montalbano ins Büro seines Freundes kam, sah er gleich, dass nichts daraus werden würde. Aufgeregte Stimmen, hin und her rennende Beamte, ein Streifenwagen mit vier Leuten, der mit Sirenengeheul davonfuhr.
»Was ist passiert?«
»Mein Lieber, du kommst im falschen Augenblick. Ich muss weg. Warte hier.«
»Ich denke gar nicht daran«, sagte Montalbano. »Ich komme mit.«
Im Auto sagte ihm Valente das Wenige, das er über den Vorfall wusste. Ein Mann, dessen Name ihm noch nicht bekannt war, hatte sich in seinem kleinen Haus am äußersten Stadtrand, fast auf dem Land, verbarrikadiert und völlig grundlos angefangen, auf alle zu schießen, die ihm vor die Flinte kamen. Valente hatte einen Wagen mit vier Polizisten hingeschickt, aber sie hatten Verstärkung angefordert: Dieser Verrückte hatte Handgranaten und ein Maschinengewehr bei sich.
»Hat es Tote gegeben?«, fragte Montalbano.
»Nein. Er hat den Briefträger, der auf dem Fahrrad vorbeifuhr, am Bein erwischt.«
Als sie bei dem einstöckigen Häuschen eintrafen, kam sich der Commissario vor wie im Kino: Außer den beiden Autos von Valente waren auch zwei Wagen der *carrabinera* da. Alle lagen in Deckung, die Waffen im Anschlag. Valente und Montalbano wurden von einer nicht enden wollenden Maschinengewehrgarbe empfangen, sodass sich die beiden mit dem Gesicht voran auf den Boden werfen mussten. Nach einer Weile sprang Valente wie ein Känguru zu seinen Leuten und flüsterte mit ihnen. Montalbano dagegen kroch zum Maresciallo der *carrabinera*.
»Ich bin Commissario Montalbano.«

»Angenehm, Tòdaro.«
»Maresciallo, kennen Sie den, der da schießt?«
»Natürlich! Er wohnt seit zwei Jahren da, er ist nicht von hier. Er war auf Durchreise in Mazàra, hat ein Mädchen gesehen, sich verliebt und sie geheiratet. Keine vierzehn Tage später hat er angefangen, sie grün und blau zu prügeln.«
»Hat sie ihn betrogen?«
»Nie und nimmer! Die ist eine Heilige! Erinnern Sie sich an den Film von Fellini, wo so ein unschuldiges Mädchen am Strand steht und lächelt?«
»Valeria Ciangottini?«
»Genau. Die Frau von diesem unglückseligen Kerl sieht haargenau aus wie die Schauspielerin.«
»Wissen Sie denn, warum er sie verprügelt hat?«
»Die Nachbarn haben mich gerufen, sie mussten sie sogar mal ins Krankenhaus bringen, sie hat gesagt, sie sei gestürzt. Da habe ich ihren Mann holen lassen, ich habe ihn zusammengestaucht und dann nach dem Grund gefragt, warum er die arme Frau so schlecht behandelt.«
Sie wurden unterbrochen, weil der Verrückte wieder blindlings um sich schoss und die Belagerer das Feuer erwiderten. Auch der Maresciallo gab lustlos zwei Schüsse aus seinem Revolver ab.
»Und wissen Sie, was er geantwortet hat?«, fuhr Maresciallo Tòdaro fort. »Dass er ein Yak sei. Ich begriff nicht recht. ›Ein Yak?‹, fragte ich. Er antwortete irgendwas, was ich überhaupt nicht verstanden habe.«
Aber der Commissario hatte sehr gut verstanden.
»Heißt er zufällig Salvatore Aguglia?«
»Ja«, sagte der Maresciallo verblüfft. »Kennen Sie ihn denn?«
Der Commissario gab keine Antwort. Es war verrückt, aber er erinnerte sich ganz genau an die Worte von Professo-

ressa Ersilia Castagnola: »... und darf unter keinen Umständen aus seiner Heimat weggebracht werden, es ist unmöglich, ihn in Gefangenschaft zu halten ...« In Gefangenschaft hatte Totò Aguglia sich aus Liebe selbst gebracht und dann, als er den Fehler begriff, verzweifelt wie ein Tier versucht, sich aus dem Netz, das er über sich geworfen hatte, zu befreien. Natürlich hätte er auch eines Abends einfach nicht mehr nach Hause kommen können, er hätte verschwinden und in seine natürliche Umgebung zurückkehren können, in einen gottverlassenen Krieg in einem noch gottverlasseneren Land. Doch von dieser Frau, von diesem Netz konnte er sich anscheinend nicht lösen, armer Yak.
»Ist seine Frau mit ihm da drin?«, fragte er den Maresciallo.
»Nein, Commissario! Deswegen haben wir ja das ganze Chaos hier! Sie hat es nicht mehr mit ihm ausgehalten, und gestern hat sie ihn nach einem fürchterlichen Streit verlassen, sagen die Nachbarn.«
Da sprang Montalbano plötzlich auf die Füße.
»Runter mit Ihnen, *Cristo*!«, schrie der Maresciallo und packte ihn am Jackett.
Der Commissario riss sich los, trat einen Schritt nach vorn und war ohne Deckung.
»Salvo! Bist du verrückt geworden? Runter!«, hörte er Valente schreien.
Montalbano hob seine Arme und schwenkte sie hin und her, um sich bemerkbar zu machen.
»Yak! Totò! Ich bin Montalbano! Kennst du mich noch?«
Die Zeit blieb stehen. Sogar die bewaffneten Polizisten wurden zu Statuen. Dann hörte man im Haus eine kehlige Stimme.
»Salvuzzo, bist du das?«
»Ich bin's! Komm raus, Yak!«

Langsam ging die Haustür auf, und der Yak kam heraus. Er sah genauso aus, wie Montalbano ihn von der Schulzeit her in Erinnerung hatte, nur waren seine Haare vollkommen weiß geworden. In der Hand hatte er eine Pistole.
»Wirf sie weg, Yak!«, sagte Montalbano und ging langsam auf ihn zu.
Da sah er, wie Totòs Augen ihre Farbe änderten, sie wurden blassblau, fast weiß. Sah er die unendlichen eisigen Weiten Tibets vor sich, wie Nenè Locicero gesagt hatte, als er noch ein Poet war?
Genau in diesem Augenblick wurde er von einem Schwachkopf erschossen.

## *Zwei Philosophen und die Zeit*

Im allerersten Morgengrauen ankerte der Öltanker »Nostradamus«, der seit knapp zwei Jahren die Meere befuhr und als Wunder der Computertechnik galt, weit draußen vor Vigàta. Es war gar nicht daran zu denken, in den Hafen einzufahren: Das Schiff war so lang, dass es zu einem Viertel hineingegangen und zu drei Vierteln draußen geblieben wäre. In der Nacht hatte der Kapitän per Funk das Hafenamt verständigt, dass sie wegen einer Havarie mindestens vier Tage lang vor Anker liegen müssten.

Gegen fünf Uhr nachmittags brachte ein großes Schlauchboot sechs Seeleute an Land, herausgeputzt wie Dandys, sogar mit Krawatte. Sie hatten nichts von den Seeleuten, die die Vigatèsi gewohnt waren, sie sahen aus wie Bankangestellte, die Feierabend machten. Wohlerzogen, höflich, taktvoll. Es handelte sich um knapp die Hälfte der Besatzung: Ein Ungeheuer von solcher Tonnage wurde längst von der Elektronik und nicht mehr von Menschen aus Fleisch und Blut gesteuert.

Die sechs waren weder wie Matrosen gekleidet, noch benahmen sie sich wie solche. Vier gingen ins Kino, und von zwei Filmen, *Schwedinnen in Taormina* und *Die Wahlverwandtschaften*, wählten sie letzteren. Der fünfte fiel in die Buch- und Schreibwarenhandlung ein, erbeutete ein Dutzend Kriminalromane und setzte sich ins Café Castiglione, wo er sofort zu lesen begann und sich einen heißen

Cappuccino nach dem anderen bringen ließ, denn es war ein eisig kalter Tag. Der sechste hatte sich für hunderttausend Lire Telefonkarten gekauft, schloss sich in eine Telefonzelle ein und ließ sich dort häuslich nieder.

Um halb acht trafen sich alle wieder und gingen in die Trattoria San Calogero essen und (maßvoll) trinken. Eine Stunde später saßen sie bereits in ihrem Schlauchboot und fuhren zum Tanker zurück.

Die drei offiziellen Huren der Stadt, Mariella, Graziella und Lorella, die sich einen satten Mehrverdienst erwartet hatten, waren erstaunt und enttäuscht, sie berieten sich telefonisch und kamen zu dem Schluss, dass die sechs nicht nur keine Matrosen, sondern auch keine Männer waren.

Vielleicht war das Öl, das sie an Bord hatten, daran schuld, die Ausdünstungen griffen wahrscheinlich den Teil an, der einen Mann zum Manne machte. »*Mischineddri!* Die armen Kerle!«, bedauerten sie die barmherzigen Frauen.

Um neun Uhr abends fuhr das Schlauchboot wieder zurück und brachte zwei weitere Mitglieder der Besatzung an Land. Die schienen zu einem anderen Schiff zu gehören, denn sie waren durch und durch Matrosen vom alten Schlag. Und zeigten das auch sofort. Der eine, der Gino hieß, ging als erstes zu Pipìa in die Taverne und trank zwei Liter Wein, ohne etwas dazu zu essen, dann erkundigte er sich nach Lorellas Adresse und suchte sie auf. Sein Kumpel namens Ilario machte es andersherum: Zuerst Mariella und Graziella in einem Aufwasch, anschließend Pipìas Taverne.

Dort stieß um Viertel vor elf Gino zu ihm. Er machte – nach Aussage der wenigen anwesenden Gäste, denn für Vigàta war es schon ziemlich spät – einen aufgeregten und nervösen Eindruck. Er wollte kein letztes Glas mehr trinken, das Ilario ihm anbot, und die beiden verließen diskutierend die Taverne. Aber die Leute konnten nicht verstehen, was sie sagten. Sie sahen sie in Richtung Kai gehen, wo ihr Schlauchboot festgemacht war.

Vor Mitternacht hörte Lorella, wie es an ihrer Tür klopfte, sie öffnete und sah sich einem vermummten Mann gegenüber, der sie, ohne ein Wort zu sagen, hineinstieß und ihr einen Fausthieb ins Gesicht versetzte, dass sie die Besinnung verlor. Als Lorella wieder zu sich kam, stellte sie fest, dass der Unbekannte ihr nicht nur zwei Kettchen und ein goldenes Armband, eine Uhr, vierhunderttausend Lire und ein kleines Transistorradio gestohlen, sondern sie obendrein noch vergewaltigt hatte.

Sie lief schnell ins Kommissariat, um Anzeige zu erstatten, und erklärte, der Angreifer sei zwar vermummt gewesen, denn er habe sich den Ausschnitt seines Pullovers bis über die Nase hinauf- und die Matrosenmütze bis zu den Augen heruntergezogen, habe aber Ähnlichkeit mit ihrem letzten Kunden gehabt, der von der »Nostradamus« sei und Gino heiße.

»Du erzählst mir jetzt, was gestern Abend zwischen dir und diesem Matrosen los war«, sagte Montalbano am nächsten Morgen zu Lorella. »Und sag die Wahrheit, in deinem eigenen Interesse.«

»Es ist gar nichts passiert, Commissario.«

»Pass auf, Lorè.«

Lorella fing an zu lächeln, hörte aber gleich wieder auf und verzog das Gesicht vor Schmerz. Ihre Lippen waren aufgeplatzt, die Nase geschwollen und violett.

»Ich erkläre Ihnen, warum ich sage, dass nichts passiert ist.

Dieser Matrose ist reingekommen wie eine Furie und hat gesagt, seine Gier nach Frauen wäre schon einen Monat alt. Wir haben uns ausgezogen und uns ins Bett gelegt, aber es ist nichts passiert. Er konnte nicht. Ich hab mir solche Mühe gegeben, mit allen Tricks hab ich es versucht. Aber da war nichts zu machen, er war wie tot. Als er schließlich eingesehen hat, dass nichts läuft, hat er sich wieder angezogen. Ich hab ihm gesagt, er muss mich bezahlen, aber er wollte nicht, er hat geschrien, das wäre meine Schuld, ich wäre nicht gut genug gewesen. Dann hat er am Ende doch gezahlt, aber er hat mir gedroht.«

»Was hat er gesagt?«

»Dass es bei mir eine andere Methode braucht, damit er einen Steifen kriegt. Und da hat er Recht gehabt, der Sauhund.«

»Erklär mir das.«

»Was gibt's da zu erklären? Viele Männer sind so wie er! Sie müssen brutal werden und Blut sehen, um es zu machen. Verstehen Sie jetzt?«

»Vollkommen. Bist du sicher, dass er es war?«

»Nein, Commissario, sicher bin ich nicht. Ich hab ihn nur ganz kurz gesehen, und er war ja vermummt. Aber von der Statur her …«

»Gut, du kannst gehen.«

Lorella war also nicht sicher, ihren Angreifer zweifelsfrei erkannt zu haben, und deshalb war der Commissario überzeugt, dass sie die Wahrheit sagte. Instinktiv misstraute er allen, die erklärten, sie hätten mit absoluter Sicherheit etwas gesehen, und ihre Hand dafür ins Feuer legten. Und die am Ende oft, wie Mucius Scaevola, ein verkohltes Händchen hatten. Er war überzeugt, dass Zeugenaussagen, die den Keim des Zweifels in sich trugen und deshalb oft unsicher oder sogar widersprüchlich waren, der Wahrheit am nächsten kamen.

Mit Hilfe des Hafenamts ließ der Commissario den Matrosen Gino Rocchi verhaften. Wieder zurück, berichtete Fazio, dass sich der Kapitän der »Nostradamus« ziemlich angestellt habe, bevor er seinen Mann rausgab, und dass die Durchsuchung von Rocchis Kammer, die dieser mit drei weiteren Besatzungsmitgliedern teilte, ergebnislos verlaufen sei. Sie hätten jede Menge Zeit gehabt, um ihre Diebesbeute gut zu verstecken. Der Matrose habe behauptet, er sei unschuldig, als er mit seinem Kumpel ins Schlauchboot gestiegen und zum Schiff zurückgefahren sei, sei es noch nicht mal halb zwölf gewesen. Der wachhabende Matrose habe geschworen, die beiden seien gegen halb, Viertel vor zwölf an Bord gekommen, nicht früher und nicht später. Doch der hätte das Blaue vom Himmel gelogen, nur um seinen Kumpeln zu helfen.

»Was wollen Sie eigentlich hören?«
»Die Wahrheit«, sagte Montalbano barsch.
Der Mann, der auf der anderen Seite seines Schreibtisches saß, deutete ein kleines überlegenes Grinsen an.
Er war um die fünfzig und ein Matrose wie aus dem Bilderbuch, ein Komparse in einem drittklassigen Film. Nein, er war eigentlich ein Mittelding zwischen Kater Karlo und Popeye.
Ziemlich dick, Cavour-Bärtchen, schwarze Hose wie Elefantenbeine, rot-weiß gestreiftes T-Shirt, Holzpantinen. Und damit das Kostüm noch mehr nach Karneval aussah, hing ein großer goldener Ring an seinem linken Ohr.
Der Commissario hätte ihn gern gefragt, warum manche

Besatzungsmitglieder der »Nostradamus« wie Buchhalter und manche wie Piraten herumliefen, stattdessen aber sagte er:
»Warum grinsen Sie?«
Dieser Mann war Montalbano auf den ersten Blick unsympathisch gewesen, er musste sich dauernd am Riemen reißen, nicht ausfallend zu werden.
»Auf welche Wahrheit beziehen Sie sich, Commissario? Auf die absolute hoffentlich nicht, denn sie existiert nicht. Die Wahrheit ist ein Prisma, wir müssen uns mit der Seite zufrieden geben, die zu sehen uns gestattet ist.«
Er betrieb eine Philosophie wie auf dem Jahrmarkt. Der Commissario war inzwischen so gereizt, dass er einen Fehler machte.
»Wie heißen Sie noch mal?«
»Ilario Buffo.«
»Und Sie glauben, man könne Ihre Ausführungen bei so einem Namen ernst nehmen?«
Jetzt war sie ihm doch tatsächlich entschlüpft, die boshafte Bemerkung, und er bereute sie sogleich.
»Wenn ich zum Beispiel Ehrenreich von Wahr heißen würde, hätten Sie mir dann sofort geglaubt? Ich beglückwünsche Sie zu Ihrem banalen Konformismus, Commissario.«
Montalbano hatte es ja nicht anders gewollt und erwiderte nichts.
»Sie sind also hier, um auszusagen …«
»Und zwar aus eigener Initiative. Weil Ihre Leute mich nicht befragt haben, was beweist, dass sie eine vorgefasste Meinung über Ginos Schuld hatten.«
»… um auszusagen, dass Sie und Ihr Freund um Viertel vor zwölf schon auf dem Schiff waren. Und dass, nachdem der

Überfall etwa um diese Uhrzeit stattgefunden hat, Gino Rocchi es nicht gewesen sein kann.«

»Genau.«

»Können Sie mir sagen, was Ihnen Ihr Freund erzählt hat, als Sie zu ihm in Pipìas Taverne kamen? Er soll ziemlich aufgeregt gewesen sein.«

»Natürlich kann ich das, er hat gekocht vor Wut, es hat nicht geklappt mit der Hure, er hat gesagt, dass es an dieser Frau lag, die war wie ein Eisklotz.«

Montalbano hatte nicht erwartet, dass er das zugeben würde, und spitzte die Ohren.

»Äußerte er denn nicht den Wunsch, sich zu rächen?«

»Klar. Er war völlig betrunken. Aber ich habe ihn davon abgebracht und überredet, ins Schlauchboot zu steigen.«

»Wie erklären Sie sich, dass das, was Rocchi vorhatte, tatsächlich passiert ist?«

Ilario Buffo legte seine Stirn in Denkerfalten.

»Ich hätte zwei Hypothesen.«

»Bitte.«

»Die erste wäre, dass es sich um die auf Distanz wirkende Konkretisierung eines Wunsches, eines so starken Willens handelte, dass ...«

»Raus, aber auf der Stelle!«, sagte Montalbano eiskalt.

»Ich bin hier, um diesen verhafteten Matrosen zu entlasten«, erklärte Professor Guglielmo La Rosa dem Commissario ruhig; er hatte früher Theoretische Philosophie an der Universität gelehrt und war weit über siebzig.

»Doch zuvor«, fuhr er fort, »müssen Sie mir einige Fragen beantworten.«

Er fingerte in seiner Jackentasche herum, fischte einen Zettel heraus und las. Er runzelte die Stirn, faltete den Zettel

zusammen und steckte ihn wieder ein, anscheinend war es der falsche.
Er holte einen anderen Zettel hervor und verzog den Mund, der war auch nicht der richtige.
Montalbano beobachtete ihn, zu Eis erstarrt. Philosophie-Professoren lösten bei ihm einen Komplex aus, der ihn lähmte: Dieses Phänomen stammte aus seiner Schulzeit, als Professor Javarone, entsetzlich streng und gefürchtet, ihn über Kant ausgefragt und dabei zerpflückt hatte.
»Ich finde meine Notizen nicht«, sagte La Rosa und gab es auf. »Daher stelle ich Ihnen nur eine einzige Frage.«
Der Commissario spürte, wie ihm der Schweiß auf die Stirn trat: Das war's dann wohl mit der Versetzung, dachte er. Denn er drückte wieder die Schulbank.
»Um wie viel Uhr genau ist die Sache passiert?«
Montalbano seufzte erleichtert, er war vorbereitet, er wusste die Antwort.
»Vor Mitternacht. Laut Aussage der … der …«
Wie sollte er sie nennen? Hure? Das wäre dem Professore gegenüber nicht respektvoll genug. Mädchen? Die war doch schon vierzig!
»Des Opfers«, kam ihm der Professore zu Hilfe.
»Ja, genau«, sagte der Commissario und saß immer noch stocksteif da.
»Wenn die Dinge so stehen, ist der Matrose unschuldig«, behauptete der Professore kategorisch.
Montalbano saß immer noch in der Schulbank und hob zwei Finger.
»Darf ich was fragen? Wie kommen Sie darauf?«
»Ich war gestern Abend gegen elf Uhr zehn, eine Minute hin, eine Minute her, am Kai und habe zwei Matrosen gesehen, die zu dem Schlauchboot gingen.«

»Entschuldigen Sie, Professore, aber was haben Sie um diese Uhrzeit am Kai gemacht?«

»Ich habe nachgedacht. Wissen Sie, mein Lieber, Kälte poliert die Gedanken. Wie auch immer, gleich darauf ging ich in die Apotheke, die Nachtdienst hatte. Dort habe ich geplaudert, es wurde Mitternacht, eine Minute hin, eine Minute her. Das weiß ich mit Sicherheit, weil ich auf die Uhr gesehen habe, bevor ich in die Apotheke ging. Sie zeigte dreiundzwanzig Uhr dreißig an. Auf dem Heimweg kam ich wieder am Kai vorbei, und das Schlauchboot war nicht mehr da. Also.«

Kein Also mit Pünktchen dahinter, sondern ein nüchternes Also mit Punkt.

Montalbano breitete betrübt und resigniert die Arme aus.

Als Professor La Rosa gegangen war, rief er Fazio zu sich und sagte ihm, er solle den Matrosen Gino Rocchi wieder auf freien Fuß setzen.

Jetzt blickte er wegen Professor Guglielmo La Rosa mit seiner Minute hin, Minute her bei dieser Geschichte überhaupt nicht mehr durch. Dabei schien sie doch so simpel!

Er fühlte, wie schlechte Laune in ihm hochstieg. Und fand, dass die einzige Möglichkeit, mit ihr fertig zu werden, in einem richtig guten Essen bestand. Er sah auf seine Uhr und stellte fest, dass sie stehen geblieben war, er hatte vergessen, sie aufzuziehen. Unvermittelt ging ihm ein Gedanke durch den Kopf: Und wenn die Uhr des Professore falsch ging?

Er sprang von seinem Stuhl auf, stürzte dem Professore hinterher und holte ihn ein, als dieser noch nicht weit vom Kommissariat entfernt war.

»Professore, entschuldigen Sie, kann ich die Uhr mal sehen?«

»Welche Uhr denn?«
»Ihre.«
»Ich trage keine Uhren. Ich verabscheue sie, diese Mechanismen, die die Stunde unseres Todes skandieren.«
Wie banal, wie grässlich banal. Der Commissario hatte mit einem Mal gar keine Angst mehr vor Guglielmo La Rosa.
»Woher wissen Sie dann, dass es, wie Sie eben gesagt haben, halb zwölf war, eine Minute hin, eine Minute her, als Sie die Apotheke betraten?«
»Kommen Sie mit.«
Montalbano ging neben ihm her, der Professore hatte trotz seines Alters einen flotten Schritt.
»Da, sehen Sie selbst«, sagte Guglielmo La Rosa und zeigte auf das Geschäft des Uhrmachers Scibetta, das der Apotheke direkt gegenüberlag. Das Ladenschild war eine riesige Uhr mit römischen Ziffern, die neben dem Eingang an einer hohen Stange befestigt war, in gewisser Weise für die Stadt der Inbegriff der Pünktlichkeit. Montalbano fand sich damit ab, dass sein Versuch, die Zeugenaussage des Professore zu entkräften, gescheitert war, schließlich war diese von innen beleuchtete Uhr Tag und Nacht zu sehen.
»Ja dann, entschuldigen Sie …«, begann er, hielt aber inne, als er Guglielmo La Rosas überraschtes Gesicht sah.
»Was ist denn, Professore?«
»Wie konnte mir nur ein solcher Irrtum unterlaufen?«, fragte der Professore leise sich selbst. Aber Montalbano hatte es gehört.
»Was meinen Sie, Professore?«
Wortlos zeigte La Rosa auf die Uhr, die zwölf Uhr dreißig anzeigte.
»Ja und?«, fragte der Commissario, der allmählich ungeduldig wurde.

»Ich merke erst jetzt, dass ich gestern Abend ...«
»Was denn, Herrgott noch mal!«
Die Schulbank war in ferne Nebel gerückt.
»Gestern Abend habe ich nicht direkt auf diese Uhr gesehen, sondern auf ihr Spiegelbild. Ich habe mich von der Stellung der Uhrzeiger täuschen lassen.«
Montalbano wandte sich rasch um.
Die Uhr, die sich im Schaufenster der Apotheke spiegelte, zeigte elf Uhr dreißig an. Man musste alles, was der Professore erzählt hatte, um eine Stunde nach vorn verschieben, und schon wurde aus dem Alibi eine belastende Zeugenaussage.

Da er Professor Guglielmo La Rosa, den größeren Philosophen, nicht wegen versuchter Falschaussage hinter Gitter bringen konnte, ließ Commissario Montalbano außer Gino Rocchi auch Ilario Buffo, den kleineren Philosophen, wegen Beihilfe verhaften.

## *Der Hirtenkönig*

Als die Amerikaner 1943 in Sizilien landeten, trugen sie halbhohe Stiefel mit Gummisohlen, die zur Ausstattung ihres Heeres gehörten; das war das Ende der harten genagelten Stiefel, wie sie sowohl die Soldaten unserer Infanterie als auch die Bauern trugen. Michele Borruso, der in Castro Ziegen besaß, plünderte in der wirren Zeit, als die Alliierten landeten, ein italienisches Militärlager, das fluchtartig verlassen worden war, und trug unter anderem fünfzig Paar Stiefel nach Hause, sodass er eine ganze Dynastie mit Schuhwerk hätte ausstaffieren können. Als er starb, erbte sein Sohn Gaetano Ziegen, Weiden und achtundvierzig Paar genagelte Schuhe. Viele Jahre später wurden Gaetano etwa dreißig Ziegen gestohlen. Dieser Viehdiebstahl schien ungesühnt zu bleiben, denn Borruso erstattete nicht nur keine Anzeige, sondern äußerte im Dorf auch nicht die Absicht, sich zu rächen. Da waren die Diebe überzeugt, dass ein zweiter Raub genauso glatt über die Bühne gehen würde wie der erste, versuchten es noch mal und ließen diesmal an die hundert Tiere verschwinden, denn Borrusos Geschäfte waren in der Zwischenzeit gut gelaufen. Vierzehn Tage nach dem zweiten Viehdiebstahl wurde Casio Alletto – ein brutaler Kerl und im ganzen Dorf als Chef einer Bande bekannt, die wahllos jedes Tier stahl, das auf vier oder zwei Beinen lief – am Ufer des Wildbachs Billotta gefunden, von Stockhieben, Faustschlä-

gen, Tritten und Steinen übel zugerichtet. Man brachte den Sterbenden nach Villalta ins Krankenhaus, wo er tot ankam. Gar keine Frage, dass Gaetano Borruso dafür verantwortlich zeichnete: Die Spuren der genagelten Schuhe in Casio Allettos Gesicht waren unmissverständlich.
Zwei Tage vor dem Ereignis hatte der Questore von Villalta erfahren, dass Commissario De Rosa, der nach Crasto versetzt worden war, einen Jagdunfall gehabt hatte, er war vom Pferd gestürzt. Er konnte sich also nicht um die Angelegenheit kümmern. Deshalb schickte der Questore Brigadiere Billè, auf dessen Schultern nun die eigentlich recht leichte Last eines scheinbar ganz unkomplizierten Falles lag, den damals gerade dreißigjährigen Salvo Montalbano zu Hilfe.

Der Fall mochte einfach sein, doch von der Bergwanderung, zu der sich Montalbano und Billè an diesem Morgen aufmachten, konnte man das nicht behaupten. Sie wollten zu dem Pferch, wo sich Borruso ein Häuschen aus Trockenmauern gebaut hatte, in dem er für gewöhnlich wohnte. Mit dem Geld, das er besaß, hätte er sich bestimmt eine komfortablere Behausung leisten können, aber das passte nicht zur Familientradition der Borrusos, die nicht nur Ziegenhirten waren, sondern auch Wert darauf legten, dass man es ihnen ansah. Erst waren Montalbano und Billè von Crasto aus mindestens vier Kilometer mit dem Auto gefahren, dann hatten sie den Wagen stehen lassen müssen und sich im Gänsemarsch, Billè vorneweg und Montalbano hinterher, auf einem Pfad, den selbst die Ziegen für ungangbar erklärt hätten, an den mühseligen Aufstieg gemacht. Auf diesem Pfad sprang Brigadiere Billè, unter dessen Uniform sich bestimmt die Gestalt eines Fauns verbarg, ge-

wandt wie ein Geißbock umher, während sich Montalbano, keuchend wie ein Blasebalg, hinter ihm herschleppte. Die erste Viertelstunde (denn später hatte er seine Gedanken nicht mehr so richtig im Griff) hatte Montalbano genutzt, um in groben Zügen eine raffinierte und taktisch kluge Strategie für Borrusos Vernehmung zu entwerfen, doch schrumpfte diese in der zweiten Viertelstunde des Aufstiegs zu einem sehr simplen Vorhaben zusammen: Sobald sich dieser Arsch quer legt, verhafte ich ihn. Er dachte nicht im Entferntesten daran, in Borrusos Häuschen genagelte Stiefel mit Blutflecken zu finden: Der hatte ja noch siebenundvierzig Paar, um die Sache zu vertuschen.
Der Morgen war klar wie frisch geputzte Fensterscheiben. Das Blau des Himmels schien dem Universum zuzuschreien, dass es doppelt so blau sei, während Bäume und Pflanzen mit aller Kraft ihr allergrünstes Grün dagegenhielten. Man musste die Augen halb schließen, weil die Farben schmerzhaft blendeten, und die reine Luft stach einem in der Nase. Nach einer halben Stunde Aufstieg verspürte Montalbano die unaufschiebbare Notwendigkeit einer Rast. Verlegen sagte er es dem Brigadiere, und dieser antwortete, er müsse sich noch ein wenig gedulden: Sie würden bald, genau auf halbem Weg, bei einem Bauern ausruhen können, den Billè gut kannte.

Als sie dort ankamen, saßen zwei Männer und eine Frau um einen alten Holztisch, auf dem ein großer Haufen Weizen lag, und säuberten das Getreide von Verunreinigungen. Sie hätten die beiden Fremden gar nicht kommen hören, aber ein etwa zweijähriges Kind wackelte auf seinen unsicheren Beinen wie ein neugeborenes Kälbchen auf Montalbano zu und krallte sich mit seinen marmeladeverschmierten Händchen an seiner Hose fest. Die Frau, offensichtlich die Mutter, sprang vom Stuhl auf und nahm das Kind auf den Arm.

»Dieses Kind würde sogar Jesus auf die Palme bringen! Dauernd muss es was anstellen!«

»*Buongiorno*, Brigadiere«, sagte einer der beiden Männer und erhob sich. Der andere blieb sitzen und fasste mit zwei Fingern an seine *coppola*, die Schirmmütze.

»Entschuldige die Störung, Peppi«, sagte der Brigadiere, »ich bin gerade mit Dottor Montalbano unterwegs. Könnten wir ein Glas Wasser bekommen?«

»Wasser? Wasser ist zum Ertrinken da. Setzen Sie sich, ich bringe einen Wein, der Sie wieder wach macht«, sagte Peppi und ging zum Haus.

Die Frau folgte ihm mit dem Kind auf dem Arm.

»Entschuldigen Sie«, sagte Montalbano laut, »aber ich möchte wirklich nur einen Schluck Wasser.«

Und dann, als ob er sich rechtfertigen wollte:

»Ich trinke nie auf nüchternen Magen.«

»Dem kann abgeholfen werden.«

»Nein, danke. Ich will nur Wasser.«

Sie setzten sich an den Tisch. Der Mann mit der Schirmmütze fuhr mit seiner Arbeit fort.

»Wie geht's dir jetzt, Totò?«, erkundigte sich der Brigadiere.

»Besser«, antwortete der Mann kurz angebunden.

»Ging es Ihnen nicht gut?«, fragte Montalbano höflich, als er Billès betretenes Gesicht sah.

»Nein, es ging mir nicht gut«, sagte Totò und sah Montalbano plötzlich in die Augen. »Sie sind doch ein Dottore, was meinen Sie, wie man sich fühlt, wenn man ein halbes Jahr unschuldig im Gefängnis sitzt?«

»Die *carrabinera*«, versuchte Billè zu erklären, »haben unseren Freund hier aufgrund einer Verwechslung eingesperrt. Es handelte sich um …«

»Bitte sehr, Wasser und Wein!«, unterbrach ihn Peppi, der gerade aus dem Haus kam.

Nicht ein Glas Wasser hatte er gebracht, sondern einen ganzen *bùmmulo*. Der tönerne Krug schwitzte Wasser, ein Zeichen dafür, dass er gut gebrannt war. Montalbano legte den Mund an die Öffnung und nahm einen tiefen Schluck von dem gut gekühlten Wasser. Inzwischen hatte Billè ein erstes Glas Wein getrunken. Als sie sich erhoben, um sich wieder auf den Weg zu machen, stand der Mann mit der Schirmmütze auf, drückte Montalbano die Hand, sah ihm wieder fest in die Augen und sagte:

»Sehen Sie zu, dass es Tano Borruso nicht auch so ergeht.«

»Wie hat er das gemeint?«, fragte Montalbano, als sie weiter zu dem Pferch aufstiegen. Der Brigadiere blieb stehen und wandte sich um.

»Er hat es so gemeint, wie Sie es verstanden haben. Er glaubt nicht, dass Tano Borruso Casio Alletto umgebracht hat.«

»Wie kann er da so sicher sein?«

»Viele im Dorf sind sich sicher.«

»Sie auch, Brigadiere?«

»Ich auch«, bejahte Billè ruhig.

Montalbano schwieg fünf Minuten, dann fing er wieder an.

»Könnten Sie mir das genauer erklären?«

Der Brigadiere blieb wieder stehen und wandte sich um.

»Darf ich Sie was fragen, Dottore?«

»Natürlich.«

»Sehen Sie, Commissario De Rosa hätte zu mir gesagt, ich soll Borruso holen und zu ihm ins Kommissariat bringen. Aber als ich Sie gefragt habe, ob Sie wollen, dass ich ihn hole, haben Sie gesagt, Sie wollten selber mitkommen, auch wenn es mühsam sein sollte, was es ja auch ist. Warum haben Sie das gemacht?«

»Na ja, Brigadiere, vielleicht weil ich es richtig finde, die Leute, mit denen ich zu tun habe, in ihrer vertrauten Umgebung zu sehen. Ich glaube, vielleicht bilde ich mir das auch nur ein, dass ich so besser verstehen kann, wie sie sind.«

»Sehen Sie, genau das ist es, Dottore: Wir alle im Dorf wissen, wie Tano Borruso ist.«

»Wie ist er denn?«

»Er würde keine Brennnessel abschneiden, geschweige denn einen Menschen töten.«

Er lächelte, ohne den Blick von Montalbano abzuwenden.

»Sind Sie böse, wenn Ihnen einer etwas sagt, der seit dreißig Jahren bei der Polizei ist und bald in Pension geht?«

»Nein, sagen Sie es nur.«

»Ich hätte Sie sehr gern, als ich jung war, zum Chef gehabt.«

Gaetano Borrusos Haus bestand nur aus einem Zimmer, das aber ziemlich groß war. Dahinter befand sich ein riesiger Pferch, aus dem ein ohrenbetäubender Chor von Ziegengemecker zu hören war. Vor dem Haus ein Platz aus gestampfter Erde, an dessen einer Seite eine große Laube stand. Und unter dieser Laube sah Montalbano zu seinem Erstaunen zwei Dutzend grob aus Ästen gefertigte Hocker. Auf dreien dieser Hocker saßen Bauern, die lebhaft diskutierten. Ihre Stimmen wurden leiser, als sie den Briga-

diere und Montalbano kommen sahen. Der Älteste von den dreien, der den anderen beiden gegenübersaß, hob eine Hand und machte eine entschuldigende Geste, als ob er sagen wollte, dass er gerade beschäftigt sei. Billè nickte zustimmend und holte zwei Hocker, die er in den Schatten stellte, aber ziemlich weit von der Laube entfernt.
Sie setzten sich. Montalbano zog ein Päckchen Zigaretten hervor und bot auch Billè davon an, der sich eine nahm.
Während er rauchte, konnte Montalbano es nicht lassen, hin und wieder zu den drei Männern hinüberzuschauen, die immer noch diskutierten. Dem Brigadiere blieben seine Blicke nicht verborgen, und irgendwann sagte er:
»Er waltet seines Amtes.«
»Arbeiten die beiden für ihn? Sind sie bei ihm angestellt?«
»Borruso hat acht Leute, die hüten die Ziegen, machen den Käse und was sonst so anfällt. Was Sie hier sehen, sind nicht alle Ziegen, er hat viel mehr. Aber die beiden Männer arbeiten nicht für ihn.«
»Warum haben Sie dann gesagt, Borruso würde seines Amtes walten? Was für ein Amt ist das?«
»Das Amt des Richters.«
Montalbano sah ihn erstaunt an. So nachsichtig, wie man mit Kindern und Geisteskranken redet, erklärte der Brigadiere:
»Dottore, Gaetano Borruso gilt überall als weiser und erfahrener Mann, der jederzeit bereit ist, zu helfen und ein gutes Wort für jemanden einzulegen. So hat es sich im Lauf der Zeit eingebürgert, dass die Leute herkommen und mit ihm reden, wenn es eine Auseinandersetzung, einen Grund zum Streit gibt.«
»Und dann tun sie, was er bestimmt?«
»Immer.«

»Und wenn sie sich anders entscheiden?«
»Wenn sie eine gerechtere Lösung gefunden haben, ist Borruso einverstanden, er gibt Fehler immer bereitwillig zu. Aber wenn der Streit ausartet und die Leute nicht mehr miteinander reden, sondern tätlich werden, will Borruso sie nicht mehr sehen. Und ein Mann, den Borruso nicht mehr sehen will, ist ein Mann, mit dem niemand mehr etwas zu tun haben will. Der zieht besser weg. Und zwar weit weg.«
»Ein glänzendes Beispiel für das Gebaren der Mafia.« Montalbano konnte sich diese Bemerkung nicht verkneifen.
Das faunische Gesicht des Brigadiere wurde hart.
»Verzeihen Sie, aber wenn Sie so was sagen, dann haben Sie keine Ahnung von der Mafia. Was hat Borruso denn davon?«
»Macht.«
»Ich spreche als Polizist zu Ihnen«, begann der Brigadiere nach einer Pause wieder. »Wir wissen, dass Borruso seine Macht immer nur für eines eingesetzt hat: die Verhinderung von Bluttaten. Kannten Sie Commissario Mistretta, der vor sechs Jahren bei einer Schießerei ums Leben kam?«
»Leider nicht.«
»Er war Ihnen ähnlich. Nun, er hatte Borruso zufällig kennen gelernt, und nachdem er mit ihm zu tun gehabt hatte, wissen Sie, was er da zu mir gesagt hat? Borruso sei ein übrig gebliebener Hirtenkönig. Und er erklärte mir, wer die Hirtenkönige waren.«
Montalbano blickte wieder zu der Laube hinüber. Jetzt standen die drei und tranken nacheinander Wein aus einer Strohflasche, die neben Borrusos Hocker auf dem Boden gestanden hatte. Sie tranken nicht nur einfach, die bedächtigen Bewegungen, die Blicke, die sie nach jeder Runde

wechselten, ließen an eine Art Ritual denken. Jeder trank dreimal, dann schüttelten sie einander die Hand. Die zwei, die gekommen waren, um mit Borruso zu sprechen, grüßten Billè und Montalbano wortlos, nur mit den Augen, und gingen fort.

»*Avanti, avanti!*«, rief Borruso und forderte sie mit einer weit ausholenden Geste auf, in die Laube zu kommen.

»Dottor Montalbano und ich«, fing Billè an, »sind wegen der Geschichte mit dem Mord an Casio Alletto hier.«

»Das habe ich erwartet. Wollen Sie mich verhaften?«

»Nein«, sagte Montalbano.

»Wollen Sie mich vernehmen?«

»Nein.«

»Was wollen Sie dann?«

»Mit Ihnen reden.«

Montalbano nahm deutlich eine Veränderung an dem Mann wahr, der da vor ihnen stand. Er hatte seine Fragen bisher mit einer gewissen Gleichgültigkeit gestellt, doch jetzt sah der Commissario in den Augen, die ihn anblickten, eine neue Aufmerksamkeit. Und er selbst wunderte sich auch. Hatte er sich während des Aufstiegs zu dem Pferch nicht vorgenommen, Borruso bei der ersten Widerrede zu verhaften? Warum ließ er jetzt zu, dass sich die Begegnung in die Länge zog?

Sie setzten sich. Und Montalbano sah wie mit den Augen eines anderen, dass er und der Brigadiere sich nun in derselben Position befanden, auf denselben Hockern saßen wie vorhin die beiden Bauern, die gekommen waren, um Borruso um sein gerechtes Urteil zu bitten. Nur musste der Blickwinkel umgekehrt sein: Bis zum Beweis des Gegenteils waren er und der Brigadiere die Vertreter der Justiz. Und Borruso, wenn nicht der Angeklagte, so doch zumindest der Verdächtige. Aber Gaetano Borruso saß mit der Selbstverständlichkeit und zugleich mit der Autorität eines natürlichen Richters auf seinem Hocker.

»Möchten Sie ein wenig Wein?«, fragte Borruso und reichte ihnen die Flasche.

Billè nahm an und trank einen Schluck, Montalbano lehnte mit einer höflichen Geste ab.

»Ich habe Casio Alletto nicht umgebracht«, sagte Borruso leise und ruhig. »Wenn ich es getan hätte, hätte ich mich schon gestellt.«

Jedes Wort, das gesagt wird, schwingt auf eine eigene, besondere Weise, die Worte, welche die Wahrheit sagen, haben andere Schwingungen als alle übrigen.

»Warum glauben Sie, dass ich es war?«

»Weil man weiß, dass Alletto Ihre Ziegen gestohlen hat«, sagte Montalbano.

»Ich würde auch jemandem, der mir alle meine Ziegen stiehlt, nicht das Leben nehmen.«

»Und dann ist da noch die Sache mit den genagelten Schuhen. Wie die, die Sie gerade tragen.«

Gaetano Borruso betrachtete seine Schuhe, als sähe er sie zum ersten Mal.

»Die trage ich seit fünf Jahren«, sagte er. »Das sind gute, feste Schuhe. Es heißt, die Schuhe, die unsere Soldaten im letzten Krieg in Russland trugen, hätten Sohlen aus Pappe gehabt. Die hier haben welche aus Leder. In den Jahren, die mein Vater noch lebte, nachdem er sie aus dem Magazin geholt hatte, hat er nur ein einziges Paar verschlissen. Er hatte sie an, als er starb, draußen bei der Feldarbeit. Als ich ihn herrichtete, hab ich ihm ein neues Paar angezogen. Da waren noch achtundvierzig übrig.«

»Und wie viele haben Sie jetzt noch?«

Gaetano Borruso machte seine sehr hellen Augen halb zu.
»Das ist jetzt das zweite Paar, das trage ich seit einem Jahr. Dann wären es also noch sechsundvierzig, aber fünf Paar habe ich Leuten geschenkt, die welche brauchten, armen Schluckern.«
Etwas in Montalbanos Gesichtsausdruck ließ ihn aufmerken.
»Machen Sie sich keine falschen Vorstellungen, Dottore. Die Leute, denen ich die Schuhe gegeben habe, sind gesund und munter und haben mit dem Mord nichts zu tun. Wenn Sie es für nötig halten, können Sie das überprüfen. Ich schiebe niemand anderem die Schuld zu.«
»Dann haben Sie also noch einundvierzig Paar.«
»So viele müssten es eigentlich sein, aber ich habe vierzig gezählt.«
»Fehlt ein Paar?«
»*Sissignore.* Als ich hörte, dass in Casios Gesicht Abdrücke von Nägeln waren, sah ich nach, weil ich mir was gedacht habe.«
»Nämlich?«
»Dass man mir ein Paar Schuhe gestohlen und sie dafür verwendet hat, wofür man sie verwendet hat, damit es so aussieht, als sei ich es gewesen. Kommen Sie mit.«
Sie erhoben sich und gingen in das einzige Zimmer. Links ein schmales Feldbett mit Nachtkästchen, ein Tisch mit vier Stühlen in der Mitte, der Herd und eine große Kredenz an der Wand vis-à-vis der Haustür. An der rechten Wand befanden sich zwei kleine Türen, durch die eine konnte man das Klo sehen. Borruso drehte am Knauf der anderen Tür, öffnete sie und schaltete das Licht ein. Sie standen in einem geräumigen Kabuff, das als Abstell- und Vorratskammer diente.

»Die Schuhe sind da drüben«, sagte Borruso und zeigte auf ein grob gezimmertes Regal.
Mühsam bezwang Montalbano seinen Brechreiz. Als er das Kabuff betreten hatte, war ihm von einem widerlich ranzigen Gestank sofort schlecht geworden.
Die Schuhe standen nebeneinander in den vier Fächern des Regals, und jedes Paar war in Zeitungspapier eingewickelt. Borruso nahm ein Paar heraus, packte es aus und zeigte es Montalbano. Da wusste der Commissario, woher der Gestank kam, der ihm so zusetzte: Die Schuhe waren fingerdick mit Fett eingeschmiert.
»Ich habe sie vor zwei Wochen eingefettet«, sagte Borruso, »so bleiben sie wie neu.«
Der Brigadiere begann zu zählen, und Montalbano versuchte inzwischen das Datum der Zeitungen festzustellen. Keine stammte aus der letzten Zeit; etwa zwei Dutzend waren auf der freien Seite eines Regalfachs gestapelt.
»Die habe ich vom *tabaccaro* in Crasto bekommen«, erklärte Borruso, als er begriff, was Montalbano dachte.
»... und vierzig«, sagte der Brigadiere. »Ich habe zweimal gezählt, das stimmt auf jeden Fall.«
»Kommen Sie, wir gehen raus«, sagte Montalbano.
An der frischen Luft verschwand seine Übelkeit sofort, er atmete tief ein und nieste.
»Gesundheit.«
Sie setzten sich wieder in die Laube.
»Wie soll dieser Dieb denn in Ihr Haus reingekommen sein, während Sie weg waren?«
»Durch die Tür«, antwortete Borruso mit hauchfeinem Spott. Und fügte hinzu:
»Ich lasse immer alles offen. Ich schließe nie ab.«

Zurück in Villalta, ging Montalbano als Erstes zum Gerichtsmediziner, einem höflichen alten Mann.
»Dottore, bitte entschuldigen Sie, aber ich brauche eine Auskunft, es geht um die Leiche von Casio Alletto.«
»Ich habe den Bericht noch nicht geschrieben. Was wollen Sie denn wissen?«
»Waren in seinem Gesicht, abgesehen von den Abdrücken der Nägel, auch Spuren von Schuhfett?«
»Spuren?«, fragte der Dottore. »Ein ganzer Zentner!«

Am nächsten Morgen kam Montalbano spät nach Crasto, er hatte eine Autopanne gehabt und konnte weder Reifen wechseln, noch wusste er, wo der Wagenheber zu finden war. Als er das Kommissariat betrat, kam Brigadiere Billè auf ihn zu und lächelte.
»Borruso hat wohl wirklich nichts mit dieser Geschichte zu tun. Es ist so gelaufen, wie er uns erzählt hat, man hat ihm die Schuhe gestohlen, damit er in Verdacht gerät, und Grund hätte er ja gehabt, auf Casio Alletto sauer zu sein. Wir müssen von vorn anfangen.«
Billè lächelte immer noch.
»Was ist denn?«
»Ich habe vor einer Viertelstunde den Mörder verhaftet. Er hat gestanden. Ich wollte Ihnen Bescheid geben, ich habe in der Questura angerufen, aber man sagte mir, Sie seien auf dem Weg hierher.«
»Wer ist es?«
»Cocò Sampietro, einer von Casios Bande, ein halber Irrer.«
»Wie haben Sie das gemacht?«
»Heute Morgen um sieben kam einer von außerhalb auf den Markt, um Saubohnen zu verkaufen. Er saß auf einem

Muli. Ich habe seine Schuhe gesehen, und da hat mich fast der Schlag getroffen. Aber ich habe keinen Wirbel gemacht, ich habe ihn beiseite genommen und gefragt, wo er die Schuhe gekauft habe. Er hat ganz ruhig geantwortet, Cocò Sampietro habe sie ihm gestern Abend verkauft. Da haben wir uns vor dessen Haus postiert, und als Sampietro herauskam, haben wir ihm Handschellen angelegt. Er hat sofort gestanden. Er hat gesagt, dass sich die ganze Bande gegen Casio aufgelehnt hat, weil er sich nicht an die Abmachungen gehalten hat.«

»Aber wenn er ein halber Irrer ist, wie Sie sagen, dann kann er vielleicht gar nicht so weit denken, die Schuld Borruso in die Schuhe zu schieben.«

»Aber es war nicht er. Er hat gesagt, den Plan hätte sich Stefano Botta ausgedacht, der war Casios rechte Hand.«

»Ich gratuliere.«

»Danke, Dottore. Kommen Sie mit? Es müssen noch fünf weitere Personen verhaftet werden.«

Montalbano musste nur einen Augenblick darüber nachdenken.

»Nein«, sagte er, »machen Sie das mit Ihren Kollegen. Ich besuche den Hirtenkönig. Er ist bestimmt froh, wenn er hört, dass die Geschichte vorbei ist.«

## *Der Mäusemord*

Es war zehn Uhr morgens an einem wunderbaren Tag Anfang Mai. Nachdem Commissario Montalbano festgestellt hatte, dass es für ihn im Büro nichts Besonderes zu tun gab und seinem Vice Mimì Augello sichtlich göttliche Gnade zuteil geworden war, denn er schien ernsthaft arbeiten zu wollen, entschied er, dass ein langer Spaziergang bis zum Leuchtturm das Beste war, was er tun konnte. Er ging wie immer vorher in seinen Laden, die *putìa di càlia e simenza*, kaufte eine große Tüte Erdnüsse, Kürbiskerne und geröstete Kichererbsen und machte sich auf den Weg zur östlichen Mole.

Kurz bevor er zu seinem Lieblingsfelsen direkt unter dem Leuchtturm kam, musste er plötzlich einen raschen Schritt zur Seite machen: Versehentlich wäre er fast auf eine große tote Maus getreten. Was Mäuse angeht, war Montalbano ganz und gar weiblich: Er ekelte und fürchtete sich vor ihnen, schaffte es aber, sich nichts anmerken zu lassen. Er ging drei Schritte weiter und blieb dann stehen.

Irgendetwas hatte ihn, wie und warum konnte er sich nicht erklären, unterschwellig beunruhigt. Darin bestand seine Gabe und sein Fluch als geborener Polizist: Er spürte, roch, schnupperte die Unregelmäßigkeit, das eigentlich gar nicht wahrnehmbare Detail, das nicht zu dem Ganzen passte, das minimale Ausscheren aus der gewohnten und vorhersehbaren Ordnung. Drei Schritte noch bis ans Ende der Mole, er tat sie und setzte sich hin. Er öffnete das Plastiktütchen mit *càlia e simenza*, griff hinein, und seine Hand verharrte. Unmöglich, so zu tun, als wäre nichts. In der Welt, die sein Auge im Blick hatte, war irgendetwas nicht stimmig, außerhalb der Norm. »Also, wenn's sein muss ...«, brummte er und ergab sich in sein Schicksal, »dann wollen wir mal.«

Wenige Schritte entfernt lag, mit dem Heck an einem Poller vertäut, ein großer Hochseekutter. Er hieß »San Pietro pescatore« und war aus Mazàra del Vallo. Der Fischkutter lag vollkommen reglos da, er rührte sich nicht auf dem spiegelglatten Meer. An Bord war bestimmt keine Menschenseele. Rechts, weiter Richtung Stadt, saß ein Angler, ein Stammgast, den der Commissario schon ewig kannte und der ihn immer grüßte.

Das war's. Nichts weiter. Woher also dieses stechende Unbehagen? Dann fiel sein Blick auf die tote Maus, die er fast mit dem Fuß zerquetscht hätte, und die Frequenz der Schwingungen, die er in sich spürte, nahm zu. Konnte der Grund für sein Missbehagen wirklich eine tote Maus sein? Wie viele Mäuse sah man, tot und lebendig, Tag und Nacht, überall innerhalb der Hafenmauern? Was war an dieser Maus so Besonderes? Er legte das Tütchen *càlia e simenza* auf den Felsen, stand auf, trat zu der Maus und ging in die Hocke, damit er sie besser sehen konnte. Nein, sein Gefühl war richtig gewesen, da war etwas Merkwürdiges. Er blickte um sich, sah ein kleines Stück Tau, hob es auf und betastete damit den Kadaver, wobei er mühsam seinen Ekel bezwang. Wie bringt man normalerweise eine Maus um? Mit Gift, mit einem Stockhieb, mit einem Stein. Die hier war beinah unversehrt, nur hatte man ihr mit einer rasiermesserscharfen Klinge den Bauch aufgeschlitzt und die ganzen Eingeweide herausgenommen. Sie sah aus wie ein ausgenommener Fisch. Die Operation konnte nicht lange her sein, das Blut war noch rot und an manchen Stellen nicht geronnen. Wer machte denn so was? Eine Maus töten, indem man sie schlachtete? Montalbano lief ein Schauder über den Rücken, ein ganz leichter elektrischer Schlag. Er verfluchte sich, ging zu seinem Felsen, leerte das durchsichtige Plastiktütchen in seine Jackentasche und schob die Maus in die Tüte, wobei er das Stück Tau zu Hilfe nahm. Dann wickelte er das Tütchen in die Zeitung, die er gekauft hatte, damit es in der Stadt nicht hieß, Commissario Montalbano habe nicht alle Tassen im Schrank und laufe mit einer toten Maus durch die Gegend. Doch als er durch die Zeitung und die Plastiktüte hindurch den weichen Körper des Tieres spürte, wurde ihm kotzübel. Und er kotzte.

»Was zum Teufel wollen Sie denn? Sie haben mir schon seit zwei Wochen keine Leiche mehr geliefert!«, rief Dottor Pasquano, der Gerichtsmediziner, und hieß den Commissario in seinem Büro Platz nehmen. Wenn man ihn zu nehmen wusste, war Pasquano lieb und nett, aber er hatte einen ausgesprochen schwierigen Charakter.
Montalbano war schweißgebadet, jetzt stand ihm etwas Heikles bevor. Er wusste nicht, wie er anfangen sollte.
»Ich möchte Sie um einen Gefallen bitten.«
»Was denn sonst! Los, sagen Sie schon, ich habe nicht viel Zeit.«
»Gut, Dottore, aber Sie müssen mir erst versprechen, dass Sie nicht sauer werden, sonst sage ich gar nichts.«
»Und wie soll ich das machen? Sie verlangen Wunder von mir! Ich bin von morgens bis abends sauer! Und bei einer solchen Bedingung bin ich gleich doppelt sauer!«

»Wenn das so ist ...«
Montalbano machte Anstalten aufzustehen. Er meinte es aufrichtig; zu Pasquano zu gehen war eine bescheuerte Idee gewesen, das war ihm jetzt klar.
»O nein! Sie machen es sich zu einfach! Wo Sie jetzt schon mal da sind, müssen Sie mir alles erzählen!«, forderte der Dottore ihn übel gelaunt auf.
Wortlos zog der Commissario das Päckchen heraus, das seine Jackentasche ausbeulte, und legte es auf den Schreibtisch. Pasquano nahm es, öffnete es, sah genau hin und lief blau an. Montalbano erwartete einen Wutanfall, doch der Dottore beherrschte sich, stand auf, trat zu ihm und legte ihm väterlich eine Hand auf die Schulter.
»Ich habe einen sehr tüchtigen Kollegen. Und diskret ist er auch, verschwiegen wie ein Grab. Wenn Sie wollen, gehen wir zusammen hin.«
»Ein Tierarzt?«, fragte der Commissario, der ihn missverstanden hatte.
»Aber nein, wo denken Sie hin!«, sagte Pasquano, immer mehr überzeugt, dass Montalbano nicht ganz dicht war. »Ein Psychiater. Er befasst sich mit solchen Sachen, Stress, nervlicher Erschöpfung ...«
Da begriff der Commissario und wurde sofort wütend.
»Sie glauben wohl, ich bin verrückt geworden?«, schrie er.
»Aber nein, aber nein«, sagte der Dottore beschwichtigend.
Pasquanos Benehmen brachte den Commissario in Rage, und er schlug laut mit der Hand auf den Schreibtisch.
»Ganz ruhig, das wird schon wieder«, sagte der Dottore beflissen.
Montalbano war klar, dass er, wenn es so weiterging, den Raum in einer Zwangsjacke verlassen würde. Er setzte sich und wischte sich mit dem Taschentuch über die Stirn.

»Ich bin nicht nervlich erschöpft und auch nicht verrückt geworden. Tut mir Leid, es ist meine Schuld, wenn Sie das missverstanden haben. Wir machen es so: Ich erzähle Ihnen, warum ich Ihnen diese Maus gebracht habe, und dann entscheiden Sie, ob Sie einen Krankenwagen rufen oder nicht.«

Das Telefon klingelte mitten in einem Spionagefilm mit Michael Caine, von dem der Commissario verzweifelt versuchte, irgendwas zu verstehen. Automatisch sah er auf die Uhr, bevor er den Hörer abnahm, es war elf Uhr abends.
»Hier ist Pasquano. Sind Sie allein?«
Seine Stimme klang konspirativ.
»Ja.«
»Ich habe es getan.«
»Was haben Sie herausgefunden?«
»Na ja, es ist sehr merkwürdig. Sie wurde vergast.«
»Ich verstehe nicht, entschuldigen Sie.«
»Um sie zu töten, müssen sie Gas oder etwas Ähnliches verwendet haben. Danach wurde ein Bauchschnitt vorgenommen.«
Montalbano war überrascht.
»Ich finde das eine ziemlich komplizierte Methode zur Beseitigung von …«
»Still!«
»Was ist denn los mit Ihnen? Warum haben Sie solche Angst, einfach zu sagen, dass Sie die Obduktion einer …«
»Halten Sie doch endlich den Mund! Wissen Sie denn nicht, dass unsere Telefone heutzutage abgehört werden können?«
»Wozu denn?«
»Was weiß ich! Fragen Sie doch die!«

»Wen denn, die?«
»Die, die!«
Vielleicht war ja Dottor Pasquano gestresst und brauchte selbst die Hilfe seines Psychiaterfreundes.
»Dottore, jetzt überlegen Sie doch mal. Auch wenn man uns abhört und mitbekommt, dass wir über eine …«
»Sie wollen mich ruinieren! Verstehen Sie denn nicht? Wenn wir offen sagen, dass wir über eine – Sie wissen schon was – reden, dann glaubt man uns doch nicht und denkt, es sei ein Codewort. Wie sollen wir das dann erklären!«
Der Commissario begriff, dass es besser war, das Thema zu wechseln.
»Eine Frage, Dottore. Wie lange braucht eine Leiche, die ins Wasser gefallen ist, um wieder aufzutauchen?«
»Etwa achtundvierzig Stunden. Aber eins sage ich Ihnen, Commissario: Wenn Sie mir noch eine bringen, fliegt ihr beide in hohem Bogen aus dem Fenster!«

Montalbano konnte nicht einschlafen.
Um sechs Uhr morgens rief er, gewaschen und angekleidet, seinen Vice Mimì Augello an.
»Mimì? Hier ist Montalbano.«
»Was ist denn los? Ist was passiert? Verdammt noch mal, wie viel Uhr ist es eigentlich?«
»Mimì, du sollst nichts fragen. Wenn du mich noch mal was fragst, polier ich dir die Fresse, wenn du mir im Kommissariat über den Weg läufst. Klar?«
»Ja.«
»Gehst du manchmal angeln?«
»Ja.«
»Kannst du mir ein Netz leihen?«

Tiefes Schweigen. Abgebrochen war die Verbindung nicht, denn Montalbano hörte Mimì deutlich atmen.
»Warum antwortest du nicht, du Arsch?«
»Weil ich dir eine Frage stellen müsste.«
»Schon gut, stell die Frage. Aber nur eine.«
»Was meinst du denn mit Netz, einen Kescher?«
»Ein Netz, so ein kleines Netz, du bist doch Angler!«
»Ah! Aber ich hab keins, ich benutze so was nicht. Das heißt, ich hab schon eins.«
»Hast du jetzt eins oder nicht?«
»Ja, aber das ist eins für Kinder, mein Neffe hat es bei mir vergessen, als er zum Baden hier war.«
»Ist egal, leih's mir. Ich bin in einer halben Stunde an deiner Haustür.«

Die Vorstellung entsetzte ihn, jemand aus der Stadt könnte ihn sehen, wie er mit dem Kescher neben sich und einem Opernglas in der Hand vorn an der Mole saß und nicht zum Horizont, sondern auf die Felsen unter sich spähte. Zum Glück war niemand in Sicht, die »San Pietro pescatore« hatte abgelegt. Bald war ihm klar, dass etwas nicht funktionierte, dass seine Suche vergeblich sein würde. Er wollte es nachprüfen, nahm eine Zugfahrkarte, die er schon seit Ewigkeiten in der Tasche hatte, und warf sie ins Wasser. Ganz langsam, aber zielstrebig begann sie sich von den Felsen wegzubewegen, Richtung Hafeneinfahrt. Die Strömung führte hinaus, um diese Uhrzeit hatte sie alles, was in den frühen Morgenstunden eventuell aufgetaucht war, längst fortgeschwemmt. Konnte er mit dem Spielzeugkescher in der Hand zurückgehen? Er beschloss, ihn zwischen den Felsen zu verstecken, er würde Mimì Augello später sagen, dass er ihn sich dort wieder holen könne. Vorsichtig ließ er sich zu den Felsen hinab, hier konnte man leicht auf dem grünlichen Moos ausrutschen und ins Wasser fallen. Während er gebückt dastand, um die beste Stelle auszusuchen, sah er wieder einen Mauskadaver, der zwischen zwei Felszacken steckte. Eine gute halbe Stunde lang mühte er sich fluchend ab, dann hatte er es mit Hilfe des Keschers geschafft, ihn herauszuholen. Er sah sich den Kadaver genau an: Auch dieser war aufgeschlitzt. Er warf die Maus ins Meer, er hatte keine Lust, sie Pasquano zu bringen und sich noch mal zusammenstauchen zu lassen.

Es war noch zu früh, um ins Büro zu gehen, also setzte er sich wieder hin und dachte nach. Zu 99,99 Prozent war auch die zweite Maus vergast worden. Aber warum hatte man Gas verwendet?, fragte er sich. Die Antwort darauf kam ihm fast sofort: weil man sicher sein konnte, dass das Gas auf jeden Fall wirkte; wenn man einen Stock oder einen Stein benutzte, bestand die Gefahr, dass die eine oder andere Maus trotz Verletzung davonkam. Aus diesem Grund konnte man auch kein Mäusegift verwenden; eine Maus, die Gift im Körper hat, verkriecht sich zum Sterben irgendwohin. Derjenige, der sie umbrachte, musste sichergehen, dass die Mäuse alle an dem Ort blieben, wo sie gestorben waren. Und warum? Auch darauf kam ihm gleich die Antwort: um ihnen den Bauch öffnen und das herausholen zu können, was man ihnen zu fressen gegeben hatte. Aber wie hatte man die Mäuse dazu gebracht, sich an einer Stelle zu versammeln? Hatte man den Rattenfänger von Hameln engagiert?

An diesem Punkt seiner Überlegungen sah Montalbano, wie der Angler an seinem Stammplatz ankam und seine Vorbereitungen traf. Er stand auf und ging zu ihm.

»*Buongiorno*, Commissario.«

»*Buongiorno*, Signor Abate.«
Er war ein pensionierter Pedell und sah den Commissario jetzt erwartungsvoll an, denn bisher hatten sie sich immer nur gegrüßt, mehr nicht.
»Ich hätte eine Bitte.«
»Ja?«
»Sie haben gestern bestimmt den Fischkutter aus Mazàra hier liegen sehen.«
»Die ›San Pietro pescatore‹, ja.«
»Kommt der Kutter oft nach Vigàta?«
»Vielleicht zweimal im Monat. Erlauben Sie mir eine Bemerkung?«
»Aber natürlich.«
»Ich habe gehört, dass Sie ein guter Polizist sind. Jetzt liefern Sie mir den Beweis dafür.«
»Wie kommen Sie darauf?«
»Weil Sie schon herausgefunden haben, was die Leute von diesem Fischkutter machen.«
Montalbano empfand zwei sich widersprechende Gefühle: Zufriedenheit, weil er geahnt hatte, dass irgendwas faul war, Enttäuschung, weil die Lösung so einfach war.
Er stellte keine weiteren Fragen, deutete ein schlaues Lächeln an und machte eine Geste, als wollte er sagen, dass derjenige, der ihn übers Ohr hauen wollte, erst noch geboren werden müsste.
»Diese Mistkerle von dem Kutter«, erklärte Abate, »betrügen ihre Kollegen von der Kooperative. Eigentlich müssten sie ihren Fang nach Mazàra bringen und zu dem dazutun, was die anderen Mitglieder der Kooperative gefangen haben. Der eine hat mehr gefangen, der andere weniger, aber das ist egal, es kommt alles in einen Topf. Verstehen Sie, was ich meine?«

»Ganz genau.«
»Aber die von dem Kutter legen erst in Vigàta an, bevor sie nach Mazàra fahren, und verkaufen die Hälfte ihres Fangs an Leute von hier, die mit einem Kühllaster kommen. Damit verdienen sie zweimal: Hier zahlt man mehr für den Fisch, in Mazàra wird das bisschen, das sie als ihren Fang anmelden, mit dem ihrer Kollegen aufgewogen. Diese Saukerle!«
Der Commissario pflichtete ihm bei.
»Das ist ein altes Spiel«, sagte er, »es heißt Kollegen bescheißen.«
Sie lachten.

Es war noch dunkel, als die »San Pietro pescatore« acht Tage darauf an der Mole von Vigàta festmachte. Erwartet wurde sie von einem Kühllaster ohne Firmenaufschrift an der Seite. Er wurde bis oben hin mit Kisten voll Fisch beladen und fuhr wieder weg. Keine halbe Stunde später legte der Fischkutter ab und verließ den Hafen. Auf der Straße nach Caltanissetta wurde der Kühllaster von einer Streife der Guardia di Finanza gestoppt, was anfangs eine ganz normale Kontrolle zu sein schien.
Am Steuer saß, wie aus dem Führerschein hervorging, ein gewisser Filippo Ribèca, vorbestraft, aber mit ordentlichen Papieren ausgestattet. Ebenfalls in Ordnung war das Begleitpapier der Ladung.
»Kann ich jetzt weiterfahren?«, fragte Filippo Ribèca grinsend und löste die Handbremse.
»Nein«, sagte der Einsatzleiter der Streife. »Fahr an den Rand und warte.«
Ribèca gehorchte fluchend, während die Guardia di Finanza einen weiteren Lastwagen kontrollierte, der Gemüse

transportierte. Diese zweite Kontrolle dauerte lange und war sehr gründlich, so dass Ribèca aus dem Führerhaus stieg und sich eine Zigarette ansteckte. Er war sichtlich nervös.

Als er sah, dass noch ein Laster gestoppt wurde, der mit Ziegelsteinen beladen war, hielt er es nicht mehr aus. Er ging zu dem Einsatzleiter.

»Was ist, kann ich jetzt endlich weiterfahren?«

»Nein.«

»Und warum nicht?«

»Einfach so«, sagte der Einsatzleiter und befolgte damit haargenau die Anweisungen des Tenente. Ribèca fiel darauf herein.

»Leck mich doch am Arsch!«, explodierte er. Und da er ein gewalttätiger Typ war, stürzte er sich auf den Einsatzleiter und versetzte ihm einen Schlag auf die Brust. Er wurde auf der Stelle wegen Beleidigung und Widerstand festgenommen.

Bei der Durchsuchung in der Kaserne fand man in seiner Hosentasche einen kleinen Samtbeutel. Und in dem kleinen Samtbeutel Diamanten im Wert von mehreren hundert Millionen. Der Tenente der Guardia di Finanza rief sofort Montalbano an.

»Gratuliere, Commissario. Sie hatten Recht. Eine originelle Methode der Geldwäsche. Wir fahren jetzt nach Mazàra und nehmen die Leute von der ›San Pietro‹ fest. Wollen Sie mitkommen?«

Die Masche war genial und einfach. Die »San Pietro pescatore« lief, einen Käfig mit zwei Dutzend hungrigen Mäusen an Bord, aus Mazàra aus. Auf hoher See wurde der Käfig an die seitliche Öffnung eines Zinkbehälters mit zwei getrennten Bereichen gestellt, und hier konnten die Mäuse in der ersten Abteilung machen, was sie wollten, auch übereinander herfallen. Dann stieß, auf hoher See vor Libyen, ein hochseetüchtiges Motorboot zu dem Fischkutter, und die beauftragte Person händigte dem Kapitän des Fischkutters das Samtbeutelchen mit den Diamanten aus. Nun wurde jeder Diamant in ein Kügelchen ranzigen Käse eingeknetet. Die Kügelchen ließ man, durch eine Öffnung im Dach, in den zweiten Bereich des Behälters fallen. Dann wurde die Blechwand, welche die beiden Bereiche voneinander trennte, hochgezogen. Die hungrigen Mäuse verschlangen alles. Nachdem sie gefressen hatten (und zwar ganz wenig, denn darin bestand das Geheimnis), wurden sie freigelassen. Sie konnten zwei Tage lang, während der Fischkutter fischte, tun und lassen, was sie wollten: Bei einer der üblichen Kontrollen durch die Guardia di Finanza wäre nichts Ungewöhnliches festgestellt worden. Vor der Rückfahrt nach Vigàta wurde der zweite Bereich mit Käse gefüllt, und die Mäuse verschlangen ihn, während sie mit einer Flasche Methangas, die mit dem Behälter verbunden war, vergast wurden. Wenn der Hafen in Sicht kam, schlitzte man den toten Mäusen den Bauch auf, holte die Diamanten heraus und übergab die Steine jemandem, der sie wiederum woanders hinzubringen hatte.

Was bei der ganzen Geschichte am Ende herauskam, war, dass Montalbano mindestens einen Monat lang keinen Käse mehr essen konnte: Immer wenn er ein Stückchen in den Mund stecken wollte, sah er die Mäuse vor sich, und dann war sein Magen wie zugeschnürt.

## *Ein paradiesisches Fleckchen Erde*

»Was für ein paradiesisches Fleckchen Erde!«, rief Livia, während sie aus dem Boot kletterte und Salvo half, es auf den trockenen Sand zu schieben. Als sie es geschafft hatten, die Tasche mit den Klamotten und die große Kühlbox voller belegter *panini* und Bierflaschen auszuladen, warf sich Commissario Montalbano halb tot in den Sand und fragte sich, wer ihn dazu gebracht hatte, sich auf dieses Unternehmen einzulassen. Denn um ein echtes Unternehmen handelte es sich. Eine Woche vorher hatte dieser Blödmann Mimì Augello, als er mit ihnen beiden in einem Restaurant zu Abend aß, seine Entdeckung gepriesen: den winzigen Strand drei Kilometer hinter dem Leuchtturm von Capo Russello, einsam gelegen, völlig unbekannt und nur über das Wasser zu erreichen. Er sprach so begeistert davon, dass Livia ganz verzaubert war: Mimì beschrieb den Platz als eine Art Robinson-Insel ohne jede Fußspur von Freitag, und von da an hatte Montalbano keine Ruhe mehr:
»Wann bringst du mich zu dem Strand?«, lautete Livias Leier durchschnittlich neunmal pro Tag.
Achtundvierzig Stunden vor Livias Abreise nach Boccadasse, Genua, nach zwei Wochen Sommerferien in Vigàta, hatte Montalbano beschlossen, ihren Wunsch zu erfüllen, wobei er dieses Arschloch von Mimì innerlich verfluchte und ihm ein großes Unglück an den Hals wünschte, weil er ihm das eingebrockt hatte. Um sieben Uhr morgens waren

sie mit dem Auto von Vigàta nach Montereale marina gefahren und hatten dort ein Ruderboot von einem Fischer gemietet, der arabisches Blut in sich haben musste: Er nannte einen Preis, und Livia, als knauserige Genuesin ganz in ihrem Element, fing sofort an zu handeln. Der Fischer bekam glitzernde Augen: Er spürte, dass er eine würdige Gegnerin gefunden hatte. Das Duell zog sich, mit wechselndem Verlauf, in die Länge: Am Ende wurde die Einigung mit einem Kaffee in einer Bar besiegelt, wo sie keinen blassen Schimmer von dem Unterschied zwischen Coffein und Zichorienextrakt hatten. Montalbanos schlechte Laune beschleunigte wie eine Trägerrakete. Er reagierte sich mit drei Stunden Rudern ab, während sich Livia im Bikini sonnte und mit geschlossenen Augen vor sich hin summte. Obwohl das Rudern anstrengend war, wäre der Commissario am liebsten nie angekommen: Die Aussicht, belegte *panini* essen zu müssen, war ihm buchstäblich ein Horror, so etwas hatte er bisher nur in der höchsten Not gemacht. Er konnte schon mit der Idee des Picknicks (manchmal sagte er, ohne sich des Fehlers bewusst zu sein, Pnickick) als solcher nichts anfangen, das einzige Mal, als er eines hatte mitmachen müssen, um eine Jugendliebe nicht zu verdrießen, hatte er so viel Brot, Käse und Ameisen in sich hineingestopft, dass er noch immer den Geschmack im Mund hatte.

»Was für ein paradies...«

Livia wurde plötzlich vom Schlaf übermannt und brachte den Satz nicht mehr zu Ende: Bäuchlings und mit ausgestreckten Armen lag sie da, eine Art Kreuzigung von hinten gesehen. Das passierte ihr, wenn sie zufrieden war; im Bett redete Montalbano manchmal noch eine halbe Stunde lang weiter, bevor er merkte, dass Livia schon in »The coun-

try sleep« unterwegs war, wie es in einem Gedicht von Dylan Thomas hieß, das sie beide sehr mochten.
Er steckte sich eine Zigarette an und sah sich um. Ein etwa dreißig Meter langer und an die zwanzig Meter breiter Streifen goldener Sand, fein wie Talkum, hinter einer Felsbarriere verborgen, die geschlossen wirkte, wo es jedoch einen gewundenen Zugangskanal gab, den nur kleine Boote an vollkommen windstillen Tagen durchfahren konnten. Der ganze Strand war von fast senkrechten Felswänden umgeben, an denen weit und breit kein Grashalm wuchs. Linker Hand standen, fast an die Felswand gedrängt, ein paar von der Sonne verbrannte dornige Büsche; rechts schwappte das Wasser an einen großen Haufen alter Fischernetze, die man liegen gelassen hatte, weil sie nicht mehr zu verwenden waren. Paradiesisch oder nicht, der Ort hatte gewiss eine eigene Schönheit, Montalbano kam es vor, als seien er und Livia die einzigen Bewohner der Erde, so still war es. Die Sonne brannte vom Himmel, der Commissario stand langsam, um seine Freundin nicht zu stören, auf und ging ans Wasser. Da sah er, genau an der Wasserlinie, dass der Sand von winzigen Kuppeln übersät war. Er staunte. Versteckten sich da etwa Krabben? Seit seiner Kindheit hatte er keine mehr gesehen. Er bückte sich und steckte zwei Finger in den Sand, direkt neben einer kleinen Kuppel. Er pulte etwas Sand heraus und legte eine winzig kleine Krabbe frei, die sofort seitwärts losrannte, um sich ein neues Versteck zu buddeln.
Das Wasser war nicht so warm, wie er befürchtet hatte, das Spiel der Strömungen machte es belebend frisch. Er schwamm lange, gemächlich und genoss das Schwimmen Zug um Zug, bis er an dem Felsgürtel ankam, dann kletterte er auf einen der Felsen, mühsam, denn er war vom

Moos ganz glitschig. Der Felsen bot Platz, um sich auszustrecken. Das tat Montalbano, und eine Weile blieb er so liegen, in eine Eidechse verwandelt, und das Geräusch des Meeres, das zwischen den Felsen schwappte, hinderte die Gedanken auf angenehme Weise daran, in seinen Kopf zu gelangen. Es ärgerte ihn nur, dass er Mimì Augello würde Recht geben müssen, wenn der sie bei ihrer Rückkehr nach Vigàta fragen würde, ob ihnen der Platz gefallen habe. Das heißt, nein: Mimì würde Livia fragen, für die er eine, übrigens erwiderte, Schwäche hatte. Und Livia würde zwitschern:

»Was für ein paradiesisches Fleckchen Erde!«

Und er wäre doppelt sauer: *in prìmisi* wegen des unvermeidlichen Anfalls von Eifersucht, wenn er sah, wie sich die beiden anlächelten; *in secùndisi*, weil er Gemeinplätze hasste, und Livia machte gern und häufig von ihnen Gebrauch. Er erinnerte sich, wie er in jungen Jahren während eines Aufenthalts in Turin einmal ein großes Schild gesehen hatte, das am Eingang eines stattlichen Mietshauses hing: KEIN MISSBRAUCH VON GEMEINPLÄTZEN! Er war in die Portiersloge gerannt und hatte den Portier seiner Solidarität versichert und erklärt, das sei ganz in seinem Sinne. Irritiert hatte ihm der Portier geantwortet, er habe das Schild anbringen müssen, weil die Mieter Kinderwagen, Fahrräder, Mofas an Gemeinschaftsplätzen wie Hausflur und Treppenhaus stehen ließen und niemand mehr durchkam. Montalbano war damals sehr enttäuscht gewesen.

Der Commissario öffnete die Augen und merkte am Stand der Sonne, dass er ein halbes Stündchen geschlummert haben musste. Er richtete sich halb auf: Von seinem Platz aus überblickte er den ganzen Strand. Livia schlief immer noch in derselben Position. Doch als er seinen Blick nur ein klein wenig weiter wandern ließ, spürte er einen richtigen elektrischen Schlag. Auch wenn er die veränderte Perspektive berücksichtigte, gab es keinen Zweifel, dass der Haufen mit den alten Netzen, der sich vorher etwa fünfzehn Meter von Livia entfernt befunden hatte, sichtbar näher zur Mitte des Strandes gerückt war. Das konnte nicht das Wasser gewesen sein. Aber was dann? Es gab keinen Zweifel: Unter den Netzen musste jemand sein, der möglicherweise hergeschwommen war und sich jetzt tarnte, damit der Commissario ihn nicht sah, und Livia ausrauben wollte oder noch Schlimmeres mit ihr vorhatte. Als Robinson Crusoe Freitags Fußstapfen im Sand sah, hatte sich die Landschaft um ihn herum in seinen Augen bestimmt verändert. Auch für Montalbano änderte sie sich, aber zum Schlechteren. Er sprang auf der Stelle ins Wasser, schwamm, so schnell er konnte, Richtung Strand und rannte, als er am Ufer ankam, sofort los, obwohl er ganz außer Atem war. Der Haufen alter Netze hatte sich in der rätselhaften Bewegung etwas gelichtet, jetzt zeichnete sich darunter deutlich eine menschliche Gestalt ab, von der ein kaum hörbares Wimmern kam. Der Commissario kniete sich in den Sand und befreite den schlaffen Körper mühsam aus den verhedderten Netzen. Es war ein etwa fünfzehnjähriges nacktes Mädchen mit von Natur aus dunkler, nicht von der Sonne gebräunter Haut, das sich nicht auf den Beinen halten konnte. Der geschundene Körper wies blaue Flecken und Wunden auf, das Gesicht war von geronnenem Blut bedeckt. Und die Kleine stank entsetzlich: Als es dem Commissario gelang, ihr aufzuhelfen, rutschten Exkremente an ihr herab und fielen in den Sand. Montalbano bezwang seinen Ekel, nahm sie auf den Arm, sie war klein und zart, trug sie ans Wasser, legte sie hin und säuberte sie sorgfältig. Dann stützte er sie und half ihr ins Wasser, zum Nachspülen. Doch ein dünnes Rinnsal Blut floss immer noch zwischen ihren Beinen. Er half ihr, ins Boot zu klettern, und holte schnell ein großes Tuch, ein Handtuch und einen Kaftan, den Livia nach dem Baden manchmal anzog. Mehr mit Gesten als mit Worten, da das Mädchen kaum Italienisch sprach, gab er ihm zu verstehen, es solle den Kaftan anziehen, sich das nasse Tuch auf den Kopf legen und das Handtuch zwischen die Beine stecken. Er schob das Boot ins Wasser und ruderte los zu einem großen Strand, von dem er wusste, dass er hinter dem Strand lag, an dem er die immer noch schlafende Livia zurückgelassen hatte. Während der Fahrt sagte das Mädchen, dem es ein wenig besser ging, dem Commissario, es komme von den Kapverden, heiße Libania, sei sechzehn Jahre alt und bei der Familie Burruano aus Fiacca angestellt, anständigen Leuten, die es gut behandelten. An diesem Morgen war Libania – es war ihr freier Tag – früh aufgestanden, hatte den Bus genommen, weil sie baden gehen wollte, und war in Seccagrande ausgestiegen, wo sie jetzt hinfuhren. Dort hatten sie nach einer Weile zwei junge Männer angesprochen, Schweizer, wie sie sagten, und sie wirkten tatsächlich wie zwei nette Jungs, die mit dem Wohnmobil unterwegs waren. Sie hatten sie zu einem Eis eingeladen, dann hatten sie ihr vorgeschlagen, zum Baden hinauszufahren. Sie hatte geantwortet, sie könne nicht schwimmen, aber trotzdem eingewilligt, weil sie gern Boot fuhr. Sie hatten eines gemietet und waren losgefahren. Dann hatten die beiden jungen Männer die Felsbarriere gesehen, hinter welcher der kleine Strand verborgen war, an dem Montalbano das Mädchen gefunden hatte, sie hatten den Durchschlupf entdeckt, waren hineingefahren und hatten Libania mit Gesten erklärt, dass sie dort baden könne. Kaum waren sie an Land, hatte sich das Verhalten der beiden plötzlich geändert: Sie hatten sie gepackt und, während sie vergeblich schrie, hinter das Gebüsch geschleppt, ihr den Badeanzug heruntergerissen und sie abwechselnd vergewaltigt, jeder zweimal. Irgendwann hatte sie, ganz und gar vergebens, versucht zu fliehen, die beiden hatten sie bei dem Haufen mit den Netzen eingeholt, brutal geschlagen und, als sie auf dem Boden lag, ihre Notdurft auf ihr verrichtet. Das Letzte, das sie wahrgenommen hatte, waren die Netze, mit denen die beiden sie bedeckten, denn sie hielten sie wohl für tot. Halt, nein: Sie hatte noch ihr Gelächter gehört, als sie weggingen. Montalbano sagte nichts, die blinde Wut, die in ihm war, konnte er zum Glück mit Rudern abreagieren.

Als sie sich dem Strand so weit genähert hatten, dass man die Leute deutlich sehen konnte, unterdrückte Libania einen Schrei und zeigte in eine bestimmte Richtung:

»*Dio mio!* Da!«

Der Commissario bat sie, den Arm zu senken, er wollte nicht, dass die beiden, die ein schlechtes Gewissen haben mussten, argwöhnisch wurden. Ein Wohnmobil stand an der Provinciale, die am Strand entlangführte; die beiden hochgewachsenen blonden jungen Männer lagen in der Sonne, dunkle Brillen vor den Augen. Der Commissario war zwar sicher, dass die beiden das Mädchen in Livias Kaftan und mit dem halb von dem Tuch bedeckten Gesicht nicht erkennen konnten, bedeutete Libania aber trotzdem, sich auf den Boden des Ruderbootes zu legen. Stöhnend tat sie es: Jede Bewegung bereitete ihr Schmerzen.

Am Strand stand ein großer Campingwagen, der für den Verkauf von Getränken und Eis eingerichtet war. Montalbano ging hin und bestellte ein eisgekühltes Bier. Der Verkäufer lächelte, als er es servierte.

»Was machen Sie denn in dieser Gegend?«

»Kennen Sie mich?«

»Natürlich kenne ich Sie. Ich bin aus Vigàta. Und Sie sind Commissario Montalbano.«

Der Commissario seufzte erleichtert, allein hätte er es nicht geschafft, die beiden athletisch gebauten Schweizer festzunehmen.

»Ich muss Sie um einen Gefallen bitten«, sagte Montalbano und machte dem Verkäufer ein Zeichen, er solle hinter seinem Tresen hervorkommen.

»Bitte, zu Diensten.«

Der Mann überließ das Geschäft seiner Frau, die gerade Gläser spülte, und ging mit dem Commissario ein paar Schritte auf die Seite.

»Sehen Sie die beiden blonden jungen Männer, die da in der Sonne liegen?«

»*Sissi.* Sie sind mit dem Wohnmobil dort gekommen. Heute Morgen haben sie bei mir Eis gekauft. Sie waren mit einem Mädchen von den Kapverden zusammen, das habe ich mitbekommen.«

»Diese beiden netten Jungs haben das Mädchen erst vergewaltigt und dann versucht umzubringen.«

Der Mann fuhr auf, er hätte sich bestimmt auf die beiden gestürzt, wenn Montalbano ihn nicht zurückgehalten hätte.

»Ganz ruhig. Wir dürfen sie nicht entkommen lassen. Wissen Sie, ob hier am Strand jemand ein Handy hat?«

»So viele Sie wollen.«

Genau in diesem Augenblick legte ein Mann sein Handy auf die Theke und bestellte eine Eistüte mit *crema* und Schokolade.

»Darf ich mal?«, fragte Montalbano und nahm das Gerät an sich.
»Was erlauben Sie sich da?!«
Der Eisverkäufer griff sofort ein.
»Der Signore ist Kommissar. Es ist dringend.«
Der andere änderte gleich den Ton.
»Aber selbstverständlich! Lassen Sie sich nur Zeit!«
Montalbano rief Fazio im Kommissariat an, erklärte ihm, wo er gerade war, und befahl ihm, spätestens in einer Viertelstunde da zu sein, Chauffeur Gallo habe die Erlaubnis, sich wie in Indianapolis aufzuführen, und einen Krankenwagen solle er auch schicken.
Dann überlegte er mit dem Eisverkäufer, wie sie vorgehen sollten, denn die Sache musste diskret ablaufen und sicher gelingen. Der Eisverkäufer schnitt eine feste Schnur in vier Teile, zwei gab er dem Commissario, zwei behielt er selbst. Dann ging er zu dem Bootsvermieter und ließ sich zwei Ruder geben. Beide näherten sich, jeder mit einem Ruder auf der Schulter, lässig den Schweizern. Als Montalbano bei einem der beiden auf Höhe der Füße angekommen war, drehte er sich in einer schnellen Bewegung zu ihm hin und ließ das Ruder senkrecht zwischen seine Beine sausen. Genau parallel dazu tat der Eisverkäufer das Gleiche. Im Handumdrehen lagen die beiden jungen Männer, die gar nicht hatten Atem holen können, um aufzuheulen, mit dem Gesicht im Sand, Hände und Füße gefesselt. Und das Beste war, dass von den Badenden keiner etwas gemerkt hatte.
»Bleiben Sie hier«, sagte der Commissario zu dem Eisverkäufer, der in die Runde blickte und einen Fuß auf seinen gefangenen Schweizer gestellt hatte, wie ein Löwenjäger, der sich mit seiner Beute fotografieren lässt.

Montalbano ließ sich einen Pappbecher und eine Flasche Mineralwasser geben und lief schnell zum Boot. Die kleine Libania zitterte, ihre Stirn glühte, sie hatte hohes Fieber und stöhnte. Der Commissario gab ihr ein Glas Wasser, aber Libania klammerte sich gleich an die Flasche, sie war ganz ausgetrocknet.
»Bald kommt die Ambulanz und bringt dich ins Krankenhaus.«
Libania nahm seine Hand und küsste sie.

Für den Rückweg brauchte der Commissario viel länger als für den Hinweg, seine Arme waren wie zerschlagen. Vor dem kleinen Strand begegnete er Livia, die außerhalb der Felsen schwamm.
»Wo warst du denn?«
»Unterwegs«, sagte Montalbano finster.
Livia kletterte gewandt ins Boot.
»*Dio*, wie friedlich es hier ist! Wie ruhig! Mimì hätte uns schon früher von diesem Platz erzählen sollen.«
Sie zogen das Boot aufs Trockene, Livia hatte anscheinend gar nicht gemerkt, dass das Handtuch, der Kaftan und das große Tuch fehlten. Vor sich hin trällernd, nahm sie die Kühlbox und öffnete sie. Das Pnickick! Montalbano schloss die Augen, um sich diesen grauenvollen Anblick zu ersparen.
»Fertig!«
Alles war da: die kleine karierte Tischdecke, die Plastikbecher, die Bierflaschen, die Papierservietten, die vier fertig belegten *panini*.
Montalbano setzte sich müde hin, der bittere Kelch musste bis zur Neige geleert werden. Und in diesem Augenblick beschloss der große und barmherzige Gott, voller Mitleid

einzuschreiten. Ohne die geringste Vorwarnung, aus heiterem Himmel, kam ein heftiger Windstoß daher, ein einziger nur, der Tischdecke und Proviant in einem Sandwirbel fortfliegen ließ. Im Wegrollen lösten sich die Brötchenhälften voneinander, der Inhalt fiel heraus; Rührei, Käse, Schinken wurden von einer dünnen Sandschicht überzogen. Drei *panini* landeten sogar am Wasser und weichten völlig durch.

»Jetzt müssen wir zurück«, sagte Livia betrübt.

»*Dio*, das tut mir aber Leid«, sagte Montalbano.

## *Neujahr*

Weihnachten verbrachte Montalbano mit Livia in Boccadasse, am siebenundzwanzigsten Dezember fuhren beide zum Flughafen Colombo, der Commissario wollte nach Vigàta zurückfliegen, Livia Silvester mit ein paar Arbeitskollegen in Wien verbringen. Seine Freundin hatte ihn gedrängt, sie auf dem Kurztrip zu begleiten, aber Montalbano hatte sich geweigert: Er hätte sich unter Livias Freunden fremd gefühlt, doch der eigentliche Grund lag darin, dass ihm Festrituale ein Graus waren. Wenn er eine Silvesternacht mit Dutzenden von Unbekannten in einem Hotelsaal hätte verbringen und bei dem großen Abendessen und dem Ball Fröhlichkeit hätte heucheln müssen, hätte er bestimmt Fieber bekommen. Doch Fieber bekam er auch so: Auf der Fahrt vom Flughafen Punta Ràisi nach Vigàta fühlte er, wie es in ihm hochkroch. Zu Hause in Marinella maß er Temperatur: nur siebenunddreißig fünf, kein Grund zur Sorge. Er fuhr ins Kommissariat, um zu erfahren, was es Neues gab, er war eine Woche lang fort gewesen. Als er am Einunddreißigsten morgens ins Büro kam, sah Fazio ihn lange an.

»Dottore, was haben Sie?«

»Warum? Was soll ich haben?«

»Sie haben ein rotes Gesicht und glänzende Augen. Sie haben ja Fieber.«

Montalbano hielt noch eine halbe Stunde durch. Dann

konnte er nicht mehr, er begriff nicht, was man zu ihm sagte, und wenn er vom Stuhl aufstand, drehte sich ihm der Kopf. Zu Hause traf er Adelina an, seine Haushälterin.

»Du brauchst mir nichts zu kochen. Ich hab keinen Hunger.«

»*Maria santissima!* Warum denn nicht?«, fragte Adelina alarmiert.

»Ich hab ein bisschen Fieber.«

»*Ci faccio una ministrina lèggia?* Soll ich Ihnen ein leichtes Süppchen kochen?«

Er maß Fieber: vierzig. Da war nichts zu wollen: Adelina befahl ihm, sofort ins Bett zu gehen, und Montalbano musste gehorchen. Die Haushälterin war es gewohnt, sich bei ihren Söhnen, die zwei echte Kriminelle waren, Respekt zu verschaffen; den jüngeren, der im Gefängnis saß, hatte der Commissario selbst verhaftet. Sie bettete ihn, steckte das Telefonkabel in die Steckdose neben dem Bett und stellte die Diagnose:

»*Chista infruenza che corri, è. Ce l'avi mezzo paìsi.* Das ist die Grippe, die umgeht. Die halbe Stadt hat sie.«

Sie ging hinaus, kam mit einem Aspirin und einem Glas Wasser wieder, hob Montalbanos Kopf, ließ ihn die Tablette schlucken und schloss die Fensterläden.

»Was machst du denn da? Ich bin nicht müde.«

»Doch, Sie schlafen jetzt. Ich bin drüben in der Küche. Rufen Sie mich, wenn Sie was brauchen.«

Um fünf Uhr nachmittags erschien Mimì Augello mit einem Doktor, der Adelinas Diagnose nur bestätigen konnte und ein Antibiotikum verschrieb. Mimì holte es in der Apotheke, und als er zurück war, brachte er es nicht über sich, seinen Freund und Chef allein zu lassen.

»An Silvester krank und allein, das geht doch nicht!«

»Mimì, das ist das wahre Glück«, sagte der Commissario franziskanisch.

Als er endlich seine Ruhe hatte, stand er auf, zog eine alte Hose und einen dicken Pullover an, ließ sich im Sessel nieder und sah fern. Prompt schlief er ein. Um neun Uhr abends wachte er auf, weil Fazio anrief, der sich nach ihm erkundigte. Montalbano wärmte Adelinas leichte Suppe auf und aß sie lustlos, er schmeckte einfach nichts. Eine Stunde lang schlurfte er in Pantoffeln herum, mal schlug er ein Buch auf, mal legte er es an einen anderen Platz. Um elf kam, zwischen zwei Nachrichtensendungen, Nicolò Zito vorbei; er war enttäuscht, denn der Commissario hätte den Beginn des neuen Jahres bei ihm zu Hause feiern sollen. Punkt zwölf, während die Glocken läuteten und die Knallerei losging, nahm Montalbano die zweite Tablette des Antibiotikums (»nicht vergessen: alle sechs Stunden eine Tablette!«) und warf sie ins Klo, wie er es mit der ersten auch gemacht hatte. Um ein Uhr nachts klingelte das Telefon.

»Alles Gute, Liebling!«, sagte Livia in Wien. »Ich bin jetzt erst durchgekommen.«

»Ich bin gerade erst heimgekommen«, log Montalbano.

»Wo warst du denn?«

»Bei Nicolò. Viel Vergnügen noch, Liebling. Ich schick dir einen Kuss.«

Er schlief erst morgens ein, stundenlang hatte er sich unruhig und verschwitzt im Bett gewälzt. Um sieben läutete das Telefon.

»*Pronti, Dottori?* Sind Sie das selber?«

»Ja, Catarè, ich bin's selber. Was zum Teufel willst du denn um diese Uhrzeit?!«

»*In prìmisi* alles Gute wünschen. Viel Glück und Wohlsein, Dottori. *In sicùndis* wollte ich sagen, dass da ein Toter auf Durchreise ist.«

»Dann halt ihn nicht auf.«

Er war versucht aufzulegen, doch dann gewann sein Pflichtgefühl die Oberhand.

»Was heißt ›auf Durchreise‹?«

»Das heißt, dass er im Hotel Reginella gefunden worden ist, in dem Hotel hinter Marinella, wo Sie gar nicht weit weg wohnen.«

»Ja, gut, aber warum hast du gesagt, dass er ein Toter auf Durchreise ist?«

»Dottori, ist doch klar! Einer, der im Hotel ist, ist ganz bestimmt auf Durchreise.«

»Catarè, weißt du, dass ich Fieber habe?«

»*Sissi, Dottori, le addimando pirdonanza. La frozza della bitùdine fu che mi fece tilifonare a lei.* Ich bitte um Verzeihung. Ich bin es so gewohnt, dass ich immer Sie anruf. Jetzt ruf ich Dottori Augello an.«

Ab zehn kamen die Neujahrsanrufe, einer nach dem anderen. Gegen Mittag tauchte unerwartet Adelina auf.

»Ich weiß schon, dass Feiertag ist, aber ich kann Sie doch nicht allein lassen, ich helf Ihnen.«

Sie machte sein Bett frisch und putzte das Bad.

»Jetzt koche ich Ihnen ein Süppchen, das ein bisschen kräftiger ist als das von gestern.«

Gegen eins klopfte Mimì Augello an die Tür.

»Wie geht's? Hast du die Tabletten genommen?«

»Selbstverständlich. Und sie tun mir wirklich gut. Heute morgen hatte ich neununddreißig.«

Die Tabletten von sechs und von zwölf Uhr hatte natürlich dasselbe Schicksal ereilt wie die beiden ersten.

»Sag mal, Mimì, was ist denn diese Geschichte mit dem Touristen?«

»Mit welchem Touristen?«

»Der in dem Hotel hier in der Nähe war. Catarella hat mich heute Früh angerufen.«

»Ach der!«

Montalbano sah seinem Vice in die Augen: Augello taugte nicht zum Schauspieler.

»Mimì, ich kenn dich doch. Du nutzt das aus.«

»Was denn?«

»Dass ich krank bin. Du willst mich von den Ermittlungen fern halten. Los, ich will alles wissen, und zwar haargenau. Wie ist er gestorben?«

»Er wurde erschossen. Aber er ist kein Tourist. Es ist der Mann von Signora Liotta, der Besitzerin des Hotels.«

Rosina Liotta war eine hübsche Dreißigjährige mit schelmischem Blick, und der Commissario kannte sie vom Sehen, aber von einem Ehemann hatte er nichts gewusst, er war vielmehr überzeugt gewesen, die junge Frau sei ledig oder verwitwet. Mimì Augello erklärte ihm die Lage. Als Rosina, die aus Catania stammte, sechzehn Jahre alt war, arbeitete sie als Zimmermädchen im Hotel Italia; dort pflegte Commendatore Ignazio Catalisano aus Vigàta abzusteigen, wenn er geschäftlich in Catania zu tun hatte. Catalisano war ein einsamer Wolf, er hatte nie geheiratet und hatte nur einen Bruder, mit dem er keinen Kontakt pflegte. Die appetitliche Rosina, die sich zu diesem Anlass weiß und rein wie ein Osterlämmchen gab, rührte das Herz und alles Übrige des Wolfes, der damals schon weit über sechzig war. Das Resultat war, dass der Commendatore, nachdem er drei Jahre lang immer häufiger nach Catania gereist war, in seinem Bett im Hotel Italia einem Herzinfarkt erlag, einem Bett, aus dem, zu Tode erschrocken, Rosina heraussprang. Einige Zeit nach Catalisanos Tod wurde Rosina zu einem Notar in Vigàta bestellt. Sie war ein helles Mädchen, brachte die Ladung des Notars mit dem Tod des Geliebten in Verbindung, kündigte im Hotel und reiste, ohne den Eltern und Geschwistern ein Wort zu sagen, die sich im Übrigen einen Dreck um sie scherten, nach Vigàta. Dort erfuhr sie, dass der Commendatore, um Streit und eine eventuelle Anfechtung des Testaments zu vermeiden, alles seinem Bruder vermacht hatte, bis auf die Villa in Marinella und hundert Millionen Barkapital, die sie zum Dank bekam. Rosina kehrte nach Catania zurück und zog in eine bescheidene Pension. Das Geld aus der Erbschaft wurde auf den Rat des Notars hin auf eine Bank in Catania überwiesen. Als Rosina das erste Mal hinging, um sich ein Scheckheft ausstellen zu lassen, lernte sie den Kassierer Saverio Provenzano kennen, der zehn Jahre älter war als sie. Es war nicht Liebe auf den ersten Blick, der Kassierer gab ihr anfangs nur ein paar gute Ratschläge, wie sie das Geld anlegen sollte, und Rosina war ihm auf ihre Weise dankbar. Als die junge Frau fünfundzwanzig Jahre alt war, wollte sie, dass der Kassierer sie heiratete. Drei Jahre später kündigte Provenzano bei der Bank. Die beiden hatten beschlossen, mit seiner Abfindung und Rosinas Geld die dreistöckige Villa bei Marinella in ein kleines, aber feines Hotel zu verwandeln: eben das Reginella. Das Geschäft lief von Anfang an gut.

Die Einweihung des Hotels war noch kein Jahr her, als Provenzano von einem ehemaligen Bankkunden ein verlockendes Arbeitsangebot bekam. Er sollte als Repräsentant einer Import-Export-Firma nach Moskau gehen. Rosina wollte nicht, dass ihr Mann das Angebot annahm, und es gab Diskussionen, auch erbitterten Streit. Ihr Mann setzte sich durch. Drei Jahre lang hatte Provenzano in Moskau gearbeitet; er war während dieser Zeit etwa zehnmal nach Vigàta gekommen und hatte kein Neujahrsfest ausgelassen. Diesmal war er spät in Vigàta eingetroffen, erst am Silvestermorgen, weil die Fluglotsen gestreikt hatten.

An dieser Stelle unterbrach Mimì Augello seinen Bericht.

»Du bist blass und müde. Den Rest erzähl ich dir später.«

Er machte Anstalten aufzustehen. Montalbano packte ihn am Arm und zwang ihn, sich wieder hinzusetzen.

»Du rührst dich hier nicht vom Fleck.«

»Ein Dottor Panseca hatte das ganze Hotel gemietet, er verbringt Silvester mit seinen Freunden immer im Reginella. Aber Signora Rosina hatte ihrem Mann ein Zimmer frei gehalten, sie hatte ihn vorläufig in der 22 untergebracht, die …«

»Stopp«, sagte der Commissario. »Wo schläft Signora Rosina normalerweise?«

»Sie hat ein Zimmer im Hotel.«

»Hat ihr Mann nicht bei ihr geschlafen?«

»Anscheinend nicht.«

»Was heißt ›anscheinend‹?«, fragte Montalbano gereizt.

»Hör zu, Salvo, ich konnte mit Signora Rosina noch kein halbes Wort wechseln. Als ich hinkam, hatte sie einen hysterischen Anfall. Dann ist der Arzt gekommen und hat ihr ein starkes Beruhigungsmittel gegeben. Ich gehe später noch mal hin und befrage sie.«

»Und woher weißt du die ganzen anderen Sachen?«

»Vom Personal. Und vor allem vom Portier, den sie noch aus ihrer Zeit als Zimmermädchen in Catania kennt und den sie mitgebracht hatte.«

»Weiter. Warum hast du gesagt, dass ihr Mann im Zimmer 22 nur vorläufig untergebracht war?«

»Auch das kann ich dir nicht sagen. Tatsache ist, dass Ingegnere Cocchiara und seine Frau, Gäste von Dottor Panseca, nachts um halb eins das Zimmer 28 frei machten, das ihnen zum Umziehen zur Verfügung gestanden hatte, und wegfuhren, weil sie noch mit anderen Freunden verabredet waren. Signora Rosina schickte sofort ein Zimmermädchen hin, es sollte das Zimmer, das vis-à-vis der Nummer 22 liegt, sauber machen und das Gepäck rübertragen. Gegen zwei Uhr sagte Provenzano, er sei müde von der Reise, verabschiedete sich von Panseca und den anderen Freunden und ging in sein Zimmer hinauf. Seine Frau blieb unten, es war schon vier Uhr durch, als alles vorbei war und sie schlafen ging. Heute Morgen um halb sieben ließ sich einer von Pansecas Gästen, der im Zimmer 20 untergebracht war, einen Kaffee bringen, weil er weg musste. Im Vorübergehen sah das Zimmermädchen, dass die Tür der 22 halb offen stand. Das kam ihm nicht geheuer vor, und …«

»Halt, Mimì. Du irrst dich! Du verwechselst die 22 mit der 28!«

»Keineswegs! Man hat Provenzano erschossen im Zimmer 22 gefunden, wo er eigentlich nichts verloren hatte. Sein ganzes Gepäck war ja in der 28! Vielleicht hat er sich geirrt, er war müde und hat den Zimmertausch wahrscheinlich vergessen …«

»Womit wurde er erschossen?«

»Mit einem Karabiner. Er wurde mitten in die Stirn getroffen. Weißt du, gegenüber von dem Hotel wird, natürlich illegal, ein großes Haus gebaut. Der Schuss kam von dort. Und kein Mensch hat den Knall gehört, Pansecas Gäste haben zu viel Lärm gemacht.«

»Was sagt Pasquano über den genauen Zeitpunkt des Todes?«
»Du kennst unseren Gerichtsmediziner doch. Der sagt keinen Ton, wenn er nicht hundertprozentig sicher ist. Jedenfalls meint er, da das Fenster sperrangelweit offen stand und es kalt ist, dass Provenzano möglicherweise gegen zwei Uhr morgens umgebracht wurde. Meiner Meinung nach wurde er in dem Augenblick erschossen, als er das Licht einschaltete, er war gar nicht mehr dazu gekommen, die Tür zu schließen.«
»Was hatte er an?«
»Der Tote?«
»Nein, Dottor Pasquano.«
»Salvo, du bist wirklich blöd, wenn du's drauf anlegst! Der Tote trug Hemd und Hose, sein Jackett ...«
Er verstummte und sah Montalbano kleinlaut an.
»Er kann sich nicht im Zimmer geirrt haben, wir haben sein Jackett ja in der 28 gefunden!«
»Und das Gepäck in der 28, wie sah das aus?«
»Er hatte alles ordentlich in den Schrank geräumt.«
»War das Licht im Bad an?«
»Ja.«
Montalbano dachte ein paar Sekunden lang nach.
»Mimì«, sagte er dann, »sobald du wieder im Reginella bist, redest du zuerst mit dem Zimmermädchen, es soll alles, was Provenzano gehörte, in die 22 bringen und dann wieder in die 28 rübertragen.«
»Wozu denn?«
»Nur so, zum Zeitvertreib«, erwiderte Montalbano grob, »und dann rufst du mich an und berichtest mir. Die Zimmer 22 und 28 sind doch versiegelt, oder?«
Mimì hatte nicht nur dafür gesorgt, dass sie versiegelt wur-

den, sondern auch Gallo und Galluzzo zur Bewachung dagelassen.

Kaum war Augello gegangen, nahm Montalbano zwei Aspirin, trank eine Tasse fast kochend heißen Wein, in die er noch ein Glas Whisky gegossen hatte, holte zwei dicke Wolldecken aus dem Schrank, legte sie aufs Bett, schlüpfte darunter und zog sie sich über den Kopf. Er hatte beschlossen, sich das Fieber innerhalb weniger Stunden auszutreiben, der Gedanke, Mimì Augello käme auf eigene Faust in den Ermittlungen voran, war ihm unerträglich, er fand, dass er ungerecht behandelt wurde.

Als er vom Klingeln des Telefons aufwachte, triefte er vor Schweiß, er kam sich vor, als liege er unter einem Laken, das in warmes Wasser getaucht worden war. Vorsichtig langte er mit einem Arm hinaus und nahm den Hörer ab.
»Salvo? Das Zimmermädchen hat es so gemacht, wie du gesagt hast. Also, in der 22 hatte Provenzano nur einen Koffer aufgemacht. Er hat sich umgezogen. Aber vorher war er ins Bad gegangen, hatte sich gewaschen und rasiert. Als das Zimmermädchen die Koffer in die 28 trug, hat es auch die Sachen mitgenommen, die Provenzano für seine Toilette gebraucht und auf der Ablage am Waschbecken liegen gelassen hatte. Und da kommt dem Zimmermädchen etwas merkwürdig vor.«
»Was denn?«
»Das Zimmermädchen sagt, dass auf der Ablage auch ein Päckchen lag, das in Papier gewickelt und mit Klebeband verschlossen war. Sie ist sicher, dass sie das Päckchen in die 28 mitgenommen und dort auch auf die Ablage am Waschbecken gelegt hat.«

»Und was stimmt daran nicht?«

»Na ja, es ist nirgends zu finden. Es ist nicht in der 28. Weder auf der Ablage des Waschbeckens – und das Zimmermädchen schwört hoch und heilig, dass es das Päckchen hingelegt hat – noch sonst irgendwo. Ich habe die 28 dreimal durchsuchen lassen.«

»Hast du mit Signora Rosina gesprochen?«

»Ja, ich habe mir auch den Grund für den Zimmertausch erklären lassen. Provenzano hatte ein so empfindliches Gehör, dass es ihn richtig krank machte. Sie schliefen getrennt, denn die Signora brauchte nur ein bisschen lauter zu atmen, da wachte Provenzano schon auf und konnte nicht mehr einschlafen. Im Zimmer 22, dessen Fenster nach vorn rausgeht, wäre Provenzano von den Stimmen der Leute, die die ganze Nacht im Hotel ein und aus gingen, und vom Lärm der ankommenden und abfahrenden Autos sicher dauernd gestört worden. Die 28 ist viel ruhiger, weil das Zimmer nach hinten rausgeht.«

»Hast du dort noch zu tun?«

»Ja.«

»Tu mir einen Gefallen, Mimì, und ruf mich dann an. Frag im Hotel, ob Provenzano gestern Nachmittag nach Vigàta gefahren ist.«

Während er auf den Anruf wartete, maß er Temperatur. Sechsunddreißig sieben. Geschafft. Er schob die Decken weg, stellte die Füße auf den Boden, und alles um ihn herum drehte sich schwindelerregend.

»*Pronto*, Salvo? Ja, gegen fünf Uhr nachmittags hat er sich von seiner Frau den Wagen geben lassen, hat aber nicht gesagt, wohin er wollte. Die Signora sagt, er sei keine zwei Stunden später wieder zurück gewesen. Wie fühlst du dich, Salvo?«

»Hundeelend, Mimì. Halt mich ja auf dem Laufenden!«
»Sei unbesorgt. Gib Acht auf dich!«
Montalbano stand vorsichtig auf. Erste Maßnahme: ein halbes Glas Whisky pur trinken. Zweite Maßnahme: die Schachtel mit dem Antibiotikum in den Müll werfen. Er nahm sie in die Hand und war wie gelähmt, er fühlte im Kopf, wie sein Hirn die Rädchen auf Höchstgeschwindigkeit rotieren ließ.
»Fazio? Hier ist Montalbano.«
»Commissario, wie geht's Ihnen? Brauchen Sie was?«
»Ich will innerhalb von fünf Minuten wissen, welche Apotheken gestern offen hatten. Wenn die heute nicht dienstbereit sind, brauche ich die Telefonnummern der Apotheker zu Hause.«
Er ging ins Bad, er stank nach Schweiß, wusch sich sorgfältig und fühlte sich sogleich besser.
»Hier ist Fazio, Dottore. Gestern hatten zwei Apotheken Dienst, die Dimora und die Sucato. Die Dimora hat auch heute offen, die Sucato ist geschlossen, aber ich habe die Privatnummer des Apothekers.«
Montalbano rief zuerst die Dimora an und war gleich an der richtigen Adresse.
»Natürlich kannte ich den armen Provenzano, Commissario! Er hat gestern Ohrwachs und ein starkes Schlafmittel bei uns gekauft, das man nur auf Rezept bekommt.«
»Und wer hat ihm das Rezept ausgestellt?«
Apotheker Dimora zögerte, und als er sich zu einer Antwort durchgerungen hatte, redete er um den heißen Brei herum.
»Wissen Sie, Commissario, ich und der selige Provenzano waren in der Zeit, als er in Vigàta lebte, enge Freunde geworden. Es verging kein Tag ...«

»Ich verstehe«, fiel Montalbano ihm ins Wort, »er hatte kein Rezept.«
»Kriege ich jetzt Probleme?«
»Das weiß ich ehrlich gesagt noch nicht.«

Das Portal des Reginella stand halb offen, am linken Türflügel hing ein auffälliges großes schwarzes Band mit der Aufschrift »Wegen Trauerfall geschlossen«. Als der Commissario eintrat, traf er keine Menschenseele an, er ging auf einen kleinen Salon zu, aus dem gedämpfte Stimmen zu hören waren. Mimì Augello, der mit einem hochgewachsenen, geschniegelten Vierzigjährigen sprach, fiel aus allen Wolken, als er ihn sah.
»*Gesù!* Was machst du denn hier? Spinnst du? Du bist doch krank!«
Montalbano sagte nichts, aber er warf seinem Vice einen Blick zu, der das bedeutete, was er bedeutete.
»Das ist Gaspare Arnone, der Portier des Hotels.«
Montalbano musterte ihn. Aus irgendeinem Grund hatte er sich einen alten und etwas ungepflegten Mann vorgestellt.
»Ich habe gehört, dass Sie Signora Rosina Provenzano schon lange kennen.«
»Schon ewig«, sagte Arnone lächelnd und entblößte ein Gebiss wie das eines amerikanischen Schauspielers. »Sie war sechzehn Jahre alt, ich sechsundzwanzig. Wir arbeiteten im selben Hotel in Catania. Dann hat die Signora ihr Glück gemacht und hatte die Güte, mich nachzuholen.«
»Ich muss mit dir reden«, sagte Montalbano zu Mimì.
Der Portier verbeugte sich und ging hinaus.
»Du bist totenbleich«, sagte Augello. »Findest du das in Ordnung? Du kannst ernstlich krank werden!«

»Es geht um etwas wirklich Ernstes, Mimì. Ich hatte eine Idee, und sie ist bereits bestätigt. Weißt du, was in dem unauffindbaren Päckchen war? Wachs für die Ohren und ein Schlafmittel.«

»Woher weißt du das?«

»Das geht dich nichts an. Und das heißt nur eines: Provenzano kommt in das Zimmer 28 und packt seine Koffer aus, dann geht er ins Bad und sieht, dass das Päckchen nicht da ist. Er kommt ohne nicht aus. Wenn er sich die Wachsstöpsel nicht in die Ohren stecken und kein Schlafmittel nehmen kann, kann er bei dem Radau im Hotel die ganze Nacht nicht schlafen. Er glaubt, das Zimmermädchen hätte das Päckchen in der 22 vergessen. Er geht rüber, schaltet das Licht ein, und ehe er einen Muckser tun kann, ist er schon erschossen.«

»Das Fenster stand offen«, fügte Mimì hinzu. »Das Zimmermädchen hatte es zum Lüften offen gelassen.«

»Eine Frage«, fuhr Montalbano fort. »Wo hast du den Schlüssel vom Zimmer 22 gefunden?«

»Er lag auf dem Boden, neben dem Toten.«

»Hat Signora Rosina irgendeine Vorstellung, warum man ihren Mann umgebracht hat?«

»Ja. Sie sagt, er hätte sich schon beim letzten Mal, als er in Vigàta war, Sorgen gemacht.«

»Worüber?«

»Man hat ihn in Moskau bedroht. Anscheinend ist er, sagt die Signora, der russischen Mafia in die Quere gekommen.«

»So ein Quatsch! Wenn die russische Mafia ihn umbringen wollte, warum sollte sie das dann hier erledigen? Nein, Mimì, jemand, der wusste, dass Provenzano in einem anderen Zimmer schlafen wollte, hat ihn in die Falle gelockt.

Das Zimmermädchen hat das Päckchen ganz bestimmt in die 28 gebracht, aber von dort hat es jemand verschwinden lassen, um Provenzano dazu zu bringen, in die 22 zu gehen. Dann hat dieser Jemand keine Gelegenheit und keine Zeit mehr gehabt, das Päckchen wieder an seinen Platz zu legen. Am Fehlen des Päckchens sehen wir, dass es als Köder gedient hat. Du verstehst doch was von Frauen, Mimì, wie ist Signora Rosina denn?«

»Gar nicht übel«, sagte Mimì Augello, »obwohl sie in Trauer ist, trägt sie ihren Busen wie eine Dünenlandschaft vor sich her. Glaubst du, sie hat was damit zu tun?«

»Keine Ahnung«, antwortete der Commissario. »Ihr Mann hat sie eigentlich wenig gestört, er ist ja bloß zwei- oder dreimal im Jahr und nur für ein paar Tage nach Vigàta gekommen: So einen praktischen Ehemann bringt man doch nicht um.«

»Du schwitzt. Übertreib's nicht, Salvo, fahr nach Hause. Ich hätte dich doch besuchen und dir alles erzählen können. Es war nicht nötig, dass du dich so verausgabst.«

»Das sagst du. Hatte Provenzano Unterlagen bei sich?«

»Ja, in einer Mappe.«

»Hast du sie dir angesehen?«

»Ich hatte noch keine Zeit.«

»Hol sie. Und tu mir einen Gefallen, frag den Portier, ob ich ein Glas Whisky haben kann.«

Montalbano war so schwach, dass er sich fühlte, als hätte er schon zu viele Gläser Whisky getrunken. Aber er war nicht wirr im Kopf, ganz im Gegenteil.

Der elegante Portier erschien mit einem leeren Glas und einer noch nicht angebrochenen Flasche, die er öffnete.

»Bitte, bedienen Sie sich. Brauchen Sie sonst noch etwas?«

»Ja, eine Auskunft. Hatten Sie gestern Nacht Dienst?«

»Natürlich. Das Hotel war voll, und dann waren ja auch noch die Gäste von Dottor Panseca zum Abendessen da.«

»Sagen Sie mir genau, wie der Transport der persönlichen Gegenstände Provenzanos von der 22 in die 28 vor sich gegangen ist.«

»Kein Problem, Commissario. Zwischen halb eins und eins verließen Ingegnere Cocchiara und seine Frau die 28. Sie gaben mir den Schlüssel zurück, den ich an seinen Platz hängte. Ich wies das Zimmermädchen an, das Zimmer fertig zu machen und das Gepäck des Chefs von der 22 in die 28 zu bringen.«

»Haben Sie dem Mädchen den Schlüssel gegeben?«

Der Portier lächelte mit dreihundert Zähnen und sah aus wie ein Lampengeschäft in Murano, in dem auf einen Schlag alle Lichter angegangen waren.

»Die Zimmermädchen haben einen Generalschlüssel. Eine halbe Stunde später sagte mir Pina, das Zimmermädchen, es sei alles fertig. Ich ging in den Salon und sagte dem Chef, dass er sich jederzeit zurückziehen könne. Er war müde von der Reise. Ich brachte ihm auch noch den Schlüssel für die 28.«

»Und haben Sie ihm auch den Schlüssel für die 22 gegeben?«

Gaspare Arnone war einen Moment lang irritiert.

»Ich verstehe nicht.«

»Mein Freund, was gibt's da zu verstehen? Provenzano wurde tot in der 22 gefunden, der Schlüssel lag neben ihm. Sie haben vor einer Minute gesagt, Sie hätten den Schlüssel an seinen Platz gehängt, als Ingegnere Cocchiara das Hotel verließ. Meine Frage ist also mehr als logisch.«

»Mich hat er nicht darum gebeten«, sagte der Portier nach einer Pause.

»Aber sagten Sie nicht, Sie hätten die ganze Nacht Dienst gehabt?«

»Schon, aber das bedeutet nicht, dass ich die ganze Zeit hinter der Theke strammstehe. Wissen Sie, die Gäste brauchen oft etwas. Da kann es schon vorkommen, dass man mal fünf Minuten nicht da ist.«

»Ich verstehe. Aber wer hat ihm dann den Schlüssel für die 22 gegeben?«

»Niemand. Er hat ihn sich selbst genommen. Er wusste, wo die Schlüssel hängen: Sie sind ja weithin sichtbar. Und er war der Chef.«

Mimì Augello kam mit einer Mappe voller Unterlagen herein. Der Portier zog sich zurück. Montalbano füllte sein Glas noch mal mit Whisky. Sie teilten die Unterlagen in zwei Stapel, jeder nahm sich einen vor und begann zu lesen. Alles Geschäftsbriefe, Rechnungen, Bilanzen. Montalbano wurde schon ganz schläfrig, als Mimì Augello sagte:

»*Talia ccà.* Da, sieh mal.«

Er reichte ihm einen Brief. Er war von der »Italian Export-Import« in Moskau an Saverio Provenzano adressiert und unterzeichnet von Dottor Arturo Guidotti, dem Generaldirektor der Firma. Darin stand, wie und warum die Firma, angesichts des wiederholten Drängens und der genannten stichhaltigen Gründe, die Kündigung des Mitarbeiters Saverio Provenzano schweren Herzens akzeptiere, die am fünfzehnten Februar folgenden Jahres in Kraft treten sollte.

Frohgemut trank Montalbano das dritte Glas.

»Komm, wir reden mit Signora Rosina.«

Er taumelte, als er aufstand, und Mimì stützte ihn.

Der Portier erklärte am Telefon gerade jemandem, dass das Hotel keine Gäste aufnehmen könne.

Montalbano wartete, dass er wieder auflegte, und lächelte ihn an.
Gaspare Arnone lächelte zurück. Der Commissario sagte nichts. Auch Gaspare Arnone machte den Mund nicht auf. Sie sahen sich an und lächelten. Mimì Augello war die Situation sichtlich peinlich.
»Gehen wir?«, fragte er Montalbano.
Der Commissario antwortete nicht.
»Signora Rosina hat Sie ins Reginella geholt, als Provenzano schon in Russland war, nicht wahr?«
»Ja. Sie brauchte jemanden, dem sie vertrauen konnte.«
»Danke«, sagte Montalbano.
Sein Schwips machte ihn artig und förmlich.
»Eine Frage noch. In den Zimmern gibt es keine Klingel, um das Zimmermädchen zu rufen, nicht wahr?«
»Nein. Die Gäste müssen hier am Empfang anrufen, wenn sie etwas brauchen.«
»Danke«, sagte Montalbano noch mal und brachte sogar eine kleine Verbeugung zustande.
Das kleine Apartment der Chefin des Reginella lag im zweiten Stock. Auf dem ersten Treppenabsatz wurden die Beine des Commissario weich wie Ricotta. Er ließ sich auf einer Stufe nieder, und Augello setzte sich neben ihn.
»Kann ich vielleicht erfahren, was dir durch den Kopf geht?«
»Ich sag's dir. Signora Rosina und der Portier haben sich zusammengetan und Provenzano umgebracht.«
»Welche Beweise hast du denn dafür?«
»Keine. Die findest du. Ich sag dir nur, wie das vor sich gegangen ist. Vor vierzehn Jahren sind Rosina und der Portier Gaspare in dem Hotel in Catania, in dem beide arbeiteten, ab und zu miteinander ins Bett gegangen. Du verstehst, ihr Liebhaber ist schon ziemlich alt, da braucht sie manchmal

was Erfrischendes. Gut. Als Rosinas Mann nach Russland geht, erinnert sie sich an ihren Freund aus Catania und stellt ihn bei sich ein. Die Geschichte zwischen den beiden fängt wieder an. Aber sie wird intensiver, es ist Liebe, Leidenschaft, nenn es, wie du willst. Die Situation ist ganz entspannt, der Ehemann ist ja nie da. Aber dann tritt eine Änderung ein. Provenzano schreibt seiner Frau, oder er ruft sie an, dass er Moskau satt hat. Er hat gekündigt. Er will über Neujahr nach Vigàta kommen, dann nach Moskau fliegen, um die Geschäfte zu übergeben, und Ende Februar endgültig zurückkehren. Das Pärchen verliert den Kopf und beschließt, ihn umzubringen. Der Plan hängt an einem seidenen Faden, aber wenn er funktioniert, ist er perfekt. Bevor er Provenzano Bescheid sagt, dass die 28 fertig ist, geht der Portier in das Zimmer hinauf und nimmt das Päckchen mit dem Schlafmittel an sich. Dass Provenzano in der Apotheke war, hat der Portier wahrscheinlich von seiner Geliebten erfahren, die uns anlügt, als sie sagt, sie wüsste nicht, wozu ihr Mann ihren Wagen gebraucht habe. Und als Provenzano schlafen gehen will, stellt er fest, dass das Päckchen nicht da ist. Er ruft im Empfang an, aber da geht niemand ans Telefon, weil der Portier schon in dem Neubau gegenüber auf der Lauer liegt und darauf wartet, dass Provenzano ihm in die Schusslinie kommt. Da Provenzano nicht mal das Zimmermädchen rufen kann, beschließt er, sich selbst zu bemühen. Er geht runter an den Empfang, holt sich den Schlüssel für die 22, geht wieder nach oben, öffnet die Tür des Zimmers, um das Päckchen zu holen, schaltet das Licht an, und der Portier schießt und trifft. Aber er hat einen Fehler gemacht: Er hätte das Päckchen unter allen Umständen wieder in die 28 zurückbringen müssen. Gehen wir?«

Auf den fünfzehn Stufen, die in den zweiten Stock führten, schwankte der Commissario von links nach rechts und umgekehrt, Mimì hielt ihn mit einer Hand unter der Achsel fest. Sie blieben vor einer Tür stehen, und Augello klopfte taktvoll.
»Wer ist da?«
»Augello, Signora.«
»Kommen Sie herein, es ist offen.«
Mimì ließ seinem Chef den Vortritt. Dieser öffnete die Tür und blieb auf der Schwelle stehen, die Hand auf dem Türknauf.
»Guten Tag allerseits!«, rief er fröhlich.
Die frisch gebackene Witwe sah ihn irritiert an. Allerseits? Sie war doch allein im Zimmer, außerdem machte dieser Mann einen betrunkenen Eindruck.
»Was wollen Sie?«
»Ich habe eine ganz einfache Frage. Wussten Sie, dass Ihr Mann bei seiner Firma gekündigt hatte, um endgültig in Vigàta zu bleiben?«
Signora Rosina saß auf dem Bett, ein Taschentuch in der Hand, und antwortete nicht sofort. Anscheinend überlegte sie hin und her. Aber ihrem Dekolleté war es anzusehen, dass irgendein Bösewicht mit roter Hand über ihre makellos weiße Dünenlandschaft fuhr.
»Nein.«
»Falsch!«, frohlockte Montalbano.
Mike Bongiorno hätte das nicht besser gemacht.
»Nimm sie fest«, sagte der Commissario nur zu Augello.
»Nein! Nein!«, rief Signora Rosina und sprang vom Bett auf. »Ich habe nichts damit zu tun! Ich schwör's! Gaspare war es, der …«
Sie unterbrach sich und stieß einen unerwarteten Schrei

aus, so spitz, dass die Fensterscheiben leise klirrten. Montalbano drang dieser Schrei in die Ohren, schwirrte zweimal um sein Hirn, flog in den Hals hinab, sauste ihm in den Bauch und landete in den Füßen.
»Nimm den Portier auch fest«, brachte er noch heraus, bevor er ohnmächtig mit dem Gesicht nach vorn umkippte.

Fazio brachte ihn nach Hause, zog ihn aus, legte ihn ins Bett und maß seine Temperatur. Über vierzig.
»Ich bleibe heute Nacht hier«, sagte Fazio, »ich leg mich aufs Sofa.« Der Commissario sank in tiefen Schlaf. Gegen acht Uhr morgens öffnete er die Augen und fühlte sich schon besser. Fazio stand mit Kaffee an seinem Bett.
»Heute Nacht hat Dottor Augello angerufen, er wollte wissen, wie es Ihnen geht. Ich soll Ihnen ausrichten, dass es genauso war, wie Sie sich das gedacht haben. Die beiden haben gestanden, er hat Augello sogar gezeigt, wo er das Präzisionsgewehr versteckt hatte.«
»Warum hast du mich nicht geweckt?«
»Soll das ein Witz sein? Sie haben geschlafen wie ein Engel!«

*Ein seltsamer Dieb*

Nur ein paar Mal hatte der Questore, weil sonst niemand zur Verfügung stand, Commissario Montalbano als Vertreter der Questura von Montelusa auf Kongresse und Tagungen geschickt, und Montalbano hatte das immer als Bestrafung oder persönliche Beleidigung empfunden. Wenn er die geschraubten Formulierungen der Teilnehmer hörte, die Begrüßungsworte, die hoffnungsvoll oder tadelnd, voller guter Wünsche oder voller Beschwörungen der unabwendbaren Apokalypse waren, packte ihn ein solcher Unmut, dass er auf die Fragen der anderen nur abweisende und einsilbige Antworten nuschelte. Seine Beiträge zur allgemeinen Diskussion beliefen sich auf etwa fünfzehn Zeilen, mühselig herausgewürgt, schlecht geschrieben und noch schlechter vorgelesen. Sein Referat über die Vorschriften der Europäischen Union in Sachen Grenzpolizei war im Programm für zehn Uhr dreißig am dritten Tag der Konferenz vorgesehen, doch schon am Ende des ersten Tages war der Commissario völlig zermürbt, er fragte sich, wie er noch zwei Tage durchhalten sollte. Er hatte in Palermo ein Zimmer im Hotel Centrale bezogen, das er mit Bedacht gewählt hatte, weil alle seine italienischen und ausländischen Kollegen in anderen Hotels abgestiegen waren. Der einzige Lichtblick in so viel Finsternis: die Einladung zum Abendessen von Giovanni Catalisano, seinem Schulkameraden aus Grundschule und Gymnasium, heute Stoffgroßhändler und Vater von zwei Kindern. Die hatte er mit seiner Frau Assuntina Didio, die von ihrem Vater, einem legendären *monzù*, Koch in hochherrschaftlichen Häusern Palermos, ein knappes Zehntel des Kochtalents geerbt hatte. Doch dieses Zehntel reichte schon und war überwältigend: An die Gerichte, die Signora Assuntina zubereitete – das wusste der Commissario genau –, würde er sich noch auf dem Sterbebett erinnern, und das würde ihm sein Ableben noch schmerzlicher gestalten. Am Ende des zweiten Konferenztages, nachdem die Vertreter Englands, Deutschlands und Hollands auf Englisch, Deutsch respektive Holländisch gesprochen hatten, hatte Montalbano einen Kopf wie ein Fußball. Deshalb schlüpfte er, als sein Freund Catalisano ihn abholte, schleunigst zu ihm ins Auto. Das Abendessen übertraf alle Erwartungen, und die anschließende Unterhaltung war sehr entspannt: Signora Assuntina war schweigsam, ihr Mann Giovanni dafür wortgewandt und geistreich. Als der Commissario zufällig auf die Uhr sah, stellte er fest, dass es schon fast eins war. Er stand auf der Stelle auf, verabschiedete sich herzlich von dem Ehepaar, schlüpfte in seine dicke Lederjacke und ging; das Angebot seines Freundes, ihn zu fahren, hatte er ausgeschlagen.

»Das Hotel ist ganz nah, zehn Minuten zu Fuß tun mir gut, mach dir keine Umstände.«

Draußen vor der Haustür erwarteten ihn zwei unangenehme Überraschungen: Es regnete, und die Kälte schnitt ihm ins Gesicht. Also beschloss er, den Weg zum Hotel über enge Gässchen abzukürzen, an die er sich zu erinnern glaubte. Er hatte eine Aktenmappe von der Tagung dabei. Die hielt er sich mit der linken Hand über den Kopf, um sich ein wenig vor dem strömenden Regen zu schützen.

Eine Zeit lang lief er durch einsame, schlecht beleuchtete Gassen, dann resignierte er: Bestimmt hatte er sich verlaufen. Er fluchte; wenn er Catalisanos Angebot angenommen hätte, wäre er jetzt schon in seinem warmen Zimmer. Als er mitten auf der Gasse stehen blieb und überlegte, was er am besten tun sollte – sich in einem Hauseingang unterstellen und darauf warten, dass der Regen aufhörte, oder beherzt weiterlaufen –, hörte er ein Motorrad, das sich von hinten näherte. Montalbano ging zur Seite, um ihm Platz zu machen, da traf ihn schon der ohrenbetäubende Lärm der Maschine, die plötzlich durchgestartet hatte. Einen Moment lang war er ganz benommen, und das nutzte der Typ aus und versuchte ihm die Aktenmappe zu entreißen, die sich Montalbano zum Schutz vor der Nässe immer noch über den Kopf hielt. Durch den heftigen Ruck drehte sich der Commissario um sich selbst und kam parallel zu dem Motorradfahrer zu stehen, der immer noch auf den Pedalen stand und ihm die Mappe wegzunehmen versuchte, an der sich die Finger von Montalbanos linker Hand festklammerten. Das unsinnige Hin und Her zwischen den beiden dauerte ein paar Sekunden: unsinnig deshalb, weil die Aktenmappe, voll gestopft mit unwichtigen Papieren, in den Augen des *scippatore* an Wert gewann, eben weil sie so wacker verteidigt wurde. Der Commissario hatte schon immer eine schnelle Reaktion gehabt, und sie ließ ihn auch diesmal nicht im Stich; er ging zum Gegenangriff über. Der wütende Fußtritt, den er dem Motorrad versetzte, brachte den *scippatore* aus dem sowieso schon wackligen Gleichgewicht, sodass er lieber von Montalbano abließ, Gas gab und losfuhr. Aber er fuhr nicht weit, kurz vor dem Ende der Gasse machte er eine Kehrtwendung und blieb mit leise brummendem Motor direkt unter einer Laterne ste-

hen. In voller Montur, den Kopf im Integralhelm verborgen, war der Motorradfahrer eine bedrohliche Gestalt, die den Commissario zum nächsten Zug herausforderte.
Scheiße, was soll ich jetzt machen?, überlegte Montalbano, während er seine Lederjacke zurechtzog. Die Aktenmappe hielt er sich nicht mehr über den Kopf, er war sowieso schon völlig durchweicht, das Wasser rann ihm in den Kragen, den Rücken entlang und unten an den Hosenbeinen wieder hinaus, zum Teil tropfte es ihm in die Schuhe. Es war gar nicht daran zu denken, sich umzudrehen und wegzulaufen: Abgesehen davon, dass er keine besonders gute Figur machen würde, hätte ihn der Motorradfahrer jederzeit einholen und übel zurichten können. Es blieb ihm also nichts anderes übrig, als weiterzugehen. Die Aktenmappe in der linken Hand schlenkernd, setzte sich Montalbano langsam in Bewegung, als ginge er an einem sonnigen Tag spazieren. Reglos wie eine Statue beobachtete der Motorradfahrer ihn, während er näher kam. Der Commissario ging direkt auf das Motorrad zu und blieb vor dem Vorderrad stehen.
»Ich zeig dir was«, sagte er zu dem Motorradfahrer.
Er öffnete die Aktenmappe, drehte sie um, alle Papiere fielen auf den Boden und wurden nass und ganz schmutzig. Ohne sie zu schließen, warf Montalbano auch die leere Mappe auf den Boden.
»Wenn du einer armen alten Frau ihre Rente geklaut hättest, hättest du mehr davon gehabt.«
»Ich beklaue keine Frauen, weder alte noch junge«, gab der *scippatore* beleidigt zurück.
Montalbano konnte nicht hören, was der andere für eine Stimme hatte, sie kam zu gedämpft durch den Helm.
Der Commissario beschloss, weiß der Himmel warum, ihn weiter zu provozieren.

Er langte mit der Hand in die Innentasche seiner Jacke, zog seinen Geldbeutel hervor, öffnete ihn, suchte einen Hunderttausender heraus und hielt ihn dem *scippatore* hin.
»Reicht das für einen Schuss?«
»Ich nehme keine Almosen«, sagte der Motorradfahrer und stieß Montalbanos Hand weg.
»Wenn das so ist, gute Nacht. Warte, einen Augenblick noch: Wie komme ich zum Centrale?«
»Immer geradeaus, die zweite links«, antwortete der *scippatore* ganz selbstverständlich.

Montalbanos Referat, pünktlich um zehn Uhr dreißig begonnen, sollte laut Programm um zehn Uhr fünfundvierzig zu Ende sein, damit noch Zeit für fünfzehn Minuten Diskussion blieb. Doch weil der Redner dauernd Hustenanfälle hatte, schniefte, nieste und sich räusperte, dauerte das Referat bis elf. Die Simultandolmetscher verbrachten die schlimmsten Augenblicke ihres Lebens, weil der Commissario nicht nur stotterte, was er immer tat, wenn er vor Publikum sprechen musste, sondern diesmal noch *la nànfara* dazukam, diese spezielle Art zu reden, wenn die Nase zu und die Aussprache der Konsonanten verzerrt ist. Kein Mensch verstand etwas. Nach einem Moment der Verwirrung hatte der amtierende Vorsitzende die geniale Idee, die Diskussion zu verschieben. So konnte der Commissario die Konferenz verlassen und in die Questura fahren. Ihm war eingefallen, dass ein Jahr zuvor der damalige Questore von Palermo eine Antiscippo-Spezialeinheit gegründet hatte, von der im Fernsehen und in der Presse der Insel viel die Rede gewesen war. Auf den Fotos und in den Filmaufnahmen, die die Berichte begleiteten, waren junge Beamte in Zivil mit Rollschuhen oder auf nagelneuen glänzenden großen Vespas zu sehen, bereit, die *scippatori* zu verfolgen, sie festzunehmen und das Diebesgut sicherzustellen. Zum Chef der Truppe hatte man Vicecommissario Tarantino berufen. Dann war es um die Initiative wieder still geworden.

»Tarantì, hast du noch mit der *antiscippo* zu tun?«

»Willst du mich auf den Arm nehmen? Die Truppe hat sich zwei Monate nach ihrer Gründung wieder aufgelöst. Du verstehst: zehn Leute halbtags bei durchschnittlich hundert *scippi* täglich!«

»Ich wollte wissen …«

»Hör zu, es ist zwecklos, mit mir darüber zu reden. Ich habe die Berichte unterschrieben, das war alles, ich habe sie nicht mal gelesen.«

Er hob den Telefonhörer ab, brummte etwas hinein und legte wieder auf. Fast augenblicklich klopfte es an der Tür, und herein kam ein sympathisch aussehender Dreißigjähriger.

»Das ist Ispettore Palmisano. Commissario Montalbano will was von dir wissen.«

»Ja bitte?«

»Eine kleine Frage nur. Haben Sie jemals von *scippi* gehört, bei denen alte Motorräder benutzt wurden?«

»Was verstehen Sie unter alten Motorrädern?«

»Na ja, was weiß ich, eine Laverda, eine Harley Davidson, eine Norton …«

Tarantino musste lachen.

»Spinnst du? Das ist ja, als würde man einem Kind Bonbons mit einem Bentley klauen!«

Doch Palmisano blieb ernst.

»Nein, davon habe ich nie gehört. Brauchen Sie sonst noch etwas?«

Montalbano blieb noch fünf Minuten und unterhielt sich mit seinem Kollegen, dann verabschiedete er sich von ihm und machte sich auf die Suche nach Palmisano.

»Gehen Sie mit einen Kaffee trinken?«

»Ich habe wenig Zeit.«

»Nur fünf Minuten.«

Sie verließen die Questura und gingen in die nächstbeste Bar.

»Ich wollte Ihnen erzählen, was mir gestern passiert ist.«

Er erzählte ihm von seiner Begegnung mit dem *scippatore*.

»Wollen Sie ihn verhaften lassen? Er hat Ihnen doch nichts gestohlen«, sagte Palmisano.

»Nein. Ich würde ihn nur gern kennen lernen.«

»Ich auch«, sagte der Ispettore leise.

»Es war eine Norton 750«, fügte der Commissario hinzu, »da bin ich absolut sicher.«

»*Già*«, pflichtete Palmisano ihm bei, »und er war in voller Montur, mit Integralhelm.«

»Ja. Das Nummernschild konnte ich nicht lesen, weil es von einem Stück schwarzem Plastik verdeckt war. Nun? Was können Sie mir darüber sagen?«

»Ich tat den zweiten Monat Dienst in der Einheit. Es war kurz bevor die Banken mittags schlossen. Ich stand vor der Banca Commerciale, da kam ein Mann mit einer Tasche heraus, und ein Typ, der auf einer schwarzen Norton 750 saß, riss sie ihm weg. Ich machte mich sofort an die Verfolgung, ich hatte eine schöne Guzzi. Keine Chance.«

»War er schneller?«

»Nein, Dottore, besser. Zum Glück herrschte wenig Verkehr. Wir fuhren, er immer vornweg und ich hinterher, bis zur Ausfahrt nach Enna. Dort bog er in einen Feldweg ein. Und ich hinterher. Er wollte anscheinend Motocross fahren. Doch in einer Kurve verlor mein Motorrad den Halt auf dem Splitt, und ich stürzte. Mein Helm hat mich gerettet, aber ich blutete am rechten Bein, und es tat ziemlich weh. Als ich wieder aufstand, sah ich als Erstes ihn. Er war stehen geblieben, ich hatte den Eindruck, dass er, wenn ich nicht aufgestanden wäre, zu mir gekommen wäre und mir aufgeholfen hätte. Wie auch immer, als ich zu meiner Guzzi ging, ohne den Blick von ihm zu wenden, machte er etwas, was ich nicht erwartet hatte. Er hielt die gestohlene Tasche hoch und zeigte sie mir. Er machte sie auf, sah hinein, schloss sie wieder und warf sie mitten auf den Weg. Dann wendete er seine Norton und fuhr davon. Ich humpelte zu der Tasche hin und hob sie auf. Hundert Millionen Lire in Hunderttausenderscheinen waren darin. Ich fuhr in die Questura zurück und schrieb in meinem Bericht, dass ich das Diebesgut nach einer tätlichen Auseinandersetzung sichergestellt hätte und der *scippatore* leider fliehen konnte. Die Marke des Motorrads erwähnte ich nicht.«

»Ich verstehe«, sagte Montalbano.

»Weil der es nicht auf Geld abgesehen hatte«, sagte Palmisano nach einer Pause, und es klang wie das Ergebnis einer Überlegung.

»Worauf hatte er es Ihrer Meinung nach denn abgesehen?«

»Keine Ahnung! Vielleicht auf etwas anderes, aber nicht auf Geld.«

Dieser Palmisano war wirklich intelligent.

»Sind Ihnen noch weitere Fälle wie der Ihre zu Ohren gekommen?«

»Ja. Drei Monate nach meiner Geschichte. Es passierte einem Kollegen, der versetzt wurde. Er stellte das Diebesgut ebenfalls sicher, aber auch hier hatte der *scippatore* es

ihm gegeben. Und auch er lieferte in seinem Bericht keine brauchbaren Anhaltspunkte für die Identifizierung.«
»Wir haben es also mit einem *scippatore* zu tun, der regelmäßig durch die Gegend fährt und …«
Palmisano schüttelte den Kopf.
»Nein, Commissario, er fährt nicht regelmäßig durch die Gegend, wie Sie sagen. Er tut es nur, wenn es unbedingt eine Herausforderung bedeutet. Haben Sie sonst noch Fragen?«

Montalbano war so erkältet, dass er nichts schmecken konnte, es hatte gar keinen Sinn, etwas zu essen. Die Tagung ging um halb vier weiter, er konnte mindestens noch zwei Stunden unter der warmen Bettdecke liegen. Er ließ sich ein Aspirin und das Telefonbuch von Palermo aufs Zimmer bringen. Ihm war eingefallen, dass es für jedes Hobby, von der Seidenraupenzucht bis zum Basteln von Atombomben, einen entsprechenden Verein gibt, einen Club, in dem die Mitglieder Informationen und gesuchte Ersatzteile austauschen und ab und zu eine schöne Fahrt ins Grüne unternehmen. Er fand einen »Motocar«, wobei er nicht wusste, was das bedeutete, gefolgt von einem »Motoclub«, dessen Nummer er wählte. Eine freundliche Männerstimme meldete sich. Der Commissario erklärte wirr, er sei kürzlich nach Palermo versetzt worden, und bat um Informationen über eine eventuelle Mitgliedschaft im Club. Der Mann antwortete, das sei kein Problem, dann senkte er plötzlich die Stimme und fragte in einem Ton, als erkundige er sich, welcher Geheimsekte der andere angehöre:
»Sind Sie Harley-Fahrer?«
»Nein, bin ich nicht«, sagte der Commissario rasch.
»Was haben Sie für eine Maschine?«

»Eine Norton.«
»Dann sollten Sie sich an den Nor-Club wenden, der ist ein Ableger von uns. Schreiben Sie sich die Telefonnummer auf, nach zwanzig Uhr ist jemand zu erreichen.«
Vorsichtshalber versuchte Montalbano es sofort. Es meldete sich niemand. Er konnte noch ein Stündchen schlafen, bevor er zur Abschlussveranstaltung der Tagung ging. Als er aufwachte, fühlte er sich sehr gut, die Erkältung war fast vorbei. Er sah auf die Uhr, und es traf ihn fast der Schlag: schon sieben! Da er jetzt sowieso nicht mehr zur Tagung zu gehen brauchte, ließ er sich Zeit. Um fünf nach acht telefonierte Montalbano von der Hotelhalle aus, es meldete sich die muntere Stimme eines Mädchens. Zwanzig Minuten später stand er im Clubraum im Erdgeschoss eines hübschen Hauses. Es war niemand da außer der jungen Frau, die sich am Telefon gemeldet hatte und von acht bis zehn Uhr abends ehrenamtlich als Sekretärin fungierte. Darin wechselten sich die jüngeren Clubmitglieder ab. Sie war so sympathisch, dass es der Commissario nicht übers Herz brachte, ihr die Geschichte mit dem versetzten Norton-Fahrer zu erzählen. Er wies sich aus, worauf das Mädchen nicht sehr besorgt reagierte.
»Warum sind Sie hergekommen?«
»Wissen Sie, wir haben Order, alle Vereine und Clubs zu erfassen, auch Sportclubs, verstehen Sie?«
»Nein«, sagte das Mädchen, »aber sagen Sie mir nur, was Sie wissen wollen, dann erkläre ich es Ihnen, wir sind ja kein Geheimbund.«
»Seid ihr alle so jung?«
»Nein. Cavaliere Rambaudo, nur zum Beispiel, ist schon weit über sechzig.«
»Haben Sie ein Gruppenfoto?«

Das Mädchen lächelte.
»Interessieren Sie die Namen oder die Gesichter?«
Sie zeigte auf die Wand hinter Montalbano.
»Das war vor zwei Monaten«, fügte sie hinzu, »und wir sind alle drauf.«
Ein gestochen scharfes Foto, aufgenommen auf dem Land. Über dreißig Personen, alle strikt in Montur: schwarzer Anzug und Stiefel. Der Commissario sah sich die Gesichter sehr aufmerksam an, und als er zum dritten Gesicht in der zweiten Reihe kam, zuckte er zusammen. Er konnte sich nicht erklären, aus welchem Grund er so sicher war, dass dieser athletische Dreißigjährige, der ihm da entgegenlächelte, der *scippatore* war.
»Ihr seid ganz schön viele«, sagte er.
»Wir sind ja auch ein Club für die ganze Provinz.«
»*Già*. Haben Sie eine Kartei?«
Sie hatte eine. Und da herrschte perfekte Ordnung. Foto, Name, Nachname, Beruf, Adresse und Telefonnummer des Mitglieds. Amtliches Kennzeichen des Motorrads, Typenmerkmale, Extras. Halbjährliche Begleichung des Mitgliedsbeitrags. Verschiedenes. Er blätterte die Kartei durch und tat, als mache er sich auf der Rückseite eines Kuverts, das er in der Tasche hatte, Notizen. Dann lächelte er dem Mädchen zu, das gerade mit jemandem telefonierte, und ging. Drei Namen und drei Adressen hatte er im Kopf. Aber die von Avvocato Nuccio Nicolò, Via Libertà 32, Bagheria, Telefon 091232756, war fett gedruckt.

Das konnte er auch gleich erledigen. Er rief von der nächsten Telefonzelle aus an, ein Kind meldete sich.
»*Plonto? Plonto?* Wer bist du? Was willst du?«
Der Kleine war allerhöchstens vier.

»Ist dein Papà da?«
»Ich hol ihn.«
Sie sahen fern, man hörte die Stimme von ... Wessen Stimme war das? Er kam nicht dazu, darüber nachzudenken.
»Ja bitte?«
Obwohl er die Stimme durch den Helm gedämpft und verzerrt gehört hatte, erkannte der Commissario sie wieder. Ohne den Schatten eines Zweifels.
»Ich bin Commissario Montalbano.«
»Ah. Ich habe von Ihnen gehört.«
»Ich von Ihnen auch.«
Der andere erwiderte nichts, fragte nichts. Montalbano hörte durch das Telefon, wie er tief ausatmete. Im Hintergrund lief immer noch der Fernseher. Jetzt wusste er es: Das war die Stimme von Mike Bongiorno.
»Ich habe Grund anzunehmen, dass wir beide uns gestern Nacht begegnet sind.«
»Ach ja?«
»Ja, Avvocato. Und ich würde Sie gern wieder treffen.«
»An derselben Stelle wie gestern?«
Er schien nicht im Geringsten besorgt, dass er entdeckt worden war. Ganz im Gegenteil, er gab sich sogar witzig.
»Nein, das ist zu umständlich. Ich erwarte Sie morgen Früh um neun in meinem Hotel, im Centrale, aber das wissen Sie ja schon.«
»Ich werde kommen.«

Montalbano aß gut in einer Trattoria am Hafen, kehrte gegen elf ins Hotel zurück, las zwei Stunden in einem Buch von Simenon, das kein Krimi war, löschte um eins das Licht und schlief ein. Um sieben Uhr morgens ließ er

sich einen doppelten Espresso und den »Giornale di Sicilia« bringen. Die Nachricht, die ihm den Schweiß auf die Stirn trieb und ihn aufspringen ließ, war auf der Titelseite in Halbfett gedruckt: Sie musste gerade noch rechtzeitig zum Druck eingegangen sein. Da stand, um zweiundzwanzig Uhr dreißig am vorherigen Abend habe ein *scippatore* in der Nähe des Bahnhofs versucht, einem Vertreter von Juwelen die Mustersammlung zu entreißen, der ihn daraufhin erschossen habe. Zum großen Erstaunen aller sei der *scippatore* als Avvocato Nuccio Nicolò aus Bagheria, zweiunddreißig Jahre alt und wohlhabend, identifiziert worden. Nuccio – hieß es in dem Artikel weiter – habe es nicht nötig gehabt, für seinen Lebensunterhalt zu stehlen, allein das Motorrad, auf dem er bei seinem versuchten *scippo* gesessen habe, sei an die zehn Millionen wert. Handelte es sich um eine Persönlichkeitsspaltung? Um einen Scherz mit tragischem Ausgang? Um ein absurdes Bubenstück?
Montalbano warf die Zeitung aufs Bett und zog sich an. Nicolò Nuccio hatte gefunden, was er gesucht hatte, und er selbst würde den Zug um halb neun nach Montelusa vielleicht noch erwischen. Von dort wollte er im Kommissariat von Vigàta anrufen. Bestimmt würde ihn jemand abholen.

## *Das Testament*

Der verstorbene Attilio Gambardella war zu Lebzeiten nicht gerade ein gut aussehender Mann gewesen. Hüftlahm und an Krücken, ein Auge auf Jesus, das andere auf den heiligen Johannes gerichtet, riesige Segelohren, Hände wie ein Zwerg und Füße wie ein Clown, der Mund so schief, dass man nie wusste, ob er weinte oder lachte. Aber jetzt, da er in der Küche auf dem Fußboden lag, massakriert von dreißig Messerstichen in Gesicht, Brust, Bauch und Leiste, sah er aus, als hätte der Tod seine Hässlichkeit irgendwie auslöschen wollen, der Mörder hatte den Körper des armen Gambardella derart verunstaltet, dass er genauso aussah wie viele andere, die abgestochen worden waren. Man konnte kaum einen Schritt in der Küche tun, ohne sich mit Blut zu beschmutzen, sogar auf dem Fernsehschirm, über den die Bilder der Morgennachrichten liefen, war Blut. Die Mordwaffe, ein Brieföffner mit beinernem Griff, lag im Waschbecken, an der Klinge waren noch Blutspuren, nur der Griff war sorgfältig gesäubert worden, um die Fingerabdrücke verschwinden zu lassen.

»Und?«, fragte Montalbano Dottor Pasquano.

»Was und?«, giftete ihn der andere an. »Wollen Sie wissen, woran er gestorben ist? Er hat sich an Kaktusfeigen überfressen.«

Doch Montalbano mochte sich an diesem Morgen nicht mit dem Gerichtsmediziner zanken.

»Ich wollte nur ...«
»Den Todeszeitpunkt wissen? Darf ich um eine Minute danebenliegen, oder muss es auf die Sekunde genau sein?«
Resigniert breitete der Commissario die Arme aus. Als der Dottore sah, dass Montalbano so überraschend nachgiebig war, verging ihm die Lust auf einen kleinen Streit.
»*E vabbè.* Zwischen acht und elf Uhr gestern Abend. Den ersten Stich hat er in den Rücken gekriegt, er hatte noch die Kraft, sich umzudrehen, der zweite Stich hat ihn in die Brust getroffen. Er ist gestürzt, meiner Ansicht nach war er da schon tot. Dann hat der Mörder weiter auf ihn eingestochen, als er auf dem Boden lag, weil es ihm entweder Spaß gemacht hat oder er sich abreagieren wollte. Sind Sie jetzt zufrieden?«
Fazio, der sich im Haus umgesehen hatte, kam zu ihnen.
»Ich weiß ja nicht, was vorher alles da war, aber ich schätze, dass es kein Einbruch war, er hat anscheinend nichts mitgenommen. In der Schublade des Nachtkästchens liegen zwei Millionen in bar. In einer Schatulle auf der Kommode sind Ringe, Ohrringe und Armreifen.«
»Warum sollte ein Einbrecher auch so oft zustechen, dass ihm dabei der Arm lahm wird?«, mischte sich Pasquano ein.
Galluzzo kam in die Küche.
»Ich war bei Filippo, dem Sohn von Gambardella. Seine Frau sagt, dass er heute Nacht nicht heimgekommen ist.«
»Such ihn«, sagte der Commissario.

Das Haus, in dem die Tat geschehen war, lag am Stadtrand; es gehörte Gambardella und war ein einstöckiger Bau. Unten waren zwei Geschäfte, ein Gemüsegroßhändler und ein Laden für Haushaltswaren; darüber zwei Wohnungen, in einer hatte das Mordopfer gelebt, die andere, die direkt daneben lag, war an Signora Praticò Gesuina, verwitwete Tumminello, vermietet. Sie hatte den Mord entdeckt – so hatte Fazio Montalbano berichtet – und war so erschüttert gewesen, dass sie gleich, nachdem sie vom Balkon aus um Hilfe geschrien hatte, in Ohnmacht gefallen war. Der Commissario möge bitte behutsam sein: Der Gemüsegroßhändler habe darauf hingewiesen, dass die Signora schwer herzkrank sei. Deshalb lag Montalbanos Finger leicht wie ein Schmetterling, der sich auf einer Blüte niederlässt, auf der Klingel. Die Tür wurde von einem Pfarrer geöffnet, der eine den Umständen entsprechende Miene machte. Es ist beeindruckend, heutzutage einen Pfarrer in Soutane zu sehen, denn meistens sind sie entweder wie Bankangestellte oder wie Punks angezogen, aber als er dem Pfarrer in dieser Wohnung und mit diesem Gesichtsausdruck gegenüberstand, dachte Montalbano, er sei gekommen, um Signora Praticò die Letzte Ölung zu geben.

»Ist es so schlimm?«, stammelte er.

»Was denn?«

»Mit der Witwe Tumminello.«

»Ach was! Ich bin hier, um ihr Trost zu spenden, sie ist ja ganz durcheinander. Setzen Sie sich. Sie sind Commissario Montalbano, nicht wahr? Ich kenne Sie, ich kenne Sie. Ich bin Don Saverio Colajacono. Gesuina ist ein frommes und gottesfürchtiges Mitglied meiner Pfarrgemeinde.«

Kein Zweifel, sie war wirklich fromm und gottesfürchtig. In der kleinen Diele zählte der Commissario ein Kruzifix an der Wand, eine Schmerzensjungfrau und einen heiligen Antonius von Padua im Regal. Er kam nicht dazu, noch zwei weitere Statuetten zu identifizieren.

»Gesuina hat sich ins Bett gelegt«, sagte Patre Colajacono und ging Montalbano voraus.
Das Schlafzimmer mit der halb geschlossenen Balkontür war praktisch eine Krypta, an den Wänden waren Dutzende von Heiligenbildchen mit Reißnägeln befestigt, und unter jedem einzelnen brannte ein Kerzlein auf einer winzigen Konsole. Plötzlich wurde Montalbano von Unmut gepackt, er schwitzte und hatte das Bedürfnis, seinen Kragenknopf zu öffnen. Eine Art weinerlicher, keuchender Walfisch lag auf einem Doppelbett unter einer rot geblümten Decke, nur der Kopf einer etwa fünfzigjährigen Frau sah heraus, die zwar ungekämmt war, aber einen rosigen, glatten Teint hatte.
»Gesuina, ich lasse dich in guten Händen, ich komme später noch mal vorbei«, sagte der Pfarrer, verbeugte sich leicht vor dem Commissario und ging. Montalbano setzte sich auf einen Stuhl am Fuß des Bettes. Auf dem Nachtkästchen beleuchtete ein Kerzlein die Fotografie eines Kerls mit einem Verbrechergesicht wie aus Lombrosos Lehrbuch: Bestimmt Signor Tumminello, der, als er starb, Gesuina Praticò zur Witwe gemacht hatte.
»Fühlen Sie sich in der Lage, ein paar Fragen zu beantworten?«, begann der Commissario.
»Wenn *il Signore* mir beisteht und *la Madonna* mich begleitet …«
Der Commissario hoffte inbrünstig, dass *il Signore* und *la Madonna* sofort zur Verfügung standen: Er fühlte sich nicht imstande, sich eine Minute länger als nötig in diesem Zimmer aufzuhalten.
»Sie haben die Leiche gefunden, nicht wahr?«
»Ja.«
»Sagen Sie mir, wie das vor sich ging.«

»Das ist eine lange Geschichte.«
»Seien Sie unbesorgt, erzählen Sie nur.«
Die Frau schnaubte wie ein Wal und richtete sich halb auf, wobei sie die Decke schamhaft über ihren wogenden Busen hielt.
»Wo soll ich anfangen?«
»Wo Sie wollen.«
»Vor etwa zwanzig Jahren, als ich schon zusammen mit Raffaele, meinem Mann selig, in dieser Wohnung lebte ...«
Der Commissario verfluchte sich, weil er der Witwe historisch und chronologisch freie Hand gelassen hatte, aber da war nichts zu machen, er hatte es ja nicht anders gewollt.
»... hatte Attilio einen schrecklichen Autounfall.«
Attilio. Sie nannten sich beim Vornamen, Signora Gesuina und der Tote.
»Seine Frau starb, seine beiden Beine waren zertrümmert, und sein Sohn Filippo, der damals zwölf Jahre alt war, schlug sich den Kopf auf und schwebte einen Monat lang zwischen Leben und Tod. Ein Jahr später nahm mir eine beidseitige Lungenentzündung meinen armen Raffaele. Was soll ich Ihnen sagen, Signor Commissario? Tagaus, tagein sahen wir uns, tagaus, tagein grüßten wir uns, so wuchs in uns der Wunsch, unsere einsamen Leben zu vereinen.«
Dieser Satz, den sie bestimmt in irgendeinem Groschenroman gelesen hatte, brachte es fertig, Montalbano völlig aus der Bahn zu werfen.
»Wurden Sie ein Liebespaar?«
Die Witwe riss die Augen auf, hielt sich mit beiden Händen die Ohren zu und schnaubte ihre Empörung durch die Atemlöcher hinaus. Die mindestens vierzig Kerzlein flackerten und drohten zu erlöschen.
»Nein! Was fällt Ihnen ein! Ich bin eine ehrbare Frau! Man

kennt mich in der ganzen Stadt! Nie hat Attilio mich angerührt, und nie habe ich ihn angerührt!«

»Verzeihen Sie, Signora. Ich bitte um Entschuldigung«, sagte der Commissario, den die Vorstellung, im Zimmer könnte es finster werden, in Panik versetzte.

»Ich wollte sagen, dass wir anfingen, uns tagsüber Gesellschaft zu leisten. Attilio, der sowieso schon kaum ausging, blieb wochenlang in seiner Wohnung, weil seine Beine schmerzten, vor allem wenn das Wetter umschlug. Also bekochte ich ihn, brachte seine Sachen in Ordnung … was eine Hausfrau eben so macht.«

»Und der Lebensunterhalt?«

»Ich habe die Pension von meinem armen Raffaele.«

»Nein, ich meinte ihn, Gambardella.«

»Aber Attilio war reich! Hier in Vigàta hatte er ein Dutzend Geschäfte und ungefähr fünfzehn Wohnungen, und in Fela hatte er noch mehr Zeug. Der hatte keine miese Rente nötig!«

»Und wie war das Verhältnis zu seinem Sohn?«

Ein wunder Punkt. Diesmal gingen ein Dutzend Kerzen aus, Montalbano wurde blass.

»Er hat ihn umgebracht!«

»Sind Sie da sicher, Signora?«

»Er, er, er!«

Alle Kerzen gingen gleichzeitig aus. Der Commissario tastete sich zum Balkon und riss die Türflügel auf.

»Signora, ist Ihnen eigentlich klar, was Sie da sagen?«

»Natürlich ist mir das klar! Es ist, als hätte ich es mit eigenen Augen gesehen!«

Der Walfisch bebte zuckend und zitternd, und die Decke sah aus wie ein Mohnfeld im Wind.

»Erklären Sie mir das genauer.«

»Dieser Filippo ist ein Lump, ein Verbrecher, einer, der zu nichts taugt und mit dreißig noch seinem Vater auf der Tasche liegt! Da wollte er auch noch heiraten! Kurzum, es verging keine Woche, dass er nicht hier aufgetaucht ist und von seinem Vater Geld wollte. Und der hat es ihm hinten und vorne reingeschoben. Mir sagte er, dass ihm sein Sohn Leid tue, und er wäre selbst schuld daran, dass er so sei, er sagte, dass er die Verantwortung für den Unfall trage, dass sein Sohn eine Gehirnverletzung habe und keiner Arbeit nachgehen könne, weil er nicht richtig im Kopf sei. Und dieser Scheißkerl von Sohn hat das ausgenutzt. Schließlich konnte ich Attilio klar machen, was für ein gemeiner Blutsauger Filippo ist. Und dann hat Attilio ihm weniger Geld gegeben, manchmal hat er es ihm auch ganz verweigert. Da hat es dieser Verbrecher gewagt, seinem Vater zu drohen! Einmal ist er sogar handgreiflich geworden! Gestern Abend ...«

Sie unterbrach sich und fing an zu schluchzen. Unter dem Kopfkissen zog sie ein handtuchgroßes Taschentuch hervor und schneuzte sich. Die Scheiben der Balkontür klirrten.

»Gestern Abend hat Attilio hier bei mir gegessen, dann ist er in seine Wohnung gegangen, er sagte, er wolle fernsehen und dann schlafen gehen. Ich will keinen Fernseher haben. Da kommen doch ganz hinterhältige Sachen, bei denen sich eine ehrbare Frau ja schämen muss!«

Montalbano wollte sich nicht auf eine Diskussion über die Moral des Fernsehens einlassen.

»Sie sagten, gestern Abend ...«

»Meine Küche und die von Attilio sind durch eine Mauer getrennt. Ich war gerade beim Abwaschen, als ich die Stimmen von Attilio und Filippo hörte. Sie haben gestritten.«

»Sind Sie ganz sicher, dass es die Stimme seines Sohnes war?«
»Dafür lege ich meine Hand ins Feuer!«
»Haben Sie ein Wort oder einen Satz genau verstanden?«
»Natürlich. Ich habe gehört, wie Attilio sagte: ›Nein, du kriegst keinen *soldo* mehr von mir!‹ Und Filippo schrie: ›Ich bring dich um! Ich bring dich um!‹ Dann waren Geräusche wie von … von …«
»Tätlichkeiten?«
»*Sissignore*. Und ein Stuhl ist umgefallen. Ich war hin und her gerissen. Ich wusste nicht, was ich tun sollte. Aber dann habe ich nebenan nichts mehr gehört, nur den Fernseher, da war ich wieder beruhigt. Aber jetzt …«
Diesmal stimmten in das Schluchzen noch Stöhnen und Winseln mit ein.
»Wie ist Filippo Ihrer Meinung nach in die Wohnung gekommen?«
»Er hatte einen Schlüssel! Tausendmal habe ich Attilio ans Herz gelegt, dass er sich den Schlüssel wiedergeben lassen soll, aber nein!«
»Wie haben Sie entdeckt, was passiert ist?«
»Heute Morgen bin ich in die Frühmesse gegangen, aber weil ich zur Kommunion musste, war ich vorher nicht in der Küche, um Kaffee zu trinken. Als ich zurückkam, kurz vor sieben, hörte ich, dass der Fernseher in Attilios Küche noch lief. Das kam mir merkwürdig vor, er sah morgens nämlich nie fern. Also bin ich rübergegangen und …«
»Wer hat Ihnen denn aufgemacht?«
Die Witwe Tumminello, die sich gerade wieder von ihren Schluchzern überwältigen lassen wollte, sah ihn erstaunt an.

»Niemand. Ich habe einen Schlüssel.«
Es klingelte an der Tür.
»Ich gehe schon«, sagte der Commissario.
Es war Fazio. Neben ihm stand ein spindeldürrer Dreißigjähriger: zerknitterte Hosen, ausgebeulte Jacke, zerzaustes Haar, unrasiert. Montalbano kam gar nicht dazu, ein Wort zu sagen, denn hinter ihm ertönte ein gellender Schrei.
Die Witwe Tumminello, die anscheinend nicht nur ein Faible für Groschenromane, sondern auch einen gewissen Hang zur Tragödie hatte, war aufgestanden und wies jetzt mit ausgestrecktem Arm und zitterndem Zeigefinger auf den jungen Mann.
»Der Mörder! Der Vatermörder!«
Ohnmächtig sackte sie in sich zusammen. Ein leichtes Erdbeben schien das Haus erfasst zu haben.
»Los, weg hier«, sagte Montalbano besorgt, »bring ihn ins Kommissariat.«

»Sie wussten also nicht, dass Ihr Vater ermordet wurde?«
»*Nonsi.*«
»Aber als du ins Haus gekommen bist, hast du doch als Erstes gesagt: ›Stimmt es, dass Papà …?‹ Dann hast du angefangen zu weinen«, mischte sich Fazio ein.
»Das stimmt schon. Aber was mit Papà passiert ist, hat mir der Mann gesagt, der den Haushaltswarenladen hat, er hat mich gesehen, als ich ins Haus ging.«
»Hatten Sie gestern Abend Streit mit Ihrem Vater?«
»*Sissi.*«
»Warum?«
»Er wollte mir das Geld nicht geben, um das ich ihn bat.«
»Warum wollte er es Ihnen nicht geben?«

»Er hat gesagt, dass er mich nicht mehr unterstützen will.«

»Und da hast du ihm mit dem Tod gedroht. Du hast es gesagt und auch getan«, mischte sich Fazio wieder ein.

Montalbano sah ihn böse an. Er mochte es nicht, wenn man ihn unterbrach, und er fand es auch nicht in Ordnung, jemanden zu duzen, nur weil er sich in einer unterlegenen Position befand. Doch Filippo Gambardella reagierte kaum auf Fazios Worte, er war apathisch und abwesend.

»Ich war's nicht.«

Ganz leise.

»Aus welchem Grund sind Sie heute Morgen noch mal zu Ihrem Vater gegangen? Glaubten Sie, er sei noch am Leben, wollten Sie ihn noch mal um das Geld bitten, das er Ihnen am Abend vorher nicht gegeben hatte?«

»Das war nicht der Grund.«

»Was dann?«

Filippo Gambardella schien verlegen, er murmelte etwas, was der Commissario nicht verstand.

»Lauter, bitte.«

»Ich wollte ihn um Verzeihung bitten.«

»Wofür?«

»Dass ich zu ihm gesagt hatte, ich würde ihn umbringen, wenn er mir das Geld nicht gibt.«

»Aber haben Sie und Ihr Vater denn nicht früher schon manchmal gestritten?«

»In letzter Zeit, ja. Aber ich habe vorher nie gesagt, dass ich ihn umbringen würde.«

»Und nach dem Streit, wo sind Sie da hingegangen?«

»Zu Minicuzzo in die Taverne. Ich habe mich betrunken.«

»Wie lange sind Sie da geblieben?«

»Ich weiß es nicht.«
»Und wo sind Sie hingegangen, nachdem Sie sich betrunken hatten?«
»Ich weiß es nicht.«
»Wo haben Sie geschlafen?«
»Ich weiß es nicht.«
Er weigerte sich nicht, die Fragen zu beantworten, Montalbano spürte, dass er aufrichtig war.
»Hatten Sie Gelegenheit, sich umzuziehen?«
Filippo Gambardella sah ihn benommen an.
»Waren Sie heute Morgen, bevor Sie zu Ihrem Vater gingen, bei sich zu Hause? Haben Sie sich umgezogen?«
»Wie sollte ich mich umziehen? Ich habe nur das hier.«
»Seit wann haben Sie nichts gegessen?«
»Ich weiß es nicht.«
»Nimm ihn mit rüber«, sagte der Commissario zu Fazio, »er soll sich waschen, und lass ihm was aus der Bar bringen. Danach machen wir weiter.«

»Hinter einem Bild, das in Gambardellas Schlafzimmer hängt, habe ich das hier gefunden«, sagte Galluzzo, als er aus der Wohnung des Toten zurückkam, die er durchsucht hatte.
Es war ein gelbes Kuvert, wie man es für Geschäftsbriefe verwendet. Darauf stand: »Nach meinem Tod zu öffnen.« Da der Verfasser eindeutig tot war, öffnete der Commissario das Kuvert. Wenige Zeilen. Sie erklärten, dass Gambardella Attilio, im Vollbesitz seiner geistigen Kräfte, alles, was er besaß, Häuser, Geschäfte, Grundstücke und Geldvermögen, seinem einzigen Sohn Gambardella Filippo vermache. Das Datum lag drei Jahre zurück. In diesem Augenblick kam Fazio herein.

»Er hat gegessen und ist eingeschlafen. Was soll ich machen?«

»Lass ihn schlafen«, sagte der Commissario und reichte ihm das Testament.

Fazio las es und verzog den Mund.

»Schaut schlecht aus für Filippo Gambardella«, meinte er dazu.

»Wieso?«

»Damit haben wir das Motiv.«

»Ich heiße Gianni Puccio«, sagte der höfliche, gepflegte Vierzigjährige, der darum gebeten hatte, im Kommissariat empfangen zu werden.

»Angenehm. Sie wünschen?«

»In der Stadt geht das Gerücht um, Sie hätten Filippo Gambardella wegen des Mordes an seinem Vater verhaftet. Stimmt das?«

»Das stimmt nicht«, antwortete Montalbano kühl und unfreundlich.

»Sie haben ihn also wieder auf freien Fuß gesetzt?«

»Nein. Sollten Sie mir nicht vielleicht sagen, warum Sie hergekommen sind, anstatt Fragen zu stellen?«

»Ja, vielleicht«, gab Gianni Puccio ein bisschen eingeschüchtert zu. »Also, gestern Abend gegen halb, Viertel vor neun ist mein Auto – ich bin Handelsvertreter – stehen geblieben, und zwar direkt vor dem Haus von Gambardella, den ich seit Jahren kenne. Seinen Sohn Filippo kenne ich auch. Ich bin ausgestiegen und habe die Motorhaube geöffnet. Da hörte ich die erregte Stimme von Attilio Gambardella. Ich sah nach oben. Attilio stand auf dem Balkon und schrie jemandem auf der Straße zu: ›Lass dich hier nicht mehr blicken! Du kriegst mein Geld erst nach meinem Tod!‹ Dann

ist er wieder reingegangen und hat die Balkontür geschlossen.«
»Haben Sie gesehen, wen er gemeint hat?«
»Natürlich. Seinen Sohn Filippo. Und da es in der Stadt heißt, er hätte ihn nach einem Streit umgebracht, kann ich ehrlich sagen, dass es nicht so war.«
»Sie waren sehr hilfreich, Signor Puccio.«

»Was heißt das schon? Es heißt gar nichts«, sagte Fazio. »Gut, er hat ihn nicht während des Streits getötet, aber danach hat er es getan. Er ist in die Taverne gegangen, hat sich voll laufen lassen, der Wein hat ihm Mut gemacht, er ist wieder zu seinem Vater und hat ihn umgebracht.«
»Du hast dich daran festgebissen, dass er es war, stimmt's?«
»Allerdings!«
»Kann sein. Gallo war bei Minicuzzo, dem Wirt der Taverne, und hat ihn befragt. Er sagt, dass Filippo gegen neun gekommen ist, eine Zwei-Liter-Flasche getrunken hat und wieder gegangen ist, als es noch nicht halb elf war.«
»Eben, das ist es ja. Er hatte alle Zeit der Welt, um wieder zu seinem Vater zu gehen und ihn zu erstechen. Dottor Pasquano hat gesagt, das Verbrechen sei zwischen acht und elf Uhr verübt worden, nicht wahr? Die Rechnung stimmt.«
*»Già.«*
»Sagen Sie mir vielleicht, was Ihnen daran nicht gefällt?«
»Logisch betrachtet gefällt mir die Tatsache nicht, dass er die zwei Millionen nicht mitgenommen hat, die in der Wohnung waren. Er brauchte Geld. Er bringt seinen Vater um. Wenn er schon mal da ist, warum nimmt er dann die zwei Millionen nicht mit? Und wie schafft man es, dreißigmal auf jemanden einzustechen und nicht den kleinsten

Blutfleck an den Kleidern zu haben? Weißt du noch, wie viel Blut in der Küche war?«

»*Dottore mio*, soll das ein Witz sein? Wenn Sie Ihre Zweifel dem Richter erzählen, lacht er Sie doch aus. Die zwei Millionen hat er nicht mitgenommen, weil es kein vorsätzlicher Mord war. Als er gesehen hat, dass sein Vater tot war, und seine Wut, in der er dreißigmal auf ihn eingestochen hat, verraucht war, hat er Angst gekriegt, es wurde ihm mulmig, und er ist abgehauen. Und dann ist er, anders als seine Frau sagt, entweder zu sich nach Hause gegangen und hat seine blutbefleckten Klamotten ausgezogen, oder er hat sich welche von irgendeinem Kumpel aus der Taverne geben lassen und seine eigenen ins Meer geworfen.«

»Du bist also überzeugt, dass Blutflecken an seiner Kleidung waren?«

»Zweifellos.«

»Jetzt hör gut zu, Fazio. Signor Puccio war hier und hat gesagt, dass er Filippo gegen halb, Viertel vor neun vor dem Haus seines Vaters gesehen hat. Da hat Gambardella noch gelebt. Minicuzzo sagt, dass Filippo um neun in die Taverne kam. Wenn er also sofort, nachdem Puccio ihn gesehen hatte, wieder zu seinem Vater gegangen wäre und ihn umgebracht hätte, dann hätte er niemals genug Zeit gehabt, nach Hause zu gehen und sich umzuziehen, wenn er um neun schon bei Minicuzzo war. Klingt das plausibel?«

*»Sissignore.«*

»Das bedeutet also, dass der Mord begangen wurde, nachdem Filippo sich betrunken hatte, richtig? Diese Vermutung hast du selbst angestellt.«

*»Sissignore.«*

»Aber wenn er so vorgegangen ist, dann liegen die Dinge anders. Es handelt sich nicht mehr um ein Tötungsdelikt im Affekt während eines Streits. Die Sache ist geplant und durchdacht. Dann hätten wir aber die zwei Millionen in der Schublade nicht gefunden. Dabei hatte er das allergrößte Interesse, sie verschwinden zu lassen, denn wir hätten zwangsläufig an einen Einbruch gedacht.«

»Wer redet von Einbruch?«, fragte Mimì Augello fröhlich und betrat das Büro seines Chefs.

Montalbano sah ihn grimmig an.

»Mimì, du bist wirklich unmöglich! Du hast dich den ganzen Vormittag noch nicht blicken lassen!«

»Weißt du denn noch gar nichts?«

»Was sollte ich denn wissen?«

»Heute Morgen in aller Frühe«, erklärte Augello geduldig, »hat Commendatore Zuccarello einen Einbruch in seinem Haus angezeigt, in dem Haus am alten Bahnhof. Er und seine Frau hatten bei ihrer Tochter geschlafen, die in Montelusa verheiratet ist. Als sie zurückkamen, bemerkten sie den Schaden. Das Silberzeug und ein paar Schmuckstücke wurden gestohlen. Du warst ja mit der Sache mit Gambardella beschäftigt, da habe ich mich eben darum gekümmert.«

»Wenn die Angelegenheit in deiner Hand liegt, dann können die Diebe ja seelenruhig schlafen, und die Zuccarellos können sich von ihrem Silber verabschieden«, sagte der Commissario dazu nur boshaft.

Nicht sehr elegant ballte Mimì Augello seine rechte Hand zur Faust, winkelte den Arm ab und schlug mit seiner linken kräftig in die Armbeuge.

»*Tiè!* Ich hab den Dieb schon festgenommen.«

»Und wie hast du das gemacht?«

»Salvo, es gibt in ganz Vigàta bloß drei Einbrecher, und jeder arbeitet mit einer speziellen Methode. Du weißt das alles nicht, weil du dich nicht darum kümmerst, dein Hirn beschäftigt sich ja nur mit hoch spekulativen Fragen.«

»Peppe Pignataro, Cocò Foti oder Lillo Seminerio?«, fragte Fazio, der über Leben, Wundertaten und Tod in ganz Vigàta Bescheid wusste.

»Peppe Pignataro«, antwortete Augello. Und dann, an den Commissario gewandt:

»Er will mit dir reden. Er sitzt drüben, in meinem Büro.«

Pignataro – um die fünfzig, klein, hager, ordentlich gekleidet – stand sofort auf, als er den Commissario sah. Dieser schloss die Tür hinter sich und setzte sich auf Mimìs Stuhl.

»Bleib doch sitzen«, sagte er zu dem Einbrecher.

Pignataro verbeugte sich leicht und setzte sich wieder.

»Jedermann weiß, dass man Ihnen vertrauen kann.«

Montalbano sagte nichts und rührte sich nicht.

»Den Einbruch habe ich begangen.«

Montalbano saß so reglos da wie eine Schaufensterpuppe.

»Nur dass Commissario Augello das nicht beweisen kann. Ich habe keine Fingerabdrücke hinterlassen, das Silber und der Schmuck sind in einem sicheren Versteck. Diesmal wird Commissario Augello, mit Verlaub, in die Röhre gucken.«

Zu wem sprach er? Der Commissario war zwar physisch vorhanden, aber er saß da wie ausgestopft.

»Doch wenn Commissario Augello mir im Nacken sitzt, dann kann ich nichts unternehmen, dann kann ich nicht zu den Leuten gehen, zu denen ich gehen muss, damit ich für das Silber und den Schmuck mein Geld kriege. Dabei brauche ich dieses Geld, und zwar dringend. Glauben Sie mir, wenn ich Ihnen etwas sage?«

»Ja.«
»Meine Frau ist todkrank, Sie können sich erkundigen. Die Medikamente, die sie braucht, kriegt sie nicht verschrieben, ich muss sie selber kaufen, und sie kosten ein Schweinegeld.«
»Was willst du?«
»Dass Sie mit Dottor Augello reden, ob er mich nicht vier Wochen lang in Ruhe lassen kann. Ich schwöre, dass ich mich danach stellen werde.«
Sie sahen sich lange an, schweigend.
»Ich werd's versuchen«, sagte Montalbano und erhob sich. Da sprang Peppe Pignataro von seinem Stuhl auf, beugte sich hinunter und versuchte nach Montalbanos Hand zu greifen, um sie zu küssen. Der Commissario wich gerade noch aus.
»Ich möchte Ihnen noch was sagen. Gestern Abend gegen neun bin ich um Zuccarellos Haus herumgeschlichen, um die Lage zu peilen. Ich wusste, dass der Commendatore und seine Frau mit dem Auto weggefahren waren. Gegen elf ist Filippo Gambardella in der Straße aufgetaucht. Ich kenne ihn gut. Er konnte sich kaum auf den Beinen halten, er war stockblau. Und dann konnte er plötzlich keinen Schritt mehr gehen und hat sich vor Zuccarellos Haus auf den Boden gelegt. Er ist eingeschlafen. Er schlief auch noch um vier Uhr morgens, als ich nach dem Einbruch wieder da vorbeikam.«
»Warum erzählst du mir das?«
»Zum Dank. Und um Sie vor einem Fehler zu bewahren. In der Stadt heißt es, Sie hätten Filippo verhaftet, weil er seinen Vater ermordet haben soll, und ich wollte ...«
»Danke«, sagte Montalbano.

»Was machen wir jetzt mit Filippo Gambardella?«
»Lass ihn frei.«
Fazio zögerte, dann breitete er die Arme aus.
»Wie Sie meinen.«
»Ach ja, sag Dottor Augello, er soll zu mir kommen.«
Er brauchte über eine halbe Stunde, um Mimì zu überreden, und Peppe Pignataro bekam einen Monat lang freie Hand. Mittlerweile war es fast zwei Uhr geworden, und der Commissario verspürte plötzlich einen solchen Hunger, dass sich seine Augen trübten.

»Ist drüben Platz?«, fragte Montalbano, als er die Trattoria San Calogero betrat.
»Drüben«, das war ein kleines Zimmerchen mit zwei Tischen.
»Es ist niemand da«, beruhigte ihn der Wirt.
Als *primo* aß er eine üppige Portion *antipasto di gamberetti e purpiteddri in salsetta*, anschließend verschlang er vier *spigole*, die so gigantisch waren, dass man Spezialaugen gebraucht hätte, um sie ganz zu sehen.
»Möchten Sie einen Kaffee?«
»Später. Erst würde ich, wenn es Ihnen nichts ausmacht, gern ein halbes Stündchen schlafen.«
Der Wirt lehnte die Fensterläden an, und der Commissario schlief ein, die Arme auf dem Tisch verschränkt, den Kopf daraufgelegt, im Mund noch den Geschmack des frischen Fisches, in der Nase den Duft der guten Küche, in den Ohren das ferne Geklapper vom Geschirrspülen. Eine geschlagene halbe Stunde später brachte der Wirt ihm den Kaffee, der Commissario machte sich frisch, trocknete sich das Gesicht mit Klopapier ab und machte sich trällernd auf den Weg ins Kommissariat. Außerdem war der Tag zauberhaft schön.

An der Tür erwartete ihn Fazio.
»Was gibt's?«
»Die Witwe Tumminello ist bei mir. Sie will mit Ihnen sprechen, sie wirkt aufgeregt.«
»In Ordnung.«
Er saß kaum an seinem Schreibtisch, als es im Zimmer plötzlich nur noch halb so hell war. Die Witwe füllte mit ihren stattlichen Ausmaßen den ganzen Türrahmen.
»Darf ich eintreten?«
»Aber selbstverständlich!«, sagte der Commissario galant und wies auf einen Stuhl, der gequält knirschte, als die Frau sich niederließ.
Sie saß auf der Kante, Täschchen auf den Knien, die Hände behandschuht.
»Sie müssen mir verzeihen, Signor Commissario, aber wenn ich hier etwas habe …«
Sie führte eine Hand ans Herz.
»… dann habe ich es auch hier.«
Die Hand wanderte zum Mund.
»Und mich freut es, dass Sie es hier ankommen lassen«, sagte der Commissario und fasste sich an die Ohren.
»Stimmt es, dass Sie Filippo heimgeschickt haben?«
»Ja.«
»Und warum?«
»Es gibt keine Beweise.«
»Wie bitte?! Und all das, was ich Ihnen erzählt habe? Der Streit, die Drohungen, der umgekippte Stuhl?«
»Es gibt einen Zeugen, der sagt, dass Signor Gambardella noch gelebt hat, als Filippo das Haus verließ.«
»Und wer ist dieser Saukerl? Bestimmt ein Komplize, ein Freundchen von diesem Vatermörder! Wissen Sie, Commissario, die ganze Stadt ist überzeugt, dass er es war, und

die ganze Stadt wundert sich, dass Sie ihn freigelassen haben!«

»Signora, ich muss mich an die Fakten halten, nicht an das, was geredet wird. Apropos Fakten, wissen Sie, dass ich fest vorhatte, heute Nachmittag zu Ihnen zu kommen?«

Signora Praticò Gesuina, verwitwete Tumminello, die gerade noch so wild gestikuliert hatte, dass die Handtasche zweimal auf den Boden gefallen war, saß plötzlich wie versteinert da. Sie schloss die Augen halb.

»Ach ja? Und was wollen Sie von mir?«

Montalbano öffnete die oberste Schublade des Schreibtisches, holte ein gelbes Kuvert heraus und hielt es der Witwe vor die Nase.

»Ihnen das hier zeigen.«

»Und was ist das?«

»Gambardellas Testament, sein Letzter Wille.«

Die Witwe wurde blass, aber dermaßen blass, dass dem Commissario ihre Haut wie die einer toten Qualle am Strand vorkam.

»Sie haben es gef...«

Sie verstummte und biss sich auf die Lippen.

»*Eh, sì.* Wir hatten mehr Glück als Sie, Signora. Sie haben es bestimmt immer gesucht, sobald Gambardella Ihnen Gelegenheit dazu gab.«

»Was sollte ich denn für ein Interesse daran gehabt haben?«

»Ich weiß nicht, vielleicht waren Sie einfach nur neugierig. Schauen Sie es sich an, erkennen Sie Gambardellas Handschrift?«

Er hielt ihr das Kuvert hin.

»Nach meinem Tod zu öffnen«, buchstabierte die Frau und fügte hinzu: »Es ist seine Handschrift.«

»Sie wären überrascht gewesen, wenn Sie das Testament gefunden hätten. Soll ich es Ihnen vorlesen?«

Er zog das Blatt langsam heraus, und noch langsamer las er, fast Silbe für Silbe:

»›Vigàta, ich, der Unterzeichnete Gambardella Attilio, im Vollbesitz meiner geistigen Kräfte, wünsche, dass nach meinem Tod meine sämtlichen beweglichen und unbeweglichen Güter an Signora Gesuina Praticò, verwitwete Tumminello, gehen, die mir jahrelang eine treu ergebene Freundin war. Mein Sohn Filippo betrachte sich hiermit als enterbt. Hochachtungsvoll verbleibe ich …‹«

Der Freudenschrei der Witwe war so laut, dass er einige verheerende Folgen nach sich zog, unter anderem verbrannte sich Catarella an seinem kochend heißen Kaffee; Galluzzo ließ eine Schreibmaschine auf den Boden fallen, die er gerade von einem Zimmer in ein anderes tragen wollte; Miliuzzo Conti, der als mutmaßlicher Dieb von Autoradios festgenommen worden war, glaubte, im Kommissariat habe man die Folter eingeführt (er hatte am Abend zuvor einen Film über Nazis gesehen), und machte einen verzweifelten Fluchtversuch, der mit dem Verlust seiner sämtlichen Schneidezähne endete.

Montalbano war zwar darauf gefasst gewesen, war aber trotzdem ganz betäubt. Inzwischen war die Witwe aufgestanden und tanzte, wobei sie mal auf dem einen, mal auf dem anderen Fuß hin- und herschwankte. Fazio, der sogleich herbeigeeilt war, sah sie mit offenem Mund an.

»Hol ihr ein Glas Wasser.«

Fazio war sofort zurück, doch die Witwe schien das Glas gar nicht zu sehen, das er ihr, ihrem Tanzschritt folgend, ständig vor den Mund hielt. Schließlich bemerkte sie es und trank es in einem Zug leer. Dann setzte sie sich wieder hin. Sie war blau angelaufen und schweißgebadet.

»Lesen Sie selbst«, sagte der Commissario und reichte ihr das Blatt.

Sie nahm es, las es, warf es von sich, wurde wieder blass, erhob sich und wich zurück, den Blick starr auf dieses Stück Papier geheftet. Schwer atmend hatte sie eine Hand an ihren Hals gelegt, sie zitterte. Der Commissario stellte sich vor sie hin.

»Sie haben gehört, was Gambardella zu seinem Sohn gesagt hat ... dass er bei seinem Tod alles erben würde ... da sind Sie zu ihm gegangen und haben eine Erklärung verlangt ... weil er das Erbe doch Ihnen versprochen hatte ...«

»Immer hat er das gesagt«, keuchte die Witwe, »immer wieder hat er es gesagt, dieses Schwein ... meine Gesuinuzza, du erbst einmal alles ... und jetzt nimm ihn da, tu ihn dir da rein ... ein Schwein war er, eine Sau ... er wollte immer, dass ich unanständige Sachen mit ihm mache ... es hat ihm nicht gereicht, dass ich seine Dienerin war ... Und gestern Abend hat er die Frechheit besessen, mir zu sagen, dass er alles seinem Sohn vererbt, diesem Schuft ... Einer wie der andere, der Vater und der Sohn, zwei widerliche Dreckskerle, die ...«

»Kümmer du dich drum«, sagte der Commissario zu Fazio.

Er musste unbedingt einen Spaziergang auf der Mole machen, er brauchte gute Luft, Meerluft.

*Anmerkung des Autors*

Diese dreißig Erzählungen wurden zwischen dem 1. Dezember 1996 und dem 30. Januar 1998 geschrieben. Zu »Der Reisegefährte« wurde ich vom »Noir in festival« in Courmayeur angeregt. Die Geschichte ist im Mai 1997 in der Zeitschrift »Sintesi« erschienen. »Das Wunder von Triest« schrieb ich auf Einladung meines Freundes Piero Spirito aus Triest für die Veranstaltung »Piazza Gutenberg«, die Erzählung ist in dem Bändchen *Raccontare Trieste* erschienen (Juni 1997). »Der Vertrag« schrieb ich, weil ich auf den Geschmack gekommen war. Die Geschichte erschien in »La grotta della vipera« in Cagliari im Herbst/Winter 1997. Die anderen siebenundzwanzig Erzählungen sind bisher unveröffentlicht. Die dreißig Geschichten, in die Commissario Montalbano verwickelt ist, beruhen (zum Glück) nicht alle auf Bluttaten: Es geht auch um Diebstahl ohne Diebstahl, um eheliche Untreue, um Ermittlungen mit Hilfe der Erinnerung. Und nicht alle Geschichten spielen in Vigàta, einige stammen sogar aus den Anfangszeiten der beruflichen Laufbahn des Commissario.

Es ist nützlich (und unnütz zugleich), zu wiederholen, dass Orte und Namen samt und sonders erfunden sind. Sollte sich jemand über die eine oder andere zufällige Übereinstimmung beschweren, so möchte ich daran erinnern, dass das Leben selbst (das der Fantasie in Sachen Erfindungsgabe weit überlegen ist) auch nur ein reiner Zufall ist.

## *Anmerkungen der Übersetzerin*

*Arma:* Carabinieri

*Avanguardista:* Kinder zwischen elf und fünfzehn Jahren in der faschistischen Jugendorganisation

*Benemerita:* Carabinieri

*Mike Bongiorno:* Showmaster

*Consorzio Agrario:* landwirtschaftliche Genossenschaft

*Contrada:* Ortsteil

*ENI:* Ente Nazionale Idrocarburi, halbstaatlicher Energiekonzern

*Alberto da Giussano:* lombardischer Condottiere, der gegen Friedrich Barbarossa kämpfte. Milanesi, fratelli, popol mio = Mailänder, Brüder, mein Volk (nach einem Gedicht von Giosuè Carducci, 1835 – 1907)

*Guardia di Finanza:* Steuerpolizei

*Hirtenkönige:* in der griechischen Mythologie die Herrscher kleiner Königreiche, deren Macht auf ihrem Viehreichtum gründete

*Carlo Lombroso:* im neunzehnten Jahrhundert der Verfasser eines Lehrbuches, demzufolge die Veranlagung eines Verbrechers in seinen Gesichtszügen zu erkennen ist

*Napoletana:* klassische Espressomaschine

*Luigi Pirandello:* (1867 – 1937) Im Werk des sizilianischen Schriftstellers spielt das Motiv der Rollenverdoppelung beziehungsweise Bewusstseinsspaltung eine große Rolle

*Pizzo:* Schutzgeld

*Scippo:* Handtaschendiebstahl vom Motorrad aus, der Täter ist der *scippatore*

*Tressette e briscola:* Kartenspiel

## *Im Text erwähnte kulinarische Köstlichkeiten*

*Antipasto di gamberetti e purpiteddri in salsetta:* Vorspeise von Garnelen und Tintenfischen

*Brioscia:* Brioche

*Brusciuluni:* Rollbraten mit hartem Ei, Salami und Pecorino-Stückchen

*Càlia e simenza:* geröstete Kichererbsen, Erdnüsse und Kürbiskerne

*Cannoli:* mit einer süßen Creme aus Schafsricotta gefüllte Röllchen

*Gelato di Cassata:* Eistorte

*Chiapparina:* Kapern

*Granita di caffè:* Eisspeise aus Kaffee

*Granita di limone:* Eisspeise aus Zitronensaft

*Guatti sfilettati:* Grundelfilets

*Malalía d'amuri:* Suppe aus Schweinefleisch (Lunge, Leber, Milz und mageres Fleisch)

*Menta:* eisgekühltes Minzgetränk

*Misto di pesce alla griglia:* Grillplatte mit verschiedenen Fischen

*Pasta 'ncasciata:* Makkaroniauflauf mit Auberginen

*Polipi alla napoletana:* Tintenfisch mit Knoblauch, Öl, Tomaten, Pinienkernen, schwarzen Oliven, Petersilie, Sultaninen, dazu geröstete Brotscheiben

*Sarde a beccafico:* gefüllte Sardinen

*Spigola:* Seebarsch

*Tagliolini all'astice:* schmale Bandnudeln mit Hummer

*Triglie col sughetto:* Meerbarben mit feiner Tomatensauce

Andrea Camilleri

# Die Nacht des einsamen Träumers

Aus dem Italienischen von
Christiane von Bechtolsheim

BLT

## *Die Generalprobe*

Die Nacht war wirklich schlimm, wütende Windstöße wechselten sich mit so tückischen Regengüssen ab, dass man meinen konnte, sie wollten die Dächer durchbohren. Montalbano war gerade erst nach Hause gekommen, er war müde von einem Tag harter Arbeit, die vor allem für den Kopf anstrengend gewesen war. Er öffnete die Glastür, die auf die kleine Veranda hinausführte: Das Meer hatte den Strand verschlungen und berührte fast das Haus. Nein, das war nichts für ihn, er ging am besten unter die Dusche und legte sich mit einem Buch ins Bett. Schon, aber mit welchem? Die Auswahl eines Buches, mit dem er, das Bett und die letzten Gedanken teilend, die Nacht verbrachte, konnte bei ihm eine ganze Stunde dauern. Zuerst musste er sich für das Genre entscheiden, das am besten zur Stimmung des Abends passte. Ein Essay über die Ereignisse des Jahrhunderts? Vorsicht: Bei dieser Mode, historische Fakten in Frage zu stellen, konnte man leicht an einen Essay geraten, der einem weismachen wollte, Hitler sei in Wirklichkeit von den Juden bezahlt worden, damit er sie zu von aller Welt bemitleideten Opfern machte. Dann ärgerte man sich und tat kein Auge zu. Ein Krimi? Ja, aber was für einer? Vielleicht passte zu dieser Gelegenheit einer jener englischen Krimis, die vorzugsweise von Frauen geschrieben sind und nur aus verworrenen Gemütszuständen bestehen, einen aber nach drei Seiten langweilen. Er streckte die Hand aus, um einen Krimi herauszunehmen, den er noch nicht gelesen hatte, und in diesem Augenblick klingelte das Telefon. Himmel! Er hatte vergessen, Livia anzurufen. Bestimmt war sie das, die besorgt anrief. Er nahm den Hörer ab.

»*Pronto?* Ist das bei Commissario Montalbano?«

»Ja, wer ist da?«

»Genco Orazio.«

Was wollte denn Orazio Genco, der fast siebzigjährige Einbrecher? Montalbano mochte den Einbrecher, der noch nie in seinem Leben gewalttätig geworden war, und dieser spürte die Sympathie.

»Was gibt's, Orà?«

»Ich muss mit Ihnen reden, Dottore.«

»Ist es was Schlimmes?«

»Dottore, ich weiß nicht, wie ich das erklären soll. Es ist was Merkwürdiges, es kommt mir komisch vor. Aber Sie sollten es wissen.«

»Willst du zu mir kommen?«

»*Sissi.*«

»Wie denn?«

»Mit dem Fahrrad.«

»Mit dem Fahrrad? Abgesehen davon, dass du eine Lungenentzündung kriegst, kommst du erst morgen früh an.«

»Wie machen wir es dann?«

»Von wo rufst du denn an?«

»Aus der Telefonzelle beim Gefallenendenkmal.«

»Warte dort auf mich, dann wirst du wenigstens nicht nass.

Ich fahre sofort los, in einer Viertelstunde bin ich da. Bis gleich.«

Er kam etwas später an als geplant, weil er, bevor er losgefahren war, die gute Idee gehabt hatte, eine Thermoskanne mit heißem Kaffee zu füllen. Als Orazio Genco neben dem Commissario im Auto saß, trank er einen ganzen Plastikbecher.

»Ich hab so gefroren.«

Glücklich schnalzte er mit der Zunge.

»Jetzt eine schöne Zigarette, das wär's.«

Montalbano reichte ihm das Päckchen und gab ihm Feuer.

»Brauchst du sonst noch was? Orà, hast du mich herfahren lassen, weil du Lust auf einen Kaffee und eine Zigarette hattest?«

»Commissà, ich bin heute Nacht wo eingebrochen.«

»Dann nehme ich dich fest.«

»Commissà, ich meine: Ich hatte die Absicht, heute Nacht einzubrechen.«

»Hast du's dir anders überlegt?«

»*Sissi.*«

»Und warum?«

»Ich erzähl's Ihnen. Bis vor ein paar Jahren hab ich in den Ferienhäusern an der Küste gearbeitet, wenn die Besitzer wieder weg waren, weil das Wetter schlecht wurde. Das ist jetzt anders.«

»Inwiefern?«

»Die Häuser sind nicht mehr unbewohnt. Jetzt bleiben die Leute auch im Winter da, mit dem Auto können sie ja überall hinfahren. Da kommt es für mich auf dasselbe raus, ob ich in der Stadt oder in den Ferienhäusern einbreche.«

»Und wo warst du heute Nacht?«

»Hier, in der Stadt. Kennen Sie die Autowerkstatt von Giugiù Loreto?«

»Die an der Straße nach Villaseta? Ja.«

»Direkt über der Werkstatt sind zwei Wohnungen.«

»Aber da wohnen arme Leute! Was willst du denn da klauen? Einen kaputten Schwarzweißfernseher?«

»Commissà, Entschuldigung. Aber wissen Sie, wer in einer der beiden Wohnungen wohnt? Da wohnt Tanino Bracceri. Und den kennen Sie bestimmt.«

Und ob er Tanino Bracceri kannte! Ein fünfzigjähriger Mann, der aus nichts als hundert Kilo Scheiße und ranzigem Speck bestand, verglichen mit ihm wirkte ein schlachtreif gemästetes Schwein richtig adrett, wie ein Mannequin. Ein widerlicher Wucherer, von dem es hieß, er lasse sich manchmal in Naturalien bezahlen, Mädchen oder Buben, das Geschlecht spiele keine Rolle, unglückliche Kinder seiner Opfer. Montalbano war es bisher nicht gelungen, ihm das Handwerk zu legen, was er zu gern getan hätte, doch es hatte nie konkrete Anzeigen gegeben. Die Idee von Orazio Genco, bei Tanino Bracceri einzubrechen, fand die uneingeschränkte Zustimmung des Hüters von Gesetz und Ordnung Commissario Dottor Salvo Montalbano.

»Und warum hast du es nicht getan? Wenn du es getan hättest, hätte ich dich vielleicht nicht festgenommen.«

»Ich wusste, dass Tanino jeden Abend Punkt zehn ins Bett geht. In der anderen Wohnung, auf derselben Etage, wohnt ein altes Paar, das man nie in der Stadt sieht. Sie leben sehr zurückgezogen. Zwei Rentner, Mann und Frau. Di Giovanni heißen sie. Das war also eine sichere Sache, auch weil ich wusste, dass Tanino sich mit Schlaftabletten voll stopft, um schlafen zu können. Ich kam an der Autowerkstatt an, habe ein bisschen gewartet, bei dem Wetter ist kein Mensch vorbeigekommen, ich habe die Haustür neben der Werkstatt geöffnet und bin schnell reingegangen. Im Treppenhaus war es dunkel. Ich hab die Taschenlampe angemacht und bin ganz langsam rauf. Auf dem Treppenabsatz hab ich mein Werkzeug rausgeholt. Da hab ich gesehen, dass die Tür bei den Di Giovannis nur angelehnt war. Ich hab gedacht, die beiden Alten hätten vergessen, sie zuzumachen. Das war mir gar nicht recht, bei der offenen Tür hätten die vielleicht was gehört. Also bin ich an die Tür gegangen, ich wollte sie vorsichtig zumachen. An der Tür hing ein Papier, es sah aus wie so ein Zettel, auf dem ›bin gleich zurück‹ oder so was steht.«

»Und was stand auf diesem Zettel?«

»Ich weiß nicht mehr. Ich erinnere mich nur an ein Wort: General.«

»Der Mann, der da wohnt, Di Giovanni, ist der ein General?«

»Keine Ahnung, kann sein.«

»Und dann?«

»Ich wollte schon ganz vorsichtig zumachen, aber die halb offene Tür war zu verlockend. In der Diele war es dunkel, im Wohn- und im Esszimmer auch. Aber im Schlafzimmer war Licht. Ich bin an die Tür gegangen, da hat mich fast der Schlag getroffen. Auf dem Ehebett lag, im Sonntagsstaat, eine Tote, eine alte Frau.«

»Woran hast du gesehen, dass sie tot war?«

»Commissà, die hatte ihre Hände auf der Brust, und jemand hatte ihr einen Rosenkranz um die Finger gewickelt, und dann war noch ein Taschentuch um ihren Kopf geknotet, damit der Mund zubleibt. Ihre Augen waren geschlossen. Aber das Beste kommt erst. Am Fuß des Bettes stand ein Stuhl, und da saß ein Mann mit dem Rücken zu mir. Er hat geweint, der Ärmste. Das muss ihr Mann gewesen sein.«

»Orà, da hast du eben Pech gehabt. Der hat Totenwache bei seiner Frau gehalten.«

»Klar. Doch dann hat er plötzlich was genommen, was er auf dem Schoß hatte, und hat es an den Kopf gehalten. Das war ein Revolver, Commissario.«

»O Gott. Und du, was hast du gemacht?«

»Ich wusste nicht, was ich davon halten sollte, aber da hat der Mann es zum Glück anscheinend bereut, er hat die Hand mit der Waffe fallen lassen, vielleicht hat ihm im letzten Moment der Mut gefehlt. Da bin ich umgekehrt, ohne mich bemerkbar zu machen, ich bin wieder in die Diele und raus aus der Wohnung und habe dabei die Tür so laut zugeknallt, dass es wie Kanonendonner klang. Damit der Mann eine Weile nicht daran denkt, sich umzubringen. Dann hab ich Sie angerufen.«

Montalbano sagte zuerst nichts, er dachte nach. Möglicherweise hatte sich der Witwer inzwischen erschossen. Oder er saß noch da, unschlüssig, ob er am Leben bleiben oder Schluss machen sollte. Der Commissario traf eine Entscheidung. Er startete den Wagen.

»Wo fahren wir hin?«, fragte Orazio Genco.

»Zur Werkstatt von Giugiù Loreto. Wo hast du dein Fahrrad abgestellt?«
»Keine Sorge, es ist an einem Pfosten angekettet.«
Montalbano hielt vor der Werkstatt.
»Hast du selber die Haustür zugemacht?«
»*Sissi*, bevor ich Sie angerufen hab.«
»Siehst du irgendwo Licht in einem Fenster?«
»Nein, ich sehe nichts.«
»Hör zu, Orà: Du steigst aus, öffnest die Haustür, gehst rein und siehst nach, was in dem Haus los ist. Du darfst dich nicht bemerkbar machen, was auch immer du siehst.«
»Und Sie?«
»Ich stehe Schmiere.«
Vor lauter Lachen bekam Orazio einen Hustenanfall. Als er sich beruhigt hatte, stieg er aus dem Auto, überquerte die Straße, öffnete rasch die Haustür und zog sie hinter sich zu. Es regnete nicht mehr, dafür war der Wind stärker geworden. Der Commissario steckte sich eine Zigarette an. Keine zehn Minuten später erschien Orazio Genco wieder, zog die Haustür zu, rannte über die Straße, öffnete die Wagentür und stieg ein. Er zitterte, aber nicht vor Kälte.
»Los, fahren wir.«
Montalbano gehorchte.
»Was hast du?«
»Ich bin so erschrocken.«
»Red schon!«
»Die Tür war zu, ich hab sie aufgemacht und …«
»War der Zettel noch da?«

»*Sissi.* Ich bin reingegangen. Alles war wie vorher, das Licht im Schlafzimmer war noch an. Dann bin ich näher hingegangen … Commissà, die Tote war nicht tot!«

»Was sagst du da?!«

»Was ich gerade gesagt habe. Der Tote war er, der General. Er lag auf dem Bett wie vorher seine Frau, mit Rosenkranz und Taschentuch.«

»Hast du Blut gesehen?«

»*Nonsi*, das Gesicht des Toten hat sauber ausgesehen.«

»Und seine Frau, die ehemalige Tote, was hat die gemacht?«

»Sie saß auf dem Stuhl am Fuß des Bettes und hielt sich weinend eine Pistole an den Kopf.«

»Orà, du machst doch keinen Witz, oder?«

»Commissà, warum sollte ich?«

»Komm, ich fahr dich nach Hause. Lass das Fahrrad stehen, es ist kalt.«

Dürfen zwei alte Leute, Mann und Frau, nachts in ihrer Wohnung tun und lassen, was ihnen in den Sinn kommt? Sich als Indianer verkleiden, auf allen vieren krabbeln, sich kopfüber an die Decke hängen? Natürlich dürfen sie das. Und nun? Wenn Orazio Genco keine Skrupel bekommen hätte, dann hätte er, Montalbano, von dieser ganzen Geschichte nichts erfahren und seelenruhig die drei Stunden, die ihm noch blieben, geschlafen, anstatt sich jetzt, fluchend und immer nervöser, im Bett herumzuwälzen. Da war nichts zu wollen: Er verhielt sich bei einer Geschichte, an der etwas faul war, wie Orazio Genco vor einer halb offenen Tür, er musste einfach hineingehen, das Wie und

Warum herausfinden. Was hatte diese Art Zeremonie zu bedeuten?

»Fazio! Sofort zu mir, schnell!«, rief Montalbano, als er ins Büro kam. Der Morgen war noch schlimmer als die Nacht, scheußlich und kalt.
»Dottore, Fazio ist nicht da«, sagte Gallo, der ihm entgegenkam.
»Und wo ist er?«
»Heute Nacht hat es einen Schusswechsel gegeben, einer von den Sinagras wurde getötet. Das war vorauszusehen, Sie kennen das ja: einmal einer von der einen Familie, das nächste Mal einer von der anderen.«
»Ist Augello mit Fazio unterwegs?«
»*Sissi*. Hier sind ich, Galluzzo und Catarella.«
»Sag mal, Gallo, weißt du, wo die Werkstatt von Giugiù Loreto ist?«
»*Sissignore*.«
»Über der Werkstatt sind zwei Wohnungen. In einer wohnt Tanino Bracceri, in der anderen ein altes Ehepaar. Ich will alles über die beiden wissen. Fahr sofort los.«

»Also, Dottore. Er heißt Di Giovanni Andrea, vierundachtzig Jahre alt, pensioniert, geboren in Vigàta. Sie heißt Zaccaria Emanuela, geboren in Rom, zweiundachtzig Jahre alt, pensioniert. Sie haben keine Kinder. Sie leben zurückgezogen, aber es geht ihnen wohl nicht schlecht, denn das ganze Haus gehört Di Giovanni, sein Vater hat es ihm hinterlassen. Er hat eine Wohnung an Tanino Bracceri verkauft, behalten hat er die, in der er wohnt, und die Werkstatt, die er an Giugiù Loreto vermietet. Früher haben sie in Rom gelebt, vor etwa fünfzehn Jahren sind sie hierher gezogen.«

»War er General?«

»Wer?«

»Wie, wer? Dieser Di Giovanni, war der General?«

»Aber nein! Sie waren Schauspieler, beide, der Mann und die Frau. Giugiù hat gesagt, dass ihr Wohnzimmer voller Theater- und Kinofotos hängt. Sie haben Giugiù erzählt, sie hätten mit den größten Schauspielern gearbeitet, aber immer als, warten Sie, ich muss erst nachschauen, ich hab's mir aufgeschrieben, da, als Charakterdarsteller.«

Anscheinend wollten sie in Übung bleiben. Oder sie gingen noch mal alte Szenen durch, die sie wer weiß wann gespielt hatten. Vielleicht spielten sie die Szene nach, die den größten Erfolg in ihrer ganzen Karriere gehabt hatte, die Szene, für die sie am meisten Applaus bekommen hatten... Ach was. Das konnte nicht sein: Der Rollentausch ergab keinen Sinn. Doch eine Erklärung musste es geben, und Montalbano wollte sie haben. Wenn er sich in etwas festbiss, war nichts zu wollen. Er musste sich einen Vorwand einfallen lassen, um mit dem Ehepaar Di Giovanni sprechen zu können.

Die Tür schlug heftig gegen die Wand, der Commissario sprang auf und bezwang seine überwältigende Mordlust nur mühsam.

»Catarè, ich hab dir tausendmal gesagt...«

»Ich bitte um Verzeihung, Dottori, aber die Hand ist mir ausgerutscht.«
»Was ist denn?«
»Dottori, Genco Orazio ist da, der Einbrecher, der sagt, dass er ganz persönlich mit Ihnen selber reden will. Vielleicht will er ja was gestellen.«
»Gestehen, Catarè. Lass ihn rein.«
»Wissen Sie, dass ich heute Nacht nicht geschlafen hab?«, sagte Orazio Genco, als er eintrat.
»Ich auch nicht, wenn es darum geht. Was willst du?«
»Commissà, vor einer halben Stunde hab ich Kaffee getrunken mit einem Freund, den die Arma festgenommen hat und der drei Jahre gesessen hat. Er hat gesagt: ›Ohne Beweise haben sie mich eingelocht! *Senza prove*, ohne Beweise!‹ Und bei dem Wort *prove* ist mir eingefallen, was auf dem Zettel stand, der bei dem alten Ehepaar an der Tür hing. Jetzt weiß ich's wieder ganz genau, da stand: ›*Prova generale*, Generalprobe‹. Deshalb hab ich gedacht, er wär ein General.«
Der Commissario dankte Orazio Genco, der wieder ging. Nach einer Weile erschien Fazio.
»Dottore, Sie wollten mich heute Morgen sprechen?«
»Ja. Du warst mit Mimì wegen diesem Mord unterwegs. Ich möchte nur eines wissen: Warum habt ihr euch nicht dazu herabgelassen, weder du noch Dottor Augello, mich zu informieren, dass es einen Toten gegeben hat?«
»Dottore, was sagen Sie da? Wissen Sie, wie oft wir bei Ihnen in Marinella angerufen haben? Aber Sie haben nie abgenommen. Hatten Sie vielleicht das Telefon ausgesteckt?«

Nein, er hatte das Telefon nicht ausgesteckt. Er war außer Haus gewesen, um für einen Einbrecher Schmiere zu stehen.
»Erzähl mir von diesem Mord, Fazio.«

Das Mordopfer beschäftigte ihn bis fünf Uhr nachmittags. Dann fiel ihm plötzlich die Geschichte mit den Di Giovannis wieder ein. Und machte ihm Sorgen. Sie hatten an die Tür geschrieben, dass sie eine Generalprobe abhielten. Und das bedeutete, dass am nächsten Tag die Theatervorstellung stattfand. Was war für die Di Giovannis die Theatervorstellung? Vielleicht die Ausführung dessen, was sie in der Nacht zuvor geprobt hatten, nämlich ein echter Tod und ein echter Selbstmord? Beunruhigt griff er nach dem Telefonbuch.
»*Pronto*, ist das bei Di Giovanni? Ich bin Commissario Montalbano.«
»Ja, ich bin Andrea Di Giovanni, worum geht es?«
»Ich würde gern mit Ihnen sprechen.«
»Was sind Sie denn für ein Kommissar?«
»Kriminalkommissar.«
»Ah. Und was will die Polizei von mir?«
»Gar nichts Besonderes. Es handelt sich um ein ganz persönliches Interesse.«
»Woran denn?«
Da hatte er eine Idee.
»Ich habe ganz zufällig erfahren, dass Sie beide Schauspieler waren.«
»Das stimmt.«
»Nun, ich liebe das Theater und das Kino. Ich wüsste gern...«

»Dann seien Sie mir willkommen, Commissario. In dieser Stadt gibt es keinen Menschen, keinen einzigen, der etwas vom Theater versteht.«
»Ich bin spätestens in einer Stunde bei Ihnen, geht das?«
»Wann immer Sie wollen.«

Sie sah aus wie ein nacktes Vögelchen, das aus dem Nest geplumpst ist, er wie ein halb blinder Bernhardiner, dem die Haare ausgefallen sind. Die Wohnung war blitzblank und tipptopp aufgeräumt. Sie boten ihm einen kleinen Sessel an, sie selbst setzten sich ganz nah nebeneinander auf das Sofa, wie sie sonst vor dem Fernseher saßen, der gegenüberstand. Montalbano sah sich sehr interessiert eines der hundert Fotos an, die die Wände bedeckten, und sagte: »Ist das nicht Ruggero Ruggeri in Pirandellos *Das Vergnügen, anständig zu sein*?« Und das löste eine Lawine von Namen und Titeln aus: Sem Benelli und *Das Mahl der Spötter*, wieder Pirandello und *Sechs Personen suchen einen Autor*, Ugo Betti und *Korruption im Justizpalast*, und dazwischen Ruggeri, Ricci, Maltagliati, Cervi, Melnati, Viarisio, Besozzi ... Sie redeten eine gute Stunde lang auf ihn ein, Montalbano war am Ende ganz benommen, die beiden alten Schauspieler blühten auf und waren glückselig. Dann kam eine Pause, und der Commissario nahm gern ein Glas von dem Whisky an, den Signor Di Giovanni zur Feier des Tages anscheinend rasch gekauft hatte. Als sie das Gespräch wieder aufnahmen, ging es ums Kino, von dem die beiden alten Leute nicht viel hielten. Und noch weniger vom Fernsehen:
»Sie wissen doch, Commissario, was da für Sendungen

kommen. Schlager und Shows. Wenn sie alle Jubeljahre mal ein Theaterstück zeigen, ist es zum Heulen.«

Jetzt war das Thema Theater erschöpft, und Montalbano musste unbedingt die Frage stellen, derentwegen er diese Wohnung betreten hatte.

»Gestern Nacht«, sagte er lächelnd, »war ich hier.«

»Wo, hier?«

»Auf Ihrem Treppenabsatz. Signor Bracceri hatte mich in einer Angelegenheit angerufen, die sich dann als bedeutungslos erwies. Sie hatten vergessen, Ihre Tür zu schließen, und ich habe mir erlaubt, sie zuzumachen.«

»Ach, Sie waren das.«

»Ja, und ich möchte mich entschuldigen, wenn ich vielleicht zu laut war. Doch da war etwas, was meine Neugier geweckt hat. An Ihre Tür war, ich glaube mit einem Reißnagel, ein Blatt Papier geheftet, auf dem ›Generalprobe‹ stand.«

Er lächelte und gab sich zerstreut.

»Was haben Sie denn Schönes geprobt?«

Die beiden wurden plötzlich ernst und rückten noch näher aneinander; mit einer selbstverständlichen, tausendmal wiederholten Geste fassten sie sich an den Händen und sahen sich an. Dann sagte Andrea Di Giovanni:

»Unseren Tod haben wir geprobt.«

Und während Montalbano wie versteinert dasaß, fügte er hinzu:

»Aber das ist kein Theaterstück, leider.«

Und dann sprach sie.

»Als wir heirateten, war ich neunzehn und er zweiundzwanzig Jahre alt. Wir waren immer zusammen, wir haben nie Engagements in zwei verschiedenen Theatertruppen angenommen und deshalb manchmal Hunger gelitten. Als wir dann zu alt zum Arbeiten waren, haben wir uns hierher zurückgezogen.«

Er fuhr fort.

»Seit einiger Zeit haben wir Beschwerden. Das ist das Alter, sagten wir uns. Dann haben wir uns untersuchen lassen. Unsere Herzen sind kaputt. Die Trennung wird plötzlich und unvermeidbar sein. So fingen wir an zu proben. Wer zuerst stirbt, wird im Jenseits nicht allein bleiben.«

»Eine Gnade wäre es, gemeinsam zu sterben, im selben Augenblick«, sagte sie. »Doch das wird uns wohl kaum vergönnt sein.«

Sie irrte. Acht Monate später las Montalbano eine Zeitungsnotiz. Sie war friedlich im Schlaf gestorben, und er wollte, als er es beim Aufwachen merkte, ans Telefon stürzen, um Hilfe zu holen. Doch auf halbem Weg zwischen Bett und Telefon hatte sein Herz versagt.

## *Die arme Maria Castellino*

»Spreche ich mit Bonchidassa? Hä? Ist da Bonchidassa? Sind Sie das ganz persönlich selber, Dottori?«

»Ja, Catarè, ich bin's persönlich.«

Catarellas Stimme klang sehr fern, es war kaum zu verstehen, was er sagte.

»Von wo rufst du an?«

»Ist doch klar, von wo ich anrufe, Dottori. Von Vigàta ruf ich an.«

»Ja, aber warum redest du so?«

»Ich hab mir ein Taschentuch in den Mund gesteckt, Dottori.«

»Wozu denn?«

»Damit die anderen mich nicht hören. Fazio hat mir befohlen, dass ich nur mit Ihnen allein telefonieren darf.«

»Also gut, was gibt's denn?«

»Da hat einer eine Hure umgebracht.«

»Habt ihr ihn festgenommen?«

»Wen?«

»Den, der die Hure umgebracht hat.«

»*Nonsi*, Dottori, wir wissen ja nicht, wer es war. Ich hab gesagt, dass es einer war, weil die Hure erwürgt worden ist, es war also einer. Logisch, oder?«

»Einverstanden. Was will Fazio denn von mir?«

»Fazio sagt, dass der Dottori Augello das mit dem Mord nicht kapiert. Und es kann sein, dass die *carrabbinera* vor uns da sind. Er sagt, dass Sie schnell nach Vigàta kommen sollen. Fazio hat sogar was gesagt, was ich Ihnen nicht sagen kann.«
»Sag's trotzdem.«
»Er hat gesagt, dass wir hier in der Scheiße stecken und Sie sich in Bonchidassa, mit Verlaub, Dottori, derweil einen runterholen.«
»Schon gut, Catarè, richte Fazio aus, dass ich so schnell wie möglich komme.«

Er leistete Fazios Aufforderung eine knappe Stunde lang Widerstand. Dann zog er sich an und verließ das Haus. Als er zurückkam, hatte er das Flugticket für den folgenden Tag in der Tasche, Abflug zwölf Uhr mittags. Livias gefürchtete Rückkehr erfolgte pünktlich um achtzehn Uhr. Als sie ihn sah, schlang sie die Arme um seinen Hals.
»Ach, Salvo, du weißt gar nicht, wie schön es ist, nach Hause zu kommen und dich hier zu haben!«
Wann sollte er ihr sagen, dass er beschlossen hatte, das Ende seiner Ferien in Boccadasse-Genua um zwei Tage vorzuverlegen? Vor oder nach dem Abendessen? Er entschied sich für danach, auch weil sie beschlossen hatten, in einem Restaurant zu essen, wo man den Fisch so zubereitete, wie der Fisch selbst zubereitet zu werden wünschte. Während sie auf die Rechnung warteten, sagte Livia etwas, das, wie Montalbano klar war, die Situation deutlich verschlimmern würde.
»Weißt du was, Liebling, wir müssen morgen sehr früh aufstehen.«

»Warum?«

»Weil wir den Tag in Laigueglia verbringen, bei meiner Freundin Dora, du kennst sie nicht, aber du wirst sie sicher mögen…«

»Wo ist denn Laigueglia?«

»Bei Savona. Der Strand ist praktisch die Fortsetzung des Strandes von Alassio. Einfach entzückend. Und dann gibt es da ein Dorf, das der Norweger gekauft hat…«

»Welcher Norweger?«

»Der mit so einer Art Floß den…«

»Thor Heyerdahl mit der *Kon Tiki*.«

»Genau. Es heißt Colla Micheri.«

»Was?«

»Das kleine Dorf, das der Norweger gekauft hat. Was hast du?«

»Ich?«

»Ja, du. Was hast du?«

»Nichts. Was soll ich denn haben?«

»Komm, Salvo. Ich kenne dich doch. Du hörst mir gar nicht zu.«

Montalbano holte tief Luft, wie jemand, der ins Wasser springen will.

»Morgen fahre ich.«

Zuerst lächelte Livia noch, vollkommen überrascht.

»Ach ja? Und wohin?«

»Zurück nach Vigàta.«

»Aber du hast doch gesagt, dass du bis Montag bleibst«, sagte sie, während ihr Lächeln langsam wie ein Streichholz verlosch.

»Das Problem ist, dass…«

»Das interessiert mich nicht.«

Sie stand auf, nahm ihre Handtasche und verließ das Restaurant. Montalbano zahlte sofort und folgte ihr. Livias Auto stand nicht mehr auf dem Parkplatz.

Er fuhr mit dem Taxi nach Hause, Gott sei Dank hatte er einen Zweitschlüssel, denn Livia hätte ihm todsicher nicht geöffnet. Wie sie ihm auch die Schlafzimmertür nicht öffnete und auf sein Rufen nicht reagierte. Bedrückt zog er sich aus und legte sich in dem kleinen Wohnzimmer aufs Sofa. Er konnte nicht einschlafen und wälzte sich von einer Seite auf die andere. Gegen fünf Uhr morgens hörte er, wie die Schlafzimmertür aufging und Livia sagte:

»Komm ins Bett, du Idiot.«

Er beeilte sich. Ein bisschen, weil er Lust hatte, seine Freundin in den Arm zu nehmen, und ein bisschen, weil er sich dringend bequem hinlegen wollte.

»Warum bist du denn schon wieder zurück?«, fragte Mimì Augello sofort argwöhnisch, als Montalbano ins Büro kam.

»Ach, weißt du, Livia wollte einer Freundin nicht absagen, die sie über das Wochenende eingeladen hatte, ich hatte keine Lust, und so … Was sollte ich allein in Boccadasse? Gibt's was Neues?«

»Weißt du von nichts?«

Mimì war immer noch skeptisch, die plötzliche Ankunft seines Chefs kam ihm spanisch vor.

»Woher denn?«

Augello sah ihn an, der Commissario sah so unschuldig drein wie ein Neugeborenes.

»Eine Frau ist umgebracht worden.«

»Wann?«
»Noch am Tag deiner Abreise.«
»Und wer ist es?«
»Eine Hure. Siebzig Jahre alt.«
Montalbano war so aufrichtig verblüfft, dass Mimì sein Misstrauen verlor.
»Eine siebzigjährige Hure? Soll das ein Witz sein?«
»Ganz und gar nicht! Siebzig und hat noch gearbeitet. Eine tüchtige Frau.«
»Erklär mir das genauer.«
»Sie hieß Maria Castellino, verheiratet, zwei erwachsene Kinder.«
Montalbano verstand überhaupt nichts mehr.
»Was heißt verheiratet?«
»Salvo, das Wort hat seine Bedeutung in den drei Tagen, die du in Boccadasse warst, nicht geändert. Verheiratet heißt verheiratet. Und du kennst den Ehemann. Es ist Serafino, der Kellner in der Bar Pistone.«
»Eine Frage: Hat Serafino sie geheiratet, bevor oder nachdem sie als Hure angefangen hat?«
»Währenddessen. Erst hat er sie als Freier regelmäßig aufgesucht, dann haben sie gemerkt, dass sie ineinander verliebt sind, und haben geheiratet. Eine glückliche Ehe. Sie haben zwei Söhne bekommen. Einer...«
»Moment mal. Und dieser Serafino hat nach der Hochzeit zugelassen, dass seine Frau weiterhin ihrem Job nachging?«
»Serafino hat gesagt, dass sie nie über die Sache geredet haben. Sie fanden es beide selbstverständlich, dass die Frau weiter arbeitet.«

»Tat sie das zu Hause, während ihr Mann nicht da war?«
»*Nossignore*, Serafino sagt, dass ihr Haus anständig und ehrbar ist. Sie hatte sich ein *catojo*, ein ebenerdiges Zimmer, im Vicolo Gramegna gekauft, einer winzigen Straße mit vier Häusern, fast auf dem Land. Das Zimmer, dessen Luftzufuhr durch ein kleines Fenster neben der Tür kommt, war tipptopp in Ordnung. Und das Bad erst! Blitzblank. Wenn die Tür des Zimmers offen stand, bedeutete das, dass sie frei war, wenn sie geschlossen war, hieß das, dass sie einen Kunden hatte. Signora Gaudenzio sagt, dass …«
»Moment. Wer ist Signora Gaudenzio?«
»Eine Frau, die über dem Zimmer wohnt.«
»Eine Hure?«
»Aber nein, Salvo! Sie ist eine junge Frau, dreißig Jahre alt, Mutter von zwei kleinen Kindern, einer ist sieben und der andere fünf, sie mochten die Tote sehr gern, sie nannten sie *'a zà Maria*, Tante Maria.«
»Bleib beim Thema, Mimì. Was hat Signora Gaudenzio gesagt?«
»Dass die Castellino an schönen Tagen auf einem Stuhl vor der Tür saß, aber nie Anstoß erregt hat. Sehr diskret, sehr zurückhaltend.«
»Und wie kam sie an ihre Freier?«
»Es gibt eine Erklärung. Signora Gaudenzio sagt, dass das alles ältere Männer waren, anscheinend Kunden von früher.«
»Nie ein junger Mann?«
»Manchmal. Aber wieso soll sich ein junger Mann bei einer Alten austoben, wo so wunderschöne Huren unterwegs sind?«

»Na ja, Mimì, Gründe gäbe es schon. Du kannst das nicht verstehen, deiner macht ja nie schlapp, aber die jungen Typen, die so draufgängerisch wirken, sind oft unsicher und hilflos, wenn es zur Sache geht… Und da ist eine verständnisvolle ältere Frau… Verstehst du, was ich meine?«

»Ich verstehe, was du meinst. Und es kann auch ein junger Typ gewesen sein, der nicht, wie du sagst, Verständnis gesucht hat, sondern schlicht und einfach pervers war.«

»Was sagt Pasquano?«

»Der Doktor sagt, dass seiner Meinung nach der Mörder die Frau erst mit einem Schlag ins Gesicht betäubt hat, dann hat er seinen Gürtel ausgezogen, hat ihn ihr um den Hals gelegt und zugezogen. Pasquano hat gesagt, dass der Abdruck der Schließe auf der Haut ist. Dann hat er sich den Gürtel wieder umgeschnallt und ist gegangen. Und weg war er.«

»Fehlt etwas?«

»Nein, nichts. Die Handtasche mit dem Geld war auf dem Nachtkästchen neben dem Bett.«

»Wie hoch war der Tarif?«

»Fünfzigtausend.«

»Und wie viel war in der Handtasche?«

»Zweihundertfünfzigtausend.«

»Wie viel brachte sie am Tag nach Hause? Hat Serafino dir das gesagt?«

»Dreihundert, dreihundertfünfzig.«

»Dann muss sie an dem Tag schon mehrere Kunden gehabt haben, bevor einer von ihnen sie umbrachte.«

»Pasquano hat noch gesagt, dass der Tod eingetreten ist,

nachdem das Mittagessen verdaut war. Ach ja, weißt du was? Laut Pasquano gibt es keine Hinweise auf einen Geschlechtsverkehr mit dem Mörder.«

»War das Opfer bekleidet?«

»Vollständig. Sie hatte nur die Schuhe ausgezogen, um sich hinzulegen. Der Mann hat sich neben sie gelegt, vielleicht ebenfalls in Kleidern, und ihr plötzlich einen Hieb verpasst.«

»Offenbar ist der Mann nicht zum Ficken, sondern zum Reden zu ihr gegangen.«

»Aber worüber?«

»Das ist der Punkt«, sagte Montalbano.

Nachdem er zu Hause in Marinella zwei Stunden geschlafen hatte, setzte sich der Commissario ins Auto und fuhr zurück nach Vigàta. Er hatte sich genau erklären lassen, wo der Vicolo Gramegna war, aber er brauchte trotzdem lange, bis er ihn gefunden hatte. Vier Häuser, hatte Mimì gesagt, und vier Häuser waren es. Drei waren Wohnhäuser, alle gleich, *catojo* unten und eine kleine Wohnung oben. Das vierte Haus war ein Lager, das mit einem verrosteten Riegel verschlossen war. Es lag dem Zimmer von Maria Castellino direkt gegenüber. Vor der geschlossenen Tür lag ein Blumenstrauß auf dem Boden. Zwei kleine Kinder kamen Fangen spielend und schreiend um die Ecke gelaufen. Als sie den Fremden sahen, blieben sie wie angewurzelt stehen.

»Ist Signora Gaudenzio eure Mutter?«

»*Sissi*«, sagte der Größere der beiden.

»Ist dein Vater zu Hause?«

»*Nonsi*, er arbeitet bis spät.«
»Ist deine Mutter da?«
»*Sissi*, ich hol sie.«
Er schlüpfte schnell durch die Tür. Der Kleinere der beiden Jungen musterte Montalbano aufmerksam.
»Sagst du mir was?«, fragte er plötzlich.
»Klar.«
»*Veru è ca la nonna morsi*, stimmt es, dass die Großmutter tot ist?«
Mimì hatte sich geirrt, sie nannten sie nicht Tante, sondern Großmutter. Er kam nicht dazu, sich eine Antwort zu überlegen, weil eine etwa dreißigjährige Frau auf den Balkon oberhalb des Zimmers trat, während ihr Sohn wieder in der Haustür erschien und wegrannte, gefolgt von seinem kleinen Bruder, der aus irgendeinem Grund weinte.
»Wer sind Sie?«
»Ich bin Commissario Montalbano.«
»Kommen Sie herauf, wenn Sie mich sprechen wollen.«
Die Wohnung war sehr gepflegt. Möbel von geringem Wert, aber auf Hochglanz poliert. Montalbano wurde gebeten, in dem kleinen Wohnzimmer in einem Sessel Platz zu nehmen.
»Kann ich Ihnen etwas anbieten?«
»Nein, danke, Signora. Ich bleibe nicht lange.«
»Was wollen Sie denn wissen? Ich habe Signor Augello schon alles gesagt.«
Montalbano hatte den Eindruck, dass die junge und anmutige Signora Gaudenzio, als sie diesen Namen sagte, leicht errötete. Hatte sich der allzeit bereite Mimì etwa schon ans Werk gemacht?

»Ich habe gehört, dass Sie die verstorbene Signora Maria gut kannten.«
Sofort ein paar Tränen. Signora Gaudenzio war eine Frau, die ihre Gefühle nicht verbarg.
»Sie gehörte zur Familie, Signor Commissario. Meine Söhne betrachteten sie als ihre Großmutter. Zum Dreikönigsfest mussten die Kinder immer Strümpfe in ihr Zimmer legen. Und die waren dann voller Sachen, die sich nur Maria mit ihrer Fantasie ausdenken konnte, Sachen, über die sie sich sehr freuten...«
»Kannten Sie sie schon lange?«
»Seit acht Jahren. Ich bin gleich nach meiner Hochzeit hierher gezogen. Mein Mann Attilio arbeitet im Elektrizitätswerk. Pitrinu, mein jüngerer Sohn, der Fünfjährige... Ich erwartete ihn, es war wenige Tage vor der Geburt, ich bin die Treppe hinuntergestürzt... ich habe geschrien... Nonna Maria hat mich gehört und ist sofort gekommen... wenn sie nicht gewesen wäre, wäre ich gestorben, und Pitrinu wäre mit mir gestorben...«
Sie fing an zu weinen und tat nichts, um die Tränen zurückzuhalten.
»Sie war so gut! Sie erregte keinen Anstoß, nie haben wir einen Streit zwischen ihr und einem Freier gehört...«
»Signora, sprach sie mit Ihnen über diese Freier?«
»Nie. Sie war verschwiegen wie ein Grab.«
»Sie können mir also nichts sagen.«
»*Nonsi*, nein, aber ich muss Ihnen etwas sagen. Das hat mir erst heute *me' figliu* Casimiru gesagt, mein älterer Sohn...«
»Was denn?«

»Es passierte vor ungefähr zehn Tagen. Nonna Maria hatte die Tür zu ihrem Zimmer geschlossen, und Casimiru kam gerade auf dem Weg nach Hause vorbei, als er hörte, wie Nonna Maria ihn rief, sie stand hinter dem halb geöffneten Fenster. Sie sagte zu Casimiru, er soll schnell ans Ende der Straße laufen und schauen, ob da ein Mann wäre, der wegging... Casimiru rannte los und sah tatsächlich einen Mann, der sich entfernte. Er kam wieder zurück und berichtete es der Nonna. Da machte sie die Tür des Zimmers auf.«

»Anscheinend jemand, dem sie nicht begegnen wollte. Sie hatte ihn kommen sehen und die Tür geschlossen, wie sie es tat, wenn sie einen Kunden empfing.«

»Das habe ich mir auch gedacht. Was machen wir, erzählen Sie diese Geschichte oder soll ich sie erzählen?«

»Wem denn?«

»Signor Augello.«

»Dann sage ich ihm Bescheid, und Sie erzählen ihm alles haargenau.«

»Danke«, sagte Signora Gaudenzio und wurde knallrot.

Montalbano erhob sich, um zu gehen.

»Ich habe vor der Tür des Zimmers einen Blumenstrauß gesehen. Wissen Sie, wer ihn gebracht hat?«

»Preside Vasalicò.«

»Der Direktor des Gymnasiums?!«

»*Sissignori.* Er kam einmal die Woche. Als er verheiratet war ebenso wie als Witwer. Sie waren befreundet.«

»Warst du etwa bei Signora Gaudenzio?!«, fragte Mimì wütend.

»Ja. Ist das verboten?«

»Nein. Aber eines muss jetzt ein für alle Mal klar sein. Wer bearbeitet den Fall, ich oder du?«

»Du, Mimì. Wenn ich also etwas Brauchbares erfahre, behalte ich das für mich. In Ordnung so?«

»Sei doch nicht so blöd!«

»Du auch nicht. Beantwortest du mir eine Frage?«

»Klar.«

»Woran liegt dir mehr – den Mörder zu finden oder die Beine von Signora Gaudenzio zu erkunden?«

Mimì sah ihn an und musste grinsen.

»Nach Möglichkeit beides.«

»Mimì, du bist unverschämt. Apropos, wie heißt sie eigentlich?«

»Teresita.«

»Also, dann fahr schnell zu Teresita, bevor ihr Mann von seiner Schicht im Elektrizitätswerk nach Hause kommt. Sie wird dir sagen, dass Signora Maria einen Freier hatte, mit dem sie nichts mehr zu tun haben wollte. Oder mit dem sie gar nicht erst anfangen wollte, etwas zu tun zu haben.«

»Dottori? Darf ich was sagen?«, fragte Catarella und betrat Montalbanos Büro mit echter Verschwörermiene.

»Na gut.«

Catarella schloss die Tür hinter sich. Dann blieb er stehen.

»Dottori, darf ich richtig abschließen?«

»Na gut«, sagte Montalbano schicksalsergeben.

Catarella schloss die Tür ab, trat an den Tisch des Commissario, stützte sich mit den Händen darauf und beugte sich nach vorn. Er hatte etwas mit viel Knoblauch gegessen.

»Dottori, ich hab den Fall gelöst. Ich hab abgeschlossen,

weil ich nicht will, dass die anderen neidisch werden, wenn sie hören, dass ich die Sache rausgekriegt hab.«

»Welche denn?«

»Die mit der Hure, Dottori.«

»Wie hast du denn das gemacht?«

»Gestern Abend hab ich einen Film im Fernsehen gesehen. Die Geschichte von einem, der in Amerika alte Huren umgebracht hat.«

»Ein Psychopath?«

»*Nonsi*, Dottori, so hieß er nicht. Ich glaub, er hieß Tschonni Fest oder so.«

»Und warum hat dieser Tschonni alte Huren umgebracht?«

»Weil sie ihn an seine Mutter erinnerten, und die war eine Hure. Da hab ich mir gedacht, dass die Sache ganz einfach ist. Sie, Dottori, müssen nur suchen, und dann ist alles gelöst.«

»Wen soll ich denn suchen, Catarè?«

»Einen Freier von der Hure, der der Sohn von einer Hure ist.«

Am Telefon machte Preside Vasalicò keinerlei Schwierigkeiten, er war sogar sehr entgegenkommend.

»Soll ich ins Kommissariat kommen?«

»Aber nein, Signor Preside. Ich komme etwa in einer halben Stunde zu Ihnen nach Hause. Passt Ihnen das?«

»Natürlich.«

Doch vorher wollte er noch in der Bar Pistone vorbeischauen. Serafino war nicht da. Signor Pistone, der an der Kasse saß, erklärte ihm, dass er dem Ärmsten wegen des

Unglücks, das ihm zugestoßen war, eine Woche freigegeben hatte. Der Commissario ließ sich die Adresse des Kellners geben.

Preside Vasalicò war ein hagerer, eleganter Mann. Er bat den Commissario in ein Arbeitszimmer, das eine riesige Bibliothek war, rundherum nichts als Bücher an den Wänden.

»Sie kommen wegen der armen Maria, nicht wahr?«

»Ja. Aber nur, weil ich erfahren habe, dass Sie einen Blumen...«

»Ganz genau. Und ich habe nichts getan, um mich vor der Signora zu verstecken, die im oberen Stock wohnt und die ich übrigens sehr gut kenne.«

»Suchten Sie die... Suchten Sie Signora Maria schon lange auf?«

»Ich war achtzehn, sie war zehn Jahre älter. Sie war die erste Frau für mich. Dann, nachdem ich verheiratet war, habe ich sie weiterhin besucht. Nicht um... sondern aus Freundschaft. Ich beriet sie. Meine Frau wusste es.«

»Worin berieten Sie die Signora?«

»Ach, wissen Sie, Serafino ist so ein lieber Mensch, aber er hat keine Ahnung. Ich habe mich um die Ausbildung der Söhne gekümmert...«

»Was machen sie?«

»Einer ist Geologe, er arbeitet in Arabien. Der andere ist Ingenieur, er lebt in Caracas. Beide sind verheiratet und haben Kinder.«

»Wie war die Beziehung zwischen ihnen?«

»Zwischen den Söhnen und der Mutter, meinen Sie? Ausgezeichnet. Sie zeigte mir manchmal Fotos von den Enkelkindern, die sie ihr schickten …«

»Besuchten sie ihre Eltern?«

»Ja, jedes Jahr, aber …«

»Sprechen Sie nur.«

»Bis sie geheiratet haben. Vielleicht fürchteten sie, ihre Frauen könnten etwas erfahren, Sie verstehen. Sie litt darunter, und die Fotos waren ein Trost.«

»Hat sie Sie nur hinsichtlich der Ausbildung ihrer Söhne um Rat gefragt?«

Der Preside schien etwas zu zögern.

»Nein … manchmal auch über mögliche Anlagen …«

»Wovon?«

»Sie hatte ziemlich viel Geld.«

»Wie viel?«

»Genau weiß ich es nicht … sechs, siebenhundert Millionen … und dann gehörte ihr das Haus, in dem sie mit ihrem Mann lebte … hier in Vigàta hatte sie drei oder vier Wohnungen, die sie vermietete …«

»Verstehen Sie etwas davon?«

»Wovon?«

»Von Kapitalanlagen, Spekulationen …«

»Ab und zu spekuliere ich an der Börse.«

»Haben Sie Signora Maria auch spekulieren lassen?«

»Niemals.«

»Sagen Sie, hat Signora Maria Ihnen manchmal Probleme anvertraut?«

»Wie meinen Sie das?«

»Nun, bei dem Beruf, den sie ausübte, war sie gewiss üblen Begegnungen ausgesetzt, nicht wahr?«

»Soweit ich weiß, war sie nie in Schwierigkeiten. Nur vergangenen Monat war sie nervös geworden... zerstreut... Ich fragte sie, was los sei, und sie antwortete, ein Kunde habe ihr unannehmbare Vorschläge gemacht, sie hatte ihn weggeschickt, aber er kam immer wieder und ließ nicht locker.«
Montalbano dachte an das, was Signora Gaudenzio ihm erzählt hatte, wie Signora Maria sich in ihrem Zimmer eingeschlossen und den kleinen Casimiru geschickt hatte, er solle nachsehen, ob ein bestimmter Mann wegging.
»Hat sie Ihnen den Namen des Kunden genannt?«
»Sie scherzen wohl! Sie war die Diskretion in Person. Es war schon sehr viel, dass sie mir überhaupt von dem Vorfall erzählt hat.«

Auf dem Weg zu Serafino sah er an den Hauswänden die schwarz umrandeten Todesanzeigen, noch feucht vom Leim. Sie kündigten an, dass die Trauerfeier für Signora Maria Castellino am folgenden Tag, am Sonntag, um zehn Uhr in der Kirche Cristo Re stattfand. Auch in Serafinos Wohnung wurde Sauberkeit groß geschrieben. Der über siebzigjährige Kellner der Bar Pistone hatte auf den Commissario immer wie eine Schildkröte gewirkt, jetzt wirkte er wie ein prähistorisches Fossil. Durch den Tod seiner Frau war er, eigentlich ein Ding der Unmöglichkeit, noch mehr gealtert. Seine Hände zitterten.
»Denken Sie nur, Commissario, Maria hatte beschlossen, nicht mehr zu arbeiten. Einen Monat noch, dann wollte sie aufhören.«
»Hatte sie die Arbeit satt?«

»Satt? *Nonsi.* Sie tat es für mich.«
»Wolltest du nicht, dass sie weitermacht?«
»Meinetwegen hätte sie weitermachen können, solange sie Freier hatte. Nein, sie tat es für mich, damit ich nicht arbeiten musste.«
»Serafì, entschuldige, aber das verstehe ich nicht.«
»Sehen Sie, Commissario, ich arbeitete in der Bar, weil Maria eben dieses Leben führte. Ich arbeitete und verdiente mir mein Brot, damit keiner in der Stadt sagen konnte, ich würde mich wie ein Zuhälter von meiner Frau aushalten lassen. Deswegen haben mich alle respektiert, allen voran Maria, Gott hab sie selig, und dann meine Söhne.«
»Serafì, hat deine Frau dir vielleicht mal von einem Freier erzählt, der ...«
»Commissario, Maria hat nie von ihrer Arbeit gesprochen, und ich habe nie danach gefragt. Nur Preside Vasalicò, der erst ihr Freier war und dann ihr Freund wurde, war manchmal hier.«
»Warum?«
»Er und meine Frau redeten miteinander. Sie setzten sich ins Esszimmer und redeten über Geschäftliches, davon verstehe ich nichts. Ich bin dann hier ins Wohnzimmer gegangen und habe ferngesehen.«
»Serafì, ich habe deine Frau nicht gekannt. Hast du ein hübsches Foto von ihr?«
»*Sissi.* Sie hat es vor einem Monat machen lassen, um es unseren Kindern zu schicken.«
Signora Maria Castellino war eine schöne, ernste Frau gewesen. Nicht übertrieben geschminkt, aber sie hielt auf ihr Äußeres. Und nicht nur wegen ihres Berufs, dachte der

Commissario. Sie war einfach eine Frau, die auf sich achtete, genau wie darauf, dass ihre Wohnung und ihr Zimmer sauber waren.
»Kannst du mir das Foto leihen?«

Als er das Haus verließ, sah er auf die Uhr. Es war schon neun Uhr abends. Er setzte sich ins Auto und fuhr nach Montelusa, wo sich die Büros und das Studio von »Retelibera« befanden. Er wartete, bis sein Freund Zito die Nachrichten beendet hatte, dann reichte er ihm die Fotografie der Toten und bat ihn um einen Gefallen.
Danach setzte er sich wieder ins Auto und fuhr nach Marinella, ohne vorher im Kommissariat vorbeizuschauen. Seine Haushälterin Adelina, die bei ihm sauber machte und für ihn kochte, hatte die Eigenart, nicht ans Telefon zu gehen (»das Telefon, *lu tilefunu*, bringt Unglück«). Deshalb hatte Montalbano ihr seine verfrühte Rückkehr nicht melden können. Er musste sich mit dem zufrieden geben, was er im Kühlschrank fand: grüne und schwarze Oliven, *tumazzo*, Sardellen. Er taute ein *panino* auf und trug das Essen auf die Veranda. Es war ein lauer Septemberabend, der ihm Ruhe und Zuversicht schenkte.
Um Mitternacht schaltete er den Fernseher ein. Zito hielt Wort. Im Lauf der Nachrichtensendung zeigte er Maria Castellinos Fotografie und sagte, Commissario Montalbano und dessen Vice Augello bäten im Zusammenhang mit dem Mord um Informationen. Sie appellierten dringend an die »Sensibilität der alten Freunde der Signora«, genau so drückte er sich aus. Sie garantierten absolute Diskretion, es sei nicht notwendig, persönlich ins Kommissariat zu

kommen, es genüge, anzurufen oder zu schreiben. Sie sollten alles berichten, auch Dinge, die sie für unwichtig hielten.

Der Schachzug mit der »Sensibilität der alten Freunde« gelang prompt. Als der Commissario am folgenden Tag um acht Uhr morgens ins Büro kam, fragte er Catarella:
»Hat jemand angerufen?«
»*Sissi*, Dottori. Sechs Leute haben wegen dieser Geschichte mit der *bottana sasinàta*, der ermordeten Hure, angerufen! Die Namen hab ich auf den Zettel da geschrieben.«
Zu jedem Namen gab es eine Telefonnummer, ein Zeichen, dass sie ihren unregelmäßigen Kontakt zu der Frau vor niemandem zu verbergen brauchten. Am Ende der Gespräche zeigte sich, dass die befragten Kunden alle um die sechzig waren und nichts voneinander wussten.
Die Tür wurde aufgestoßen, Montalbano zuckte zusammen. Es war Catarella.
»Sind Sie fertig mit telefonieren, Dottori?«
»Ja. Warum bist du so hektisch?«
»Weil seit heute Morgen um sieben einer da ist, der ganz persönlich mit Ihnen selber reden will, auch wegen dieser Geschichte.«
»Wo ist er?«
»Im Wartezimmer.«
»Seit heute Morgen um sieben? Warum hast du mir nichts gesagt, als ich kam?«
»Wie Sie gekommen sind, haben Sie mich gefragt, ob jemand angerufen hat. Das hab ich Ihnen gesagt. Von dem Signore hab ich nichts gesagt, weil der nicht angerufen hat.«

Catarellas Logik war wie immer unerschütterlich. Der Mann, der sich dem Commissario vorstellte, war um die vierzig und gut gekleidet.

»Ich heiße Marco Rampolla und bin Kinderarzt in Montelusa. Ich komme wegen des Mordes an dieser armen Prostituierten.«

»Setzen Sie sich und erzählen Sie. Kannten Sie sie?«

»Ja. Ich war einmal bei ihr.«

Er hielt einen Augenblick inne.

»Um mit ihr zu sprechen. Um eine gemeinsame Strategie zu überlegen.«

»Eine gemeinsame Strategie? Wozu?«

»Wegen meines Vaters. Er ist völlig verrückt, auch wenn es nicht so scheint.«

»Sie sollten mir die Geschichte lieber so erzählen, wie Sie sie sehen.«

»Vor sieben Jahren starb Mamma. Ein Autounfall. Am Steuer saß mein Vater, der Mamma über alles liebte. Er hatte die fixe Idee, dass er schuld war…«

»War es so?«

»Leider ja. Und seitdem ist er nicht mehr er selbst. Depressionen, religiöser Wahn, Zwangsvorstellungen… Ich habe versucht, ihn behandeln zu lassen. Ohne Erfolg, es wurde von Tag zu Tag schlimmer. Ich bin Junggeselle, nicht mehr lange, und hatte kein Problem damit, ihn bei mir zu Hause zu haben. Er war ja auch für niemanden gefährlich. Doch vor etwa vier Wochen kam er ganz aufgeregt nach Hause. Er erzählte mir, er sei in Vigàta gewesen und habe Mamma getroffen. Plötzlich schlug sein Glücksgefühl in Verzweiflung um, er sagte, Mamma sei Prostituierte. Und dass er das nicht dulden könne. Ich erschrak. In Montelusa gibt es einen Privatdetektiv, ich nahm Kontakt zu ihm auf. Er berichtete mir drei Tage später, es gebe in Vigàta eine alte Prostituierte. Da war ich ernstlich besorgt, auch weil Papà jetzt manchmal gewalttätig war. Ich fuhr nach Vigàta und sprach mit dieser armen Frau. Sie sagte, dass sie einen befreundeten Schuldirektor genauestens über die Geschichte informiert hätte und dass dieser, sollte ihr etwas zustoßen, zur Polizei gehen würde. Ich riet der Signora, dafür zu sorgen, dass Papà ihr nicht mehr begegnete. Sie versprach, dass sie ihn nicht mehr empfangen werde. Und so war es auch, doch Papà wurde wegen ihrer Zurückweisung immer gewalttätiger.«

»Was wollte Ihr Vater konkret?«

»Dass die Frau ihren Beruf aufgibt und zu ihm zurückkehrt.«

»Wie können Sie ausschließen, dass es Ihr Vater war, der…«

»Nun, am Tag bevor die Frau umgebracht wurde, gelang es mir, Papà nach Palermo in eine Klinik zu bringen. Er hat sie seitdem nicht verlassen.«

Er langte in seine Jackentasche und holte einen Zettel hervor.

»Hier habe ich die Adresse und die Telefonnummern der Klinik notiert. Sie können sich erkundigen.«

»Eine Frage: Warum fühlten Sie sich verpflichtet, mir diese Geschichte zu erzählen?«

»Es handelt sich um einen Mord, und da wollte ich nicht, dass Papàs Name ins Spiel kommt. Außerdem hätte dieser Preside, wenn er von der Frau informiert wurde, sehr wahr-

scheinlich mit Ihnen darüber gesprochen. Und Sie wären unabsichtlich auf eine falsche Fährte gesetzt worden.«
Als der Doktor gegangen war, machte sich Montalbano nicht die Mühe, in der Klinik anzurufen. Er war sicher, dass Marco Rampolla die Wahrheit gesagt hatte.

Er hatte sich überlegt, dass der Gottesdienst gerade vorbei sein musste, als er zur Kirche Cristo Re ging. Er hatte Recht gehabt. Zu beiden Seiten des Portals lehnte ein Dutzend Kränze. Der Sarg wurde, gefolgt von einem Menschenstrom, aus der Kirche getragen. Der Commissario ging hin und drückte Serafino, dessen Hals mittlerweile jahrtausendealte Falten aufwies, die Hand.
»Meine Söhne haben es nicht geschafft, rechtzeitig da zu sein. Sie haben mir versprochen, dass sie am zweiten November kommen, an Allerseelen.«
Montalbano wollte gerade gehen, als Preside Vasalicò ihn einholte.
»Ich muss mit Ihnen sprechen, Commissario.«
»Gehen Sie nicht im Leichenzug mit auf den Friedhof?«
»Ich halte es für sinnvoller, jetzt gleich mit Ihnen zu sprechen.«
Sie machten sich auf den Weg ins Kommissariat.
»Ich habe lange über unser gestriges Gespräch nachgedacht«, fing der Preside an, »und da ist mir bewusst geworden, dass ich bei einer Sache, die mir, wenn ich es recht bedenke, sehr wichtig erscheint, nicht ausführlich genug war.«
»Ich wollte Sie auch etwas fragen«, sagte Montalbano.
»Ja?«

»Es geht um einen Freier, ich erinnere mich jetzt nicht mehr genau, er soll der Signora unannehmbare Vorschläge gemacht haben, ich glaube, so haben Sie sich ausgedrückt. Waren das unannehmbare Vorschläge in sexueller Hinsicht?«

»Also so ein Zufall!«, rief der Preside. »Genau darüber wollte ich mit Ihnen sprechen! Nein, Commissario, das war einer, der sich in den Kopf gesetzt hatte, Maria sei seine Frau, und er wollte, dass sie zu ihm zurückkehrt. Ein Tobsüchtiger. Er hat sie blutig geschlagen. Zweimal. Deshalb kann es sein …«

»Moment. Sie meinen, weil die Signora ihm immer wieder einen Korb gegeben hat, hat dieser Verrückte den Kopf verloren und sie umgebracht?«

»Das ist eine plausible Hypothese, oder?«

»Sehr plausibel. Aber warum haben Sie gestern nichts davon gesagt?«

»Ach, wissen Sie, ich hatte Skrupel. Bevor man jemanden beschuldigt, der sich dann möglicherweise als unschuldig erweist …«

»Ich verstehe Ihre Skrupel. Und ich danke Ihnen. Wissen Sie den Namen dieses Mannes?«

»Maria hat ihn nicht erwähnt. Doch es dürfte für Sie nicht schwer sein …«

Sie waren am Kommissariat angekommen.

»Ich danke Ihnen aufrichtig für Ihre Unterstützung«, sagte Montalbano.

»*Pronto*, Dottor Rampolla? Hier ist Commissario Montalbano. Können Sie sprechen?«

»Ja. Fragen Sie, was Sie möchten.«
»Hat Ihr Vater Ihnen jemals gestanden, dass er Signora Maria geschlagen hat?«
»Nein. Und ich glaube auch nicht, dass er das getan hat.«
»Warum nicht? Sie haben doch selbst gesagt, er sei in letzter Zeit ziemlich gewalttätig gewesen.«
»Wissen Sie, bei seinem Zustand und wie er mit mir redete, hätte er es mir gesagt, wenn er es getan hätte. Aber es gibt noch etwas: Als ich diese arme Frau aufsuchte, sagte sie nichts davon, dass sie von Papà geschlagen worden sei. Sie sagte, er hätte nicht lockergelassen und sie bedroht. Aber von Schlägen hat sie nichts erzählt. Das hätte sie getan, wenn sie geschlagen worden wäre, meinen Sie nicht? Und nach unserem Gespräch hat die Frau Papà nicht mehr getroffen, da bin ich vollkommen sicher.«
Was der Doktor berichtete, stimmte mit dem, was der Sohn von Signora Gaudenzio erzählt hatte, überein: Um diesem speziellen Freier nicht zu begegnen, schloss Maria sich sogar in ihrem Zimmer ein.

Er ging in die Trattoria San Calogero und aß gebratene Seezungen, die ihm die unmittelbare Zukunft rosa färbten. Danach suchte er Serafino zu Hause auf.
Der alte Mann zeigte ihm einen reich gedeckten Tisch.
»Meine Nachbarinnen haben für mich gekocht, aber ich kann nichts essen.«
»Reiß dich zusammen, Serafi, und iss. Vielleicht auch später, wenn du ein bisschen geschlafen hast. Ich bin gleich wieder weg. Ich muss dich nur was fragen. Du hast gestern gesagt, dass *to' mogliere*, deine Frau, und Preside Vasalicò

hier gesessen haben, im Esszimmer, und über Geschäftliches geredet haben. Richtig so?«
»*Sissi*, richtig.«
»Wo sind die Unterlagen von diesen Geschäften?«
»Ich hab sie alle in einen Koffer getan.«
»Du selber? Warum denn das?«
»Weil heute Abend um neun der Signor Preside kommt und den Koffer holt. Er hat gesagt, er muss sich alles genau anschauen, um zu sehen, ob Maria noch Geld aus bestimmten Spekulationen kriegt oder nicht.«
»Hör zu, Serafi, gib mir den Koffer. Ich bring ihn dir vor neun zurück.«
»*Comu voli vossia*, wie Sie wollen.«
Der Koffer wog zwei Zentner. Montalbano fluchte wie ein Irrer und schwitzte. Aber auf halbem Weg traf er Fazio, den Retter in der Not.

So wie sie ihre Wohnung in Ordnung gehalten hatte, hatte Maria Castellino auch ihre Unterlagen in Ordnung gehalten. Mietverträge, notarielle Urkunden über den Kauf von Wohnungen oder Läden, Kontoauszüge, Einnahmen und Ausgaben. Der Commissario brauchte zwei Stunden, um sich die Unterlagen anzusehen. Dann nahm er drei Zettel, die er beiseite gelegt hatte, steckte sie in die Jackentasche und ging ins Zimmer von Mimì Augello.
»Mimì, ich muss dich sprechen.«

Wenn der Preside überrascht war, die beiden zu sehen, dann ließ er es sich nicht anmerken. Er bat sie, im Wohnzimmer Platz zu nehmen.

»Dottor Augello ist mein Stellvertreter«, sagte Montalbano. »Signor Preside, ich wollte Ihnen sagen, dass der Mann, auf den Sie mich heute Morgen freundlicherweise aufmerksam gemacht haben, nicht der Täter sein kann.«

»Nein? Warum nicht?«

»Weil er bereits am Tag vor dem Mord in eine Klinik in Palermo eingeliefert wurde. Ihnen war dieses Detail offensichtlich nicht bekannt.«

»Nein«, sagte der Preside und wurde blass.

In aller Ruhe steckte sich Montalbano eine Zigarette an und machte Mimì ein Zeichen, er solle weitermachen.

Bevor er sprach, holte Augello drei Zettel aus der Jackentasche und starrte darauf, als wollte er sich alles gut einprägen.

»Signor Preside, Signora Maria war sehr ordentlich. Unter ihren Papieren, die Sie zum Teil kennen, denn Serafino hat uns gesagt, dass Sie gemeinsam darüber saßen, haben wir drei handschriftliche Notizen der Verstorbenen gefunden. An der Echtheit der Schrift besteht kein Zweifel. In der ersten Notiz steht: Preside Vasalicò einhundert Millionen geliehen.«

Der Preside setzte ein wissendes Lächeln auf.

»Wenn es darum geht, dann muss es eine zweite Notiz geben, in der etwas von einem Darlehen über weitere zweihundert Millionen steht. Sie müsste zwei Jahre zurückliegen.«

»Genau. Und kennen Sie auch den Inhalt des dritten Zettels?«

»Nein. Und er hat auch keinerlei Bedeutung, weil ich Maria nicht um weitere Darlehen gebeten habe. Und die dreihundert Millionen habe ich ihr zurückgezahlt.«

»Kann sein, Signor Preside. Aber wo sind sie geblieben? Wir haben nirgends Empfangsbestätigungen für Überweisungen dieser Art gefunden. Und zu Hause hatte sie das Geld nicht.«

»Und warum wollen Sie von mir wissen, wo sie es hingetan hat?«

»Sind Sie sicher, dass Sie es ihr zurückgezahlt haben?«

»Bis zum letzten Centesimo.«

»Wann?«

»Lassen Sie mich überlegen. Vor vier Wochen etwa.«

»Nun, das dritte Blatt, über das wir noch nicht gesprochen haben, ist der Entwurf eines Briefes, den Signora Maria Ihnen vor genau zehn Tagen geschickt hat. Sie wollte die dreihundert Millionen zurück.«

»Wenn ich recht verstehe«, sagte der Preside und erhob sich, »beschuldigen Sie mich, ich hätte Maria wegen einer Geldangelegenheit getötet?«

»Tatsache ist, dass wir keine Beweise haben«, schaltete sich Mimì ein.

»Dann verlassen Sie auf der Stelle dieses Haus!«

»Einen Augenblick noch«, sagte Mimì kalt wie ein Fisch.

Jetzt kam der heikelste Moment der ganzen Geschichte, doch Mimì trug den Blödsinn, den sie dem Preside zu erzählen beschlossen hatten, einfach wunderbar vor.

»Sie wissen, dass die Signora mit einem Hosengürtel erwürgt wurde?«

»Ja.«

Der Preside stand immer noch da, die Arme gekreuzt, und hörte zu.

»Gut. Die Schnalle hat laut Gerichtsmediziner eine tiefe

Wunde im Hals des Opfers verursacht. Und nicht nur das, das Leder hat auch winzige Spuren auf der Haut hinterlassen. Ich fordere Sie jetzt formell auf, mir alle Gürtel auszuhändigen, die Sie besitzen, angefangen bei dem, den Sie gerade tragen.«

Der Preside plumpste auf den Sessel, seine Knie hatten ihm den Dienst versagt.

»Sie wollte das Geld zurück«, stammelte er. »Ich hatte es nicht, ich habe es an der Börse verloren. Sie drohte mir mit einer Anzeige, und da habe ich...«

Montalbano stand auf, ging hinaus und die Treppe hinunter. Was der Preside Mimì erklären würde, interessierte ihn nicht mehr.

## *Der Kater und der Distelfink*

Signora Erminia Tòdaro, fünfundachtzig Jahre alt, Frau eines pensionierten Eisenbahners, ging wie jeden Morgen aus dem Haus, um erst in die heilige Messe und dann auf den Markt zum Einkaufen zu gehen. Signora Erminia ging nicht etwa in die Kirche, weil sie gläubig war, sondern weil sie schlecht schlief, wie das bei den meisten alten Menschen der Fall ist: Die Frühmesse half ihr, ein bisschen Zeit herumzubringen, da die Tage von Jahr zu Jahr, wer weiß warum, immer länger und leerer wurden. In denselben Morgenstunden stellte sich ihr Mann Agustinu, der ehemalige Eisenbahner, an das Fenster, von dem aus man auf die Straße sah, und rührte sich nicht mehr vom Fleck, bis seine Frau ihm sagte, er könne sich zu Tisch setzen. Signora Erminia trat also durch die Haustür, hüllte sich fest in ihren Mantel, weil es ziemlich kühl war, und machte sich auf den Weg. An ihrem rechten Arm hing eine alte schwarze Handtasche mit ihrem Personalausweis, einem Foto ihrer Tochter Caterina verheiratete Genuardi, die in Forlì lebte, einem Foto der drei Kinder des Ehepaares Genuardi, drei Fotos von den Kindern der Kinder des Ehepaares Genuardi, ein Heiligenbildchen mit der heiligen Lucia, sechsundzwanzigtausend Lire in Papiergeld und siebenhundertfünfzig Lire in Münzen. Der ehemalige Eisenbahner Agustinu sagte aus, er habe gesehen, dass hinter seiner Frau, sehr langsam, ein Moped hergefahren sei und der Fahrer einen Helm getragen habe. Plötzlich hatte der Mopedfahrer, als habe er es satt, sich an Signora Erminias Schritt zu halten, den man gewiss nicht schnell nennen konnte, Gas gegeben und die Frau überholt. Dann hatte er etwas Merkwürdiges getan: Nachdem er scharf gewendet hatte, fuhr er zurück und steuerte geradewegs auf die Signora zu. Keine Menschenseele war auf der Straße. Drei Schritte vor Signora Erminia hielt der Fahrer an, stellte einen Fuß auf den Boden, zog einen Revolver und zielte auf die Frau. Und die ging, da sie trotz ihrer dicken Brillengläser nicht mal einen Hund aus zwanzig Zentimeter Entfernung erkennen konnte, seelenruhig und ahnungslos weiter auf den Mann zu, der sie bedrohte. Als Signora Erminia fast Nase an Nase mit dem Mann war, bemerkte sie die Waffe und wunderte sich sehr, dass jemand einen Grund haben könnte, sie zu erschießen.

»Was ist, mein Sohn, willst du mich umbringen?«, fragte sie, mehr überrascht als erschrocken.

»Ja«, sagte der Mann, »wenn du deine Handtasche nicht rausrückst.«

Signora Erminia nahm die Tasche vom Arm und gab sie dem Mann. Inzwischen hatte Agustinu es geschafft, das Fenster zu öffnen. Er lehnte sich so weit hinaus, dass er fast in die Tiefe stürzte, und schrie: »Hilfe! Hilfe!«

Da schoss der Mann. Ein einziger Schuss auf die Signora, nicht auf den Mann, der einen solchen Aufstand machte. Die Signora sank zu Boden, der Mann wendete das Moped, gab Gas und verschwand. Auf das Geschrei des ehemaligen

Eisenbahners hin öffneten sich mehrere Fenster, Männer und Frauen rannten auf die Straße, der Signora zu Hilfe, die mitten auf der Straße lag. Sofort stellten sie erleichtert fest, dass Signora Erminia nur vor Schreck ohnmächtig geworden war.

Signorina Esterina Mandracchia, fünfundsiebzig Jahre alt, pensionierte Grundschullehrerin, nie verheiratet gewesen, lebte allein in einer Wohnung, die sie von ihren Eltern geerbt hatte. Das Besondere an den drei Zimmern, Bad und Küche von Signorina Mandracchia war, dass die Wände vollständig mit Hunderten von Heiligenbildchen tapeziert waren. Außerdem gab es kleine Heiligenfiguren: eine Madonna unter einer Glasglocke, ein Jesuskind, einen heiligen Antonius von Padua, einen Gekreuzigten, einen heiligen Gerlando, einen heiligen Calogero und weitere, nicht ohne weiteres identifizierbare Heilige. Signorina Mandracchia ging immer in die Frühmesse und später noch in die Andacht. An diesem Morgen, zwei Tage nachdem auf Signora Erminia geschossen worden war, verließ die Signorina das Haus. Wie sie später Commissario Montalbano erzählte, war sie gerade in die Straße mit der Kirche eingebogen, als sie von einem Moped überholt wurde, auf dem ein Mann mit Helm saß. Nach wenigen Metern wendete das Moped scharf, fuhr zurück, hielt wenige Schritte vor der Signorina, und der Mann zückte einen Revolver. Die ehemalige Lehrerin sah trotz ihres Alters sehr gut. Sie hob die Hände, wie sie es im Fernsehen gesehen hatte.
»Ich ergebe mich«, sagte sie zitternd.
»Her mit der Handtasche«, sagte der Mann.

Signorina Esterina nahm sie vom Arm und gab sie ihm. Der Mann packte sie und schoss, traf aber nicht. Esterina Mandracchia schrie nicht und fiel nicht in Ohnmacht: Sie ging einfach ins Kommissariat und erstattete Anzeige. In der Handtasche, gab sie an, habe sie, außer gut hundert Heiligenbildchen, genau achtzehntausenddreihundert Lire gehabt. »Ich esse weniger als ein Spatz«, erklärte sie Montalbano. »Ein *panino* reicht mir für zwei Tage. Wozu soll ich da mit Geld in der Handtasche herumlaufen?«

Pippo Ragonese, Kommentator bei »Televigàta«, war mit zweierlei ausgestattet: einem Hühnerarschgesicht und einer schrägen Fantasie, mit der er sich immer Komplotte ausmalte. Als erklärter Feind von Montalbano ließ sich Ragonese nicht die Gelegenheit entgehen, ihn mal wieder zu attackieren. Er behauptete tatsächlich, hinter dem fingierten Handtaschendiebstahl, dem die beiden alten Frauen zum Opfer gefallen seien, stecke ein politischer Plan, das Werk bisher nicht identifizierter Linksextremisten. Mit solchen Terroraktionen trachteten diese danach, die Gläubigen davon abzubringen, in die Kirche zu gehen, um einen neuen Atheismus zu fördern. Die Erklärung dafür, dass die Polizei von Vigàta den Pseudohandtaschendieb noch nicht festgenommen habe, sei in dem unbewussten Zögern zu suchen, das von den politischen Ideen des Commissario herrühre, und die orientierten sich mit Sicherheit weder an der Mitte noch an der Rechten. »Unbewusstes Zögern« betonte der Kommentator gleich zweimal, um Missverständnissen und einer Verleumdungsklage vorzubeugen.
Montalbano wurde nicht wütend, er lachte sogar lauthals

darüber. Aber am folgenden Tag, als Questore Bonetti-Alderighi, der Polizeipräsident, ihn zu sich zitierte, lachte er nicht mehr. Der schloss sich gegenüber dem erstaunten Montalbano der These des Kommentators nicht an, aber er schloss sie auch nicht aus und forderte den Commissario auf, »auch« dieser Spur nachzugehen.

»Aber, Signor Questore, überlegen Sie doch: Wie viele Pseudohandtaschendiebe braucht es, um alle alten Frauen von Montelusa und Provinz davon abzubringen, in die Frühmesse zu gehen?«

»Sie selbst, Montalbano, haben gerade eben den Ausdruck ›Pseudohandtaschendiebe‹ benutzt. Ich hoffe, Sie stimmen mir zu, dass es sich nicht um den typischen Modus Operandi eines Handtaschendiebes handelt. Dieser zieht jedes Mal die Pistole und schießt! Grundlos! Er bräuchte nur eine Hand auszustrecken und könnte mühelos die Handtaschen an sich nehmen. Aus welchem Grund sollte er versuchen, diese armen Frauen zu töten?«

»Signor Questore«, sagte Montalbano, den plötzlich *lo sbromo* gepackt hatte, die Lust, sein Gegenüber zu verarschen, »eine Waffe, eine Pistole zu ziehen, bedeutet keineswegs den Tod des Bedrohten, sehr häufig hat die Drohung nicht tragische, sondern kognitive Valenz. Zumindest sagt das Roland Barthes.«

»Wer ist denn das?«, fragte der Questore, dem der Mund offen stand.

»Ein bedeutender französischer Kriminologe«, log der Commissario.

»Montalbano, mir ist dieser Kriminologe scheißegal! Der Typ zieht nicht nur die Waffe, er schießt auch!«

»Aber er trifft seine Opfer nicht. Vielleicht handelt es sich um eine akzentuierte kognitive Valenz.«
»Tun Sie was«, fiel Bonetti-Alderighi ihm ins Wort.

»Für mich«, sagte Mimì Augello, »ist das der klassische blöde Junkie.«
»Mimì, überleg doch mal! Der hat im Ganzen fünfundvierzigtausend und fünfzig Lire geklaut! Wenn er seine Revolverkugeln verscherbelt, verdient er wahrscheinlich mehr! Apropos, habt ihr sie gefunden?«
»Wir haben vergeblich gesucht. Weiß der Himmel, wo die Schüsse hingegangen sind.«
»Aber warum schießt dieser Idiot auf die alten Frauen, nachdem sie ihm die Handtasche gegeben haben? Und warum schießt er daneben?«
»Was heißt das?«
»Mimì, das heißt, dass er daneben schießt. Basta. *Talè*, sieh mal, beim ersten Mal können wir denken, er hätte reflexartig reagiert, als der Mann von Signora Tòdaro am Fenster anfing zu schreien. Doch es ist nicht zu verstehen, warum er, statt auf den schreienden Mann zu schießen, auf die Signora geschossen hat, die vierzig Zentimeter vor ihm stand. Mimì, man schießt bei vierzig Zentimetern nicht daneben. Beim zweiten Mal, bei Signorina Mandracchia, hat er geschossen, während er mit der anderen Hand nach der Tasche griff. Die beiden mussten etwa einen Meter voneinander entfernt gewesen sein. Und auch dieses zweite Mal schießt er daneben. Aber weißt du was, Mimì? Ich glaube, er hat beide Male gar nicht daneben geschossen.«

»Ach nein? Und weshalb waren die beiden Frauen nicht mal verletzt?«
»Weil es Platzpatronen waren, Mimì. Weißt du was, lass die Kleidung analysieren, die Signora Erminia an dem Morgen trug.«

Er hatte Recht gehabt. Am folgenden Tag meldete die Spurensicherung aus Montelusa, dass die Kleidung von Signora Tòdaro sogar bei einer oberflächlichen Untersuchung auf Brusthöhe einen großen Fleck Schießpulverreste aufwies.
»Dann ist er verrückt«, sagte Mimì Augello.
Der Commissario antwortete nicht.
»Bist du nicht einverstanden?«
»Nein. Auch wenn er verrückt ist … hat es doch Methode.«
Augello, der seinen *Hamlet* nicht gelesen oder, wenn er ihn gelesen hatte, vergessen hatte, merkte nicht, dass das ein Zitat war.
»Und was für eine Methode soll das sein?«
»Mimì, es ist unsere Sache, das herauszufinden, meinst du nicht?«

Als sich die Wogen geglättet hatten und man in der Stadt kaum mehr von den beiden Überfällen sprach, tauchte der Handtaschendieb (wie hätte man ihn sonst nennen sollen?) wieder auf. An einem Sonntagmorgen um sieben Uhr ließ er sich mit dem üblichen Ritual die Tasche von Signora Gesualda Bommarito aushändigen. Dann schoss er auf sie. Und erwischte sie mit einem Streifschuss an der rechten Schulter. Genau genommen war die Verletzung nicht der Rede wert. Doch sie machte die Theorie des Commissario über den mit Platzpatronen geladenen Revolver zunichte. Vielleicht waren die Schießpulverreste, die man auf der Kleidung von Signora Tòdaro gefunden hatte, darauf zurückzuführen, dass der Schütze, der in letzter Sekunde bereut haben musste, was er tat, plötzlich sein Handgelenk gedreht hatte. Diesmal wurde die Kugel sichergestellt, und die Leute von der Spurensicherung teilten Montalbano mit, dass es sich höchstwahrscheinlich um eine vorsintflutliche Waffe handele. In der Handtasche von Signora Gesualda, die mehr erschrocken als geschädigt war, befanden sich elftausend Lire. Gibt es denn so etwas, dass ein Handtaschendieb (oder was er sonst war) durch die Gegend fährt und alten Frauen auf dem Weg in die Frühmesse die Handtaschen abknöpft? Ein anständiger Handtaschendieb, ein Profi, ist erstens nicht bewaffnet, und außerdem passt er die Rentnerin ab, wenn sie mit der Rente aus der Post kommt, oder die elegante Dame auf dem Weg zum Friseur. Nein, an der ganzen Geschichte war irgendwas faul. Und nachdem Signora Gesualda verletzt worden war, begann Montalbano, sich Sorgen zu machen. Wenn dieser Blödmann weiterhin mit richtigen Kugeln schoss, würde er früher oder später so eine arme Frau töten.

Und so war es. Eines Morgens wurde Signora Antonia Joppolo, die fünfzigjährige Gattin des Rechtsanwalts Giuseppe Joppolo, um sieben Uhr vom Läuten des Telefons aus dem Schlaf gerissen. Sie nahm ab und erkannte sofort die Stimme ihres Mannes.

»Ninetta, Liebes«, sagte der Avvocato.

»Was ist los?«, fragte die Signora, sogleich besorgt.

»Ich hatte einen kleinen Unfall kurz vor Palermo. Ich liege im Krankenhaus. Ich wollte dir selbst Bescheid sagen, bevor du es von anderen Leuten erfährst. Mach dir keine Sorgen, es ist nicht der Rede wert.«

Doch die Signora machte sich Sorgen.

»Ich fahre sofort los und komme«, sagte sie.

Von diesem Gespräch berichtete Avvocato Giuseppe Joppolo dem Commissario, als Montalbano ihn in der Klinik Sanatrix aufsuchte.

Logischerweise war also anzunehmen, dass die Signora, nachdem sie sich hastig angekleidet hatte, aus dem Haus gegangen und Richtung Garage geeilt war, die etwa hundert Meter entfernt lag. Nach wenigen Schritten war sie von einem Moped überholt worden. Annibale Panebianco, der in diesem Augenblick durch seine Haustür trat, sah noch, wie die Signora dem Mann auf dem Moped ihre Handtasche gab, hörte einen Schuss krachen und beobachtete, versteinert, wie die Ärmste zu Boden fiel und das Moped flüchtete. Als er sich wieder rühren und zu Signora Joppolo eilen konnte, die er sehr gut kannte, war nichts mehr zu machen, sie war mitten in die Brust getroffen worden.

In seinem Bett in der Klinik gebärdete sich Avvocato Giuseppe Joppolo vor Verzweiflung wie ein Klageweib.

»Alles meine Schuld! Dabei hab ich ihr gesagt, sie soll nicht kommen, sie soll zu Hause bleiben, und dass es nichts Schlimmes ist! Arme Ninetta, sie hat mich so lieb gehabt!«

»Waren Sie schon lange in Palermo, Avvocato?«

»Ach was! Ich ließ sie in Vigàta zurück, als sie noch schlief, und habe mich mit meinem Wagen auf den Weg nach Palermo gemacht. Zweieinhalb Stunden später hatte ich den Unfall, ich rief sie an, sie wollte unbedingt nach Palermo kommen, und dann ist passiert, was passiert ist.«

Er konnte nicht weitersprechen, vor lauter Schluchzen bekam er keine Luft. Der Commissario musste fünf Minuten warten, bis der andere in der Lage war, seine letzte Frage zu beantworten.

»Verzeihen Sie, Avvocato. Hatte Ihre Frau gewöhnlich große Beträge in der Handtasche?«

»Große Beträge? Was verstehen Sie unter großen Beträgen? Zu Hause haben wir einen Safe, in dem immer etwa zehn Millionen Bargeld liegen. Aber sie nahm sich nur das Nötigste. Außerdem hat man heute doch Geldautomaten, Kreditkarte und Scheckbuch, wozu soll man da viel Geld mit sich herumtragen? O Gott, diesmal hat sie, weil sie nach Palermo wollte und mit unvorhergesehenen Ausgaben rechnete, wahrscheinlich ein paar Millionen mitgenommen. Na ja, sie wird auch Schmuck mitgenommen haben. Es war der armen Ninetta sozusagen zur Gewohnheit geworden, ein bisschen Schmuck einzustecken, wenn sie aus Vigàta wegmusste, auch wenn es nur für kurze Zeit war.«

»Avvocato, wie ist der Unfall passiert?«

»Ach, ich muss kurz eingeschlafen sein. Ich bin direkt gegen einen Pfosten gerast. Ich hatte den Gurt nicht angelegt, zwei Rippen sind gebrochen, mehr nicht.«

Sein Kinn fing wieder an zu zittern.

»Und wegen so einem Blödsinn hat Ninetta ihr Leben verloren!«

»Es stimmt zwar«, erklärte der Kommentator von »Televigàta«, auf seiner Idee beharrend, »dass das Opfer nicht zum Beten in die Kirche gehen wollte, denn sein Ziel war die Garage.« Aber wer könne ausschließen, dass die Signora, bevor sie nach Palermo fuhr, um ihren Gatten zu trösten, in der Kirche habe innehalten wollen, wenn auch nur für ein paar Minuten, um ein Gebet für den Avvocato auf seinem Schmerzenslager zum Himmel zu senden? So passe alles zusammen, dieses Verbrechen sei jener Sekte zur Last zu legen, die mittels Terrors die Kirchen entvölkern wollte. So etwas habe es nicht mal zu Stalins Zeiten gegeben. Man habe es ganz gewiss mit einer erschreckenden Eskalation atheistischer Gewalt zu tun.

Auch ein wütender Bonetti-Alderighi benutzte das Wort Eskalation.

»Es ist eine Eskalation, Montalbano! Erst schießt er mit Platzpatronen, dann verletzt er mit einem Streifschuss, und dann tötet er! Von wegen kognitive Valenz, von der Ihr französischer Kriminologe spricht, wie heißt der noch mal, ach ja, Marthes! Wissen Sie, wer das Opfer ist?«

»Ehrlich gesagt, hatte ich noch keine Zeit...«

»Die Zeit kann ich Ihnen ersparen. Signora Joppolo war nicht nur eine der reichsten Frauen in der Provinz, sondern auch die Cousine von Staatssekretär Biondolillo, der mich bereits angerufen hat. Und sie hatte wichtige, ach was, höchstwichtige Freunde in den Kreisen von Politik und Finanz der Insel. Begreifen Sie, was das heißt? Also, Montalbano, wir tun Folgendes, nehmen Sie es mir nicht übel: Die Leitung der Ermittlungen wird, selbstverständlich im Einvernehmen mit dem Staatsanwalt, der Chef der

Mordkommission übernehmen. Sie werden ihn unterstützen. In Ordnung so?«
Der Commissario fand das diesmal sehr in Ordnung. Bei dem Gedanken, die unvermeidlichen Fragen von Staatssekretär Biondolillo und sämtlicher Kreise von Politik und Finanz der Insel beantworten zu müssen, war ihm der Schweiß ausgebrochen: bestimmt nicht aus Angst, sondern weil es ihn vor der Welt der Signora Joppolo unerträglich grauste.

Die Ermittlungen der Mordkommission, die zu unterstützen Montalbano sich hütete (auch weil ihn niemand um Unterstützung bat), endeten mit der Festnahme von zwei jungen Drogensüchtigen, die im Besitz von Mopeds waren. Eine Festnahme, die der Haftrichter nicht bestätigen wollte. Die beiden wurden wieder auf freien Fuß gesetzt, und das war es dann mit den Ermittlungen, obwohl Questore Bonetti-Alderighi eifrig bemüht war, Staatssekretär Biondolillo und den Kreisen von Politik und Finanz zu erklären, dass man den Täter sehr bald finden und festnehmen werde.
Natürlich ermittelte Commissario Montalbano parallel dazu selbst, auf Tauchstation, unter der Wasseroberfläche. Er kam zu dem Schluss, dass es binnen kurzem einen weiteren Überfall geben würde. Er hütete sich, dem Questore ein Wort zu sagen, aber Mimì Augello gegenüber erwähnte er es.
»Wie bitte?!«, explodierte Augello. »Du erzählst mir, dass der noch eine Frau tötet, und drehst hier Däumchen? Wenn du wirklich glaubst, was du da sagst, müssen wir was tun!«

»Immer mit der Ruhe, Mimì. Ich habe gesagt, er wird noch eine Frau überfallen und auf sie schießen, aber ich habe nicht gesagt, dass er sie töten wird. Das ist ein Unterschied.«

»Wieso bist du da so sicher?«

»Weil er mit Platzpatronen auf sie schießen wird, wie er es die beiden ersten Male getan hat. Mir braucht keiner zu erzählen, dass der Täter nicht mit Platzpatronen geschossen hat, dass er es im letzten Augenblick bereut und die Waffe weggedreht hat... Alles Quatsch. Es war eine Eskalation, wie der Questore sagt. Klug ausgedacht. Er wird mit Platzpatronen schießen, da kannst du Gift drauf nehmen.«

»Salvo, erklär mir das. Da wir den Schützen nur aus reinem Zufall erwischen können, bedeutet das also, dass, in dieser Reihenfolge, noch mal auf zwei Frauen mit Platzpatronen geschossen wird, eine einen Streifschuss bekommt und die letzte getötet wird?«

»Nein, Mimì. Wenn ich Recht habe, wird nur noch auf eine alte Frau mit Platzpatronen geschossen, und die wird einen furchtbaren Schreck kriegen. Hoffentlich hält ihr Herz das aus. Aber dann ist alles vorbei, es wird keine weiteren Überfälle geben.«

Zwei Monate nach der prunkvollen Beerdigung von Signora Joppolo klingelte morgens um sieben, als Montalbano noch schlief, weil er um vier ins Bett gegangen war, in Marinella das Telefon. Fluchend jaulte der Commissario:

»Wer ist da?«

»Du hattest Recht«, sagte Augellos Stimme.

»Wovon redest du?«

»Er hat wieder auf ein altes Frauchen geschossen.«
»Hat er sie getötet?«
»Nein. Wahrscheinlich war es eine Platzpatrone.«
»Ich komme sofort.«
Unter der Dusche sang der Commissario aus voller Kehle *O toreador ritorna vincitor*.

Altes Frauchen, hatte Mimì am Telefon gesagt. Signora Rosa Lo Curto saß kerzengerade vor Montalbano. Sie war dick, temperamentvoll und redselig und sah zehn Jahre jünger aus als die sechzig, die sie angegeben hatte.
»Waren Sie auf dem Weg in die Kirche, Signora?«
»Ich?! Ich setze keinen Fuß in eine Kirche, seit ich acht Jahre alt war.«
»Sind Sie verheiratet?«
»Ich bin seit fünf Jahren Witwe. Ich habe in der Schweiz geheiratet, standesamtlich. Ich ertrage keine Pfarrer.«
»Warum sind Sie so früh aus dem Haus gegangen?«
»Eine Freundin hatte mich angerufen. Bajo Michela heißt sie. Sie hatte eine schlimme Nacht. Sie ist krank. Da habe ich gesagt, dass ich zu ihr komme. Ich habe auch eine Flasche guten Wein mitgenommen, einen, den sie mag. Ich fand keine Plastiktüte, also trug ich die Flasche in der Hand, bis zu Michela sind es nämlich nur fünf Minuten zu Fuß.«
»Was genau ist passiert?«
»Das Übliche. Ein Moped überholte mich. Dann wendete der Fahrer scharf und fuhr wieder zurück. Ein paar Schritte vor mir hielt er an, zückte einen Revolver und zielte auf mich. ›Her mit der Handtasche‹, sagte er.«
»Und was haben Sie gemacht?«

»›Kein Problem‹, habe ich gesagt und die Hand mit der Tasche ausgestreckt. Als er die Tasche nahm, schoss er auf mich. Aber ich habe nichts gespürt, mir war klar, dass er mich nicht getroffen hatte. Da habe ich mit aller Kraft die Flasche auf der Hand zertrümmert, die die Tasche hielt, sie lag auf dem Lenker, er wollte gerade Gas geben und losfahren. Ihre Leute haben die Scherben aufgesammelt. Sie sind voller Blut. Ich muss ihm die Hand zerschlagen haben, diesem Scheißkerl. Die Handtasche hat er mitgenommen. Aber ich hatte sowieso nur etwa zehntausend Lire drin.«

Montalbano erhob sich und reichte ihr die Hand.

»Signora, meine aufrichtigste Hochachtung.«

Da Signora Lo Curto im Interview erklärt hatte, es wäre ihr im Traum nicht eingefallen, am Morgen des Überfalls in die Kirche zu gehen, überging der Kommentator von »Televigàta« sein Lieblingsthema, die nach der Entvölkerung der Kirchen trachtende Verschwörung.

Wer nicht darüber hinwegging, war Bonetti-Alderighi.

»O nein! O nein! Geht das jetzt schon wieder los? Sie werden sehen, die öffentliche Meinung wird ob unserer Trägheit empört sein! Ach was, wieso unserer? Ihrer, Montalbano!«

Der Commissario konnte sich ein kleines Grinsen nicht verkneifen, das den Questore noch mehr in Rage brachte.

»Da gibt's nichts zu grinsen, Herrgott noch mal!«

»Wenn Sie mir zwei Tage Zeit geben, bringe ich die beiden her.«

»Welche beiden?«

»Den Auftraggeber und den Handlanger der Überfälle und des Mordes.«
»Soll das ein Witz sein?«
»Keineswegs. Den letzten Überfall hatte ich vorausgesehen. Er war sozusagen die Probe aufs Exempel.«
Bonetti-Alderighi blickte nicht mehr durch, seine Kehle fühlte sich trocken an. Er rief einen Wachtmeister.
»Bring mir ein Glas Wasser. Wollen Sie auch eins?«
»Ich nicht«, sagte Montalbano.

»Commissario! Was für eine schöne Überraschung! Was führt Sie nach Palermo?«
»Ich bin wegen einer Ermittlung hier. Ich bleibe ein paar Stunden und fahre dann nach Vigàta zurück. Ich habe gehört, Sie haben sowohl in Vigàta als auch in Montelusa den ganzen Besitz Ihrer seligen Frau verkauft.«
»Commissario, glauben Sie mir, ich konnte einfach nicht mit all diesen schmerzlichen Andenken leben. Ich habe diese Villa in Palermo gekauft, und hier werde ich bleiben. Was keine schmerzliche Erinnerung in mir hervorruft, habe ich hierher bringen lassen, den Rest habe ich, wie soll ich sagen, veräußert.«
»Den Kater haben Sie auch veräußert?«, fragte Montalbano.
Avvocato Giuseppe Joppolo verschlug es für einen Augenblick die Sprache.
»Welchen Kater?«
»Dudù. Den Kater, an dem die arme Signora, Ihre Frau, so hing. Sie hatte auch einen Distelfink. Haben Sie die beiden mit hergenommen?«

»Na ja, nein. Ich wollte eigentlich, aber im Durcheinander des Umzugs ist der Kater … leider fortgelaufen, der Distelfink ist weggeflogen. Leider.«

»Die Signora hing sehr an den beiden, dem Kater und dem Distelfink.«

»Ich weiß, ich weiß. Die gute Seele hatte diese infantile Art, sich …«

»Verzeihen Sie, Avvocato«, unterbrach Montalbano ihn. »Aber ich habe gehört, dass zwischen Ihnen und Ihrer Frau zehn Jahre Altersunterschied waren. Ich meine, Sie waren zehn Jahre jünger als die Signora.«

Avvocato Giuseppe Joppolo sprang vom Stuhl auf und machte ein empörtes Gesicht.

»Was hat denn das damit zu tun?«

»Gar nichts, in der Tat. Wenn man sich liebt …«

Der Avvocato sah ihn aus schmalen Augenschlitzen an und sagte nichts. Montalbano fuhr fort.

»Als Sie geheiratet haben, waren Sie praktisch ein Habenichts, nicht wahr?«

»Raus aus diesem Haus.«

»Ich bin gleich weg. Jetzt, mit der Erbschaft, sind Sie sehr reich geworden. Über den Daumen gepeilt haben Sie gut zehn Milliarden geerbt. Der Tod der Menschen, die wir lieben, ist nicht immer ein Unglück.«

»Was wollen Sie mir unterstellen?«, fragte der Avvocato leichenblass.

»Nichts weiter, als dass Sie Ihre Frau haben umbringen lassen. Und ich weiß auch, von wem. Sie haben einen genialen Plan ausgeheckt, alle Achtung. Die ersten drei Überfälle waren Scheinziele, das wahre Ziel war der vierte, der tödliche Überfall auf Ihre Frau. Es ging nicht darum, die Handtaschen zu rauben, sondern mit den fingierten Diebstählen das wahre Ziel, den Mord an Ihrer Signora, zu vertuschen.«

»Entschuldigen Sie, aber meines Wissens gab es in Vigàta nach dem Mord an der armen Ninetta einen weiteren Mordversuch.«

»Avvocato, ich sagte bereits: alle Achtung. Das war Ihr Geniestreich, um endgültig einen eventuellen Verdacht von sich abzulenken. Aber Sie haben nicht daran gedacht, wie sehr Ihre Signora an dem Kater Dudù und dem Distelfink hing. Das war ein Fehler.«

»Würden Sie mir vielleicht erklären, was das für eine bescheuerte Geschichte ist?«

»Sie ist gar nicht so bescheuert, Avvocato. Sehen Sie, ich habe nachgeforscht. Sorgfältig nachgeforscht. Als ich Sie nach dem Unfall und dem Mord an Ihrer Frau im Krankenhaus aufsuchte, sagten Sie, Sie hätten am Telefon darauf bestanden, dass Ihre Frau in Vigàta bleibt. Stimmt das?«

»Natürlich stimmt das!«

»Nun, Sie wurden unmittelbar nach dem Unfall in die Klinik eingeliefert, in ein Doppelzimmer. Der andere Patient war durch einen Paravent von Ihnen getrennt. Benommen von dem fingierten Unfall, der Ihnen dennoch ein paar Beulen beschert hat, rufen Sie Ihre Frau an. Danach werden Sie in ein Einzelzimmer verlegt. Aber der andere Patient hat das Gespräch mitgehört. Er ist bereit auszusagen. Sie flehten Ihre Frau an, Sie im Krankenhaus zu besuchen, Sie sagten ihr, es gehe Ihnen sehr schlecht. Doch mir haben Sie erzählt, und eben haben Sie es wiederholt, Sie hätten darauf bestanden, dass Ihre Frau in Vigàta bleibt.«

»Wie soll ich mich erinnern können, nach so einem Unfall…«

»Lassen Sie mich ausreden. Es kommt noch was. Ihre Frau, die nach allem, was Sie ihr am Telefon sagten, in größter Sorge ist, beschließt, sofort nach Palermo zu fahren. Aber da sind noch der Kater und der Distelfink, sie weiß nicht, wie lange sie von zu Hause fortbleiben wird. Also weckt sie die Nachbarin, mit der sie befreundet ist, und erzählt ihr, Sie hätten gesagt, dass Sie praktisch im Sterben liegen. Sie müsse sofort los. Sie vertraut der Nachbarin und Freundin den Kater und den Distelfink an und geht hinaus auf die Straße, wo der Mörder sie erwartet, bereit, den einfallsreichen Plan, den Sie ausgeheckt haben, zu Ende zu führen.«

Der tüchtige Advokat Giuseppe Joppolo verlor die Contenance.

»Du hast nicht den geringsten Beweis, du Arschloch!«

»Vielleicht ist Ihnen nicht bekannt, dass Ihr Komplize eine kaputte Hand hat, weil sein letztes Opfer ihm mit einer Flasche darauf geschlagen hat. Er hat sich sogar im Krankenhaus Montelusa behandeln lassen. Wir haben ihn festgenommen. Meine Leute haben ihn gerade in der Mangel. Eine Frage von Stunden. Er wird gestehen.«

»Großer Gott!«, sagte Avvocato Joppolo und plumpste auf den nächsten Stuhl. Kein Wort stimmte an der Geschichte mit dem festgenommenen Komplizen, er hatte ihm einen Bären aufgebunden, eine Falle gestellt, *saltafosso* nannte man das im Polizeijargon. Und in diese Falle war der Avvocato schnurstracks hineingelaufen.

## *Erklärt Pessoa*

Montalbano war um sechs Uhr morgens aufgestanden, was ihn an sich nicht weiter gestört hätte, wenn es nicht so ein scheußlicher Tag gewesen wäre. Es fiel ein feiner Regen, der so tat, als gäbe es ihn nicht, jener Regen, den die Bauern *assuppaviddranu*, »Bauerndurchnässer«, nannten. Früher, als man noch auf dem Feld arbeitete, hörte der *viddrano*, der Bauer, bei einem solchen Regen nicht auf, er arbeitete weiter mit der Hacke, der Regen ist ja so fein, dass man meint, es regnet gar nicht: Folglich waren seine Kleider, wenn er abends nach Hause kam, wie eingeweicht. So wurde die schlechte Laune des Commissario nur noch schlechter; er sollte sich an diesem Vormittag um halb zehn in Palermo einfinden, zwei Autostunden entfernt, um an einer Tagung teilzunehmen, die das Unmögliche zum Thema hatte, nämlich Mittel und Methoden zu finden, bei den Tausenden von Illegalen, die mit Booten auf der Insel landeten, zu unterscheiden, welche Menschen in Not waren und Arbeit suchten oder vor den Gräueln mehr oder weniger unmenschlicher Bürgerkriege geflohen waren und welche dagegen echte Verbrecher waren, eingeschleust mit den Scharen der Verzweifelten. Irgend so ein Genie aus dem Ministerium behauptete, eine praktisch unfehlbare Methode gefunden zu haben, und der Herr Minister hatte entschieden, dass alle für die Sicherheit auf der Insel Verantwortlichen gebührend ins Bild zu setzen seien. Montalbano hatte gedacht, diesem Ministerialgenie müsste man den Nobelpreis verleihen: Es war ihm nichts Geringeres gelungen, als eine Methode zu erfinden, mit der man das Gute vom Bösen unterscheiden konnte.

Es war schon fünf Uhr nachmittags, als er sich wieder ins Auto setzte, um nach Vigàta zurückzufahren. Er war verärgert, die Entdeckung des Ministerialgenies war mit kaum verhohlenem Grinsen aufgenommen worden, da sie so gut wie undurchführbar war. Ein vertaner Tag. Er hatte es ja gleich gewusst.

Nicht gewusst hatte er, dass keiner seiner Leute im Kommissariat war. Nicht mal Catarella war da. Wo steckten die nur? Er hörte Schritte im Flur. Es war Catarella, der außer Atem ankam.

»*M'ascusasse*, Dottori, entschuldigen Sie. Ich war in der Apotheke, ich hab Aspirin gekauft. Ich krieg eine Verkältung.«

»Und die anderen, wo sind die?«

»Der Dottori Augello hat eine Verkältung, Galluzzo hat eine Verkältung, Fazio und Gallo ...«

»... haben eine Verkältung.«

»*Nonsi*, Dottori. Denen geht's gut.«

»Wo sind sie?«

»Die sind dahin, wo einer ermordet worden ist.«

Da sieht man es mal wieder: Kaum ist man einen halben Tag fort, nutzen sie es aus und schnappen sich sofort einen Mordfall.

»Weißt du, wo das ist?«
»*Sissi*, Dottori. In der Contrada Ulivuzza.«
Wie kam man dahin? Wenn er Catarella fragte, schickte der ihn womöglich zum nördlichen Polarkreis. Da fiel ihm ein, dass Fazio ein Handy hatte.
»Aber was wollen Sie hier, Dottore? Der Staatsanwalt hat den Abtransport veranlasst, Dottor Pasquano hat ihn sich angesehen, die Spurensicherung ist gleich fertig.«
»Ich komme trotzdem. Wartet dort auf mich, du und Gallo. Erklär mir genau den Weg.«
Er hätte natürlich Fazios Rat befolgen und im Kommissariat bleiben können. Aber er hatte das Bedürfnis, sich gewissermaßen zu entschädigen für diesen sinnlosen Tag, den er mit gut vier Stunden im Auto und einer Flut nichtssagenden Geredes vertan hatte.

Die Contrada Ulivuzza lag genau an der Grenze zu Montelusa, hundert Meter weiter, und das Kommissariat von Vigàta hätte nichts mit der Geschichte zu tun gehabt. Das Haus, in dem man den Toten gefunden hatte, lag abgeschieden. Es war trocken gemauert und bestand aus drei nebeneinander liegenden ebenerdigen Zimmern. Neben der Haustür befand sich eine Öffnung: Sie führte in den Stall, in dem ein einsamer trauriger Esel wohnte. Als Montalbano ankam, stand nur ein Auto, das von Gallo, auf dem Vorplatz: Der Rummel, den Ärzte, Sanitäter, Spurensicherung, Staatsanwalt und Gefolge veranstaltet hatten, war sichtlich vorbei. Besser so. Er stieg aus dem Auto und stand einen halben Meter tief im Schlamm. Der *assuppaviddranu*, der Nieselregen, fiel nicht mehr, aber seine Auswirkungen dauerten fort. Die Türschwelle war in der Tat unter drei Finger tiefem Schlamm begraben, und Schlamm war überall in dem Zimmer, das er betrat. Fazio und Gallo standen vor dem offenen Feuerherd und tranken ein Glas Wein. Es gab auch einen Backofen, der mit einem halbkreisförmig zugeschnittenen Stück Blech verschlossen war. Den Toten hatte man weggebracht. Auf dem Tisch in der Mitte des Zimmers stand ein Teller mit den Resten von ein paar gekochten Kartoffeln, die das Blut, das in den Teller geflossen und auf die Tischplatte übergelaufen war, in Rote Beete verwandelt hatte.

Auf dem Tisch, auf dem kein Tischtuch lag, waren auch ein ganzer Laib *tumazzo*, ein halbes Brot und ein halb volles Glas Rotwein. Die Flasche stand nicht da, aus der bedienten sich Fazio und Gallo gerade. Auf dem Boden, neben dem Stuhl mit geflochtenem Sitz, lag eine Gabel.

Fazio war Montalbanos Blick gefolgt.

»Es ist passiert, während er aß. Sie haben ihn mit einem einzigen Schuss ins Genick hingerichtet.«

Montalbano wurde immer wütend, wenn man im Fernsehen von »hinrichten« statt von »ermorden« sprach. Auch bei seinen Leuten ärgerte er sich darüber. Aber diesmal ließ er es gut sein, wenn es Fazio entschlüpft war, bedeutete das, dass ihn dieser einzige, kaltblütig abgefeuerte Schuss ins Genick erschütterte.

»Was ist da drüben?«, fragte der Commissario und wies mit dem Kopf auf das andere Zimmer.

»Nichts. Ein Doppelbett ohne Leintücher, nur mit Matratzen, zwei Nachtkästchen, ein Schrank, zwei solche Stühle wie die hier.«

»Ich kannte ihn«, sagte Gallo und wischte sich mit der Hand über den Mund.
»Den Toten?«
»*Nonsi.* Seinen Vater. Er hieß Antonio Firetto. Der Sohn hieß Giacomo, aber den habe ich nie kennen gelernt.«
»Wo steckt der Vater?«
»Das ist das Problem«, sagte Fazio. »Er ist nirgends zu finden. Wir haben ihn rings ums Haus und in der näheren Umgebung gesucht, aber nicht gefunden. Meiner Meinung nach haben ihn die Mörder des Sohnes mitgenommen.«
»Was wisst ihr über den Toten?«
»Dottore, der Tote ist Giacomo Firetto!«
»Ja und?«
»Dottore, er ist vor fünf Jahren untergetaucht. Er arbeitete für die Mafia, er erledigte blutige Handlangerdienste, zumindest sagte man das. Nur Sie haben nie von ihm gehört.«
»War er von den Cuffaros oder den Sinagras?«
Die Cuffaros und die Sinagras waren die beiden Familien, die seit Jahren einen Krieg um die Kontrolle der Provinz Montelusa führten.
»Dottore, Giacomo Firetto war fünfundvierzig Jahre alt. Als er noch hier war, gehörte er zu den Sinagras. Damals war er jung, aber viel versprechend. So viel versprechend, dass ihn sich die Riolos aus Palermo ausliehen. Die Leihgabe war so lange gültig, bis er umgebracht wurde.«
»Und wenn er hier in die Gegend kam, hat sein Vater ihm Gastfreundschaft gewährt.«
Fazio und Gallo wechselten einen raschen Blick.
»Commissario, der Vater war ein feiner Mensch«, sagte Gallo entschieden.

»Wieso sagst du ›war‹?«
»Weil sie ihn unserer Meinung nach inzwischen schon getötet haben.«
»Erklärt mir das: Was ist eurer Meinung nach passiert?«
»Wenn Sie erlauben«, sagte Gallo, »möchte ich noch etwas hinzufügen. Antonio Firetto war fast siebzig, aber er hatte die Seele eines Kindes. Er machte Gedichte.«
»Wie bitte?«
»*Sissignore*, Gedichte. Er konnte weder lesen noch schreiben, aber er machte Gedichte. Schöne Gedichte, ich hab ihn welche aufsagen hören.«
»Worum ging es denn in den Gedichten?«
»Was weiß ich, um die Madonna, den Mond, das Gras. All so was. Und er wollte nie glauben, was man über seinen Sohn redete. Er behauptete, Giacomo wäre zu so was nicht fähig, er hätte ein gutes Herz. Nie wollte er es glauben. In der Stadt hat er sich mal bis aufs Blut mit einem geprügelt, der zu ihm gesagt hat, sein Sohn wäre ein Mafioso.«
»Ich verstehe. Du willst damit sagen, es war ganz selbstverständlich, dass er seinem Sohn Gastfreundschaft gewährte, weil er glaubte, er sei unschuldig wie Jesus.«
»Genau«, sagte Gallo herausfordernd.
»Zurück zum Thema. Was ist eurer Meinung nach passiert?«
Gallo sah Fazio an, um ihm zu sagen, dass er jetzt das Wort habe.
»Am frühen Nachmittag kommt Giacomo hier an. Er muss todmüde sein, denn er wirft sich mitsamt seinen dreckigen Schuhen aufs Bett. Sein Vater lässt ihn schlafen, dann macht er ihm was zu essen. Giacomo setzt sich an den

Tisch, inzwischen ist es dunkel. Sein Vater, der keinen Hunger hat oder normalerweise später isst, geht hinaus, um den Esel im Stall zu versorgen. Aber draußen sind mindestens zwei Männer, die nur auf den richtigen Augenblick warten. Sie setzen ihn außer Gefecht, gehen rasch ins Haus und erschießen Giacomo. Dann nehmen sie den Alten und das Auto mit, mit dem Giacomo gekommen ist.«

»Und warum haben sie ihn eurer Meinung nach nicht gleich hier getötet, wie sie es mit dem Sohn gemacht haben?«

»Keine Ahnung, vielleicht hat Giacomo seinem Vater was anvertraut. Und sie wollten wissen, was die beiden geredet haben.«

»Das Verhör hätten sie im Stall machen können.«

»Vielleicht dachten sie, die Sache würde sich in die Länge ziehen. Es hätte jemand kommen können. So war es ja dann auch.«

»Erklär mir das genauer.«

»Entdeckt hat den Mord ein Freund von Antonio, der dreihundert Meter entfernt wohnt. Manchmal tranken sie abends nach dem Essen ein Glas miteinander und plauderten. Er heißt Romildo Alessi. Dieser Alessi hat ein Moped und ist zu einem Nachbarhaus gefahren, denn er wusste, dass es dort ein Telefon gab. Als wir kamen, war die Leiche noch warm.«

»Eure Rekonstruktion stimmt nicht«, sagte Montalbano grob.

Die beiden sahen sich irritiert an.

»Warum denn nicht?«

»Ihr müsst schon selbst darauf kommen, ich sag's euch nicht. Wie war der Tote bekleidet?«

»Hose, Hemd und Jackett. Alles leichtes Zeug, es ist ja trotz Regen so heiß.«

»Er war also bewaffnet.«

»Warum soll er bewaffnet gewesen sein?«

»Weil einer, der im Sommer ein Jackett anhat, unter dem Jackett eine Waffe trägt. Also, war er bewaffnet oder nicht?«

»Wir haben keine Waffe bei ihm gefunden.«

Montalbano verzog das Gesicht.

»Ihr denkt also, ein gefährlicher gesuchter Mörder läuft einfach durch die Gegend und hat nicht mal einen miesen Revolver in der Tasche?«

»Vielleicht haben die, die ihn getötet haben, die Waffe mitgenommen.«

»Vielleicht. Habt ihr alles abgesucht?«

»*Sissi.* Und die Leute von der Spurensicherung auch. Wir haben auch keine Hülse gefunden. Entweder haben sie sie mitgenommen, oder die Waffe war ein Revolver.«

Eine Schublade des Tisches war halb herausgezogen. Darin lagen Bast, eine Packung Kerzen, eine Schachtel Streichhölzer, ein Hammer, Nägel und Schrauben.

»Habt ihr sie aufgemacht?«

»*Nonsi*, Dottore. Sie war so, als wir kamen. Und wir haben sie so gelassen.«

Auf dem Sims vor dem Backofen lag eine drei Finger breite Rolle hellbraunes Paketklebeband. Jemand musste sie aus der halb offenen Schublade genommen und nicht wieder zurückgelegt haben.

Montalbano ging zum Backofen und nahm die Blechabdeckung fort, die an der Einfassung der Öffnung nur angelehnt war.

»Habt ihr eine Taschenlampe?«

»Wir haben schon reingeschaut«, sagte Fazio, während er sie ihm reichte, »aber da ist nichts.«

Doch, da war etwas: ein ehemals weißer Lappen, der jetzt von Holzkohleresten vollkommen schwarz war. Außerdem hatte sich zwei Finger hoch feinster Ruß direkt hinter der Öffnung angesammelt, als wäre er vorn an der Ofenwölbung abgelöst worden.

Der Commissario lehnte die Abdeckung wieder an.

»Die behalte ich«, sagte er und steckte die Taschenlampe ein.

Dann tat er etwas, was Fazio und Gallo seltsam fanden. Er schloss die Augen und ging, mit normalen Schritten, von der Wand, an der sich der offene Herd und der Backofen befanden, zum Tisch und wieder zurück, dann vom Tisch zur Haustür und zurück. Kurz und gut, er ging, die Augen immer geschlossen, vor und zurück, als ob er verrückt geworden wäre.

Fazio und Gallo trauten sich nicht, ihm Fragen zu stellen.

Dann blieb der Commissario stehen.

»Ich bleibe heute Nacht hier«, sagte er. »Ihr löscht das Licht, schließt Fenster und Tür und versiegelt sie. Es muss aussehen, als wäre niemand hier.«

»Aus welchem Grund sollten die denn wiederkommen?«, fragte Fazio.

»Ich weiß es nicht, aber tut, was ich euch sage. Du, Fazio, bringst meinen Wagen nach Vigàta. Ach ja, noch was: Bevor ihr weggeht, wenn ihr die Tür versiegelt habt, geht ihr in den Stall und kümmert euch um den Esel. Das arme Tier muss Hunger und Durst haben.«

»Wie Sie wünschen«, sagte Fazio. »Soll ich Sie morgen Vormittag mit Ihrem Auto abholen?«

»Nein, danke. Ich gehe zu Fuß nach Vigàta.«

»Aber das ist weit!«

Montalbano sah ihm in die Augen, und Fazio wagte nicht zu widersprechen.

»Commissario, darf ich Sie was fragen, bevor ich gehe? Warum stimmt das nicht, was wir uns zu dem Mord an Giacomo Firetto überlegt haben?«

»Weil Firetto beim Essen am Tisch saß und die Tür im Blick hatte. Wenn jemand hereingekommen wäre, hätte er ihn gesehen und reagiert. Doch hier im Zimmer ist alles in Ordnung, nichts deutet auf ein Handgemenge hin.«

»Und wenn schon? Vielleicht ist der eine reingekommen, hat eine Waffe auf Giacomo gerichtet und ihm befohlen, zu bleiben, wo er ist, und ihn die ganze Zeit im Visier gehabt, und der andere ist inzwischen um den Tisch herumgelaufen und hat ihm ins Genick geschossen.«

»Und du glaubst, dass Giacomo Firetto, nach dem, was ihr mir erzählt habt, der Typ ist, der reglos und verängstigt dasitzt und sich abknallen lässt? Er weiß, dass er sterben muss, da wehrt er sich doch mit aller Kraft. Also dann, gute Nacht.«

Er hörte, wie sie die Tür schlossen, mit den Siegeln hantierten (einem Stück Papier, gestempelt und mit irgendwas bekritzelt, das mit zwei Streifen Klebeband über die Türritze geklebt wird), hörte sie im Stall herumfuhrwerken und fluchen, als sie den Esel versorgten (anscheinend wollte der Esel mit zwei Fremden nichts zu tun haben), hörte sie die Autos starten und wegfahren. Reglos blieb er in der vollkommenen Dunkelheit noch neben dem Tisch stehen. Nach ein paar Sekunden drang das Geräusch des Regens an sein Ohr, der erneut fiel.

Er zog das Jackett, die Krawatte, die er noch anhatte und die er sich wegen der Tagung in Palermo hatte umbinden müssen, und das Hemd aus, jetzt war sein Oberkörper nackt. Mit der Taschenlampe in der Hand ging er entschlossen zu dem Backofen, nahm die Blechabdeckung und stellte sie auf den Boden, wobei er versuchte, keinen Lärm zu machen, er steckte den Arm in den Backofen und knipste die Taschenlampe an. Er stellte sich auf die Zehenspitzen und schlüpfte auch mit dem ganzen Oberkörper in den Ofen. Er drehte sich und lag nun rücklings auf dem Sims, mit dem Körper zur Hälfte im Backofen; Hintern, Beine und Füße blieben draußen. Ein wenig Ruß fiel ihm in die Augen, doch den Revolver konnte er trotzdem sehen, er war direkt hinter der Öffnung an der Wölbung des Backofens mit zwei Streifen Paketklebeband befestigt, die im Lichtschein glänzten. Er knipste die Taschenlampe aus, schlüpfte aus dem Backofen, lehnte das Blech an, säuberte sich, so gut es ging, mit seinem Taschentuch und zog Hemd und Jacke wieder an, die Krawatte steckte er ein.

Dann setzte er sich auf einen Stuhl, dicht vor dem Herd mit den zwei Kochstellen. Hier dachte der Commissario, aber nicht nur um die Zeit herumzubringen, an etwas, was er einige Tage zuvor gelesen hatte. Pessoa erklärt, mit den Worten, die er einer seiner Figuren, dem Detektiv Quaresma, in den Mund legt, dass sich jemand, der eine Straße entlanggeht und einen auf den Gehsteig gestürzten Mann sieht, instinktiv fragt: Aus welchem Grund ist der Mann hier gestürzt? Aber, erklärt Pessoa, bereits hier liegt ein Irrtum in der Schlussfolgerung vor und damit die Möglichkeit, das tatsächlich Geschehene misszuverstehen. Derjenige, der vorbeikam, sah den Mann nicht dort stürzen, er sah ihn bereits gestürzt. Es ist keine *Tatsache*, dass der Mann an dieser Stelle gestürzt ist. Eine Tatsache ist lediglich, dass er dort auf dem Boden liegt. Möglicherweise ist er an einer anderen Stelle gestürzt, und man hat ihn auf den Gehsteig gelegt. Noch ganz andere Sachen sind möglich, erklärt Pessoa.

Wie sollte er Fazio und Gallo also klar machen, dass, abgesehen von dem Toten, die einzige *Tatsache* an der Geschichte war, dass Antonio Firetto in dem Augenblick, als sie beide ankamen, nicht am Tatort war? Dass die Mörder seines Sohnes ihn mitgenommen hätten, war absolut keine *Tatsache*, sondern ein Irrtum in der Schlussfolgerung.

Dann fiel ihm noch ein Beispiel ein, welches das erste bestätigte. Pessoa erklärt, wieder durch Quaresma, dass ein Mann, der, während es draußen regnet, im Wohnzimmer sitzt und zu dem ein durchnässter Besucher ins Zimmer kommt, unvermeidlich denken muss, der Besucher habe einen nassen Anzug, weil er im Regen war. Doch dieser Gedanke kann nicht als *Tatsache* gelten, denn der Mann hat den Besucher nicht mit eigenen Augen im Regen auf der Straße gesehen. Ebenso gut kann jemand im Haus eine Schüssel Wasser über ihm ausgegossen haben.

Wie sollte er also Fazio und Gallo klar machen, dass ein mit einem gezielten Genickschuss »hingerichteter« Mafioso nicht unbedingt ein Opfer der Mafia sein muss, weil er sich nicht an eine Vereinbarung gehalten hatte oder reden wollte?

Pessoa erklärt auch, dass …

Er hat nie erfahren, was Pessoa in diesem Augenblick noch erklärte. Die Müdigkeit dieses Tages sank plötzlich auf ihn herab wie eine Kapuze, die die Dunkelheit, die bereits im Zimmer herrschte, noch dunkler machte. Er ließ den Kopf auf die Brust sinken und nickte ein. Bevor er ganz einschlief, konnte er sich gerade noch einen Befehl erteilen: Schlaf wie eine Katze. Mit dem leichten Schlaf der Katzen, die tief zu schlafen scheinen, doch beim geringsten Anlass aufspringen und ihre Verteidigungshaltung einnehmen. Er wusste nicht, wie lange er, unterstützt von der beständigen Geräuschkulisse des Regens, geschlafen hatte. Plötzlich weckte ihn, genau wie eine Katze, ein leises Geräusch an der Haustür. Das konnte irgendein Tier sein. Dann hörte er, wie der Schlüssel im Schloss umgedreht wurde und vorsichtig die Tür aufging. Er saß stocksteif auf seinem Stuhl. Die Tür wurde geschlossen. Er hatte weder gesehen, wie sie aufgegangen, noch wie sie wieder zugegangen war, nichts hatte sich an der Mauer tiefer Dunkelheit außerhalb wie innerhalb des Hauses verändert. Der Mann war hereingekommen, aber er blieb zu nah an der Tür stehen, reglos; auch der Commissario wagte nicht, sich zu bewegen, er fürchtete, sogar sein Atem könnte ihn verraten. Warum trat der Mann nicht näher? Vielleicht witterte er die fremde Gegenwart in seinem Haus, wie ein Tier, das in die Höhle zurückkehrt. Dann tat der Mann endlich zwei Schritte zum Tisch hin und blieb wieder stehen. Der Commissario war beruhigt, jetzt hätte er, falls das erforderlich sein sollte, mit einem Satz vom Stuhl aufspringen und ihn packen können. Aber das war nicht nötig.

»*Cu si?*«, fragte die Stimme eines alten Mannes leise, ohne Furcht.

*Chi sei*, wer bist du. Er hatte ihn wirklich gewittert, einen fremden Schatten in dem Schattenhaufen, der das Zimmer war, in dem der Mann aus alter Gewohnheit längst unterscheiden konnte, was an seinem Platz war und was nicht. Montalbano war im Nachteil: So gut er sich die Anordnung jedes einzelnen Gegenstandes auch eingeprägt hatte, begriff er doch, dass der andere sich auch mit geschlossenen Augen leicht hätte zurechtfinden können, während er, auch wenn es absurd war, ausgerechnet in dieser tiefen Dunkelheit das Bedürfnis hatte, die Augen weit aufzureißen.

Er begriff auch, dass es ein nicht wieder gutzumachender Fehler gewesen wäre, in diesem Augenblick ein falsches Wort zu sagen.

»Ich bin Kriminalkommissar. Ich heiße Montalbano.«

Der Mann rührte sich nicht, sprach nicht.

»Seid Ihr Antonio Firetto?«

Das »Ihr« war ihm spontan und in jenem besonderen Ton über die Lippen gekommen, der von Achtung, wenn nicht von Respekt zeugte.

»Ja.«

»Seit wann hattet Ihr Giacomo nicht mehr gesehen?«

»Seit fünf Jahren. Glaubt Ihr mir?«

»Ich glaube Euch.«

Also hatte sich sein Sohn während der gesamten Zeit, in

der er untergetaucht war, nicht blicken lassen. Vielleicht hatte er es nicht gewagt.
»Und warum ist er gestern aufgetaucht?«
»*Non lo saccio u pirchì*, ich weiß nicht, warum. Er war müde, so müde. Er ist nicht mit dem Auto gekommen, er ist zu Fuß gekommen. Er ist reingekommen, hat mich umarmt und ist mitsamt den Schuhen aufs Bett gefallen. Später ist er aufgewacht und hat gesagt, dass er Hunger hat. Da hab ich gesehen, dass er bewaffnet war, er hatte einen Revolver auf dem Nachttisch. Ich hab ihn gefragt, warum er bewaffnet rumläuft, und da hat er gesagt, dass man immer üble Begegnungen haben kann. Und er hat angefangen zu lachen. Da ist mir das Blut in den Adern gefroren.«
»Warum ist Euch das Blut gefroren?«
»Weil er so gelacht hat, Commissariu. Wir haben dann nicht mehr geredet, er ist liegen geblieben, ich hab ihm hier was zu essen gemacht. Nur für ihn, ich konnte nichts essen, ich hab mich gefühlt, wie wenn mir eine eiserne Hand den Magen zudrückt.«
Er unterbrach sich und seufzte. Montalbano respektierte das Schweigen.
»Ich hab immer dieses Gelächter im Kopf gehört«, fing der alte Mann wieder an. »Es war ein viel sagendes Gelächter, es hat die ganze Wahrheit über meinen Sohn gesagt, die Wahrheit, die ich nie glauben wollte. Als die Kartoffeln fertig waren, hab ich ihn gerufen. Er ist aufgestanden, hier reingekommen, hat den Revolver auf den Tisch gelegt und hat angefangen zu essen. Und da hab ich ihn gefragt: ›Wie viele Christenmenschen hast du getötet?‹ Und er, eiskalt, als wenn wir über Ameisen geredet hätten: ›Acht.‹ Und

dann hat er was gesagt, was er besser nicht gesagt hätte. Er hat gesagt: ›Und auch ein neunjähriges Kind.‹ Und hat weitergegessen. *Madunnuzza santa*, er hat weitergegessen! Da hab ich den Revolver genommen und hab ihm ins Genick geschossen. Ein einziger Schuss, wie man es bei denen macht, die zum Tod verurteilt sind.«

»Hingerichtet«, hatte Fazio gesagt. Er hatte Recht gehabt.

Die Pause war diesmal sehr lang. Dann sagte der Commissario.

»Warum seid Ihr zurückgekommen?«

»Weil ich mich umbringen will.«

»Mit dem Revolver, den Ihr im Backofen versteckt habt?«

»*Sissi*. Das war der von meinem Sohn. Ein Schuss fehlt.«

»Ihr hattet alle Zeit der Welt, Euch umzubringen. Warum habt Ihr es nicht gleich getan?«

»Meine Hand hat so gezittert.«

»Ihr hättet Euch an einem Baum aufhängen können.«

»Ich bin nicht Judas, Signor Commissario.«

Stimmt, er war nicht Judas. Und er konnte sich nicht wie ein Verzweifelter in einen Brunnen stürzen. Er war ein Poet, der die Wahrheit bis zuletzt nicht hatte sehen wollen.

»Und was machen Sie jetzt, nehmen Sie mich fest?«

Wieder diese leise, feste Stimme ohne Furcht.

»Das müsste ich.«

Der Alte bewegte sich schnell, damit hatte der Commissario nicht gerechnet. In der Dunkelheit hörte Montalbano, wie das Blech, mit dem der Backofen verschlossen war, auf den Boden fiel. Jetzt hatte der alte Mann bestimmt den Revolver in der Hand und zielte auf ihn. Aber der Commissario hatte keine Angst, er wusste, dass es nur eine Rolle zu spielen gab. Er erhob sich langsam, aber sobald er stand, wurde ihm schwindlig, eine Müdigkeit aus Betonplatten begrub ihn unter sich.

»Ich habe Euch im Visier«, sagte der alte Mann. »Und ich befehle Euch, sofort dieses Haus zu verlassen. *Vogliu murìri ccà*, ich will hier sterben, erschossen vom Revolver meines Sohnes. Und dabei auf demselben Platz sitzen, auf dem ich ihn erschossen habe. Wenn Ihr ein Mann seid, dann versteht Ihr das.«

Müde ging Montalbano zur Tür, öffnete sie und ging hinaus. Es hatte aufgehört zu regnen. Und er war sicher, dass er niemanden finden würde, der ihn nach Vigàta mitnahm.

*Namensvettern*

»Erklärst du mir vielleicht, was das soll?«, fragte Montalbano wütend.
Am anderen Ende der Leitung in Boccadasse-Genua wurde Livias Stimme auf einmal eisig.
»Schrei mich nicht so an. Da gibt es nichts zu erklären. Eine gute Freundin, die ich von klein auf kenne, hat mich eingeladen, die Weihnachtsferien mit ihr zu verbringen, das ist alles.«
»Toll! In New York!«
»Na und? Wir werden Weihnachten in New York bei ihrem Bruder verbringen, der dort lebt.«
»Du könntest doch mit mir zusammen sein! Ich komme rauf, oder du kommst runter.«
»Ach, Salvo, da kann ich ja nur lachen! Wie lange sind wir nun schon zusammen? Ein paar Jährchen, stimmt's? Wie viele Heiligabende haben wir unter einem Dach gefeiert?«
»Na ja, genau weiß ich das jetzt nicht mehr.«
»Ich frische dein Gedächtnis auf: einen einzigen.«
»Das war nicht meine Schuld.«
»Meine auch nicht. Hör zu, Salvo, ich habe eine Idee: Komm doch nach!«
»Wohin?«
»Wie, wohin! Nach New York.«

»Ich? Nach New York? Da bringen mich keine zehn Pferde hin.«
»Dann hör zu. Ich begleite meine Freundin, komme am Siebenundzwanzigsten zurück nach Boccadasse und fliege am nächsten Tag zu dir nach Vigàta. In Ordnung?«
»Weihnachten ist eine Sache, Silvester eine andere.«
»Weißt du was, Salvo? Mir reicht's. Meine Telefonnummer in New York habe ich dir schon gegeben: Wenn du mit mir reden willst, ruf mich an.«
»Ich hab kein Geld zum Fenster rauszuwerfen.«
»Geizig bist du jetzt auch noch geworden? Soviel ich weiß, kann man in den Weihnachtstagen Interkontinentalgespräche von zwanzig Minuten führen und zahlt nur zehn. Oder so was Ähnliches. Du kannst dich ja erkundigen.«
»Fröhliche Weihnachten«, quetschte Montalbano durch die Zähne.
»Nein, mein Lieber. Das will ich entweder am Tag vor Heiligabend oder an Heiligabend selbst von dir hören«, sagte Livia stur und legte auf.

Und so nahm er aus reinem Masochismus die Einladung seines Freundes Valente – Vicequestore und jetzt Leiter eines Kommissariats am Stadtrand von Palermo – an, Weihnachten bei ihm zu verbringen. Aus Masochismus, denn Valentes Frau Giulia, die aus Sestri in Ligurien stammte und in Livias Alter war, kochte (aber konnte man das Wort in diesem Spezialfall verwenden?), wie kleine Kinder kochen, wenn sie in einer Schüssel zerkrümeltes Brot, Zucker, Paprikaschoten, Mehl und alles, was ihnen zwischen die Finger kommt, zusammenrühren und dir dann servieren und sagen, sie hätten dir was zu essen gemacht. Als er mit dem Auto vor dem Hotel, das er gewählt hatte, hielt, begriff er, dass das, was er Masochismus nannte, in Wirklichkeit ein Akt der Buße war, weil er zu Livia so grob gewesen war. Zu Valente hatte er gesagt, er komme am Vierundzwanzigsten morgens. Doch er hatte vor, am Abend des Dreiundzwanzigsten in Palermo durch die Straßen zu schlendern, ohne sich mit irgendwem unterhalten zu müssen. Allerdings hatte er vergessen, dass die Leute zu Weihnachten wie besessen Geschenke kaufen, die Geschäfte waren hell erleuchtet, in den Straßen wimmelte es von Menschen, die Schriftzüge auf den Lichterbögen wünschten Glück und Frieden. Er lief eine Stunde lang herum, wobei er sorgfältig eine Route wählte, die einen möglichst großen Bogen um die Kaufaktivitäten machte, doch auch in der trostlosesten Gasse gab es immer noch einen kleinen Laden, dessen Schaufenster mit einer bunten Lichterkette dekoriert war, die sich rhythmisch ein- und ausschaltete. Ohne Vorwarnung, ohne dass er den Grund dafür wusste, befiel ihn tiefe Melancholie. Er erinnerte sich an ein Weihnachten, als er, noch ein kleines Kind … Basta. Er beschloss, unverzüglich Abhilfe zu schaffen. Er beschleunigte den Schritt und kam schließlich zu einer Osteria, die er immer aufsuchte, wenn er in Palermo war. Er trat ein und stellte fest, dass er der einzige Gast war. Der Wirt und Kellner des Lokals, sechs kleine Tische im Ganzen, hieß Don Peppe. Seine Frau stand in der Küche und wusste, was sich gehörte. Don Peppe kannte Montalbano mit Vor- und Nachnamen, aber welchem Beruf er nachging, wusste er nicht: Wenn er es gewusst hätte, hätte er sich vielleicht weniger gesprächig gezeigt, denn in seiner Osteria verkehrten etwas zwielichtige Gestalten.

Mit vor Lust halb geschlossenen Augen hatte er sich *involtini di milanzàne* mit Pasta und geriebener Ricotta zu Gemüte geführt und wartete auf den zweiten Gang, als Don Peppe zu ihm kam.

»Sie werden am Telefon verlangt, Signor Montalbano.«

Der Commissario war überrascht. Wer konnte wissen, dass er in diesem Augenblick hier saß? Das war bestimmt ein Irrtum. Wie dem auch sei, er stand auf und ging ans Telefon, das auf einem Tischchen neben der Toilettentür stand.

*»Pronto?«*

»Bist du Montalbano?«

»Ja, hier ist Montalbano, aber...«

»Kein aber. Du hast akzeptiert, also mach keine Geschichten. Die erste Hälfte von dem Geld hast du schon gekriegt. Hör zu: Du triffst die Person um Mitternacht an. Via Rosales 32, eine kleine Villa. Du erledigst die Sache sauber. Danach rufst du mich an und berichtest. Die Nummer ist 001 21 26 78 33 46. Dann sage ich dir, wo du das restliche Geld abholen kannst. Ruf an, klar?«

Großer Gott! Der war ja in New York! Er wusste es, weil die ersten sechs Zahlen die gleichen waren wie bei der Nummer, die Livia ihm gegeben hatte. Ein Irrtum, wie er sofort gedacht hatte, ein Fall von Namensgleichheit.

»Entschuldigen Sie, Don Peppe, haben Sie noch andere Gäste, die wie ich heißen?«

»Nein. Warum?«

Ein Mann trat ein und setzte sich an einen Tisch. Um die

dreißig und mit einem Gesicht zum Fürchten, wenn man ihm nachts allein begegnete.
»Wie heißen Sie?«
»Das geht Sie einen Scheißdreck an.«
»Ich bin Kriminalkommissar. Wie heißen Sie?«
»Filippazzo Michele. Wollen Sie meinen Ausweis sehen?«
»Nein«, sagte Montalbano.
Filippazzo stand auf und sagte, an den Wirt gewandt:
»*Mi scusasse*, tut mir Leid, Don Peppe, aber ich hab keinen Hunger mehr.«
Er ging. Montalbano setzte sich wieder, der zweite Gang stand bereits auf dem Tisch und verbreitete einen göttlichen Duft, aber auch ihm war der Appetit vergangen, zumal Don Peppe ihn jetzt mit einem schiefen Blick musterte. Er sah auf die Uhr, halb zehn, verlangte die Rechnung, zahlte, ging hinaus auf die Straße und notierte sich die Adresse in Palermo und die Telefonnummer in New York. Er blieb in der Nähe stehen, um zu beobachten, wer die Osteria betrat, und dachte nach. Wenn man davon ausging, dass die sauber zu erledigende Sache ein Auftragsmord war, für den die erste Rate gezahlt worden war, lag es auf der Hand, dass Montalbano, der Killer, weder Don Peppe noch dem Mann in New York persönlich bekannt war. Diesem Namensvetter war nur gesagt worden, er solle in die Osteria von Don Peppe gehen und auf einen Anruf warten, um die Adresse des Opfers zu erfahren und wie er an die zweite Rate kam. Doch das Problem war, dass Montalbano Nummer zwei nicht erschienen war. Hatte er einen Rückzieher gemacht? Hatte ihn der Verkehr daran gehindert, rechtzeitig zu kommen? In diesem Augenblick betrat

ein Paar die Osteria, zwei alte Leute über sechzig. Allmählich wurde ihm kalt, die Schafsfelljacke war nicht warm genug. Eine weitere halbe Stunde verging. Es war klar, dass der andere Montalbano nicht mehr kommen würde. Und auch wenn er verspätet käme, würde er weder die Adresse des Opfers noch die Telefonnummer in New York erfahren, denn der andere hatte keinen Grund, noch mal anzurufen, er glaubte ja, er habe mit dem richtigen Montalbano gesprochen. Zurück im Hotel, ging er in sein Zimmer hinauf und rief Livia an, in New York musste es halb fünf Uhr nachmittags sein.

»*Hullo?*«, sagte eine Männerstimme.

»Hier ist Salvo Montalbano.«

»Wie schön, Sie zu hören! Sie sind Livias Freund, nicht wahr? Ich gebe sie Ihnen.«

»*Pronto*, Salvo? Hast du dich doch noch entschlossen, mir fröhliche Weihnachten zu wünschen?«

»Nein, habe ich nicht. Ich wollte dich um einen Gefallen bitten.«

Er erklärte ihr, was er brauchte. Aber das Gespräch dauerte lange, weil Livia ihn dauernd unterbrach (»Was machst du denn in Palermo?« -«Da hättest du ebenso gut nach New York kommen können!« – »Valentes Frau kocht doch so furchtbar!« – »Auf was für Scherereien hast du dich da wieder eingelassen?«). Endlich hatte Montalbano es geschafft, und Livia versprach ihm, gleich zurückzurufen. Tatsächlich klingelte das Telefon keine Viertelstunde später.

»Die Nummer, die du mir gegeben hast, ist die Liberty Bar. Es ist keine Privatnummer.«

»Danke. Ich melde mich später wieder«, sagte Montalbano.

Und dann, nach einer Pause: »Um dir fröhliche Weihnachten zu wünschen.«

Irgendeine Bar in New York, irgendeine Osteria in Palermo. Sie waren gut, echte Profis. Keine persönlichen Bekanntschaften, keine privaten Telefonnummern. Was nun? Es war elf Uhr abends, und er fasste einen Entschluss. Er ging in die Hotelhalle hinunter und studierte den Stadtplan von Palermo. Dann fuhr er mit dem Auto zur Via Rosales, einer dunklen Straße am anderen Ende der Stadt, schon fast auf dem Land. Keine Menschenseele war unterwegs. Der Commissario hielt auf Höhe der Hausnummer 32, hinter dem hohen Eisentor lag eine kleine Villa verborgen. Es war Mitternacht. Vielleicht war das auserkorene Opfer bereits im Haus. Die Scheinwerfer eines ankommenden Autos blendeten ihn. Eine gelbe Lampe blinkte oben an dem Tor, das sich langsam öffnete, das Auto fuhr hinein, das Tor ging wieder zu. Der Commissario wartete, bis nur noch ein ganz schmaler Durchlass blieb, sprang aus dem Auto und schlüpfte durch das Tor, wobei er ein paar Knöpfe verlor. Das Auto hatte vor der Villa geparkt. Eine junge Frau stieg aus, öffnete die Haustür und schloss sie hinter sich. In den Fenstern im Erdgeschoss ging das Licht an, dann auch im ersten Stock. Erst da näherte Montalbano sich vorsichtig dem Haus. Das Fenster links von der Eingangstür war angelehnt, er drückte dagegen, bis es ganz offen war. Wer A sagt, muss auch B sagen, dachte er und kletterte, nicht ohne eine gewisse Mühe, über das Fensterbrett. Er befand sich in einem riesigen Salon mit kostbaren Gemälden und Möbeln. Eine breite, mit einem dicken Teppich ausgelegte Holztreppe führte in das obere Stockwerk. Montalbano trat einen Schritt vor und blieb wie gelähmt stehen. Was für einen Schwachsinn machte er da? Warum verhielt er sich genau wie der Killer? Die einzige Möglichkeit war, noch mal über das Fensterbrett zu klettern, an der Haustür zu klingeln und sich auszuweisen. Er drehte sich um und konnte gerade noch einen Fuß heben, als er an den Schultern gepackt wurde. Er wand sich und schlug, mit einer Geistesgegenwart, die ihn selbst erstaunte, mit der Faust nicht dem ins Gesicht, der seine Schultern umklammerte, sondern einem anderen, der neben ihm stand. Derjenige, der ihn festhielt, stieß ihm kräftig mit dem Knie in den Rücken, während ihm der andere, der sich von dem Fausthieb erholt hatte, einen Treffer in den Bauch versetzte. Der Commissario fiel vornüber, seine Arme wurden nach hinten gebogen, und er hörte, völlig verdattert, das vertraute Schnappen der Handschellen.

»Ruf eine *gazzella*, sag, wir haben ihn«, sagte einer der beiden.

Schweißgebadet vor Scham begriff Montalbano, dass er von den Carabinieri festgenommen worden war.

Nachdem man ihn in die Kaserne gebracht und seine Personalien festgestellt hatte, machte das Gerücht die Runde. Die Hälfte der in Palermo Dienst tuenden Carabinieri eilte herbei, um ihn grinsend und augenzwinkernd wie ein seltenes Tier im Zoo anzugucken. Nach einer Stunde der Pein erschien ein Capitano, ein Hauptmann, der außer sich war vor Wut. »Warum haben Sie sich eingemischt?! Seit einer Woche waren wir an dieser Operation dran, und Sie haben alles vermasselt! Signora Cosentino wusste, dass ihr Mann sie umbringen lassen wollte, sie hat uns die Beweise geliefert, und wir haben sie unter Schutz gestellt. Heute Nacht wäre es endlich so weit gewesen, denn der Mann ist mit seiner Geliebten nach Berlin und hatte damit ein Alibi. Und jetzt werden wir dank Ihnen nichts mehr über diese Geschichte erfahren. Ich werde dem Questore Bericht erstatten.«

Montalbano, der mit gesenktem Kopf dasaß, hob den Blick und fragte:

»Kann ich mal telefonieren?«

Der Capitano zuckte mit den Schultern und zeigte auf das Telefon. Der Commissario wählte die Nummer der Liberty Bar in New York.

»Yes?«

Im Hintergrund hörte man Gelächter, Musik, Stimmengewirr, Gläserklirren. Es war eine Bar, Livia hatte Recht gehabt.

»Hier ist Montalbano.«

»Ich hab mir schon langsam Sorgen gemacht«, sagte der andere, derselbe, der in Don Peppes Osteria angerufen hatte.

»Es ist später geworden, weil die Person später gekommen ist. Ich habe sauber gearbeitet, wie du das wolltest. Und wo hole ich jetzt den Rest ab?«

Der andere sagte es ihm. Der Capitano starrte ihn mit aufgerissenen Augen an.

»Sie haben nach New York telefoniert? Von meinem Büro aus?! Und wie soll ich das rechtfertigen?«

»Ich liefere Ihnen eine gute Ausgangsbasis, Capitano. Ich habe in derselben Bar in New York angerufen, von der aus ich gestern Abend angerufen wurde. Notieren Sie sich die

Nummer. Es kann kein Gast der Bar gewesen sein, es muss jemand sein, der dort immer ans Telefon geht. Der Besitzer, der Geschäftsführer, sehen Sie selbst, informieren Sie sich. Sicher organisiert er die Morde. Den Rest des Geldes hat der Besitzer eines Schuhgeschäfts in der Via Sciabica 28. Das wurde mir gerade gesagt. Man muss nur ›Montalbano‹ sagen. Lassen Sie ihn festnehmen, und nehmen Sie ihn in die Mangel.«

Der Capitano erhob sich, reichte ihm die Hand und wünschte fröhliche Weihnachten. Montalbano erwiderte die Wünsche und kehrte ins Hotel zurück. Es war vier Uhr morgens. Er rief Livia an, um ihr die ganze Geschichte zu erzählen.

»Moment mal!«, sagte Livia. »Warum bist du in dieser Osteria ans Telefon gegangen?«

»Weil der doch einen gewissen Montalbano sprechen wollte!«

»Natürlich! Und du, egozentrisch wie du bist, bist sofort drangegangen, als wärst du der einzige Montalbano auf der Welt!«

Da konnte man nur streiten. Sie stritten zwanzig Minuten lang. Zehn waren zum Glück gratis.

Als das interkontinentale Gezänk beendet war, befiel ihn bleierne Müdigkeit. Nackt, unter der Dusche, begriff er, dass es sinnlos war, ins Bett zu gehen. Er konnte bestimmt nicht schlafen. Er war wegen einer offensichtlichen Namensgleichheit in eine Geschichte hineingezogen worden, hatte sich entsetzlich vor den Carabinieri blamiert, und jetzt sollte er seine Finger davon lassen, als wäre nichts gewesen? Das Ergebnis war, dass es fünf Uhr schlug, als er in der Via Sciabica vor der Hausnummer 28 stand. Da war kein Schuhgeschäft: Zu dieser Hausnummer gehörte eine stattliche Eingangstür, die auf Hochglanz poliert und um diese Uhrzeit natürlich geschlossen war, die Tür eines Wohnhauses, daneben die Sprechanlage und die Namen der Bewohner. Links davon war ein Gemüseladen mit einem Schild darüber: »*Addamo – Frutta e Verdura*«. Rechts war auch ein Geschäft: »*Salumeria Di Francesco*«. Er dachte, dass er die Hausnummer vielleicht falsch verstanden hatte. Vielleicht hatte es 38 geheißen. Er ging ein paar Meter weiter. Die Nummer 38 war ein Bestattungsinstitut. Da war nichts zu machen, er konnte nur geduldig die ganze Straße entlanggehen und sehen, ob es irgendwo das Ladenschild eines Schuhhändlers gab. In diesem Augenblick kam ein Engel auf einem Fahrrad daher. Passenderweise trug der Engel die Uniform eines Nachtwächters.

»Guten Morgen«, sagte Montalbano und hielt ihn auf.

»Guten Morgen«, sagte der andere und stellte einen Fuß auf den Boden.

»Ich bin Kriminalkommissar«, sagte Montalbano und zeigte ihm seinen Ausweis.

»Was kann ich für Sie tun?«

»Wissen Sie zufällig, ob es in dieser Straße ein Schuhgeschäft gibt?«

»Nein, da ist keins.«

Die Antwort war prompt und unmissverständlich.

»Sind Sie sicher?«

»Vollkommen. Ich tue seit mindestens vier Jahren Dienst in dieser Gegend. Das nächste Schuhgeschäft ist vier Querstraßen weiter, in der Via Pirrotta. Nummer 70, glaube ich.«

»Danke. Fröhliche Weihnachten.«

»Fröhliche Weihnachten.«

Warum hatte diese New Yorker Bar dem mutmaßlichen Killer absichtlich, daran zweifelte er nicht, eine falsche oder nicht existierende Adresse gegeben?

Auf dem Weg zurück ins Hotel sah er eine offene Bar. Er trat ein, der Duft der warmen *briosce*, die gerade aus dem Ofen kamen, lenkte ihn von seinen Gedanken ab. Mit Genuss aß er zwei und trank dazu einen dreifachen Espresso. Er verließ die Bar, ging zu einem Kiosk und kaufte eine Zeitung. Langsam und ohne Ziel – die drei Espressi hatten ihm jede Chance, einzuschlafen, genommen – wanderte er vor sich hin und las dabei die vermischten Meldungen, die lockten ihn immer als Erstes. Danach kamen die Todesanzeigen. Wenn Livia sah, dass er so die Zeitung las, brach sie jedes Mal einen Streit vom Zaun.

»Ich möchte bloß mal wissen, warum du die Todesanzeigen liest!«

»Nur so.«

»Was heißt ›nur so‹?«

»Es heißt einfach ›nur so‹. Ich weiß nicht, warum ich es mache, ich mache es eben. Schlägt, nur als Beispiel, jemand, der sportbegeistert ist, nicht auch sofort die Sportseite auf?«

»Ach ja? Und dein Lieblingssport ist es, bei den Toten zu weilen?«

Die Nachricht, die ihn dort, auf der Straße, lähmte und

zur Salzsäule erstarren ließ, nahm etwa zwanzig Zeilen ein. Die Überschrift lautete: TÖDLICHER ZUSAMMENSTOSS. Und da stand:

> Gestern Abend gegen 20.30 Uhr wurde in der Via Scaffidi der Passant Giovanni Montalbano, 40 Jahre alt, geboren und wohnhaft in Palermo, von einem Auto überfahren. Der Unfallverursacher, Andrea Caruso, Buchhalter im städtischen Liegenschaftsamt, brachte Montalbano selbst ins Krankenhaus San Libertino, wo dieser trotz sofortiger ärztlicher Versorgung starb. Die zahlreichen Zeugen äußerten sich übereinstimmend über den Hergang des tödlichen Unfalls, wonach Montalbano plötzlich aus einer Gasse kam und auf die Straße rannte; Caruso versuchte zu bremsen, doch vergebens. Wie sich herausstellte, wurde Montalbano wegen Eigentumsdelikten und versuchten Mordes gesucht.

Ein Taxi fuhr vorbei. Montalbano hob den Arm, um es zu stoppen, aber der Wagen fuhr weiter. Wütend rannte der Commissario hinter ihm her. Er merkte gar nicht, dass er brüllte, die wenigen Passanten sahen ihn überrascht und verwirrt an. Endlich hielt das Taxi, Montalbano öffnete die Tür und setzte sich auf den Beifahrersitz.

»Ich bin nicht im Dienst.«

»Dann bist du eben jetzt wieder im Dienst.«

Der Taxifahrer sah ihn böse an, Montalbano erwiderte mit einem noch böseren Blick.

»Wo wollen Sie hin?«

»Zuerst in die Via Scaffidi und dann in die Via Lojacono, zur Trattoria eines gewissen Peppe. Kennst du sie?«
Der Taxifahrer war wütend und gab keine Antwort. Er beschränkte sich darauf, den Gang einzulegen und loszufahren. Und wie ein Irrer auf die wenigen anderen Autos zu fluchen. Wie Montalbano vorausgesehen hatte, lag die Via Scaffidi etwa hundert Meter von Peppes Osteria entfernt. Wo er schon mal im Taxi saß, sagte er dem Fahrer, er solle ihn ins Hotel bringen.
»Jetzt reicht's aber langsam«, brummte der andere.

Jetzt überlegen wir mal, dachte Montalbano, als er in Unterhosen, Unterhemd und Socken auf dem Bett lag. Ein mieser Typ, der den gleichen Nachnamen hat wie ich, wird für den Mord an einer Frau gedungen. Der Typ kennt die Adresse des Opfers nicht: Sie soll ihm in einer bestimmten Osteria telefonisch aus New York mitgeteilt werden. Mein Namensvetter, der sich verspätet haben muss, eilt zu seiner telefonischen Verabredung in Peppes Trattoria, aber er wird unterwegs von einem Auto überfahren und stirbt kurz darauf. Aus einem eigentlich unglaublichen Zufall gehe ich, der ich Montalbano heiße wie er, in diese Osteria und nehme das Telefongespräch entgegen. Was dann passiert, wissen wir ja. Nach ein paar Stunden rufe ich in New York an, und diesmal gibt man mir eine falsche Adresse. Die erste war richtig gewesen, die zweite nicht. Warum? Überlegen wir mal. Während des ersten Telefongesprächs können die in New York gar nicht darauf kommen, dass es sich um eine Personenverwechslung handelt, Giovanni Montalbano ist gerade eben im Krankenhaus gestorben, und was sie mir sagen, ist richtig. Ein paar Stunden später rufe ich dort an, sage, dass alles gut gelaufen ist, und frage, wo ich mir das restliche Geld holen kann. Und sie geben mir absichtlich eine falsche Adresse. Bewusst tun sie etwas, was sich für sie als sehr gefährlich erweisen kann: Sie prellen den Killer, das heißt, sie sorgen dafür, dass er nicht an die zweite Hälfte des Geldes herankommt, und setzen sich damit seiner Reaktion aus. Mag sein, dass alles von Profis organisiert ist, aber wenn das Gerücht die Runde macht, dass die in New York nicht zahlen, wenn sie einen Job in Auftrag gegeben haben, fügt dieses Gerücht der Organisation sicher Schaden zu. Es wäre gewissermaßen geschäftlicher Selbstmord.

Es gibt nur eine Schlussfolgerung, und die ist simpel und banal. Während ich von den Carabinieri verhört wurde, hat jemand sie informiert, wie die Sache mit Signora Cosentino gelaufen ist. Dass nämlich der beauftragte Killer nie in der Villa angekommen ist und dass an seiner Stelle ein Vollidiot aufgetaucht ist, nämlich meine Wenigkeit. Als ich anrufe, bekomme ich eine kluge Antwort, sie stellen mich für ein paar Stunden ruhig, während sie in New York sicher die Spuren der Organisation verwischen.

Plötzlich versank alles in Dunkelheit. Nicht weil mit einem Mal die Lichter ausgegangen wären, sondern weil Montalbano die Augen zufielen und er einschlief, ohne es zu merken, eingelullt von der Müdigkeit und der Wärme der auf Hochtouren laufenden Heizung.

Das Telefon weckte ihn. Montalbano sah auf die Uhr: Er hatte drei Stunden geschlafen.
»Dottor Montalbano? Ein Capitano der Carabinieri wünscht Sie zu sprechen.«
»Stellen Sie ihn durch.«
»Dottor Montalbano? Hier ist Capitano De Maria. Wir haben uns vergangene Nacht kennen gelernt.«
Es schien ihm, als amüsierte sich der Capitano bei diesen letzten Worten.
»Was gibt es?«, fragte er gereizt.
»Ich würde mich gern kurz mit Ihnen unterhalten.«
»Ich ziehe mich an und komme in die Kaserne.«
»Sie brauchen nicht in die Kaserne zu kommen. Ich bin hier bei Ihnen. Machen Sie sich in Ruhe fertig, ich erwarte Sie unten in der Bar.«
Iih, das nervte vielleicht! Er ließ sich extra viel Zeit beim Waschen und Anziehen, dann ging er hinunter in die Bar. Als der Capitano ihn sah, stand er auf. Sie gaben sich die Hand. Die Bar war menschenleer. Sie setzten sich an ein Tischchen in der Ecke. Der Capitano hatte ein Grinsen im Gesicht, das den Commissario störte.
»Ich muss Sie um Entschuldigung bitten«, fing De Maria an.
»Weswegen denn?«
»Seit Sie heute Nacht unsere Kaserne verließen, wurden Sie ununterbrochen von einem Gefreiten beobachtet, der in Sachen Beschattung hervorragend ist. Denken Sie nur, Sie haben selbst…«
»…mit ihm gesprochen«, unterbrach Montalbano ihn. »Er war als Nachtwächter verkleidet, nicht wahr?«

Dem anderen verschlug es die Sprache.
»Schon gut«, sagte der Commissario großherzig. »Was für einen Verdacht hatten Sie gegen mich?«
»Offen gesagt gar keinen. Aber ich sagte mir: Einer wie Montalbano macht keine halben Sachen. Wenn er durch Zufall in diese Geschichte hineingeraten ist, dann wird er ihr auf den Grund gehen wollen. Folgen wir ihm also, und sehen wir, wohin er uns führt.«
»Danke. Und Sie sind zu denselben Schlussfolgerungen gelangt wie ich?«
»Ich glaube, ja. Ich vermute, bevor Sie von meinem Büro aus in New York anriefen, hat jemand die Organisatoren informiert, dass ihr Plan misslungen ist. Und da haben sie die falsche Adresse des Schuhgeschäfts angegeben.«
»Haben Sie eine Idee, wer New York informiert haben könnte?«
»Ich ja«, sagte der Capitano.
»Ich auch«, sagte Montalbano.
»Sagen Sie's oder sage ich's?«
»Sagen Sie's.«
»Die einzige Person, die wusste, dass der Plan misslungen war, war Signora Cosentino.«
»Richtig. Sie hat, als Sie mich in die Kaserne brachten, von zu Hause aus die Bar in New York angerufen. Aber Sie haben ihr Telefon überwacht, und das wusste die Signora nicht.«
»Richtig«, sagte der Capitano ebenfalls. »Ihr Mann hat mit dieser ganzen Geschichte …«
»… überhaupt nichts zu tun. Er hat nie auch nur im Traum daran gedacht, seine Frau umbringen zu lassen. Sie war es,

die ihn loswerden wollte. Ich weiß nicht wie, aber sie hat jemanden kontaktiert, um einen fingierten Mordversuch zu inszenieren. Sie hat Sie informiert und sich unter Polizeischutz stellen lassen. Mein Killer-Namensvetter wusste jedoch nicht, dass er, wenn er diese Villa betrat, in eine Falle laufen würde. Bei einem Geständnis hätte er das Spiel der Frau mitgespielt: Er hätte nichts anderes sagen können, als dass er bezahlt worden sei, um sie umzubringen. Und für ihren Mann hätte es ganz übel ausgesehen.«

»Richtig«, sagte der Capitano.

»Und was wollen Sie jetzt tun?«

»Schon getan«, sagte der Capitano. »Wir haben die Signora festgenommen und ausgequetscht. Sie hat gestanden, Namen genannt.«

»Warum erzählen Sie mir das alles?«, fragte Montalbano.

»Einfach so. Betrachten Sie's als Weihnachtsgeschenk.«

## *Catarella löst einen Fall*

Warum tue ich mir das eigentlich an?, fragte sich Montalbano, als er aus dem Auto stieg und sich umsah. Es war sechs Uhr, und ein tröstlich schöner Morgen kündigte sich an. Jetzt hatte er, nach einer halben Stunde Fahrt Richtung Fela und dann einer Viertelstunde auf einem holprigen Feldweg, noch mal mindestens eine Viertelstunde vor sich, aber zu Fuß, denn der Feldweg hatte sich mit einem Mal in einen Viehweg verwandelt, den höchstens die Ziegen schafften. Er sah nach oben. Auf dem Hügelkamm, den er erklimmen musste, war der alte Bunker nicht zu sehen, er war zwischen wucherndem Gestrüpp verborgen. Er fluchte, atmete tief ein, als müsste er die Luft anhalten, und machte sich an den Aufstieg.

Anderthalb Stunden zuvor hatte ihn das Klingeln des Telefons geweckt.
»*Pronti*, Dottori? Sind Sie das ganz persönlich?«
»Ja, Catarè.«
»Was haben Sie gemacht, haben Sie geschlafen?«
»Bis vor einer Minute, ja, Catarè.«
»Und jetzt schlafen Sie nicht mehr?«
»Nein, jetzt schlafe ich nicht mehr, Catarè.«
»Ah, Gott sei Dank.«

»Wieso Gott sei Dank, Catarè?
»Weil ich Sie dann nicht aufgeweckt hab, Dottori.«
Entweder riss er ihm bei der nächsten Gelegenheit den Kopf ab, oder er tat, als wäre nichts.
»Catarè, könntest du mir, falls es dir nichts ausmacht, sagen, warum du anrufst?«
»Weil der Dottori Augello Erkältung und Fieber hat.«
»Catarè, morgens um halb fünf ist es mir scheißegal, ob Augello krank ist oder nicht. Hol einen Arzt und ruf Fazio an.«
»Fazio ist auch nicht da. Er liegt mit Gallo und Galluzzo auf der Lauer.«
»Also gut, Catarè, was ist denn los?«
»Ein Schäfer hat angerufen. Er sagt, dass er einen Toten gefunden hat.«
»Wo denn?«
»Oben am Passo di Cane, am Hundepass. In einem alten Banker. Erinnern Sie sich, dass Sie da mal waren, vor drei Jahren oder so ...«
»Ja, Catarè, ich weiß, wo das ist. Und man sagt Bunker.«
»Wieso, was hab ich denn gesagt?«
»Banker.«
»Das ist doch dasselbe, Dottori.«
»Von wo hat dieser Schäfer angerufen?«
»Von wo soll er schon anrufen? Aus dem Banbunker, Dottori.«
»Da gibt's doch kein Telefon! In dieser gottverlassenen Gegend.«
»Der Schäfer hat mit seinem Handy angerufen, Dottori.«
Wie konnte es auch anders sein. Noch ein paar Jährchen,

und wenn man dann in Italien ohne Handy erwischt wurde, drohte einem die sofortige Verhaftung.
»Also gut, Catarè, ich fahr hin. Und sobald jemand ins Büro kommt, schickst du ihn zu mir zum Bunker.«
»Wie denn, Dottori?«
»Was?«
»Woher soll ich wissen, ob jemand ins Büro kommt? Ich bin doch hier.«
Der Commissario erstarrte.
»Heißt das, dass du zum Bunker gefahren bist?«
»*Sissi,* Dottori. Es war ja sonst keiner da…«
»Warte dort auf mich, und fass ja nichts an, ich sag's dir. Apropos, von wo aus rufst du an?«
»Das hab ich doch schon gesagt. Ich bin rausgegangen, weil es drin nicht geht. Ich ruf mit meinem Handy an.«
»Dann häng dich doch gleich an dein Handy und ruf auch Pasquano und den Staatsanwalt an.«
»Dottori, *mi pirdonasse*, verzeihen Sie, aber ich kann mich da nicht dranhängen, ein Handy hat doch keine Schnur.«

Als er ihn von weitem sah, fuchtelte Catarella mit den Armen in der Luft wie ein Schiffbrüchiger auf einer einsamen Insel, der ein Schiff vorbeifahren sieht.
»Hier bin ich, Dottori! Hier bin ich!«
Der Bunker war am Rand eines Abgrunds mit einer extrem steilen Wand gebaut worden. Darunter lag das Meer mit einem schmalen goldgelben Strand. Montalbano sah ein Auto auf dem Strand stehen.
»Wie kommt denn das Auto da hin?«
»Ich wüsste es, Dottori.«

»Sag schon.«
»Weil ich mit dem Auto da gekommen bin. Es ist meins.«
»Und wie bist du hier raufgekommen?«
»Ich bin die Wand rauf. Ich bin besser als ein Gebirgsjäger.«
Catarella trug eine große Taschenlampe um den Hals. Endlich hatte er mal was richtig gemacht, im Bunker war es stockfinster. Sie stiegen eine kleine Treppe hinab, die früher aus Beton gewesen war und sich jetzt als Müllplatz präsentierte, weiteren Müll fanden sie innen. Im Schein von Catarellas Taschenlampe lief der Commissario auf einer dicken Schicht Scheiße, Plastiktüten, Dosen, Flaschen, Präservativen, Spritzen herum. Es gab auch einen verrosteten Buggy. Die Leiche lag auf dem Rücken, die untere Hälfte im Abfall verborgen. Es war eine Frau mit nacktem Oberkörper, die Jeans am Bauch halb geöffnet. Nagetiere und Hunde hatten ihr Gesicht verwüstet und unkenntlich gemacht. Montalbano ließ sich die Lampe geben und betrachtete die Leiche aus der Nähe.
»Dottori, ich geh raus, wenn Sie erlauben«, sagte Catarella, der den Anblick wohl nicht ertrug.
Spuren von Schusswunden waren nicht zu sehen. Aber sie konnte erwürgt oder mit einer Stichwaffe am Rücken verletzt worden sein. Das Einzige war, hinauszugehen und auf Dottor Pasquano zu warten, auch weil man drinnen nicht atmen konnte, der Gestank schnürte einem die Kehle zu.
»Krieg ich eine Zigarette?«, fragte Catarella, ganz blass.
Eine Weile rauchten sie schweigend und blickten aufs Meer hinaus.
»Und der Schäfer?«, fragte der Commissario.

»Der ist wieder weg, weil er zu den Schafen musste. Aber ich hab seinen Vornamen, seinen Nachnamen und seine Adresse aufgeschrieben.«
»Hat er gesagt, warum er in den Bunker gegangen ist?«
»Er musste mal.«

»Ich könnte mir vorstellen, wer die Ärmste ist«, sagte Fazio, zurück von einer erfolglosen Observation, nach der er einen Gesuchten hatte festnehmen wollen.
Montalbano war wieder ins Büro gefahren, nachdem Dottor Pasquano den Leichnam zur Obduktion mitgenommen hatte. Er hatte versprochen, ihn am folgenden Tag Näheres wissen zu lassen.
»Wen meinst du?«
»Sie müsste Maria Lojacono heißen, verheiratet mit einem gewissen Salvatore Pìscopo, von Beruf Handelsvertreter.«
Dem Commissario war der Unmut deutlich anzumerken. Denn Fazios Akribie bei Personalien ging ihm immer auf die Nerven.
»Und woher weißt du das?«
»Weil ihr Mann sie vor drei Monaten vermisst gemeldet hat. Ich hab ein Foto drüben, ich hol's schnell.«
Maria Lojacono war ein hübsches Mädchen gewesen, mit einem lachenden, offenen Gesicht und großen schwarzen Augen. Höchstens Anfang zwanzig.
»Wann war das?«
»Heute sind es genau drei Monate.«
»Hat der Ehemann Einzelheiten erzählt?«
»*Sissi.* Die Lojacono hat geheiratet, als sie gerade achtzehn war. Neun Monate später wurde eine Tochter geboren. Sie

starb nach zwei Monaten. Ein schreckliches Unglück: Sie ist an Erbrochenem erstickt. Von da an war die junge Frau verwirrt, sie wollte sich umbringen, sie sagte, sie wäre schuld am Tod der Kleinen. Ihr Mann brachte sie nach Montelusa, um sie behandeln zu lassen, aber da war nichts zu machen. Es wurde immer schlimmer. So schlimm, dass Pìscopo, ihr Mann, der sie nicht allein lassen wollte, wenn er auf Fahrt war, sie zu ihrer Schwester brachte, die auf sie aufpasste. Eines Abends ging die Schwester ins Bett und hörte, bevor sie einschlief, Maria ins Bad gehen. Sie war müde und nickte ein. Als sie aufwachte, gegen vier Uhr morgens, hatte sie eine Art Vorahnung und stand auf. Marias Bett war leer und kalt. Das Fenster im Bad stand offen. Maria war seit mindestens fünf Stunden fort. Ihr Mann kam eine knappe Stunde später nach Hause und suchte sie in der näheren Umgebung. Dann informierte er uns und die Arma. Seither hat man von dem armen Mädchen nichts mehr gehört.«

»Hat Pìscopo beschrieben, wie seine Frau angezogen war?«

»*Sissi.* Ich habe in der Anzeige nachgesehen, als ich das Foto holte. Sie trug Jeans, eine rote Bluse, ein schwarzes Wolljäckchen, Schuhe...«

»Fazio, als wir sie sahen, hatte sie keinen Büstenhalter und weder Bluse noch Wolljäckchen an.«

»Oje.«

»Na ja, das muss nicht unbedingt etwas heißen. Tu mir einen Gefallen. Hol eine starke Taschenlampe, und fahr zusammen mit Galluzzo zum Bunker. Nehmt feste Handschuhe mit, passt gut auf, dass ihr euch nicht an den Hän-

den verletzt. Sucht nach irgendwelchen Kleidungsstücken, die von ihr stammen könnten.«
»Wissen Sie denn, ob sie einen Slip anhatte?«
»Ja. Den hat man unter der halb aufgeknöpften Jeans gesehen.«

Fazio war nach vier Stunden zurück. In der Hand hatte er eine durchsichtige Plastiktüte, darin war etwas zu sehen, was einmal ein schwarzes Wolljäckchen gewesen sein musste.
»Entschuldigen Sie, dass ich so spät komme. Aber nachdem ich und Galluzzo gut eine Stunde die Scheiße durchwühlt haben, hab ich mich wie verseucht gefühlt. Bevor ich hergekommen bin, war ich schnell zu Hause und habe mich gewaschen und umgezogen. Wir haben nur ein Jäckchen gefunden. Die Farbe stimmt mit den Angaben ihres Mannes überein. Ihm hatte die Schwester erklärt, wie seine Frau angezogen war.«
»Hör zu, Fazio. Die Frau hatte einen Trauring am Finger, als wir sie fanden. Fahr kurz nach Montelusa und lass ihn dir von Dottor Pasquano geben. Dann gehst du mit dem Jäckchen und dem Ring zu diesem Pìscopo und zeigst sie ihm. Wenn er die Sachen erkennt, bringst du ihn her zu mir.«

Salvatore Pìscopo, um die vierzig, wirkte auf den Commissario sofort wie ein Mann, der echten, tiefen Schmerz litt. Schmächtig, ganz schmaler Schnurrbart.
»Es ist sicher meine Frau«, sagte er mit erstickter Stimme.
»Mein Beileid«, sagte Montalbano.
»Wir liebten uns. Das kleine Mädchen, das gestorben ist, das arme unschuldige Kind, hat unser Leben ruiniert.«

Er konnte nicht mehr und brach in heftiges Schluchzen aus. Montalbano erhob sich, ging um den Schreibtisch herum, setzte sich neben den Mann und drückte fest sein Knie.
»Kopf hoch. Möchten Sie einen Schluck Wasser?«
Pìscopo schüttelte den Kopf. Der Commissario wartete, bis er sich wieder gefasst hatte.
»Also, Signor Pìscopo. Wann haben Sie erfahren, dass Ihre Frau verschwunden ist, und wo haben Sie sie als Erstes gesucht?«
Obwohl er litt und ganz benommen war, blickte er dem Commissario fest in die Augen.
»Warum stellen Sie mir diese Frage?«
»Weil ich sehe, dass Ihr Schmerz aufrichtig ist, Signor Pìscopo. Seit dem Verschwinden Ihrer Frau sind drei Monate vergangen. Haben Sie die ganze Zeit gehofft, dass Ihre Frau am Leben ist? Und wenn ja, was dachten Sie, wo sie sich versteckt haben könnte? Bei einer Verwandten? Bei einer Freundin? Deshalb habe ich Ihnen diese Frage gestellt.«
»Nein, Commissario, ich war schon am Tag nach ihrem Verschwinden überzeugt, dass ich sie nicht mehr lebend sehen würde.«
»Warum?«
»Weil sie weder Verwandte noch Freunde noch Bekannte hatte. Sie hatte niemanden, wo sie hätte hingehen können, da war nur ihre Schwester. Und wenn Sie mich jetzt so sehen, Commissario, dann deshalb, weil es eine Sache ist, an das Schlimmste zu denken, und eine andere, zu wissen, dass das Schlimmste wirklich passiert ist.«
»Wie kommt es, dass die Signora keine Freunde hatte?«
»Wissen Sie, sie waren Waisen, sie und ihre Schwester

Concetta, die vier Jahre älter ist und früh geheiratet hat. Ich wohnte im Nachbarhaus und kannte sie von klein auf. Zwischen mir und Maria lagen zwanzig Jahre Altersunterschied. Aber das zählte nicht. Nach der Hochzeit hatte das arme Mädchen keine Gelegenheit, Leute kennen zu lernen. Sie wissen ja, was passiert ist.«

»Nun, wo haben Sie die Signora gesucht?«

»Ach... ich bin um das Haus herumgelaufen... habe die Nachbarn gefragt, ob sie sie gesehen haben... In dieser Nacht war es auch noch kalt, und es regnete. Außerdem war es spät, und es waren keine Leute mehr auf der Straße. Niemand konnte mir etwas sagen. Da bin ich erst zu den Carabinieri und dann hierher gegangen. Ich habe in Vigàta und Montelusa in den Krankenhäusern gesucht, in den Nachbardörfern, Klöstern, Kirchen, bei karitativen Vereinen... Sie war nirgends.«

»War die Signora gläubig?«

»Sonntags ging sie in die Kirche. Aber sie hat weder gebeichtet, noch ist sie zur Kommunion gegangen. Sie wollte sich nicht mal einem Pfarrer anvertrauen.«

Er nahm sich sichtbar zusammen, um den Commissario mit ganz leiser Stimme zu fragen:

»Hat sie sich umgebracht? Oder ist sie erfroren? Vor drei Monaten war es eisig kalt.«

Montalbano breitete die Arme aus.

»Nein, sie ist nicht erfroren oder an Erschöpfung gestorben«, sagte Dottor Pasquano. »Sie wurde umgebracht. Oder sie hat sich selbst umgebracht.«

»Wie denn?«, fragte Montalbano.

»Ganz gewöhnliches Mäusegift. Ich habe mit dem Kollegen gesprochen, bei dem sie hier in Montelusa in Behandlung war. Sie litt unter starken Depressionen, sie hat mehrmals und mit den verschiedensten Methoden versucht, sich das Leben zu nehmen.«

»Selbstmord wäre demnach die brauchbarste Hypothese?«

»Das ist nicht gesagt. Dem Anschein nach die brauchbarste, wie Sie das nennen.«

»Warum dem Anschein nach?«

»Weil ich festgestellt habe... und ich täusche mich nicht, Montalbano: Man hatte sie mit einer Schnur an den Handgelenken und den Knöcheln gefesselt.«

Der Commissario dachte eine Weile nach.

»Möglicherweise haben Familienangehörige, was weiß ich, ihr Mann oder die Schwester, sie festgebunden, wenn sie sie allein lassen mussten, um zu verhindern, dass sie sich umbrachte oder anderen etwas antat. Eigentlich war die Zwangsjacke früher in den Irrenhäusern doch zu so was da, oder?«

»Ich weiß nicht, ob man sie zu ihrem Wohl festgebunden hat, das müssen Sie herausfinden. Ich sage Ihnen nur, wie die Dinge liegen.«

»Gut, Dottore, ich danke Ihnen«, sagte Montalbano und stand auf.

»Ich bin noch nicht fertig.«

Montalbano setzte sich wieder. Der Charakter des Gerichtsmediziners passte nicht recht zu dieser Welt; wenn er plötzlich einen Rappel bekam und nicht mehr reden wollte, konnte der Commissario warten, bis irgendwann der schriftliche Bericht fertig war.

»Etwas überzeugt mich nicht.«
Der Commissario sagte kein Wort.
»Wann, sagten Sie, ist sie aus der Wohnung der Schwester verschwunden?«
»Vor über drei Monaten.«
»Über eines bin ich mir absolut sicher, Commissario. Sie ist nicht vor drei Monaten gestorben. Der Körper war in einem miserablen Zustand, aber nur weil sich alle möglichen Tiere bedient haben. Merkwürdigerweise ging der Verwesungsprozess sehr langsam vor sich. Aber der Tod liegt nicht drei Monate zurück.«
»Wann ist sie denn gestorben?«
»Vor zwei Monaten. Vielleicht etwas weniger.«
»Und was soll sie in diesem Lebensmonat getan haben? Wo war sie? Es hat sie doch anscheinend niemand gesehen!«
»Ihr Bier, Commissario«, sagte Dottor Pasquano sehr liebenswürdig.

»Soll ich dir erzählen, wie die Situation ist?«, fragte Mimì Augello, noch blass von der gerade überstandenen Grippe. »Maria Lojaconos Schwester heißt Concetta. Sie hat einen guten Eindruck auf mich gemacht. Ihr Mann auch, er arbeitet in der Tiefkühlfisch-Branche. Sie haben drei Kinder, das älteste ist sechs. Signora Concetta schließt aus, dass ihre Schwester sich das Gift im Haus besorgt hat, sie hatten nie welches, sie sagt, unternehmungslustig wie ihre Kinder seien, hätten womöglich sie und nicht die Mäuse das Gift gegessen. Das Argument klingt überzeugend. Auf meine konkrete Frage, ob sie Maria manchmal festbinden mussten, haben sie mich entrüstet angeschaut. Ich glaube, das haben sie nie getan. Dann habe ich gefragt, ob Pìscopo, ihr Mann, das gewesen sein könnte. Concetta hat diese Möglichkeit ausgeschlossen: Wenn Salvatore das getan hätte, hätte sie es gemerkt, wie jede andere Art von Gewaltanwendung. Manchmal, hat sie mir erklärt, fiel ihre Schwester in einen Zustand völliger Apathie, sie war dann wie eine Stoffpuppe, das hat sie wörtlich gesagt. Dann musste Concetta sie zum Waschen nackt ausziehen. Wenn jemand Maria Lojacono an Händen und Füßen gefesselt hat, dann müssen wir nicht dort forschen. Ach ja, sie hat mich nach einem kleinen Ring gefragt.«

»Nach was für einem Ring?«

»Marias Mann hat ihr erzählt, dass man ihm zur Identifizierung ein Wolljäckchen und den Ehering gezeigt hat. Stimmt das?«

»Ja, so war es.«

»Hatte sie keine anderen Ringe an?«

»Nein.«

»Signora Concetta hat gesagt, dass Maria am kleinen Finger einen Ring trug, der völlig wertlos war, an dem sie aber sehr hing. Er war das erste Geschenk, das sie als kleines Mädchen bekommen hatte.«

»Er war bestimmt nicht da, Pasquano hätte ihn mir gegeben. Außer er war in der Hosentasche.«

Sicherheitshalber rief er den Doktor an. In den Hosentaschen hatten sie nichts gefunden.

Er hatte von Maria Lojaconos Foto Abzüge machen lassen. Er rief Gallo und Galluzzo zu sich: Mit dem Foto in der

Hand sollten sie entlang einer Zickzackroute, die sich vom Haus der Schwester der Toten bis zum Bunker am Hundepass erstreckte, fragen, ob jemand sie gesehen hatte oder glaubte, sie gesehen zu haben.

»Das wird mindestens drei, vier Tage dauern«, sagte Montalbano. »Geht die Strecke von Vigàta aus parallel ab, um sicher zu sein, dass ihr kein Haus auslasst.«

Sie waren gerade weg, als Catarella mit Leichenbittermiene eintrat.

»Was ist denn mit dir los?«

»Ich hab gerade gehört, was meine Kollegen Gallo und Galluzzo für einen Auftrag gekriegt haben.«

»Passt dir das nicht?«

»Sie können tun und lassen, was Sie wollen, und müssen sich nicht rechtfertigen.«

»Ja und?«

»Ich bitte um Verzeihung, Dottori, aber ich find's ungerecht.«

»Catarè, drück dich bitte klar aus.«

»Ich hab Ihnen das mit der Leiche von dem armen Mädchen erzählt. Deswegen find ich's ungerecht, wenn ich nicht den gleichen Auftrag krieg wie meine Kollegen.«

»Catarè, aber du bist hier unabkömmlich! Wenn du nicht da bist, geht doch das ganze Kommissariat den Bach runter!«

»Dottori, ich weiß, wie wichtig ich hier bin. Ich find's trotzdem ungerecht.«

»Also gut. Da hast du ein Foto. Aber du gehst zum Hundepass und fängst mit deinen Nachforschungen in der Nähe des Bunkers an.«

»Dottori, Ihr seid groß und barmherzig!«
Wie Allah. Aber es war eine raffinierte Rache: Bestimmt fühlte Catarella sich verpflichtet, noch mal die steile Wand hinaufzuklettern.

Gallo und Galluzzo kehrten gegen Abend mit leeren Händen zurück: Niemand von den Leuten, die sie befragt und denen sie das Foto gezeigt hatten, hatte die junge Frau gesehen. Catarella allerdings kam nicht zurück. Es war schon dunkel geworden. Der Commissario wurde allmählich nervös.
»Hat er sich vielleicht verirrt?«
Er wollte gerade einen Suchtrupp organisieren, als sich Catarella endlich telefonisch meldete.
»Dottori, sind Sie das ganz …«
»… persönlich, Catarè. Was ist denn los? Ich habe mir schon Sorgen gemacht.«
»Gar nichts ist los, Dottori. Ich wollte Ihnen sagen, dass ich allerspätestens in einer halben Stunde im Kommissariat bin. Ich bin also fast da. Warten Sie auf mich? Ich muss mit Ihnen reden.«
Er tauchte genau eine halbe Stunde später auf, müde und merkwürdig ratlos, so hatte Montalbano ihn noch nie gesehen.
»Ich bin ganz durcheinander, Dottori.«
»Warum denn?«
»Weil ich so Sachen denken muss, Dottori.«
Das war es also: Dieses Verstörtsein war das Zeichen dafür, dass sich mutig ein Gedanke in Catarellas Gehirnwüste vorgewagt hatte.
»Was denkst du denn, Catarè?«

Catarella beantwortete die Frage seines Chefs nicht direkt.

»Also, Dottori, am Hundepass gibt's viele große Häuser und viele kleine Bauernhäuser, und die sind alle so weit auseinander, deswegen komm ich so spät. Ich hab mitgezählt, und da waren's schon vierzehn Häuser, und da hab ich gedacht: Wenn ich schon mal so weit bin! Dann kann ich auch weitermachen!«

»Gut gemacht. Sag mal, wie bist du denn auf den Pass hochgekommen? Bist du die Wand raufgeklettert?«

»*Nonsi*, Dottori. Ich hab's so gemacht wie Sie letztes Mal.«

Schlau war er geworden, der Catarella.

»Also, Dottori. Ich hab am fünfzehnten Haus geklopft, das war ganz klein und nicht verputzt. Da waren Schafe, Ziegen, Hühner, ein Hasenstall, ein Schwein...«

»Catarè, lass den Zoo. Erzähl weiter.«

»Jedenfalls hat mir Scillicato echt selber aufgemacht, Dottori!«

»Wirklich?«, fragte der Commissario erstaunt.

»Echt wahr, Dottori!«

»Catarè, ich habe gestaunt, wie du das wolltest, erklärst du mir jetzt, wer zum Teufel Scillicato ist?«

»Ach, hab ich Ihnen das nicht gesagt? Pasquale Scillicato ist der Schäfer, der die Leiche gefunden hat, der, der angerufen hat!«

»Und das wusstest du nicht? Hast du nicht gesagt, er hätte dir seine Adresse gegeben?«

»*Sissi*, Dottori, er hat mir seine Adresse gegeben, aber ich hab nicht kapiert, wo die Adresse ist. Dottori, jedenfalls ist das kleine Haus vom Scillicato ein bisschen mehr als ein Kilometer vom Banbunker weg.«

»Interessant.«
»Das finde ich auch. Dottori, Scillicato ist ein Wilder.«
»Wie meinst du das?«
»Dottori, in seinem Haus ist zwar ein Fernseher, in seinem Haus ist zwar ein Kühlschrank, er hat zwar ein Handy, er hat zwar dieses Dings, jetzt fällt mir grad nicht ein, wie es heißt, es macht zzzzzzzz und sticht…«
»*La vespa*, eine Wespe?«
»*Nonsi*, Dottori, die Cousine von der Wespe.«
Die Cousine. Was konnte das sein?
»*L'ape*, eine Biene?«, fragte Montalbano zögernd.
»Genau, ganz genau! Ein *Ape* hat er zwar auch, und er hat zwar…«
»Catarè, sag mir, was nicht in Ordnung ist, nicht, was er für tolle Sachen hat.«
»Dottori, er zieht sich zwar an wie einer, der betteln muss, er hält zwar seine Hosen mit einer Schnur zusammen, er hat zwar in einer Hosentasche die Salami und in der anderen das Brot, er hat zwar…«
Er fing eine neue Litanei an.
»Catarè, komm zur Sache.«
»Dottori, es gibt mindestens drei Sachen. Die erste Sache ist die, dass wie ich ihm das Foto gezeigt hab, hat er gesagt, dass er die Frau nur tot gesehen hat, wie er sie im Banbunker gefunden hat und uns angerufen hat.«
»Ja und?«
»Dottori, ah, Dottori! Wie er die Leiche gesehen hat, war es doch draußen schon so dunkel, und dann erst im Banbunker drin! Er hat allerhöchstens die Leiche gesehen, aber nicht, wie das Gesicht ausgesehen hat! Und die Hunde und

die Mäuse haben doch das Gesicht von dem armen Mädchen aufgegessen! Wenn er sie erkannt hat, dann nur, weil er sie vorher gesehen hat!«

»Weiter!«, sagte Montalbano höchst interessiert.

»Die zweite Sache ist die, dass ich's nicht mehr ausgehalten hab.«

»Mit Scillicato hast du's nicht mehr ausgehalten?«

»Nein, ich musste mal dringend. Und deshalb hab ich ihn gefragt, wo das Klo ist. Er hat geantwortet, dass er kein Klo im Haus hat. Wenn ich pinkeln muss, soll ich halt rausgehen und irgendwohin pinkeln, er macht das auch.«

»Na ja, Catarè, ich finde nicht…«

»Ich bitte um Verzeihung, Dottori. Aber wenn einer dran gewöhnt ist, dass er rausgeht, wenn er mal muss, warum verzieht er sich dann in den Banbunker, wenn er mal muss?«

Montalbano starrte ihn mit großen Augen an. Catarellas Argumentation hatte Hand und Fuß.

»Die dritte Sache, Dottori, ist die, dass sich dieser Scillicato um halb vier Uhr morgens in den Banbunker verzieht, da ist doch kein Schwein am Hundepass. Wer sollte ihn um diese Uhrzeit sehen?«

Er lachte, stolz auf seinen Witz. Montalbano sprang auf, umarmte Catarella und küsste ihn schmatzend auf die Wangen.

»Mimì, meines Erachtens ist die Geschichte so gegangen. Maria Lojacono läuft aus dem Haus ihrer Schwester fort und gerät zu ihrem Unglück an Scillicato, der gerade mit seinem *Ape* vorbeikommt. Der Schäfer hält an, vielleicht hat Maria ihm gewinkt, um mitgenommen zu werden. Doch Scillicato merkt bald, dass die junge Frau verwirrt ist. Er beschließt, die Gelegenheit auszunutzen, und nimmt sie mit nach Hause. Maria macht sicher gerade eine apathische Phase durch, die sie hat, nachdem sie tagelang zwanghaft in Bewegung war, was sie zur Flucht getrieben hat. Die Sache kommt Scillicato gelegen, und das geht vier Wochen lang so fort. Wenn er aus dem Haus muss, fesselt er das Mädchen mit einer Schnur. Er behandelt sie wie seine Hühner und Schafe. Aber eines Tages wacht Maria wieder auf, sie befreit sich und flieht. Doch vorher nimmt sie, wie schon früher vom Gedanken an Selbstmord beseelt, Mäusegift an sich, das Scillicato sicherlich im Haus hat. Als der Schäfer zurückkommt und sie nicht vorfindet, denkt er sich nicht viel dabei. Vielleicht glaubt er, die junge Frau sei zu ihrer Familie zurückgekehrt. Doch Maria hat sich im Bunker versteckt und vergiftet. Viel später erfährt Scillicato, dass Maria noch immer gesucht wird. Da macht er sich auch auf die Suche nach ihr, vielleicht fürchtet er, sie könnte von den Vergewaltigungen berichten, die sie vier Wochen lang über sich ergehen lassen musste. Schließlich findet er die Leiche und ruft uns an.«

»Das verstehe ich nicht«, sagte Mimì. »Warum hat er sich eingeschaltet? Wenn er uns den Fund nicht gemeldet hätte, wer weiß, wie lange die Leiche dann noch im Bunker geblieben wäre.«

»Keine Ahnung«, sagte Montalbano. »Weiß der Himmel. Er hat wohl geglaubt, sie sei an Erschöpfung gestorben, und das wird ihn beruhigt haben, sie konnte ja nicht mehr reden. Und dann wollte er den gesetzestreuen Bürger rauskehren. Er hat wohl gedacht, er kann uns eine falsche Fährte legen.«

»Und was machen wir jetzt?«

»Du lässt dir einen Durchsuchungsbefehl ausstellen und gehst zu Scillicato.«

»Was sollen wir suchen?«

»Ich weiß es nicht. Wir haben weder Marias Büstenhalter noch ihre rote Bluse gefunden. Aber die sind bestimmt längst verbrannt. Du musst selbst sehen. Mir ist vor allem daran gelegen, dass ihr ihn unter Druck setzt.«

»In Ordnung.«

»Ach ja, noch was. Nimm Catarella mit. Und wenn Scillicato festzunehmen ist, lass Catarella ihm die Handschellen anlegen. Er hat die Genugtuung verdient.«

Stundenlang durchsuchten sie das kleine Haus, ohne etwas zu finden. Sie hatten die Hoffnung schon aufgegeben, als Catarella in der Ecke einer fensterlosen Kammer, in der es stank, dass es einem den Magen umdrehte, im Dreck etwas glitzern sah. Er bückte sich und hob es auf: Es war ein billiges Ringlein. Das erste Geschenk, das ein kleines Mädchen viele, viele Jahre zuvor bekommen hatte.

## *Kümmelblättchen*

Es regnete so stark, dass Commissario Montalbano nach den drei Schritten, die ihn von seinem vor der Haustür geparkten Wagen trennten, von Kopf bis Fuß durchnässt war. Aber er hasste Regenschirme nun mal, da konnte er nichts machen. Der Motor musste feucht geworden sein, er sprang nicht sofort an. Montalbano fluchte; schon als er die Augen aufschlug, hatte er gewusst, dass dies ein unguter Tag werden würde. Dann setzte sich das Auto in Bewegung, aber der Scheibenwischer auf der Beifahrerseite war kaputt, dicke Tropfen zerklatschten ungeniert auf der Scheibe und schränkten die Sicht noch mehr ein. Obendrein musste er wenige Meter vor dem Kommissariat hinter einem Leichenwagen herfahren, der ihm auf den ersten Blick leer zu sein schien. Als er genauer hinsah, merkte er, dass es sich um einen richtigen Trauerzug handelte: Hinter dem Wagen ging einer her, der sich mit einem Regenschirm zu schützen versuchte. Der Mann triefte vor Nässe, und der Commissario wünschte ihm, dass ihm die Lungenentzündung erspart blieb, die ihn beinah unvermeidlich innerhalb der nächsten vierundzwanzig Stunden erwartete. Als Montalbano sein Büro betrat, war sein Zorn über das schlechte Wetter vorbei, jetzt beschlich ihn Melancholie: Bei einem Leichentransport mit nur einem Menschen dahinter und dazu diesem sintflutartigen Regen ging einem nicht gerade das Herz auf. Fazio, der seinen Chef kannte wie sich selbst, war besorgt. Nur einmal hatte er ihn in einer ernsten Angelegenheit so niedergeschlagen und wortkarg erlebt.

»Was ist los mit Ihnen?«

»Was soll denn mit mir los sein?«

Sie sprachen über die laufenden Ermittlungen, die Mimì Augello, den Vicecommissario, gegenwärtig beschäftigten. Doch Montalbano wirkte abwesend und war einsilbig. Plötzlich sagte er, ohne jeden Zusammenhang mit dem Problem, über das sie gerade sprachen:

»Als ich herkam, bin ich einem Trauerzug begegnet.«

Fazio sah ihn irritiert an.

»Hinter dem Wagen war nur ein Mann«, fuhr Montalbano fort.

»Ach ja«, sagte Fazio, der immer Bescheid wusste über Vigàta und seine Bewohner. »Das muss der arme Girolamo Cascio sein.«

»Wer heißt Cascio, der Tote oder der Lebendige?«

»Der Tote, Dottore. Der dahinter war sicher Ciccio Mònaco, der ehemalige Gemeindesekretär. Der arme Cascio war auch bei der Stadt angestellt.«

Montalbano vergegenwärtigte sich die Szene, die er undeutlich durch die Windschutzscheibe gesehen hatte, und stellte das Bild scharf ein: Ja, der Mann hinter dem Wagen war tatsächlich Signor Mònaco, den er flüchtig kannte. »Der einzige Freund, den der arme Cascio in Vigàta hatte«, fuhr Fazio fort, »war der ehemalige Gemeindesekretär. Abgesehen von Mònaco war Cascio allein wie ein Hund.«

»Woran ist er gestorben?«

»Er wurde überfahren, und der am Steuer saß, beging Fahrerflucht. Es war später Abend, es war dunkel, und kein Mensch hat was gesehen. Einer, der frühmorgens zur Arbeit ging, hat ihn gefunden, er lag tot auf dem Boden. Dottor Pasquano hat ihn obduziert und Dottor Augello den Bericht geschickt. Er liegt auf seinem Schreibtisch, soll ich ihn holen?«

»Nein. Was steht drin?«

»Dass Cascio, als er überfahren wurde, so viel Alkohol intus hatte, dass sich damit eine ganze Armee hätte betrinken können. Er hatte sich voll gekotzt. Er ist bestimmt gegangen, als hätte er starken Gegenwind gehabt, und muss in ein Auto gelaufen sein, das nicht mehr rechtzeitig ausweichen konnte.«

Am Nachmittag hörte es auf zu regnen, die Wolken verzogen sich, es wurde wieder schön, und mit dem schönen Wetter verging Montalbanos melancholische Stimmung. Abends bekam er einen Bärenhunger, und er beschloss, in der Trattoria San Calogero zu essen. Er lief schnell in das Lokal, und die erste Person, die er sah, war ausgerechnet Ciccio Mònaco, der allein an einem Tisch saß. Er wirkte verloren, der Kellner hatte ihm gerade ein Gemüsepüree gebracht, doch für Gerichte dieser Art war der Koch der Trattoria entschieden unbegabt. Der ehemalige Gemeindesekretär sah ihn und grüßte, mit der Serviette ein Niesen unterdrückend. Montalbano erwiderte den Gruß. Dann fügte er, aus einem ihm selbst unerklärlichen Impuls heraus, hinzu:

»Tut mir Leid wegen Ihrem Freund Cascio.«
»Danke«, sagte Ciccio Mònaco. Und dann machte er schüchtern einen Vorschlag, begleitet von etwas, das man, wollte man großzügig sein, Lächeln nennen konnte:
»Wollen Sie sich zu mir setzen?«
Der Commissario zögerte, er redete ungern beim Essen, aber das Mitleid war stärker. Natürlich kamen sie auf den Unfall zu sprechen, und der ehemalige Gemeindesekretär fuhr sich plötzlich mit der Hand über die Augen, als wollte er seine Tränen zurückhalten.
»Wissen Sie, was ich denken muss, Commissario? Wie lange mein Freund wohl zum Sterben gebraucht hat. Wenn dieser Schuft, der ihn überfahren hat, angehalten hätte ...«
»Es ist nicht gesagt, dass er weitergefahren ist. Vielleicht hat er auch angehalten, ist ausgestiegen, hat gesehen, dass Cascio tot war, und ist weggefahren. Trank Ihr Freund oft?«
Der andere sah überrascht drein.
»Girolamo? Nein, er hat seit drei Jahren nicht mehr getrunken. Er konnte nicht. Nach einer Operation war ihm das geblieben, wenn er nur einen Schluck Whisky trank, bitte entschuldigen Sie, musste er sich übergeben.«
»Warum erwähnen Sie den Whisky?«
»Weil er den auch vorher getrunken hat, Wein mochte er nicht.«
»Wissen Sie, was Cascio an dem Abend, als er überfahren wurde, gemacht hatte?«
»Natürlich weiß ich das. Nach dem Essen kam er zu mir, wir plauderten eine Weile, dann sahen wir uns die ›Mauri-

zio-Costanzo-Show‹ an, die spät zu Ende ist. Als er ging, war es vielleicht eins. Bis zu ihm nach Hause war es etwa eine Viertelstunde zu Fuß.«
»War er normal?«
»O Gott, Commissario, was Sie mir für Fragen stellen! Natürlich war er normal. Er war sehr fit für seine siebzig Jahre.«

Wenn Montalbano ein Gelage mit frischem Fisch veranstaltet hatte, genoss er gewöhnlich noch lange den Geschmack im Mund, sodass er nicht einmal einen Espresso hinterhertrinken wollte. Diesmal trank er einen, er wollte einen Gedanken festhalten, der ihm nach dem Gespräch mit Ciccio Mònaco gekommen war. Anstatt nach Hause zu fahren, nach Marinella, hielt er vor dem Kommissariat. Catarella hatte Wache.
»*Nisciuno*, keiner, überhaupt gar keiner ist da, Dottori!«
»Reg dich nicht auf, Catarè. Ich will auch niemand sehen.«
Er ging in Mimì Augellos Zimmer, auf dem Schreibtisch lag die Akte, die er suchte. Er erfuhr etwas mehr, aber nicht allzu viel. Dass sich der Unfall um zwei Uhr zwei ereignet hatte (die Taschenuhr des Toten war um diese Uhrzeit stehen geblieben), dass der Mann durch die Wucht des Aufpralls sehr wahrscheinlich sofort tot war (das Tatfahrzeug musste mit hoher Geschwindigkeit gefahren sein), dass die Spurensicherung die Kleidung des Toten zur Untersuchung mitgenommen hatte.
Er rief noch vom Büro aus bei seinem Vice zu Hause an. Große Hoffnungen machte er sich nicht.
»*Ciao*, Salvo, du hast Glück, ich wollte gerade gehen.«

»Zu irgendeiner Nutte?«
»Ach hör auf, was willst du?«
»Wer hat die Voruntersuchung zum Tod von Girolamo Cascio gemacht, der vor drei Tagen überfahren wurde?«
»Ich. Warum?«
»Ich will nur eines wissen: Hast du in der Nähe der Leiche Flaschen gefunden?«
»Was für Flaschen?«
»Mimì, weißt du nicht, was eine Flasche ist? Das ist ein Behälter aus Glas oder Plastik, den man mit Flüssigkeiten füllt. Mit so einem langen Hals, den steckst du dir doch immer in den...«
»Du kannst wirklich saublöd sein, Salvo. Ich überlege gerade. Nein, keine Flaschen.«
»Sicher?«
»Sicher.«
»Küsschen.«
Es war zu spät, um Jacomuzzi von der Spurensicherung anzurufen. Er fuhr nach Marinella.

Am Morgen darauf bestätigte das, was Jacomuzzi sagte, Montalbanos Idee. Nach Jacomuzzis Meinung war der Aufprall extrem heftig gewesen; Cascio war höchstwahrscheinlich auf die Motorhaube des Wagens geschleudert worden und hatte mit dem Kopf die Windschutzscheibe eingeschlagen. Und falls Montalbano auch das noch wissen wollte, das Auto, das Cascio erfasst hatte, musste dunkelblau gewesen sein.
Er rief Mimì Augello zu sich.
»Du müsstest jemanden losschicken, der die Werkstätten

von Vigàta abklappert und fragt, ob ein dunkelblaues Auto zur Reparatur gebracht wurde.«

»Ich wusste nicht, dass das Auto dunkelblau war. Und die Werkstätten habe ich bereits abgeklappert. Ohne Ergebnis. Sieh mal, Salvo, es muss ja nicht unbedingt jemand aus Vigàta gewesen sein, vielleicht war es einer auf der Durchreise.«

»Mimì, warum geht dir die Geschichte eigentlich so zu Herzen?«

»Weil ich es eine Sauerei finde, wenn jemand, der einen Menschen überfährt, einfach weiterfährt. Und dir?«

»Mir? Weil ich glaube, dass es kein Unfall, sondern ein Verbrechen war.«

Und zwar ein sorgfältig geplantes. Der Mörder folgt Cascio mit dem Auto, als dieser das Haus verlässt, um zu seinem Freund Mònaco zu gehen. Er überfährt ihn nicht sofort, weil noch zu viele Leute unterwegs sind. Er wartet geduldig, bis Cascio, als er sich auf den Heimweg macht, aus der Haustür kommt, mittlerweile ist ein Uhr vorbei, kein Mensch ist mehr unterwegs. Er tritt zu Cascio und zwingt ihn, ins Auto einzusteigen, sicher mit Waffengewalt. Er nötigt ihn zu trinken, viel zu trinken. Cascio wird es schlecht. Der Mörder lässt ihn gehen. Schwankend und sich die Seele aus dem Leib kotzend, versucht der Ärmste, nach Hause zu kommen. Er schafft es nicht, das Auto erwischt ihn mit voller Wucht von hinten und zerschmettert ihn. Ein vollkommen glaubhafter Unfall, umso mehr als das Opfer betrunken war. Und das erklärte, warum Cascio, nachdem er sich um ein Uhr von seinem Freund verabschiedet hatte, um zwei Uhr eine Strecke von einer Viertelstunde noch nicht geschafft hatte. Er war abgefangen und der Freiheit beraubt worden.

»Die Rekonstruktion überzeugt mich«, sagte Mimì Augello. »Aber warum hat er ihn nicht gleich erschossen, als er aus Mònacos Haus kam, ohne dieses ganze Theater zu veranstalten? Eine Waffe muss er gehabt haben, wenn er Cascio gezwungen hat, ins Auto einzusteigen.«

»Wenn es sich erkennbar um einen Mord gehandelt hätte, hätte jemand, der über Cascios Leben Bescheid wusste, dem Täter vielleicht, wohlgemerkt vielleicht, einen Namen geben können. Und damit ist noch eine andere Hypothese ausgeschlossen.«

»Welche?«

»Dass zwei oder drei üble junge Typen, die möglicherweise zugekifft waren, ihn aus Jux überfahren haben. Was ja bei uns auch nicht als Sport betrieben wird.«

»Gut, ich verstehe. Ich werde versuchen, herauszufinden, was bei Cascio in letzter Zeit los war.«

»Pass auf, Mimì: Du musst nach etwas suchen, was länger als drei Jahre zurückliegt.«

»Wieso das?«

»Weil der arme Kerl seit einer Operation vor drei Jahren nicht mehr trinken konnte. Ihm wurde sofort schlecht.«

»Aber warum hat er ihn dann wie ein Fass abgefüllt?«

»Weil er von den Folgeerscheinungen der Operation nichts wusste. Er, der Täter, ist auf dem Stand von vor drei Jahren, als Cascio noch Whisky trank. Verstehst du?«

»Ich verstehe.«

»Und weißt du, warum der Täter nichts wusste? Weil er mindestens drei Jahre lang nicht in Vigàta war. Er hatte keine Zeit, sich zu informieren. Mit dem Whisky hat er versucht, den Unfall glaubhaft erscheinen zu lassen. Und wir sind fast darauf reingefallen. Aber nachdem wir von Mònaco Näheres erfahren haben, hat uns ausgerechnet der Whisky verraten, dass es kein Unfall war.«

Montalbano hatte keine Lust, es zur Gewohnheit werden zu lassen, dass er sich in der Trattoria zu Ciccio Mònaco an den Tisch setzte. Deshalb rief er ihn an und bestellte ihn ins Kommissariat. Er hatte beschlossen, mit offenen Karten zu spielen, und erzählte ihm daher alles, was er vermutete. Das erste Ergebnis war, dass sich Ciccio Mònaco, ebenfalls über siebzig, schlecht fühlte und ein Gläschen Cognac brauchte. Er hatte nicht die Probleme seines verstorbenen Freundes. Das zweite Ergebnis indes war sehr wichtig.

»Das von dem Rausch wusste ich nicht«, fing der ehemalige Gemeindesekretär an. »Wenn ich geahnt hätte, dass es sich nicht um einen Unfall, sondern um Mord handelte, hätte ich Ihnen schon gestern Abend gesagt, was ich jetzt sage. Seit wann tun Sie Dienst in Vigàta?«

»Seit fünf Jahren.«

»Es passierte ein Jahr, bevor Sie herkamen. Girolamo war bei der Stadtverwaltung beschäftigt, er war Vermessungsingenieur und arbeitete im Büro von Riolo, dem leitenden Ingenieur. Er stieß mehrmals auf Unregelmäßigkeiten bei Ausschreibungen, fertigte eine Kopie der Unterlagen an, aus denen der Schwindel hervorging, und brachte sie Dottor Tumminello von der Staatsanwaltschaft Montelusa. Er hatte sich mit niemandem beraten, auch nicht mit mir, seinem einzigen Freund. Ich war sauer, ich empfand das als mangelndes Vertrauen, und eine Zeit lang war unsere Beziehung unterkühlt. Ich erinnere mich, wie einmal...«

»Was hat Staatsanwalt Tumminello gemacht?«, fiel ihm der Commissario nicht gerade höflich ins Wort.

»Er ließ den leitenden Ingenieur, einen Bauleiter namens Alagna und einen Kollegen von Girolamo festnehmen, Pino Intorre, der eine Art Sekretär von Ingenieur Riolo geworden war. Das ist alles. Die drei waren die einzigen Menschen auf der Welt, die einen Groll auf Girolamo haben konnten.«

»Sind alle drei aus Vigàta?«

»Nein, Commissario. Der Ingenieur ist aus Montelusa, Alagna ist aus Fela. Nur Intorre ist aus Vigàta.«

»Wurden sie verurteilt?«

»Natürlich. Ich kann Ihnen aber nicht sagen, wie viel sie bekommen haben.«

Mimì Augello hatte in Erfahrung gebracht, dass der Ingenieur Riolo und der Bauleiter Alagna noch in Montelusa im San-Vitto-Gefängnis saßen und Pino Intorre genau vier Tage vor Cascios Tod entlassen worden war. »Sorgt dafür, dass er einen Fehler macht«, trug Montalbano Augello und Fazio auf. Der Fall interessierte ihn nicht mehr: Er hielt ihn für gelöst, und das auch noch allzu einfach. Sein Interesse wurde ein paar Stunden später wieder geweckt.

»*Madonnuzza santa*, wir waren vielleicht blöd!«, rief Fazio, als er das Büro des Commissario betrat.

»Was heißt das?«
»Pino Intorre besitzt kein Auto, seine Frau hat es verkauft, als ihr Mann im Gefängnis saß. Und noch was: Er hat einen grauen Star, er ist fast blind. Glauben Sie, der fährt um ein Uhr nachts mit dem Auto herum? Der wäre wahrscheinlich gegen eine Laterne gekracht und hätte eher sich selber getötet als Cascio!«
»Hat er Kinder?«
»Dottore, ich weiß schon, was Sie denken. *Nonsi,* er hat keine Söhne, er hat sich nicht helfen lassen. Er hat zwei Töchter, eine ist in Rom, die andere in Viterbo verheiratet.«
Sie hörten plötzlich Geschrei.
»Schau mal, was da los ist.«
Fazio ging hinaus und kam gleich wieder.
»Gar nichts, Dottore. Auf der Mole hat einer Kümmelblättchen gespielt, er hat Gallo gesehen und ist weggerannt. Gallo hat ihn verfolgt und erwischt, aber der hat ihm einen Schlag auf die Nase versetzt. Er hat ihn festgenommen.«
Aber der Commissario hörte gar nicht zu, er war aufgestanden, mit starrem Blick und offenem Mund.
»Was haben Sie, Dottore?«
Kümmelblättchen, das Glücksspiel mit den drei Karten.
»Dottore, fühlen Sie sich nicht gut?«
Der Commissario kam wieder zu sich, setzte sich und blickte auf die Uhr.
»Fazio, ich habe eine Stunde Zeit, bevor ich essen gehe. Du musst bis spätestens in einer halben Stunde etwas für mich herausfinden.«

In die Trattoria San Calogero kam der Commissario etwas später als sonst. Er schien sehr schlecht gelaunt. Aber er folgte Ciccio Mònacos Einladung, an dessen Tisch Platz zu nehmen. Der ehemalige Gemeindesekretär hatte gerade mit seinem Kabeljau blau angefangen. Und aß ihn, nachdem er ihn nur mit einem Tropfen Öl gewürzt hatte.

»Keine guten Nachrichten«, fing Montalbano an.

»Inwiefern?«

»Der Ingenieur und Alagna sitzen noch ein. Intorre wurde vor einigen Tagen entlassen.«

»Und das finden Sie eine schlechte Nachricht? Ich bitte Sie, Commissario! Intorre kommt aus dem Gefängnis, er ist voller Wut auf meinen armen Freund, und als er ihn sieht, bringt er ihn sofort um!«

»Intorre hat kein Auto.«

»Aber das heißt doch nichts! Das hat er sich von einem Typen seines Schlages geliehen!«

»Wussten Sie, dass Intorre mittlerweile fast blind ist?«

Ciccio Mònaco fiel die Gabel aus der Hand. Er war blass geworden.

»Nein... das wusste ich nicht.«

»Aber«, sagte Montalbano, »auch das muss nichts heißen. Kann sein, dass er sich von einem Komplizen hat helfen lassen.«

»Eben! Das meine ich ja!«

Der Kellner brachte dem Commissario den *antipasto di pesce*. Montalbano fing an zu essen, als sei das Thema erledigt.

»Und was wollen Sie jetzt tun?«

Der Commissario beantwortete die Frage mit einer Gegen-

frage. »War Ihnen bekannt, dass Ihr Freund Girolamo Cascio in den vergangenen sechs Jahren in Montelusa zwei Wohnungen und drei Geschäfte gekauft hat?«
Diesmal wurde Ciccio Mònaco so blass, dass er wie tot aussah.
»Das... das...«
»Das wussten Sie nicht, klar«, sprach der Commissario für ihn zu Ende. Und aß weiter. Als er mit seinem *antipasto* fertig war, blickte er den ehemaligen Gemeindesekretär an, der wie versteinert auf seinem Stuhl saß. »Nun frage ich mich, wie ein kleiner Angestellter mit einem miesen Gehalt es schafft, sich zwei Wohnungen und drei Geschäfte zu kaufen. Ich habe hin- und herüberlegt und bin zu einer Schlussfolgerung gekommen: Erpressung.«
Man brachte Montalbano einen Seebarsch, der noch im Meer zu schwimmen schien.
»Tun Sie mir einen Gefallen, Signor Mònaco? Könnten Sie sich gedulden, bis ich diesen Seebarsch gegessen habe, ohne zu reden?«
Der andere gehorchte. In der Zeit, die der Commissario dazu brauchte, den Fisch in Fischgräten zu verwandeln, trank Mònaco vier Glas Wasser. Schließlich lehnte sich der Commissario zufrieden im Stuhl zurück und seufzte genüsslich. »Zurück zu unserem Gespräch. Wer war die Person, die Girolamo Cascio erpresst hat? Ich habe eine plausible Vermutung: Jemand, den er von der Anzeige wegen des Schwindels mit den Ausschreibungen ausgenommen hatte. Dem Erpressten bleibt nichts anderes übrig, als zu zahlen. Doch er wartet nur auf eine günstige Gelegenheit. Intorres Freilassung ist der Augenblick, auf den der Er-

presste gewartet hat. Er wird den Verdacht auf den Ex-Gefangenen fallen lassen, und zwar mit einer genialen Idee: Er wird einen Fehler von Intorre vortäuschen, der nicht wissen dürfte, dass Cascio keinen Alkohol mehr trinken kann. Der Erpresste hat uns bei der Hand genommen und dahin geführt, wo er uns haben wollte. Ein vorgetäuschter Fehler, wirklich genial! Aber wie das Leben so ist, beschließt es, eine der drei Karten, mit denen der Mörder sein Spiel spielen und alle linken wollte, zu zinken. Was macht das Leben? Es spielt dir einen Streich. Weil der Mörder einen vorgetäuschten Fehler als echt verkaufen wollte, sorgt es dafür, dass ihm ein echter Fehler unterläuft, der genau spiegelverkehrt zu dem anderen ist. Der Mörder weiß nicht, dies tatsächlich nicht, dass Intorre mittlerweile fast blind ist.«

Ciccio Mònaco machte Anstalten aufzustehen.

»Ich möchte auf die Toilette gehen...«

Aber er schaffte es nicht und fiel auf den Stuhl zurück.

»Haben Sie ein Auto, Signor Mònaco?«

»Ja... aber... ich benutze es nicht mehr...«

»Ist es dunkelblau?«

»Ja.«

»Wo steht es?«

Der andere wollte etwas sagen, aber es kam kein Ton über seine Lippen.

»In Ihrer Garage?«

Ein unmerkliches Ja mit den Augen.

»Fahren wir hin?«

Ciccio Mònaco redete wider Erwarten.

»Sie haben Recht, ich steckte auch in der Geschichte mit

den Ausschreibungen drin. Aber er hat mich rausgehalten, damit er mir das Blut aussaugen konnte. Die anderen erwähnten im Prozess meinen Namen nicht. Ich hatte an diesem Abend wirklich nicht vor, ihn umzubringen. Erst, als er mir sagte, Pino Intorre sei aus dem Gefängnis gekommen und er würde ihn, wenn ich ihm nicht mehr gebe, auf mich hetzen, beschloss ich, ihn umzubringen und den Verdacht auf Intorre fallen zu lassen.« Er wollte aufstehen, um Montalbano zu folgen, aber es gelang ihm nicht, sich vom Stuhl zu lösen, seine Beine trugen ihn nicht. Der Commissario war ihm behilflich und reichte ihm den Arm. Sie verließen die Trattoria wie zwei alte Freunde.

## *Absolut unbrauchbare Fadenreste*

»Dottore? Hier ist Fazio. Könnten Sie vorbeikommen?«

»Wozu denn?«

Er sah keinen Grund, warum er das tun sollte: sich aus dem Büro fortbequemen, ins Auto steigen, das sich auch erst bitten ließ, bevor es sich in Bewegung setzte, quer durch Vigàta fahren, die Straße nach Montelusa nehmen, nach fünfhundert Metern nach links abbiegen, einen Karrenweg einschlagen, um den sogar Ziegen einen Bogen machten, einen Kilometer mit Schlaglöchern und Steinbrocken hinter sich bringen, um schließlich mit kaputtem Rücken am Haus des Buchhalters Ettore Ferro anzukommen.

»Wozu denn?«, fragte er gereizt, als Fazio zögerte.

»Nur so«, lautete die Antwort.

Der Commissario verlor die Geduld und hob die Stimme.

»Verdammt noch mal, was heißt hier ›nur so‹? Erklärst du mir das vielleicht? Gibt es Komplikationen?«

»*Nonsi*, Komplikationen gibt es keine, aber Sie sollten lieber kommen.«

Brummelnd setzte er sich ins Auto. Waren seine Leute schon so beschränkt, dass sie sich ohne seine Hilfe nicht mehr den Hintern abwischen konnten?

Ragioniere Ferro, der Buchhalter, war frühmorgens im

Kommissariat erschienen und hatte Catarella gezwungen, Montalbano anzurufen, der in Marinella unter der Dusche stand, und ihn dringend zu bitten, »ganz schnell und persönlich selber« ins Büro zu kommen. Der Commissario kannte den Ragioniere vom Sehen, einen menschenscheuen Sechzigjährigen, der allein in einem abgelegenen dreistöckigen Haus wohnte. Er galt als achtbarer Mann, obwohl bekannt war, dass er an merkwürdigen Zwangsvorstellungen litt.

Als der Commissario sein Zimmer betrat, saß der Ragioniere auf dem Stuhl vor dem Tisch.

»Bleiben Sie doch sitzen«, sagte Montalbano, als er sah, dass der andere aufstehen wollte. »Also, was gibt es?«

»Heute Nacht hat jemand versucht, bei mir einzubrechen.«

»Versucht?«

»*Sissignore*, versucht.«

»Das heißt? Ist nichts weggekommen?«

»Überhaupt nichts.«

»Sind Sie ganz sicher, dass Einbrecher im Haus waren?«

»Absolut. Sie haben bei dem ebenerdigen Fenster im Keller eine Scheibe eingeschlagen, mit der Hand hineingelangt und es aufgemacht, sie sind ins Haus eingestiegen, haben alle Zimmertüren geöffnet, die immer abgeschlossen sind, sie haben ...«

»Schon gut, schon gut«, unterbrach ihn der Commissario. Kalte Wut überkam ihn. Dieser Idiot, der da vor ihm saß, hatte ihn wegen eines versuchten Einbruchs in aller Herrgottsfrühe ins Büro gehetzt!

»Wo haben Sie heute Nacht geschlafen?«, fing Montalbano wieder an.

»Wo sollte ich schon schlafen? Zu Hause«, antwortete der andere und sah ihn verwirrt an.
»Und Sie haben nichts gehört? Hat der Lärm Sie nicht geweckt?«
»Mich? Wenn ich ein Schlafmittel nehme, kann mir nicht mal Kanonendonner was anhaben.«
»Fazio!«
Der Schrei des Commissario ließ den Ragioniere auf die Füße springen. Fazio erschien auf der Stelle.
»Nimm ein Protokoll auf über das, was diesem Signore passiert ist, und schau dir auch sein Haus an.«
Eine gute Stunde dauerte es, bis seine schlechte Laune allmählich verging. Und dann war der Anruf gewesen.

Fazio, der ihn erwartete, kam schnell herbei und öffnete ihm die Autotür. Montalbano durchbohrte ihn mit einem bitterbösen Blick.
»Warum sollte ich herkommen?«
»Der Ragioniere hat festgestellt, dass ihm bei dem Einbruch was geklaut wurde.«
»Was denn?«
Fazio schien seine Fußspitzen sehr interessant zu finden.
»Vielleicht sagt es Ihnen der Ragioniere lieber selber.«
Montalbano wollte schon etwas entgegnen, als der Ragioniere in der Haustür erschien.
»Kommen Sie, Commissario, ich zeige Ihnen, wo die Einbrecher ins Haus gekommen sind.«
Sie betraten eine kleine Diele mit drei Türen und einer Treppe, die in die oberen Stockwerke führte.
Ettore Ferro blieb vor der größten der drei Türen stehen,

zog einen gewaltigen Schlüsselbund aus seiner ausgebeulten Hosentasche, schloss die Tür auf, ließ dem Commissario und Fazio den Vortritt, trat ebenfalls ein, knipste das Licht an und schloss die Tür wieder ab. Etwa zwanzig Stufen führten in einen riesigen Keller mit einer sehr hohen Decke. Er war zweigeteilt. Links standen ein gutes Dutzend Fässer, so groß, dass Montalbano nie gedacht hätte, dass es solche Fässer überhaupt gab.

»Wie haben Sie die hier hineingebracht?«, fragte er spontan.

»Ich habe sie nicht hineingebracht. Ich habe sie hier drin machen lassen«, antwortete der Ragioniere. Und er fuhr fort: »Übrigens habe ich diesen ganzen Keller selbst geplant, er geht weit über die Hausmauern hinaus.«

»Sind Sie Önologe?«

»Wer? Ich? Um Himmels willen!«

Der Commissario hakte lieber nicht nach, aus dem Augenwinkel sah er Fazios Gesicht, es war verzerrt: Er versuchte krampfhaft, sich das Lachen zu verbeißen.

»Da sind sie reingekommen«, fuhr der Ragioniere fort. »Sehen Sie die kaputte Scheibe? Dann sind sie auf dieses Fass gesprungen und auf der Leiter, die dort lehnt, runtergestiegen.«

Montalbano hörte ihn gar nicht, er sah in die andere Hälfte des Kellers, die rechte, in der es stockdunkel war. Anscheinend gab es keine Fenster, die Licht hereingelassen hätten. Er beschloss zu fragen.

»Was ist auf dieser Seite?«

»Gefriertruhe, Kühlzelle, mehrere Abstellkammern.«

»Sind Sie Händler?«

»Wer? Ich? Nein.«
Fazio überspielte das Gelächter, das er nicht hatte zurückhalten können, mit einem Hustenanfall. Montalbano wurde wütend.
»Hören Sie zu, Ragioniere, Sie sagen mir, was Ihnen gestohlen wurde, und wir schließen die Sache ab.«
»Wir müssen in den zweiten Stock.«
Umständlich schloss er die Tür auf und wieder zu. Sie gingen die Treppe hinauf, blieben im zweiten Stock auf dem Treppenabsatz stehen, mit einem anderen Schlüssel schloss der Ragioniere die rechte Tür auf, schloss sie wieder ab, dort war ein Flur, vor der dritten Tür links blieb er stehen, er zog seinen Schlüsselbund hervor, schloss auf, trat ein, schaltete das Licht an und bat den Commissario und Fazio herein. Das Zimmer war praktisch ein einziges Regal aus Metall, in perfekter Ordnung, in den Fächern Pappschachteln in allen Größen, mit Paketklebeband verschlossen. Der Ragioniere wies nach rechts, auf ein Regalfach, in dem Schuhschachteln standen.
»Sie haben die Schachtel mit den Kronkorken der Bierflaschen vom letzten Jahr gestohlen. Sehen Sie, Commissario, heute ist der vierte Januar. Gut, am zweiten Januar habe ich die Schachtel versiegelt, in der ich die Kronkorken der Bierflaschen gesammelt habe, die ich 1997 getrunken habe. Dreihundertfünfundsechzig waren es, ich trinke jeden Tag eine.«
Montalbano sah ihn an. Der scherzte nicht. Ganz im Gegenteil, er wirkte durcheinander.
»Und was ist in dieser großen Schachtel links, Ragioniere?«

»Da? Absolut unbrauchbare Fadenreste.«
»Und in den Schachteln daneben?«
»Gebrauchte Plastik- und Papiertüten. Sehen Sie? Sie sind nach Jahrgang sortiert. Da, lesen Sie: Gummiringe 1978, 79, 80 ... abgelegte Unterhemden 1979, 80, 81 ... und so weiter und so fort. Ich hebe alles auf, ich werfe seit zwanzig Jahren nichts weg.«
»Ist das oberste Stockwerk auch so?«
»Natürlich. Dort sind Unterlagen, Zeitungen, Zeitschriften ... und dann abgelegte Kleidung, Schuhe ... Korken, Flaschen, Dosen und solche Dinge sind in den Zimmern nebenan. Aber ich muss im Erdgeschoss noch ein paar Zimmer bauen lassen ... Wissen Sie, ich rauche täglich vierzig Zigaretten. Ich weiß nicht mehr, wo ich die Kippen hintun soll.«
Montalbano hielt mit Mühe seinen Verstand zusammen, der sich fortstehlen wollte. Er musste hier sofort raus, er schwitzte. Er wandte sich zum Gehen, blieb aber an der Tür stehen.
»Entschuldigen Sie, Ragioniere«, sagte er, von einer plötzlichen Eingebung geblendet. »Was ist denn in den Fässern, die im Keller stehen?«
»Meine organischen Abfälle«, sagte Ragioniere Ettore Ferro.
Montalbano ging grußlos hinaus.

Er schaffte es nicht, direkt ins Büro zu fahren. Kurz bevor die Straße nach Vigàta hinunterführte, gab es einen Feldweg, der in eine einsame Lichtung mündete, mitten darin ein krummer *olivo saraceno*, der ihm ein Freund war. Er setzte sich auf einen Ast. Er spürte in sich ein dumpfes Unwohlsein, ein Missbehagen, das von einer ganz konkreten Frage herrührte: Warum tat Ragioniere Ferro das? Nur weil sein Gehirn mit Wechselstrom funktionierte? Oder gab es subtilere Gründe? Wollte er sich durch die Anhäufung von Müll, den er selbst produzierte, seiner Existenz versichern? Oder handelte es sich um eine Form maßlosen Geizes? Er rauchte drei Zigaretten hintereinander und war vor lauter Nachdenken am Ende eher verwirrt als klar im Kopf. Doch eines wusste er sicher: Er hatte großes Mitleid mit dem Mann.

Er war seit einer halben Stunde wieder im Büro, als Fazio in sein Zimmer kam.

»Es war doch gut, dass Sie sich das Haus des Ragioniere angesehen haben, oder? *Pinsassi*, Dottore, stellen Sie sich vor, er hat mir gesagt, als wäre es das Normalste von der Welt, dass er in diese Fässer, die Sie im Keller gesehen haben, nicht nur die Scheiße und die Pisse reinkippt, sondern auch die Nägel, die er sich schneidet, und seine Bart- und Kopfhaare!«

»Weißt du, was er in der Gefriertruhe, in der Kühlzelle und in den Abstellkammern hat?«

»Freilich! Er hat sie für mich aufgemacht. Wissen Sie, Dottore, der Ragioniere rechnet sich aus, wie viel Fleisch er in einem Jahr essen wird, wie viel Fisch, wie viel Pasta, wie viel Käse … Eben alles, was ein Mann seiner Meinung nach für dreihundertfünfundsechzig Tage zum Leben braucht … Alles, wirklich alles, glauben Sie mir, sogar so was wie Zahnstocher. Am zweiten Januar kommen die Lieferwagen, und er lagert das Zeug ein, das, was er einfriert, das, was in den Kühlschrank gehört… Er könnte ein ganzes Jahr zu Hause bleiben, ohne einen Fuß vor die Tür zu setzen.«

»Hat er Verwandte?«

»Nur einen Neffen, den Sohn einer Schwester, die mit ihrem Mann nach Venedig gezogen war und dort gestorben ist. Das Haus wird er seinem Neffen hinterlassen, unter der Bedingung, dass nichts von all dem, was er dort vorfindet, veräußert wird, wie er sagt. Alles muss bleiben, wie es ist. Können Sie sich das Gesicht des Neffen vorstellen, wenn er die Fässer öffnet?«

Montalbano fügte den Mutmaßungen, die er bereits angestellt hatte, eine weitere hinzu: ein naiver Wunsch nach Unsterblichkeit? Die Pharaonen ließen sich wenigstens Pyramiden bauen!

»Und wissen Sie was?«, fuhr Fazio fort. »Von diesen gebrauchten Kronkorken, die man ihm geklaut hat, hat er geredet, als wären es Kostbarkeiten, Perlen, Diamanten!«

Auf dem Rückweg nach Marinella musste er wieder an die Geschichte mit dem Ragioniere denken, und mit einem Mal wusste er, dass die Verschrobenheit des Hauses und seines Besitzers ihn daran gehindert hatten, die eigentliche Frage klar zu erfassen: Warum taten Einbrecher sich das an, dass sie mitten in der Nacht in das Haus eindrangen, mit Nachschlüsseln oder Dietrichen Türen öffneten und riskierten, im Gefängnis zu landen, nur um eine Pappschachtel voller gebrauchter Kronkorken mitzunehmen? Dieser Diebstahl, der auf den ersten Blick unsinnig erschien, hatte sicher seinen verborgenen Sinn. Als er nach Hause kam, schlug er gleich das Telefonbuch auf. Ragioniere Ettore Ferro war aufgeführt.

»*Pronto?* Hier ist Commissario Montalbano. Wie geht es Ihnen?«

»Wie soll es mir schon gehen, Commissario? Verzweifelt bin ich. Ich fühle mich, als hätte man mir einen Teil meines Lebens gestohlen.«

»Kopf hoch, Ragioniere. Sie müssten mir einen Gefallen tun.«

»Gern, wenn ich kann.«

»Sie müssten kontrollieren, ob in Ihrem Haus sonst noch etwas fehlt.«

»Das habe ich schon gemacht, Commissario. Ich habe den ganzen Tag lang alles durchgesehen. Es fehlt sonst nichts.«

»Verzeihen Sie, wenn ich noch mal nachhake. Ist die Schachtel mit den Kronkorken von 1996 an ihrem Platz?«

*»Sissignore.«*

»Gute Nacht, Ragioniere. Entschuldigen Sie die Störung.«

Er öffnete den Kühlschrank: Da war nur Dosenbier. Er verließ das Haus, setzte sich wieder ins Auto, fuhr zur Bar in Marinella, kaufte fünf Flaschen unterschiedlicher Marken, fuhr nach Hause zurück, öffnete die Flaschen, setzte sich an den Tisch im Esszimmer und legte die fünf Kronkorken nebeneinander. Nach einer Weile stand er auf und rief den Ragioniere noch mal an.

»Hier ist Montalbano. Es tut mir wirklich Leid, aber …«

»Das macht nichts, was gibt es denn?«

»Welches Bier trinken Sie?«

»Es heißt Torrefelice.«

»Nie gehört.«
»Sie haben Recht. Es ist eine kleine Brauerei in einem Dorf bei Messina. Das Bier gibt es seit drei Jahren. Mir schmeckt es. Sie kennen doch Corona Extra, das Bier, das wie Weißwein aussieht?«
»Ich verstehe nicht viel von Bier.«
»Na ja, es schmeckt ähnlich. Aber ich finde es besser. Da ich täglich eine große Flasche trinke, lasse ich mir am zweiten Januar sechsunddreißig Zehnerkartons und fünf einzelne Flaschen bringen.«
»Noch eine Frage, Ragioniere. Haben Sie nur an der kaputten Scheibe und den offenen Türen gemerkt, dass Diebe im Haus waren?«
»Wer hat gesagt, dass die Türen offen waren?«
»Sie. Heute Morgen.«
»Ich muss mich falsch ausgedrückt haben. Die Diebe hatten die Türen wieder geschlossen, aber sie haben den Schlüssel nur einmal umgedreht, während ich immer zweimal umdrehe. So wurde ich argwöhnisch, und dann habe ich die kaputte Scheibe bemerkt.«
»Ich verspreche, dass ich Sie nicht mehr stören werde. Gute Nacht.«
»So Gott will.«
Eines konnte man festhalten: Die Diebe hatten sich Mühe gegeben, dass der Diebstahl nicht entdeckt würde, in der Tat konnte die Scheibe durch irgendetwas anderes kaputtgegangen sein, eine Erschütterung oder einen Steinwurf. Aber sie hatten den Fehler begangen, beim Schließen der Türen den Schlüssel nur einmal umzudrehen.

Er konnte die Bierflaschen nicht im Kühlschrank lassen, weil sie geöffnet waren und das Bier schal werden würde, also beschloss er, es in aller Ruhe zu trinken. Das dauerte zwei Stunden, und er saß die ganze Zeit da und betrachtete die fünf Kronkorken, die vom Dorn des Flaschenöffners leicht verbogen waren. Dann erhob er sich, um die leeren Flaschen in den Mülleimer zu werfen, und dabei fiel sein Blick auf eines der Etiketten. Dort stand: ÖFFNEN UND GEWINNEN! LÖSEN SIE DAS PLASTIKPLÄTTCHEN UND LESEN SIE, WAS AM BODEN DES KRONKORKENS STEHT. Darunter waren die Gewinne aufgeführt. Montalbano suchte den dazugehörigen Kronkorken heraus, löste mit einem Messer das Plastikplättchen ab und las: LEIDER NICHT GEWONNEN, VERSUCHEN SIE'S NOCH MAL! Aber in diesem Moment wusste er, dass er, ganz im Gegenteil, gewonnen hatte.

Unterstützt vom Bier, das seinen Bauch aufblähte, konnte er leicht einschlafen. Doch einen Augenblick bevor er die Augen schloss, sah er noch einmal die Schachteln vor sich, die im Zimmer des Ragioniere ordentlich in den Regalen standen. Grabnischen. Die Schachteln waren Särge, in denen Ettore Ferro liebevoll die Reste seines Lebens verwahrte, das sich jeden Tag mehr auflöste.

Am folgenden Morgen, bei klarem Kopf, beschloss er, nur Augello und Fazio von der Idee in Kenntnis zu setzen, die ihm gekommen war. Das durfte unter keinen Umständen die Runde machen, es wäre ein gefundenes Fressen für seinen Journalistenfeind von »Televigàta«: »Wissen Sie, welch wichtigen Fall der berühmte Commissario Salvo Montalbano gerade bearbeitet? Den Diebstahl von dreihundertfünfundsechzig gebrauchten Kronkorken!« Und wie sie alle lachen und sich über ihn mokieren würden! Und unweigerlich der Anruf des besorgten Questore: »Hören Sie, Montalbano, stimmt diese Meldung, dass Sie...«

Im Büro rief er gleich Fazio zu sich.

»Wir beide waren gestern blöd.«

»Alle beide, Dottore?«

»Alle beide.«

»Da bin ich ja getröstet.«

»Und weißt du, warum wir blöd waren? Weil wir den Diebstahl im Haus des Ragioniere nicht ernst genommen haben.«

»Aber, Commissario...«

»Du hast mich auf die richtige Spur gebracht.«

»Ich?!«

»Du. Als du mir erzählt hast, dass der Ragioniere von diesen Kronkorken redet, als wären sie Kostbarkeiten für ihn. Da dachte ich: Und wenn es jemanden gibt, für den sie auch kostbar sind, so kostbar, dass er sie klaut?«

»Noch ein Kronkorkensammler?«, fragte Fazio verdattert.

»Quatsch! Vergiss es. Ich will alles über eine Brauerei wissen, sie heißt Torrefelice und steht in einem Dorf bei Messina. Pass auf, Fazio: Die Sache muss unter uns bleiben.«

»Keine Sorge. Wie viel Zeit habe ich?«

»Die Zeit ist schon abgelaufen.«

Zwei Stunden später erschien Fazio zur Berichterstattung, er setzte sich und hob mit salbungsvoller Stimme an:

»*Tra Pace e Contemplazione si trova il Paradiso.* Zwischen Frieden und Kontemplation liegt das Paradies.«

Montalbano unterbrach ihn mit einer Handbewegung.
»Komm, Fazio, lass deine blöden Scherze.«
»Das war zwar ein Scherz, Dottore, aber gleichzeitig die Wahrheit. Pace und Contemplazione sind zwei kleine Dörfer, die wirklich so heißen, praktisch Vororte von Messina, und dazwischen liegt ein Hotel namens Paradiso. Etwa fünfhundert Meter hinter dem Hotel steht die Brauerei, um die es Ihnen geht.«
»Hast du sonst noch etwas erfahren?«
»*Sissi.* Die Brauerei Torrefelice hat 1993 mit der Produktion begonnen. Sie macht nicht viel Umsatz, aber das Bier kommt gut an. Ich habe erfahren, dass sie gerade dabei ist, sich zu erweitern.«
»Weißt du, wer die Besitzer sind?«
»So weit bin ich noch nicht.«

Er griff zum Telefon und rief Maresciallo Laganà von der Guardia di Finanza an, der ihm schon manches Mal bei Ermittlungen geholfen hatte. Er sprach lange mit ihm.
»Meine Güte!«, rief Laganà, als der Commissario fertig war.
»Maresciallo, ich weiß, dass Sie ...«
»Commissario, Sie müssen verstehen, das ist nicht mein Bezirk, ich muss einen dortigen Kollegen darauf ansetzen. Das wird dauern.«
»Wie lange ungefähr?«
»Wenn ich den richtigen erreiche, höchstens eine Woche.«
Montalbano seufzte erleichtert, er war auf eine längere Wartezeit gefasst gewesen.
»Ich schicke Ihnen dann ein Fax mit allen Angaben«, fuhr der Maresciallo fort.

»Danke. Ach ja, noch etwas. Geben Sie im Fax nicht den Namen der Firma Torrefelice an, die das Bier braut. Die Angelegenheit muss vertraulich bleiben.«

»Ah Dottori, mein Dottori!«, schrie Catarella, während er in Montalbanos Zimmer stürzte und die Tür dermaßen an die Wand krachen ließ, dass alle zusammenfuhren. »Da kommt ein *fàcchisi,* ein Fax, für Sie ganz höchstpersönlich! *Maria santissima*, Dottori! Bis jetzt ist es schon über drei Meter lang, und es kommt immer noch aus dem *fàcchisi*! Zum Fürchten! Wie eine Schlange! Es macht sich im ganzen Zimmer breit!«

Seit dem Telefongespräch waren erst vier Tage vergangen, anscheinend hatte Laganà die richtige Person erreicht.

Mit Gallos und Galluzzos Hilfe stürzte sich Catarella in den Kampf, um das Fax aufzurollen.

Die Brauerei gehörte den Brüdern Gaspare und Michele Pizzuso, beide unbescholten. Nie Probleme mit dem Gesetz gehabt, weder als Bürger noch als Kleinunternehmer. Sie belieferten Weingeschäfte im Groß- und Einzelhandel, Restaurants und Privatpersonen. Sie verfügten über fünf Lieferwagen, die ihnen gehörten.

Es folgte eine endlos lange Kundenliste. Montalbano interessierten die privaten Kunden. Es wurde bereits dunkel, als er einen Namen las, der ihn buchstäblich vom Stuhl riss: Vincenzo Cacciatore, Via Paternò 18, Vigàta. Vincenzo Cacciatore musste ein Biertrinker sein, der jeden Iren in den Schatten stellte: Er ließ sich alle drei Monate dreißig Zehnerkästen liefern. Und er, Montalbano, kannte diesen Cacciatore gut, wenn auch nicht als Biertrinker.

Er rief Gallo, den Fahrer, zu sich.

»Weißt du, wo hier in Vigàta die Via Paternò ist?«

Gallo erklärte es ihm. Sie war die Parallelstraße zu jenem Karrenweg, an dem das Haus von Ragioniere Ettore Ferro stand.

Doch bevor er mit seinem Vice Mimì Augello darüber sprach, wollte er eine Art Gegenprobe machen.

»Ragioniere Ferro? Hier ist Montalbano. Ich muss Sie schon wieder stören. Sie heben die Kartons von den Bierflaschen doch auf, oder?«

»Selbstverständlich!«, lautete die Antwort.

Der Ragioniere empfand diese Frage als ziemlich kränkend. Wie konnten sie denken, dass er irgendetwas wegwarf?

»Auch wenn ich gezwungen bin, sie zu knicken. Wegen dem Platz, wissen Sie«, erklärte er.

»Sie sagten doch, dass Sie sich seit drei Jahren das Bier von Torrefelice liefern lassen, richtig? In Ihrem Haus müssten demnach neunzig Kartons sein.«

»Exakt.«

»Sie müssten kontrollieren, ob sich die dreißig Kartons des vergangenen Jahres irgendwie von den vorherigen unterscheiden.«

»Worin denn? Sie haben alle das gleiche Format.«

»Dann sehen Sie nach, ob sie irgendein besonderes Merkmal aufweisen.«

»Ich rufe Sie in einer Stunde zurück.«

Doch er rief erst nach fast zwei Stunden zurück, als Montalbano schon einen Bärenhunger hatte.

»Entschuldigen Sie, dass ich so lange gebraucht habe, aber ich wollte alles noch mal kontrollieren. Wie sind Sie nur darauf gekommen, Commissario? Die Kartons vom letzten Jahr sind mit einem blauen Stift gekennzeichnet. Einem Sternchen.«

»Eine letzte Frage, Ragioniere. Wem ist bekannt, dass Sie Ihren…«

Was sollte er sagen? Ihren Abfall? Ihren Müll? Der Ragioniere half ihm aus der Verlegenheit.

»Den Lieferanten natürlich. Und dann einem Elektriker, der…«

»Ich danke Ihnen, Ragioniere.«

»Also, Mimì, meines Erachtens läuft das so. Die netten, unbescholtenen Brüder Pizzuso handeln mit Drogen. Ich weiß nicht mit welchen, aber es müssen Drogen sein, die man leicht zwischen den Boden des Kronkorkens und das Plastikplättchen stecken kann. Ihr Abnehmer, aber es wird noch mehr von der Sorte geben, ist hier in Vigàta Vincenzo Cacciatore, den du vor Jahren selber wegen Drogenhandel festgenommen hast.

Vergangenes Jahr schicken die Brüder Pizzuso Cacciatore eine Lieferung, aber der Fahrer irrt sich und bringt die markierten Kartons unserem Ragioniere. Sicher bemerken die Pizzusos den Irrtum ein paar Tage später. Aber ihnen sind die Hände gebunden: Die noch vollen Kartons verschwinden zu lassen käme einer Unterschrift unter den Diebstahl gleich. Sie beschließen zu warten, sie wissen, dass der Ragioniere alles aufhebt. Also dringen sie Anfang dieses Jahres in sein Haus ein und holen sich die dreihundertfünfundsechzig Kronkorken wieder. Sie machen jedoch noch einen Fehler: Sie drehen den Schlüssel nicht zweimal um, als sie die Türen abschließen. So entdeckt Ferro den Diebstahl.«

»Sie hätten noch was anderes klauen müssen, um die Spuren zu verwischen«, lautete Augellos Kommentar, nachdem er eine Weile nachgedacht hatte.

»Mimì, zum Glück sind nicht alle Verbrecher intelligent.«

»Und was machen wir jetzt?«, fragte der Vice.

»Wir warten den dreißigsten März ab, wenn Cacciatore seine neue Lieferung bekommt. Wir stoppen den Lieferwagen, öffnen eine Flasche und schauen nach, was zwischen dem Kronkorken und dem Plättchen steckt.«

»Und wie verbleiben wir mit den Brüdern Pizzuso?«

»Wir informieren unsere Kollegen in Messina, nachdem wir den Lieferwagen gestoppt haben.«

Augello sah ihn fragend an.

»Danach, Mimì, danach. Hast du noch nie was von undichten Stellen gehört?«

Am dreißigsten März, um zehn Uhr vormittags, hielt der Lieferwagen vor dem Haus von Vincenzo Cacciatore. Selbiger Cacciatore saß in Handschellen in seinem Schlafzimmer, streng bewacht von Gallo. Mimì Augello hielt mit seinen Leuten den Fahrer fest, öffnete die Tür des Lieferwagens, entdeckte einen Karton, der mit blauem Stift markiert war, nahm eine Flasche heraus, öffnete sie an der Kante der Tür und löste das Plättchen ab. Zwischen diesem und dem Boden des Kronkorkens war nichts.

»Wie, nichts?!«, rief Montalbano augenblicklich und spürte, wie ihm der Schweiß das Hemd durchweichte.
»Ich schwör's«, sagte Mimì. »Zwischen dem Kronkorken und dem Plättchen ist nichts. Sieh mal, Salvo, der Lieferwagen kam um zehn Uhr an …«
»Um zehn?! Es ist doch schon zwölf vorbei! Von wo aus rufst du an?«
»Aus Montelusa. Aus der Questura.«
»Du hast alles verraten, du Vollidiot!«
»Lässt du mich vielleicht ausreden? Nachdem unter dem Plättchen nichts war, ist mir eine Idee gekommen, und ich bin schnell hierher gefahren, zu Jacomuzzi, um das zu überprüfen. Und weißt du was? Das Plättchen ist bei den Flaschen, die für Cacciatore bestimmt waren, nicht aus Plastik. Jacomuzzi hat es von einem Mitarbeiter der Spurensicherung analysieren lassen. Die Droge ist das Plättchen selbst. Es handelt sich um ein Verfahren, das …«
Montalbano legte auf. Mehr brauchte er nicht zu hören.

## *Volksabstimmung*

Als Montalbano an jenem Morgen ins Büro fuhr, sah er eine dicht gedrängte Schar von Leuten, die mit amüsierter Miene eine Art Bekanntmachung kommentierten, die an einer Hausmauer klebte. Etwas weiter vorn lachten sich vier oder fünf Leute halb tot, ebenfalls vor einem aufgeklebten Blatt, das genauso aussah wie das erste. Das wunderte ihn, im Allgemeinen gibt es angesichts öffentlicher Bekanntmachungen nichts zu lachen, und diese sah aus wie die typische, regelmäßig wiederkehrende Mitteilung, dass das Wasser abgestellt wird. Als er sah, dass sich die gleiche Szene kurz darauf wiederholte, konnte er der Neugier nicht widerstehen, er hielt an, stieg aus, ging hin und las. Es war ein Quadrat aus selbstklebendem Papier von vierzig Zentimeter Seitenlänge. Die Wörter waren von Hand mittels jener gummierten Buchstaben zusammengesetzt, die man auf ein Stempelkissen drückt.

VOLKSABSTIMMUNG
IST SIGNORA BRIGUCCIO EINE H...?
*(Jeder Bürger kann sich an der Volksabstimmung beteiligen und seine freie Meinung hier auf dieses Blatt schreiben)*

Er kannte Signora Briguccio nicht, er hatte nie von ihr gehört. Daher sprach er gleich mit Mimì Augello darüber, dem größten Weiberhelden des ganzen Kommissariats.
»Mimì, kennst du Signora Briguccio?«
»Eleonora? Ja, warum?«
Anscheinend hatte er die Plakate nicht gesehen.
»Weiß du gar nichts von der Volksabstimmung?«
»Von welcher Volksabstimmung?«, fragte Augello, der nichts begriff.
»In der Stadt hängen Plakate, die zu einer Volksabstimmung aufrufen, um zu entscheiden, ob Signora Briguccio, Eleonora, wie du sie nennst, eine ›H‹ ist oder nicht. Und dieses ›H‹ steht sichtlich für Hure.«
»Machst du Witze?«
»Warum sollte ich? Wenn du mir nicht glaubst, dann geh in der Bar Contino einen Kaffee trinken, da gibt es mindestens drei Plakate in der Umgebung.«
»Ich schau's mir mal an«, sagte Augello.
»Warte, Mimì. Du kennst sie doch – wie würdest du bei der Abstimmung entscheiden?«
»Wenn ich zurück bin, reden wir darüber.«

Augello war noch keine fünf Minuten weg, als die Tür von Montalbanos Büro aufflog, gegen die Wand krachte, der Commissario aufsprang und Catarella hereinkam.
»*Mi scusasse,* Entschuldigung, Dottori, mir ist die Hand ausgerutscht.«
Das übliche Ritual. Der Commissario wusste genau, dass früher oder später irgendeine Zeitung titeln würde: COM-

MISSARIO SALVO MONTALBANO ERSCHIESST EINEN SEINER BEAMTEN.

»Ah Dottori, Dottori! Der Herr Bürgermeister Tortorigi hat angerufen. Er ruft um Hilfe! Er hat gesagt, dass im Rathaus ein Aufstand ist!«

Montalbano fuhr, gefolgt von Fazio, schnell hin.

Als er ankam, bearbeitete ein etwa fünfzigjähriger Mann, der außer sich war vor Wut und von einigen hilfsbereiten Leuten vergeblich zurückgehalten wurde, mit Füßen und Fäusten eine Tür, die mit einem Schildchen versehen war: BÜRO DES BÜRGERMEISTERS.

»Kennst du den?«, fragte Montalbano Fazio.

»*Sissi.* Das ist Signor Briguccio.«

Montalbano trat vor.

»Beruhigen Sie sich erst mal, Signor Briguccio.«

»Wer sind Sie denn?«

»Ich bin Commissario Montalbano.«

»Und wer hat Sie gerufen? Der Bürgermeister? Dieses Arschloch von Bürgermeister?«

»Sasà«, sagte einer von den Leuten, »der Signor Commissario hat Recht. Beruhig dich erst mal.«

»Ich will dich mal sehen, wenn jemand in aller Öffentlichkeit schreibt, dass deine Frau eine Hure ist!«

»Sasà«, fuhr der Mann fort, »wer sagt denn, dass dieses ›H‹ unbedingt Hure heißen muss?«

»Ach ja? Und was heißt es deiner Meinung nach?«

»Keine Ahnung. Hochstaplerin zum Beispiel.«

»Oder Heldin, nur zum Beispiel«, mischte sich ein zweiter hilfsbereiter Mann ein.

Die beiden Interpretationen brachten Signor Briguccio,

und zu Recht, noch mehr in Rage; er entwandt sich denen, die ihn festhielten, und versetzte der Tür zwei kräftige Fußtritte.

»Schaff ihn fort«, befahl Montalbano Fazio.

Mithilfe der Leute schleifte Fazio Signor Briguccio in ein Zimmer. Als wieder Ruhe eingekehrt war, klopfte der Commissario taktvoll.

»Hier ist Montalbano.«

»Augenblick.«

Der Schlüssel wurde herumgedreht, die Tür ging auf. Beim Bürgermeister befand sich ein kleiner, dicker Glatzkopf um die sechzig, der sich verbeugte.

»Der Zweite Bürgermeister, Vicesindaco Guarnotta«, stellte Tortorici ihn vor.

»Was will Signor Briguccio von Ihnen?«

Der Bürgermeister, ebenfalls um die sechzig, sehr hager und mit einem komischen Tatarenbärtchen, breitete betrübt die Arme aus.

»Ach, Commissario, das ist eine lange Geschichte, die sich schon seit dreißig Jahren hinzieht. Briguccio, ich und der hier anwesende Dottor Guarnotta waren gemeinsam in jener alten, ruhmreichen Partei aktiv, die für die Freiheit in unserem Lande einstand. Wir wissen ja, was dann geschehen ist, aber wir drei fanden uns alle in der neuen, der erneuerten Partei wieder. Jedoch hatten ich und Dottor Guarnotta aufgrund dieses verfluchten Spiels der Strömungen stets bestimmte Überzeugungen, die Briguccio nicht teilte. Sehen Sie, Commissario, als De Gasperi ...«

Montalbano hatte überhaupt keine Lust, sich auf eine politische Diskussion einzulassen. »Entschuldigen Sie, Sindaco, ich wiederhole meine Frage: Warum ist Briguccio wütend auf Sie?«

»Ach… was soll ich Ihnen sagen. Er versucht die Tatsache, dass er öffentlich als gehörnter Ehemann bezeichnet wurde – denn das bedeutet die Frage der Volksabstimmung im Grunde –, in ein politisches Problem umzumünzen. Mit anderen Worten, er behauptet, dass wir, ich und Dottor Guarnotta, hinter diesem Plakat stecken.«

Selbiger Dottor Guarnotta blickte den Commissario an und verbeugte sich leicht.

»Aber was will er von Ihnen, außer seine Wut abreagieren?«

»Dass ich die Plakate entfernen lasse.«

»Und wir haben ihn dahingehend beruhigt«, mischte sich Dottor Guarnotta ein. »Wir wiesen ihn darauf hin, dass wir das auch ohne seine, wie soll ich sagen, stürmische Forderung getan hätten: Für das Anschlagen dieser Plakate wurde nämlich keine Gebühr entrichtet.«

»Ja und?«

»Wir haben Briguccio jedoch erklärt, worin das Problem liegt. Und da ist er ausgerastet.«

»Und welches Problem ist das?«

»Derzeit haben wir nur acht Polizisten im Dienst. Sie sind vollauf damit beschäftigt, ihre normalen Aufgaben zu erledigen. Wir haben ihm zugesichert, dass die Plakate spätestens in einer Woche entfernt werden. Da hat er uns, ohne jeden Grund, angegriffen.«

Brillante Politiker der alten und hohen Schule waren sie, der Bürgermeister Tortorici und der Zweite Bürgermeister Guarnotta.

»Kurz und gut, Sie wollen also Anzeige wegen Körperverletzung erstatten?«
Guarnotta und Tortorici verständigten sich mit einem Blick.
»Mitnichten!«, verkündete Tortorici generös.

»Ich habe nachgezählt«, sagte Augello. »Im Ganzen hängen fünfundzwanzig Plakate. Das ist wenig, und sie sind handgemacht, aber es hat gereicht, um diesen ganzen Wirbel anzurichten. In der Stadt redet man von nichts anderem mehr. Und dass Briguccio mit Tortorici und Guarnotta aneinander geraten ist, wissen die Leute mittlerweile auch.«
»Gibt es schon erste Antworten zu der Volksabstimmung?«
»Allerdings! Eine Mehrheit wie früher im Ostblock. Alle mit ja. Die arme Eleonora ist nach Überzeugung des Volkes unbestreitbar eine Hure.«
»Und? Ist sie eine?«
Mimì zögerte einen Augenblick, bevor er antwortete.
»Erst mal liegt zwischen Eleonora und Saverio Briguccio ein erheblicher Altersunterschied. Eleonora ist dreißig, eine elegante, schöne, intelligente Frau. Und er ist fünfzig, rothaarig, ein tüchtiger Geschäftsmann. Alles trennt sie, Geschmack, Bildung, Lebensart. Außerdem munkelt man in der Stadt, dass Briguccios Schießpulver feucht ist. Sie haben in der Tat keine Kinder.«
»Mimì, du zählst wohl die Gründe dafür auf, warum die Signora durch die Umstände gezwungen ist, ihrem Mann Hörner aufzusetzen.«
»Na ja, in gewissem Sinn ist es so, wie du sagst.«

»Die Signora ist also keine Hure, sondern eine Frau, die Trost sucht, weil ihr Mann halb impotent ist.«

»So könnte man es sagen.«

»Und wie oft hat sie bis jetzt Trost gesucht?«

»Ich habe nicht mitgezählt.«

»Komm, Mimì, zier dich nicht so.«

»Na ja, ziemlich oft.«

»Bei dir auch?«

»Das sage ich dir nicht, und wenn du mich folterst.«

»Mimì, weißt du, wie man dein Verhalten heutzutage nennt? Stillschweigend Ja sagen nennt man das.«

»Es ist mir scheißegal, wie man das nennt.«

»Sag mal, weiß ihr Mann davon?«

»Davon, dass Eleonora ihm Hörner aufsetzt? Doch, doch, er weiß es.«

»Wehrt er sich denn nicht?«

»Der arme Kerl, mir tut er Leid. Er erträgt es, oder zumindest hat er es ertragen, weil er genau weiß, dass er nicht in der Lage ist, die – sagen wir mal – Wünsche und Sehnsüchte von Eleonora – sagen wir mal – zu befriedigen, denn sie ist – sagen wir mal ...«

»Mimì, wir sagen nicht mal, wir sagen, wie es ist. Er ist ein geduldiger Hahnrei.«

»Ja, aber gerade das macht mir ja Sorgen. Solange die ganze Geschichte stillschweigend ablief, konnte er so tun, als wäre nichts. Als wären das nur Gerüchte, Bosheiten. Aber jetzt hat man ihn gezwungen, sich zu outen. Und man weiß nie, wie ein geduldiger Hahnrei, wie du ihn nennst, reagiert, wenn er gezwungen ist, die Geduld zu verlieren.«

»Glaubst du, es ist eine politische Intrige seiner Gegner?«

»Kann sein. Aber es kann auch die Rache eines Liebhabers sein, den Signora Briguccio entlassen hat. Weißt du, Eleonora will keine sentimentalen Geschichten, die lange dauern. Auf ihre Art ist sie den Gefühlen, die sie ihrem Mann gegenüber empfindet, treu. Möglicherweise hat jemand Eleonoras, wie soll ich sagen, begrenzte Absichten nicht verstanden und träumt von der großen Liebe, von einer dauerhaften Beziehung...«

»Ich verstehe schon, was du meinst, Mimì: Signora Eleonora ist eher für den schnellen Fick.«

»Salvo, du kannst wirklich bestürzend vulgär sein. Aber ich muss zugeben, dass es tatsächlich so ist.«

»Gut«, sagte Montalbano. »Jetzt zu ernsten Dingen. Ich habe den Eindruck, dass diese Geschichte mit Briguccio nur ein Bauernschwank ist.«

Ein Schwank, natürlich. Aber er dauerte eine Woche. Als die Plakate abgenommen waren und es so aussah, als sei alles vergessen, wechselte der Schwank das Genre und wurde zur Tragikomödie.

»Spreche ich persönlich mit Commissario Montalbano selber?«

Dieser Morgen war nichts für ihn. Der Nordwind machte Montalbano nervös, außerdem hatte er am Abend zuvor einen kleinen telefonischen Streit mit Livia gehabt.

»Catarè, nerv mich nicht. Was ist los?«

»Der Signore Briguccio hat geschossen.«

Um Himmels willen, war der geduldige Hahnrei etwa aufgewacht, wie Augello befürchtet hatte?

»Auf wen hat er geschossen, Catarè?«

»Auf einen, den ich mir aufgeschrieben hab, Dottori. Da, er heißt Manifò Carlo.«

»Ist er tot?«

»*Nonsi*, Dottore. Zum Glück hat seine Hand gezittert, und da hat er ihn am *osso pizziddro* erwischt.«

Am *osso pizziddro*? Im Augenblick war ihm die mundartliche Anatomie nicht gegenwärtig.

»Wo ist denn der *osso pizziddro*?«

»Der *osso pizziddro*, Dottori, ist genau da, wo der *osso pizziddro* ist.«

Er hatte es nicht anders verdient. Warum stellte er Catarella auch solche Fragen?

»Ist es schlimm?«

»*Nonsi*, Dottori. Der Dottori Augello hat ihn nach Montelusa ins Krankenhaus bringen lassen.«

»Und woher weißt du das alles?«

»Weil der Signor Briguccio nach der Schießerei hergekommen ist und gestanden hat. Daher wissen wir das.«

Im Kommissariat wartete bereits Vicesindaco Guarnotta, der Zweite Bürgermeister, auf Montalbano. Als er das Zimmer des Commissario betrat, verbeugte er sich in einer Tour wie ein Japaner.

»Als ich von der unseligen Tat unseres Freundes Briguccio erfuhr, empfand ich es als meine unumgängliche Pflicht, meine Aussage zu machen.«

»Wissen Sie denn, was passiert ist?«

»Nein, ich weiß nichts. Nur die Gerüchte, die in der Stadt umgehen.«

»Worüber wollen Sie dann eine Aussage machen?«

»Dass ich mit der Sache absolut nichts zu tun habe.«
Da Montalbano ihn fragend ansah, fühlte Guarnotta sich zu einer Erklärung verpflichtet:
»Sie, Commissario, waren bei dem unerfreulichen Zwischenfall im Rathaus zugegen, der gänzlich unserem Freund Briguccio zuzuschreiben ist. Ich möchte nicht, dass Sie den unbedachten Unterstellungen unseres Freundes Briguccio, der sich eindeutig in einem Zustand starker Anspannung befindet, Glauben schenken.«
Montalbano blickte ihn an und sagte nichts.
»Das nennt man Mordversuch. Oder?«, fragte Guarnotta sanft.
Er wollte ihm so richtig eins auswischen, *unserem Freund* Briguccio.
»Danke, ich nehme Ihre Aussage zur Kenntnis«, sagte Montalbano. Doch fügte er in einem Anfall von Boshaftigkeit hinzu:
»Sie sprechen selbstverständlich in Ihrem Namen.«
»Ich verstehe nicht«, sagte Guarnotta und war auf der Hut.
»Das ist ganz einfach: Da sich die Anschuldigungen von Signor Briguccio vor allem gegen den Bürgermeister richteten, möchte ich wissen, ob Sie auch in seinem Namen sprechen.«
Guarnotta zögerte kaum merklich. Wo er schon mal dabei war, konnte er auch gleich *Freund* Bürgermeister schädigen.
»Commissario, ich kann nur für mich sprechen. Wer kennt schon ganz und gar den Menschen, der einem am liebsten ist? Die menschliche Seele ist unergründlich.«
Er stand auf, machte zwei oder drei Verbeugungen hinter-

einander und wollte schon gehen, als Montalbano ihn zurückhielt.
»Entschuldigen Sie, Signor Guarnotta, wissen Sie, wo Manifò verletzt wurde?«
»Am Knöchel.«
Der Commissario grinste breit, was Guarnotta verwirrte. Aber er grinste nicht wegen der Verletzung, er freute sich, weil er endlich wusste, dass der *osso pizziddro* der Fußknöchel war.

»Mimì, was sagst du zu dem Schwank, der um ein Haar als Tragödie geendet hätte?«
»Was soll ich da sagen, Salvo? Ich habe zwei Hypothesen, vielleicht dieselben wie du. Die erste ist, dass ein Trottel aus Rache an Eleonora diese Plakate druckt und klebt, ohne zu wissen, dass die Sache schlimme Folgen haben kann. Die zweite ist, dass es sich um eine geplante Aktion handelt, um Briguccios Nerven blank zu legen.«
»Mimì, welche Macht hat Briguccio in der Stadt?«
»Na ja, Macht hat er. Er widersetzt sich aus Prinzip sämtlichen Initiativen des Bürgermeisters. Und bringt immer eine gewisse Anhängerschaft zusammen. Verstehst du, was ich meine?«
»Ich verstehe genau, was du meinst: Bürgermeister und Co. müssen bei allem und jedem mit Briguccio verhandeln. Und was hast du über Signora Eleonora zu berichten?«
»Inwiefern?«
»Bezüglich deiner Hypothese, der ersten. Der verlassene Liebhaber. Mit wem hatte es Signora Eleonora denn in letzter Zeit?«

»Warum nennst du sie ›Signora‹?«
»Ist sie denn keine?!«
»Salvo, du sagst ›Signora‹ in so einem Ton … Als würdest du ›Hure‹ sagen.«
»Das würde ich mir nie erlauben! Also: Wie läuft es mit Eleonoras Liebschaften?«
»Ich bin über die jüngsten Entwicklungen nicht informiert. Aber einer Sache bin ich mir sicher, dafür lege ich meine Hand ins Feuer: Briguccio hat auf die falsche Person geschossen.«
Montalbano, der bis dahin gefrotzelt hatte, wurde plötzlich hellhörig.
»Erklär mir das genauer.«
»Ich kenne Carlo Manifò gut. Er ist verheiratet, kinderlos. Und er ist in seine Frau verliebt, außerdem ist er ein anständiger Kerl. Bei so was liege ich immer richtig: Ich glaube nicht, dass Manifò etwas mit Eleonora gehabt hat.«
»Kennen sie sich?«
»Es bleibt ihnen gar nichts anderes übrig, als sich zu kennen: Die Familien Manifò und Briguccio wohnen im selben Haus, auf derselben Etage.«
»Was macht Manifò beruflich?«
»Er unterrichtet Italienisch am Gymnasium. Er ist Wissenschaftler und auch im Ausland bekannt. Mehr kann ich dir nicht sagen.«
»Briguccio wurde vom Staatsanwalt vernommen. Was hat er ihm erzählt?«
»Er sagt, dass Manifò es bei Eleonora versucht hat. Dass Eleonora nichts davon wissen wollte und er sich daraufhin gerächt hat, indem er über sie hergezogen ist.«

»Hat ihm seine Frau das erzählt?«
»Nein, Briguccio behauptet, er hätte es nicht von Eleonora erfahren. Er wäre von selbst drauf gekommen. Er sagt auch, er könnte seine Behauptung beweisen.«

»Nein, Commissario, tut mir sehr Leid, aber Sie können nicht mit dem Patienten sprechen«, sagte, unerbittlich, Professor Di Stefano im Krankenhaus Montelusa.
»Warum denn nicht?«
»Weil wir ihn noch nicht operieren konnten. Signor Manifò hat außer der Verletzung auch einen schweren Schock erlitten. Er hat hohes Fieber und fantasiert.«
»Könnte ich ihn wenigstens sehen?«
»Sie könnten. Aber wozu? Um zu hören, was er im Delirium sagt?«
»Na ja, manchmal sagt man im Delirium Dinge, die ...«
»Commissario, der Lehrer wiederholt immer nur dasselbe, wie eine Litanei.«
»Dürfte ich erfahren, was er sagt?«
»Natürlich. Er faselt irgendwelche Zahlen.«
»Zahlen?«
»Ja: 39.18.19. Nehmen Sie sie zum Lottospielen, wenn Sie dran glauben.«

»Im ersten Moment klingt das nach einer Telefonnummer«, sagte Augello.
»Ja, Mimì, aber da er die Vorwahl nicht sagt, sind wir aufgeschmissen. Ich habe alle Telefonnummern in unserer Provinz überprüfen lassen. Ohne Erfolg. Ich muss mit Signora Manifò sprechen.«

»Aber warum regst du dich so auf? Es ist doch alles klar, finde ich.«

»O nein! Mimì, du kannst nicht den Stein werfen und dann die Hand verstecken!«

»Was hab denn ich damit zu tun?«

»Du hast allerdings was damit zu tun! Du hast gesagt, du seist überzeugt, dass Manifò nicht Eleonoras Liebhaber war! Und wenn du Recht hast, warum hat Briguccio dann auf ihn geschossen?«

»Ich habe Recht. Aber Signora Manifò ist nicht in Vigàta. Sie ist Amerikanerin, sie ist gerade bei ihren Eltern in Denver zu Besuch. Sie wurde erst vor ein paar Stunden informiert. Übermorgen kommt sie nach Vigàta zurück. Warum willst du denn mit Signora Manifò sprechen?«

»Ich will mir den Terminkalender ihres Mannes ansehen. Vielleicht steht die Telefonnummer drin, die uns interessiert, und dann wissen wir, zu wem sie gehört.«

»Stimmt. Aber wo die Signora nicht da ist...«

»... tun wir so, als wäre sie da«, ergänzte Montalbano.

»*Madunnuzza santa*, wir sind vielleicht erschrocken, wie wir den Knall von dem Revolver gehört haben!«, sagte die Pförtnerin, während sie die Wohnung von Professore Manifò aufschloss. »Ich habe einen Schlüssel, weil ich hier putze.«

»Ist Signora Briguccio da?«, fragte Augello und zeigte auf die Wohnung nebenan.

»*Nonsi.* Die Signora ist zu ihrem Vater gezogen, nach Montelusa.«

»Danke, Sie können gehen«, sagte Montalbano.

Die Wohnung war groß, der größte Raum war das Arbeitszimmer, praktisch eine riesige Bibliothek, mit einem Tisch in der Mitte, der von Papieren übersät war. Während Mimì auf der Suche nach dem Terminkalender im Schreibtisch kramte, sah Montalbano sich die Bücher an. In einer Abteilung standen, wohl geordnet, Bücher über italienische Literaturgeschichte, Enzyklopädien, kritische Essays. In einem Fach waren Literaturzeitschriften, die Aufsätze von Manifò enthielten: Arbeiten vor allem über Dante und seine Beziehung zur arabischen Kultur. Doch über eine ganze Wand erstreckten sich Regale, die Bibelstudien enthielten: Professore Manifò interessierte dieses Thema besonders. Seine diesbezüglichen Veröffentlichungen nahmen sogar ein ganzes Regalfach ein. Es gab auch einen schmalen Band, der einen Augenblick lang Montalbanos Interesse weckte. Er trug den Titel *Exegese der Genesis*. Er wollte ihn gerade in die Hand nehmen und hineinschauen, als Mimìs Stimme ihn ablenkte:

»Fehlanzeige.«

»Was heißt das?«

»Das heißt, dass ich hier drei Notizbücher habe, alte und neue, und diese Telefonnummer, 39.18.19, nirgends drinsteht.«

Sie schlossen die Tür wieder ab und brachten den Schlüssel der Pförtnerin.

Die Offenbarung (im wahrsten Sinn des Wortes die biblische Offenbarung) hatte Montalbano gegen ein Uhr nachts zu Hause in Marinella, während er, in Unterhosen und von Schlaflosigkeit geplagt, lustlos durchs Programm zappte.

Aus unerfindlichen Gründen faszinierten ihn bestimmte Sendungen, die jemand, der mit gesundem Menschenverstand begabt war, sorgfältig meiden würde: der Verkauf von Möbeln, komplizierten Turngeräten, billigen Gemälden. An diesem Abend fiel sein Blick auf ein Paar, James und Jane, Pastoren einer undefinierbaren Kirche nach amerikanischem Muster. In holprigem Italienisch erklärte das Paar, die Rettung des Menschen bestehe darin, immer die Bibel zur Hand zu haben, um bei jeder Gelegenheit Rat zu finden. Montalbano amüsierte sich über Jane, toupiert und in einem eng anliegenden Kleid wie eine viertklassige Marilyn, und über James ebenso, Spitzbärtchen, magnetischer Blick, Rolex am Handgelenk. Er wollte gerade weiterschalten, als James sagte:

»Freunde, nehmt die Bibel zur Hand. Deuteronomium: 20.19.20.«

Es war, als hätte ihn ein elektrischer Schlag voll getroffen. Wie konnte man nur so blöd sein! Er suchte im ganzen Haus nach einer Bibel und fand keine. Er sah auf die Uhr, es war ein Uhr nachts, Augello war bestimmt noch wach.

»Mimì, entschuldige. Hast du eine Bibel?«

»Salvo, warum lässt du dich nicht endlich mal untersuchen?«

Er legte auf. Dann fiel ihm etwas ein, und er wählte eine Nummer.

»Hotel Belvedere.«

»Hier ist Commissario Montalbano.«

»Was kann ich für Sie tun, Commissario?«

»Soviel ich weiß, legen Sie in Ihrem Hotel doch Bibeln auf die Zimmer.«

»Ja, das machten wir früher.«

»Wieso, jetzt nicht mehr?«
»Nein.«
»Aber Sie haben Bibeln im Hotel?«
»So viele Sie wollen.«
»Ich bin in einer halben Stunde bei Ihnen.«

Im Sessel sitzend, die Bibel in der Hand, dachte Montalbano eine Weile nach. Er konnte unmöglich die ganze Bibel lesen, das würde eine Woche dauern. Er beschloss, vorn anzufangen, bei der Genesis. Hatte Manifò nicht auch ein Buch über dieses Thema geschrieben? Er schlug Kapitel neununddreißig auf: Hier war die Rede von den Söhnen Jakobs, im Besonderen von Josef. Unter den Versen achtzehn und neunzehn wurde von dem Unglück des armen jungen Mannes mit Potiphars Frau berichtet.
Josef, der, wie es in der Bibel hieß, schön von Gestalt und Aussehen war, kam als Sklave in das Haus des Potiphar, eines Hofbeamten des Pharao. Er erwarb das Vertrauen seines Herrn, der ihm sein ganzes Hab und Gut zur Verwaltung übertrug. Doch Potiphars Weib warf ein Auge auf Josef und drängte ihn bei jeder Gelegenheit, unschickliche Sachen mit ihr zu machen. So sehr sie ihn auch drängte, hieß es in der Bibel weiter, nie stimmte Josef zu, »bei ihr zu schlafen und ihr zu Willen zu sein«. Aber eines Tages verlor die Frau den Kopf und fiel über ihn her: Der arme Josef konnte weglaufen, aber sein Gewand blieb in den Händen der Frau. Und die verkündete, um sich zu rächen, Josef habe versucht, sie zu vergewaltigen, er habe ja sogar sein Gewand in ihrem Zimmer liegen lassen. Und so landete Josef im Gefängnis.

Von wegen Gefasel! In seinem Delirium fühlte sich Professore Manifò in der gleichen Lage wie der biblische Josef, und er versuchte zu erklären, was geschehen war: Er war das Opfer, nicht Signora Briguccio. Doch wenn man Manifòs Hinweis ernst nahm, war einiges nicht stimmig. Also: Der Professore behauptet, dass Eleonora, als er sich allein in ihrer Wohnung befindet, sich auf ihn stürzt, damit er bei ihr schlafe, um mit der Bibel zu sprechen. Aber der Professore entkommt, wobei er etwas so Intimes, so Persönliches in Eleonoras Händen zurücklässt, dass Signor Briguccio überzeugt ist, dass der Versuch der Vergewaltigung (zumindest erzählt ihm das seine Frau, um sich für die Abfuhr zu rächen) ohne jeden Zweifel stattgefunden hat. Doch auch wenn man diese Hypothese zuließ, fehlte dem darauf folgenden Geschehen die Logik: Wer hatte die Plakate gedruckt und geklebt? Professore Manifò, um sich seinerseits zu rächen? Ach was! Er fand keine Antwort und ging schlafen.

Am folgenden Morgen, als er gerade aufgestanden war, sprudelte ein Gedanke frisch wie Quellwasser in seinem Hirn. Er stürzte ans Telefon.

»Mimì? Ich bin's, Montalbano. Du müsstest, vielleicht zusammen mit einem Kollegen, in Manifòs Wohnung gehen. Aber vorher musst du die Pförtnerin fragen, ob Signora Briguccio sie kürzlich um den Schlüssel der Manifòs gebeten hat, während der Lehrer außer Haus war.«

»In Ordnung, aber was soll ich da machen?«

»Eine Art Durchsuchung. Du musst im Arbeitszimmer die untersten Bücherreihen vorrücken und schauen, ob dahinter zufällig etwas liegt.«

»Ein Freund von mir hat seinen Whisky so aufbewahrt, weil seine Frau nicht wollte, dass er trank. Und wenn ich etwas finde?«

»Bringst du's mir ins Kommissariat. Ach ja, hast du herausgefunden, wer Eleonoras letzter Liebhaber oder letzter Verehrer war?«

»Ja, ich hab was.«

»Bis später.«

»Das haben wir gefunden«, sagte Mimì betrübt und holte einen hauchdünnen, sehr eleganten, aber zerrissenen rosa Damenslip aus der Jackentasche. Montalbano sah ihn sich an: Hineingestickt waren die Initialen E.B., Eleonora Briguccio.

»Warum hat Manifò ihn versteckt?«, fragte Augello.

»Nein, Mimì, du irrst dich. Nicht Manifò, sondern Eleonora Briguccio hat ihn hinter den Büchern versteckt, um ihn zu gegebener Zeit wieder herauszuholen. Apropos, hast du die Pförtnerin gefragt?«

»Ja. Zwei Tage bevor Briguccio auf den Lehrer geschossen hat, wollte Eleonora den Schlüssel haben, sie sagte, sie hätte in der Wohnung ihres Nachbarn etwas vergessen. Weißt du, Salvo, sie besuchten sich öfter, die Pförtnerin fand nichts dabei und gab ihr den Schlüssel, der ihr nach zehn Minuten wieder zurückgebracht wurde.«

»Eine letzte Frage, weißt du, mit wem Eleonora...«

»Salvo, das ist sehr merkwürdig. Angeblich verdreht Eleonora einem Jungen den Kopf, der noch keine achtzehn ist, dem Sohn von Rechtsanwalt Petruzzello, der...«

»Interessiert mich nicht. Kümmere du dich um den Jungen. Jetzt hör zu, und denk gut nach, bevor du antwortest. Das heißt, nein, antworte erst, wenn ich fertig bin. Also, anders als das sonst bei ihr ist, verliebt sich Eleonora Briguccio ernsthaft in Professore Manifò, den Nachbarn und Freund der Familie. Und sie gibt es ihm auf jede erdenkliche Art zu verstehen. Aber der Professore tut, als ob nichts wäre. Das läuft eine Weile so, sie wird immer wütender, er immer unnachgiebiger in seiner Ablehnung. Dann reist Manifòs Frau nach Denver. Bestimmt klopft Eleonora Briguccio, bei Tag und bei Nacht, wenn ihr Mann nicht da ist, an die Tür ihres Nachbarn, zwingt ihn zu öffnen, macht ihm immer wieder Avancen. Irgendwann muss er ihr eine solche Abfuhr erteilt haben, dass es für Eleonora eine unerträgliche Kränkung war. Sie beschließt, sich zu rächen. Ein genialer Plan. Sie überredet den Jungen, der in sie verknallt ist, die Plakate mit der Volksabstimmung zu drucken und zu kleben. Der tut, was sie sagt. Signor Briguccio, ein geduldiger Hahnrei, solange es keinen öffentlichen Skandal gab, ist gezwungen zu reagieren, zumal sich die ganze Stadt über ihn lustig macht. Als sie ihren Mann richtig zum Kochen gebracht hat, macht sich Eleonora an Teil zwei des Plans. Sie zerreißt einen Slip, versteckt ihn in der Bibliothek des Lehrers und erzählt dann ihrem Mann, Manifò habe sie in seine Wohnung gelockt und zu vergewaltigen versucht. Sie habe die Vergewaltigung verhindern können, als sie schon fast nackt gewesen sei. Und da habe Manifò sich gerächt und die Plakate drucken lassen. Briguccio bleibt nichts anderes übrig, als auf Manifò zu schießen, aber da er ein umsichtiger Mann ist, schießt er ihm nur in den *osso pizziddro*.«

»Die Geschichte mit dem Slip überzeugt mich nicht.«

»Eleonora wäre schon was eingefallen, um ihn vor Gericht zu präsentieren. Da, wo er lag, hätte er jahrelang bleiben können. Wenn überhaupt, werden Bücher doch nur beim Frühjahrsputz abgestaubt.«

»Warum wolltest du was von dem Jungen wissen?«

»Weil es so ist, wie ich es mir vorgestellt hatte. Eleonora hat ihn überredet, das zu tun, was sie wollte. Ein Erwachsener hätte vielleicht einen Rückzieher gemacht. Du fängst also heute noch an, diesen Jungen zu bearbeiten, bis er geständig ist. Erzähl das alles auch seinem Vater, lass dir von ihm helfen. Ich will mit dieser Geschichte nichts mehr zu tun haben.«

»Wolltest du mich nicht was fragen?«

»Ich frage dich jetzt gleich: Glaubst du, nach allem, was ich dir jetzt gesagt habe, dass Eleonora Briguccio zu so etwas fähig ist? Eine derart raffinierte Rache zu inszenieren, die einen Mann ins Krankenhaus (aber es hätte auch der Friedhof sein können) und ihren Ehemann ins Gefängnis gebracht hat? Eine Rache wohlgemerkt, die zuallererst auf ihre eigenen Kosten geht, weil sich nämlich die ganze Stadt das Maul über sie zerreißt. Ist es möglich, dass sich diese Frau so was ausdenkt?«

»Ja, es ist möglich«, sagte Mimì Augello schweren Herzens.

## *Montalbano weigert sich*

Diese Nacht Ende April war eine Nacht, wie sie einst Giacomo Leopardi als wohltuend empfunden hatte: lieblich und klar … kein Windhauch regt sich. Commissario Montalbano fuhr sehr langsam und genoss die angenehme Kühle auf dem Heimweg nach Marinella. Er hüllte sich in seine Müdigkeit wie in ein schmutziges, verschwitztes Gewand, von dem man weiß, dass man es bald, nach der Dusche, gegen ein frisches, duftendes auswechseln kann. Seit dem Morgen, noch vor acht Uhr, war er im Büro gewesen, und jetzt zeigte seine Uhr Punkt Mitternacht.

Den ganzen Tag hatte er mit dem Versuch zugebracht, einen alten Dreckskerl zu einem Geständnis zu bringen, der ein neunjähriges Mädchen missbraucht und dann versucht hatte, ihm mit einem Stein den Kopf einzuschlagen. Das Mädchen lag im Krankenhaus in Montelusa im Koma und war deshalb nicht in der Lage, den Vergewaltiger zu identifizieren. Nachdem er ihn mehrere Stunden lang vernommen hatte, beschlichen den Commissario leise Zweifel, ob der Mann, den sie festgenommen hatten, wirklich der Schuldige war. Aber der hatte sich in einen undurchdringlichen Panzer der Verweigerung zurückgezogen. Montalbano hatte es mit List und Tücke, Bluffs und hinterhältigen Fragen versucht: Da kam nichts, immer nur dieselbe Leier:

»Ich war's nicht, ihr habt keine Beweise.«
Die Beweise würde es nach der DNA-Analyse des Spermas natürlich geben. Stroh und Zeit machen die Vogelbeeren reif, wie die Bauern sagten, nur würde das zu lange dauern.
Um fünf Uhr nachmittags, als Montalbano sein komplettes Bullenrepertoire ausgeschöpft hatte, fühlte er sich allmählich wie eine wandelnde Leiche.
Er ließ sich von Fazio vertreten, ging ins Bad, zog sich nackt aus, wusch sich von Kopf bis Fuß und zog sich wieder an. Er ging ins Zimmer zurück, um mit der Vernehmung fortzufahren, als er den Alten sagen hörte:
»Ich far'f nich, ihr habf keine Beweife.«
Warum redete er so komisch? Montalbano sah den Festgenommenen an: Aus seinem Mund rann Blut, ein Auge war geschwollen und zu.
»Was ist passiert?«
»Nichts, Dottore«, sagte Fazio mit engelsgleicher Miene, nur der Heiligenschein fehlte. »Er muss ohnmächtig geworden sein. Er ist mit dem Kopf auf die Tischkante geknallt. Vielleicht hat er sich einen Zahn ausgebrochen, ist nicht schlimm.«
Der Alte entgegnete nichts, und der Commissario bearbeitete ihn von neuem mit den gleichen Fragen. Um zehn Uhr abends, als er noch nicht mal zu einem *panino* gekommen war, erschien, frisch wie eine Rose, Mimì Augello im Kommissariat. Montalbano ließ sich auf der Stelle von ihm vertreten und rannte in die Trattoria San Calogero. Sein Hunger war so lang hingehalten worden, dass der Commissario bei jedem Schritt glaubte, er müsse in die Knie gehen wie

ein erschöpftes Pferd. Er bestellte einen *antipasto di mare*, und das Wasser lief ihm schon im Mund zusammen, als Gallo hereinstürmte.

»Dottore, kommen Sie, der Alte will reden. Er hat plötzlich alles zugegeben, er sagt, dass er dem Mädchen den Kopf eingeschlagen hat, nachdem er es vergewaltigt hat.«

»Wie ist das möglich?!«

»Keine Ahnung, Dottore, Dottor Augello hat ihn dazu gebracht.«

Montalbano war sauer, und gewiss nicht wegen des *antipasto di mare,* den er nun nicht mehr essen konnte. Wie bitte?! Er war den ganzen Tag mit diesem alten Schwein zugange und redete sich den Mund fusselig, und Mimì Augello hatte es im Handumdrehen geschafft?

Bevor er zu dem Alten ging, nahm er im Kommissariat seinen Vice beiseite.

»Wie hast du das gemacht?«

»Glaub mir, Salvo, es war Zufall. Du weißt doch, dass ich mich nass rasiere. Mit dem Rasierapparat kann ich das einfach nicht. Vielleicht liegt es an meiner Haut, was weiß ich.«

»Mimì, ich weiß es auch nicht, und deine Haut ist mir scheißegal. Ich will wissen, wie du ihn zu dem Geständnis gebracht hast.«

»Ich hatte mir heute erst ein neues Rasiermesser gekauft. Ich hatte es in der Tasche. Gut, ich hatte angefangen, den Alten zu vernehmen, als er sagte, er müsste pinkeln. Ich bin mit ins Klo.«

»Wieso?«

»Ach, der konnte sich kaum mehr auf den Beinen halten. Je-

denfalls habe ich, als er sein Ding rausgeholt hat, sofort das Rasiermesser aufgeklappt und ihn leicht geschnitten.«
Montalbano sah ihn irritiert an.
»Wo hast du ihn geschnitten?«
»Wo wohl? Aber es ist nicht der Rede wert. Na ja, geblutet hat es schon ein bisschen, aber es war wirklich…«
»Mimì, bist du verrückt geworden?«
Augello bedachte ihn mit einem überlegenen Lächeln.
»Salvo, du hast eines nicht begriffen. Entweder der Alte hätte geredet, oder unsere Leute hätten ihn nicht lebend hier rausgelassen. So habe ich das Problem gelöst. Der dachte, ich würde ihn ihm glatt abschneiden, und hat geredet.«
Montalbano nahm sich vor, am folgenden Morgen mit Mimì und allen Kollegen aus dem Kommissariat zu sprechen, es behagte ihm gar nicht, wie sie den Alten behandelt hatten. Er überließ den Mörder und Vergewaltiger Augello, der ja jetzt kein Rasiermesser mehr brauchte, und kehrte in die Trattoria zurück. Sein *antipasto* erwartete ihn und trug die Hälfte seiner Gedanken fort. Die *triglie al sughetto* ließen die andere Hälfte verschwinden.
Als er die Trattoria verließ, lag die Straße im Dunkeln. Entweder hatte jemand die Lampen kaputtgemacht, oder sie waren durchgebrannt. Nach ein paar Schritten hatten sich seine Augen daran gewöhnt. Neben einer Haustür stand einer und urinierte, nicht gegen die Mauer, sondern auf einen großen Karton. Kurz bevor Montalbano bei dem Mann ankam, bemerkte er, dass der seine Blase auf einen armen Kerl entleerte, der in dem Karton lag und nicht reagieren und nicht reden konnte, weil er sturzbetrunken war.

»Na?«, fragte Montalbano und blieb stehen.
»Ist was?«, sagte der andere und machte seinen Reißverschluss zu.
»Findest du das in Ordnung, auf einen Menschen zu pissen?«
»Mensch? Der ist ein Stück Scheiße. Und wenn du nicht abhaust, piss ich dich auch an.«
»Entschuldigung und gute Nacht«, sagte der Commissario. Er wandte ihm den Rücken zu, tat einen halben Schritt, drehte sich wieder um und verpasste ihm einen kräftigen Tritt in die Eier. Dem anderen blieb die Luft weg, und er sackte auf dem armen Kerl in dem Karton zusammen. Würdiger Abschluss eines harten Tages.

Jetzt war er fast angekommen. Er hielt sich links, bog ab, schlug den Weg ein, der zu seinem Haus führte, erreichte den Vorplatz, hielt an, stieg aus, öffnete die Haustür, schloss sie hinter sich und suchte den Lichtschalter, aber seine Hand blieb auf halber Höhe stehen.
Was hatte ihn gelähmt? Eine Art Blitzlicht, das schlagartige Bild einer Szene, die er kurz zuvor flüchtig gesehen hatte, zu rasch, als dass sein Hirn die gesammelten Daten rechtzeitig hätte weiterleiten können. Er schaltete das Licht nicht an, die Dunkelheit half ihm, sich zu konzentrieren, zu rekonstruieren, was ihm unterschwellig zugesetzt hatte.
Ja, es war gewesen, als er das Lenkrad gedreht hatte, um in den Weg einzubiegen, das Fernlicht hatte einen Augenblick lang eine Szene beleuchtet. Vor ihm stand, in derselben Fahrtrichtung, ein Nissan-Geländewagen. Auf der

anderen Straßenseite drei Silhouetten in Bewegung. Sie schienen zu tanzen, mal verschmolzen sie zu einem einzigen Körper, mal lösten sie sich voneinander.
Er schloss die Augen, er machte sie ganz fest zu. Sogar der Schein der Lampe störte ihn, die auf der Veranda angeblieben war und die tiefe Dunkelheit befleckte, in die er eintauchen wollte.
Zwei Männer und eine Frau, jetzt war er sicher. Sie tanzten, und manchmal umarmten sie sich. Nein, das war, was er zu sehen geglaubt hatte, aber da war etwas im Verhalten der drei, das eine andere Situation vermuten lassen konnte.
Stell das schärfer ein, Salvo, der Blick eines Bullen ist immer noch der Blick eines Bullen.
Plötzlich hatte er keinen Zweifel mehr. Wie mit einem geistigen Zoom filterte er eine Hand heraus, die sich brutal und grausam in den Haaren der Frau verkrallte. Die Szene bekam ihre wahre Bedeutung. Eine Entführung, von wegen eine Spielerei! Zwei Männer, die das Mädchen in den Nissan zu zerren versuchten.
Er dachte keine Sekunde nach, öffnete die Tür, ging hinaus, setzte sich ins Auto und fuhr los. Wie viel Zeit war vergangen? Er schätzte, gute zehn Minuten. Zwei Stunden lang fuhr er herum, verbissen, die Lippen zusammengepresst, mit starrem Blick, hin und her, über Straßen, Sträßchen, Feld- und Karrenwege.
Als er die Hoffnung schon aufgegeben hatte, sah er den Nissan vor einem Haus auf dem Hügel stehen, einem Haus, das er die seltenen Male, die er zufällig dort vorbeigekommen war, immer für unbewohnt gehalten hatte. In den Fenstern an der Vorderseite schien kein Licht. Er schaltete

den Motor aus, doch er fürchtete, dass man das Motorengeräusch schon gehört hatte. Regungslos wartete er ein paar Minuten. Dann stieg er aus dem Wagen, die Tür ließ er offen, und ging, gebückt, vorsichtig um das Haus herum. Auf der Rückseite drang aus zwei Zimmern Licht durch die geschlossenen Fensterläden, aus einem im Erdgeschoss und einem im ersten Stock.

Er ging wieder vor das Haus und drückte langsam die angelehnte Tür auf, wobei er darauf achtete, dass sie nicht knarrte. Er schwitzte. Er befand sich in einer dunklen Diele, er ging weiter, da war ein Wohnzimmer und neben dem Wohnzimmer eine Küche. Dort standen zwei junge Männer in Jeans, unrasiert, mit Ohrring. Ihre Oberkörper waren nackt. Sie kochten etwas auf zwei Campingkochern und prüften, ob es gar war. Einer kümmerte sich um ein Pfännchen, der andere hatte den Deckel von einem Topf abgenommen, in dem er mit einem hölzernen Kochlöffel rührte. Es roch nach Gebratenem und nach Tomatensauce.

Aber wo war das Mädchen? War es ihr gelungen, ihren Angreifern zu entkommen, oder hatten diese sie freigelassen? Oder hatte er sich getäuscht? Bedeutete die Szene, wie er sie im Stillen rekonstruiert hatte, etwas ganz anderes?

Doch irgendetwas tief in seinem Instinkt veranlasste ihn, dem, was er sah, nicht zu trauen: zwei junge Männer, die das Abendessen zubereiteten. Eben die scheinbare Normalität war es, die ihn beunruhigte.

Vorsichtig wie eine Katze begann Montalbano die gemauerte Treppe hinaufzugehen, die in den ersten Stock führte. Auf halber Höhe wäre er beinahe auf den mit losen Fliesen belegten Stufen ausgerutscht. Etwas Dickflüssiges, Dunkles hatte die Treppe verschmiert. Er bückte sich, berührte es mit der Spitze des Zeigefingers und roch daran: Er war zu erfahren, um nicht zu wissen, dass es Blut war. Sicherlich war es zu spät, das Mädchen noch lebend vorzufinden. Die beiden letzten Stufen fielen ihm fast schwer, schon jetzt lastete auf ihm, was zu sehen er sich vorstellte und was er dann tatsächlich sah.

In dem einzigen erhellten Zimmer des oberen Stockwerks lag das Mädchen oder wenigstens das, was von ihm übrig war, auf dem Boden, vollkommen nackt. Immer noch vorsichtig, aber teils auch beruhigt, weil die Stimmen der beiden im Erdgeschoss weiterhin zu hören waren, trat er zu dem Leichnam. Sie hatten Feinarbeit mit dem Messer geleistet, nachdem sie sie vergewaltigt hatten, auch mit einem Besenstil, der blutverschmiert neben ihr lag. Sie hatten ihr die Augen herausgenommen, vom linken Bein die ganze Wade abgeschnitten, die rechte Hand amputiert. Sie hatten sogar angefangen, ihr den Bauch zu öffnen, hatten dann aber aufgehört.

Um alles besser sehen zu können, hatte er sich hingehockt, und jetzt fiel es ihm schwer, wieder aufzustehen. Nicht weil er weiche Knie gehabt hätte, sondern aus dem entgegengesetzten Grund: Er spürte, wenn er sich aufrichtete, würde das Nervenbündel, zu dem er geworden war, ihn wie ein Stehaufmännchen bis an die Decke schnellen lassen. Er blieb so lange hocken, bis er sich beruhigt hatte, bis die blinde Wut, die ihn gepackt hatte, gebändigt war. Er durfte keinen Fehler machen, sie waren zwei gegen einen und hätten leichtes Spiel gehabt.

Er schlich die Treppe hinunter und hörte wieder deutlich die Stimmen der beiden.

»Die Augen sind fertig gebraten. Magst du eins?«

»Ja, aber du musst auch ein Stück Wade probieren.«

Der Commissario verließ das Haus, bis zum Auto schaffte er es nicht, er musste stehen bleiben, um sich zu übergeben, wobei er versuchte, kein Geräusch zu machen und den Brechreiz zu unterdrücken, was ihm heftige Bauchschmerzen verursachte.

Am Auto angekommen, öffnete er den Kofferraum, holte einen Benzinkanister heraus, den er immer dabei hatte, ging zum Haus zurück und schüttete ihn direkt hinter der Tür aus. Er war sicher, dass die beiden den Geruch des Benzins nicht wahrnehmen würden, da er von dem viel stärkeren Geruch eines gebratenen Augenpaares und einer gekochten oder vielleicht auch mit Sugo zubereiteten Wade überlagert wurde. Sein Plan war simpel: das Benzin anzünden und die Mörder zwingen, aus dem Küchenfenster an der Rückseite des Hauses zu springen. Dort würde er sie erwarten.

Er kehrte zum Auto zurück, öffnete das Handschuhfach, nahm die Pistole heraus, lud durch. Und dabei blieb es.

Er legte die Pistole in das Handschuhfach zurück, langte in die Tasche und zog seine Brieftasche hervor: Ja, da war eine Telefonkarte. Auf dem Weg hierher hatte er etwa hundert Meter vor dem Haus eine Telefonzelle gesehen. Er ließ das Auto, wo es stand, steckte sich eine Zigarette an und ging zu Fuß hin. Wie durch ein Wunder funktionierte das Telefon. Er schob die Karte ein und wählte.

Der siebzigjährige Mann, der in der römischen Nacht an der Schreibmaschine saß, sprang auf und ging besorgt ans Telefon. Wer konnte das so spät sein?

»*Pronto!* Wer ist da?«

»Hier ist Montalbano. Was machst du?«

»Du weißt doch, was ich mache. Ich schreibe die Erzählung, deren Protagonist du bist. Ich bin an der Stelle, an der du im Auto sitzt und durchgeladen hast. Von wo rufst du an?«

»Aus einer Telefonzelle.«

»Und wie bist du da hingekommen?«

»Sage ich dir nicht.«

»Warum wolltest du mich sprechen?«

»Weil mir diese Erzählung nicht gefällt. Ich will nicht darin vorkommen, das ist nichts für mich. Und die Geschichte mit den gebratenen Augen und der Schmorwade ist absolut lächerlich, echter Schwachsinn, entschuldige, wenn ich das sage.«

»Salvo, ich bin ganz deiner Meinung.«

»Warum schreibst du sie dann?«

»Mein Sohn, versuch mich zu verstehen. Manche Leute schreiben, ich sei ein Schönfärber, ich würde nette, harmlose Geschichten erzählen; andere dagegen sagen, dass mir der Erfolg, den ich dank dir habe, nicht gut getan hat, dass ich mich wiederhole und nur mein Autorenhonorar im Auge habe… Sie behaupten, ich sei ein leicht lesbarer Schriftsteller, auch wenn sie dann Mühe haben, zu verstehen, wie ich schreibe. Ich versuche mich anzupassen, Salvo. Ein bisschen Blut auf dem Papier schadet niemandem. Was ist, spielst du jetzt den Saubermann? Und dann frage ich dich als echten Gourmet: Hast du jemals gebratene Menschenaugen, etwa auf gerösteten Zwiebeln, probiert?«

»Sehr witzig. Hör zu, ich sage dir jetzt etwas, und ich sage es nur einmal. Für mich, Salvo Montalbano, ist so eine Geschichte nichts. Meinetwegen kannst du weiter solche Geschichten schreiben, aber dann musst du einen neuen Protagonisten erfinden. Ist das klar?«

»Vollkommen. Aber wie soll diese Geschichte jetzt aufhören?«

»So«, sagte der Commissario.

Und hängte ein.

## *Liebe und Brüderlichkeit*

Enea Silvio Piccolomini wusste nicht, dass es seinen Namensvetter, der sich, als er Papst wurde, Pius II. nannte, überhaupt gegeben hatte. Er hieß so, weil es in den letzten Jahren des neunzehnten Jahrhunderts im Einwohnermeldeamt einen Angestellten gegeben hatte, der ein Spaßvogel war: Findelkinder bedachte er mit Namen wie Jacopo Ortis, Aleardo Aleardi und ähnlichen Scherzen. So wurde auch ein armes Neugeborenes im Jahre 1894 sein Opfer und hieß eben wie jener Papst, der vor allem als Gelehrter in die Geschichte einging. Der Enea Silvio aus Vigàta hingegen blieb bis zu seinem Tod Analphabet. Er machte den Ersten Weltkrieg mit und den Zweiten auch. Er heiratete, sobald er eine Stelle als Hafenarbeiter gefunden hatte, und hatte drei Söhne, denen er vernünftige Namen gab, Giuseppe, Gerlando und Luigi. Die beiden Älteren wanderten nach Amerika aus und hatten kein Glück, Luigi dagegen blieb in Vigàta und verdiente sich sein Brot als Maurer. Er hatte zwei Söhne und eine Tochter. Der Älteste bekam natürlich den Namen des Großvaters, eben Enea Silvio. Mit zwanzig Jahren ging Enea Silvio auf Arbeitssuche nach Turin. Mit fünfundvierzig passierte ihm der Unfall: Eine Stichflamme ließ ihn auf der Stelle erblinden, eine glühend heiße Stahlklinge trennte ihm das linke Bein ab. Zwei

Monate nach dem Unfall hätte er eine gleichaltrige Witwe heiraten sollen, aber das, was ihm passiert war, ließ ihn, selbst wenn ihn die Witwe in diesem Zustand noch gewollt hätte, davon Abstand nehmen. Er kehrte nach Vigàta zurück, wo es von seiner Familie niemanden mehr gab: Sein Bruder lebte in Pordenone, wohin er geheiratet hatte; seine Schwester Gnazia, an der Enea Silvio sehr hing, war mit ihrem Mann und den beiden Kindern auf die Insel Lampedusa gezogen. Enea Silvio, verschlossen, eigenbrötlerisch und störrisch, hatte sich ein kleines Haus außerhalb von Vigàta gemietet. Er lebte von seiner Rente. Nicht lange nach seiner Rückkehr wurde der Wohltätigkeitsverein »Liebe und Brüderlichkeit« auf ihn aufmerksam, nahm ihn unter seine Fittiche und stattete ihn mit einer Krücke, einem Stock und einem Blindenhund namens Rirì aus. Die Übergabe von Krücke, Stock und Hund war eine feierliche Veranstaltung, aus allen Teilen der Insel kamen Journalisten und Fernsehleute. So konnten alle wieder einmal das lachende Gesicht von Ingegnere Di Stefano sehen, des Gründers und Präsidenten des Wohltätigkeitsvereins »Liebe und Brüderlichkeit«, neben dem Gesicht des von ihm Beschenkten. In den folgenden fünf Jahren ließ sich Enea Silvio sehr selten in der Stadt blicken, nur wenn er unbedingt einkaufen musste oder sonst etwas brauchte. Ein wortkarger Mann, der keine Freundschaften schloss. An einem Septembermorgen hörte Signor Attilio Cucchiara, der auf dem Weg ins Büro an dem kleinen Haus vorbeikam, den Hund Rirì winseln, fast wie ein Mensch. Als er zum Essen nach Hause ging und wieder dort vorbeikam, winselte der Hund noch immer. Da trat er an die Tür des Häuschens und klopfte. Der Hund winselte lauter. Signor Cucchiara klopfte erneut und rief laut nach Enea Silvio, den man in Vigàta Nenè nannte. Die Tür wurde nicht geöffnet, und er bekam keine Antwort. Da ging er nach Hause und rief im Kommissariat an.

Mimì Augello und Galluzzo fuhren hin; Galluzzo brach die Tür auf, indem er sie mit der Schulter rammte. Enea Silvio Piccolomini lag ordentlich auf dem Bett und schien zu schlafen. Doch er war tot. Mit Gas vergiftet: Er hatte den Kamillentee vergessen, den er sich zubereiten wollte. Als die kochende Flüssigkeit überlief, hatte sie die Flamme gelöscht, aber das Gas war weiterhin aus der Flasche geströmt. Mimì streichelte den Hund Rirì, der sich gar nicht mehr zu beruhigen schien. Und diese Geste war es, die das Räderwerk in seinem Kriminalistenhirn ankurbelte. Es gab ein Telefon im Haus, aber er wollte es nicht benutzen. Er nahm sein Handy, um Montalbano anzurufen.

»Salvo, kannst du vorbeikommen?«

Äußerlich war das Häuschen ein Häuschen, von dem der Verputz abbröckelte, aber innen war es eine komfortable kleine Wohnung, die aus zwei winzigen Zimmern, einer kleinen Küche und einem fast unsichtbaren Bad bestand. Alles tipptopp in Ordnung. Kühlschrank, tragbares Radio, Telefon: Nur der Fernseher fehlte, aus nahe liegenden Gründen. Auf dem Nachtkästchen drei Medikamentenschachteln: starke Schlaftabletten, ein Schmerz- und ein blutdrucksenkendes Mittel. Enea Silvio lag auf der linken Seite, das einzige Bein leicht angewinkelt, in Unterhosen und Unterhemd, die linke Hand unter der Wange, der rechte

Arm am Körper, die Augen geschlossen. Keine Kampfspuren, keine sichtbaren Schrammen oder Anzeichen von Schlägen. Seit Montalbano eingetroffen war, hatten er und Augello noch nicht miteinander gesprochen, Worte waren nicht nötig, sie verstanden einander mit kurzen Blicken. Dann fragte der Commissario:
»Wo ist Galluzzo?«
»Er holt Signor Cucchiara her, der hat bei uns angerufen.«
In einem Regal standen vier Dosen Hundefutter. Montalbano öffnete eine und leerte sie in den Napf, der im Esszimmer neben dem Tisch stand. Er rief Rirì, der sich nicht rührte. Also nahm Montalbano den Napf, trug ihn ins Schlafzimmer und stellte ihn vor das Tier. Aber auch jetzt nahm Rirì keine Notiz von seinem Fressen. Er saß regungslos da und starrte sein Herrchen an: Er sah aus wie ein Hund aus Terrakotta.
Als Attilio Cucchiara den Leichnam auf dem Bett sah, wurde er blass und ging in die Knie. Galluzzo stützte ihn, setzte ihn auf einen Stuhl im Esszimmer und brachte ihm ein Glas Wasser.
»Tote machen mir Angst«, entschuldigte sich Cucchiara.
»Waren Sie befreundet?«, fragte Montalbano.
»Ach was! Er wollte mit niemandem was zu tun haben. Seit fünf Jahren gehe ich mindestens viermal pro Tag an diesem Haus vorbei, und nie haben wir mehr als *bongiorno* oder *bonasira* gesagt.«
»Und der Hund?«
»Was heißt: und der Hund?«
»Hat er gebellt, wenn Sie vorbeikamen?«
»Nie. Er hat Menschen nie angebellt. Bei anderen Hunden

verwandelte er sich in eine Bestie. Wenn er einen vorbeikommen sah, stürzte er sich auf ihn und versuchte, ihn am Hals zu packen. Er wurde furchtbar wütend. Wenn er an der Leine war, zog er den armen Nenè hinter sich her. Woran ist er gestorben?«

»Keine Ahnung. Ich schätze, er hatte im Schlaf einen Herzinfarkt. Wissen Sie, wo der Hund seinen Schlafplatz hat?«

»Natürlich. Hier drin, bei seinem Herrchen.«

Warum ist er dann nicht auch gestorben?, fragten sich Montalbano und Augello gleichzeitig mit einem raschen Blick. Der Zweifel, der Augello beschlichen hatte, während er Riris Kopf streichelte, hatte sich als begründet erwiesen.

»Die Tür war zu, aber nicht abgeschlossen. Galluzzo musste sie nur mit der Schulter rammen, um sie zu öffnen. Die Luft in den Zimmern war nicht von Gas gesättigt, es roch danach, das schon, aber nur leicht. Die Fenster waren hermetisch abgeschlossen. Ich bin überzeugt, dass er umgebracht wurde«, folgerte Mimì.

»Das denke ich auch«, sagte Montalbano. »Wenn er ins Bett ging, nahm Piccolomini ein Schlafmittel, das so stark war, dass er in eine Art Muskelstarre fiel. Jemand wartet, bis er eingeschlafen ist, öffnet die Tür mit einem Nachschlüssel, geht hinein, nimmt den Hund, der, wie wir wissen, keine Menschen angreift, bringt ihn raus, geht wieder rein, dreht die Gasflasche auf und geht wieder hinaus. Als er sicher ist, dass Piccolomini tot ist, geht er ins Haus, öffnet die Fenster, lässt einen Teil des Gases hinaus, um zu verhindern, dass Rirì vergiftet wird, bringt den Hund wieder herein, schließt die Tür hinter sich, und weg ist er.«

»Einverstanden«, sagte Augello. »Aber es bleibt die Frage: Warum wollte er Rirì verschonen?«
»Wenn es das ist – Fragen gibt es viele. Warum hat man Piccolomini umgebracht? Sicher nicht, um ihn zu bestehlen. Warum will man uns glauben machen, dass es ein Unfall war?«
»Oder Selbstmord. Wenn es Selbstmord wäre, wäre alles klar. Er selbst hat den Hund rausgebracht, an dem er so hing…«
»…und danach, als er tot war, hat er Rirì wieder ins Haus geholt! Red doch keinen Schwachsinn, Mimì!«
Augello war betreten.
»Entschuldige, entschuldige«, sagte er. »Wie dumm von mir. Aber wie es auch gewesen sein mag, das hat sich ein Meister seines Fachs ausgedacht, kaltblütig und intelligent. Bloß hat der, der den Mord tatsächlich ausgeführt hat, den Fehler mit dem Hund gemacht.«
»Und ich frage mich, warum die Eliminierung eines armen Kerls wie Piccolomini Kaltblütigkeit und Intelligenz erfordert, wie du sagst.«
»Vielleicht war Piccolomini nicht so arm, wie man meint.«
»Kann sein. Aber schau, Mimì, eines an der ganzen Geschichte stimmt nicht. Wir haben gesagt, dass der Täter ins Haus geht und die Gasflasche öffnet. Richtig?«
»Richtig.«
»Nun, woher weiß er, dass in der Flasche genug Gas ist, um Piccolomini zu töten? Denn wenn die Flasche fast leer ist, tut Piccolomini beim Aufwachen höchstens der Kopf ein bisschen weh. Erinnerst du dich, was es für eine Flasche war?«

»Eine kleine. Sie stand in dem dafür vorgesehenen Hohlraum unter dem Herd.«

»Wir machen jetzt Folgendes. Du beauftragst Fazio, alles über Piccolomini herauszufinden. Und warne Galluzzo, er darf seinem Journalistenschwager kein Sterbenswörtchen sagen. Wir sollen an einen Unfall glauben? Also glauben wir daran.«

»Was machen wir mit dem Hund?«, fragte Mimì Augello.

»Ach ja. Gib mir mal das Handy. *Pronto*, Fazio? Tu mir einen Gefallen. Ruf in Montelusa an, bei diesem Wohltätigkeitsverein, der Piccolomini mit Krücke, Stock und Hund versorgt hat. Sag ihnen, dass Piccolomini gestorben ist, weil er das Gas versehentlich angelassen hat. Und dass wir den Hund und die anderen Sachen ins Kommissariat mitnehmen. Sie sollen jemanden schicken, der alles abholt.«

Endlich kamen drei Autos in Sicht, die in den Feldweg einbogen. Der Gerichtsmediziner, der Staatsanwalt und die Leute von der Spurensicherung trafen ein.

Er war gerade in die Straße Richtung Vigàta eingebogen, als er ein paar Gasflaschen sah, die vor einem kleinen Geschäft ohne Ladenschild in einer Reihe standen. Er hielt an, stieg aus und ging hinein. Auf einem Stuhl mit geflochtenem Sitz saß ein junger Mann, der »La Gazzetta dello Sport« las.

»Entschuldigung. Ich bin Commissario Montalbano. Kennen Sie Nenè Piccolomini?«

»Den einbeinigen Blinden? Ja. Er ist Kunde bei uns. Ist was passiert?«, fragte der junge Mann und erhob sich.

»Er ist tot.«
»*Mischinu!* Der arme Kerl! Wie ist er denn gestorben?«
»Mit Gas vergiftet. Er hat es versehentlich angelassen, die Flamme ging aus und …«
»Den Wievielten haben wir heute?«, fragte der junge Mann unerwartet, als wäre ihm plötzlich etwas eingefallen. Dann sah er auf das Datum der Zeitung.
»Das kann nicht sein«, sagte er.
»Was kann nicht sein?«
»Dass noch so viel Gas in der Flasche war.«
»Woher wollen Sie das wissen?«
»Er wollte immer eine kleine Flasche, eine zu zehn Kilo. Er war ja allein, die reichte ihm fast drei Monate. Vor zwei Tagen ist er vorbeigekommen und hat zu mir gesagt: ›Denk dran, du musst mir am Dreizehnten eine neue Flasche bringen, die alte ist bald leer.‹ Er war immer pünktlich. Heute ist der Elfte.«
»Sie glauben also nicht, dass genug Gas darin war, um ihn zu töten?«
»Wissen Sie, bei so was kann man nie sicher sein. Vielleicht ist er einfach so gestorben und nicht mehr dazu gekommen, das Gas abzudrehen.«
Klug, der junge Mann.
»Und der Hund?«, fragte er besorgt.
»Dem Hund geht's gut.«
»Sehen Sie? Wenn es das Gas gewesen wäre, wäre er auch gestorben.«
Montalbano bedankte sich, setzte sich wieder ins Auto und fuhr los.

Als er nachmittags ins Büro ging, kam Galluzzo besorgt auf ihn zu.
»Der Hund will nicht fressen.«
Montalbano folgte ihm ins Zimmer seiner Beamten. Gallo und Catarella standen um das Tier herum, das todunglücklich war und den Schwanz eingezogen hatte. Rirì hatte sicher begriffen, dass sein Herrchen tot war, und trauerte. Galluzzo hatte außer der Krücke und dem Stock aus Piccolominis Haus auch den Wasser- und den Fressnapf mitgenommen, den der Hund hin und wieder mit sichtbarem Abscheu anblickte. Montalbano streichelte ihn.
»Dottori, vielleicht kriegt er wieder Appetit, wenn ich mit ihm spazieren gehe«, schlug Catarella vor, dem ganz elend war.
»Was ist denn mit diesen Idioten von dem Wohltätigkeitsverein?«, platzte der Commissario heraus.
»Sie haben gesagt, sie würden vorbeikommen«, sagte Galluzzo.
»Dann warten wir eben. Bis dahin wird der Hund schon nicht verhungern.«
Nachdem er eine halbe Stunde lang Papiere unterschrieben hatte, was er immer grässlich fand, klingelte das Telefon.
»Dottori, da wär der Ingignieri Stefano, der will Sie persönlich selber sprechen.«
»In Ordnung, er kann reinkommen.«
Ingegnere Angelo Di Stefano war ein dicklicher, leutseliger Mann um die fünfzig.
»Wie schrecklich! Wie schrecklich!«, sagte er.
»Kannten Sie ihn gut?«
»Natürlich, Commissario! Wissen Sie, wir sorgen nicht

nur dafür, die körperlichen, sondern auch die seelischen Beschwerden unserer Schützlinge zu lindern. Darum kümmere ich mich persönlich, ich besuche sie mindestens einmal im Monat, wo auch immer sie sich befinden.«

Er hielt inne und setzte eine Miene auf, auf die sich Montalbano nicht gleich einen Reim machen konnte. Dann begriff er, dass der Mann ein Wort des Lobes erwartete. Das dem Commissario jedoch nicht über die Lippen kam. Er hob eine Hand und legte sie dem Ingegnere auf die Schulter.

»Nein, nein«, sagte Di Stefano. »Wertvoll ist die stille Barmherzigkeit, wenn nur wenige davon wissen. Und ich strebe nicht nach Anerkennung.«

Und die ganzen Journalisten, die du um dich versammelst, was ist mit denen?, wollte der Commissario schon fragen, ließ es aber bleiben.

»Die Angehörigen müssen benachrichtigt werden.«

»Ich habe mich gleich heute Morgen darum gekümmert, als ich die schlimme Nachricht von dem Unfall hörte ... Es war doch ein Unfall, oder?«

»Ja. Er hat vergessen, das Gas abzudrehen.«

»Dabei war er ein so ordentlicher, gewissenhafter Mann! Was für einen Blinden übrigens unerlässlich ist. Nun, heute Morgen habe ich mich beeilt, den Bruder in Pordenone und die Schwester auf Lampedusa zu verständigen. Selbstverständlich werden wir uns um die Bestattung kümmern, sobald das möglich ist. Ich danke Ihnen für alles, Commissario.«

Der Commissario sagte, wer weiß warum:

»Ich begleite Sie hinaus.«

Vor dem Kommissariat parkte eine blaue Limousine. Rirì

saß mit gesenktem Kopf auf der Rückbank. Ein untersetzter Vierzigjähriger öffnete, ebenfalls mit gesenktem Kopf, den Wagenschlag.

»Das ist unser unbezahlbares Faktotum«, sagte der Ingegnere, »Chauffeur, Krankenträger, Hundetrainer.«

Sie verabschiedeten sich herzlich voneinander. Der Commissario ging nachdenklich in sein Zimmer zurück. Er hatte etwas gehört oder gesehen, was ihn einen Augenblick lang irritiert hatte. Aber er vermochte es nicht in ein konkretes Wort, ein eindeutiges Bild umzusetzen. Widerwillig machte er sich wieder ans Unterschreiben.

Tags darauf rief Dottor Pasquano an. Anstatt Montalbano die Ergebnisse der Obduktion mitzuteilen, stellte er ihm eine Frage.

»Wieso ist der Hund nicht tot?«

»Ich weiß es nicht«, log Montalbano.

Das fiel ihm leicht, weil er am Telefon war. Von Angesicht zu Angesicht wäre es ihm schwer gefallen: Er konnte Leute, die er schätzte, nicht anlügen.

»Nun, Piccolomini hatte ein Schlafmittel genommen. Eine normale Dosis. Er ist an Vergiftung gestorben. Sind Sie sicher, dass es ein Unfall war?«

»Zu neunzig Prozent.«

Nicht mal am Telefon schaffte er es, hundertprozentig zu lügen.

»Na ja …«, meinte Pasquano.

Und legte auf.

Als hätten sie sich abgesprochen, rief fünf Minuten später Jacomuzzi, der Chef der Spurensicherung, an.

»Wir haben nichts Auffälliges gefunden. Der arme Kerl muss wirklich vergessen haben, das Gas abzudrehen.«

»Fingerabdrücke?«

»Alle von Piccolomini. Außer einem, den habe ich abgenommen.«

»Wo war er?«

»Auf dem Lichtschalter neben der Tür. Gut sichtbar, weil der Lichtschalter ganz staubig war. Und weißt du was? Dabei war gar keine Birne in der Deckenlampe im Esszimmer, der einzigen im ganzen Haus.«

Eine reflexartige Handbewegung des Mörders im Dunkeln, als er nachts hereinkam. Oder als er hinausging, nachdem er den Mord begangen hatte. Der zweite Fehler nach dem mit dem Hund.

Und da es anscheinend vorbestimmt war, dass an diesem Vormittag eins zum anderen kommen sollte, klopfte Fazio an die Tür, fragte, ob er hereinkommen dürfe, trat ein, setzte sich vor den Schreibtisch und zog einen eng beschriebenen Zettel aus der Tasche.

»Ich bin bereit, Dottore.«

»Erzähl.«

Fazio fing an zu lesen.

»Piccolomini Enea Silvio, Sohn des verstorbenen Piccolomini Luigi und der verstorbenen Catanzaro Antonietta, geboren in Vigàta am 28. April des Jahres …«

Der Commissario schlug mit der Hand auf den Tisch, dass es krachte.

»Leck mich doch am Arsch mit deinem Einwohnermeldeamtskomplex! Ich hab dir schon hundertmal gesagt, dass mich dieser Scheiß nicht interessiert!«

»Schon gut, schon gut«, sagte Fazio reserviert und steckte den Zettel wieder ein. Doch er sprach nicht weiter.
»Und?«
»Commissario, fragen Sie mich. Und ich sage, was ich weiß.«
»Komm, wir gehen einen Kaffee trinken.«
Als sie den Kaffee getrunken und Frieden geschlossen hatten, erfuhr der Commissario, dass Piccolomini in der Stadt keine Freunde hatte, nur Bekannte. Seine Rente ließ er sich bei der Banca dell'Isola gutschreiben. Er hatte sechs Millionen dreihunderttausend Lire auf die hohe Kante gelegt. Er rauchte nicht, er trank nicht, er suchte nicht die drei alteingesessenen Huren Vigàtas auf, war weder homosexuell noch pädophil. Einfach nur ein armer Kerl.
Man tötet arme Leute nicht, dachte der Commissario, einen Titel von Simenon zitierend.
»Seit vier Jahren«, fuhr Fazio fort, »ob Sommer oder Winter, nahm er jeden Freitagabend das Postschiff, das Lampedusa anläuft. Am Montag fuhr er wieder zurück.«
»Besuchte er seine Schwester?«
»Ja. Seine Schwester Gnazia ist mit einem gewissen Silvestro Impallomèni verheiratet, Maurer. Gnazia war zwölf Jahre jünger als Piccolomini. Er hing sehr an ihren Kindern, dem zehnjährigen Giacomo und der achtjährigen Marietta.«
»Ist das alles?«
»Das ist alles.«
Montalbano sah Fazio enttäuscht an. Der breitete die Arme aus.
»Ich kann ja nicht erfinden, dass er ein Gangster war, damit Sie zufrieden sind.«

»Buch mir noch für heute Abend eine Kabine auf dem Postschiff. Besorg mir die Adresse der Schwester.«
Fazio schien bestürzt.
»Meinen Sie das im Ernst? Wenn Sie wollen, kann ich hinfahren.«
»Nein.«

Das Postschiff legte um Mitternacht ab. Es war überfüllt, vor allem mit großen Gruppen von Jugendlichen, die, mit Schlafsäcken ausgerüstet, auf die Insel fuhren, um das letzte, das schönste Bad im Meer zu genießen. Montalbano lehnte ein paar Stunden lang an der Reling und stärkte sich an der salzigen Luft. Dann zwang ihn der Wind auf dem offenen Meer, in die Kabine zu gehen. Er hatte *La corda pazza* von Sciascia dabei, das er oft las, vielleicht um von sich selbst ein bisschen mehr zu begreifen. Und plötzlich, beim Lesen, wusste er, was ihn tags zuvor beunruhigt hatte. Es war eine Frage von Ingegnere Di Stefano gewesen, die dieser mitten in einem Satz gestellt hatte: »Es war doch ein Unfall, oder?« Eine ganz normale Frage, aber was nicht stimmte, war der Ton, in dem der Ingegnere sie gestellt hatte. Da klang Angst mit, Bangigkeit, die sofort verschwand, als Montalbano bestätigt hatte, dass es sich um einen Unfall handelte. Ein Nichts, eine Belanglosigkeit. »Das nennt man Fliegen den Hintern sezieren.« So hatte ihn vor Jahren ein Mailänder Questore getadelt: »Sie, lieber Montalbano, haben die Untugend, Spatzen den Hintern zu sezieren.« Ach ja, stimmt: Es war der Hintern der Spatzen, nicht der Fliegen. Fast von einem Moment zum anderen schlief er ein, bei eingeschaltetem Licht, das Buch in den Händen. Das Klopfen des Stewards an der Tür weckte ihn: »In einer halben Stunde sind wir da.« Er sah auf die Uhr: sieben. Zu früh, um in die Via Cordova 12 zu gehen, wo Signora Gnazia wohnte. Er fasste einen schnellen Entschluss und zog die Badehose an, die er in seinem Köfferchen hatte. Er stieg an Deck, und sogleich umfing ihn ein heller, klarer, milder Morgen. Sodass er sogar einen jungen Deutschen, einen Riesen mit Rucksack, freundlich anblickte, der ihm bös auf den Fuß getreten war und sich nicht mal entschuldigt hatte. Zwei Matrosen hatten die Gangway zum Aussteigen fast fertig eingehängt. Montalbano hörte von innen die spitzen Schreie einer Frau und ging wieder hinein: Eine schmuckbehängte, etwa fünfzigjährige Frau hatte einen Streit mit dem Zahlmeister angefangen, anscheinend hatte ihr ein Steward eine ruppige Antwort gegeben. Als sie fertig war, trat Montalbano zu dem Zahlmeister.

»Ich möchte Sie um eine Auskunft bitten.«

»Wenn es um den Fahrplan geht, wenden Sie sich an unser Büro an Land.«

»Es geht nicht um den Fahrplan. Ich wollte wissen, ob Sie eine Person kennen, die ...«

»Ich habe jetzt gerade keine Zeit. Warten Sie, bis alle Passagiere ausgestiegen sind. Wir machen Folgendes: Kommen Sie um neun Uhr ins Büro der Schifffahrtsgesellschaft, direkt gegenüber der Anlegestelle.«

Jetzt hatte er sich selbst um seinen geplanten Badeausflug gebracht. Sei's drum. Er stieg aus, entdeckte eine Bar, setzte sich an einen Tisch im Freien und bestellte eine *granita di caffè* und eine *brioscia.* Zum Zeitvertreib beobachtete er die Leute; er bestellte noch eine *granita* und eine *brioscia*. Und als es so weit war, ging er zu dem Zahlmeister.

»Sie wünschen? Ich habe wenig Zeit.«

»Ich bin Commissario Montalbano.«

Der andere schlug sich mit der Hand an die Stirn.

»Sie kamen mir gleich so bekannt vor! Verzeihen Sie wegen vorhin. Wissen Sie, manche Passagiere ... Was kann ich für Sie tun?«

»Ich wollte etwas über einen Ihrer Passagiere wissen, der jede Woche am Freitagabend an Bord kam ... ein Blinder.«

»Signor Piccolomini!«, unterbrach ihn der Zahlmeister, »natürlich kannte ich ihn. Er starb bei einem Unfall, nicht wahr?«

Der Ton der Frage: Dieser hier war normal, nicht wie der, in dem Ingegnere Di Stefano unbewusst gefragt hatte.

»Ja. Gas. Haben Sie mal mit ihm gesprochen?«

»Mit Piccolomini? Ein Wasserfall, wenn er einen Gruß erwiderte. Aber wissen Sie, wir hatten vor Jahren einmal eine Auseinandersetzung, ich glaube, es war damals seine erste Fahrt. Danach gab es keine Probleme mehr.«

»Und warum damals?«

»Wegen dem Hund. Er wollte ihn bei sich haben, das ging aber nicht.«

»Hatte er eine Kabine?«

»Er nahm nie eine Kabine, das wäre ihm zu teuer gewesen. Er buchte immer einen Sessel an Deck. Der Hund wurde im Hundezwinger untergebracht, den es an Bord extra gibt.«

»Ist nie etwas Merkwürdiges, Ungewöhnliches während der Fahrt vorgefallen, wenn Piccolomini an Bord war?«

»Was hätte da vorfallen sollen? Sagen Sie, Commissario, wenn Piccolomini bei einen Unfall gestorben ist, warum stellen Sie mir dann solche Fragen?«
Die Lüge blieb Montalbano erspart: In diesem Augenblick kam ein Matrose vorbei, und der Zahlmeister rief ihn zu sich:
»Matteo!«
Während der Matrose näher kam, sagte er:
»Er heißt Matteo Salamone. Er kümmerte sich um Piccolomini.«
Matteo Salamone war ein magerer Vierzigjähriger mit lebhaften Augen. Der Zahlmeister erklärte ihm, was Montalbano wollte, und entfernte sich, er habe Verschiedenes zu erledigen, sagte er.
»Was soll ich Ihnen sagen, Commissario? Ich half ihm beim Ein- und Aussteigen, die Gangway kann gefährlich sein für einen Blinden, der auch noch einbeinig ist. Ich begleitete ihn zu seinem Sessel, brachte den Hund in den Hundezwinger und machte das bei der Ankunft alles noch mal, nur umgekehrt. Er gab mir ein paar Lire, aber ich habe es eher getan, weil er mir Leid tat, der arme Kerl.«
»Ist jemals etwas Besonderes vorgefallen, etwas, das…«
»Nichts, nie. Ach doch, letztes Jahr, aber es ist nicht der Rede wert…«
»Sagen Sie es mir trotzdem.«
»Nun, es war auf der Strecke Vigàta-Lampedusa. Ich sah ihn unten an der Gangway stehen und ging hinunter, er erkannte mich an der Stimme, ich nahm den Hund an die Leine, und er begann, die Gangway hinaufzugehen. Auf halber Höhe fiel sein Stock plötzlich ins Wasser, zwi-

schen Bordwand und Kaimauer. Er fing wie ein Irrer an zu schreien. ›*U vastuni!*‹ Mein Stock! Mein Stock!« Er war verzweifelt, man hätte meinen können, ein Kind wäre ihm ins Wasser gefallen. Ich sah hinunter, und da schwamm der Stock. Schließlich schaffte ich es, Piccolomini an Bord zu bringen, er war völlig aus dem Häuschen. Die anderen Passagiere begriffen gar nichts und waren besorgt. Ich ließ mir einen Bootshaken geben und angelte seinen Stock wieder heraus. Als er ihn in den Händen hatte, hätte er ihn fast geküsst wie einen verlorenen und wieder gefundenen Sohn. Fünfzigtausend Lire hat er mir gegeben!«
»Warum war er ihm wohl so wichtig? Es war ein gewöhnlicher Holzstock, oder?«
»Nein, er war nicht aus Holz, Commissario. Der Stock und die Krücke waren beide aus Metall.«
»Wenn er aus Metall gewesen wäre, wäre er untergegangen.«
»Nicht wenn er leer war, hohl. Und der war innen sicher leer. Woher dieses Interesse an dem armen Kerl?«
»Wegen der Versicherung.«
Doch der andere, man sah es am deutlichen Glitzern seiner Augen, glaubte ihm nicht.

»*Un àngilu*, ein Engel war er! Ein Engel!«, weinte Signora Gnazia, in Schwarz gekleidet, und wiegte sich mit dem Oberkörper vor und zurück. Montalbano, der sich als Panzeca von der Versicherung vorgestellt hatte, spürte, dass dieser Schmerz aufrichtig war.
»Wo sind die Kinder?«, fragte er, wie um sie auf andere Gedanken zu bringen.
»Die Kinder? Wenn am Samstag keine Schule ist, sind sie

den ganzen Tag unterwegs. Sie gehen mit meinem Mann zum Angeln, er hat ein Ruderboot.«

»Sagen Sie, Signora, wenn Ihr seliger Bruder Sie besuchte, was tat er da, wie verbrachte er den Tag?«

»Vom Schiff kam er gleich hierher. Wenn meine Kinder da waren, aber das kam selten vor, war er mit ihnen zusammen. Er hatte sie so lieb, die Kleinen. Er hat immer mit uns zusammen gegessen.«

»Verstand er sich gut mit Ihrem Mann?«

»Sie mochten sich nicht. Und mein Mann, das hab ich ja schon gesagt, geht am Samstag zum Angeln, und am Sonntag schläft er. Er arbeitet hart von Montag bis Freitag. Er ist müde. Und nicht ganz gesund.«

»Wenn Ihr seliger Bruder Sie besuchte, ging er also nie aus dem Haus.«

»Das hab ich nicht gesagt, Signor Panzeca. Am Samstagnachmittag oder am Sonntagmorgen kam Totò Recca mit seinem Transporter und fuhr ihn spazieren.«

»War er sein einziger Freund? Hatte er noch andere Freunde?«

»*Nonsi.* Der einzige. Er hat mir erzählt, dass sie sich in Vigàta kennen gelernt haben.«

»Können Sie mir Reccas Adresse geben?«

»Er ist umgekommen, *mischinu*, der Ärmste.«

»Er ist umgekommen? Wann? Wie?«

»Vor einer Woche. Er ist mit seinem Transporter abgestürzt, bei der Isola dei Conigli. Wissen Sie, wo das ist?«

Im Süden Lampedusas, das wusste er. Eine einsame, wundervolle Gegend, eine ideale Gegend, um ermordet zu werden, ebenfalls bei einem fingierten Unfall.

Es war ihm klar, dass Gnazia Impallomèni alles gesagt hatte, was sie wusste.
Er stand auf, um zu gehen, auch die Frau stand auf, legte ihm aber eine Hand auf den Arm.
»Sie sind doch von der Versicherung, nicht wahr, Signor Panzeca?«
»Ja.«
»Verstehen Sie was von Geld?«
»Inwiefern?«
»Wegen dem Geld, das Nenè auf der Bank hatte.«
»Na ja, ich weiß nicht genau, wie viel bei der Bank in Vigàta liegt…«
»*Mi scusasse*, entschuldigen Sie, ich meine nicht bei der Bank in Vigàta, sondern bei der hier, auf Lampedusa.«
Montalbano setzte sich wieder hin, Signora Gnazia ebenfalls.
»Hatte er ein Konto bei der Bank?«
»Nein, kein Konto. Ein Sparbuch. Als er das erste Mal hinging, auf die Bank, habe ich ihn begleitet, er wusste den Weg nicht. Danach ist er immer allein hingegangen, Nenè konnte gehen, als ob er sehen könnte.«
»Haben Sie das Sparbuch hier?«
»*Sissi*. Ich zeig's Ihnen. Ich habe es versteckt, weil Nenè gesagt hat, dass mein Mann ja nichts davon wissen darf.«
Und so erfuhr der Commissario, dass Enea Silvio Piccolomini, Rentner, ein Sparbuch über hundertzwölf Millionen hatte.
»Was soll ich damit machen, Signor Panzeca?«
»Behalten Sie es einstweilen. Und sagen Sie Ihrem Mann nichts davon.«

Er rannte zum Hafen und erreichte gerade noch das Postschiff zurück.

Am folgenden Tag erschien er, nachdem er die ganze Nacht tief geschlafen hatte, in aller Herrgottsfrühe im Kommissariat. Als Erstes rief er Galluzzo zu sich.

»Wer hat den Stock, die Krücke und den Hund aus Piccolominis Haus geholt, warst du das?«

»Ja. Und am Nachmittag habe ich alles dem Chauffeur von Ingegnere Di Stefano gegeben. Erinnern Sie sich?«

»Waren sie schwer?«

Galluzzo schien zu zögern.

»Offen gestanden hatte ich keinen Grund, den Hund auf den Arm zu nehmen.«

»Galluzzo, fängst du jetzt an wie Catarella? Ich meine den Stock und die Krücke. Waren sie schwer?«

»Allerdings. Als ich sie genommen habe, ist mir die Krücke sogar runtergefallen und hat einen Lärm gemacht, als wäre eine Eisenstange umgefallen.«

»Deiner Meinung nach konnte sie also nicht hohl sein.«

»Hohl? Bestimmt nicht. Warum hätte sie denn hohl sein sollen?«

»Schon gut. Schick Fazio rein.«

Fazio trat ein und merkte sofort, dass sein Chef auf Hochtouren lief.

»Fazio, spätestens bis elf Uhr heute Vormittag will ich alles über den Wohltätigkeitsverein ›Liebe und Brüderlichkeit‹ wissen. Ich will auch alles über Ingegnere Di Stefano und seinen Chauffeur wissen. Keine Sekunde später. Schick Augello rein.«

»Er ist noch nicht da.«
»Wie soll's auch anders sein. Sag ihm, er soll sofort zu mir kommen, wenn er da ist.«

Mimì erschien gegen zehn, todmüde, er gähnte, dass er sich fast den Kiefer ausrenkte.
»Was ist los, Mimì? Hat die Nutte, mit der du die Nacht verbracht hast, zu viel von dir verlangt? Brauchst du einen Zabaglione von zwölf Eiern?«
»Lass mich in Ruhe, Salvo. Ich bin fast wahnsinnig geworden vor Zahnschmerzen! Was wolltest du denn auf Lampedusa?«
»Mir ist jetzt alles klar, Mimì. Weißt du, wie viel Geld er auf Lampedusa hatte, dieser arme Rentner, dieser blinde einbeinige Hungerleider namens Enea Silvio Piccolomini? Hundertzwölf Millionen.«
»*Minchia!* Wie hat er denn das gemacht?«
»Indem er Drogen befördert hat. Er hat als Kurier für Ingegnere Di Stefano gearbeitet.«
»Ach komm! Und wo soll er das Zeug gehabt haben?«
»In der Krücke und dem Stock aus Metall, die innen hohl sind. Ich habe in etwa ausgerechnet, dass dem Ingegnere jede Fahrt mindestens zwei Kilo Kokain eingebracht hat.«
»Und wer hat es ihm auf Lampedusa gegeben?«
»Ein gewisser Recca, der sich jede Woche mit Piccolomini traf und ebenfalls tot ist. Sie haben einen Unfall vorgetäuscht. Es muss etwas geschehen sein, was den Ingegnere veranlasst hat, die beiden auszuschalten.«
»Noch mal, Salvo. Also: Recca kam mit dem Kokain, ließ

sich von Piccolomini Krücke und Stock geben, stopfte sie voll …«

»Nein, Mimì. Ich glaube, dass Recca Piccolomini einfach einen Stock und eine Krücke gegeben hat, die schon voll gestopft waren, wie du das nennst. Es fand ein Tausch statt. Und als Piccolominis Mörder wegging, nachdem er den Mord verübt und die alte Gasflasche an ihren Platz zurückgestellt hatte …«

»Was ist das für eine Geschichte mit der alten Gasflasche?«

»Ich erklär's dir später, Mimì. Danach, sagte ich, hat er Stock und Krücke ausgetauscht.«

»Ich kapier überhaupt nichts mehr.«

»Er hat einen Stock und eine Krücke in Piccolominis Haus zurückgelassen, die genauso aussahen wie die, die der Blinde benutzte, aber aus massivem Metall waren. Damit wir, wenn wir sie fanden, keinen Verdacht schöpften.«

»*Madonna santa*, da krieg ich gleich wieder Zahnschmerzen! Und der Hund? Warum wollte er den Hund retten?«

»Weil so ein Hund wertvoll ist. Du verstehst, er griff andere Hunde an!«

»Und was heißt das wieder?«

»Das heißt, dass Rirì angriff, wenn er auf Lampedusa oder in Vigàta am Kai einen Drogenhund sah, der sich seinem Herrchen näherte. Und Piccolomini tat mit, er machte eine Szene, fiel zu Boden, schrie. Jedenfalls war die Chance groß, dass die Polizeibeamten Mitleid bekamen und es gut sein ließen. Der Hund konnte noch nützlich sein.«

»Aber wie willst du die ganze Geschichte beweisen?«

»Ich warte einen Bericht von Fazio ab, dann gehe ich zum Staatsanwalt und lasse mir einen Durchsuchungsbefehl ausstellen. Ich finde bestimmt was, da kannst du Gift drauf nehmen.«

Punkt elf erschien Fazio zur Berichterstattung. Der Wohltätigkeitsverein »Liebe und Brüderlichkeit« bekam keine staatlichen Zuschüsse, alles wurde mit dem Geld des Ingegnere finanziert. Selbiger Ingegnere war wie kaum jemand aktiv in zwei Bereichen, die dem Laien widersprüchlich erscheinen mochten: im privaten und öffentlichen Baugewerbe und in der Wohlfahrt.

»Wo hatte er das Geld her?«

»Das hat ihm sein Vater hinterlassen, der auch ein bedeutender Politiker war, bevor er vor etwa fünfzehn Jahren an einem Herzinfarkt starb. Der Sohn hat das Kapital verfünffacht. Böse Zungen behaupten, und deshalb sind das nur Gerüchte und nichts weiter, dass viel von dem Geld, das durch seine Hände fließt, in Wirklichkeit nicht seines ist.«

»Geldwäsche?«

»Es sind Gerüchte, Dottore. Vor dem Gesetz ist der Ingegnere sauber wie der Popo eines frisch gebadeten Säuglings.«

Montalbano sah ihn bewundernd an.

»Was für ein hübscher Vergleich! Dass du nie Gedichte geschrieben hast! Weiter.«

»Der Wohltätigkeitsverein sitzt in einer kleinen Villa mit Park in Montelusa, Via Nazionale 14.«

»Ist er eine Art Klinik?«

»Von wegen! Der Verein betreut zu Hause, verstehst du, was ich meine? Derzeit werden zwölf Personen unterstützt, die über die ganze Provinz verstreut sind. Es handelt sich um Leute, die Rollstühle, Krücken, Stöcke und so weiter brauchen.«

»Also nicht wirklich Kranke, die bettlägerig sind?«

»Mit denen hat die Organisation nichts am Hut. Die Schützlinge des Vereins sind alles Personen, denen man dazu verhilft, sich selbständig fortzubewegen. Ach ja, ein Kriterium müssen sie erfüllen: Sie müssen allein sein, ohne Verwandte, die sie bei sich aufnehmen. Genau wie Nenè Piccolomini.«

»Gibt es auch Frauen?«

»Nein. Weder als Betreute noch als Pflegerinnen. Einmal in der Woche besucht sie das Faktotum, der Chauffeur des Ingegnere, der ›Erlöste‹, wie ihn der Ingegnere nennt, aber er heißt Aloisio Carmelo, Sohn des verstorbenen Carmelo Alfonso und von Lopresti Rosalia, geboren in ...«

Er fing den Blick des Commissario auf und verstummte rechtzeitig.

»Entschuldigung«, sagte er. Und fuhr fort: »Dieser Aloisio Carmelo ist vierundvierzig Jahre alt und arbeitet seit zehn Jahren für den Ingegnere ...«

»Warum nennt Di Stefano ihn den ›Erlösten‹?«

»Das wollte ich gerade sagen. Mit zwanzig hat er einen umgebracht, einen Tabakwarenverkäufer, Raubmord. Er wurde verurteilt, nach etwa zehn Jahren kam er wegen guter Führung wieder frei, aber er taugte zu nichts. Der Ingegnere hat ihn in seinen Dienst genommen. Seitdem hat Aloisio nichts mehr mit der Justiz zu tun gehabt. Ingegnere Di Stefano besucht seine Schützlinge einmal im Monat.«

»Bestimmt wegen der Abrechnung. Di Stefano hat eine gelungene Organisation für seinen Drogenhandel aufgezogen. Aber er musste zwei Kuriere von seinem Faktotum Aloisio ermorden lassen. Bildet er die Hunde aus?«
»*Sissignore*, Dottore. Anscheinend hat er da ein besonderes Talent.«
Montalbano dachte eine Weile nach.
»Vielleicht hat er Rirì verschont, weil er ihn ins Herz geschlossen hatte«, sagte er fast zu sich selbst. »Eins noch, Fazio. Wohnt der Ingegnere auch in dieser Villa in der Via Nazionale?«
»*Nonsi*. Der Ingegnere schläft in einer anderen Villa. Im Haus des Wohltätigkeitsvereins wohnt nur Aloisio.«

Mimì Augello, Fazio, Gallo, Galluzzo und zwei weitere Beamte des Kommissariats klingelten am Portal der Via Nazionale 14, nachdem sie über das Gartentor geklettert waren. Im Hundezwinger neben der Villa waren drei Hunde, aber sie bellten nicht. Auf Augellos Klingeln hin fragte innen eine Männerstimme:
»Wer ist da?«
»Polizei«, sagte der Vicecommissario.
Und da beging Aloisio wieder einen Fehler. Er antwortete, indem er schoss. Zwei Stunden später wurde er festgenommen. In der Villa fanden sich an die zwanzig Kilo reinstes Kokain.

## *Die Entführung*

Er war ein echter Bauer, aber er sah aus wie eine Krippenfigur, die Schirmmütze auch im Kommissariat tief im Gesicht, ausgebeulter Flanellanzug, genagelte Stiefel, wie man sie seit Ende des Zweiten Weltkriegs nicht mehr zu sehen bekam. Siebzig Jahre alt, hager, leicht gekrümmt von der Arbeit mit der Hacke, eines der letzten Exemplare einer aussterbenden Rasse. Seine hellblauen Augen gefielen Montalbano.

»Sie wollten mich sprechen?«

*»Sissi.«*

»Nehmen Sie Platz«, sagte der Commissario und wies auf einen Stuhl vor dem Schreibtisch.

»*Nonsi.* Es dauert nicht lang.«

Gott sei Dank versprach er eine kurze Unterredung: Er musste ein wortkarger Mann sein, wie es sich für einen richtigen Bauern gehörte.

»Consolato Damiano heiße ich.«

Welches war der Nachname? Consolato oder Damiano? Montalbano war sich einen Moment lang unsicher, dann dachte er, dass der Bauer gemäß den Verhaltensregeln gegenüber einem Vertreter der Staatsgewalt, wie es üblich war, erst den Nachnamen und dann den Vornamen angegeben hatte.

»Angenehm. Ich höre, Signor Consolato.«
»Wollen Sie Du oder Sie zu mir sagen?«, fragte der Bauer.
»Sie. Es ist nicht meine Art...«
»Dann müssen Sie wissen, dass mein Nachname Damiano ist.«
Es tat Montalbano Leid, dass er sich geirrt hatte.
»Was kann ich für Sie tun?«
»Gestern früh bin ich vom Land in die Stadt gegangen, weil Markt war.«
Der Markt fand jeden Sonntagvormittag im oberen Teil Vigàtas statt, unweit des Friedhofs, der an das offene Land grenzte, das früher voller Oliven- und Mandelbäume und Wein gewesen war und jetzt fast vollständig brachlag, zerfressen von immer größeren Betonflecken, ob im Flächennutzungsplan genehmigt oder nicht.
Montalbano wartete geduldig auf Weiteres.
*»Lu sceccu m'avia ruttu lu bùmmulu.«*
Der Esel hatte seinen *bùmmulo* kaputtgemacht, eine tönerne Flasche, die das Wasser schön kühl hält und die die Bauern früher aufs Feld mitnahmen: Das bestätigte Montalbanos Eindruck, dass Consolato Damiano wirklich ein Bauer wie aus alten Zeiten war. Und obwohl ihm die Geschichte vom Esel und dem *bùmmulo* für das Kommissariat nicht von Interesse schien, sagte er keinen Ton, er hatte beschlossen, dem sehr langsamen Fluss von Consolatos Rede zu folgen.
»Da hab ich mir auf dem Markt einen neuen gekauft.«
Bisher noch immer nichts Ungewöhnliches.
»Gestern Abend hab ich Wasser reingetan, weil ich ihn ausprobieren wollte. Ob er genau richtig gebrannt war, weil

wenn der *bùmmulu* nicht gut gebrannt ist, dann hält er das Wasser nicht kühl.«

Montalbano steckte sich eine Zigarette an.

»Bevor ich ins Bett gegangen bin, hab ich ihn ausgeleert. Und mit dem Wasser ist ein Stück Papier rausgefallen, das in dem *bùmmulu* war.«

Montalbano verwandelte sich unversehens in eine Statue.

»Ich kann ein bisschen lesen. Ich hab drei Klassen Volksschule.«

»War es ein Brief?«, fragte der Commissario schließlich zögernd.

»Ja und nein.«

Montalbano entschied, dass es besser war, still zuzuhören.

»Es war ein Streifen, den jemand aus einer Zeitung rausgerissen hat. Er war ganz nass. Ich hab ihn zum Trocknen neben das Feuer gelegt.«

In diesem Augenblick kam Mimì Augello herein.

»Salvo, denk dran, der Questore erwartet uns.«

»Schick mir Fazio.«

Der Bauer wartete höflich. Fazio trat ein.

»Dieser Signore heißt Consolato Damiano. Hör du dir an, was er uns zu sagen hat. Ich muss leider weg. Auf Wiedersehen.«

Als er ins Kommissariat zurückkehrte, hatte er die Geschichte mit dem Bauern und seinem *bùmmulo* völlig vergessen. Er ging zum Essen in die Trattoria San Calogero, aß ein Pfund kleine Tintenfische, die auf der Zunge zergingen, gekocht und mit Salz, schwarzem Pfeffer, Olivenöl, Zitrone und Petersilie angemacht. Zurück im Büro, sah er Fazio, und Consolato Damiano fiel ihm wieder ein.

»Was wollte dieser Bauer? Der mit dem *bùmmulo*.«

Fazio grinste.

»Offen gestanden fand ich es lächerlich, deswegen habe ich Ihnen nichts gesagt. Er hat den Schnipsel dagelassen. Er ist vom oberen Rand einer Zeitung, mit dem Datum 3. August 1997.«

»Von welcher Zeitung?«

»Das weiß ich nicht, der Name der Zeitung ist nicht drauf.«

»Ist das alles?«

»*Nonsi*. Es hat auch jemand von Hand was draufgeschrieben. Und zwar: ›*Aiuto! M'amazza!* Hilfe! Er bringt mich um!‹ Aber …«

Montalbano wurde grimmig.

»Und das findest du lächerlich? Zeig's mir mal.«

Fazio ging hinaus, kam wieder zurück und reichte Montalbano einen schmalen Streifen Papier. In fast kindlicher Druckschrift stand da in Wirklichkeit: *»Autto! Mamaza!«*

»Das muss ein Scherz gewesen sein, den sich jemand mit dem Bauern machen wollte«, kommentierte Fazio stur.

Einem Graphologen sagt eine Handschrift natürlich etwas: Montalbano war kein Graphologe, aber diese fehlerhaft und ungelenk geschriebenen Worte sagten ihm trotzdem etwas, sie sagten ihm, dass sie die Wahrheit bedeuteten, dass sie ein echter Hilferuf waren. Von wegen ein Scherz, wie Fazio behauptete! Doch das war nur ein Gefühl, nichts weiter. Deshalb beschloss er, sich um die Sache zu kümmern, ohne seine Leute einzubeziehen: Falls sich sein Eindruck als falsch herausstellte, ersparte er sich das schadenfrohe Gegrinse von Augello und Co.

Er erinnerte sich, dass das Areal, auf dem der Markt stattfand, mit weiß gekalkten Linien auf dem Boden gekennzeichnet und in viele kleine Einzelfelder unterteilt war. Zusätzlich hatte jedes Feld eine Nummer: So wurden Streit und Handgreiflichkeiten zwischen den Händlern vermieden.

Montalbano ging ins Rathaus und hatte Glück. Der Sachbearbeiter, der De Magistris hieß, erklärte ihm, nur zwei Standplätze seien für Verkäufer von Tonwaren reserviert. Auf dem ersten, mit der Acht als laufender Nummer, lege Tarantino Giuseppe seine Ware aus. Er befinde sich im unteren Teil des Marktes. Auf dem oberen Teil des Marktes, nah beim Friedhof, befinde sich der Standplatz 36, auf dem Fiorello Antonio ebenfalls *bùmmuli* und *quartare*, Tonkrüge, verkaufe.

»Aber, Commissario, es ist nicht unbedingt so, wie es auf diesem Plan steht«, sagte De Magistris.

»Warum nicht?«

»Weil sich die Händler oft absprechen und die Plätze tauschen.«

»Die beiden *bùmmuli*-Vekäufer?«

»Nicht nur die. Auf dem Plan steht, was weiß ich, dass auf der Nummer 20 einer steht, der Obst und Gemüse verkauft, und dann geht man hin und findet einen Schuhstand vor. Uns ist das egal, es muss nur alles in gutem Einvernehmen vonstatten gehen.«

Er kehrte ins Büro zurück, ließ sich von Fazio erklären, wie er zu Consolato Damiano kam, und fuhr gleich los. Contrada Ficuzza, wo der Bauer wohnte, war ein abgelegener Ort zwischen Vigàta und Montereale. Um dort hinzugelangen, musste er nach einer halben Stunde Fahrt seinen Wagen stehen lassen und dann noch einen halbstündigen Fußmarsch zurücklegen. Es war schon dunkel, als er bei einem kleinen Bauernhof ankam, sich seinen Weg durch die Hühner bahnte und in Hörweite der Tür, die offen stand, schrie: »He! Ist da jemand?«

»*Cu è?*«, fragte innen eine Stimme.

»Ich bin Commissario Montalbano.«

Consolato Damiano, Schirmmütze auf dem Kopf, erschien und zeigte sich gar nicht überrascht.

»*Trasisse*, kommen Sie herein.«

Die Familie Damiano wollte sich gerade an den Tisch setzen. Da waren eine alte Frau, die Consolato als seine Frau Pina vorstellte, der etwa vierzigjährige Sohn Filippo und dessen Frau Gerlanda, um die dreißig, die sich um die beiden Kinder, einen Jungen und ein Mädchen, kümmerte. Das Zimmer war geräumig, in dem als Küche benutzten Teil gab es auch einen offenen Herd.

»Möchten Sie mitessen?«, fragte Signora Pina und schickte sich an, einen weiteren Stuhl an den Tisch zu stellen. »Ich habe heute Abend ein bisschen *pasta cu i bròcculi* gemacht.«

Montalbano aß mit. Nach der Pasta holte Signora Pina ein halbes Zicklein mit Kartoffeln aus dem Backofen, in dem sie es warm gehalten hatte.

»Sie müssen entschuldigen, Signor Commissario. Das ist von gestern, mein Sohn ist nämlich vierzig geworden.«

Es war köstlich, zart und fein, wie es in der Natur des Zickleins liegt, zu Lebzeiten ebenso wie im Tod. Schließlich, da niemand ihn nach dem Grund seines Besuchs fragte, fing Montalbano von sich aus an.

»Signor Damiano, erinnern Sie sich zufällig noch, an welchem Stand Sie den *bùmmulo* gekauft haben?«

»Natürlich erinnere ich mich. Bei dem am Friedhof.«

Der Tarantino zugewiesene Standplatz. Aber wenn er mit Fiorello Platz getauscht hatte?

»Wissen Sie, wie der Händler heißt?«

»*Sissi.* Er heißt Pepè. Aber den Nachnamen weiß ich nicht.«

Giuseppe. Das konnte nur Giuseppe Tarantino sein. So etwas Einfaches hätte man leicht mit einem kurzen Telefonanruf erledigen können. Aber wenn Consolato Damiano ein Telefon gehabt hätte, dann hätte Montalbano die Pasta mit Blumenkohl und das gebackene Zicklein versäumt.

Im Büro traf er Mimì Augello an, der ihn offenbar erwartete.

»Was gibt's, Mimì? Ich fahre in fünf Minuten nach Hause. Es ist spät, und ich bin müde.«

»Fazio hat mir die Geschichte mit dem *bùmmulo* erzählt. Ich habe schon begriffen, dass du dich klammheimlich darum kümmern willst, ohne jemand was zu sagen.«

»So ist es. Was hältst du davon?«

»Ich weiß nicht. Die Sache kann ebenso gut ernst wie lächerlich sein. Es könnte sich, zum Beispiel, um eine Entführung handeln.«

»Der Meinung bin ich auch. Aber es gibt Anhaltspunkte, die so etwas ausschließen. Seit über fünf Jahren haben wir hier keinen erpresserischen Menschenraub mehr gehabt.«
»Das ist noch länger her.«
»Und letztes Jahr gab es überhaupt keine Meldung über eine Entführung.«
»Das heißt gar nichts, Salvo. Vielleicht konnten die Entführer und die Verwandten des Opfers die Entführung und den Verlauf der Verhandlungen geheim halten.«
»Das glaube ich nicht. Heutzutage zählen die Journalisten doch deine Arschhaare einzeln.«
»Warum meinst du dann, dass es eine Entführung sein könnte?«
»Keine Entführung des Geldes wegen. Hast du dieses Schwein vergessen, diesen Typen, der ein Kind entführt hat, um den Vater einzuschüchtern, der mit der Justiz zusammenarbeiten wollte? Dann hat er es erwürgt und in Säure gelegt.«
»Doch, doch, ich erinnere mich.«
»Es könnte so etwas sein.«
»Könnte, Salvo. Aber es könnte auch sein, dass Fazio Recht hat.«
»Eben deshalb will ich nicht, dass ihr mir dazwischenfunkt. Wenn ich mich täusche, wenn es irgendein Quatsch ist, mache ich mich dann allein darüber lustig.«

Tags darauf ging er in aller Frühe noch mal ins Rathaus.
»Ich habe erfahren, dass der *bùmmuli*-Verkäufer, um den es mir geht, Giuseppe Tarantino heißt. Können Sie mir seine Adresse geben?«

»Natürlich. Einen Augenblick, ich muss in der Kartei nachschauen«, sagte De Magistris.
Keine fünf Minuten später kam er mit einem Zettel in der Hand zurück.
»Er wohnt in Calascibetta, Via De Gasperi 32. Brauchen Sie seine Telefonnummer?«

»Catarella, du musst mir einen speziellen und wichtigen Gefallen tun.«
»Dottori, wenn Sie mich persönlich bitten, Ihnen höchstpersönlich einen Gefallen zu tun, dann tun Sie mir einen Gefallen, wenn Sie mich darum bitten.«
Catarellas barocke Liebenswürdigkeiten.
»Gut, du musst diese Nummer anrufen. Es wird sich Giuseppe oder Pepè Tarantino melden. Du sagst nicht, dass du von der Polizei bist, du fragst ihn nur, ob er heute Nachmittag zu Hause ist.«
Catarella stand verunsichert vor ihm, den Arm leicht vom Körper abgewinkelt, den Zettel, auf dem die Telefonnummer stand, zwischen Daumen und Zeigefinger, als wäre er ein ekliges Tier.
»Hast du irgendwas nicht verstanden?«
»Ganz klar ist es mir nicht.«
»Was denn?«
»Was soll ich denn machen, wenn sich nicht Giuseppe am Telefon meldet, sondern Pepè?«
»Das ist ein und dieselbe Person, Catarè.«
»Und wenn sich weder Giuseppe noch Pepè meldet, sondern jemand anderes?«
»Dann sagst du ihm, er soll dir Giuseppe oder Pepè geben.«

»Und wenn Giuseppe Pepè nicht da ist?«
»Dann sagst du danke und legst wieder auf.«
Catarella wollte gehen, aber der Commissario hatte plötzlich Bedenken.
»Catarè, sag mir, was du am Telefon sagen wirst.«
»Sofort, Dottori. *›Pronti?‹*, fragt er. ›Hör zu‹, sage ich, ›ob du Giuseppe oder Pepè heißt, kommt aufs selbe raus.‹ ›Wer spricht da?‹, fragt er. ›Es kann dir scheißegal sein, wer da persönlich mit dir redet. Ich bin nicht von der Polizei. Kapiert? Also: Auf Befehl vom Signori und Commissario Montalbano bleibst du heute Nachmittag daheim.‹ War das gut?«
Montalbano stieg ein Wutschrei in die Kehle, der die Fensterscheiben zum Bersten gebracht hätte, während er schweißgebadet versuchte, nicht die Beherrschung zu verlieren.
»War das nicht gut, Dottori?«
Catarellas Stimme bebte, er blickte drein wie ein Lamm angesichts des Messers, das es gleich schlachten wird. Montalbano hatte Mitleid.
»Doch, Catarè, das war sehr gut. Aber ich rufe doch lieber selber an. Gib mir den Zettel mit der Nummer.«
Die Stimme einer Frau meldete sich beim zweiten Klingelton. Sie musste jung sein.
»Signora Tarantino?«
»Ja. Wer ist da?«
»Mein Name ist De Magistris, ich bin Sachbearbeiter bei der Stadt Vigàta für ...«
»Mein Mann ist nicht da.«
»Aber er ist in Calascibetta?«

»Ja.«
»Kommt er zum Essen nach Hause?«
»Ja. Aber wenn Sie mir vielleicht ...«
»Danke. Ich rufe nachmittags noch mal an.«

Es war einiges zu tun gewesen und schon elf Uhr vorbei, als er sich schließlich nach Calascibetta auf den Weg machen konnte. Die Via De Gasperi lag etwas außerhalb, die Hausnummer 32 war eine Art geräumiger Hinterhof, der mit Hunderten von *bùmmoli*, *cocò*, *bummulìddri*, *quartare* und *giarre*, Tonkrügen in verschiedenen Größen, voll gestellt war. Auch ein ramponierter Lieferwagen stand da. Tarantinos Haus am Ende des Hofes war aus unverputztem Tuffstein und hatte drei nebeneinander liegende Zimmer zu ebener Erde. Die Haustür war geschlossen, Montalbano schlug mit der Faust dagegen, es gab keine Klingel. Ein junger Mann Anfang dreißig öffnete ihm.
»Guten Tag. Sind Sie Giuseppe Tarantino?«
»Ja. Und wer sind Sie?«
»Mein Name ist De Magistris. Ich habe heute Morgen angerufen.«
»Meine Frau hat es mir gesagt. Was wollen Sie?«
Montalbano hatte sich unterwegs keinen Vorwand einfallen lassen. Tarantino nutzte diesen Augenblick der Unsicherheit aus.
»Die Gebühren habe ich gezahlt, und die Lizenz ist noch nicht abgelaufen.«
»Das wissen wir, es steht in der Kartei.«
»Also?«
Er war weder ausgesprochen feindselig noch ausgespro-

chen argwöhnisch. Irgendetwas dazwischen. Vielleicht behagte es ihm nicht, dass ein Fremder kam, während er bei Tisch saß. Der Duft nach Ragù war stark.

»Bitte den Signore doch rein«, rief drinnen eine Frauenstimme, dieselbe, die sich am Telefon gemeldet hatte.

Der Mann schien sie nicht gehört zu haben.

»Also?«, sagte er wieder.

»Wo haben Sie denn Ihre Fabrik?«

»Welche Fabrik?«

»Wo die Tonwaren hergestellt werden, natürlich. Der Brennofen, die ...«

»Sie sind falsch informiert. Ich stelle die *bùmmoli* und die *quartare* nicht selber her. Ich kaufe sie im Großhandel. Die machen mir einen guten Preis. Ich verkaufe sie überall auf den Märkten und verdiene ein bisschen was dabei.«

In diesem Augenblick hörte man den spitzen Schrei eines Säuglings.

»Der Kleine ist aufgewacht«, teilte Tarantino Montalbano mit, als wollte er ihn zur Eile antreiben.

»Ich bin gleich wieder weg. Geben Sie mir die Adresse der Fabrik.«

»Firma Marcuzzo und Söhne. Der Ort heißt Catello, Contrada Vaccarella. Etwa vierzig Kilometer von hier. Auf Wiedersehen.«

Er schlug ihm die Tür vor der Nase zu. Nie würde Montalbano erfahren, wie Tarantinos Frau Ragù zubereitete.

Zwei Stunden lang fuhr er in der Umgebung von Catello herum, ohne dass ihm jemand den Weg zur Contrada Vaccarella hätte zeigen können. Und niemand hatte je von der

Firma Marcuzzo gehört, die *bùmmoli* und *quartare* herstellte. Wie war das möglich, dass keiner etwas wusste? Oder wollten sie ihm nicht helfen, weil sie den Bullen witterten? Er traf eine Entscheidung, die ihm gar nicht behagte, und wurde in der Kaserne der Carabinieri vorstellig. Er erzählte die ganze Geschichte einem Maresciallo namens Pennisi. Als Montalbano fertig war, fragte Pennisi:

»Was suchen Sie denn bei den Marcuzzos?«

»Genau kann ich Ihnen das auch nicht sagen, Maresciallo. Sie wissen darüber sicher mehr als ich.«

»Über die Marcuzzos kann ich nur Gutes sagen. Die Fabrik hat Anfang des Jahrhunderts der Vater des jetzigen Besitzers namens Aurelio gegründet. Dieser Aurelio hat zwei verheiratete Söhne und mindestens zehn Enkel. Sie wohnen alle zusammen in einem großen Haus neben der Fabrik. Glauben Sie, er hält einen Entführten an einem Ort fest, an dem sich zehn Kinder tummeln? Sie sind überall als ehrliche und anständige Leute geachtet.«

»Schon gut, vergessen Sie's, Maresciallo. Ich frage Sie etwas anderes. Kann jemand, der in Schwierigkeiten ist, weil er entführt wurde oder bedroht wird, diesen Zettel in einen *bùmmulo* gesteckt haben, ohne dass die Marcuzzos es wussten?«

»Jetzt frage ich Sie etwas, Commissario: Warum sollte jemand, der entführt wurde oder dem mit dem Tod gedroht wird, sich im Umkreis der Fabrik der Marcuzzos befinden? Jeder Kriminelle würde sich hüten, sich ihr zu nähern, weil er weiß, wie die Marcuzzos sind.«

»Haben sie Arbeiter? Angestellte?«

»Niemanden. Das macht alles die Familie. Auch die Frauen arbeiten.«

Offenbar fiel ihm plötzlich etwas ein.

»Von welchem Tag ist diese Zeitung?«, fragte er.

»Vom dritten August letzten Jahres.«

»An diesem Tag war die Fabrik ganz sicher geschlossen.«

»Woher wissen Sie das?«

»Ich bin seit fünf Jahren hier. Und seit fünf Jahren schließt die Fabrik am ersten August und macht am fünfundzwanzigsten wieder auf. Ich weiß es, weil Aurelio mich anruft und mich über die Abreise informiert. Sie fahren alle nach Kalabrien, wo die Frau des älteren Sohnes ihre Familie hat.«

»Entschuldigen Sie, aber warum informiert er Sie über die Abreise?«

»Wenn einer meiner Soldaten in der Nähe vorbeikommt, soll er einen Blick auf die Fabrik werfen. Sicherheitshalber.«

»Wo ist die fertige Ware untergebracht, während sie fort sind?«

»In einem großen Lager hinter dem Haus. Mit einer eisenbeschlagenen Tür. Es wurde noch nie eingebrochen.«

Der Commissario schwieg eine Weile. Dann sagte er weiter:

»Tun Sie mir einen Gefallen, Maresciallo? Würden Sie jemanden von der Familie Marcuzzo anrufen und fragen, an welchem Tag sie letztes Jahr einen Händler vor den Sommerferien beliefert haben? Er heißt Giuseppe Tarantino, er sagt, er sei Kunde bei ihnen.«

Pennisi musste, nachdem er seine Frage gestellt hatte, zehn

Minuten am Telefon warten. Anscheinend mussten alte Karteien durchgeblättert werden. Schließlich dankte der Maresciallo und legte wieder auf.

»Die letzte Lieferung an Tarantino war am Nachmittag des einunddreißigsten Juli. Nach den Ferien gab es weitere Lieferungen an ihn, eine am...«

»Danke, Maresciallo. Das genügt mir.«

Der Zettel war also in den *bùmmulo* gesteckt worden, als dieser sich in Tarantinos Besitz befand. Und in einem Depot verwahrt wurde, das unbewacht und jedermann zugänglich war. Montalbano sah schwarz.

Auf der Rückfahrt gelangte er nach reiflicher Überlegung zu dem Schluss, dass er die Sache niemals würde aufklären können. Die Feststellung versetzte ihn in schlechte Laune.

Er ließ seinen Ärger an Gallo aus, der etwas, was er ihm aufgetragen hatte, nicht erledigt hatte. Das Telefon klingelte. Catarella rief aus der Telefonvermittlung an.

»Dottori? Da ist der Signore Dimastrissi, der persönlich mit Ihnen selber sprechen will.«

»Wo ist er?«

»Keine Ahnung, Dottori. Ich frag ihn, wo er ist.«

»Nein, Catarè. Ich will nur wissen, ob er im Kommissariat oder am Telefon ist.«

»Am Telefon, Dottori.«

»Stell ihn durch. *Pronto?*«

»Commissario Montalbano? Hier ist De Magistris, Sie wissen doch, der Sachbearbeiter, der...«

»Was gibt es?«

»Nun, verzeihen Sie die Frage, es tut mir furchtbar Leid, aber... waren Sie zufällig bei Tarantino, dem Händler, und haben sich unter meinem Namen vorgestellt?«

»Na ja, stimmt. Wissen Sie...«

»Um Himmels willen, Commissario, ich will gar nichts weiter wissen. Danke.«

»O nein, Augenblick. Wie haben Sie das erfahren?«

»Eine junge Frau hat mich im Rathaus angerufen und gesagt, sie sei die Frau dieses Tarantino. Sie wollte den wahren Grund dafür wissen, warum ich mittags bei ihnen gewesen sei. Ich bin aus allen Wolken gefallen, sie muss begriffen haben, dass sie einen Fehler gemacht hatte, und hat wieder aufgelegt. Ich wollte Sie nur informieren.«

Warum hatte ihr dieser Besuch Sorge bereitet? Oder hatte ihr Mann sie zu dem Anruf gedrängt, um mehr zu erfahren? Wie auch immer, dieser Anruf stellte alles erneut in Frage. Die Partie wurde wieder eröffnet. Der Zettel mit Tarantinos Telefonnummer lag auf dem Schreibtisch. Er wollte keine Zeit verlieren. Signora Tarantino meldete sich.

»Signora Tarantino? Hier ist De Magistris.«

»Nein, Sie sind nicht De Magistris. Sie haben eine andere Stimme.«

»Also gut, Signora. Ich bin Commissario Montalbano. Geben Sie mir Ihren Mann.«

»Er ist nicht da. Gleich nach dem Mittagessen ist er nach Capofelice auf den Markt gefahren. Er kommt in zwei Tagen wieder.«

»Signora, ich muss mit Ihnen sprechen. Ich fahre sofort los und komme zu Ihnen.«
»Nein! Bitte nicht! Lassen Sie sich bei Tag nicht im Dorf blicken!«
»Wann soll ich denn kommen?«
»Heute Nacht. Nach Mitternacht. Wenn niemand mehr auf der Straße ist. Und stellen Sie ihr Auto bitte weit weg von unserem Haus ab. Und niemand vom Dorf darf Sie sehen, wenn Sie zu mir kommen. Ich bitte Sie.«
»Keine Sorge, Signora. Ich werde unsichtbar sein.«
Bevor sie auflegte, hörte er sie schluchzen.

Die Tür war angelehnt, im Haus war es dunkel. Flink wie ein Liebhaber trat er ein, die Tür zog er hinter sich zu.
»Darf ich Licht machen?«
»Ja.«
Er tastete nach dem Schalter. Das Licht erhellte ein einfaches Wohnzimmer: ein kleines Sofa, ein niedriges Tischchen, zwei Sessel, zwei Stühle, ein Regal. Sie saß auf dem Sofa, das Gesicht in den Händen verborgen, die Ellbogen auf den Knien. Sie zitterte.
»Haben Sie keine Angst«, sagte der Commissario, der an der Tür stehen geblieben war. »Wenn Sie wollen, fahre ich zurück, wo ich herkomme.«
»Nein.«
Montalbano tat zwei Schritte und setzte sich in einen Sessel. Dann richtete sich die junge Frau auf und sah ihm in die Augen.
»Sara heiße ich.«
Sie war vielleicht nicht mal zwanzig Jahre alt. Klein, zier-

lich, erschrockene Augen: ein Mädchen, das eine Strafe erwartet.

»Was wollen Sie von meinem Mann?«

Auslosen? Kopf oder Zahl? Wozu sollte er sich entscheiden? Um den heißen Brei herumreden oder gleich zum Thema kommen? Natürlich tat er weder das eine noch das andere, und bestimmt nicht, weil er es trickreich anstellen wollte, sondern einfach so, weil ihm diese Worte über die Lippen kamen.

»Sara, warum haben Sie solche Angst? Wovor fürchten Sie sich? Warum wollten Sie, dass ich so vorsichtig bin, wenn ich Sie besuche? Im Dorf kennt mich niemand, sie wissen nicht, wer ich bin und was ich mache.«

»Aber Sie sind ein Mann. Pepè, mein Mann, ist eifersüchtig. Er kann wahnsinnig werden vor Eifersucht. Und wenn er erfährt, dass ein Mann hier war, kann es sein, dass er mich umbringt, *m'amaza.*«

Sie sagte tatsächlich: *m'amaza.* Und Montalbano dachte: Dann hat sie auch *autto*, Hilfe, geschrieben! Er seufzte, streckte die Beine aus, lehnte sich im Sessel zurück, machte es sich bequem. Geschafft. Niemand war entführt, niemand mit dem Tod bedroht worden. Besser so.

»Warum haben Sie diesen Zettel geschrieben und in den *bùmmulo* gesteckt?«

»Er hat mich halb totgeprügelt, und dann hat er mich mit dem Seil vom Brunnen ans Bett gefesselt. Zwei Tage und zwei Nächte hat er mich so festgehalten.«

»Was hatten Sie getan?«

»Nichts. Es ist einer vorbeigekommen, der Sachen verkauft hat, er hat geklopft, ich hab aufgemacht und ihm gesagt, dass ich nichts kaufen will, da ist Pepè heimgekommen und hat gesehen, wie ich mit dem Mann geredet habe. Er ist durchgedreht.«

»Und danach? Als er Sie wieder losband?«

»Da hat er mich wieder geschlagen. Ich konnte nicht laufen. Er musste auf einen Markt fahren und sagte, ich sollte die *bùmmuli* in den Lieferwagen laden. Da hab ich eine Seite aus einer Zeitung herausgenommen, hab sie zerrissen, fünf Zettel gemacht und in fünf verschiedene *bùmmuli* gesteckt. Bevor er losgefahren ist, hat er mich wieder ans Bett gefesselt. Aber diesmal konnte ich mich befreien. Ich habe zwei Tage dazu gebraucht, ich hatte keine Kraft. Dann bin ich aufgestanden, bin in die Küche gegangen und hab mir mit einem scharfen Messer die Adern aufgeschnitten.«

»Warum sind Sie nicht geflohen?«

»Weil ich ihn lieb hab.«

Einfach so.

»Er ist zurückgekommen und hat mich gefunden, als ich fast verblutet war, und hat mich ins Krankenhaus gebracht. Ich habe gesagt, dass ich es gemacht habe, weil eine Woche vorher meine Mutter gestorben war, was auch stimmt. Nach drei Tagen haben sie mich heimgeschickt. Pepè war verändert. In derselben Nacht wurde ich mit meinem Sohn schwanger.«

Sie war rot geworden und hielt den Blick gesenkt.

»Und seitdem hat er Sie nicht mehr misshandelt?«

»Nein. Manchmal ist er noch eifersüchtig, und dann schlägt er alles kurz und klein, was ihm zwischen die Finger kommt, aber mich rührt er nicht mehr an. Aber ab da hatte ich vor etwas anderem Angst. Ich konnte nachts nicht mehr schlafen.«

»Wovor?«

»Dass jemand die Zettel finden könnte, wo doch alles vorbei war. Wenn Pepè erfahren hätte, dass ich um Hilfe gebeten habe, um mich von ihm zu befreien, dann hätte er mich vielleicht…«

»…wieder geschlagen?«

»Nein, Commissario. Dann hätte er mich vielleicht verlassen.«

Montalbano erwiderte nichts.

»Vier konnte ich mir wiederholen, sie waren noch in den *bùmmuli*. Den fünften nicht. Und als Sie kamen und ich nach dem Anruf bei dem Signore im Rathaus begriff, dass Sie einen falschen Namen benutzt hatten, dachte ich, die Polizei hätte den Zettel gefunden und könnte Pepè anrufen, weil sie sich weiß der Himmel was vorstellte…«

»Ich gehe jetzt, Sara«, sagte Montalbano und stand auf.

Im anderen Zimmer hörte man das Kind weinen, das aufgewacht war.

»Darf ich ihn mal sehen?«, fragte Montalbano.

## *Es geht um Milliarden*

»Dottori? Dottori? Sind Sie's ganz persönlich?«
Verdammt, wie spät war es? Schlaftrunken blickte er auf den Wecker auf dem Nachtkästchen. Halb sechs Uhr morgens. Er ahnte nichts Gutes: Wenn Catarella, der wusste, welche Folgen das für ihn haben würde, ihn zu dieser Uhrzeit anrief, musste die Angelegenheit sehr ernst sein.
»Was ist los, Catarè?«
»Das Auto von Signora Pagnozzi und ihrem Mann, dem Commendatore, ist gefunden worden.«
Commendatore Aurelio Pagnozzi, einer der reichsten Männer Vigàtas, und seine Frau waren seit dem vorigen Abend verschwunden.
»Bloß das Auto? Und wo waren die beiden?«
»Im Auto drin, Dottori.«
»Und was haben sie gemacht?«
»Was sollten sie schon machen, Dottori? Tot waren sie, Leichen.«
»Warum sind sie tot?«
»Dottori, wie sollten sie da am Leben bleiben? Das Auto ist hundert Meter einen Abgrund runtergefallen!«
»Catarè, willst du damit sagen, dass sie Opfer eines Unfalls wurden? Der nicht von Dritten verursacht worden ist?«
Verunsichert machte Catarella eine Pause.

»*Nonsi*, Dottori, dieser Dritten hat nichts damit zu tun, Fazio war nämlich dort, und den Namen Dritten hat er nicht erwähnt.«

»Catarè, wer hat dir gesagt, dass du mich anrufen sollst?«

»Niemand, Dottori. Da bin ich ganz von selber drauf gekommen. Weil wenn ich Ihnen nichts gesagt hätte, wären Sie vielleicht sauer gewesen.«

»Catarè, wir sind doch nicht die Verkehrspolizei.«

»Eben, Dottori, das wollte ich Sie ja fragen: Wenn einer auf der Straße umgebracht wird, betrifft das dann uns oder die Verkehrspolizei?«

»Ich erklär's dir später, Catarè.«

Commissario Montalbano legte auf, schloss die Augen, vertat fünf Minuten mit dem Versuch, den entschwundenen Schlaf wieder zu erwischen, fluchte und stand auf.

Um sieben war er im Büro, und seine Laune war tintenschwarz.

»Ich habe mit Catarella ein Wörtchen zu reden, wo ist er?«

»Gerade nach Hause gegangen«, antwortete Galluzzo, der ihn in der Telefonvermittlung abgelöst hatte. Fazio kam herein.

»Also? Was ist mit dieser Geschichte von Pagnozzi und seiner Frau?«

»Nichts, Dottore, sie sind beide tot. Gestern Abend war Pagnozzis Sohn Giacomino hier und hat gesagt, dass sein Vater und seine Mutter nicht wie vereinbart um acht nach Hause gekommen sind. Er hat eine Stunde gewartet, dann hat er sie auf dem Handy zu erreichen versucht. Sie sind nicht drangegangen. Er machte sich Sorgen und suchte überall in der Nachbarschaft. Niemand wusste etwas. Um halb elf, eine Minute hin oder her, kam er und erzählte uns die Geschichte. Ich habe ihm gesagt, dass wir sie, da es sich um Erwachsene handelt, erst nach vierundzwanzig Stunden und auf eine Anzeige hin suchen könnten. Er hat was gesagt und ist wütend abgezogen.«

»Was hat er gesagt?«

»Dass wir ihn alle zusammen am Arsch lecken können.«

»Aber hast du nicht allein mit ihm gesprochen?«

»*Sissi.* Aber er hat es genau so gesagt: alle zusammen, einschließlich Commissario.«

»Schon gut, erzähl weiter.«

»Um vier Uhr nachts hat er angerufen, und Catarella hat mir telefonisch Bescheid gegeben. Er hatte sie entdeckt. Am Grund einer Schlucht. Die Signora, die am Steuer gesessen hatte, muss die Kontrolle über das Auto verloren haben oder plötzlich eingeschlafen sein, weiß der Himmel. Das Auto hat nicht Feuer gefangen, aber die beiden wurden zerschmettert. Als ich dort war, ist auch Dottor Augello gekommen.«

»Wie das? Wer hatte ihn verständigt?«

»Giacomino Pagnozzi hat ihn angerufen. Ich hatte den Eindruck, dass Dottor Augello ein Freund der Familie ist.«

Friede ihrer Seele. Montalbano musste an diesem Morgen zur Berichterstattung zum Questore nach Montelusa. Er kam fast zwei Stunden zu früh an und verbrachte die Zeit damit, Jacomuzzi von der Spurensicherung auf den Geist zu gehen.

Als er zurückkam, fand er Mimì Augello mit Leichenbittermiene vor.

»Die Ärmsten! Furchtbar, wie sie zugerichtet waren! Signora Stefania sah aus, als wäre sie von einem Lastwagen zerquetscht worden, sie war fast nicht mehr zu erkennen.«

Etwas im Ton seines Vice löste im Kopf des Commissario einen Funken aus. Er war seiner Sache fast sicher, er kannte Mimì schon zu lange.

»Warst du mit dem Mann befreundet?«

»Na ja, schon, mit ihm auch.«

»Was heißt ›auch‹? Mit wem warst du mehr befreundet?«

»Na ja, mit der armen Stefania.«

»Sag mal, seit wann treibst du es denn mit älteren Frauen? Pagnozzi hat doch schon vor einer ganzen Weile seinen Sechzigsten gefeiert.«

»Hm, na ja… weißt du… Stefania war seine zweite Frau, Pagnozzi hat sie geheiratet, nachdem er Witwer geworden war.«

»Und wie hat er diese Stefania kennen gelernt?«

»Na ja… sie war vorher seine Sekretärin.«

»Ah. Wie alt war sie?«

»Na ja, ich hab sie nie gefragt. Aber ich schätze mal knapp dreißig.«

»Mimì, Hand aufs Herz. Sei ehrlich: Warst du mir ihr im Bett?«

»Na ja… weißt du… so eine hübsche junge Frau… Ich hab's versucht, aber keine Chance, sie war in Pagnozzi wirklich verliebt.«

»Soll das ein Witz sein? Abgesehen von den dreißig Jahren Altersunterschied war Pagnozzi so hässlich, dass er sogar einen Massenmörder zu Tode erschreckt hätte!«

»Ich rede nicht vom Vater Pagnozzi, sondern vom Sohn Pagnozzi.«

Montalbano fiel aus allen Wolken.

»Was erzählst du da?«

»Die Wahrheit. Halb Vigàta wusste, dass Stefania und Giacomino, der Sohn aus erster Ehe und ebenfalls dreißig, ein Liebespaar waren. Was glaubst du wohl, warum sich Giacomino Sorgen gemacht hat, als sie nicht zurückkamen? Nicht wegen seinem Vater, der war ihm scheißegal, sondern wegen seiner Stiefmutter. Heute Nacht ist er in Ohnmacht gefallen, wie er ihre Leiche gesehen hat.«

»Wusste ihr Mann denn von der Geschichte?«

»Die Gehörnten erfahren es immer als Letzte.«

»Lebt Giacomino bei seinem Vater?«

»Nein, er lebt allein.«

Dann sprachen sie von etwas anderem.

Am folgenden Morgen rief Montalbano Mimì Augello zu sich, der tags zuvor den ganzen Nachmittag lang nicht im Büro gewesen war.

»Komm rein, Mimì, und mach die Tür zu. Mimì, du weißt sehr gut, dass mich manches nicht kümmert, aber wenn du beschließt, dich im Büro nicht blicken zu lassen, sag mir wenigstens Bescheid.«

»Salvo, von Fazio bis Catarella haben alle meine Handynummer! Ein Anruf, und ich komme.«

»Mimì, du hast überhaupt nichts begriffen. Du musst zur Verfügung stehen, nicht ins Büro kommen, wenn du angerufen wirst, wie ein Klempner.«

»Ist gut, entschuldige. Aber ich war mit dem Sachverständigen von der Versicherung unterwegs.«

»Von welcher Versicherung, Mimì?«

»Ach ja... Ich weiß gar nicht mehr, wo mir der Kopf steht... Der von den Pagnozzis.«

»Warum mischst du dich da ein? Stimmt irgendwas nicht?«

»Ja«, sagte Augello entschieden.

»Erzähl schon.«

»Wie du weißt, ist das Auto, ein BMW, nicht verbrannt, obwohl der Tank zum Zeitpunkt des Unfalls fast voll war. Im Handschuhfach lag die Quittung für eine Generalüberholung des BMW, vom selben Tag, an dem der Unfall war. Wir waren bei dem Mechaniker, Parrinello, du kennst ihn, er hat seine Werkstatt beim Elektrizitätswerk. Er hat gesagt, dass Giacomino ihm den Wagen gebracht hat...«

»Hat er kein eigenes Auto?«

»Doch, aber wenn er außerhalb von Vigàta unterwegs ist, leiht er sich das Autos seines Vaters. Er musste nach Palermo und hat es sich genommen. Auf der Rückfahrt, sagt er, hat er ein merkwürdiges Motorengeräusch gehört. Parrinello hat aber gesagt, dass das Auto an sich in Ordnung war, bloß unwichtiger Kleinkram. Stefania hat es gegen sechs wieder abgeholt. Sie war mit ihrem Mann dort.«

»Weiß man, wo sie hinwollten?«

»Ja. Giacomino hat es uns gesagt. Sie hatten einen Termin in ihrem Haus auf dem Land, ein paar Kilometer außerhalb von Vigàta, mit einem Maurer. Der hat das bestätigt, aber er ist nach etwa einer Stunde gegangen. Von dem Zeitpunkt bis zu ihrer Entdeckung weiß man nichts über sie. Aber es ist zu vermuten...«

»Was sagt die Versicherung?«

»Die können sich den Unfall nicht erklären. Der BMW muss geradeaus gefahren sein, anstatt der Kurve zu folgen, ist etwa hundert Meter weitergerollt und dann in den Abgrund gestürzt. Es gibt keine Bremsspuren. Da es bis vorgestern geregnet hat, sieht man deutlich, dass die Räder direkt auf den Abgrund zugesteuert sind.«

»Vielleicht hatte die Signora einen Schwächeanfall.«

»Soll das ein Witz sein? Die war doch dauernd im Fitness-Studio. Sie war letztes Jahr sogar zu einem Survivaltraining in Nairobi.«

»Was sagt Dottor Pasquano?«

»Er hat sie beide obduziert. Er war für sein Alter in guter Verfassung. Sie – hat Pasquano gesagt – war eine perfekte Maschine. Sie hatten nichts gegessen und nichts getrunken. Sie hatten miteinander geschlafen.«

»Wie bitte?!«

»Das sagt Pasquano. Vielleicht hatten sie plötzlich Lust, als der Maurer gegangen war. Sie hatten ja ein komplettes Haus zur Verfügung. Das Handy haben sie ausgeschaltet. Als es schon dunkel war, vielleicht sind sie ja eingeschlafen, haben sie sich auf den Rückweg gemacht. Und dann ist das passiert. Das könnte eine Erklärung sein, die plausibelste.«

»Tja«, meinte der Commissario nachdenklich.

»Außerdem«, fuhr Augello fort, »hat Pasquano von einem Detail berichtet, das den Unfallhergang erklären könnte. Stefanias Fingernägel waren abgebrochen. Sicher beim Versuch, die Autotür zu öffnen. Vielleicht hat sie sich einen Augenblick nicht wohl gefühlt, dann hat sie sich wieder gefangen, hat gesehen, was passiert, und versucht, die Autotür zu öffnen, aber es war zu spät.«

»Hm«, meinte Montalbano.

»Warum sagst du ›hm‹?«

»Weil eine junge Frau, wie du sie beschreibst, athletisch, Survivaltraining und so weiter, schnell reagiert. Wenn sie sich nicht wohl fühlt und dann wieder fängt und begreift, dass das Auto auf einen Abgrund zufährt, versucht sie nicht, die Tür zu öffnen, sondern bremst einfach. Und die Bremsen waren, wie du sagst, in Ordnung.«

»Hm«, meinte Mimì Augello seinerseits.

Zur Essenszeit fuhr der Commissario, anstatt den Weg nach Marinella einzuschlagen und Sardinen zu essen (*tomanni ci facio atrovare le sarte a becaficco*, morgen gibs gefülte Sadinen, hatte seine Haushälterin Adelina ihm tags zuvor auf einen Zettel geschrieben), die Straße Richtung Montelusa hinauf, von der er wiederum zur Contrada San Giovanni abbog, wo der Unfall passiert war. In der zweiten Kurve fuhr er, wie der BMW der Pagnozzis, geradeaus weiter und bremste dann am Rand des Abgrunds. Da waren viele Spuren von Reifen und von den Raupenketten eines Spezialkrans, mit dem das Autowrack geborgen worden war. Montalbano blieb eine Weile am Rand des Abgrunds stehen, rauchte und dachte nach. Dann fand er, dass er sich die *sarde a beccafico* verdient hatte, setzte sich ins Auto, wendete und fuhr nach Marinella. Das Gericht erwies sich als erstklassig: Montalbano hätte nach dem Essen am liebsten wie eine Katze geschnurrt.

Doch er setzte sich ans Telefon und rief seine schwedische

Freundin Ingrid Sjostrom verheiratete Cardamone an, die in ihrer Heimat Automechanikerin gewesen war.
»Allo? Allo? Wer sprekken?«
Im Hause Cardamone hatte man ein Faible für exotische Hausmädchen, dieses musste eine australische Ureinwohnerin sein.
»Hier ist Montalbano. Ist Signora Ingrid da?«
*»Zi.«*
Er hörte Ingrids Schritte, die sich dem Apparat näherten.
»Salvo! Wie schön! Wir haben uns ja schon ewig...«
»Können wir uns heute Abend treffen?«
»Klar. Ich hatte was vor, aber das macht nichts. Um wie viel Uhr?«
»Um neun, wie immer in der Bar in Marinella.«

Ingrid sah hinreißend aus in ihrem herbstlichen Outfit, Hose und Jackett, hochelegant. Sie nahmen einen Aperitif, und Montalbano hörte deutlich, als sprächen sie es laut aus, wie ihm die Männer in der Bar im Stillen sofortige Impotenz wünschten.
»Sag, Ingrid, hast du Zeit?«
»So viel du willst.«
»Gut, hör zu. Wir trinken den Aperitif und gehen dann in einer Trattoria auf dem Weg nach Montereale essen, in der sie ziemlich gut kochen sollen. Dann fahren wir zu mir, wir müssen warten, bis es dunkel ist...«
Ingrid lächelte verschmitzt.
»Salvo, man braucht nicht abzuwarten, bis es wirklich stockfinster ist. Man muss nur die Fensterläden gut schließen, dann ist es, als wäre es Nacht, oder?«

Immer provozierte Ingrid ihn, und immer musste er so tun, als ob nichts wäre. Als er ein kleiner Junge war, hatte ihm der Pfarrer in den *cosedidì*, im Religionsunterricht, erklärt, dass Sünden, um wirkliche Sünden zu sein, nicht begangen werden müssten, es genüge, sie zu denken. Wenn dem so war, Fehlanzeige beim Commissario hinsichtlich seiner, wie man sagte, Werke und Taten mit Ingrid: Er konnte rein wie ein Engelchen vor den Herrn treten. Hinsichtlich seiner Gedanken sah die Sache allerdings anders aus: Er würde in die tiefste Hölle geworfen werden. Es lag nicht an Ingrid, wenn die Sache nicht endete, wie es sich für einen Mann und eine Frau gehörte: Es lag an ihm, er konnte Livia einfach nicht betrügen. Und die Schwedin ließ ihn, mit weiblicher Raffinesse, nicht in Ruhe.

In der Trattoria war fast niemand, so konnte der Commissario Ingrid erklären, was er vorhatte, ohne den Verschwörer spielen zu müssen. Zu Hause bei Montalbano zog Ingrid sich um, die Hose, die er ihr gab, reichte ihr halb über die Waden. Sie setzten sich ins Auto und fuhren Richtung Contrada San Giovanni, und dort tat Ingrid, worum der Commissario sie gebeten hatte: Es gelang ihr auf Anhieb. Sie fuhren nach Marinella zurück, Ingrid zog sich aus, duschte und wollte nicht zu der nahen Bar gebracht werden, in der sie sich getroffen hatten und wo sie ihren Wagen abgestellt hatte. Trällernd verließ sie das Haus. *Madonna biniditta*, was für eine Frau! Mit keiner Silbe hatte sie ihn gefragt, wozu er sie diesen gefährlichen Test hatte machen lassen, kein Wort, sie war einfach so: Wenn ein Freund, der wirklich ein Freund war, sie um einen Gefal-

len bat, tat sie ihn und damit Schluss. Wenn Livia an diesem Abend an Ingrids Stelle gewesen wäre, hätte er eine trockene Kehle bekommen, weil er so viel hätte antworten und erklären müssen.
Ganz plötzlich schlief er ein, er kam kaum mehr dazu, die Augen zu schließen.

Obwohl der Morgen etwas kränkelte und die Sonne hin und wieder von den Wolken verdunkelt wurde, machte Montalbano auf seine Leute im Kommissariat einen gut gelaunten Eindruck.
»Schickt mir Dottor Augello, und stellt mir keine Gespräche durch.«
Mimì kam angelaufen.
»Setz dich, Mimì, und hör zu. Angenommen, Pagnozzi wäre einfach so gestorben, an wen wäre dann das Erbe gegangen?«
»An seine Frau. Und ein paar Lire an seinen Sohn, sie vertrugen sich nicht.«
»Ist es eine große Erbschaft?«
»Es geht um Milliarden.«
»Und jetzt, wo die Frau auch tot ist, an wen geht sie da?«
»An Giacomino, den Sohn. Falls es kein anders lautendes Testament gibt.«
»Und? Gibt es eines?«
»Bisher ist keins aufgetaucht.«
»Ich glaube auch nicht, dass jemals eines auftauchen wird.«
»Warum fragst du mich das alles?«
»Weil ich eine Idee habe, die durch die Fakten gewisser-

maßen bestätigt ist. Ich sage dir, was ich denke, um den Rest kümmerst du dich.«

»Klar. Erzähl.«

»Signora, nennen wir sie mal so, Signora Stefania holt mit ihrem Mann den Wagen ab, den Parrinello überholt hat. Dann fahren sie in ihr Haus auf dem Land, um mit dem Maurer zu reden. Als der weggeht, verführt die Signora ihren Mann, sie gehen ins Schlafzimmer. Pagnozzi muss glücklich sein, ich glaube nicht, dass die beiden oft Sex miteinander hatten, wo sie, wie du gesagt hast, doch in ihren Stiefsohn verliebt war. Und weißt du, warum sie es gemacht hat, Mimì?«

»Sag du es.«

»Weil sie die Dunkelheit brauchte. Sie ziehen sich wieder an und machen sich auf den Weg nach Vigàta. Die Straße ist menschenleer. Vor der zweiten Kurve setzt sie ihren Mann außer Gefecht, ein Schlag auf den Kopf mit irgendetwas, wenn sie ihn nicht tötet, betäubt sie ihn. Sie fährt langsam auf den Abgrund zu, sie braucht nicht zu rasen, nur wir haben uns ein Auto mit hoher Geschwindigkeit vorgestellt, und als der BMW schon in der Luft hängt, versucht sie, die Tür zu öffnen und sich aus dem Wagen zu werfen.«

»Aber dann wäre sie auch gestorben!«

»Nein, Mimì, genau da täuscht ihr euch alle. Da ist zwar der Abgrund, aber es kommt erst noch eine Art Terrasse, die fünf, sechs Meter lang und zwei Meter tief ist. Die Signora hatte kalkuliert, dort im Fallen auszusteigen, während das Auto mit ihrem Mann ins Leere stürzte. Aber die Tür ging nicht auf, obwohl sie sich die Fingernägel abgebrochen hat, um sie aufzubekommen.«

»Was redest du da!«
»Dieses Detail, das bei der Obduktion herausgekommen ist, hat mich argwöhnisch gemacht. Warum hat sie nicht gebremst? Warum hat sie nur versucht, sich aus dem Wagen zu werfen?«
»Bist du dir denn sicher?«
»Ich habe es Ingrid gestern Abend testen lassen.«
»Du spinnst wohl! Du hast das Leben der jungen Frau aufs Spiel gesetzt! Ihr seid verantwortungslos, alle beide!«
»Ach was! Gestern Nachmittag habe ich vier Eisenstangen und zwanzig Meter Seil gekauft, und vor dem Test haben Ingrid und ich den äußeren Rand der Terrasse eingezäunt. Und weißt du was? Ingrid lag ein gutes Stück vor dem Zaun auf dem Boden, Signora Stefania mit ihrem ganzen Sport und Survivaltraining hätte es sicher noch besser gemacht. Und wenn sie dann mit blauen Flecken und Hautabschürfungen vor uns gestanden hätte, umso besser: Die Verletzungen hätten ihre Schilderung untermauert. Nämlich dass sie einen Schwächeanfall gehabt und zu spät gemerkt habe, was passierte, dass sie die Tür geöffnet habe, und schon sei es geschehen. Und sie hätte Tränen vergossen über den tragischen Tod ihres armen Gatten. Um dann mit dem Mann ihres Herzens, dem allerliebsten Giacomino, die Erbschaft zu genießen.«
Mimì Augello schwieg eine Weile, in seinem Hirn rumorte es, dann redete er schließlich.
»Deiner Meinung nach handelt es sich also um Mord und nicht um eine momentane Schwäche oder irgendeinen Schaden am Auto.«
»Genau.«

»Aber wenn das Auto in perfektem Zustand war, warum ist dann die Tür nicht aufgegangen?«

Montalbano antwortete nicht, er sah seinen Vice nur fest an. Jetzt kommt er gleich drauf, dachte er, er hat ja auch ein Kriminalistenhirn.

Mimì Augello begann laut nachzudenken.

»Parrinello, der Mechaniker, kann die Autotür nicht manipuliert haben.«

»Warum nicht?«

»Als sie bei ihrem Haus auf dem Land ankamen, sind sie doch ausgestiegen, oder? Wenn die Tür nicht richtig funktioniert hätte, hätte Stefania nie und nimmer ihr Leben aufs Spiel gesetzt, sie hätte auf eine bessere Gelegenheit gewartet. Und der Maurer kann es auch nicht gewesen sein.«

»Du, Mimì, willst damit also sagen, dass zu dem ersten Plan ein zweiter hinzukam. Jemand, der Bescheid wusste, wie Stefania ihren Mann beseitigen wollte, hat dazwischengefunkt und sich die Tür vorgenommen. Streng dich ein bisschen an, Mimì.«

»Großer Gott!«, rief Mimì plötzlich.

»Genau, Mimì. Herzblatt Giacomino hat nicht zu Hause auf seinen Vater und seine Stiefmutter und Geliebte gewartet. Den Plan hatten sie gemeinsam, er und Stefania, ausgeheckt. Als die Frau drehbuchgemäß mit ihrem Mann ins Bett geht, kommt Giacomino, der sich in der Nähe verborgen hält, aus seinem Versteck und sorgt dafür, dass sich die Autotür, wenn sie erst einmal zu ist, nicht mehr öffnen lässt. Du hast gesagt, es ginge um Milliarden. Warum die mit einer Frau teilen, die dich jederzeit erpressen kann?

Als Stefania sich ins Auto setzt, um ihren Mann zu töten, weiß sie nicht, dass sie, als sie die Tür schließt, auch ihr Grab schließt. Und du, Mimì, kümmerst dich jetzt um den Rest.«

Am Ende des dritten Tages, den er in die Mangel genommen wurde, gestand Giacomino Pagnozzi den Mord.

## *Alice lässt grüßen*

Das Schlimmste, was Salvo Montalbano in seiner Eigenschaft als Leiter des Kommissariats von Vigàta passieren konnte (und unvermeidlich mehr oder weniger regelmäßig fällig war), war das Unterschreiben von Papieren. Die verhassten Papiere bestanden aus Meldungen, Informationsschriften, Berichten, Mitteilungen, Akten, die zuerst nur verlangt und dann von den »zuständigen Stellen« immer drohender eingefordert wurden. Eine merkwürdige Lähmung befiel Montalbanos rechte Hand, die ihn nicht nur daran hinderte, diese Papiere zu schreiben (darum kümmerte sich Mimì Augello), sondern auch seine Unterschrift darunter zu setzen.

»Wenigstens ein Kürzel!«, flehte Fazio ihn an.

Keine Chance, seine Hand weigerte sich zu funktionieren. So stapelten sich die Unterlagen auf Fazios Schreibtisch, sie wuchsen Tag um Tag höher, und irgendwann waren die Papierdünen so hoch, dass sie sich beim geringsten Luftzug neigten und zu Boden glitten. Wenn sich die Aktendeckel öffneten, sah das eine Weile wunderschön aus, wie Schneegestöber. Dann hob Fazio die Blätter mit Engelsgeduld einzeln wieder auf, sortierte sie, formte sie zu einem Stapel, den er sich auf die Arme lud, stieß mit dem Fuß die Tür zum Büro seines Chefs auf und legte ihm den Packen wortlos auf den Schreibtisch. Dann brüllte Montalbano, er wolle von niemandem gestört werden, und machte sich fluchend an die mühselige Arbeit.

An diesem Morgen begegnete Mimì Augello auf dem Weg in Montalbanos Büro niemandem, der ihn hätte warnen können (»Dottore, lieber nicht, der Commissario unterschreibt gerade«), und betrat daher das Zimmer in der Hoffnung, Salvo könnte ihn aufbauen, weil er eine Enttäuschung erlebt hatte. Als er hereinkam, hatte er den Eindruck, das Zimmer sei leer, und wollte wieder gehen. Aber die wütende Stimme des Commissario, der hinter den Papieren versteckt war, hielt ihn zurück.

»Wer ist da?«

»Ich bin's, Mimì. Aber ich will nicht stören, ich komme später noch mal.«

»Mimì, du störst immer. Ob jetzt oder später, ist egal. Nimm dir einen Stuhl, und setz dich.«

Mimì setzte sich.

»Und?«, fragte der Commissario nach zehn Minuten.

»Hör mal«, sagte Augello, »ich kann nicht mit dir reden, wenn ich dich nicht sehe. Lassen wir's gut sein.«

Er machte Anstalten, aufzustehen. Montalbano musste das Rücken des Stuhls gehört haben, und sofort wurde seine Stimme noch wütender.

»Ich hab gesagt, du sollst dich hinsetzen.«

Er wollte sich Mimì nicht entgehen lassen: Er brauchte ihn als Blitzableiter, während er unterschrieb und seine Hand immer ärger schmerzte.

»Sag schon, was los ist.«

Für einen Rückzieher war es inzwischen zu spät. Mimì räusperte sich.
»Es ist uns nicht gelungen, Tarantino festzunehmen.«
»Auch diesmal nicht?«
»Auch diesmal nicht.«
Es war, als ob das Fenster plötzlich aufgegangen wäre und ein heftiger Windstoß die Unterlagen weggeblasen hätte. Aber das Fenster war geschlossen, und wer die Papiere in die Luft warf, war der Commissario, den Mimìs erschrockene Augen jetzt endlich sehen konnten.
»Scheiße, Scheiße und noch mal Scheiße!«
Montalbano kochte vor Wut, er sprang auf, lief im Zimmer auf und ab, steckte sich eine Zigarette in den Mund, Mimì reichte ihm die Streichholzschachtel, Montalbano zündete sich die Zigarette an, warf das noch brennende Streichholz auf den Boden, und mehrere Bögen Papier fingen sofort Feuer, als hätten sie in ihrem Leben auf nichts anderes gewartet. Es war hauchdünnes Durchschlagpapier. Mimì und Montalbano legten zu einer Art Indianertanz los, um das Feuer mit den Füßen zu löschen, und als klar war, dass sie die Partie verloren, griff Mimì nach einer Flasche Mineralwasser, die auf dem Tisch seines Chefs stand, und leerte sie über den Flammen aus. Als der Brand gelöscht war, war den beiden klar, dass es sich nicht lohnte, in dem unbrauchbar gewordenen Büro zu bleiben.
»Komm, wir gehen schnell einen Kaffee trinken«, schlug der Commissario vor, dessen Wut vorübergehend verraucht war. »Aber sag Fazio vorher noch Bescheid, was passiert ist.«

Das schnelle Kaffeetrinken dauerte eine halbe Stunde. Als sie ins Büro zurückkamen, war alles aufgeräumt, es roch nur noch ein bisschen brandig. Die Unterlagen waren verschwunden.

»Fazio!«

»Ja bitte, Dottore?«

»Wo sind die Unterlagen?«

»Ich sortiere sie gerade in meinem Büro. Außerdem sind sie pitschnass. Ich lasse sie trocknen. Aus dem Unterschreiben wird heute nichts mehr, freuen Sie sich.«

Sichtbar froh grinste der Commissario Mimì an.

»Also, mein Freund, hast du dich mal wieder linken lassen?«

Jetzt machte Augello eine finstere Miene.

»Der Kerl ist ein Teufel.«

Giovanni Tarantino, der seit ein paar Jahren wegen Betrugs, ungedeckter Schecks und gefälschter Wechsel gesucht wurde, war ein distinguierter Vierzigjähriger mit einer herzlichen und offenen Art, die ihm Vertrauen und Sympathie verschaffte. Sodass die Witwe Percolla, die er um mehr als zweihundert Millionen geprellt hatte, in ihrer Aussage gegen Tarantino nichts anderes herausbrachte als ein bekümmertes: »Aber er war so distinguiert!«

Im Lauf der Zeit war die Festnahme von Tarantino, der untergetaucht war, für Mimì Augello zur Ehrensache geworden. Nicht weniger als achtmal innerhalb von zwei Jahren war er, überzeugt, dass er ihn erwischen würde, in Tarantinos Haus eingedrungen, und von dem Betrüger nie die geringste Spur.

»Aber warum hast du dich drauf eingeschossen, dass Tarantino seine Frau besucht?«

Mimì antwortete mit einer Gegenfrage.
»Hast du Signora Tarantino schon mal gesehen? Sie heißt Giulia.«
»Ich kenne Giulia Tarantino nicht. Wie ist sie?«
»Schön«, sagte Mimì, der von Frauen etwas verstand, entschieden. »Und sie ist nicht nur schön. Sie gehört zu dieser Kategorie Frauen, die man bei uns früher ›Bettgefährtinnen‹ nannte. Sie hat eine Art, dich anzuschauen, eine Art, dir die Hand zu geben, eine Art, die Beine übereinander zu schlagen, dass es dir ganz anders wird. Sie gibt dir zu verstehen, dass sie über oder unter dem Bettlaken Feuer fangen könnte wie vorhin das Papier.«
»Durchsuchst du das Haus deswegen meistens nachts?«
»Du irrst dich, Salvo. Ich will dir die Wahrheit sagen. Ich bin zu der Überzeugung gekommen, dass sich diese Frau darüber freut, dass ich ihren Mann einfach nicht erwische.«
»Na ja, ist doch logisch, oder?«
»Zum Teil, ja. Aber daran, wie sie mich anschaut, wenn ich wieder gehe, habe ich gemerkt, dass sie sich auch darüber freut, weil ich als Mann gescheitert bin, als Mimì Augello, nicht als Bulle.«
»Machst du die ganze Geschichte zu deiner persönlichen Angelegenheit?«
»Ja, leider.«
»Oje!«
»Was heißt hier ›oje‹?«
»Dass das in unserem Job die beste Möglichkeit ist, Dummheiten zu machen. Wie alt ist diese Giulia?«
»Sie dürfte gerade dreißig sein.«

»Du hast mir aber noch nicht gesagt, wieso du so sicher bist, dass er seine Frau ab und zu besucht.«
»Ich dachte, du hättest es kapiert. Sie ist keine Frau, die es lange ohne Mann aushält. Aber weißt du, Salvo, sie hat überhaupt nichts Kokettes an sich. Ihre Nachbarn sagen, dass sie sehr selten ausgeht und keinen Besuch bekommt, weder von Verwandten noch von Freundinnen. Alles, was sie braucht, lässt sie sich nach Hause liefern. Halt, Moment: Am Sonntagvormittag geht sie immer in die Zehn-Uhr-Messe.«
»Morgen ist doch Sonntag? Wir machen Folgendes. Wir treffen uns gegen Viertel vor zehn im Café Castiglione, und wenn sie vorbeigeht, zeigst du sie mir. Du hast mich neugierig gemacht.«

Sie war mehr als schön. Montalbano beobachtete sie aufmerksam, während sie Richtung Kirche ging; sie war gut gekleidet, schlicht, nichts Auffälliges, ging mit erhobenem Kopf und nickte nur, wenn sie hier und da gegrüßt wurde. Sie bewegte sich nicht affektiert, alles an ihr war spontan und natürlich. Sie musste Mimì Augello, der stocksteif neben Montalbano stand, erkannt haben. Sie lenkte ihre Schritte von der Straßenmitte zum Bürgersteig, wo die beiden Männer standen, und erwiderte, als sie ganz nah war, Mimìs verlegenen Gruß mit dem üblichen Kopfnicken. Doch diesmal spielte ein leises Lächeln um ihre Lippen. Es war zweifellos ein spöttisches, ein belustigtes Lächeln. Sie ging weiter.
»Hast du das gesehen?«, fragte Mimì, blass vor Wut.
»Ich hab's gesehen«, sagte der Commissario. »Und ich habe

genug gesehen, um dir zu sagen, dass du dich da raushältst. Ab sofort bearbeitest du den Fall nicht mehr.«

»Warum denn nicht?«

»Weil die dich längst in der Hand hat, Mimì. Sie lässt dir das Blut zu Kopf steigen, und du siehst die Dinge nicht mehr, wie sie sind. Wir fahren jetzt ins Büro, und du berichtest mir zusammenfassend von deinen Besuchen im Hause Tarantino. Und gibst mir die Adresse.«

Die Nummer 35 der Via Giovanni Verga, einer Straße inseleinwärts, war ein kleines einstöckiges Haus, frisch renoviert. Hinter dem Haus lag der Vicolo Capuana; die Gasse war so schmal, dass kein Auto hindurchkam. Auf dem Schildchen an der Sprechanlage stand: »G. Tarantino«. Montalbano klingelte. Drei Minuten vergingen, und niemand meldete sich. Der Commissario klingelte abermals, und diesmal meldete sich eine Frauenstimme.

»Wer ist da?«

»Ich bin Commissario Montalbano.«

Kurze Pause, und dann:

»Commissario, es ist Sonntag, es ist zehn Uhr abends, und um diese Uhrzeit belästigt man niemanden mehr. Haben Sie was vorzuweisen?«

»Was meinen Sie?«

»Einen Durchsuchungsbefehl.«

»Ich bin gar nicht erpicht auf eine Durchsuchung! Ich will mich nur ein wenig mit Ihnen unterhalten.«

»Sind Sie der Herr, der heute Vormittag mit Dottor Augello zusammen war?«

Eine gute Beobachterin war Giulia Tarantino.

»Ja, Signora.«

»Commissario, entschuldigen Sie, aber ich komme gerade aus der Dusche. Können Sie fünf Minuten warten? Ich beeile mich.«

»Lassen Sie sich Zeit, Signora.«

Noch bevor die fünf Minuten um waren, schnappte das Türschloss auf. Der Commissario betrat eine große Diele, zwei Türen links, eine rechts und in der Mitte eine breite Treppe, die ins obere Stockwerk führte. »Kommen Sie herein.«

Signora Giulia hatte sich vollständig angekleidet.

Als der Commissario eintrat, blickte er sie scharf an: Sie war ernst, gefasst und keineswegs besorgt.

»Dauert es lange?«, fragte sie.

»Das hängt von Ihnen ab«, sagte Montalbano hart.

»Dann setzen wir uns doch ins Wohnzimmer«, sagte die Signora.

Sie wandte sich um und ging, gefolgt vom Commissario, die Treppe hinauf. Sie betraten einen sehr großen Raum mit modernen, aber recht geschmackvollen Möbeln. Die Frau ließ den Commissario auf dem Sofa Platz nehmen, sie selbst setzte sich in einen Sessel neben einem kleinen Tischchen mit einem stattlichen Zwanziger-Jahre-Telefon, offensichtlich made in Hongkong oder einem ähnlichen Ort. Giulia Tarantino nahm den Hörer von der goldenen Gabel und legte ihn auf das Tischchen.

»So stört uns niemand.«

»Danke, sehr aufmerksam«, sagte Montalbano.

Mindestens eine Minute lang schwieg er unter den fragenden, doch immer noch schönen Augen der Frau, dann nahm er einen Anlauf:

»Wie still es hier ist.«

Die Bemerkung schien Giulia einen Augenblick lang zu irritieren.

»Ja, in dieser Straße fahren keine Autos.«

Montalbanos Schweigen dauerte eine weitere volle Minute.

»Gehört dieses Haus Ihnen?«

»Ja, mein Mann hat es vor drei Jahren gekauft.«

»Besitzen Sie weitere Immobilien?«

»Nein.«

»Seit wann haben Sie Ihren Mann nicht gesehen?«

»Seit über zwei Jahren, seit er untergetaucht ist.«

»Sorgen Sie sich nicht um seine Gesundheit?«

»Warum sollte ich?«

»Na ja, wenn man so lange keine Nachricht hat...«

»Commissario, ich habe gesagt, dass ich ihn seit zwei Jahren nicht gesehen habe, aber nicht, dass ich keine Nachricht hätte. Er ruft manchmal an. Das sollten Sie eigentlich wissen, da mein Telefon überwacht wird. Das war mir bald klar, wissen Sie.«

Diesmal dauerte die Pause zwei Minuten.

»Wie merkwürdig!«, sagte der Commissario ganz plötzlich.

»Was ist merkwürdig?«, fragte die Frau und war auf der Hut.

»Die Einteilung Ihres Hauses.«

»Was ist daran merkwürdig?«

»Zum Beispiel dass das Wohnzimmer hier oben ist.«

»Wo sollte es Ihrer Meinung nach denn sein?«

»Im Erdgeschoss. Wo wahrscheinlich Ihr Schlafzimmer ist. Richtig?«

»*Sissignore*, richtig. Aber sagen Sie eins: Ist das verboten?«
»Ich habe nicht gesagt, dass es verboten ist, ich habe es nur festgestellt.«
Wieder Schweigen.
»Also dann«, sagte Montalbano und erhob sich, »ich will nicht länger stören.«
Signora Giulia erhob sich ebenfalls, offensichtlich verwirrt vom Verhalten dieses Polizisten. Bevor er Richtung Treppe ging, sah Montalbano, wie sie den Hörer wieder auflegte. Als sie unten angekommen waren und die Frau sich anschickte, die Haustür zu öffnen, sagte der Commissario leise:
»Ich müsste mal auf die Toilette.«
Signora Giulia wandte sich um und sah ihn an, lächelnd diesmal.
»Commissario, müssen Sie wirklich oder wollen Sie suchen, und ich sage heiß und kalt? Wie auch immer, kommen Sie.«
Sie öffnete die rechte Tür und führte ihn in ein geräumiges Schlafzimmer, das ebenfalls recht geschmackvoll eingerichtet war. Auf einem der beiden Nachttischchen waren ein Buch und ein normales Telefon: Das musste die Seite sein, auf der sie schlief. Sie zeigte dem Commissario eine Tür, die sich neben einem großen Spiegel in der linken Wand befand.
»Da ist das Bad, entschuldigen Sie, es ist nicht aufgeräumt.«
Montalbano ging hinein und schloss die Tür hinter sich. Das Bad war noch warm vom Dampf, die Signora hatte wirklich geduscht. Auf der Ablage aus Glas über dem Waschbe-

cken gab es, was ihn stutzig machte, neben Parfümfläschchen und Cremetöpfchen auch einen Nassrasierer und eine Dose mit Rasierschaum. Er machte Pipi, drückte auf die Spülung, wusch sich die Hände und öffnete die Tür wieder.

»Signora, könnten Sie kurz mal kommen?«

Signora Giulia kam ins Bad, und Montalbano zeigte wortlos auf den Rasierer und den Rasierschaum.

»Na und?«, fragte Giulia.

»Finden Sie, dass eine Frau solche Sachen braucht?«

Giulia Tarantino lachte ein kurzes, kehliges Lachen, wie eine Taube.

»Commissario, Sie haben anscheinend nie mit einer Frau zusammengelebt. Das braucht man zum Epilieren.«

Es war spät geworden, deshalb fuhr er direkt nach Marinella. Zu Hause setzte er sich auf die Veranda, die direkt auf den Strand hinausging, las zuerst die Zeitung und dann ein paar Seiten in einem Buch, das er sehr mochte, Gogols *Petersburger Novellen*. Bevor er schlafen ging, rief er Livia an. Als sie sich schon voneinander verabschieden wollten, fiel ihm etwas ein:

»Sag mal, benutzt du einen Nassrasierer und Rasierseife zum Epilieren?«

»Was für eine Frage, Salvo! Das hast du schon hundertmal bei mir gesehen!«

»Nein, ich wollte nur wissen, ob…«

»Und ich sag's dir nicht!«

»Warum nicht?«

»Weil es nicht zu fassen ist, dass du jahrelang eine intime

Beziehung zu einer Frau hast und nicht weißt, wie sie sich rasiert!«

Wütend legte sie auf. Montalbano rief Mimì Augello an.

»Mimì, wie enthaart sich eine Frau?«

»Hast du jetzt erotische Fantasien?«

»Hör auf mit dem Quatsch.«

»Na ja, sie benutzen Cremes, Pflaster, Wachs ...«

»Rasierer und Rasierschaum?«

»Rasierer ja, Rasierschaum vielleicht. Aber ich habe nie gesehen, wie eine Frau einen benutzt hat. Ich habe mit bärtigen Frauen nicht so viel zu tun.«

Wenn er recht überlegte, verwendete auch Livia keinen Schaum. Außerdem – war das so wichtig?

Als er am folgenden Morgen ins Büro kam, rief er gleich Fazio zu sich.

»Weißt du, wie das Haus von Giovanni Tarantino aussieht?«

»Klar, ich war mit Dottor Augello dort.«

»Es ist die Nummer 35 in der Via Giovanni Verga und hat keine Hintertür. Richtig? Hinter dem Haus führt der Vicolo Capuana vorbei, der sehr schmal ist. Weißt du, wie die Straße eins weiter heißt, parallel zur Via Verga und zum Vicolo Capuana?«

»*Sissi.* Das ist auch so eine schmale Gasse. Sie heißt De Roberto.«

Wie auch sonst.

»Folgendes: Sobald du Zeit hast, gehst du den ganzen Vicolo De Roberto entlang. Und bringst mir eine genaue Liste aller Haustüren.«

»Ich verstehe nicht«, sagte Fazio.
»Du sagst mir, wer in der Nummer eins wohnt, wer in der Nummer zwei und so weiter. Aber versuch, nicht zu sehr aufzufallen, geh die Gasse nicht rauf und runter. Du bist in so was sehr gut.«
»Warum? In anderen Sachen nicht?«
Als Fazio gegangen war, rief Montalbano Augello zu sich.
»Weißt du was, Mimì? Gestern Abend habe ich deine Freundin Giulia Tarantino besucht.«
»Hat sie dich auch gelinkt?«
»Nein«, sagte Montalbano entschieden. »Mich nicht.«
»Kannst du dir erklären, wie ihr Mann in das Haus reinkommt? Es gibt keinen anderen Eingang als die Haustür. Die Leute von der Zielfahndung haben sich da schon die Nächte um die Ohren geschlagen. Gesehen haben sie ihn nie. Aber ich verwette meinen Arsch darauf, dass er sie ab und zu besucht.«
»Das denke ich auch. Aber jetzt sag mir alles, was du über ihren Mann weißt. Nicht die Betrügereien, die ungedeckten Schecks, die sind mir scheißegal. Ich will wissen, was er für Manien hat, was für Marotten, Gewohnheiten, wie er sich benahm, als er noch in der Stadt war.«
»Vor allem ist er wahnsinnig eifersüchtig. Ich bin sicher, wenn ich das Haus durchsuche, leidet er wie ein Hund, weil er sich einbildet, dass seine Frau die Gelegenheit ausnutzt und ihn betrügt. Und dann ist er gewalttätig, obwohl er nicht so aussieht, und Inter-Fan, und am Sonntagabend, oder wann seine Mannschaft auch spielte, hat er immer einen Streit vom Zaun gebrochen. Und drittens ist er...«
Noch eine Weile beschrieb er den kompletten Lebenslauf

von Giovanni Tarantino, den er mittlerweile besser kannte als sich selbst.
Dann wollte Montalbano haargenau wissen, wie Tarantinos Haus durchsucht worden war.
»Wie üblich«, sagte Mimì. »Ich und die Leute von der Zielfahndung haben, da wir auf der Suche nach einem Mann waren, überall nachgesehen, wo ein Mann sich verstecken kann: auf dem Dachboden, in dem Winkel unter der Treppe und so weiter. Wir haben sogar die Fußböden nach einer Luke abgesucht. Wenn man an die Wände klopft, klingt es nicht hohl.«
»Habt ihr mal in den Spiegel geschaut?«
»Der Spiegel ist doch mit Schrauben an der Wand befestigt!«
»Ich habe nicht gefragt, ob ihr hinter den Spiegel, sondern ob ihr in den Spiegel geschaut habt. Das macht man so: Man öffnet die Haustür und sieht, wie sie sich spiegelt.«
»Spinnst du jetzt?«
»Oder man macht es wie Alice: Man stellt sich vor, das Glas sei eine Art Schleier.«
»Im Ernst, Salvo, ist alles in Ordnung? Wer ist diese Alice?«
»Hast du nie Carroll gelesen?«
»Wer ist denn das?«
»Vergiss es, Mimì. Hör zu: Morgen früh gehst du unter irgendeinem Vorwand zu Signora Tarantino. Du musst dich ins Wohnzimmer führen lassen und mir dann sagen, ob sie etwas Bestimmtes tut.«
»Was denn?«
Montalbano sagte es ihm.

Nach Fazios Bericht am Mittwoch gab ihm der Commissario bis zum folgenden Tag Zeit, weitere Details über die Häuser im Vicolo De Roberto zu sammeln. Bevor Montalbano am Donnerstagabend Signora Tarantino aufsuchte, ging er in die Apotheke Bevilacqua, die Dienst hatte. Eine schlimme Grippe ging um, und die Apotheke war voller Leute, Frauen und Männer.

Eine der beiden Verkäuferinnen wurde auf den Commissario aufmerksam und fragte laut:

»Sie wünschen, Dottore?«

»Nachher, nachher«, sagte Montalbano.

Als der Apotheker Bevilacqua die Stimme des Commissario hörte, hob er den Blick, sah ihn an und merkte, dass Montalbano verlegen war. Als er seinen Kunden fertig bedient hatte, ging er zu einem Regal, nahm ein Schächtelchen heraus, kam hinter dem Ladentisch hervor und drückte es ihm mit Verschwörermiene in die Hand.

»Was ist das?«, fragte Montalbano verwirrt.

»Präservative«, flüsterte der andere. »Die wollten Sie doch, oder?«

»Nein«, sagte Montalbano und gab ihm das Schächtelchen zurück. »Ich bräuchte die Pille.«

Der Apotheker blickte um sich, und seine Stimme wurde zu einem Hauch.

»Viagra?«

»Nein«, sagte Montalbano, schon etwas genervt. »Die für Frauen. Die gebräuchlichste.«

Auf der Straße öffnete er das Päckchen, das ihm der Apotheker gegeben hatte, und warf die Antibabypillen in eine Mülltonne, nur den Beipackzettel behielt er.

Abgesehen davon, dass die Signora nicht gerade aus der Dusche kam, spielte sich alles ganz genau so ab wie vergangenen Sonntag. Der Commissario nahm auf dem Sofa, die Signora im Sessel Platz, der Hörer wurde von der Gabel genommen.

»Was gibt es diesmal?«, fragte die Frau leicht resigniert.

»Vor allem wollte ich Ihnen mitteilen, dass ich meinem Stellvertreter den Fall Ihres Mannes entzogen habe, Dottor Augello, der vorgestern Morgen zum letzten Mal bei Ihnen war und den Sie sehr gut kennen.«

Er hatte das »sehr« betont, und die Signora war erstaunt.

»Ich verstehe nicht ...«

»Wissen Sie, wenn die Beziehung zwischen Ermittler und beteiligter Zeugin, wie in Ihrem Fall, ein bisschen zu eng wird, dann ist es besser ... Jedenfalls kümmere ich mich ab heute persönlich um Ihren Mann.«

»Für mich ...«

»... kommt das auf dasselbe heraus? Oh nein, meine Liebe, da irren Sie gewaltig. Ich bin besser, viel besser.«

Es war ihm gelungen, dem letzten Teil des Satzes einen widerlich zweideutigen Unterton zu verleihen. Er wusste nicht, ob er sich beglückwünschen oder ins Gesicht spucken sollte.

Giulia Tarantino war etwas blass geworden.

»Commissario, ich ...«

»Jetzt lass mich reden, Giulia. Letzten Sonntag, als wir erst ins Schlafzimmer hier darunter und dann ins Bad gingen ...«

Die Signora wurde noch blasser und hob eine Hand, als wollte sie den Commissario davon abhalten, weiterzusprechen, doch Montalbano fuhr fort.

»... habe ich auf dem Boden diesen Zettel gefunden. Da steht Securigen, Tabletten zur Empfängnisverhütung. Nun, wenn du deinen Mann seit zwei Jahren nicht gesehen hast, wozu brauchst du die dann? Ich kann Vermutungen anstellen. Mein Stellvertreter ...«

»Um Gottes willen!«, schrie Giulia Tarantino.

Und tat, worauf der Commissario gehofft hatte: Sie nahm den Hörer und legte ihn auf die Gabel.

»Wissen Sie«, sagte der Commissario, zum Sie zurückkehrend, »mir war schon letztes Mal klar, dass dieses Telefon nicht echt ist. Aber das auf Ihrem Nachtkästchen ist echt. Dieses hier dient nur dazu, dass Ihr Mann alles hören kann, was hier im Zimmer gesprochen wird. Ich habe ein sehr feines Gehör: Wenn Sie den Hörer abnehmen, müsste man das Freizeichen hören. Doch Ihr Telefon bleibt stumm.«

Die Frau sagte nichts, sie sah aus, als würde sie im nächsten Augenblick in Ohnmacht fallen, aber sie nahm sich mit aller Kraft zusammen und war sehr angespannt, als befürchtete sie etwas Unvorhergesehenes.

»Ich habe auch herausgefunden«, fuhr der Commissario fort, »dass Ihr Mann eine kleine Garage im Vicolo De Roberto besitzt, weniger als zehn Meter Luftlinie von hier. Er hat einen Gang gegraben, der höchstwahrscheinlich hinter dem Wandspiegel endet. Wo diejenigen, die ein Haus durchsuchen, nie nachschauen: Sie denken, hinter einem Spiegel ist nie etwas.«

Als Giulia Tarantino begriff, dass sie verloren hatte, setzte sie wieder ein Gesicht auf, als ginge sie das alles nichts an. Sie sah dem Commissario fest in die Augen.

»Eines würde ich gern wissen: Schämen Sie sich nie für das, was Sie tun und wie Sie es tun?«

»Doch, manchmal«, gab Montalbano zu.

In diesem Augenblick hörte man unten den Lärm von zersplitterndem Glas und eine wütende Stimme:

»Wo bist du, du dreckige Hure?«

Dann rannte Giovanni Tarantino die Treppe hinauf.

»Da kommt er, der Idiot«, sagte seine Frau resigniert.

## *Die Prüfung*

Als Montalbano den Mann, der den Strand entlangging, zum ersten Mal sah, war es früher Morgen, aber der Tag lud wirklich nicht zu einem Spaziergang am Ufer ein, am besten verkroch man sich wieder ins Bett, zog sich die Decke über den Kopf, schloss die Augen und verabschiedete sich. Es wehte nämlich ein eiskalter, grimmiger Nordwind, der Sand drang in Augen und Mund, die hohen Wellen bauten sich am Horizont auf, duckten sich, flach werdend, hinter die Wogen vor ihnen, stiegen kurz vor dem Ufer wieder steil auf und stürzten sich gierig auf den Strand, um ihn zu verschlingen. Das Meer hatte es nach und nach geschafft, fast die hölzerne Veranda von Montalbanos Haus zu berühren. Der Mann war ganz in Schwarz gekleidet, mit einer Hand hielt er den Hut auf den Kopf gedrückt, damit der Wind ihn nicht forttrug, während der schwere Mantel an seinem Körper klebte und sich um seine Beine schlang. Er ging nirgendwohin, das sah man an seinem Schritt, der trotz des Gezerres fest und gleichmäßig blieb. Der Mann lief an Montalbanos Haus vorbei, machte nach etwa fünfzig Metern kehrt und ging zurück, Richtung Vigàta.

Er sah ihn noch mehrmals, am frühen Morgen, auch ohne Mantel, weil die Jahreszeit gewechselt hatte, immer in Schwarz, immer allein. Einmal, als das Wetter so schön geworden war, dass der Commissario im kalten, noch nicht von der Sonne gewärmten Wasser hatte hinausschwimmen können, und er umdrehte, um ans Ufer zurückzukehren, hatte er gesehen, dass der Mann am Strand stehen geblieben war und zu ihm hersah. Wenn Montalbano in dieser Richtung weiterschwamm, würde er, wenn er aus dem Wasser kam, unvermeidlich direkt vor ihm stehen. Das wäre ihm peinlich gewesen. Also lenkte er seine Schwimmzüge unmerklich so, dass er etwa zehn Meter entfernt von dem Mann, der ihn fest ansah, aus dem Wasser steigen konnte. Als der Mann begriff, dass die Begegnung von Angesicht zu Angesicht nicht stattfinden würde, wandte er sich um und nahm seinen gewohnten Spaziergang wieder auf. Das ging mehrere Monate lang so. Eines Morgens kam der Mann nicht vorbei, und Montalbano machte sich Sorgen. Dann hatte er eine Idee. Er trat von der Veranda auf den Strand hinunter und sah deutlich die Fußspuren des Mannes im feuchten Sand. Anscheinend war er ein bisschen früher als sonst spazieren gegangen, während der Commissario noch im Bett oder unter der Dusche war.

Eines Nachts war es windig, aber gegen Morgengrauen legte sich der Wind, als ob er müde wäre, weil er die Nacht durchgemacht hatte. Ein schöner, milder, sonniger, wenn auch noch nicht sommerlicher Morgen kündigte sich an. Der nächtliche Wind hatte den Strand geputzt, er hatte die kleinen Unebenheiten ausgeglichen, der Sand war glatt und glänzte. Die Fußspuren des Mannes hoben sich ab wie gezeichnet, aber der Commissario wunderte sich über ihren Verlauf. Der Mann war erst am Ufer entlanggegangen und hatte sich dann entschlossen seinem

Haus zugewandt, direkt vor der Veranda Halt gemacht und dann seine Schritte wieder Richtung Ufer gelenkt. Was hatte er im Sinn? Lange sah sich der Commissario dieses »V« an, das die Fußspuren gezeichnet hatten, als könnte er durch diese sorgfältige Betrachtung darauf schließen, was im Kopf des Mannes vorging, auf seine Gedanken, die ihn dazu gebracht hatten, unvermutet von seinem Weg abzuweichen.

Zurück im Büro, rief er Fazio zu sich.

»Kennst du einen schwarz gekleideten Mann, der jeden Morgen an meinem Haus vorbei am Strand spazieren geht?«

»Wieso? Hat er Sie belästigt?«

»Fazio, er hat mich nicht belästigt. Und glaubst du, ich könnte nicht allein damit fertig werden, wenn er mich belästigt hätte? Ich habe nur gefragt, ob du ihn kennst.«

»*Nonsi*, Commissario. Ich wusste nicht mal, dass ein schwarz gekleideter Mann am Strand spazieren geht. Soll ich mich informieren?«

»Schon gut.«

Doch er musste immer wieder an die Geschichte denken. Als er nachts nach Hause kam, war er zu dem Schluss gekommen, dass sich hinter diesem »V« in Wirklichkeit ein Fragezeichen verbarg, eine Frage, die der Mann in Schwarz ihm zu stellen sich entschlossen hatte, wozu ihm aber im letzten Augenblick der Mut gefehlt hatte. Deshalb stellte Montalbano den Wecker auf fünf Uhr: Er wollte nicht riskieren, den Mann zu verpassen, wenn dieser aus irgendeinem Grund früher als sonst spazieren ging. Der Wecker klingelte, er stand schnell auf, machte Kaffee und setzte sich auf die Veranda. Bis neun Uhr wartete er, Zeit genug, um einen Krimi von Lucarelli zu lesen und sechs Tassen Kaffee zu trinken. Keine Spur von dem Mann.

»Fazio!«

»Ja bitte, Dottore?«

»Erinnerst du dich, dass ich dir gestern von einem schwarz gekleideten Mann erzählt habe, der jeden Morgen...«

»Natürlich erinnere ich mich.«

»Heute Morgen ist er nicht vorbeigekommen.«

Fazio sah ihn verwirrt an.

»Ist das schlimm?«

»Schlimm ist es nicht. Aber ich will wissen, wer das ist.«

»Ich werd's versuchen«, seufzte Fazio.

Manchmal war der Commissario wirklich merkwürdig. Warum war er so fixiert auf einen, der friedlich am Strand spazieren ging? Was hatte der Signor Commissario nur gegen ihn?

Am Nachmittag klopfte Fazio, fragte, ob er hereinkommen dürfe, betrat Montalbanos Zimmer, setzte sich, holte ein paar eng von Hand beschriebene Zettel aus der Jackentasche und räusperte sich mit einem leichten Hüsteln.

»Wird das ein Vortrag?«, fragte Montalbano.

»*Nonsi*, Dottore. Sie wollten doch Bescheid wissen über den Mann, der morgens vor Ihrem Haus spazieren geht.«

»Ich warne dich, bevor du anfängst. Wenn dein Einwohnermeldeamtskomplex mit dir durchgeht und du Details über diesen Mann erzählst, die mir scheißegal sind, stehe ich von diesem Stuhl auf und gehe einen Kaffee trinken.«

»Dann machen wir es so«, sagte Fazio, faltete die Zettel zusammen und steckte sie wieder ein. »Ich gehe auch einen Kaffee trinken.«

Schweigend und verärgert gingen beide hinaus. Sie gingen in die Bar, und jeder zahlte seinen Kaffee selbst. Immer noch schweigend kehrten sie ins Büro zurück und setzten sich genauso hin wie vorher, bloß holte Fazio die Zettel nicht hervor. Montalbano begriff, dass er anfangen musste, Fazio war imstande und blieb bis zum Abend stumm und beleidigt.

»Wie heißt dieser Mann?«

»Leonardo Attard.«

Also wie die Cassar, die Hamel, die Camilleri, die Buhagiar ursprünglich aus Malta.

»Was macht er?«

»Er war *giudice*, Richter. Jetzt ist er pensioniert. Er war ein wichtiger Richter, Vorsitzender eines Schwurgerichts.«

»Und was macht er hier?«

»Keine Ahnung. Er ist in Vigàta geboren. Er hat hier gelebt, bis er acht war. Dann wurde sein Vater, der Hafenkapitän war, versetzt. Er ist im Norden aufgewachsen, dort hat er studiert und seine Karriere gemacht. Als er hierher kam, vor acht Monaten, kannte ihn niemand.«

»Hatte er ein Haus in Vigàta? Was weiß ich, einen alten Familienbesitz?«

»*Nonsi.* Er hat eine Wohnung gekauft. Es ist eine große Wohnung, fünf geräumige Zimmer, aber er lebt allein darin. Eine Haushälterin versorgt ihn.«

»Hat er nie geheiratet?«

»Doch. Und er hat einen Sohn. Aber er ist seit drei Jahren verwitwet.«

»Hat er mittlerweile Freunde in der Stadt?«

»Ach was. Kein Mensch kennt ihn! Er geht nur frühmorgens aus dem Haus, macht seinen Spaziergang, und dann sieht man ihn nicht mehr. Alles, was er braucht, von der Zeitung bis zum Essen, kauft ihm die Haushälterin, sie heißt mit Vornamen Prudenza und mit Nachnamen ... Darf ich auf meinen Zettel schauen?«

»Nein.«

»Na gut. Ich habe mit dieser Haushälterin geredet. Und ich sage Ihnen gleich, dass der Richter abgereist ist.«

»Weißt du, wo er hin ist?«

»Klar. Nach Bozen. Da lebt sein Sohn. Verheiratet und Vater zweier Söhne. Der Richter verbringt den Sommer bei seinem Sohn.«

»Und wann kommt er zurück?«

»Anfang September.«

»Weißt du sonst noch was?«

»*Sissi*. Drei Tage nachdem er in dieses Haus in Vigàta ...«

»Wo ist es?«

»Das Haus? Genau da, wo Vigàta aufhört und Marinella anfängt. Praktisch fünfhundert Meter von Ihrem Haus entfernt.«

»Gut, weiter.«

»Also, nach drei Tagen kam ein Laster.«

»Mit den Möbeln.«

»Von wegen Möbel! Wissen Sie, woraus seine Möbel bestehen? Bett, Nachtkästchen, Schrank im Schlafzimmer. Kühlschrank in der Küche, wo er auch isst. Er hat keinen Fernseher. Das ist alles.«

»Wozu dann der Laster?«

»Er hat die Unterlagen gebracht.«
»Welche Unterlagen?«
»Laut Haushälterin sind es die kopierten Unterlagen aller Verfahren, die der Richter geleitet hat.«
»*Madonna santa!* Bei jedem Verfahren werden doch mindestens zehntausend Seiten geschrieben!«
»Eben. Die Haushälterin hat gesagt, dass es in diesem Haus keine Stelle gibt, an der sich nicht bis unter die Decke Akten, Sammelmappen und Ordner stapeln. Sie sagt, abgesehen von der Küche ist es ihre Hauptbeschäftigung, die Unterlagen abzustauben, die dauernd voller Staub sind.«
»Und was macht er mit diesen Unterlagen?«
»Er studiert sie. Ach ja, zu den Möbeln gehören auch ein großer Tisch und ein Sessel.«
»Er studiert sie?«
»*Sissi*, Dottore. Tag und Nacht.«
»Wozu denn?«
»Das fragen Sie mich? Fragen Sie doch ihn, wenn er im September zurückkommt!«

Richter Leonardo Attard tauchte eines Morgens Anfang September wieder auf, es war der Morgen eines Tages, der träge, nein, nicht träge, der todmüde zu werden versprach. Der Commissario sah ihn vorbeigehen, immer noch schwarz gekleidet, wie ein *carcarazzo*, ein Rabe. Und von einem Raben hatte er in gewisser Weise auch die Eleganz, die Würde. Einen Augenblick war er versucht, ihm entgegenzulaufen und ihn willkommen zu heißen. Er hielt sich zurück, aber er freute sich, dass er ihn wieder im feuchten Sand laufen sah, mit festem, gleichmäßigem Schritt.

Als der Commissario dann eines Morgens Ende September auf der Veranda saß und Zeitung las, kam plötzlich ein Windstoß, der zweierlei bewirkte: Die Seiten der Zeitung wirbelten durcheinander, und der Hut des Richters flog auf die Veranda zu. Während Signor Leonardo Attard hinter dem Hut herrannte, ging Montalbano hinunter, hob ihn auf und reichte ihn dem Richter. Die Natur hatte sich eingeschaltet, damit sie Bekanntschaft schließen konnten. Denn es war unvermeidlich, natürlich, dass diese Begegnung früher oder später stattfinden würde.
»Danke. Attard«, stellte sich der Richter vor.
»Ich heiße Montalbano«, sagte der Commissario.
Sie lächelten nicht, sie drückten einander nicht die Hand. Einen Augenblick lang sahen sie sich schweigend an. Dann machten beide eine komische kleine Verbeugung, wie die Japaner. Der Commissario kehrte auf die Veranda zurück, der Richter setzte seinen Spaziergang fort.

Montalbano war einmal gefragt worden, welche Eigenschaft, welche wesentliche Begabung seiner Meinung nach einen Polizisten auszeichne. Die Gabe der Intuition? Beharrliches Nachforschen? Die Fähigkeit, Fakten, die scheinbar nichts miteinander zu tun haben, zu verknüpfen? Zu wissen, dass zwei plus zwei im normalen Lauf der Dinge zwar immer vier ist, dass in der Abnormität des Verbrechens zwei plus zwei aber auch fünf sein kann? »Der Blick eines Arztes«, hatte Montalbano geantwortet.
Alle hatten sich schiefgelacht. Aber der Commissario hatte gar nicht witzig sein wollen. Nur hatte er seine Antwort nicht erklärt, er hatte nicht weiter darauf eingehen wollen,

da unter den Anwesenden auch zwei Ärzte waren. Und der Commissario hatte mit dem »Blick eines Arztes« gemeint, dass die Ärzte früher eben *sehen* konnten, ob ein Patient krank war oder nicht. Ohne, wie viele Ärzte heutzutage, hundert verschiedene Untersuchungen an einem vorzunehmen, bevor sie feststellen, dass man kerngesund ist.

Gut, schon bei dem kurzen Blick, den er mit dem Richter getauscht hatte, war Montalbano überzeugt, dass dieser Mann krank war. Natürlich nicht körperlich krank, es handelte sich um etwas, das ihn umtrieb, das seinen Blick zu fest werden ließ, zu starr, als sei er in einen immer wiederkehrenden Gedanken versunken. Wenn er recht überlegte, war es nur ein Eindruck, gewiss. Aber der zweite, der viel genauere Eindruck war, dass der Richter sich irgendwie freute, ihn kennen zu lernen. Bestimmt wusste er, seit er Monate vorher vor dem Haus stehen geblieben war und sich nicht entscheiden konnte, ob er anklopfen oder weitergehen sollte, welchem Beruf Montalbano nachging.

Eine Woche nachdem sie sich miteinander bekannt gemacht hatten, saß der Commissario morgens auf der Veranda und trank Kaffee, als Leonardo Attard, in Hörweite gekommen, den auf den Sand gehefteten Blick hob, Montalbano ansah und grüßend den Hut lupfte.

Montalbano sprang auf, legte die Hände zum Trichter an den Mund und schrie:

»Möchten Sie einen Kaffee?«

Der Richter bog mit seinem stets ruhigen, gemessenen Schritt vom gewohnten Weg ab und wandte sich der Ve-

randa zu. Montalbano ging ins Haus und kam mit einer frischen Tasse wieder heraus. Sie gaben sich die Hand, der Commissario schenkte Kaffee ein. Sie setzten sich nebeneinander auf die kleine Bank. Montalbano schwieg.
»Hier ist es sehr schön«, sagte der Richter mit einem Mal.
Das waren die einzigen verständlichen Worte, die er aussprach. Als er den Kaffee getrunken hatte, stand er auf, lupfte den Hut, murmelte ein paar Worte, die der Commissario als ›auf Wiedersehen‹ und ›danke‹ deutete, ging auf den Strand hinunter und nahm seinen Spaziergang wieder auf.
Montalbano wusste, dass er einen Punkt zu seinen Gunsten verbucht hatte.

Die Einladung, einen Kaffee zu trinken, fand noch zweimal statt, immer mit dem gleichen schweigenden Ritual. Beim dritten Mal sah der Richter den Commissario an und sagte langsam:
»Ich würde Sie gern etwas fragen, Commissario.«
Er spielte mit offenen Karten, nie hatte Attard sich direkt erkundigt, womit Montalbano sein Brot verdiente.
»Natürlich, Giudice.«
Auch er hatte seine Karte aufgedeckt.
»Ich möchte jedoch nicht missverstanden werden.«
»Das passiert bei mir selten.«
»Waren Sie sich in Ihrer beruflichen Laufbahn immer sicher, zweifelsfrei sicher, dass die Personen, die Sie als schuldig festgenommen haben, dies auch wirklich waren?«
Alles hatte der Commissario erwartet, nur diese Frage nicht. Er öffnete den Mund und schloss ihn gleich wieder.

Eine solche Frage konnte man nicht beantworten, ohne darüber nachzudenken. Vor allem nicht unter dem festen, starren Blick des Richters. Der plötzlich zu einem solchen geworden war. Attard bemerkte Montalbanos Unbehagen.
»Ich will nicht jetzt auf der Stelle eine Antwort. Denken Sie darüber nach. Auf Wiedersehen und danke.«
Er stand auf, lupfte den Hut, ging auf den Strand hinunter und nahm seinen Spaziergang wieder auf. »Danke, so ein Scheiß«, dachte Montalbano, der stocksteif dastand. Da hatte ihm der Richter was eingebrockt.

Am Nachmittag desselben Tages rief der Richter den Commissario an.
»Verzeihen Sie, wenn ich Sie im Büro störe. Aber meine Frage von heute Morgen war zumindest unangebracht. Bitte entschuldigen Sie. Können Sie heute Abend, wenn Sie nichts anderes vorhaben, nach der Arbeit zu mir kommen? Es liegt ja am Weg. Ich erkläre Ihnen, wo ich wohne.«
Das Erste, was dem Commissario auffiel, als er das Haus des Richters betrat, war der Geruch. Nicht unangenehm, aber penetrant: ein Geruch ähnlich dem von Heu, das lange der Sonne ausgesetzt ist. Dann begriff er, dass es der Geruch von Papier war, von altem, vergilbtem Papier. Hunderte und Aberhunderte von dicken Aktenbündeln stapelten sich vom Boden bis zur Decke in stabilen Holzregalen, die in den Zimmern, im Flur, in der Diele standen. Das war keine Wohnung, sondern ein Archiv, dem der minimale, unbedingt notwendige Raum abgerungen war, damit ein Mensch darin leben konnte.
Montalbano wurde in ein Zimmer geführt, in dessen Mitte

ein großer, mit Papieren übersäter Tisch, ein Sessel und ein Stuhl standen.

»Ich muss mit Ja antworten«, begann Montalbano.

»Worauf?«

»Auf Ihre Frage von heute Morgen: Bei den Personen, die ich festgenommen habe oder habe festnehmen lassen, bin ich mir, innerhalb meiner Grenzen, deren Schuld zweifelsfrei sicher. Auch wenn die Justiz sie manchmal nicht für schuldig befunden und freigesprochen hat.«

»Ist Ihnen das passiert?«

»Manchmal ja.«

»War das bitter für Sie?«

»Überhaupt nicht.«

»Warum nicht?«

»Weil ich zu viel Erfahrung habe. Heute weiß ich sehr wohl, dass es eine Wahrheit vor Gericht gibt, die sich auf einem Gleis parallel zur Wahrheit der Realität bewegt. Aber nicht immer führen die beiden Gleise in denselben Bahnhof. Manchmal ja, manchmal nein.«

Das halbe Gesicht des Richters lächelte. Die untere Hälfte. Die obere Hälfte nicht. Die Augen wurden sogar noch starrer und kälter.

»Ihre Rede ist irreführend«, sagte Attard. »Mein Problem ist ein anderes.«

Mit einer ausholenden Geste, langsam die Arme ausbreitend, bis er aussah wie gekreuzigt, zeigte er auf die Unterlagen ringsum.

»Mein Problem ist die Prüfung.«

»Die Prüfung wovon?«

»Aller Verfahren, die ich in meinem Leben geleitet habe.«

Montalbano spürte etwas Schweiß auf seiner Haut.
»Ich habe alle Prozessakten fotokopieren und die Kopien nach Vigàta bringen lassen, weil ich hier die idealen Bedingungen für meine Arbeit gefunden habe. Ich habe ein Vermögen ausgegeben, glauben Sie mir.«
»Wer verlangt diese Prüfung denn von Ihnen?«
»Mein Gewissen.«
Da konterte Montalbano.
»Oh nein. Wenn Sie sicher sind, dass Sie immer nach Ihrem Gewissen gehandelt haben ...«
Der Richter hob eine Hand, um ihn zu unterbrechen.
»Das ist das eigentliche Problem. Der Kern der Frage.«
»Sie meinen, Sie haben manchmal auf äußeren Druck oder weil es opportun war oder aus ähnlichen Gründen ein Urteil gefällt?«
»Nie.«
»Ja und?«
»Sehen Sie, es gibt einen Satz bei Montaigne, der das Problem überspitzt wiedergibt. Von demselben Blatt, auf dem er die Verurteilung eines Ehebrechers abgefasst hat, schreibt Montaigne, reißt dieser Richter ein Stück ab, um der Frau eines Kollegen einen kleinen Liebesbrief zu schreiben. Es ist, wie gesagt, ein überspitztes Beispiel, aber es steckt viel Wahrheit darin. Lassen Sie mich das erklären. In welchem Zustand befand ich mich, ich meine als Mensch, in dem Augenblick, in dem ich ein hartes Urteil aussprach?«
»Ich verstehe nicht, Signor Attard.«
»Commissario, das ist nicht schwer zu verstehen. Ist es mir immer gelungen, mein Privatleben von der Anwendung des

Gesetzes zu trennen? Habe ich es immer fertig gebracht, dass meine persönlichen Missstimmungen, meine Abneigungen, familiären Probleme, Schmerzen, seltenen Augenblicke des Glücks nicht das weiße Papier befleckten, auf dem ich ein Urteil abfasste? Ist mir das gelungen oder nicht?«

Der Schweiß klebte Montalbano das Hemd auf die Haut.

»Verzeihen Sie, Signor Attard. Sie überprüfen nicht die Verfahren, die Sie geleitet haben, sondern Ihr eigenes Leben.«

Er begriff sofort, dass er einen Fehler gemacht hatte, das hätte er nicht sagen dürfen. Aber für einen Augenblick hatte er sich gefühlt wie ein Arzt, der bei einem Patienten eine schwere Krankheit festgestellt hat: Sollte er es ihm sagen oder nicht? Montalbano hatte sich spontan für erstere Vorgehensweise entschieden.

Der Richter sprang vom Stuhl auf.

»Ich danke Ihnen, dass Sie gekommen sind. Gute Nacht.«

Am folgenden Morgen kam der Richter nicht vorbei. Und auch in den folgenden Tagen und Wochen tauchte er nicht auf. Aber der Commissario vergaß den Richter nicht. Als gut ein Monat nach der abendlichen Begegnung vergangen war, rief er Fazio zu sich.

»Erinnerst du dich an Attard, den pensionierten Richter?«

»Natürlich.«

»Ich will wissen, was mit ihm ist. Du hast doch seine Haushälterin kennen gelernt, wie hieß sie noch mal, weißt du das noch?«

»Prudenza heißt sie, Besonnenheit. Wie könnte ich so einen Namen vergessen?«

Am Nachmittag kam Fazio zur Berichterstattung.

»Dem Richter geht's gut, er verlässt nur das Haus nicht mehr. Das Stockwerk über ihm wurde frei, und Prudenza hat gesagt, er hätte es gekauft. Jetzt gehört ihm das ganze Haus.«

»Hat er seine Unterlagen raufgetragen?«

»Von wegen! Prudenza hat gesagt, dass er es leer lassen will, er will es auch nicht vermieten. Er sagt, dass er allein in dem Haus bleiben will, er will keine Störung. Das heißt, Prudenza hat noch was gesagt, was ihr merkwürdig vorkam. Der Richter hat nicht direkt gesagt, dass er keine Störung, sondern dass er keine Gewissensbisse haben will. Was bedeutet das?«

Montalbano brauchte die ganze Nacht, um zu begreifen, dass der Richter sich nicht versprochen hatte, als er »Gewissensbisse« statt »Störung« sagte. Und als er sich darüber ihm Klaren war, brach ihm der kalte Schweiß aus. Als er ins Büro kam, fuhr er Fazio grob an.

»Ich will sofort die Telefonnummer des Sohnes von Richter Attard in Bozen!«

Eine halbe Stunde später konnte er mit dem Kinderarzt Dottor Giulio Attard sprechen.

»Hier ist Commissario Montalbano. Dottore, tut mir Leid, aber ich muss Ihnen mitteilen, dass der Geisteszustand Ihres Vaters...«

»Ist es schlimmer geworden? Das habe ich befürchtet.«

»Sie müssten sofort nach Vigàta. Kommen Sie zu mir. Dann können wir überlegen, was...«

»Commissario, vielen Dank, das ist sehr nett von Ihnen, aber ich kann wirklich nicht sofort kommen.«

»Ihr Vater bereitet seinen Selbstmord vor, wussten Sie das?«

»Ich würde das nicht dramatisieren.«

Montalbano legte auf.

Als er am selben Abend am Haus des Richters vorbeifuhr, hielt er an, stieg aus und klingelte an der Sprechanlage.

»Wer ist da?«

»Montalbano, Signor Attard. Ich wollte nur auf einen Sprung vorbeikommen.«

»Ich würde Sie gern hereinbitten. Aber es ist zu unordentlich. Kommen Sie doch morgen, wenn das geht.«

Der Commissario hatte sich schon ein paar Schritte entfernt, als er seinen Namen rufen hörte.

»Montalbano! Dottore! Sind Sie noch da?«

Er rannte zurück.

»Ja, bitte?«

»Ich glaube, ich bin fündig geworden.«

Sonst sagte er nichts. Der Commissario klingelte, er klingelte lange, aber es meldete sich niemand mehr.

Das anhaltende Sirenengeheul der Feuerwehrautos, die Richtung Vigàta rasten, weckte ihn auf. Er sah auf den Wecker: vier Uhr morgens. Er hatte ein ungutes Gefühl. So wie er war, in der Unterhose, ging er bei der Veranda hinaus und hinunter ans Meer, von wo aus er eine bessere Sicht hatte. Das Wasser war so eiskalt, dass seine Füße schmerzten. Aber der Commissario nahm das gar nicht als unangenehm wahr: Er beobachtete von fern das Haus des ehemaligen Richters Leonardo Attard, das wie eine Fackel brannte. Kein Wunder bei all dem Papier, das darin war! Die Feuerwehrleute würden viel Zeit verlieren, bis sie die verkohlte Leiche des Richters fanden. Dessen war er sicher.

Zwei Tage darauf legte Fazio Montalbano einen dicken Packen, verschnürt mit einem mehrmals darumgewickelten langen Zwirn, und ein großes Kuvert auf den Schreibtisch.
»Das hat Prudenza heute Morgen gebracht. Am Tag bevor das Haus brannte, hatte der Richter ihr die Sachen gegeben, sie sollte sie Ihnen aushändigen.«
Der Commissario öffnete das Kuvert. Darin befanden sich ein beschriebenes Blatt Papier und ein verschlossenes, kleineres Kuvert.
»Es hat lange gedauert, aber schließlich habe ich gefunden, was ich schon immer vermutet und befürchtet hatte. Ich schicke Ihnen alle Akten eines Verfahrens von vor fünfzehn Jahren, bei dem das Gericht unter meinem Vorsitz einen Mann zu dreißig Jahren verurteilte, der sich bis zuletzt für unschuldig erklärte. Ich glaubte nicht an seine Unschuld. Jetzt ist mir, nach sorgfältiger Prüfung, klar geworden, dass ich an diese Unschuld *nicht glauben wollte*. Warum nicht? Wenn Sie diese Unterlagen lesen und zum selben Schluss kommen wie ich, nämlich dass ich mehr oder weniger bewusst unrecht gehandelt habe, dann, aber nur dann, öffnen Sie das beiliegende Kuvert. Darin werden Sie die Geschichte einer qualvollen Zeit meines Privatlebens finden. Vielleicht erklärt diese Zeit mein Verhalten vor fünfzehn Jahren. Erklärt, nicht aber rechtfertigt. Ich füge hinzu, dass der Verurteilte nach zwölf Jahren Haft im Gefängnis starb. Danke.«

Der Mond schien. Mit einer Schaufel, die er sich von Fazio geliehen hatte, hob er zehn Schritte vor der Veranda ein Loch im Sand aus. Dahinein legte er den Packen und die beiden Briefe. Er holte aus dem Kofferraum seines Autos einen kleinen Benzinkanister, ging auf den Strand zurück, schüttete ein Viertel des Benzins auf das Papier und zündete es an. Als das Feuer erlosch, stocherte er in dem Papier, schüttete ein weiteres Viertel des Benzins darüber und zündete es wieder an. Er wiederholte die Prozedur noch zweimal, bis er sicher war, dass alles zu Asche geworden war. Dann schaufelte er das Loch wieder zu. Als er fertig war, spitzten schon die ersten Sonnenstrahlen heraus.

## *Eine tüchtige Hausfrau*

»Commissario! Welche Freude, Sie zu sehen!«, rief Clementina Vasile Cozzo und hob die Arme, um Montalbano an sich zu drücken und wie immer einen liebevollen Kuss auf die Wangen zu bekommen.

»Wo soll ich das hintun?«, fragte der Commissario und zeigte ihr das Päckchen mit zehn ofenfrischen *cannoli.*

»Geben Sie es mir. Kommen Sie, ich mache Sie erst mal mit meiner Freundin und ehemaligen Schülerin bekannt, von der ich Ihnen am Telefon erzählt habe.«

Flink bewegte sie sich mit ihrem Rollstuhl vorwärts, an den sie seit Jahren gefesselt war, und fuhr ins Wohnzimmer.

»Commissario Montalbano. Und das ist Simona Minescu.«

»Danke, dass Sie gekommen sind«, sagte die Frau und drückte ihm die Hand.

Montalbano war überrascht. Wer weiß, warum er sie sich anders vorgestellt hatte. Simona Minescu war hoch gewachsen, dunkelhaarig und schlank und hatte große, kluge schwarze Augen. Aber sie wirkte, man merkte es an ihrer Art, zu sprechen und sich zu bewegen, wie eine tüchtige Hausfrau, was gar nicht zu ihrer auffallenden Erscheinung passte. Bei Tisch sprachen die beiden Frauen kein Wort, Signora Clementina musste ihre Freundin darüber belehrt haben, dass Montalbano, während er aß, nach Möglichkeit nicht sprach und am liebsten auch niemanden sprechen hörte. Signora Clementinas Hausmädchen hatte, wie immer, ausgezeichnet gekocht, obwohl sie den Commissario nicht besonders mochte.

»Den Espresso nehmen wir im Wohnzimmer«, sagte die Signora.

Noch war mit keinem Wort der Grund erwähnt worden, warum Signora Clementina die beiden miteinander hatte bekannt machen wollen, und Montalbano kam sich allmählich etwas merkwürdig vor.

»Erzähl ihm die ganze Geschichte«, sagte Signora Clementina, nachdem das Hausmädchen die Tassen wieder in die Küche getragen hatte.

»Hat der Commissario denn Zeit?«, fragte ihre Freundin und sah Montalbano in die Augen. Dem dieser Blick nicht missfiel.

»Ich habe Zeit, so viel Sie wollen.«

»Ich weiß nicht, wo ich anfangen soll«, sagte Simona Minescu zögernd.

»Dann fange ich an«, sagte Signora Clementina kurz entschlossen. »Haben Sie von dem Mord an Antonio Minescu gehört, der in Fela wohnte?«

»Nein«, sagte Montalbano. »Ihr Mann?«

»Mein Mann ist Gott sei Dank wohlauf. Nein, es handelt sich um meinen Vater.«

»Wurde er in Fela umgebracht? Signor Clementina sagte, Sie leben in Fela.«

»Das stimmt, aber mein Vater wurde in Rom umgebracht.«

»Dann wohnte er also nicht in Fela?«
»Doch, aber er war nach Rom gereist.«
»Verzeihen Sie die Frage. Sind Sie Sizilianerin?«
»Ja. Warum?«
»Ach, ich meine nur, bei diesem Nachnamen ...«
»Papà war Rumäne. Später bekam er die italienische Staatsbürgerschaft. Er hat hier geheiratet, in Vigàta, und ist dann nach Fela gezogen. Wo ich geboren bin.«
»Simona, solltest du die Geschichte nicht lieber aus deiner Sicht erzählen?«, schaltete Signora Clementina sich weise ein.
»Ich will es versuchen. Also, Commissario, Sie müssen wissen, dass mein Vater praktizierender Katholik war. Ein bisschen bigott, wie ich finde, mein seliger Papà. Jeden zweiten Tag ging er auf den Friedhof, um Mamma zu besuchen, die vor zehn Jahren gestorben ist. Aber jeden Tag ging er in die Kirche, der Pfarrer hat ihn sogar mit der Buchhaltung betraut.«
»Was machte Ihr Vater beruflich?«
»Er war Buchhalter. Er hatte sein Diplom 1948 gemacht, vier Jahre nachdem er nach Sizilien gekommen war. 1950 bekam er von einem Holzhändler in Fela eine Stelle angeboten. Er nahm an und blieb dort, bis er in Rente ging.«
»Lebte er allein?«
»Ja und nein. Als Mamma starb, hat mein Mann ihm eine kleine Wohnung besorgt, direkt neben uns. Er aß mit uns. Er hing sehr an unseren beiden Kindern, dem fünfzehnjährigen Antonio, der nach ihm benannt ist, und dem zehnjährigen Mario. Er liebte sie abgöttisch, er verwöhnte sie. Wir haben sogar gestritten, weil er die tolle Idee hatte, An-

tonio ein Mofa zu schenken. Er hatte eisern seine Rente gespart.«

»Warum ist er denn nach Rom gereist?«

»Wissen Sie, mein Vater hatte einen Traum: den Papst zu sehen. Er hatte sich geschworen, dass er sich die Gelegenheit des Heiligen Jahres nicht entgehen lassen würde. Doch dann hatte er letztes Jahr einen leichten Infarkt. Es sei gar nicht schlimm, sagte der Arzt, er müsse sich nur schonen. Aber er war felsenfest überzeugt, dass er das Jahr 2000 nicht erleben würde. Armer Papà, er hat sich nicht getäuscht, aber es hat sich anders zugetragen, als er sich vorgestellt hatte.«

»Wie alt war er?«

»Dreiundsiebzig. Er ist 1925 geboren. Mein Vater war zutiefst deprimiert, und so schlug Don Cusumano, der Pfarrer, ihm vor, mit einer Gruppe von Pfarrern aus der Provinz Montelusa, die vom Papst empfangen werden sollte, nach Rom zu reisen. Er nahm an und reiste glücklich ab.«

»Mit dem Zug?«

»Nein. Mit dem Bus. Er rief mich gleich an, als er angekommen war. Es ging ihm sehr gut. Er sagte mir den Namen des Hotels, in dem er zusammen mit den anderen untergebracht war, und gab mir die Telefonnummer. Er erzählte auch, dass er sich nachmittags zusammen mit der Gruppe Rom ansehen wolle und dass sie am nächsten Morgen um elf Uhr vom Papst empfangen würden. Er versprach, mich nach der Audienz anzurufen. Doch diesen Anruf habe ich nie bekommen.«

Jetzt konnte sie nicht mehr an sich halten. Dicke Tränen rannen ihr über das Gesicht.

»Entschuldigen Sie.«

Signora Clementina fuhr an die Tür, rief nach dem Hausmädchen und ließ ein Glas Wasser bringen. Montalbano wusste nicht, wo er hinschauen sollte.

»Gegen eins rief ich, da ich nichts von ihm gehört hatte, natürlich im Hotel an. Ich wurde mit Monsignor Diliberto, dem Reiseleiter, verbunden. Er war sehr besorgt und redete nicht lange herum. Er erzählte, mein Vater habe abends zuvor das Hotel verlassen, ohne jemandem Bescheid zu sagen, und sei nicht zurückgekommen. Er sagte, er habe die Polizei benachrichtigt. Ich wusste nicht, was ich tun sollte, ich war verzweifelt. Um vier Uhr nachmittags rief Monsignor Diliberto mich an. Er wisse nicht, sagte er, ob das, was er mir mitzuteilen habe, ein gutes oder ein schlechtes Zeichen sei: Jedenfalls sei mein Vater in kein Krankenhaus und zu keinem Wohlfahrtsverein gebracht worden.«

»Litt Ihr Vater manchmal an Gedächtnisschwächen, auch geringfügigen?«

»Ach was! Ein eisernes Gedächtnis! Um fünf kam mein Mann aus Palermo zurück. Ich hatte ihm übers Handy Bescheid gesagt. Er trifft immer schnelle Entscheidungen. Abends um halb neun flog er nach Rom. Mein Mann musste gerade gelandet sein, als Monsignor Diliberto wieder anrief. Er sagte, auf eine noch unangenehmere Art als vorher, mein Vater sei tot gefunden worden. Mehr wollte er nicht erklären. Schließlich konnte ich mit meinem Mann sprechen und erzählte ihm die schlimme Nachricht. Am nächsten Morgen kaufte ich alle Zeitungen, die man in Fela bekommt. So erfuhr ich, dass die Leiche meines Vaters, halb unter Pappkartons begraben, in der Nähe der Stazione Termini in Rom von einem Passanten gefunden worden war. Um fünf Uhr morgens, stellen Sie sich das vor!«

»Waren seine Papiere denn weg?«

»Er hatte alle Papiere bei sich. Auch die Brieftasche. Kein Centesimo hat gefehlt. Nicht mal seine goldene Uhr haben sie ihm abgenommen.«

»Warum hat man Monsignor Diliberto dann erst so spät benachrichtigt?«

»Das hat mir mein Mann erklärt, als er zurückkam. Der Passant ging sofort zu den Carabinieri, die erst in Fela anriefen, bei meinem Vater, wo sich natürlich niemand meldete, und sich dann an ihre Kollegen von der örtlichen Dienststelle wandten. Zwei von ihnen gingen zur Wohnung meines Vaters und klingelten, es meldete sich niemand. Dann schellten sie auch bei mir, aber vielleicht wollte es ein unglücklicher Zufall, dass ich gerade beim Einkaufen war. So verging der Vormittag. Am Nachmittag wollten die beiden Carabinieri ins Rathaus, aber die Büros waren schon geschlossen. Abends kamen sie endlich auf die Idee, zum Pfarrer zu gehen. Und der sagte ihnen, wie es kam, dass mein Vater in Rom war, und gab ihnen die Telefonnummer des Hotels. So nahmen sie Kontakt zu Monsignor Diliberto auf. Dann hat mir mein Mann noch anderes erzählt.«

»Wie wurde er umgebracht?«

»Erschossen, mit einer Pistole. Ein einziger Schuss. Ins Gesicht.«

»Und was hat Ihr Mann noch zu Ihnen gesagt?«

»Dass die Carabinieri ihm etwas merkwürdige Fragen gestellt hätten.«

»Nämlich?«
»Ob mein Vater gewisse Neigungen gehabt hätte. Weil es dort, wo man ihn gefunden hat, anscheinend Männer gibt, die ...«
»Schon gut, verstehe.«
»Sie haben ihn auch gefragt, ob er Drogen nahm. Stellen Sie sich vor, ein alter Mann von dreiundsiebzig Jahren! Dann kamen sie zu dem Schluss, dass es ein misslungener Raubüberfall gewesen sein muss. Mein Vater muss sich gegen den Angriff gewehrt haben, die sind durchgedreht, haben geschossen und sind dann in Panik geflüchtet, ohne etwas mitzunehmen.«
»Das ist eine plausible Vermutung. Konnte Ihr Mann etwas über das Ergebnis – verzeihen Sie, Signora – der Obduktion in Erfahrung bringen? Zum Beispiel Spuren von Alkohol ...«
»Gab es keine. Mein Vater lebte abstinent.«
Wirklich vorbildlich, der fromme Mann!
»Aber warum ist er aus dem Haus gegangen, anstatt wie alle anderen schlafen zu gehen?«, fragte Montalbano fast sich selbst.
»Deshalb bin ich hier«, sagte Simona Minescu.
»O Gott, Signora, ich bin aber wirklich nicht in der Lage ... Verzeihen Sie, aber mit so wenigen Anhaltspunkten, was heißt wenige ...«
»Etwas habe ich schon in Erfahrung gebracht«, sagte Signora Simona ungerührt.
»Ach ja? Haben Sie den Carabinieri das erzählt?«
»Nein, warum sollte ich? Sie betrachten den Fall als abgeschlossen.«

»Nun ja, mein Kollege in Fela könnte ...«
»Ich hatte Simona Ihren Namen genannt«, schaltete sich Clementina Vasile Cozzo ein.
»Glauben Sie, die würden mich anhören?«, setzte Simona noch hinzu.
»Also gut«, lenkte Montalbano ein. »Was wissen Sie?«
»Als Monsignor Diliberto mit der Pfarrergruppe zurückkam, habe ich mit jedem Einzelnen gesprochen. Don Pignataro und Don Cottone sagten, dass mein Vater, während sie durch die Via della Conciliazione gingen, sie gebeten habe zu warten, weil er mal verschwinden müsse. Sie sahen, wie er in eine Bar ging. Sie warteten eine ganze Weile, dann machten sie sich allmählich Sorgen. So gingen sie auch in diese Bar, die voller Ausländer war, und sahen meinen Vater in aller Ruhe an einem Tisch sitzen und Zeitung lesen. Sie machten ihm Vorwürfe wegen des ungehörigen Benehmens und gingen wieder hinaus, aber mein Vater, sagten sie, wirkte betäubt, abwesend. Und so war er bis zum Abendessen, sodass sie sich miteinander berieten, denn sie glaubten, mein Vater fühle sich nicht wohl. Sie beschlossen, den nächsten Morgen abzuwarten. Mehr konnten sie mir nicht sagen.«
»Diese Geschichte stützt die Vermutung einer momentanen Gedächtnisschwäche.«
Simona Minescu schien ihn nicht gehört zu haben.
»Vor etwa sechs Wochen hat man mir aus Rom Papàs Sachen geschickt. In der Jacketttasche war, zusammengerollt, dieses Stück Papier.«
Sie holte es aus einer großen Handtasche und reichte es dem Commissario.

»Sehen Sie? Es ist eine Atac-Fahrkarte, unbenutzt. Atac sind die Autobusse in Rom«, erklärte sie im Ton einer Grundschullehrerin.

»Ich weiß«, sagte Montalbano etwas pikiert.

»Mein Vater hat eine Telefonnummer darauf geschrieben. Er hat sie selbst geschrieben, da habe ich keinen Zweifel, die Zahlen sind so, wie er sie schrieb. 3 61 24 72. Und sehen Sie, da steht, mit etwas Abstand, noch eine Zahl, 7. Als hätte mein Vater die Nummer nicht richtig verstanden. Dabei hat er sie richtig verstanden.«

»Wie meinen Sie das?«

»Ich habe 3 61 24 72 mit der Vorwahl von Rom gewählt, und es hat sich sofort jemand gemeldet. Es ist ein Hotel. Und soll ich Ihnen etwas sagen?«

»Wenn Sie meinen«, sagte Montalbano süßsauer.

Die Signora verstand die Ironie nicht oder wollte sie nicht verstehen.

»Das Hotel ist ganz nah bei der Stelle, wo mein Vater gefunden wurde.«

Der Commissario horchte auf. Die Sache begann interessant zu werden.

»Wann ist die Geschichte passiert?«

»Am Abend oder in der Nacht des zwölften Oktober.«

»Gut. In der Questura liegen die Listen von allen Leuten, die ...«

Simona Minescu hob eine schlanke Hand, der Commissario verstummte.

»Mein Mann hat, was Sie nicht wissen können, weil es Ihnen wohl niemand gesagt hat, ein großes Reisebüro. Und er hat viele Freunde.«

»Das bezweifle ich nicht, Signora. Aber jemand, der ins Hotel geht, muss nicht unbedingt über ein Reisebüro gebucht haben.«

»Natürlich. Aber ich hatte an etwas Bestimmtes gedacht.«

»Würden Sie mir das etwas genauer erklären?«

»Sofort, Commissario. Die 7, die Papà geschrieben hat, ist keine Nebenstelle des Hotels. Ich habe mich erkundigt, es gibt keine. Demnach hat mein Vater diese Telefonnummer nicht von jemandem bekommen: Er muss sie gehört haben und hat sie notiert, wobei er sich bei der letzten Zahl jedoch nicht sicher war. Und wo kann er diese Nummer gehört haben? Nur in der Bar, als er die Gruppe verlassen hatte. Dort muss er etwas gehört oder gesehen haben, was ihn durcheinander gebracht hat, wie mir die beiden Pfarrer berichteten.«

»Haben Sie überprüft, welche Telefongespräche Ihr Vater vom Hotel aus geführt hat?«

»Ja. Von den Zimmern des Hotels Imperia aus, wo er wohnte, kann man nur über die Telefonvermittlung hinaustelefonieren. Da hat nur das Gespräch mit mir stattgefunden. Doch vor dem Abendessen hat er sicher noch jemanden angerufen.«

»Woher wissen Sie das so genau?«

»Patre Giacolone, einer von der Gruppe, hat es mir gesagt. In der Halle des Hotels Imperia gibt es zwei Münztelefone. Patre Giacolone schwört hoch und heilig, dass er ihn an einem dieser Telefone gesehen hat.«

»Und da vermuteten Sie, dass Ihr Vater in diesem Hotel angerufen hat. Apropos, wie heißt es?«

»Sant'Isidoro.«

»Und jemanden sprechen und sich mit diesem Jemand verabreden wollte.«

»Genau. Ich habe über diesen Jemand nachgedacht. Mein Vater war sehr gesellig, sehr offen, er erzählte allen, was er getan und gesagt hat. Warum hat er den Pfarrern aus der Gruppe verschwiegen, was er in der Bar gesehen oder gehört hatte? Weil es etwas war, was ihn durcheinander gebracht hatte.«

»Was wissen Sie über Ihren Vater?«, fragte Montalbano plötzlich. Und fügte hinzu: »Ich meine etwas, was er erlebt haben könnte, als er noch in Rumänien war. Wissen Sie etwas?«

Simona Minescu sah ihn bewundernd an.

»Sie sind so gut, wie man mir gesagt hatte, Commissario.«

»Baten Sie Ihren Mann, festzustellen, ob am zwölften Oktober eine rumänische Reisegruppe im Sant'Isidoro abgestiegen war?«

»Genau, Commissario, und die Antwort war positiv.«

»Lassen Sie uns auf meine Frage zurückkommen.«

»Wie schon erwähnt, floh mein Vater 1944 aus Rumänien, da war er neunzehn Jahre alt, und kam über Jugoslawien, die Adria, Apulien, Kalabrien und die Straße von Messina nach Vigàta. Den Grund dafür hat er mir nie gesagt. Er, der immer so offen war, machte dicht, sobald man von seinem Leben in Rumänien sprach. Mir sagte er, seine Familie sei vernichtet worden.«

»Von wem?«

»Von den Leuten des Marschalls Antonescu, des Staatsführers aufseiten der Nazis. Mein Vater entzog sich der Verhaftung. Er lebte in seinem Geburtsort Deva, der Hauptstadt des Bezirks Hunedoara, einem Städtchen von knapp sechzehntausend Einwohnern. Alle kannten sich, es war schwierig, sich zu verstecken. Doch Papà gelang es. Dann wurde Antonescu 1944 abgesetzt, und mein Vater floh. Nicht einmal von seiner Reise, die schrecklich gewesen sein muss, hat er mir jemals erzählt. Ich glaube, dass er alles vergessen wollte oder dass er durch das Trauma sein Gedächtnis teilweise verloren hat. Die logische Schlussfolgerung war also, dass er in dieser Bar in Rom jemanden gesehen hat, der ihn so schmerzhaft in die Vergangenheit zurückgeholt hat, dass er sich hinter einer Zeitung verstecken musste.«

»Das ist eine logische, aber völlig unwahrscheinliche Erklärung. Als Möglichkeit, meine ich. Dass er ausgerechnet an diesem Tag und zu dieser Uhrzeit in irgendeiner Bar in Rom auf einen Landsmann trifft, der …«

»Wollen Sie das völlig ausschließen?«

Montalbano dachte nach.

»Völlig nicht.«

»Dann kann ich weitersprechen, ohne dass Sie mich für verrückt halten. Ausgehend von dieser Vermutung, versuchte ich, mehr darüber zu erfahren. Und habe etwas getan, was mich schon manchmal gereizt hat, ich aber nie gewagt habe.«

»Nämlich?«

»Mir die Unterlagen meines Vaters anzusehen. Eine speckige kleine Mappe, die er in einer Schublade der Kommode unter der Wäsche aufbewahrte. Da war eine vergilbte Fotografie, ein Paar mit zwei Kindern, eines war sicher mein Vater. Die anderen waren wohl die Eltern und Carol, sein ein Jahr älterer Bruder, der auch barbarisch ermordet wurde. Da war der Entwurf seines Einbürgerungsantrags. Das Buchhalterdiplom. Die Heiratsurkunde und der Totenschein meiner Mutter. Meine Geburtsurkunde. Und ein gelber Zettel, rumänisch geschrieben. Darauf stand: ›Zur zukünftigen Erinnerung. Die Mörder meiner Familie sind Anton Petrescu, Virgil Cordeanu, Petre Lupescu und Cezar Pascaly, der in meinem Alter ist.‹ Dann der Satz: ›Bei meiner Ehre, das ist die Wahrheit‹, und die Unterschrift. Wenn mein Vater geschrieben hatte, dass Pascaly in seinem Alter war, dann waren die anderen alle älter. Der Einzige auf der Liste, der noch lebte, musste demnach Cezar Pascaly sein. Ich flehte meinen Mann an, alles in seiner Macht Stehende zu tun, um die Namen der Teilnehmer der rumänischen Reisegruppe herauszufinden. Es gelang ihm.«

»Und natürlich war der von Cezar Pascaly dabei.«

»Nein, Commissario, er war nicht dabei.«

»Er kann seinen Namen geändert haben, aber Ihr Vater wird ihn trotzdem erkannt haben.«

»Das dachte ich auch. Und da jede weitere Nachforschung unmöglich war, sagte ich mir, müsse man eben die von den Carabinieri gegebene Erklärung akzeptieren. Als ich am nächsten Morgen aufwachte, sah ich mir die Namensliste an, die ich auf den Küchentisch gelegt hatte. Sie war alphabetisch geordnet. Erst da merkte ich, dass ich nur unter dem Buchstaben P nachgesehen hatte. Ich fing noch mal beim Buchstaben A an. Und plötzlich hatte ich einen der vier Namen vor mir, die mein Vater aufgeschrieben hatte: Virgil Cordeanu, achtundsiebzig Jahre alt, geboren 1920 in Deva. Er reiste in Begleitung seines fünfzigjährigen Sohnes Ion. Da rekonstruierte ich diese ganze schreckliche Geschichte so: In dieser verfluchten Bar in Rom erkennt mein Vater Cordeanu, einen der Mörder seiner Familie. Irgendwie schnappt er die Telefonnummer des Hotels auf, in dem seine ehemaligen Landsleute untergebracht sind. Er notiert sie sich. Im Augenblick ist er zu sehr durcheinander, um etwas zu tun. Vor dem Abendessen ruft er von seinem Hotel aus in Cordeanus Hotel an und lässt sich mit ihm verbinden. Sie sprechen miteinander und verabreden sich.«

»Was, glauben Sie, wollte Ihr Vater mit dem Treffen erreichen?«

»Nichts Materielles, glauben Sie mir. Ich bin überzeugt, dass er ihn treffen wollte, um ihn zu fragen, ob er bereue oder etwas in der Art. Ob er seine Sünde gebeichtet habe. Ich glaube jedoch, dass nicht Virgil Cordeanu zu dem Treffen gegangen ist, sondern sein Sohn Ion.«

»Denken Sie, dass Ion über die Vergangenheit seines Vaters Bescheid wusste?«

»Vielleicht ja. Oder Virgil hat ihn nach dem Telefongespräch darüber in Kenntnis gesetzt. Jedenfalls hat er nicht gezögert, einen gefährlichen Zeugen auszuschalten.«

»Gefährlich, Signora? Einem alten Mann von achtundsiebzig Jahren?«

»Na ja, Commissario, Sie vergessen den SS-Führer Priebke.«

»Aber der Fall scheint mir anders zu liegen.«

»Ich hatte auch meine Zweifel. Und begann Informationen zu sammeln. So fand ich heraus, dass mein Vater weniger für Virgil Cordeanu, als vielmehr für dessen Sohn Ion eine Gefahr bedeutete. Von der prosowjetischen Regierung ins

Gefängnis gesteckt, dann freigelassen, Verfechter der Demokratie, in kaum zehn Jahren ein hohes Tier in der rumänischen Politik und Wirtschaft. Sein Vater Virgil lebte sehr zurückgezogen, es gelang ihm, in Vergessenheit zu geraten. Ein Skandal hätte Ions brillanter politischer Karriere sicherlich ein Ende gesetzt. Finden Sie das nicht ein gutes Motiv, meinen Vater zu töten?«

Montalbano antwortete nicht sofort. Fasziniert musterte er die schöne Frau, die ihm gegenübersaß. Er dachte an ihren Mann: Sollte er zufällig beschließen, ihr en passant Hörner aufzusetzen, bekäme sie im Handumdrehen Name, Vorname, Namen des Vaters und der Mutter, Familienstand und Adresse der Nebenbuhlerin heraus, obendrein wie viel sie laut Steuererklärung verdiente. Simona Minescu errötete leicht unter dem eindringlichen Blick des Commissario, und Clementina Vasile Cozzo wusste, dass sie jetzt eingreifen musste.

»Was sagen Sie dazu, Commissario?«

»Die Argumentation ist stimmig. Aber, Signora Simona, was genau wollen Sie eigentlich von mir?«

»Gerechtigkeit«, sagte Simona Minescu einfach. »Sowohl für das, was damals der Vater getan hat, als auch für das, was jetzt der Sohn getan hat.«

»Das wird schwierig sein und lange dauern. Aber wenn Sie mir dabei helfen, schaffen wir es bestimmt, verehrte Kollegin«, sagte Montalbano, erhob sich und verneigte sich tief.

## *»Liebster Salvo … « »Meine liebe Livia«*

Boccadasse, 2. Juli

Salvo, mein Liebling,

am Telefon konnte ich nicht sprechen, weil ich zu durcheinander war. Du hast hier in Boccadasse, als du mich einmal besuchtest, kurz meine Freundin Francesca gesehen. In Vigàta habe ich dir oft von ihr erzählt. Ich wünschte so sehr, du hättest sie richtig kennen gelernt; wenn du aus Vigàta kamst, lud ich sie jedes Mal zu mir ein, aber sie zog sich zurück, erfand Ausreden und schaffte es (abgesehen von dieser einen Gelegenheit), eine Begegnung mit dir zu vermeiden. Ich glaubte sogar, sie sei eifersüchtig auf dich. Das war ein dummer Irrtum. Nach einiger Zeit begriff ich, dass Francesca, wenn sie nicht nach Boccadasse kommen wollte, während du hier warst, dies aus Feingefühl, aus Diskretion nicht tat, sie fürchtete, uns zu stören.

Wie du vielleicht schon weißt, hatte ich Francesca vor Jahren im Büro kennen gelernt, sie arbeitete in der Rechtsabteilung, und wir waren schnell Freundinnen geworden, obwohl sie jünger war als ich. Dann war aus Freundschaft Zuneigung geworden. Sie war ein ganz besonders anständiger und großzügiger Mensch, in ihrer Freizeit war sie ehrenamtlich tätig. Nie sprach sie von einem Mann, der sie besonders interessiert hätte. Sie trank nicht, sie rauchte nicht, sie hatte keine Laster. Eben eine ganz normale junge Frau, ruhig, zufrieden mit ihrer Arbeit und ihrem Leben in der Familie. Sie war das einzige Kind und lebte bei den Eltern. Wie immer wollte sie den Urlaub mit ihnen verbringen. Um zwanzig Uhr sollten sie die Fähre nehmen.

Gestern stand Francesca wie üblich um acht Uhr dreißig auf, frühstückte und packte den Koffer für die Reise. Gegen halb elf verließ sie das Haus, ihrer Mutter sagte sie, sie wolle einen Badeanzug und andere Kleinigkeiten kaufen. Zum Mittagessen sei sie zurück. Sie nahm eine große Tasche mit, eine Art Beutel. Die Eltern warteten lange mit dem Essen auf sie. Dann machten sie sich allmählich Sorgen. Sie riefen verschiedene Leute an: Auch mich riefen sie an, aber Francesca und ich hatten uns am Dreißigsten nachmittags voneinander verabschiedet. Ich machte mir auch Sorgen, Francesca war nicht nur pünktlich und zuverlässig, sie hätte auch niemals etwas getan, was ihren Eltern Sorgen bereitete. Nach ein paar Stunden rief ich bei den Leonardis an. Francescas Mutter sagte weinend, sie hätten noch nichts gehört. Ich fuhr gleich zu ihnen. Als ich das Haus betrat, sprach mich die Pförtnerin an, die ganz verstört war. Neben ihr stand ein eleganter Mann um die vierzig, der sich als Kommissar der Mordkommission auswies. Glaub mir, ich bin fast in Ohnmacht gefallen. Sofort, noch bevor er sprach, wusste ich, dass Francesca etwas nicht Wiedergutzumachendes zugestoßen war. Er drückte mit einer warmherzigen Geste meinen Arm und sagte, Francesca sei tot. Er wollte gerade davon anfangen, dass es sich um ein Unglück handle, als ich ihn unterbrach: »Wenn es ein Unglück gewesen wäre, wären Sie nicht hier. War es eine Personenverwechslung, ein fataler Irrtum?« Es schien und scheint mir unmöglich, dass jemand sie absichtlich hatte töten wollen. Er sah mich aufmerksam an und breitete die Arme aus. »Hat sie gelitten?« Ich glaubte, er würde meinem Blick ausweichen, aber er sah mir fest in die Augen: »Ich fürchte, ja.« Ich hatte nicht den Mut, weitere Fragen zu stellen. Doch er sah mich weiter forschend an und fragte dann, beinah schüchtern: »Helfen Sie mir?« Im Aufzug stellte er mir noch eine Frage: »Und was machen Sie?« Er meinte natürlich beruflich. Und ich antwortete ganz unpassend, anstatt zu sagen, ich sei Angestellte, entschlüpfte mir dies: »Ich bin mit einem sizilianischen Kollegen von Ihnen liiert.« Daraufhin sagte er, er heiße Giorgio Ligorio. Ich erspare dir die Qualen von Francescas Eltern. Und meine. Ich wartete bei den Leonardis auf Francescas Onkel und Tanten und weitere Freunde, die mich ablösten. Die Sonne ging schon unter, als ich heimfuhr, um mich hinzulegen. Ab acht Uhr abends klingelte das Telefon, es waren Freunde, Arbeitskollegen, Bekannte, sie alle konnten es nicht glauben. Es quälte mich, dauernd von Francesca sprechen zu müssen. Ich wollte das Telefon schon ausstecken, als es erneut klingelte. Es war der Kommissar, den ich am Nachmittag kennen gelernt hatte (er hatte mich um meine Telefonnummer gebeten). Er wollte mit mir über Francesca reden, er hatte, während wir zusammen bei den armen Eltern waren, begriffen, wie tief unsere Freundschaft gewesen war. Trotz meines Zustands, den du dir vorstellen kannst, willigte ich ein, dass er mich besuchte. Die Polizei hat die Wege meiner unglücklichen Freundin rekonstruiert. Zuerst ging sie in eine Apotheke in der Nachbarschaft, um Augensalbe und einige andere Medikamente zu kaufen, dann fuhr sie mit dem Bus (sie hatte ein Auto, fuhr aber nicht gern) in die Innenstadt. Dort ging sie in ein Geschäft und kaufte einen Badeanzug. Sie wollte noch einen, in einer anderen Farbe, aber den gab es nicht mehr. So ging sie zu Fuß in ein zweites Geschäft, wo sie den gewünschten Badeanzug kaufte. All das konnte man anhand der Quittungen rekonstruieren, die man zusammen mit den Medikamenten und den Badeanzügen in ihrem Beutel fand. Alles war in dem Beutel: Papiere, Portemonnaie (mit etwa vierhunderttausend Lire), Lippenstift. Kurzum, der Mörder hat nichts an sich genommen, die Polizei schließt aus, dass es ein Dieb oder ein Drogensüchtiger auf der Suche nach Geld für Stoff war. Es hat auch keinen Vergewaltigungsversuch gegeben, ihre Unterwäsche war zwar voller Blutflecken, aber in Ordnung. Wie auch immer, die Obduktion wird die Details klären. Er wollte alles über Francescas Gewohnheiten, Interessen und Freundschaften wissen. Irgendwann merkte ich, dass ich über den Mord einiges noch nicht wusste und er auch nichts gesagt hatte. »Wo ist es passiert?« Er sagte, der Leichnam sei in der Toilette der privaten Abendschule »Thomas Mann« gefunden worden, die Francesca bis vor etwa zehn Tagen besucht hatte, um Deutsch zu lernen. Doch die Kurse waren seit dem Fünfundzwanzigsten letzten Monats zu Ende, und die Schule hatte wegen der Sommerferien schon geschlossen. Ligorio erklärte mir, Francesca habe die Schule (sie belegt die drei Stockwerke einer Villa in einem kleinen Park) betreten, weil sowohl Gartentor als auch Eingangstür offen standen, da Arbeiter mit Renovierungsarbeiten beschäftigt waren. Vom Verwaltungspersonal war niemand da, alle waren schon im Urlaub. Francesca muss kurz nach zwölf Uhr mittags an der Schule angekommen sein: Zu dem Zeitpunkt saßen die vier Arbeiter hinter der Villa in einem Pavillon und verzehrten ihre Mittagsmahlzeit. Deshalb konnten sie nicht sehen, wie Francesca das Haus betrat und zur Toilette im dritten Stock ging, wo sich die Büros, nicht die Schulräume befinden. Da fragte mich der Kommissar, ob Francesca sich mit jemandem in der Schule verabredet haben könnte, vielleicht mit einem Kollegen oder einer Kollegin aus ihrem Kurs. Ich antwortete, dass ich das nicht für wahrscheinlich hielte, auch weil ich von meiner Freundin wusste, dass das Institut geschlossen war. Doch da fiel mir etwas ein, und ich fragte, wie weit die Schule vom letzten Geschäft, in das Francesca gegangen war, entfernt sei. Er antwortete, nicht weiter als etwa hundert Meter. Ich genierte mich ein bisschen, aber ich erzählte Ligorio von einer eigenartigen Phobie Francescas: Es war ihr unmöglich, die Toilette eines Ortes zu benutzen, wenn sie an diesem Ort nicht vorher einige Tage lang immer wieder gewesen war. Sie konnte also in Bars, Restaurants oder Zügen nicht auf die Toilette gehen. All das, hat sie mir mal erzählt, war ihr schrecklich unangenehm, aber sie war eben so, sie konnte nichts dagegen tun. Ich äußerte die Vermutung, dass Francesca im Vorübergehen gesehen hat, dass das Gartentor des Instituts offen stand. Sie betrat die Schule, ging in den dritten Stock, wo die am wenigsten benutzte (und wegen der Sommerferien sowieso unbenutzte) Toilette ist, und begegnete dort ihrem Mörder. Ligorio zeigte sich beeindruckt von dieser Hypothese.

Nach einer Weile ist er wieder gegangen. Und ich fing an, dir diesen Brief zu schreiben, den ich jetzt unterbreche. Die Zeitungen dürften am Kiosk schon erhältlich sein. Mir ist sehr kalt, obwohl es zu dieser frühen Morgenstunde aussieht, als würde der Tag schön und wohl auch heiß werden. Bis nachher.
Lieber Salvo, es ist neun Uhr morgens, jetzt fühle ich mich ein wenig besser und kann weiterschreiben. Es ging mir sehr schlecht. Als ich die Zeitungen kaufte, konnte ich nicht anders, ich musste gleich am Kiosk hineinschauen. Ich war nicht imstande, den ersten Artikel zu Ende zu lesen. Der Verkäufer hat gesehen, wie ich schwankte, er kam heraus und gab mir seinen Stuhl. Die Details sind schrecklich. Nicht weniger als vierzigmal wurde brutal auf Francesca eingestochen, sie hat sich gewehrt, wie einige charakteristische Wunden an ihren Händen beweisen, sie muss geschrien haben, aber es war alles vergebens. Mehr mag ich nicht schreiben. Ich schicke dir den Brief und die Zeitungsausschnitte über einen Zustelldienst. Morgen wirst du alles haben. Ruf mich an.

In großer Liebe,

*Livia*

Vigàta, 5. Juli

Meine liebe Livia,

gestern Abend habe ich am Telefon aus deinen Worten geschlossen, dass durch die ersten Indiskretionen über die Obduktion das Bild des Ganzen in gewisser Weise nicht mehr so düster ist, auch wenn das Entsetzen unverändert bleibt. Sie wurde nicht vergewaltigt, und der Täter hatte höchstwahrscheinlich auch nicht die Absicht, das zu tun. Und die Tatsache, dass ihre Blase völlig leer war (entschuldige, dass ich so ins Detail gehen muss), stützt deine Vermutung: Als Francesca das Gartentor des Instituts unverhofft offen vorfand, ging sie in den dritten Stock des Hauses, denn sie wusste, dass es dort eine für sie akzeptable Toilette gab. Und hier hatte sie eine unvorhergesehene tödliche Begegnung. Ich habe im Fernsehen und in der Presse alle Meldungen über den Fall aufmerksam verfolgt. Du bittest mich nicht ausdrücklich darum, aber ich habe deinen Wunsch verstanden: Du möchtest, dass ich mich mit dem Verbrechen befasse. Vielleicht überschätzt du meine Fähigkeiten. Zu wissen, von wem und warum Francesca ermordet wurde, würde für dich bedeuten, etwas, das dir sinnlos und absurd und daher umso unerträglicher erscheint, in die beruhigenden Grenzen des »Begreifens« zu verschieben. Nur um dir dabei zu helfen, stelle ich einige allgemeine Überlegungen an: Verzeih die Kälte, verzeih die Worte, die ich benutzen werde: Die polizeiliche Ermittlung kann auf Verletzungen der Gefühle oder Verstöße gegen gutes Benehmen keinerlei Rücksicht nehmen. Gestern Abend sagtest du, dass mein Kollege Ligorio, der dich wiedersehen wollte, dich gefragt hat, ob du mir von dem Mord an Francesca geschrieben oder mit mir darüber gesprochen hast, und dass er, als du bejahtest, wissen wollte, wie ich darüber denke. Du sagst, du hättest aus seinen Worten etwas wie eine Bitte um Mitarbeit herausgehört. Oder dass ihm meine Mitarbeit zumindest nicht unangenehm wäre. Bist du sicher, dass du auf Ligorio nicht einen Wunsch überträgst, der allein dein Wunsch ist? Ich habe mich informiert: Mein Kollege ist jung, intelligent und fähig und wird zu Recht geschätzt. Wie auch immer, ich stehe dir mit dem Wenigen, das ich tun kann, zur Verfügung.

Etwa um zehn nach zwölf, als die vier Arbeiter, die in dem Haus beschäftigt sind, in ihrer Mittagspause, die um zwölf beginnt, im Pavillon sitzen, geht Francesca unbemerkt ins Haus, steigt die Treppen hinauf (soviel ich verstanden habe, gibt es keinen Aufzug), ohne jemandem zu begegnen, betritt die leere Damentoilette und schließt die Klotür hinter sich ab. Die Toilette besteht aus zwei Räumen: einem großen Vorraum mit Waschbecken und einem Warmluftgebläse zum Händetrocknen (ich habe die Bilder im Fernsehen gesehen) und der eigentlichen Toilette, die mit einer schmalen, von innen abschließbaren Tür versehen ist. Francesca bleibt nur so lang wie unbedingt notwendig im Klo (höchstens ein paar Minuten) und tut dann zwei Dinge *gleichzeitig*: Sie betätigt die Spülung und öffnet die Tür. Wenn sie gespült hätte, bevor sie die Tür öffnete, hätten ihr diese wenigen Sekunden möglicherweise das Leben gerettet. Denn, da bin ich fast sicher, so wie Francesca nicht weiß, dass inzwischen jemand in den Toilettenvorraum gekommen ist, weiß der Mörder (der noch nicht ahnt, dass er zum Mörder wird) nicht, dass dort drin jemand ist. Wenn er das Geräusch der Wasserspülung gehört hätte, wäre er vielleicht weggelaufen oder hätte den Vorraum gar nicht erst betreten. Stattdessen bleibt er einen Augenblick wie gelähmt stehen, als er aus dem Nichts jemanden auftauchen sieht. Und deine arme Freundin war gewiss nicht weniger überrascht.

Einige Journalisten stellten die Hypothese auf, ein Triebtäter sei Francesca zufällig auf der Straße begegnet, sei ihr gefolgt und habe die junge Frau, als sie sich verzweifelt wehrte, getötet. Abgesehen davon, dass es keinen Vergewaltigungsversuch gegeben hat (Slip und Büstenhalter weisen keine Risse, sondern nur Schnitte von dem Messer auf), ist diese Hypothese angesichts von Francescas rein zufälliger Wahl haltlos: Dass die Schule in jenen Tagen keine Kurse abhielt, wusste sie, doch ein Triebverbrecher konnte das nicht wissen. Er hätte, kaum im Haus, sein Opfer sofort angegriffen, ohne der Frau Zeit zu lassen, in den dritten Stock zu gehen, ohne geduldig zu warten, bis sie ihre Notdurft verrichtet hatte, und dann über sie herzufallen. Ach komm! In jedem Stock gab es leere Kursräume und Zimmer! Ein Triebtäter weiß, dass er wenig Zeit hat, es kann immer jemand kommen, und dann muss er von seinem Opfer ablassen. Nein, die Hypothese mit dem Triebtäter ist nicht haltbar. Meiner Ansicht nach ist der Täter jemand, den deine Freundin kannte und den sie bei etwas Verbotenem überrascht hat. Und das, wobei sie ihn gesehen hat (oder was er im Begriff war zu tun), hätte für ihn, wäre es bekannt geworden, einen unwiderruflichen Schaden bedeutet. Schau, Francesca wurden über vierzig Messerstiche zugefügt, sie hat Verletzungen an den Händen, die von dem Versuch herrühren, die Klinge abzuwehren, viele Stiche wurden ihr, wie man festgestellt hat, nach dem Tod beigebracht. Francesca muss verzweifelt geschrien haben, aber der Täter hat unerbittlich immer weiter auf sie eingestochen, als würde er sie hassen. Es ist die Typologie des Triebverbrechens, doch in unserem Fall stürzt sich der Täter aus einem anderen Trieb heraus wütend auf das Opfer und verstümmelt es: nämlich aus Hass gegen die Person, die ihn zwingt, zum Mörder zu werden. Noch mal: Die benutzte Waffe müsste, wie es heißt, ein etwa dreißig Zentimeter langes und knapp zwei Zentimeter breites Messer sein. Bei diesen Maßen denke ich eher an einen an beiden Schneiden geschliffenen Dolch als an ein richtiges Messer. Da das Verbrechen nicht in einem Wohnhaus stattfand, in dessen Küche man einen solchen Gegenstand hätte finden können, folgt daraus außerdem, dass der Täter die Waffe dabeihatte. Aber wenn Francesca nicht von einem Triebtäter getötet wurde (der eine solche Waffe bei sich tragen könnte, um sein Opfer, nachdem er es missbraucht hat, zum Schweigen zu bringen), was kann es dann in einer Schule so dolchähnliches geben? Ich weiß, was es sein kann, aber ich möchte, dass Ligorio von selbst zum gleichen Ergebnis kommt.

Noch eine Überlegung: Sicher sind die Kleider, die der Täter trug, voller Blutflecken. Die Bilder, die ich gesehen habe, zeigen überall Blut, an den Wänden und auf dem Fußboden. In diesem Zustand und zu dieser Uhrzeit hätte der Täter nicht unbemerkt durch die Straßen laufen können. Er musste sich notwendigerweise umziehen. Das hat er getan, und die beschmutzten Kleider hat er mitgenommen. Aber wenn wir diese Möglichkeit als gegeben annehmen, wo hat er sich dann umgezogen? Im Toilettenvorraum bestimmt nicht. In einem leeren Büro? Warum hat man dann im Flur keine Abdrücke von Schuhsohlen festgestellt, die sicher blutverschmiert waren? Oder hat man sie etwa festgestellt, und die Polizei wollte diesen wichtigen Punkt nicht bekannt geben?

Liebe Livia, im Augenblick enden meine Überlegungen hier. Wenn du es für richtig hältst, kannst du das alles Ligorio erzählen.
Ich wäre jetzt so gern mit dir zusammen. Aber du magst Francescas Eltern noch nicht allein lassen, und mich hält hier in Vigàta ein Fall fest, mit dem ich mich herumquäle und für den ich im Augenblick überhaupt noch keine Lösung sehe.
Es ist nun mal so – wir müssen Geduld haben, wie schon so oft.

In großer Liebe,

*Salvo*

Ich folge deinem Beispiel und schicke diesen Brief per Zustelldienst.

Boccadasse, 8. Juli

Liebster Salvo,

gestern Abend habe ich Giorgio Ligorio wiedergesehen. Ich habe ihm – *papale papale*, wie du das nennst, ganz offen – berichtet, was du mir geschrieben hast. Er schien darauf gewartet zu haben. Einige deiner Bemerkungen ließ er sich höchst interessiert wiederholen. Er bestätigt, was du vermutest, die Waffe ist an beiden Schneiden geschliffen, wie ein richtiger Dolch. Auch er ist der Ansicht, dass der Mörder gezwungen war, seine Kleidung zu wechseln. Aber wie hat er das gemacht? Wo hat er es gemacht? Wenn das Verbrechen rein zufällig geschehen ist, warum war der Täter dann mit Hemd, Jacke und Hose zum Wechseln unterwegs? Und wo hatte er die Tatwaffe her? Er hatte sie

dabei, natürlich. Wenn es wirklich so wäre, sagt Ligorio, dann hätten wir es mit einem vorsätzlichen Tötungsdelikt zu tun. Doch viele Fakten sprechen gegen diese These. Ich hatte den Eindruck, dass Ligorio noch lange nicht am Ziel ist. Zu deiner Frage nach eventuellen Abdrücken blutbefleckter Schuhsohlen: Ligorio erzählte, dass der Mörder nach der Tat den Boden des Flures sorgfältig gesäubert und dazu einen Lumpen und einen Eimer benutzt hat, die sichtbar neben der Toilettentür standen. Am frühen Morgen hatte der Hausmeister damit geputzt; wegen der Renovierungsarbeiten ist überall viel Staub. Doch trotz der Reinigung hat man genau da, wo der Boden und die Wand zusammenstoßen, den sehr undeutlichen Abdruck eines nackten Fußes gefunden. Der jedoch zur Toilette *hinzeigt*. Einer der Arbeiter hat ausgesagt, dass er an einem Tag ohne rechten Schuh gearbeitet hat, sein Fuß war geschwollen, weil ein Eisenteil darauf gefallen war. Seine Kollegen bestätigten den Zwischenfall. Aber alle vier Arbeiter versichern, sie hätten nie einen Grund gehabt, die Damentoilette zu betreten. Sie benutzen die Herrentoilette, die sich an dem Abschnitt des Flures befindet, in dem sie arbeiten.
Damit du dir die Situation besser vorstellen kannst: Der Flur im dritten Stock, an dem die Büros, die Bibliothek und die beiden Toiletten liegen, hat exakt die Form eines großen »L«. Die Damentoilette betritt man durch die letzte Tür des längeren Abschnitts, die Herrentoilette durch die letzte Tür des kürzeren Abschnitts. Hier sind die Arbeiter zugange (sie reißen zwei Zwischenwände ein, um einen großen Raum zu schaffen). Du musst dir vorstellen, dass die Treppe zu diesem Stockwerk in der Mitte des längeren

Flurabschnitts liegt. Deshalb hätten die Arbeiter, auch wenn sie bei der Arbeit gewesen wären, Francesca trotzdem nicht sehen können, aber in diesem Fall hätten sie sicher ihre Schreie gehört, auch weil sie keine Geräte benutzen, die großen Lärm machen.
Ligorio hat mir, in allen Details, auch erklärt, wie das Verbrechen entdeckt wurde. Ganz und gar zufällig. Wenn sich dieser Zufall nicht ereignet hätte, wäre die arme Francesca wer weiß wie lange an diesem schrecklichen Ort liegen geblieben, vielleicht bis die Büros Ende August wieder besetzt gewesen wären (die Kurse beginnen erst im Oktober). Bevor der Mörder den Tatort verließ, hat er sich hektisch die Hände gewaschen, wobei viel Wasser auf den Boden gespritzt ist, denn in unmittelbarer Nähe des Waschbeckens sind Blut und Wasser vermischt. Aber er hat vergessen, den Hahn zuzudrehen. Der Hausmeister, der weiterhin im Dienst ist, weil er die Schule morgens um sieben öffnen und um achtzehn Uhr, wenn die Arbeiter gegangen sind, schließen muss, kam schon früher, um fünfzehn Uhr dreißig. Er wollte dem Vorarbeiter die Schlüssel bringen und ihm Bescheid sagen, dass er die Schule abends nicht schließen und am folgenden Morgen nicht öffnen könne, weil seine Frau ins Krankenhaus musste. Als der Hausmeister oben an der Treppe im dritten Stock ankam, hörte er deutlich, dass am Waschbecken der Damentoilette das Wasser lief. Da er am Morgen den Putzeimer gefüllt hatte, glaubte er, er selbst habe vergessen, ihn zuzudrehen. Er ging hinein, sah Francescas Leichnam und fing an zu schreien, unfähig, einen Schritt zu tun. Die Arbeiter liefen sofort herbei. Einer von ihnen

rammte die Tür des Direktors, die abgeschlossen war, mit der Schulter ein und rief die Polizei an.

Ich habe dir alles berichtet, was dein Kollege mir erzählt hat, der, wie ich finde, liebenswürdig und sehr, sehr gescheit ist. Er ist in meinem Alter.

Bitte denk weiter über dieses Verbrechen nach, das mich so verzweifelt macht.

Francescas Mamma geht es sehr schlecht, sie braucht ständige Betreuung: Abends kommt eine Krankenschwester und löst mich ab. Ihr Vater ist wie betäubt: Er macht weiterhin seine Sachen, als wäre nichts geschehen, aber er bewegt sich sehr merkwürdig, ganz langsam.

Es tut mir Leid, dass unser lang geplanter Urlaub ein solches Ende nimmt. Aber du kannst ja auch nicht fort. Sei's drum.

Ich rufe dich heute Abend an.

Ich küsse dich, in Liebe

*Livia*

Kannst du denn wirklich nicht kommen? Nicht mal für einen Tag? Ich vermisse dich.

Vigàta, 10. Juli

Meine liebe Livia,

ich glaube, ich habe jetzt ein klares Bild dessen, was geschehen ist.

Das Problem war, dass ich mich zu lange von einem vermeintlichen Problem ablenken ließ: Wie kann der Täter in auffallend blutbefleckten Kleidern herumgelaufen sein, ohne dass ihn jemand bemerkt hat? Alle tragen bei dieser glühenden Hitze helle, leichte Kleidung; es ist auch unvorstellbar, dass der Täter einen Regenmantel anhatte, mit dem er seine beschmutzte Kleidung teilweise verhüllt hätte.

Was mich auf die richtige Spur gebracht hat, war der halb verwischte Abdruck des nackten Fußes, der zur Toilette *hinzeigt.* Wenn Ligorio hierzu die Arbeiter befragt hat, dann handelte es sich eindeutig um den Fuß eines Mannes.

Hinzu kommt der Faktor Zeit. Der Mann tötet Francesca, wozu er ein paar Minuten braucht, wäscht sich (nicht nur die Hände, wie ich gleich noch schreiben werde) und säubert dann sorgfältig den Flur. Außerdem kümmert ihn das verzweifelte Schreien des Opfers nicht besonders. Warum fand er es nur notwendig, den Flur zu putzen, nicht aber den Toilettenvorraum? Meines Erachtens nicht so sehr, um die Spuren seiner Schritte zu verwischen, sondern vielmehr, um es den Ermittlern unmöglich zu machen, den Weg dieser Spuren zurückzuverfolgen. Wenn diese meine Vermutung stimmt, dann können die Spuren nur von der Toilette in eines der Büros führen, die an dem Flur liegen.

Also ist der Täter ein Angestellter des Instituts, der genau weiß, wie lange die Mittagspause der Arbeiter dauert. Er weiß, dass er eine Stunde Zeit hat, um ungestört zu handeln.

Aber warum hat er getötet?

Ein Versuch. Ein Angestellter profitiert von der Mittagspause, um heimlich einen Mann zu treffen, mit dem er ein Verhältnis hat. Wohlgemerkt einen Mann, keine Frau: Der Fußabdruck im Flur stammt von einem Mann. An diesem verfluchten Tag empfängt der Institutsangestellte seinen Freund. Das hat er früher sicher auch schon getan, und es ist bis zu diesem Zeitpunkt immer glatt gegangen. Es ist sehr heiß, sie schließen sich im Büro ein und ziehen sich aus. Plötzlich muss zwischen den beiden etwas stattgefunden haben (ein Streit? ein erotisches Spiel?), infolge dessen der Freund die Tür des Büros öffnet und nackt auf dem Flur Richtung Damentoilette rennt. Der Angestellte, ebenfalls völlig nackt, verfolgt ihn mit einem Brieföffner (dem Dolch) in der Hand. Als die beiden im Toilettenvorraum sind, taucht überraschend Francesca auf. Deine Freundin kennt den Angestellten bestimmt und ist vor Überraschung wie gelähmt. Es dauert nur einen Augenblick: Vor Entsetzen darüber, dass er entdeckt wurde (anscheinend hielt er seine Homosexualität streng geheim, einer bürgerlichen Vorstellung von »Anstand« folgend), verliert der Angestellte buchstäblich den Verstand und geht reflexartig auf Francesca los. Der Freund rennt inzwischen hinaus, läuft zurück ins Büro und flüchtet. Der Angestellte sticht immer weiter auf sein Opfer ein, Francesca schreit, aber der Mann weiß, dass niemand sie hören kann. Als sein Hass erschöpft ist, wäscht er sich sorgfältig von Kopf bis Fuß (daher das viele Wasser außerhalb des Waschbeckens), läuft den Flur entlang zurück ins Büro und zieht sich an.

Hier lag unser Irrtum: in der Annahme, der Täter habe seine Kleidung gewechselt.

Als er angezogen ist, beseitigt er die Spuren im Flur, verlässt in aller Ruhe die Schule und verschwindet auf Nimmerwiedersehen.

Ist es möglich, dass Ligorio nicht zu dem gleichen Ergebnis gekommen ist wie ich? Oder wollte er es nur von mir bestätigt wissen?
Entschuldige, Liebling, wenn mein Brief so kurz angebunden und bürokratisch klingt. Aber dieser verflixte Fall hier raubt mir meine ganze Zeit.
Wie gern wäre ich bei dir in Boccadasse und hielte dich im Arm. Wie geht es Francescas Eltern?
Es ist ein Uhr nachts, ich sitze auf der Veranda, der Mond scheint, und das Meer ist spiegelglatt. Ich glaube, ich gehe noch baden.

Ich küsse dich, in Liebe
*Salvo*

Boccadasse, 13. Juli
Liebster Salvo,
wie du bestimmt schon aus dem Fernsehen und der Zeitung weißt, hast du ins Schwarze getroffen. Giorgio war mittlerweile zu dem gleichen Ergebnis gekommen wie du. Der Mörder ist Giovanni De Paulis, Verwaltungsdirektor des Instituts. Über jeden Verdacht erhaben, pedantisch, autoritär. Jetzt erinnere ich mich: Francesca sagte, dass er mit Spitznamen »der strenge Giovanni« heißt. Sein Partner an diesem tragischen Tag war ein in der Szene bekannter junger Mann. Er ist untergetaucht, aber Giorgio meint, es sei eine Frage von Stunden, bis sie ihn haben.
Ich bin sehr traurig, mein lieber Salvo, sehr traurig, weil meine Freundin von der Hand eines Idioten und im Zusammenhang mit einer so widerwärtigen Geschichte gestorben ist. Übrigens war Francesca bekannt für ihre äu-

ßerste Diskretion, nie hätte sie ein Wort über die sexuelle Neigung des Verwaltungsdirektors verloren. Francescas Mamma geht es ein wenig besser.
Doch spüre jetzt ich die Spannung dieser schrecklichen Tage.
Zum Glück hat Giorgio sich um mich gekümmert und alles versucht, mir diese Zeit leichter zu machen.
Kannst du wirklich nicht kommen?

Ich küsse und ich liebe dich

*Livia*

*Giorgio? Wie bitte, sie nennt ihn Giorgio?! Bis vorgestern war er Commissario Ligorio, und jetzt duzt sie ihn? Scheiße! Und was soll das heißen, dass er sie tröstet?*

HABE DICH TELEFONISCH NICHT ERREICHT
HABE HIESIGEN FALL BRILLANT GELÖST
BIN MORGEN 14 UHR AM FLUGHAFEN GENUA
KÜSSE
SALVO

## *Manzoni auf Sizilianisch*

»Dottori, alle Ehen sind geplatzt!«, rief Catarellas aufgeregte Stimme am Telefon.

Montalbano sah benommen auf den Wecker, es war sieben Uhr morgens. Er hatte eine Nacht voller schrecklicher Albträume hinter sich (unter anderem wurde er in einer Art hausgemachtem *Star Trek* zum Chef der interplanetarischen Polizei befördert), nachdem er am Abend vorher hemmungslos gefüllte Sardinen gefuttert hatte, und daher konnte man nicht behaupten, dass er in Hochform war. Er hatte nichts verstanden von dem, was Catarella gesagt hatte, und der war verunsichert, weil sein Chef schwieg.

»Dottori, was ist, sind Sie weg?«

»Nein, Catarè, ich bin da. Drück dich ein bisschen klarer aus.«

»Noch klarer? Wenn Sie wollen, sag ich jedes Wort noch mal: Alle Ehen …«

»Schon gut, Catarè. Ruf Dottor Augello oder Fazio an, und erzähl es denen. Wir sehen uns später.«

Er legte auf, aber mit Schlafen war es endgültig vorbei. Er stand auf und sah aus dem Fenster. Ein schöner Tag, wie sich's gehörte. Er schlüpfte in die Badehose, verließ das Haus über die Veranda, schlenderte über den Strand und ging ins Wasser. Er fiel fast in Ohnmacht, es war eiskalt. Aber es machte seinen Kopf klar.

Gegen Mittag fiel ihm Catarellas rätselhafter Anruf wieder ein, und er wurde neugierig. Er rief Mimì Augello zu sich.
»Mimì, weißt du was von Ehen, die den Bach runtergehen?«
»Wieso, du etwa nicht? Es vergeht doch kein Tag, ohne dass sich ein Paar, das wir kennen, trennt. Erinnerst du dich an...«
»Mimì, das meine ich nicht. Weißt du, warum Catarella mich heute Morgen angerufen hat? Ich hab kein Wort verstanden.«
»Mit mir hat Catarella nicht geredet. Ich schick dir Fazio.«
»Fazio, hat Catarella dich heute Morgen zufällig angerufen?«
»*Sissi*, Dottore. Eine Bagatelle.«
»Daran hatte ich keinen Zweifel. Erzähl.«
»Als Signor Crisafulli, der im Einwohnermeldeamt arbeitet, heute früh vom Einkaufen nach Hause kam, hat er gesehen, dass der Schaukasten neben dem Eingang zum Rathaus weg war.«
»Ja und? Wahrscheinlich hat ihn irgendein Angestellter abgenommen.«
»*Nonsi*, Dottore, es geht um den Schaukasten mit den Aufgeboten. Die müssen für die gesetzlich vorgeschriebene Zeitdauer durchgehend angeschlagen sein, Tag und Nacht.«
»Erklär mir das.«
»Dottore, wenn zwei heiraten wollen, gehen sie ins Rat-

haus, und der Standesbeamte stellt eine Art Dokument aus, das man Aufgebot nennt, und hängt es in den Schaukasten. So weiß jeder von der Trauung, und wenn etwas dagegenspricht, kann man das rechtzeitig sagen. Wenn das Aufgebot nicht so lange aushängt, wie es vorgeschrieben ist, kann die Trauung nicht am festgesetzten Datum stattfinden. Der Schein muss noch mal geschrieben werden, aber dazu ist eine richterliche Genehmigung nötig.«

»Ich verstehe. Vielleicht. Aber warum hast du gesagt, es sei eine Bagatelle?«

»Weil es das im Grunde ist. Schlimmstenfalls gibt es eine Verzögerung, man muss ein neues Datum festsetzen, die Einladungen noch mal schreiben… Sehr lästig, aber kein großer Schaden. Dottore, das war ein blöder Streich von irgendeinem Kerl, der sich zugekifft hat.«

Auf dem Weg zur Trattoria San Calogero musste Montalbano am Rathaus vorbei, einem Gebäude, das eine Art Portikus mit acht Säulen hatte. Er warf einen Blick auf den Eingang und sah neben der Tür einen Schaukasten, in dem mehrere Anschläge hingen. Er trat näher, um einen zu lesen, und in diesem Moment kam Signor Crisafulli heraus, der Mittagspause hatte und nach Hause gehen wollte. Sie kannten sich.

»Alles in Ordnung?«, fragte Montalbano und wies auf den Schaukasten.

»Ja, Commissario. Ich war gleich in Montelusa, und der Richter hat sofort die Genehmigung erteilt, die Duplikate auszuhängen. Zum Glück waren es nur neun Aufgebote, jetzt ist nicht mehr die Zeit zum Heiraten, es fängt an, heiß zu werden.«

»Sagen Sie, wollten diese neun Paare denn alle am selben Tag heiraten?«

»Aber nein! Jedes Aufgebot hat ein eigenes Datum und läuft somit an einem anderen Tag ab.«

»Eine letzte Frage, dann können Sie zum Essen gehen. Wenn der Richter die Zweitausfertigungen nicht sofort genehmigt hätte, was wäre dann passiert?«

»Dann hätten wir die Brautpaare noch mal einbestellen und die Aufgebote erneuern müssen. Eine Verzögerung von mindestens einer Woche.«

Tags darauf ging der Commissario noch mal denselben Weg, um in der Trattoria zu essen, seine Haushälterin Adelina hatte Grippe und konnte ihm deshalb keine vorbereiteten Mahlzeiten in den Kühlschrank oder den Ofen stellen. Im Vorbeigehen warf er einen Blick unter den Portikus des Rathauses, der Schaukasten war da, niemand hatte ihn während der Nacht angerührt. Er glaubte jetzt auch, dass Fazio Recht hatte: ein blöder Streich von irgendwelchen Kerlen, die sich besoffen und zugekifft hatten.

Zwei Stunden später musste er seine Meinung revidieren, als Galluzzo zu ihm ins Büro kam und ihn privat sprechen wollte.

»Es geht um meinen Neffen.«

Galluzzos Frau liebte diesen Neffen, den sechzehnjährigen Giovanni, heiß und innig, der nichts anderes im Kopf hatte, als mit seinen Freunden mit dem Mofa herumzufahren, zu kiffen und dann stundenlang auf der Straße herumzuhängen. Galluzzo konnte ihn, im Gegensatz zu seiner Frau, nicht ausstehen.

»Hat er was angestellt?«, fragte Montalbano.

»*Nonsi*, Dottore, nein. Aber er hat mir was Merkwürdiges erzählt. Heute hat sich der junge Mann dazu herabgelassen, bei seiner Tante zu speisen, die ihm bei jeder Gelegenheit einen Fünfzigtausender zusteckt. Ich erzählte meiner Frau gerade die Geschichte mit dem Schaukasten und sagte, meiner Meinung nach hätten die Kumpels von Giovanni diesen Unsinn angestellt, da sagte er, es wäre nicht so gewesen. ›Wie denn dann?‹, fragte ich. Da hat er erzählt, dass er vorgestern Nacht als Letzter von der Piazza vor dem Rathaus weggefahren ist. Ungefähr um zwei Uhr. Er war mit dem Mofa schon zu Hause angekommen, als ihm einfiel, dass er seine Zigaretten auf der Bank liegen gelassen hatte. Er ist noch mal hingefahren. Da hat er einen gesehen, der den Schaukasten gerade abgenommen hatte und in ein Auto legen wollte.«

»Einen?«

»*Sissignore*, einen. Einen dicken Mann, um die fünfzig. Er hat sich ins Auto gesetzt und ist weggefahren.«

»Hat er das Kennzeichen gesehen?«

»Er kann sich nicht daran erinnern.«

»Warum hat er mir die Geschichte nicht selber erzählt?«

»Lassen wir das«, sagte Galluzzo.

Er seufzte, machte eine Pause und fügte dann hinzu: »Eines Tages wird er schon noch ins Kommissariat kommen. In Handschellen.«

Also: Wenn ein fünfzigjähriger Mann den Schaukasten stiehlt, dann hat er seine Gründe dafür, dann ist ihm das nicht plötzlich eingefallen.

»Galluzzo, du musst mir einen Gefallen tun. Lass dir in meinem Namen von Signor Crisafulli neun Blankoformulare geben und schreib die Aufgebote im Aushang ganz genau ab.«

Nach zwei Stunden geduldiger Arbeit hatte Montalbano eine Art Übersicht über die Aufgebote zusammengestellt, die Galluzzo ihm gebracht hatte.

Gaetano Palminteri, fünfzig Jahre alt, wollte, in zweiter Ehe, weil verwitwet, die neunzehnjährige Teresa Gamberotto vor den Traualtar führen (»dem sind die Hörner sicher«); Gerlando Cascio, dreißig, wollte die Deutsche Ulrike Roth, achtundzwanzig, heiraten (»anstatt dass er als Emigrant Geld nach Hause bringt, hat er lieber eine ausländische Ehefrau mitgebracht«); Alfonso Serraìno, zweiunddreißig, und Filippa Di Stefano, vierzig und verwitwet (»die hat Angst, allein ins Bett zu gehen«); Matteo Interdonato, siebenundsechzig, und Marianna Costa, fünfundsechzig (»siehst du, das Herz altert eben nicht!«); Stefano Capodicasa, dreißig, und Virginia Umile, achtundzwanzig (»*Virginia Umile* und *Capodicasa* – wie soll man ohne eine jungfräuliche und demütige Ehefrau auch Hausvorstand sein können?«); Còsimo Pillitteri, fünfundvierzig, Witwer, und Agatina Tuttolomondo, fünfundvierzig (»er ist verwitwet und will wieder heiraten, vielleicht der Kinder wegen«); Salvatore Lumìa, dreißig, und Djalma Driss, Tunesierin, achtundzwanzig (»macht einen Haufen Kinder, dann hört dieser blöde Rassismus auf«); Alberto Cacòpardo, neunundzwanzig, mit Giovanna La Rosa, fünfundzwanzig (»nichts dagegen einzuwenden«); Davide Cimarosa, dreißig, mit Donatella Golìa (»wie bitte? Anstatt Goliath umzubringen, heiratet David ihn?«).

Die Liste war fertig, und der Commissario schämte sich, dass er die Trauungen mit so bescheuerten Kommentaren bedacht hatte. Zwei Fälle in dieser Liste fielen auf: der des fünfzigjährigen Palminteri, der eine einunddreißig Jahre jüngere Frau heiratete, und der Fall der Witwe Di Stefano, die sich einen acht Jahre jüngeren Mann nahm.

»Meine Güte, Salvo, bist du verknöchert!«, platzte Mimì Augello heraus, als Montalbano ihm das Ergebnis der Untersuchung mitteilte. »Wer sagt denn, dass eine Ehe zwischen einem Mann und einer Frau mit einem gewissen Altersunterschied unbedingt schief gehen muss oder dass sich wer weiß was dahinter verbirgt? Und warum nimmst du diese Geschichte mit dem Schaukasten überhaupt so wichtig?«

»Weil ein Erwachsener ihn nicht ohne ein bestimmtes Motiv verschwinden lässt.«

»Schon, aber Signor Crisafulli hat dir doch erklärt, dass das im Grunde keine wirklichen Konsequenzen hat!«

»Du musst die Sache aus einem anderen Blickwinkel sehen, Mimì. Wer den Schaukasten hat verschwinden lassen, wollte damit meines Erachtens etwas signalisieren.«

»Allen neun Brautpaaren?«

»Nein, nur einem. Oder auch nur ihm oder nur ihr. Aber wenn er die Glasscheibe eingeschlagen und das einzige Aufgebot mitgenommen hätte, um das es ihm ging, wäre es für uns einfacher gewesen, sein Motiv festzustellen, als hätte er seine Visitenkarte dagelassen. Also musste er den ganzen Schaukasten mitnehmen.«

»Und was wollte er damit signalisieren?«
»Es ist die sizilianische Übersetzung eines Satzes aus Manzonis *Promessi Sposi, Die Brautleute*. Hast du das Buch mal gelesen?«
»In der Schule, das hat mir gereicht«, sagte Mimì und sah ihn begriffsstutzig an. »Welcher Satz soll das denn sein?«
»Diese Trauung wird nicht stattfinden.«

Aber welche der neun? Das war der Haken. Einfach um eine Logik in seine Nachforschungen zu bringen, beschloss er, sich nach der chronologischen Reihenfolge der Termine zu richten, also bei den Trauungen zu beginnen, die unmittelbar gefährdet waren, falls überhaupt eine Gefahr bestand.
Er rief Fazio, Gallo und Galluzzo zu sich.
»Ihr habt vier Tage Zeit. Dann will ich alles über diese ersten sechs Personen wissen, die heiraten wollen.«
Er gab ihnen die Aufgebote.
»Jeder nimmt sich ein Brautpaar vor. Sucht es euch selber aus.«
»Aber was genau wollen Sie denn wissen?«, fragte Fazio im Namen der anderen.
»Wer sie sind. Ob sie irgendwie schon mal auffällig geworden sind. Warum sie heiraten. Was man in der Stadt über jeden Einzelnen von ihnen und die Hochzeit sagt. Ich will alles wissen, auch Tratsch, auch ob sie Scharlach hatten.«
Als Mimì Augello das hörte, grinste er spöttisch.
Aha, dachte er, er will also wissen, aus welchem Grund jemand heiratet. Dann schafft er das mit Livia vielleicht auch noch.
Aber er hütete sich, es Montalbano zu sagen.

Vier Tage darauf war Galluzzo der Erste, der ihm das Ergebnis seiner Nachforschungen mitteilte.
»Lieber Dottore, was soll ich Ihnen sagen? Mir kommt das ganz normal vor. Überall ist zu hören, dass dieser Còsimo Pillitteri ein sehr anständiger Mann ist. Er verkauft Fisch auf dem Markt, vor zwei Jahren wurde er Witwer, seine Frau ist an einem Tumor gestorben. Er hat zwei Söhne, einer ist zehn, der andere acht, und er kann sich nicht um sie kümmern … Deshalb heiratet er Agatina Tuttolomondo, sie ist Hausfrau und war mit seiner Frau befreundet. Ich finde daran nichts merkwürdig.«
Das hatte sich der Commissario schon gedacht, als er die Liste mit den Brautpaaren aufstellte. Und er beglückwünschte sich zu seiner Intuition. Doch Fazios Bericht widerlegte seine bissigen Unterstellungen.
»Diese Filippa Di Stefano, Witwe und vierzig Jahre alt, heiratet zwar den acht Jahre jüngeren Alfonso Serraìno. Aber es ist nicht so, wie man im ersten Augenblick denkt, Commissario.«
»Was dachtest du denn?«
»Die reiche Witwe, die sich einen jungen Mann angelt.«
»Und wie ist es dann?«
»Commissario, Alfonso Serraìno ist seit einem Autounfall vor etwa zehn Jahren gelähmt, er ist an den Rollstuhl gefesselt. Seine Mutter hat ihn gepflegt, aber jetzt ist die Mutter …«
»Schon gut«, sagte Montalbano und bat die Witwe Di Stefano im Stillen um Verzeihung.
Auch Gallo widerlegte seine Unterstellungen.
»Gerlando Cascio arbeitet seit acht Jahren in Düsseldorf,

er ist Kellner in einem Restaurant, und dort hat er Ulrike Roth kennen gelernt, die er jetzt heiratet. Nach der Trauung wollen sie nach Deutschland zurück, und sie nehmen auch Calogero und Umberto mit, zwei Brüder von Gerlando. Sie werden alle in der Restaurantkette arbeiten, die Ulrike Roth gehört.«

Als er schlafen ging, war er fast so weit, die Geschichte mit den Aufgeboten sein zu lassen. Manchmal, wenn er sich in etwas festbiss, hatte er einen schlimmeren Dickschädel als ein Kalabrese. Es war wohl doch, was Fazio gesagt hatte: ein Scherz. Und wenn es kein Junge, sondern ein erwachsener Mann war, was soll's. Vielleicht hatte er irgendeine blöde Wette geschlossen. Er schlief gut, und als morgens um halb acht das Telefon klingelte, war er schon fertig, um das Haus zu verlassen.
»*Pronti? Pronti! Dottori! Pronti!* Jemand hat auf die Hochzeitszettel geschossen!«

Signora Assunta Pezzino, deren Schlafzimmer direkt gegenüber dem Rathaus lag, erklärte:
»Das ist zum Verrücktwerden! Zum Verrücktwerden! Diese Lümmel amüsieren sich und lachen bis zwei Uhr nachts! Und ich kann nicht schlafen! Wenn sie mit ihren Motorrädern und Mofas kommen und wieder wegfahren, machen sie einen Höllenlärm! Gestern Nacht wurde es um zwei endlich ruhig, und ich bin eingenickt. Keine halbe Stunde später bin ich von einem Bremsgeräusch wieder aufgewacht. Und gleich darauf ein Schuss. Dann hab ich gehört, wie das Auto mit quietschenden Reifen wieder los-

gefahren ist. So was geht doch nicht! Dass man die ganze Nacht kein Auge zutut! Kann man denn gar nichts machen, damit diese Lümmel hinter Schloss und Riegel kommen?«

Das Geschoss hatte die Glasscheibe des Schaukastens zertrümmert, hatte den Kasten durchbohrt und war tief in der Mauer stecken geblieben.

»Glück gehabt«, sagte Signor Crisafulli. »Der Schuss hat kein einziges Aufgebot richtig getroffen. Er hat bei einem den oberen Rand angesengt, an einer Stelle, wo es nichts ausmacht.«

»Glauben Sie an einen Scherz?«

»Nein«, sagte Signor Crisafulli.

Eines war sicher: Mit dem Schuss hatte der Unbekannte den Sinn seiner Manzoni-Übersetzung noch deutlicher gemacht.

»Matteo Interdonato hatte sich in Marianna Costa verliebt, als er noch keine neunzehn war. Auch die siebzehnjährige Marianna, die aus einer wohlhabenden Familie stammte, verlor ihr Herz an Matteo, der hoch gewachsen und dunkel war und Augen wie der Teufel hatte. Aber er war das Kind armer Leute, seine Mutter verdiente sich ihr Brot mit Putzen, und der Vater war Straßenkehrer.

›Niemals!‹, sagten Mariannas Eltern.

Um richtig deutlich zu machen, wie sehr sie dagegen waren, trat Mariannas zwanzigjähriger Bruder, ein Schrank von einem Mann namens Antonio, Matteo eines Abends in den Weg und brach ihm sämtliche Knochen. Dann nahmen sie das Mädchen und schickten es nach Palermo in ein Internat.

Am Sonntag gingen die Mädchen immer in Zweierreihen spazieren. Einmal im Monat nahm Matteo, wenn er das Geld für die Reise zusammengekratzt hatte, den Zug, fuhr nach Palermo und wartete dort, und wenn Marianna mit ihren Schulkameradinnen vorbeikam, sahen sie sich an. Man weiß nicht wie, aber die Geschichte kam Antonio zu Ohren. Und eines Sonntags, während Marianna und Matteo sich ansahen, stand plötzlich Antonio da und versuchte, Matteo noch mal die Knochen zu brechen, was ihm aber nur zum Teil gelang, denn diesmal schlug Matteo zurück und kratzte ihm ein Auge aus. Die Sache wurde unter den Teppich gekehrt und Marianna zu einer Tante nach Rom geschickt. Die ganzen Jahre über schlug sie die besten Partien aus, und auch Matteo wollte nicht heiraten. Vor zehn Jahren starben Mariannas Vater und Mutter, aber sie wollte nicht nach Vigàta zurück, sie hasste ihren Bruder Antonio. Sie kam erst letztes Jahr zurück, um ihren Matteo endlich zu heiraten.«

An dieser Stelle unterbrach der Commissario Fazios Bericht.

»Verlier keine Zeit, und bring sofort Antonio Costa her, Mariannas Bruder. Erkundige dich, wo er wohnt.«

»Ich weiß, wo er wohnt. Auf dem Friedhof, seit anderthalb Jahren. Deswegen können die beiden ja jetzt heiraten.«

»Commissario, was soll ich Ihnen sagen? Das Paar ist wirklich zum Lachen!«

»Hast du die beiden gesehen? Wie hast du das gemacht?«

»Ganz einfach, Dottore«, antwortete Galluzzo. »Er verkauft Blumen und sie Obst und Gemüse. Sie haben ihre Stände nebeneinander auf dem alten Markt. Sie kennen sich von klein auf. Niemand will ihnen was Böses. Ganz im Gegenteil.«

»Warum sagst du, dass das Paar zum Lachen ist?«

»Sie ist ein Koloss, sie hat Arme wie Schinken und versteht keinen Spaß. Er ist winzig, wohlerzogen, gepflegt und freundlich. Und dabei heißt sie Virginia Umile und er Capodicasa, die demütige Jungfrau und der Hausvorstand! Die wird ein strenges Regiment führen!«

»Gut. Und wo ist Gallo? Den habe ich seit gestern nicht mehr gesehen.«

»Verdammt! Das hab ich ganz vergessen!«, rief Fazio und schlug sich auf die Stirn. »Der hat seit gestern diese blöde Grippe, die gerade umgeht.«

Ungeduldig rief Montalbano ihn an.

»Cobbissario«, sagte Gallo mit Grabesstimme. »Tschuldigung, aber ich ab's nicht geschafft. Aber ich ab erfahren, dass Salvatore Lubìa Betzger ist, er at seinen Laden in der Salita Piradello. Er bohnt in der Bia Libertà achtzehn bei seinem Bruder Fradcesco, auch Betzger, aber der at seinen Laden am Hafen. Die Tunesierin lebt seit einem alben Jahr bei ihnen.«

»Wo hat sie vorher gewohnt?«

»In Palerbo, at man mir gesagt.«

Er fuhr selbst zu der Metzgerei in der Via Pirandello und fand sie geschlossen vor. Er kehrte um, fuhr noch mal quer durch Vigàta und fand in einer schmalen Straße, die zum Hafenkai führte, die andere Metzgerei, die des Bruders. Er wartete, bis der einzige Kunde hinausgegangen war, und trat dann ein.

»Guten Tag. Ich bin Commissario Montalbano.«
»Ich kenne Sie. Was wollen Sie?«
Man musste ehrlicherweise sagen, dass Francesco Lumìa weder auf den ersten noch auf den zweiten Blick sympathisch wirkte. Groß, sommersprossig, rote Haare, mürrische Art.
»Ich wollte mit Ihrem Bruder sprechen, aber die Metzgerei ist geschlossen.«
»Er hat ab und zu furchtbare Kopfschmerzen. Heute ist so ein Tag. Er ist zu Hause. Aber Sie brauchen nicht hinzufahren, Sie können es auch mir sagen.«
»Na ja, schließlich ist es Ihr Bruder, der heiraten will.«
Ihm war spontan danach, mit offenen Karten zu spielen. Der andere sah ihn scheel an und spielte dabei mit einem sechzig Zentimeter langen Fleischermesser, das den Commissario etwas nervös machte.
»Haben Sie was gegen die Heirat meines Bruders Salvatore?«
»Ich? Herzlichen Glückwunsch und viele Söhne.«
»Was geht Sie das dann an?«
»Mich gar nichts. Aber jemand anderen vielleicht.«
»Meinen Sie diesen Quatsch mit dem Schaukasten?«
»Genau.«
»Und woher wollen Sie wissen, dass die Warnung meinem Bruder gilt?«
Sieh an: Signor Francesco Lumìa hatte den Sinn der Manzoni-Übersetzung genau erfasst.
»Nicht nur Ihrem Bruder. Ich informiere mich über alle neun Trauungen, die in dem Schaukasten angekündigt sind.«

»Commissario, *in prìmisi* glaube ich immer noch, dass das ein dämlicher Streich ist, und *in secundisi* braucht sich über Salvatores Heirat niemand aufzuregen.«

Und da verbuchte Montalbano den ersten Punkt zugunsten der Ermittlung: Francesco Lumìa war kein guter Schauspieler, sein Benehmen hinter diesen scheinbar sicheren Worten verriet eine gewisse Unruhe.

»Ich danke Ihnen, aber ich möchte lieber mit Ihrem Bruder sprechen.«

»Wie Sie wollen.«

Er klingelte an der Sprechanlage, und noch bevor er ein Wort sagen konnte, meldete sich eine Stimme:

»Commissario Montalbano?«

Francesco hatte seinen Bruder schon verständigt.

»Ja.«

»Kommen Sie rauf. Vierter Stock.«

Eine große, helle Wohnung mit derart geschmacklosen Möbeln, dass, wer sie ausgesucht hatte, dies nur mit Absicht getan haben konnte. Er wurde in ein Wohnzimmer geführt, in dem die extreme Sauberkeit die Hässlichkeit der Einrichtung noch unterstrich.

Salvatore Lumìa war von der äußeren Erscheinung her das Gegenteil des Bruders. Dunkel und schmächtig, aber in den Umgangsformen ganz genauso.

»Ich habe Kopfschmerzen und Mühe zu sprechen.«

»Ich will nicht lange stören. Wissen Sie, warum ich hier bin?«

»Djalma!«, rief der Mann statt einer Antwort.

Eine Art dunkelhäutiger Engel erschien. Hoch gewachsen,

geschmeidig, unglaublich große Augen. Montalbano sprang ganz erschrocken auf.
»Das ist Djalma, meine Verlobte. Das ist Commissario Montalbano. Er will was über unsere Heirat wissen.«
»Meine Papiere sind in Ordnung«, sagte Djalma.
Vielleicht hatten die Sirenen auch solche Stimmen.
Montalbano fing sich wieder.
»Nein, Signorina, es geht nicht um Ihre Papiere. Das Problem ist...«
»Danke, Djalma«, sagte ihr Verlobter.
Das Mädchen schenkte dem Commissario ein Lächeln und entschwand.
»Ich wollte nicht, dass sie beunruhigt ist, wenn sie hört, dass sich so ein Arsch ein Vergnügen daraus macht, Leute, die heiraten wollen, zu bedrohen. Ich habe Djalma bei Freunden kennen gelernt, in Palermo. Ich verliebte mich in sie. Sie war ungebunden. Sie kam nach Vigàta, um bei uns zu leben. Wir werden standesamtlich heiraten, weil sie Muslimin ist. Ich persönlich habe keine Feinde und sie auch nicht. Die Sache mit dem Schaukasten hat also mit unserer Heirat nichts zu tun. *Mi scusasse*, Commissario, aber ich kann jetzt nicht mehr sprechen. Mir zerspringt fast der Kopf.«

Er aß in der Trattoria San Calogero, wobei er sich viel Zeit ließ und vor allem einen Gedanken wälzte, der ihm gekommen war. Im Büro rief er seinen Freund Valente, Vicequestore in Palermo, an und erklärte ihm, was er von ihm brauchte. In der nächsten Stunde trödelte er herum und tat, als beschäftige er sich mit Problemen, die ihn in Wirklichkeit einen Dreck interessierten. Dann rief Valente zurück und beantwortete alle seine Fragen. Er hatte gerade aufgelegt, als das Telefon wieder läutete.

»Commissario Montalbano?«

Die Stimme war unverwechselbar und am Telefon so sinnlich, dass es ihm ganz anders wurde.

»Hier ist Djalma. Wir haben uns heute Morgen gesehen.«

»Ja bitte, Signorina?«

»Ich würde gern mit Ihnen sprechen. Salvatore musste geschäftlich nach Fela, er konnte nicht absagen, trotz der Kopfschmerzen. Ich kann nicht aus dem Haus. Salvatore will das nicht.«

Die Antwort auf die Frage, die er ihr stellte, wusste er bereits. Aber er fragte trotzdem, um zu testen, ob sie bei dem, was sie ihm erzählen wollte, aufrichtig sein würde.

»Ist er eifersüchtig?«

Ein ganz kurzes Zögern. Dann:

»Es ist nicht nur Eifersucht, Signor Commissario.«

»Soll ich zu Ihnen kommen?«

»Ja, möglichst rasch. Bis gleich.«

»Ich sagte Ihnen, meine Papiere seien in Ordnung. In Wirklichkeit sind sie zwar nicht falsch, aber auch nicht einwandfrei.«

»Erklären Sie mir das.«

»Ein Freund von Salvatore hat mir für die Aufenthaltsgenehmigung eine Arbeitsbescheinigung besorgt. Darin stand, ich sei Babysitter, aber das stimmte nicht. Ich ging einem anderen Beruf nach. Ich kam vor drei Jahren nach Sizilien, illegal. Dann wurde ich von der Polizei in einem Bordell aufgegriffen, registriert und in meine Heimat zurückgeschickt. Ich kam wieder her …«

»Wissen Sie, all das wusste beziehungsweise ahnte ich, Signorina. Ich habe bei der Sitte und im Ausländeramt in Palermo angerufen.«

Djalma begann leise zu weinen.

»Und was machen Sie jetzt? Jetzt wo ich Ihnen gesagt habe …«

»Signorina, ich versichere Ihnen, dass mich dieser Teil Ihres Lebens nicht interessiert … Ich will nur wissen, was Sie beide mir verheimlichen.«

Immer mehr Tränen rannen über das schöne Gesicht der Frau.

»Salvatore hat sich in mich verliebt. Und ich mich in ihn. Da sind wir geflohen, und ich habe mich hier versteckt. Aber er muss mich gefunden haben.«

»Wer, er?«

»Mein Zuhälter.«

»Glauben Sie, dass er auf den Schaukasten geschossen hat? Glauben Sie, dass die Warnung an Sie beide gerichtet war?«

»Ich bin sicher. Auch weil kein Tag vergeht, an dem er nicht anruft und uns bedroht. Aber Salvatore und Francesco haben keine Angst. Ich habe Angst, um mich und um sie. Er ist gewalttätig, ich kenne ihn gut.«

»Was will er von Ihnen?«

»Dass ich Salvatore verlasse und zu ihm zurückkehre.«

»Waren Sie seine Geliebte?«

»Ja. Aber es geht ihm nicht um Liebe, Commissario. Es geht ihm darum, dass er sich vor seinen Freunden blamiert hat, vor Leuten wie ihm. Er will allen wieder seine Stärke und seine Macht demonstrieren.«

»Haben Sie studiert?«

Djalma hatte die Frage nicht erwartet und sah ihn an.

»Ja... zu Hause. Und wenn ich verheiratet bin, möchte ich weiterstudieren.«

»Sie sprechen ausgezeichnet Italienisch«, sagte Montalbano und erhob sich.

»Danke«, sagte Djalma verwirrt.

»Warum hat mir Ihr Verlobter nicht gesagt, was los ist?«

»Er sagte zu mir, er würde sich in einer Privatangelegenheit nie an die Polizei wenden. Bei uns, unten in Tunesien, ist das auch so.«

»Tja«, sagte Montalbano bitter. »Eine letzte Bitte: Name und Adresse Ihres ehemaligen Zuhälters. Und herzliche Glückwünsche zu Ihrer Hochzeit.«

In einem Auto versteckt, das unschuldig und zufällig vor dem Rathaus geparkt schien, schoben Gallo, Galluzzo, Fazio und Ingrò acht Nächte hintereinander abwechselnd Wache bei dem Schaukasten. In der Nacht vor der Trauung von Salvatore und Djalma näherte sich leise ein Auto, hielt an, und ein Mann stieg aus, in der einen Hand eine Flasche und in der anderen einen Lappen. Er blickte um sich und schlich unter die Säulen. Dann öffnete er die Flasche und goss den Inhalt über den Schaukasten, vor allem über den Holzrahmen. Da begriff Fazio, der Wachdienst hatte, was der Mann vorhatte. Er sprang aus dem Auto und richtete die Pistole auf ihn.

»Stehen bleiben! Polizei!«

Fluchend hob der Mann die Hände, die leere Flasche in der einen, den Lappen in der anderen Hand. Der Geruch des Benzins war so stark, dass es Fazio schlecht wurde.

»Er heißt so, wie Sie gesagt hatten, Dottore: Nicola Lopresti. Er ist vorbestraft wegen Zuhälterei und Gewalttätigkeiten und so weiter. Er hatte einen geladenen Revolver in der Tasche.«
»Waffenschein?«
»Nein. Und die Registriernummer ausgefeilt. Und das hatte er auch in der Hosentasche.«
Er stellte ein kleines Fläschchen ohne Etikett auf Montalbanos Schreibtisch.
»Was ist das?«
»Vitriol. Er wollte ihr bei der Trauung das Gesicht entstellen. Jetzt hol ich ihn her.«
»Ich will ihn nicht sehen«, sagte Montalbano.

## *Die gefangene Fliege*

Seit über einem Jahr hatte Montalbano Preside Burgio und dessen Frau, Signora Angelina, nicht mehr gesehen. Hin und wieder sehnte er sich nach ihnen, nach ihrer warmherzigen Freundschaft, und es verging keine Woche, in der er sich nicht hoch und heilig schwor, ein Lebenszeichen von sich zu geben, und sei es nur telefonisch. Dann war er wieder mit allem Möglichen beschäftigt und vergaß seinen Vorsatz vollkommen.

Preside Burgio war seit fünfzehn Jahren nicht mehr Schuldirektor, aber jeder in der Stadt nannte ihn noch immer so, aus Respekt. Er war über siebzig, geistig und körperlich fit, und war Montalbano zusammen mit seiner Frau, einer kleinen, zierlichen Person, die auf eine leichte und elegante Art kochte, in einem komplizierten Fall, genannt »Der Hund aus Terracotta«, einmal eine große Hilfe gewesen.

»*Pronto*, Dottor Montalbano, hier ist Preside Burgio.«

Der Commissario empfand anfangs Verlegenheit und Scham. Er hätte sich melden müssen, es nicht so weit kommen lassen dürfen, dass ein alter Herr zuerst anrief. Aber gleich darauf war er besorgt. Ohne guten Tag zu sagen, fragte er:

»Wie geht es Signora Angelina?«

»Gut, Commissario, gut, mal abgesehen von den Alterszipperlein. Ich kann auch nicht klagen. Neulich habe ich Sie in Montelusa gesehen, bei der Questura…«

»Warum haben Sie mich nicht gerufen?«

»Ich wollte Sie nicht stören. Ich erzählte es meiner Frau, und Angelina machte mich darauf aufmerksam, dass wir uns schon lange nicht mehr gesehen haben.«

»Tut mir furchtbar Leid, Signor Preside. Glauben Sie mir, dieses letzte Jahr war…«

Der Preside lachte.

»Sie brauchen sich nicht dafür zu rechtfertigen, dass Sie sich nicht gemeldet haben! Der Grund, warum ich anrufe… Was machen Sie heute Abend?«

»Nichts Besonderes. Das hoffe ich jedenfalls.«

»Möchten Sie zu uns zum Abendessen kommen? Meine Frau würde Sie so gern wiedersehen. Aber erwarten Sie nichts Großartiges.«

»Danke. Ich komme gern.«

»Ach, noch was, Dottore. Es wird ein weiterer Gast da sein, ein Cousin ersten Grades, der Sohn der jüngsten Schwester meines Vaters. Er war nur für zwei Tage geschäftlich in Vigàta, morgen kehrt er nach Rom zurück, wo er lebt. Er ist Ingenieur, er heißt Rocco Pennisi.«

Der Preside schien den Namen seines Cousins regelrecht zu buchstabieren. Er kam Montalbano irgendwie bekannt vor, aber im Augenblick brachte er ihn mit nichts Bestimmtem in Verbindung. Doch er war beunruhigt: Was hatte das zu bedeuten, dass ihm der Preside fast den Personalausweis des anderen Gastes vorlas?

Ingegnere Rocco Pennisi war ein gut gekleideter Mann um die sechzig, höflich und zurückhaltend. Auffallend war, dass ihn den ganzen Abend über kein Gespräch, das sie führten, zu interessieren schien. Er schaltete sich nur ein, wenn er gefragt wurde, aber auch während er antwortete, wirkte er abwesend, als hinge er einem anderen Gedanken nach. Der Commissario fing hin und wieder einen raschen Blick zwischen dem Preside und dem Cousin auf: Der Preside schien seinen Cousin mit den Augen aufzufordern, etwas zu sagen, und dieser antwortete, ebenfalls mit den Augen, nein. Auch Signora Angelina, die ein anmutiges Abendessen (so hatte Montalbano einmal eines ihrer Gerichte bezeichnet, und so bezeichnete er fortan jedes ihrer Gerichte) zubereitet hatte, schien sich immer unwohler zu fühlen, je mehr sich das Essen seinem Ende näherte. Das Einzige, was der Ingegnere von sich aus sagte, war, dass er am folgenden Morgen nach Rom zurückkehren wolle, weil er die Angelegenheit, derentwegen er nach Vigàta gekommen sei, früher als geplant erledigt habe.
»Nehmen Sie das Flugzeug um zehn?«, fragte Montalbano, nur um etwas zu sagen. Signora Angelinas Nervosität übertrug sich auf ihn. Der Ingegnere sah ihn irritiert an.
»Flugzeug? Als ich damit hätte reisen können, war es noch nicht üblich, mit dem ... Nein, Commissario. Ich fahre mit dem Schnellzug nach Rom zurück.«
Dann bedankte man sich und verabschiedete sich voneinander.
»Ich bin mit dem Auto da. Soll ich Sie mitnehmen?«, fragte Montalbano den Ingegnere, doch der Preside antwortete.
»Danke, Dottore. Mein Cousin schläft hier.«

Eher verwirrt als überzeugt, fuhr Montalbano nach Marinella zurück.

Als er sich am folgenden Morgen rasierte, musste er wieder an die merkwürdige Atmosphäre während des Abendessens bei den Burgios denken. Etwas schien ihm sicher, nämlich, dass die Einladung kein Zufall gewesen war. Der Preside hatte die Begegnung zwischen ihm und Ingegnere Pennisi gewollt, möglicherweise weil ihm dieser etwas zu sagen hatte. Aber im Lauf des Essens hatte er es sich anders überlegt, obwohl ihn der Preside mit Blicken aufforderte, die Sache zur Sprache zu bringen. Und an wen hatte sich der Ingegnere mit dem Hinweis, er werde am nächsten Morgen abreisen, gewandt? Gewiss nicht an den Cousin und seine Frau, denn sie mussten es wissen: Der Ingegnere war ja ihr Gast. Und an Montalbano hatte er ihn sicher nicht gerichtet. Demnach war der wahre Sinn dieser Worte ein anderer. Vielleicht dieser: Lieber Cousin, lass es gut sein, wenn ich sage, dass ich morgen abreise, will ich das Thema abschließen, ich werde nicht mit dem Commissario sprechen. Und dann hatte Rocco Pennisi noch etwas Merkwürdiges gesagt, etwas, das ihm entschlüpft war, ohne dass er darüber nachgedacht hätte, er hatte sich ja sogar plötzlich unterbrochen. Als es um das Flugzeug ging. Er hatte in etwa gesagt, dass Flugreisen, als er dazu in der Lage war, noch nicht üblich waren. Warum hatte der Ingegnere zu einem bestimmten Zeitpunkt seines Lebens, auch wenn er gewollt hätte, nicht die Möglichkeit dazu gehabt? Was konnte ihn daran gehindert haben? Und dann war da noch etwas, das schwer zu erklären war. Ein

Eindruck. Auch wenn der Commissario Rocco Pennisi während des Abendessens scheinbar nur angesehen hatte, wenn es unbedingt sein musste, hatte er ihn doch immer im Blick gehabt. Seine sparsamen Bewegungen waren ihm aufgefallen. Er breitete die Arme nicht aus, er legte die Ellenbogen nicht auf den Tisch... Gute Manieren, natürlich. Aber warum hatte er, als er sich an den Tisch setzte, sein Glas und sein Gedeck zu sich hergezogen, als sei er gewohnt, nur wenig Platz zur Verfügung zu haben? So verhält sich instinktiv jemand, der gewohnt ist, gemeinsam mit anderen Menschen zu essen, einer rechts, einer links und ein Dritter gegenüber.
Er grübelte darüber nach, während er am Ufer spazieren ging, denn es war noch zu früh, um ins Büro zu fahren. Und plötzlich fiel ihm die Erklärung ein, einfach und ganz klar. Und er begriff, warum der Preside, als er ihn einlud, den Namen des Cousins buchstabiert hatte. Es war eine rücksichtsvolle Geste, er wollte ihn vorwarnen, er wollte ihm die Verlegenheit ersparen, überraschend einen wie seinen Cousin am selben Tisch vorzufinden. Nur hatte er sich in dem Moment nicht erinnern können, wer Rocco Pennisi war. Schlicht ein Mörder.

Keine halbe Stunde nachdem Montalbano ihn darum gebeten hatte, legte ihm Catarella, triumphierend und mit sich zufrieden, den Computerausdruck auf den Schreibtisch.
»Du bist ja irre schnell, Catarè!«
»Wie immer, Dottori!«
In dürren Worten war in dem Strafregisterauszug die tragische Geschichte des promovierten Ingenieurs Rocco Pen-

nisi zusammengefasst, der wegen Mordes rechtskräftig zu dreißig Jahren verurteilt worden war, von denen er fünfundzwanzig abgesessen hatte und fünf ihm wegen guter Führung erlassen worden waren. Er war erst zwei Monate zuvor aus dem Gefängnis gekommen.

Der Commissario las den Auszug zweimal und kam zu einem konkreten Ergebnis: Das Verfahren gegen den Ingegnere war ein reiner Indizienprozess gewesen, und vielleicht hatten die Richter deshalb von lebenslänglicher Gefängnisstrafe abgesehen. Er dachte eine Weile darüber nach und rief dann bei den Burgios an.

»*Pronto*, Signor Preside? Hier ist Montalbano.«

»Ich habe gleich Ihre Stimme erkannt. Ich weiß, warum Sie anrufen.«

»Ist Ihr Cousin tatsächlich abgereist?«

»Ja. Meine Schuld. Ich habe ihn so gedrängt, mit Ihnen zu sprechen... Was weiß ich, warum er dann doch nicht reden mochte. Und er wollte nach Rom zurück.«

»Was macht er in Rom? Hat er Arbeit gefunden oder...«

»Ja, im Büro von Nicola, seinem Sohn. Der ist ebenfalls Ingenieur.«

»Signor Preside, was sollte Ihr Cousin mir gestern Abend sagen?«

»Ich wollte, dass er Ihnen erzählt, wie sich diese Geschichte wirklich zugetragen hat, die ihn zu Unrecht für fünfundzwanzig Jahre ins Gefängnis gebracht und sein Leben zerstört hat.«

Montalbano mochte nicht sofort etwas entgegnen. Die Stimme des anderen war bei diesem letzten Satz brüchig geworden.

»Ich habe den Registerauszug gelesen, Signor Preside. Sichere Beweise gab es zwar nicht, aber… Halten Sie ihn für unschuldig?«
»Ich halte ihn nicht für unschuldig, ich habe in mir die Gewissheit, dass er unschuldig ist. Und ich habe so auf diese Begegnung mit Ihnen gesetzt… Wissen Sie was? Rocco hatte gar nichts zu tun in Vigàta. Ich habe Sie angelogen. Ich hatte ihn überredet, eigens zu kommen.«
Montalbano empfand das naive Vertrauen, das der Preside in ihn setzte, als lästig und rührend.
»Wenn Sie mit mir darüber reden wollen, auch ohne Ihren Cousin…«
»Gott sei Lob und Dank!«, rief der Preside. »Ich hoffte so sehr, dass Sie das sagen würden! Sie können kommen, wann Sie wollen, Commissario.«

»Ich bin Ihnen unendlich dankbar für alles, was Sie für meinen Cousin tun können«, fing Preside Burgio an, als er den Commissario in sein Arbeitszimmer bat. »Angelina ist ganz durcheinander wegen gestern Abend. Sie hat kein Auge zugetan und sich gerade hingelegt. Sie möchten sie entschuldigen.«
»Aber ich bitte Sie!«, sagte Montalbano. Und fuhr fort: »Doch bevor Sie anfangen, Signor Preside, möchte ich vorausschicken, dass ich nicht hier bin, um etwas für Ihren Cousin zu tun, sondern nur Ihretwegen. Hängen Sie sehr an diesem Cousin?«
»Wir sind fünfzehn Jahre auseinander. Sein Vater Michele, der Caterina, meine jüngste Tante, geheiratet hatte, kam aus Montelusa. Er produzierte Olivenöl und besaß einen

gut gehenden Betrieb, den er geerbt hatte. Michele und meine Tante hatten diesen einzigen Sohn, Rocco. Als er fünf oder sechs war, fasste er Zuneigung zu mir. Es kommt oft vor, dass sich ein Kind eine Bezugsperson aussucht. Unsere Freundschaft dauerte auch fort, als Rocco erwachsen wurde, die Universität besuchte und promovierte. Ausgerechnet am Tag seiner Promotion passierte das Unglück. Michele und Caterina fuhren von Palermo zurück, wo sie der Verteidigung der Doktorarbeit beigewohnt hatten, als Michele die Kontrolle über den Wagen verlor. Wahrscheinlich ein Schwächeanfall. Beide starben. Und von da an war ich, in jeder Hinsicht, eine Art Vater für Rocco. Und Angelina wurde zu seiner Mutter. Rocco übergab den väterlichen Betrieb einer Person seines Vertrauens und tat sich mit Giacomo Alletto zusammen, einem Freund aus Montelusa. Sie waren jung und auf Draht. Bald bekamen sie immer größere Aufträge. Giacomo heiratete als Erster. Er heiratete ein bildhübsches Mädchen aus Montelusa, Renata Dimora, eine ehemalige Kommilitonin von Giacomo und Rocco, die jedoch ihr Studium abgebrochen hatte. Im Jahr darauf heiratete auch mein Cousin eine junge Frau, Anna Zambito aus Favara. Sie bekamen einen Sohn, das ist der, der in Rom lebt...«

»Ja, das sagten Sie bereits...«

»Commissario, ich weiß wohl, dass ich Sie mit dieser Geschichte langweile, die wie einer dieser komplizierten biblischen Stammbäume klingt. Aber wissen Sie, wenn ich Ihnen die Situation nicht schildere, verstehen Sie am Ende gar nichts. Eines Abends rief Rocco mich aus Montelusa an, er wollte mich allein treffen. Wir verabredeten uns in einem Café am Stadtrand. Und dort sagte er mir, er habe schon seit längerer Zeit ein Verhältnis mit Renata, der Frau seines Kompagnons. Als sie noch an der Uni waren, waren beide in Renata verliebt, Rocco und Giacomo. Sie war ein paar Monate mit Rocco zusammen gewesen, dann hatte sie ihn verlassen und sich mit Giacomo liiert. Nach Roccos Heirat begann die Geschichte mit Renata von neuem. Es war von Renata ausgegangen, vertraute mir mein Cousin an, als ertrüge sie den Gedanken nicht, dass er eine andere Frau, seine Ehefrau, hatte. Und Rocco hatte nicht widerstehen können. Ich flehte ihn an, die Finger davon zu lassen, aber ich begriff, dass da nichts zu wollen war. Er wurde von Tag zu Tag immer nervöser und unzugänglicher.«

»Liebte er seine Frau noch?«

»Genau das war der Punkt! Er sagte, er liebe sie noch mehr, seit die Beziehung mit Renata wieder angefangen habe. Außerdem liebte er das Kind abgöttisch. Jedenfalls hatte er, wie man sagt, *un cori d'asino e unu di liuni*, er war hin- und hergerissen. Übrigens befand Renata sich in der gleichen Situation.«

»Hatten Renata und ihr Mann Kinder?«

»Zum Glück nicht.«

»Signor Preside, Montelusa ist im Grunde eine Kleinstadt. Wie kommt es, dass Alletto von dem Verhältnis seiner Frau mit dem Kompagnon keine Ahnung hatte?«

»Es ist unerklärlich, aber es ist so. Er hatte keine Ahnung. Und auch das war ein Grund, warum Rocco litt.«

»Wie meinen Sie das?«

»Rocco ist ein anständiger Mensch. Seine Situation als zweifacher Verräter, des Verräters der Familie und der Freundschaft, lastete unerträglich auf ihm. Wenn Giacomo es erfahren würde, sagte er zu mir, könnte ich mich in gewisser Weise darüber freuen, dann käme es endlich zu einer Aussprache. Warum sagst du es ihm dann nicht?, fragte ich. Und er: Renata will nicht. Bis Giacomo eines Tages einen anonymen Brief erhielt. Unmissverständlich und ausführlich. Darin stand nicht nur die Adresse der kleinen Wohnung, in der sich seine Frau mit ihrem Liebhaber traf, es waren auch der Tag und die Uhrzeit ihres nächsten Treffens angegeben. Eben eine richtige Aufforderung, die beiden in flagranti zu ertappen. Und zu erschießen.«

»Hat Rocco Ihnen je gestanden, dass er den anonymen Brief geschrieben hat?«, fragte Montalbano ruhig.

Preside Burgio blieb, halb erstaunt, halb bewundernd, der Mund offen stehen.

»Nein«, sagte er, als er sich wieder gefangen hatte. »Aber während Sie das sagten, ist mir klar geworden, dass es gar nicht anders gewesen sein kann. Ja, bestimmt hat mein Cousin Giacomo über die Untreue der Ehefrau und des Freundes ins Bild gesetzt.«

Er schwieg und blickte zu Boden. Ein Gedanke war ihm gekommen.

»Und vielleicht wollte er wirklich, dass Giacomo sie beide erwischte, vielleicht wollte er wirklich, vielleicht sehnte er sich danach, dass Giacomo ihn tötete.«

»Und was tat Giacomo stattdessen?«

»Er lud Rocco und dessen Frau Anna in ein Wochenendhaus ein, das er hier in Vigàta hatte, am Meer bei Montereale. Sie waren nur zu viert, Renata hatte gekocht. Nach dem Espresso holte Giacomo den anonymen Brief aus der Tasche und las ihn laut vor. Es war ein schrecklicher Moment, Rocco hat es mir erzählt. Ohne ein Wort zu sagen, aber mit einem wimmernden Laut stand Anna auf und rannte zum Strand. In diesem Augenblick begriff Rocco, dass sie schon lange etwas ahnte. Als Anna draußen war, fragte Giacomo seine Frau und Rocco, was er mit diesem Brief tun solle. Weder Renata noch Rocco sagten ein Wort, das war schlimmer als ein Geständnis. Giacomo zerriss das Blatt und sagte: ›Ich habe diesen Brief nie erhalten, aber falls man mir noch einen schickt, sieht die Sache anders aus.‹ Doch alles war kaputt. Wenige Tage später verließ Rocco seine Familie, um allein zu leben, Renata machte es ebenso und kehrte zu ihren Eltern zurück. Die Geschäfte von Rocco und Giacomo begannen schlecht zu gehen, die beiden sprachen nicht mehr miteinander. Sie beschlossen, die Firma aufzulösen, und jeder ging seiner Wege. Ein paar Monate darauf kehrte Renata, vielleicht weil sie ihren Mann liebte, vielleicht auf Druck der Eltern, zu Giacomo zurück. Ich persönlich fühlte mich erleichtert, ich hoffte, Rocco würde wieder mit seiner Familie zusammenleben. Anna, mit der ich mich oft traf, wünschte es sich so sehr. Doch Rocco erzählte mir eines Tages, dass die Beziehung zwischen ihm und Renata wieder angefangen hatte. Nur dass sie jetzt achtsam waren, sie trafen mehr Vorsichtsmaßnahmen. Dottore, glauben Sie mir: Es war, als fiele ein Stein vom Himmel, plötzlich und mit Wucht. Eines Abends, das erfuhr man im Lauf des Prozesses, stritten Renata und Giacomo. Das geschah jetzt häufig zwischen den beiden. Ergebnis: Giacomo schlief in seinem Wochenendhaus bei Montereale, Renata ging zu einer Freundin, um dort zu übernachten.

Am folgenden Morgen kam Giacomo nicht in sein neues Büro, während Renata, entschlossen, sich zu versöhnen, nach Hause zurückkehrte. Sie erhielt einen Anruf aus dem Büro, wo man auf Giacomo wartete, und Renata antwortete, ihr Mann habe im Wochenendhaus geschlafen. Sie riefen dort an, aber es meldete sich niemand. Da fuhr Renata mit einem Angestellten hin. Die Tür stand offen, im Wohnzimmer hatte eindeutig eine tätliche Auseinandersetzung stattgefunden. Doch von Giacomo fanden sie keine Spur. Polizei und Carabinieri suchten überall, ohne Erfolg. Einige waren überzeugt, dass es sich um einen Fall von *lupara bianca* handelte, Giacomo war in letzter Zeit wegen einer bestimmten Ausschreibung bedroht und eingeschüchtert worden. Andere glaubten, er sei aus eigener Entscheidung weggegangen, nachdem sich die Beziehung zu seiner Frau verschlechtert hatte. Doch der Chef der Mordkommission Montelusa hatte seine eigene Meinung dazu. Nämlich dass Rocco Giacomo hatte verschwinden lassen, wahnsinnig vor Eifersucht, weil dieser wieder mit Renata zusammen war.«

»Der Logik, oder was es auch sein mag, zufolge hätte Rocco Renata umbringen müssen. In gewissem Sinne betrog sie ihn jetzt mit ihrem Mann«, meinte der Commissario dazu.

»Das dachte ich auch«, fuhr der Preside fort. »Kurz und gut, weder die Polizei noch die Carabinieri fanden trotz dreimonatiger Suche eine Spur von Giacomo. Er schien sich in Luft aufgelöst zu haben. Eines Tages gab es in dem Wochenendhaus einen Wasserschaden. Renata, die ab und zu dort war, rief den Installateur. Und der machte eine schreckliche Entdeckung. Auf dem Dach war ein Behälter aus Eternit als Wassertank, Sie wissen ja, Dottore, die Wasserversorgung ist bei uns ziemlich willkürlich…«

»Hören Sie mir damit auf«, sagte Montalbano, der schon öfter fluchend ohne einen Tropfen Wasser und von Kopf bis Fuß eingeseift in der Dusche gestanden hatte.

»Nun, der Installateur hob den Deckel ab und sah eine Leiche. Giacomos Leiche. Jemand hatte ihn erwürgt und dann dort versteckt.«

»War der Tank leicht zugänglich?«

»Ganz im Gegenteil! Durch eine schmale Tür, die aufs Dach hinausging, gelangte man über die Dachziegel zum Tank, wobei man bei jedem Schritt Gefahr lief, auszurutschen. Also: Giacomo war nicht aus eigener Entscheidung weggegangen, und es war auch kein Fall von *lupara bianca*. Der Leiter der Mordkommission stellte eine Hypothese auf. Nämlich dass Rocco Giacomo aufgesucht hatte und der Streit ausgeartet war. Daraufhin hatte Rocco Giacomo erwürgt und die Leiche im Tank versteckt. Er vernahm Rocco, der für diese Nacht kein Alibi vorweisen konnte.«

»Wieso das?«

»Er war den ganzen Abend zu Hause gewesen. Zum Teil kann ich das bestätigen. Ich rief ihn gegen acht Uhr an und fragte, ob er zu uns zum Abendessen kommen wolle. Er antwortete, er würde zu Hause essen, weil er später noch etwas vorhabe.«

»Hat er gesagt, was?«

»Nein. Aber ich konnte es mir denken.«

»Was dachten Sie?«

»Dass er danach in die Wohnung gehen wollte, in der er sich immer mit Renata traf. Aber beim Prozess sagte er nur, er sei zu Hause geblieben, er habe sich von dort nicht wegbewegt. Und er hatte keine Zeugen, nach mir hatte ihn niemand mehr angerufen.«

»Auch wenn er die Wahrheit gesagt hat, gab es also niemanden, der das bestätigen konnte.«

»Genau. Die Anklage basierte vor allem auf dem fehlenden Alibi. Und Motive zu Roccos Lasten gab es zuhauf. Als er festgenommen wurde, waren die meisten seiner Freunde und Bekannten von seiner Schuld überzeugt.«

»Und wie reagierte Renata auf die Festnahme?«

»Tja, wie soll ich sagen … widersprüchlich. Manchmal war sie, immer im privaten Kreis, von seiner Unschuld überzeugt, manchmal schien sie wieder zu zweifeln. In der Tatnacht war sie bei ihrer Freundin gewesen, was diese im Prozess bestätigte. Der Staatsanwalt ging über die Hypothese des Leiters der Mordkommission, der von einem nicht vorsätzlichen Tötungsdelikt ausgegangen war, noch hinaus und klagte Rocco des Mordes an. Die Richter waren sehr hart.«

»Sie waren auf einem Auge blind, die Ärmsten«, sagte Montalbano.

Der Preside sah ihn fragend an.

»Die Richter waren auf einem Auge blind? Ich verstehe nicht, Commissario.«

»Signor Preside, damals hatten die Richter nur ein Auge, das Auge, mit dem sie das gewöhnliche Verbrechen, einschließlich Mord, sahen, und das unerbittlich. Das andere Auge, das Auge, das die Mafia, die Bestechlichkeit der Politiker und so weiter hätte sehen müssen, das hielten sie schön geschlossen.«

»Aber was beim Prozess alle, einschließlich mir, so befremdlich fanden, war Roccos Haltung.«

»Nämlich?«

»Er war vollkommen teilnahmslos. Als ginge ihn die ganze Sache nichts an. Das wirkte auf die meisten wie ein indirektes Schuldeingeständnis. Die Anwälte legten Berufung ein. Zwischen dem ersten und dem zweiten Verfahren, in dem das Urteil bestätigt wurde, heiratete Renata wieder.«

»Wie bitte?!«, fragte Montalbano entgeistert.

»So ist es. Formal war nichts dagegen einzuwenden. Es war allenfalls eine Frage des guten Geschmacks, sie hätte noch ein Jahr warten können. Ich sagte ja schon, dass Renata bildschön war und von Giacomo ein beträchtliches Vermögen geerbt hatte. Viele warfen ein Auge auf die Witwe. Aber sie entschied sich für Antonio Lojacono.«

»Wer war das?«

»Antonio Lojacono war ein Vermessungsingenieur, zwei Jahre jünger als sie, der von Anfang an erst in der Firma von Giacomo und Rocco und dann bei Giacomo gearbeitet hatte. Im Lauf des zweiten Verfahrens verstärkte sich Roccos gleichgültige Haltung. Stellen Sie sich vor, während des Plädoyers des Staatsanwalts fing er einfach eine Fliege.«

»Stopp«, sagte Montalbano brüsk.

»Hä?«, fragte der Preside verwirrt.

»Wiederholen Sie genau, was Sie gesagt haben.«

»Was habe ich denn gesagt?«

»Das mit der Fliege.«

»Er fing einfach eine Fliege, ausgerechnet während alle zu ihm hinsahen, weil der Staatsanwalt, der des zweiten Verfahrens, in diesem Augenblick vom vorsätzlichen Handeln sprach. Und ebendiese Geste, die jeder gesehen hatte, nahm der Staatsanwalt als Aufhänger, um zu beweisen, was für ein verachtungswürdiger und zynischer Mensch Rocco sei. Wenn Sie es wissen wollen, Dottore, diese Geste fassten alle als Geständnis auf. Wir waren wie versteinert.«

»Erzählen Sie von der Fliege.«

»Hä?«

»Signor Preside, das ist kein Scherz. Flog sie herum? Saß sie irgendwo?«

»Mein Gott, was soll daran so wichtig sein?«

»Nehmen Sie's einfach hin, und antworten Sie.«

»Ich glaube, sie saß. Oder flog, ich weiß es nicht. Denn er, Rocco, war schon einige Augenblicke lang wie gelähmt, er rührte sich nicht, er starrte auf den Handlauf rings um die Bank, auf der er saß... Vielleicht war da die Fliege, und er beobachtete sie...«

»Wer war da?«

»Wo?«

Der Preside war verwirrt, er begriff Montalbanos Fragen nicht. Was hatten sie für einen Sinn? Und außerdem hatte der Commissario seine Haltung geändert, er sah aus wie ein Jagdhund, der gebannt ein Büschel Mohrenhirse anstarrt.

»Im Gerichtssaal. Wer war außer Ihnen im Gerichtssaal?«

»An Freunden, meinen Sie? Neugierigen? Na ja, genau kann ich das...«

»Denken Sie gut nach: War Renata da?«

»Da brauche ich nicht nachzudenken, sie war nicht da.«

Montalbano schien enttäuscht.

»Aber …«

Und nun streckte der Commissario seinen Kopf zu Burgio hin, der Hund hatte das Wild gewittert.

»Aber ihr Mann war da«, fuhr Preside Burgio fort, »ihr neuer Mann, der Vermessungsingenieur Lojacono.«

Montalbano entspannte sich mit einem tiefen Atemzug, als wäre er gerade aus dem Wasser aufgetaucht.

»Erzählen Sie weiter.«

»Da gibt es nicht viel zu erzählen. Die Anwälte taten alles, was es zu tun gab, aber auf eigene Initiative. Rocco überließ sich ihnen passiv. Er wurde verurteilt. Beim ersten Gespräch, das ich im Gefängnis mit ihm hatte, sagte er mir zweierlei: dass er Giacomo nicht umgebracht habe und dass ich mich um seinen Sohn Nicola kümmern solle. Das habe ich auch getan, ich habe versucht, die Liebe eines kleinen Kindes, das mit den Jahren zu einem Jungen, einem Halbwüchsigen, einem erwachsenen Mann wurde, zu seinem zu Unrecht einsitzenden Vater lebendig zu erhalten. Wenigstens das ist mir gelungen.«

Er war bewegt, aber die Worte, die der Commissario an ihn richtete, verwirrten ihn:

»Zurück zu der Fliege.«

Preside Burgio brachte keine Silbe heraus.

»Was machte er mit der Fliege, nachdem er sie gefangen hatte?«

»Ni … nichts«, stotterte der andere.

»Wie, nichts?«

»Na ja … er öffnete langsam die Hand und ließ sie wegfliegen.«

Der Preside hatte ihm erklärt, wo das Haus lag, in dem Giacomo Alletto ermordet worden war. Nach ihrer Heirat mit dem Vermessungsingenieur hatte Renata nicht mehr hinfahren wollen und hatte es an einen Händler aus Vigàta verkauft, den Montalbano kannte. D'Arrigo, der Händler, hatte, als der Commissario anrief, gesagt, er könne ihn jederzeit besuchen. Und Montalbano hatte geantwortet, er werde in einer halben Stunde bei ihm sein.

»Nein«, sagte D'Arrigo, »ich habe das Haus so gelassen, wie es war. Ich habe es nur komplett sauber machen und innen und außen frisch weißen lassen. Ich habe das Bad und die Küche erneuert, und natürlich den Wassertank.«

Er freute sich über seine geistreiche Bemerkung und lachte.

»Zeigen Sie mir, wie man auf das Dach steigen kann?«

»Natürlich.«

Vor der schmalen Tür im Dachboden blieb D'Arrigo stehen. »Passen Sie auf, es ist sehr gefährlich«, sagte er, »wenn Sie bis zum Tank gehen wollen, dann tun Sie das, aber ich komme nicht mit. Außerdem hat es geregnet, und die Dachziegel sind glitschig.«

Montalbano trat durch die Tür, hielt sich aber am Türpfosten gut fest. Er hatte keine Lust, einen Schritt hinaus zu tun. Der Tank war etwa zehn Meter entfernt, aber jemand, der ungeübt war, drohte bei jedem Meter in die Tiefe zu stürzen.

Sie gingen wieder ins Wohnzimmer hinunter. Und dort entschloss sich D'Arrigo endlich, den Commissario nach dem Grund seines Besuchs zu fragen. Aber er redete um den heißen Brei herum.

»Ich habe gehört, dass Ingegnere Pennisi dieser Tage in Vigàta war.«

»Ja«, sagte Montalbano.

»Der arme Kerl! Fünfundzwanzig Jahre Gefängnis sind viel!«

»Tja«, sagte Montalbano.

Und da fügte D'Arrigo etwas hinzu, was den Commissario auffahren ließ.

»Agustinu sagt, er kann es nicht gewesen sein.«

»Wer ist denn Agustinu?«

»Agustinu Trupìa, der Maurermeister, der das Haus renoviert hat, nachdem ich es gekauft hatte.«

»Warum glaubte Agustinu, dass es nicht der Ingegnere war?«

»Weil Agustinu vor dreißig Jahren als Maurer in der Firma von Alletto und Pennisi gearbeitet hat. Auf den Baustellen machten sie sich lustig über den Ingegnere. Hinter seinem Rücken natürlich.«

»Warum?«

»Er konnte auf kein Gerüst klettern, es wurde ihm schwindlig. Agustinu sagte, er sei nicht mal in der Lage, auf eine Malerleiter zu steigen. Deshalb konnte er sich nicht vorstellen, wie es der Ingegnere geschafft haben sollte, sich seinen Kompagnon, nachdem er ihn umgebracht hatte, auf die Schulter zu laden, auf den Dachboden zu steigen, zehn Meter über die Dachziegel zu laufen, den Tank abzudecken, die Leiche reinzulegen, den Deckel wieder zu schließen und zurückzugehen.«

»Sagen Sie, D'Arrigo, lebt Agustinu noch?«

»Natürlich! Ich habe ihn neulich in Vigàta auf dem Fisch-

markt getroffen. Er ist schon über siebzig und arbeitet nicht mehr. Aber er ist bei bester Gesundheit.«
»Haben Sie seine Adresse?«

Das Gespräch zwischen dem Commissario und dem Maurermeister Agustinu Trupìa fand am folgenden Morgen im Haus von Trupìas Tochter Serafina statt, die, in Zusammenarbeit mit ihrem Mann Martino, acht Kinder in die Welt gesetzt hatte. Der Älteste war zwanzig, die Jüngste fünf. Der Maurermeister im Ruhestand war Vollzeit-Opa und hatte ein kleines Zimmer, in dem er Montalbano empfing. Doch die Unterhaltung gestaltete sich schwierig, weil es in den anderen Zimmern so laut war. Nachdem Trupìa den Commissario angehört hatte, erklärte er als Erstes, dass D'Arrigo nicht genau berichtet hatte, was er zu ihm gesagt hatte.
»Litt der Ingegnere nicht an Schwindelanfällen?«
»Doch, das schon. Aber es stimmt nicht, dass wir ihn verarscht haben.«
»Die Arbeiter haben sich nicht über ihn lustig gemacht?«
»Nein. Beim ersten Mal waren wir zu viert, abgesehen vom Ingegneri Pennisi. Ich, Tanu Ficarra, Gisuè Licata und der Ingegneri Alletto. Der Ingegneri Pennisi ist später gekommen, da waren wir schon auf dem Gerüst. Der Ingegneri Alletto hat zu ihm gesagt, er soll auch rauf. Aber wie Pennisi oben war, ist er von links nach rechts getaumelt, wie wenn er betrunken wäre. Dann hat er sich an einer Stange festgehalten und hat sich nicht mehr vom Fleck gerührt. Die Haare standen ihm vom Kopf ab, und seine Augen waren weit aufgerissen. Da haben wir ihn runtergetragen,

er war steif wie ein Stockfisch. Und dann haben wir gesehen, dass er in die Hose gemacht hat, und da mussten wir lachen. Aber der Ingegneri Alletto hat gesagt, dass er uns entlässt, wenn wir noch mal lachen. Und danach gab es dann keinen Grund mehr zum Lachen, weil der Ingegneri Pennisi sich nicht mehr getraut hat, auf ein Gerüst zu klettern.«

»Warum haben Sie denn das im Prozess nicht gesagt, Trupìa?«

»Weil mich keiner danach gefragt hat. Und ich wollte nichts mit der Justiz zu tun haben. Wer in die Justiz verwickelt ist, zu Recht oder zu Unrecht, zieht immer den Kürzeren.«

»Und warum erzählen Sie mir jetzt alles? Ich bin ein Vertreter der Justiz. Und das wissen Sie ganz genau.«

»*Egregiu signuri*, Sie vergessen, dass ich schon über siebzig bin. Und da können Sie mir genauso scheißegal sein wie die Justiz, die Sie vertreten.«

»Sehr geehrter Ingegnere Pennisi, ich bin Commissario Montalbano. Wir haben vor einigen Tagen gemeinsam bei Ihrem Cousin, Preside Burgio, zu Abend gegessen. Am nächsten Tag erzählte mir Ihr Cousin, dass er unsere Begegnung arrangiert hatte. Der Preside ist trotz Ihrer Verurteilung aufrichtig und zutiefst von Ihrer Unschuld überzeugt: Vielleicht erhoffte er von mir, mit sicheren Beweisen, eine Art offizielle Bestätigung seiner Überzeugung. Doch Sie weigerten sich während des Abendessens, mich um diese Bestätigung zu bitten: Irgendwann muss Ihnen die Nutzlosigkeit jeglicher Intervention meinerseits klar geworden sein. Nutzlosigkeit vielleicht nicht vor der Justiz, jedoch angesichts der erlittenen Zerstörung Ihrer Existenz, einer irreparablen Zerstörung. Ich werde Ihnen niemals die verlorene Jugend, versäumte Liebe, nicht gelebte oder durch den Filter der Gitterstäbe gelebte Freude und Trauer zurückgeben können: Sie haben in diesem Augenblick die Nutzlosigkeit der Unschuld begriffen.

Deshalb schreibe ich Ihnen diese Zeilen nur widerstrebend. Ihre Adresse in Rom habe ich von Preside Burgio, den ich angelogen habe, denn ich sagte, ich müsse bald nach Rom und würde Sie gern treffen. Sie werden wissen wollen, warum ich Ihnen schreibe, wenn ich es doch nur widerstrebend tue. Ich bin Polizist, Ingegnere. Ihr Cousin hat den Mechanismus in Gang gesetzt, den ich unglücklicherweise im Kopf habe, und dieser Mechanismus kommt nicht zum Stillstand, wenn er nicht irgendein Ergebnis hervorbringt. So stellte ich Nachforschungen an und las dazu auch die Prozessakten. Wann merkten Sie zum ersten Mal etwas von den Machenschaften, zu deren Durchführung man sich Ihrer bedient hatte? Ich will eine Vermutung anstellen, die Sie, wenn Sie wollen, bestätigen oder abstreiten können. Sie erklärten, Sie seien in der Tatnacht durchgehend zu Hause gewesen. Aber das war *falsch*. Sie verließen Ihr Haus, um in die kleine Wohnung zu fahren, die Sie für Ihre Treffen mit Renata Alletto gemietet hatten. Am Nachmittag des vorherigen Tages hatte Renata Sie wissen lassen, dass sie die Nacht mit Ihnen verbringen wolle. Sie fuhren also in die Wohnung, doch aus unerfindlichen Gründen erschien Renata nicht. Von da an hatten Sie beide keine Gelegenheit mehr, sich ungestört zu treffen, das Verschwinden von Ingegnere Alletto mit all den Untersuchungen und Nachforschungen hatte Renatas Tagesablauf notwendigerweise verändert. Außerdem waren aller Augen auf Sie beide gerichtet, Sie mussten also äußerst vorsichtig sein. Damit, nehme ich an, rechtfertigte Renata es wohl, Sie nicht treffen zu müssen. Dann wurde die Leiche im Tank entdeckt, und Sie wurden formal beschuldigt und festgenommen. Nur Renata hätte den Ermittlern von der Vereinbarung erzählen können, die zwischen Ihnen beiden bestand, nämlich, dass Sie sie in der Wohnung erwarten sollten, um die Nacht mit ihr zu verbringen. Das wäre zwar keine hundertprozentige Bestätigung des Alibis gewesen, hätte Ihre Position aber doch gestärkt. Und natürlich hätte ein fantasievoller Ermittler Renata der Beihilfe anklagen können. Dieses Risiko, stellten Sie sich vielleicht vor, wäre Renata aus Liebe gern eingegangen. Doch Renata sprach nie von dieser Verabredung, weder bei den Vernehmungen, noch als sie beim Prozess aussagte. Ihre Freundin bestätigte, dass Renata den Abend und die Nacht bei ihr zu Gast war und keine Verabredung mit Ihnen erwähnte. Und sie sagte die Wahrheit, Renata hatte ihr verschwiegen, was sie Ihnen bezüglich dieser nächtlichen Verabredung geschrieben oder am Telefon gesagt hatte. Und sie wollte sich auch nie mit Ihnen treffen, denn in ihrem Plan mussten Sie sich in der Situation befinden, kein richtiges Alibi zu haben. Vielleicht berichtete Ihr Anwalt Ihnen auch von Renatas zwiespältiger Haltung, wenn sie auf Sie zu sprechen kam: Mal gab sie sich überzeugt von Ihrer Unschuld, mal wirkte sie zweifelnd, zögerlich. Allmählich begannen Sie zu begreifen, was sicher sehr lange dauerte: An Renatas Hingabe, ihrer Liebe, ihrer Leidenschaft hatten Sie bis zu diesem Zeitpunkt keinen Zweifel gehegt. Da beschlossen Sie, einen letzten Versuch zu machen, Sie wollten testen, ob Renata Sie wirklich als schuldig hinstellen wollte. Das heißt, Sie sagten *absichtlich* nicht aus, dass Sie niemals imstande wären, dieses Akrobatenstück, Leiche über der Schulter, auf dem Dach zu veranstalten, von dem der Staatsanwalt ausging. Sie hatten Zeugen, die vor Gericht hätten schwören können, dass Sie unter Schwindelanfällen litten. Aber Sie nannten ihrem Anwalt die Namen möglicher Zeugen nicht. Angesichts Ihrer Verurteilung schwieg Renata. Ihr Test hatte funktioniert. Vielleicht hatten Sie vor, dem Anwalt erst in der Berufung von der Krankheit, falls das eine ist, zu berichten, die es Ihnen unmöglich machte, auf ein Gerüst zu steigen. Natürlich hätte der Staatsanwalt angesichts dieser Neuigkeit entgegnen können, dass Sie einen Komplizen hatten, dass Sie sich von einem Ihrer Arbeiter helfen ließen. Ihre Unschuld wäre nicht eindeutig bewiesen gewesen, aber das Konzept der Anklage wäre ins Wanken geraten. Doch zwischen dem ersten und dem zweiten Verfahren erfuhren Sie, dass Renata den Vermessungsingenieur Lojacono geheiratet hatte. Und der war, im Gegensatz zu Ihnen, sehr wohl imstande, auf einem Dach herumzuklettern, auch mit einer Leiche über der Schulter. Jedenfalls begriffen Sie da, dass Renata und der Ingenieur schon lange ein Liebespaar waren, dass Sie nichts anderes waren als das wichtigste Rädchen in dem Getriebe, das die beiden ausgeklügelt hatten. Warum unternahmen Sie nichts? Waren Sie tödlich verletzt wegen des Verrats der Frau, die Sie liebten? Fürchteten Sie, wegen des tragischen Streichs, den man Ihnen gespielt hat, für einen Trottel gehalten zu werden? Das Verlangen nach Buße wegen der Schuldgefühle, die Sie gegenüber ihrem Freund Alletto, gegenüber Ihrer Frau, gegenüber Ihrem einzigen Kind hatten? Ich will keine Antworten, Ingegnere, sie interessieren mich nicht, die gehen nur Sie an. Aus einem dieser Gründe, oder aus allen zusammen, entschieden Sie sich dafür, sich passiv dem Lauf der Dinge zu überlassen. Aber Sie wollten Renata und ihrem neuen Mann sagen, dass Sie den Betrug durchschaut hatten. Und an jenem Tag fingen Sie, während der Staatsanwalt Sie des vorsätzlichen Handelns anklagte, vor aller Augen einfach eine Fliege. Es wirkte wie eine unerhörte Geste verächtlicher Gleichgültigkeit. Aber wissen Sie, Ingegnere, ich habe viele Jahre Erfahrung. Kein kaltblütiger Mörder hat, während ihm fürchterliche Dinge vorgeworfen werden, den Mut zu einer solchen Geste. Eine Geste, ich wiederhole es, der Verachtung und der Gleichgültigkeit. Nur dass diese Geste eine konkrete Botschaft an Lojacono war, der an jenem Tag im Gerichtssaal saß. Und so verstanden werden sollte: ›Ihr beide, du und Renata, habt mich wie eine Fliege gefangen.‹ Das war alles. Lojacono begriff vollkommen. Und befürchtete, Sie könnten irgendwie Vergeltung üben. Er ging ja sogar nach Bolivien, nachdem die Frau das ansehnliche Vermögen kassiert hatte.

Das, lieber Ingegnere, ist alles, was ich von Ihrer tragischen Geschichte glaube verstanden zu haben. Ich habe zu niemandem ein Wort gesagt, vor allem nicht zu Preside Burgio.

Ich bitte Sie nicht um eine Bestätigung meiner Vermutungen, die mir jedoch nicht aus der Luft gegriffen scheinen. Worum ich Sie bitte, ist nur eines: Sagen Sie mir, was ich tun soll.«

NICHTS. Das war das einzige Wort in dem Telegramm, das der Commissario drei Tage später von Ingegnere Rocco Pennisi erhielt. Nichts.
Und Montalbano fügte sich.

## *Montalbanos Arancini*

Den Anfang der Litanei oder Novene, oder wie man das auch nennen wollte, machte, am 27. Dezember, der Questore.

»Montalbano, Sie verbringen Silvester natürlich mit Ihrer Livia, nicht wahr?«

Nein, Silvester würde er nicht mit seiner Livia verbringen. Sie hatten einen fürchterlichen Streit gehabt, so einen gefährlichen, der mit dem Satz »Lass uns doch vernünftig miteinander reden« beginnt und unvermeidlich böse endet. Also würde der Commissario in Vigàta bleiben, während Livia mit Freunden aus dem Büro nach Viareggio fuhr. Der Questore merkte gleich, dass etwas nicht stimmte, und half Montalbano rasch aus der Verlegenheit.

»Wenn nicht, würden wir uns sehr freuen, Sie bei uns zu haben. Meine Frau hat Sie schon so lange nicht mehr gesehen, sie fragt schon dauernd nach Ihnen.«

Der Commissario wollte schon erfreut zu einem dankbaren »Ja« ansetzen, als der Questore fortfuhr:

»Dottor Lattes kommt auch, seine Frau musste kurzfristig nach Meran, weil ihre Mamma sich nicht wohl fühlt.«

Beim Gedanken an die Anwesenheit von Dottor Lattes, wegen seiner schleimigen Art »Lattes e mieles« genannt, fühlte Montalbano sich nicht wohl. Bestimmt würden sie wäh-

rend des Abendessens und danach von nichts anderem sprechen als von den »Problemen der öffentlichen Sicherheit in Italien«, wie man die langen Monologe von Dottor Lattes, dem Chef des Stabes im Polizeipräsidium, überschreiben konnte.
»Leider habe ich schon …«
Der Questore unterbrach ihn, er wusste ganz genau, wie Montalbano über Dottor Lattes dachte.
»Aber wenn das nicht geht, dann könnten wir uns doch am Neujahrstag sehen.«
»Da komme ich«, versprach der Commissario.
Dann war Signora Clementina Vasile Cozzo an der Reihe.
»Kommen Sie doch zu mir, wenn Sie nichts Besseres vorhaben. Mein Sohn, seine Frau und der Kleine werden auch da sein.«
Und welche Rolle sollte er in dieser netten Familienrunde spielen? Schweren Herzens sagte er nein.
Dann war Preside Burgio dran. Er fuhr mit seiner Frau nach Comitini, zu einem Neffen.
»Das sind wirklich sympathische Leute. Schließen Sie sich uns doch an!«
Sie konnten noch so sympathisch sein, er hatte keine Lust, sich anzuschließen. Vielleicht hatte der Preside das verkehrte Wort benutzt, wenn er »uns Gesellschaft leisten« gesagt hätte, hätte eine gewisse Chance bestanden.
Erwartungsgemäß erklang die Litanei oder Novene, oder wie man das auch nennen wollte, auch im Kommissariat.
»Willst du morgen, Silvester, mit mir kommen?«, fragte Mimì Augello, der von dem Streit mit Livia etwas ahnte.
»Wo gehst du denn hin?«, fragte seinerseits Montalbano vorsichtig.

Mimì, der nicht verheiratet war, würde ihn sicher entweder in ein lärmendes Haus von Freunden oder in ein anonymes, prätentiöses Restaurant mitnehmen, in dem es von Stimmen, Gelächter und voll aufgedrehter Musik dröhnte. Er aß am liebsten in aller Stille, ein solcher Lärm konnte ihm die Lust an jedem Gericht verderben, und wenn es der beste Koch der Welt zubereitet hatte.

»Ich habe im Central Park reserviert«, antwortete Mimì.

Er hatte es ja gewusst! Im Central Park! Ein riesiges Restaurant bei Fela mit lächerlichem Namen und lächerlicher Einrichtung, in dem man es geschafft hatte, ihn mit einem simplen Schnitzel und ein bisschen gekochtem Gemüse zu vergiften.

Wortlos sah er seinen Vice an.

»Schon gut, vergiss es«, beendete Augello das Gespräch und verließ das Zimmer. Doch gleich steckte er seinen Kopf wieder herein. »Du willst ja bloß allein essen.«

Mimì hatte Recht. Er erinnerte sich, dass er einmal eine Erzählung gelesen hatte, sicher von einem Italiener, aber den Namen des Autors wusste er nicht mehr, in der von einem Dorf die Rede war, in dem Essen in der Öffentlichkeit als unsittlich galt. Tat man hingegen jenes andere vor aller Augen, nein, das war ganz normal und erlaubt. Im Grunde war er damit einverstanden. Ganz allein in Gaumenfreuden zu schwelgen ist eines der köstlichsten Vergnügen, die der Mensch genießen kann, und sollte mit niemandem geteilt werden, auch nicht mit dem Menschen, den man am liebsten hat.

Als er nach Marinella zurückkam, fand er auf dem Küchentisch einen Zettel von Adelina, seiner Haushälterin.

»Verzeien Sie, bin so frei, aber morgen Abend ist Silvester und meine beiden Söhne sind grad nicht im Gefengnis, und ich mach Arancini, die esen Sie doch so gern. Wenn Sie mir die Ere machen und komen wolen, Sie wisen ja die Adrese.«

Adelina hatte zwei kriminelle Söhne, die im Knast aus- und eingingen: ein glücklicher Zufall, selten wie das Erscheinen des Halleyschen Kometen, dass beide gleichzeitig in Freiheit waren. Und also mit Arancini gehörig zu feiern.

Herrgott, die Arancini von Adelina! Er hatte sie nur einmal gegessen: eine Erinnerung, die bestimmt in seine DNS, sein genetisches Erbe, eingegangen war.

Adelina brauchte zwei volle Tage, um sie zuzubereiten. Das Rezept wusste sie auswendig. Tags zuvor brät man Kalb- und Schweinefleisch zu gleichen Teilen, das mit Zwiebeln, Tomaten, Sellerie, Petersilie und Basilikum stundenlang auf kleinster Flamme schmoren muss. Am nächsten Tag bereitet man einen Risotto zu, jenen Risotto, den man *alla milanìsa* nennt (aber ja ohne Safran!), kippt ihn auf die Tischplatte, mischt die Eier darunter und lässt ihn abkühlen. Unterdessen kocht man die Erbsen, rührt eine Bechamel an, schneidet ein paar Scheiben Salami in kleine Stückchen und vermischt das alles mit dem Schmorfleisch, das mit dem Wiegemesser (um Gottes willen nicht mit dem Mixer!) zerkleinert wurde. Der Fleischsaft wird mit dem Risotto verrührt. Dann nimmt man etwas Risotto, drückt ihn in die Mulde der Handfläche, gibt einen Löffel Füllung hinein, bedeckt sie mit Reis und formt sorgfältig eine Kugel. Die Kugeln einzeln in Mehl, dann in Eiweiß und in Semmelbröseln wälzen. Sodann legt man alle Arancini

in eine Pfanne mit siedendem Öl und backt sie aus, bis sie dunkel goldfarben sind. Auf Papier abtropfen lassen. Und dann, Gott sei Lob und Dank, isst man sie!
Montalbano hatte keinen Zweifel, mit wem er an Silvester zu Abend essen würde. Nur eine Frage quälte ihn, bevor er einschlief: Würden es die beiden missratenen Söhne Adelinas schaffen, bis zum folgenden Tag in Freiheit zu bleiben?

Am Morgen des Einunddreißigsten kam Fazio ins Büro und fing gleich an mit der Litanei oder Novene, oder wie man das auch nennen wollte:
»Dottore, wenn Sie heute Abend nichts Besseres vorhaben …«
Montalbano unterbrach ihn, und weil Fazio ein Freund war, sagte er ihm, wie er Silvester verbringen wollte. Anders als erwartet, verdüsterte sich Fazios Gesicht.
»Was ist?«, fragte der Commissario beunruhigt.
»Heißt Ihre Haushälterin Adelina mit Nachnamen Cirrinciò?«
»Ja.«
»Und ihre Söhne heißen Giuseppe und Pasquale?«
»Ja, klar.«
»Warten Sie einen Moment«, sagte Fazio und verließ das Zimmer.
Montalbano wurde etwas nervös.
Fazio kam kurz darauf zurück.
»Pasquale Cirrinciò sitzt in der Klemme.«
Der Commissario erstarrte, lebt wohl, Arancini.
»Was heißt das, er sitzt in der Klemme?«

»Das heißt, dass es einen Haftbefehl gibt. Die Kripo Montelusa. Wegen Einbruch in einem Supermarkt.«
»Diebstahl oder Raub?«
»Diebstahl.«
»Fazio, versuch, mehr darüber herauszubekommen. Aber nicht offiziell. Hast du Freunde bei der Kripo Montelusa?«
»Jede Menge.«
Montalbano hatte keine Lust mehr, zu arbeiten.
»Dottore, sie haben das Auto von Ingegnere Jacono in Brand gesteckt«, sagte Gallo, als er hereinkam.
»Geh und erzähl's Dottor Augello.«
»Commissario, heute Nacht wurde beim Buchhalter Pirrera eingebrochen, sie haben alles mitgenommen«, teilte Galluzzo ihm mit.
»Geh und erzähl's Dottor Augello.«
Tja, Mimì konnte sich von seinem Silvesterabend im Central Park verabschieden. Und er hätte ihm dankbar sein müssen, weil er ihn vor einer sicheren Vergiftung bewahrte.

»Dottore, es ist so, wie ich Ihnen gesagt habe. In der Nacht vom Siebenundzwanzigsten auf den Achtundzwanzigsten wurde in einem Supermarkt in Montelusa eingebrochen, sie haben einen Lastwagen mit Zeug voll geladen. Bei der Kripo sind sie sicher, dass Pasquale Cirrinciò mit von der Partie war. Sie haben Beweise.«
»Welche?«
»Das haben sie nicht gesagt.«
Es kam eine Pause, und dann nahm Fazio all seinen Mut zusammen.

»Dottore, ich will ganz offen sein: Sie dürfen heute Abend nicht bei Adelina essen. Ich sage nichts, das ist klar. Aber wenn die von der Zielfahndung zufällig auf die Idee kommen, Pasquale bei seiner Mutter zu suchen, und ihn finden, während er mit Ihnen Arancini isst? Dottore, das wär nicht so gut.«

Das Telefon klingelte.

»Commissario Montalbano, sind Sie das?«

»Ja.«

»Hier ist Pasquale.«

»Welcher Pasquale?«

»Pasquale Cirrinciò.«

»Rufst du vom Handy an?«, fragte Montalbano.

»*Nonsi*, so blöd bin ich nicht.«

»Das ist Pasquale«, sagte der Commissario zu Fazio und hielt dabei mit einer Hand die Sprechmuschel zu.

»Ich will nichts davon wissen!«, sagte Fazio und verließ das Zimmer.

»Was ist los, Pasquà?«

»Dottore, ich muss mit Ihnen reden.«

»Ich mit dir auch. Wo steckst du?«

»An der Schnellstraße nach Montelusa. Ich rufe aus der Telefonzelle vor der Bar von Pepè Tarantello an.«

»Gib Acht, dass dich niemand sieht. Ich bin spätestens in einer Dreiviertelstunde da.«

»Steig ein«, befahl der Commissario, als er Pasquale bei der Telefonzelle stehen sah.

»Fahren wir weit?«

»Ja.«

»Dann nehme ich mein Auto und fahre hinter Ihnen her.«
»Du lässt dein Auto hier. Willst du eine Prozession veranstalten?«
Pasquale gehorchte. Er war ein gut aussehender junger Mann knapp über dreißig, dunkel, lebhafte Augen.
»Dutturi, ich muss Ihnen das erklären …«
»Später«, sagte Montalbano und fuhr los.
»Wo bringen Sie mich hin?«
»Zu mir nach Hause, nach Marinella. Lehn dich zurück, und leg dir eine Hand aufs Gesicht, als hättest du Zahnweh. Dann erkennt man dich nicht von außen. Weißt du, dass du gesucht wirst?«
»*Sissi*, deshalb hab ich ja angerufen. Ich hab's heute Morgen von einem Freund erfahren, als ich aus Palermo zurückkam.«

Als Pasquale vor einem großen Glas Bier, das ihm der Commissario offeriert hatte, auf der Veranda saß, fand er, dass es Zeit für eine Erklärung war.
»Ich habe mit dieser Geschichte mit dem Supermercato Omnibus nichts zu tun. Ich schwör's bei meiner Mutter.«
Einen Meineid beim Leben seiner Mutter Adelina, die er verehrte, hätte er nie geleistet: Montalbano war sogleich von Pasquales Unschuld überzeugt.
»Schwören reicht nicht, du brauchst Beweise. Und bei der Kripo Montelusa sagen sie, sie hätten was Sicheres in der Hand.«
»Commissario, ich kann nicht mal raten, was die in der Hand haben, ich hab den Supermarkt ja nicht ausgeräumt.«
»Warte einen Augenblick«, sagte der Commissario.

Er ging hinein und telefonierte. Als er auf die Veranda zurückkam, machte er ein finsteres Gesicht.
»Was ist?«, fragte Pasquale angespannt.
»Die Kripo hat ein Beweisstück in der Hand, das dich in Schwierigkeiten bringt.«
»Was denn?«
»Deinen Geldbeutel. Sie haben ihn bei der Kasse gefunden. Dein Personalausweis war auch drin.«
Pasquale wurde blass, dann stand er auf und schlug sich mit der Hand auf die Stirn.
»Da hab ich ihn also verloren!«
Er setzte sich gleich wieder hin, seine Knie waren weich wie Ricotta.
»Und wie komm ich da wieder raus?«, jammerte er.
»Erzähl mir die Geschichte.«
»Am Siebenundzwanzigsten bin ich abends in diesen Supermarkt gegangen. Sie wollten gerade schließen. Ich hab zwei Flaschen Wein, eine Flasche Whisky und noch Salzstangen und Kekse und so was gekauft. Damit bin ich zu einem Freund gegangen.«
»Wer ist dieser Freund?«
»Peppe Nasca.«
Montalbano verzog den Mund.
»Wetten, dass Cocò Bellìa und Tito Farruggia auch dabei waren?«, fragte er.
»*Sissi*«, gab Pasquale zu.
Die komplette Bande, alle vorbestraft, alles Diebeskollegen.
»Und warum habt ihr euch getroffen?«
»Wir wollten *tressette* und *briscola* spielen.«

Montalbanos Hand flog durch die Luft und knallte auf Pasquales Gesicht.
»Zähl mit. Das war Nummer eins ...«
»Entschuldigung«, sagte Pasquale.
»Also: Warum habt ihr zusammengesessen?«
Auf einmal fing Pasquale an zu lachen.
»Findest du das so komisch? Ich nicht.«
»Doch, Commissario, das ist wirklich komisch. Wissen Sie, warum wir uns bei Peppe Nasca getroffen haben? Wir haben einen Einbruch für den Achtundzwanzigsten nachts geplant.«
»Wo?«
»In einem Supermarkt«, sagte Pasquale und lachte jetzt Tränen.
Und Montalbano begriff den Grund für dieses Gelächter.
»In demselben? Im Omnibus?«
Pasquale nickte, er erstickte fast vor Lachen. Der Commissario füllte sein Bierglas noch mal auf.
»Und jemand anderes ist euch zuvorgekommen?«
Wieder ein Kopfnicken.
»Pasquale, du weißt, dass deine Lage ernst ist. Wer glaubt dir schon? Wenn du denen erzählst, mit wem du an dem Abend zusammen warst, lochen sie dich gnadenlos ein. Also hör mal! Ihr vier Gauner gebt euch gegenseitig ein Alibi! Das ist allerdings zum Totlachen!«
Er ging wieder ins Haus und telefonierte noch mal. Kopfschüttelnd kam er auf die Veranda zurück.
»Weißt du, wen sie außer dir wegen dem Einbruch im Supermarkt suchen? Peppe Nasca, Cocò Bellìa und Tito Farruggia. Eure komplette Bande.«

*»Madunnuzza santa!«*, sagte Pasquale.

»Und weißt du, was das Beste daran ist? Das Beste ist, dass deine Kumpel in den Knast wandern, weil du so blöd warst und deinen Geldbeutel ausgerechnet in diesem Supermarkt verloren hast. Als hättest du deine Unterschrift darunter gesetzt, da hättest du sie gleich verpfeifen können.«

»Wenn die geschnappt werden und erfahren warum, gibt's Prügel.«

»Nicht zu Unrecht«, sagte Montalbano. »Da kannst du dich auf was gefasst machen. Ich weiß von Fazio, dass Peppe Nasca schon im Kommissariat ist, Galluzzo hat ihn festgenommen.«

Pasquale legte seinen Kopf in die Hände. Als er ihn ansah, hatte Montalbano eine Idee, die sein Arancini-Gelage vielleicht retten konnte. Pasquale hörte ihn im Haus hantieren, Schubladen auf- und zumachen.

»Komm her.«

Im Esszimmer erwartete ihn der Commissario mit Handschellen. Pasquale sah ihn verdattert an.

»Ich wusste nicht mehr, wo ich sie hingetan hatte.«

»Was haben Sie denn vor?«

»Ich nehme dich fest, Pasquà.«

»Wieso denn?«

»Was heißt hier wieso? Du bist ein Einbrecher und ich ein Kommissar. Du wirst gesucht, und ich habe dich gefunden. Jetzt komm schon.«

»Commissario, Sie wissen ganz genau, dass Sie bei mir keine Handschellen brauchen.«

»Diesmal schon.«

Schicksalsergeben trat Pasquale zu ihm, und Montalbano legte ihm eine Handschelle um das linke Handgelenk. Dann zog er ihn hinter sich her ins Bad und schloss die andere Handschelle um das Rohr des Spülkastens.

»Ich bin bald wieder da«, sagte der Commissario. »Wenn du pinkeln musst, kannst du das bequem tun.«

Pasquale brachte kein Wort heraus.

»Habt ihr die Kripo informiert, dass wir Peppe Nasca festgenommen haben?«, fragte Montalbano, als er ins Büro kam.

»Sie haben zu mir gesagt, dass wir das nicht tun sollen, und ich hab's nicht getan«, antwortete Fazio.

»Schickt ihn in mein Zimmer.«

Peppe Nasca war um die vierzig und hatte eine riesige Nase. Montalbano bot ihm einen Stuhl an und gab ihm eine Zigarette.

»Sieht schlecht aus, Peppe. Für dich, Cocò Bellìa, Tito Farruggia und Pasquale Cirrinciò.«

»Wir waren's nicht.«

»Ich weiß.«

Peppe traute seinen Ohren nicht.

»Sieht trotzdem schlecht für euch aus. Und weißt du, warum der Kripo gar nichts anderes übrig blieb, als gegen eure Bande einen Haftbefehl zu erlassen? Weil Pasquale Cirrinciò seinen Geldbeutel im Supermarkt verloren hat.«

»*Buttanazza della miseria!*«, explodierte Peppe.

Und stieß Verwünschungen aus, schimpfte und fluchte, was das Zeug hielt. Der Commissario wartete, bis er sich abreagiert hatte.

»Es kommt noch schlimmer«, sagte Montalbano dann.
»Was kann denn noch schlimmer sein?«
»Dass eure Knastkollegen, sobald ihr im Gefängnis seid, euch auspfeifen und die Zunge rausstrecken werden. Ihr habt das Gesicht verloren. Ihr seid lächerlich, absolute Nullen. Ihr wandert in den Knast, obwohl ihr mit diesem Einbruch nichts zu tun habt. Ihr seid die klassischen Gehörnten und Geprügelten.«
Peppe Nasca war ein intelligenter Mann. Dass er es war, bewies er mit einer Frage.
»Und warum sind Sie überzeugt, dass wir vier es nicht waren?«
Der Commissario gab keine Antwort, er öffnete die linke Schreibtischschublade, nahm eine Hörkassette heraus und zeigte sie Peppe.
»Da, sieh mal. Das ist die Aufzeichnung eines Lauschangriffs.«
»Hat das was mit mir zu tun?«
»Ja. Sie wurde in deiner Wohnung gemacht, in der Nacht vom Siebenundzwanzigsten auf den Achtundzwanzigsten, die Stimmen von euch vieren sind drauf. Ich habe euch abhören lassen. Ihr plant den Einbruch im Supermarkt. Allerdings für die Nacht darauf. Aber jemand, der gewiefter war als ihr, ist euch zuvorgekommen.«
Er legte die Kassette in die Schublade zurück.
»Jetzt weißt du, warum ich sicher bin, dass ihr nichts damit zu tun habt.«
»Aber dann brauchen Sie der Kripo die Aufzeichnung doch nur vorzuspielen, und dann wissen die, dass wir nichts damit zu tun haben.«

Die Gesichter bei der Kripo Montelusa, wenn die Beamten die Kassette hören würden, konnte man sich vorstellen! Es war eine besondere Einspielung der Ersten Symphonie von Beethoven, die Livia in Genua für ihn aufgenommen hatte.
»Peppe, überleg doch mal. Die Kassette kann euch entlasten, aber sie kann auch ein weiteres euch belastendes Beweisstück sein.«
»Wie meinen Sie das?«
»Das Datum der Aufzeichnung ist nicht auf dem Band. Das kann nur ich sagen. Und falls es mir plötzlich in den Sinn kommt, zu behaupten, dass ihr am Sechsundzwanzigsten abgehört wurdet, in der Nacht vor dem Einbruch, bezahlt ihr mit Gefängnis, und die, die euch zuvorgekommen sind, genießen ihr Geld in Freiheit.«
»Und warum wollen Sie so was machen?«
»Ich habe nicht gesagt, dass ich das will. Ich könnte. Langer Rede kurzer Sinn: Wenn ich diese Kassette nicht der Kripo, sondern irgendeinem Freund von euch vorspiele, seid ihr für alle Zeiten unten durch. Kein Hehler wird jemals wieder euer Zeug wollen. Ihr werdet niemanden mehr finden, der euch hilft, keinen Komplizen. Mit eurer Diebeskarriere wäre es vorbei. Kannst du mir folgen?«
»Ja, klar.«
»Dir bleibt also nichts anderes übrig, als zu tun, worum ich dich bitte.«
»Was wollen Sie?«
»Ich biete dir die Chance zu einem Ausweg.«
»Welche denn?«
Montalbano sagte es ihm.

Er brauchte zwei Stunden, um Peppe Nasca zu überzeugen, dass es keine andere Lösung gab. Dann überließ Montalbano Peppe wieder Fazio.
»Informier Montelusa noch nicht.«
Er verließ das Büro. Es war zwei Uhr, und es waren nur wenige Leute auf der Straße. Er betrat eine Telefonzelle, wählte eine Nummer in Montelusa und hielt sich mit zwei Fingern die Nase zu.
»*Pronto*? Kripo Montelusa? Sie machen einen Fehler. Im Supermarkt sind die aus Caltanissetta eingebrochen, die Bande von Filippo Tringàli. Nein, fragen Sie nicht, wer ich bin, sonst lege ich auf. Ich sage Ihnen auch, wo die Beute versteckt ist, sie ist noch in dem Laster. In der Lagerhalle der Firma Benincasa, an der Provinciale Montelusa-Trapani, auf der Höhe von Melluso. Fahren Sie sofort hin, anscheinend soll das Zeug heute Nacht mit einem anderen Lastwagen weggebracht werden.«
Er hängte ein. Um unguten Begegnungen mit der Polizei von Montelusa vorzubeugen, fand er es besser, Pasquale, auch ohne Handschellen, bei sich zu Hause zu behalten, bis es dunkel war. Dann würden sie zusammen zu Adelina fahren. Und er könnte die Arancini genießen, nicht nur weil sie eine himmlische Köstlichkeit waren, sondern auch weil er sich mit seinem Gewissen als Polizist völlig im Reinen fühlen würde.

## *Anmerkung des Autors*

Drei der zwanzig Erzählungen dieses Bandes wurden nur gekürzt veröffentlicht: *Namensvettern*, geschrieben im Auftrag der Telecom, erschien im »Specchio« (Magazin von »La Stampa«); *Montalbano weigert sich* in der Tageszeitung »Il Messaggero«; *Montalbanos Arancini* in der Tageszeitung »La Stampa«. Eine vierte Erzählung, *Kümmelblättchen*, wurde in der Zeitschrift »Delitti di carta« veröffentlicht, die in Bologna erscheint.

Der Leser mag bei einigen dieser Erzählungen eine gewisse Nähe zu Berichten über Kriminalfälle feststellen: Es ist mir daher besonders wichtig, zu erklären, dass der reale Ausgangspunkt nichts zu tun hat mit Situationen, Namen und Personen, die ich aufgrund erzählerischer Notwendigkeiten entwickelt habe.

Das Buch ist Silvia Torrioli und ihrem Bruder Francesco, Alessandra und Arianna Mortelliti gewidmet.

A.C.

## *Anmerkungen der Übersetzerin*

*Arma*: Carabinieri

*Ape*: Kleiner Transporter auf drei Rädern

*Contrada*: Ortsteil

*Gazzella*: Bezeichnung für die Wagen der Carabinieri

*Guardia di Finanza*: Steuerpolizei

*Lattes e mieles*: Verballhornung von »latte e miele«, Milch und Honig, einem Ausdruck für besonders süß oder auch honigsüß

*Lupara bianca*: Von der Mafia praktizierte Art, Personen auszuschalten; nach der Ermordung verschwindet die Leiche spurlos

*Olivo saraceno*: Sarazenischer Ölbaum, ein mächtiger Olivenbaum, dessen Äste erst am Boden entlangkriechen, bevor sie in die Höhe wachsen

*Leonardo Sciascia: La corda pazza. Scrittori e cose della Sicilia*: Eine Sammlung von Aufsätzen Sciascias über Sizilien

*Tressette* und *briscola*: Kartenspiele

## *Im Text erwähnte kulinarische Köstlichkeiten*

*Antipasto di pesce*: Vorspeise mit Meeresfrüchten und kleinen Fischen

*Pasta cu i bròcculi*: Pasta mit Blumenkohl

*Brioscia*: Brioche

*Cannoli*: Mit einer süßen Creme aus Schafsricotta gefüllte knusprige Röllchen

*Granita di caffè*: Eisspeise aus Kaffee

*Involtini di milanzàne*: Auberginenröllchen

*Triglie al sughetto*: Meerbarben in feiner Tomatensauce

*Tumazzo*: junger Käse

*»Temporeicher Krimi mit Witz und Verstand über die Schattenseiten im Leben der Reichen und Schönen.«*

FÜR SIE

Alicia Giménez-Bartlett
PIRANHAS IM PARADIES
Ein Petra-Delicado-Roman
BLT
352 Seiten
ISBN-10: 3-404-92205-0
ISBN-13: 978-3-404-92205-5

Als hätte Inspectora Petra Delicado mit einer Familienfehde unter Zigeunern und der Sicherheitsüberwachung des Papstbesuches in Barcelona nicht schon genug zu tun, wird in der eleganten Vorort-Siedlung El Paradís der erfolgreiche Anwalt Juan Luís Espinet getötet. Leblos treibt seine Leiche im eigenen Swimmingpool. Ein untadeliger Ehemann, eine intakte Familie, ein treuer Freundeskreis – ein hinterhältiger Mord. Die Tat scheint so gar nicht in die heile Welt zu passen, doch Petra und Fermín finden schnell heraus, dass auch im Paradies die Dinge längst nicht so sind, wie sie scheinen.

*»Wahrscheinlich die zurzeit beste Krimiautorin. Sie hat den klassischen englischen Detektivroman modernisiert.«*

BIRMINGHAM POST

Ann Granger
DASS SIE STETS BÖSES MUSS GEBÄREN
Fran Varadys vierter Fall
BLT
384 Seiten
ISBN-10: 3-404-92202-6
ISBN-13: 978-3-404-92202-4

Fran Varady, Schauspielerin und Teilzeitschnüfflerin, ist misstrauisch, als ein schmieriger Privatdetektiv ihr erzählt, dass eine Frau namens Eva ihn geschickt habe – Frans Mutter, die fortlief, als Fran sieben Jahre alt war. Nun liegt Eva im Sterben und möchte sie sprechen. Binnen kürzester Zeit ist Fran wieder mit der Mutter vereint, die sie seit 15 Jahren nicht gesehen hat. Doch der größte Clou kommt erst noch: Ihre Mutter hat noch eine Tochter, und Fran soll sie finden. Als der schmierige Detektiv schließlich vor Frans Wohnung gefunden wird – tot in seinem Auto –, geht der Ärger erst richtig los …